Dzieła wybrane Stanisława Lema

# Śledztwo / Pamiętnik znaleziony w wannie

Stanisław Lem

# 捜査・浴槽で発見された手記

スタニスワフ・レム

久山宏一／芝田文乃 訳

国書刊行会

捜査・浴槽で発見された手記＊目次


捜査　3

訳者ノート　193

浴槽で発見された手記　197

＊

解説（久山宏一）　413

すべては暗号だ、暗号を解読せよ
――『浴槽で発見された手記』訳者あとがき（芝田文乃）　417

解説　推理と不条理
――ＳＦに収まり切らないレム作品の多彩さ（沼野充義）　425

# 捜査

Śledztwo

# 第一章

窓ガラスに花模様が彫り込まれた古風なエレベーターが、上方に滑っていった。一定のリズムの接触音が各階で聞こえた。止まった。四人の男性が廊下を歩いていき、昼間なのに照明が点いていた。

革張りの扉が開いた。

「みなさん、こちらへお入りください」——扉の内側に立っていた人物が言った。

グレゴリーは、検死医に続いて最後に入った。ここもほとんど真っ暗だった。窓の向こうには、樹木の裸の枝々が霧のなかに立っていた。

主任警部はデスクに戻ったが、それは黒色で高く、彫刻されたバラスター脚[*]が付いていた。彼の目の前には、二台の電話と内部通信装置の平らなマイクがあった。磨き上げられた天板の上には、彼のパイプ、眼鏡、セーム革[**]の切れ端があるだけで、他には何もなかった。グレゴリーは、深い肘掛け椅子に横から腰を下ろしながら、主任警部の頭の上の小さな肖像画から彼の方を見ている、ヴィクトリア女王[***]の顔に気づいた。主任警部は、人数を数えるか、その顔を思い出すかでもするかのように、彼らを順に眺め渡した。脇の壁は南イギリスの大きな地図に隠れ、正面には長い黒色の本棚が立っていた。

「みなさんはこの問題を掌握しておられます」——主任警部は言った。「私は、報告書から知っているだけです。従って、事実を短く総ざらいしていただきたいのです。あなたから始めていただきましょうか、フォーカート君」

「わかりました、主任警部殿。しかし、始まりについては、私も報告書から知るだけです」

*——ワイングラスの脚の部分、瓶の首の部分などの形状。
**——小鹿の皮を鞣《なめ》し、スエード風に仕上げた柔らかい革。
***——英国女王（一八一九〜一九〇一）。在位一八三七〜一九〇一年。

「そもそもの始まりには、報告書すらありませんでした」――グレゴリーはいささか大きすぎる声で、コメントした。全員が彼の方に目をやった。彼は、過剰なほどの無頓着さを示し、精力的に身体を動かしながら、煙草を探してポケットを探り始めた。

　フォーカートは、肘掛け椅子のなかで背筋を伸ばした。

「事の始まりは、昨年十一月半ばごろでした。最初の出来事はもっと早くに起きていたのかもしれませんが、等閑視されました。私たちが警察への最初の届け出を受け取ったのはクリスマスの三日前ですが、ずっと後になって――一月ですから――仔細に調査したところ、遺体をめぐるあれこれは、すでにそれ以前に起きていたことがわかりました。最初の届け出は、エンゲンダー署からでした。それは正確に言えば、半ば非公式のものでした。遺体安置所管理人のプレイズが、市の警察署長に、ついでにいえば彼の義兄ですが、夜何者かが遺体を動かした、とこぼしたのです」

「その動かすとは、一体どういうことかな？」

　主任警部は、几帳面に眼鏡を磨いていた。

「朝、遺体が前日の夕刻とは違う姿勢になっていたということです。正確にいうと、問題の遺体は一体だけで、それはある溺死人の遺体らしく、その者は……」

「『らしく』？」――相変わらず無関心な口調で、主任警部が繰り返した。

　フォーカートは、肘掛け椅子のなかでさらに背を伸ばした。

「すべての供述が、二次的な再現なのです。あのときには、誰も重要視しなかったので」――彼は説明した。「遺体安置所の見張りが今ではあまり確信がなくなっているのです――その溺死人の遺体のことなのか、それとも別の遺体のことなのか。実際のところ、変則的な事態になりました――エンゲンダー署のギブソン署長がこの報告を書類にあげなかったので。というのも、彼は考えていた……」

「まさか、そのような細部にまで立ち入りませんよね？」――書棚の下に坐っている男性が、肘掛け椅子から言葉をかけた。彼はこのうえなく自由な姿勢になった。足を脚の上にとても高く組んだので、黄色い靴下とその上に素肌の帯が見えていた。

「申し訳ありませんが、そうせざるを得ないと思います」――フォーカートは彼の方を見ずに、冷淡に応じた。主任警部はようやく眼鏡をかけ、それまではぼんやりしていた彼の顔が、好意的な表情になった。

「捜査の形式的側面は、省いてもいいでしょう――少なくとも当分の間は。どうぞ、お話しください、フォーカート君」

「はい、主任警部殿。二番目の届け出は一番目の八日後に、プランティング署から受けました。そこでも誰かが夜のうちに、墓地の遺体安置所から遺体を動かしたというのです。故人は港湾労働者のシッカーで、長患いで家族の負担になっていました」

フォーカートが目の端っこでグレゴリーに視線を投げ、グレゴリーは我慢しきれないように身体を動かした。

「葬式は、朝の予定でした。家族一同、遺体安置所に着くと、遺体が俯《うつぶ》せ、つまり背中を上にして寝ているのに気づき、それだけでなく両腕が開かれていたものですから、その者が生き返った……ような印象を与えました。つまり、そのように家族は判断したということです。周囲には、昏睡状態についての噂が流れ始めました。人々は言っていました――シッカーは見せかけの死から目を覚ましたが、自分が棺《ひつぎ》に横になっていることがあまりにも怖かったので、死んでしまった、今度はもう永遠に、と」

「もちろんそれはお伽噺《とぎばなし》でした」――フォーカートは続けて言った。「死亡は、現地の医師によって、疑いの余地なく確認されていました。しかし、周辺の土地に噂が広がると注目が集まったのは、いわゆる遺体の移動について、つまり、遺体が一晩経つと違う姿勢で寝ているのが発見されるということについて、人々があるときから話題にしていたということです」

「『あるとき』から、つまり?」――主任警部が尋ねた。

「それを特定する術《すべ》はありません。噂は、シャルタムとディッパーに関するものでした。一月初め、問題は深刻だと思われたので、現地の人員を使って最初のそれなりに組織的な捜査が行われました。現地住人の供述には一部誇張があり、一部矛盾していて、捜査の結果は実際のところ価値のあるものではありませんでした。シャルタムで問題になったのは、心臓発作で死んだサミュエル・フィルゼイの遺体でした。クリスマスイブの夜に『棺のなかで寝返りを打った』とか。そう断言する墓掘人はアル中で知られており、彼の言葉を裏付けることができる者はいませんでした。ディッパーではまた、精神病の女性の遺体が問題になりました――朝遺体安置所の床の棺の傍らで見つかったのです。夜遺体安置所に忍び込んだ前夫の娘が遺体を投げ出した、憎しみからそれをやった、という話でした。まったくこうした噂や伝聞のなかで、どれが本当やら知る術《すべ》もありません。せいぜいが目撃者らしき人の名前だけで、目撃者がまた別の誰かの名を挙げるのですから」

「事件はきっと『後回し《ad acta》』になっていたことでしょう」――フォーカートの口調は、今度はより早口になっていた。「ところが一月十六日に、トリークヒルの遺体安置所からジェームス・トレイルとかいう男の遺体が消えたのです。この事件は、うちのＣＩＣ*から派遣されたピール巡査部長が担当しました。遺体が遺体安置所から外に出されたのは、深夜零時から朝の五時の間で、葬儀会社の経営者がなくなっているのを発見したのです。死者は男性でした……多分四十五歳くらいの……」

「あなたには確信がない？」――主任警部が問い詰めた。彼は鏡のような木板に映る自分の姿を見つめるかのように、頭を傾けて坐っていた。フォーカートは咳払いをした。

「確信しています。私はそう聞いています……。つまりですね、彼は照明用のガスに中毒した結果死んだのです。不幸な事故でした」

「遺体解剖は？」――主任警部は、眉を吊り上げた。彼は横に身体を傾けると、通気窓を開ける取っ手の方に手を伸ばした。熱せられて不動になった室内の空気のなかに、湿った風が一陣吹き込んだ。

「遺体解剖はありませんでしたが、私たちは、それが不幸な事故であったことを細部まで確認しました。六日後の一月二十二日、次の事件がスピトゥーンで起きました。二十八歳のジョン・スティーヴンスの遺体が、そこから消えたのです――前日に、醸造所のボイラーを清掃していて、ガス中毒にかかった労働者です。死亡時刻は午後三時ごろ、遺体は遺体安置所に運ばれ、そこで遺体を最後に見たのは管理人で、夜九時でした。朝にはもうなくなっていました。この事件もピール巡査部長が担当しましたが、最初の事件同様、結論は出ずじまいです。そのころ私たちはまだ、これら二つの事件がその前の事件と絡み合っている可能性を考慮に入れていなかったので……」

「とりあえずは、注釈は差し控えてくださいませんか？　そうすれば、さまざまな事実を容易に点検できるようになる」――主任警部はそう意見した。フォーカートに向けて丁重に微笑《ほほえ》んだ。彼は生気のない軽い片手をデスクの上に置いた。グレゴリーは知らず識らずのうちに、この血管の線の見えない、まったく血の気のない老人らしい掌《てのひら》を見つめていた。

「三つ目の事件は、ラヴリングで起きました。こちらはもうグレーター・ロンドン域内です」――フォーカートは、冗長な報告を続ける意欲を失ったかのような抑えた声で、さらに話した。「医学部がその場所に、新しい解剖研究室を持っているのです。そこから五十歳のスチュワート・アロネイの遺体が消えました。船員だったこの男は、バンコクへの航海中にかかった熱帯病をこじらせて死んだのです。この事件は二番目の消滅から十一日後の二月二日、正確には二日から三日にかけての夜に起こりました。今回捜査を管轄したのはロンドン警視庁《the Yard》でした。グレゴリー警部補が捜査を担当し、彼はその後、ブロムリーにある郊外墓地の遺体安置所からのさらにもう一件の遺体消滅事件も統括しました。起きたのは二月十二日、癌の手術後に亡くなった女性の遺体でした」

「有難う」――主任警部は言った。「なぜ、ピール巡査部長は欠席している？」

「病気です、主任警部殿。入院しています」――グレゴリーは答えた。

「そう？　彼はどうしたんですか？」

警部補は躊躇《ためら》った。

「はっきりしませんが、肝臓の具合が悪いようです」

「警部補、今度は君が捜査の経緯を要約してくれないか？」

「はい、主任警部殿」

グレゴリーは咳払いをして、息を吸い込むと、灰皿の脇に灰を払い落としながら意外なほどの小声でこう言った。

「自慢するようなことは何もありません。遺体はどの場合も、晩のうちに消えました。現場には何の痕跡も、押し入った形跡もありませんでした。遺体安置所には

＊――架空の略称。英訳ではC.I.D.（Criminal Investigation Department）「刑事捜査課」に改められている。

そもそも押し入るまでもありません。鍵がかからないのが普通ですし、かかったとしても、子どもが曲がった釘一本で開けられる……」

「解剖研究室には、鍵がかかっていました」――検死医のセーレンセンが初めて発言した。頭を後ろに投げて坐っていたが、そうすると、感じのよくない角張った頭の形が目立たなかった。目の下の少し膨《ふく》れた皮膚を一本の指で、優しく揉み解《ほぐ》していた。

　グレゴリーはその間に、主に死人と一緒に過ごす職業を選んだセーレンセンは、正しい選択をしたと考えた。彼はほとんど宮廷風の丁重さを込めて、検死医の前に首を垂れた。

「まさしく私が言いたかったことを言われました、先生。遺体が消滅した部屋で、私たちは窓が開いていたのを発見したのです。つまり、閉められてはいたけれど、鍵は下りていませんでした――まるで誰かがそこから外に出たかのように」

「まず、入らなくてはならなかったはずです」――セーレンセンは、待ちきれぬように言葉を挟んだ。

「それはご明察です」――グレゴリーは答え、それを後悔して主任警部に目をやったが、彼は何も耳に入らなかったかのように、不動のまま黙っていた。

「部屋は一階にあります」――気まずい沈黙が一秒続いた後、警部補は言葉を続けた。「夕方になるとその窓には他の窓と同じように鍵がかけられていた、というのが事務員の供述で、彼は全部の窓に鍵がかかっていたと言い張っていました。零下の気温を感じたので、暖房用放熱器《ラジエーター》が凍るかもしれないと心配だったのです。そもそもそこは解剖研究室ですから、あまり暖房はつけません。講座長のハーヴェイ教授は、事務員に最高の評価を与えていました。ほとんど過度なまでに細心な男のようです。彼のことは無条件に信用できます」

「その解剖研究室のどこに隠れられる？」――主任警部は尋ねた。しばらくの間、一同をまるで彼らがそこにいるのに改めて気づいたかのように、眺めていた。

「つまりそれは……問題外ですね、主任警部殿。事務員の協力が必要になるでしょうから。部屋には、解剖台の他に家具は何もありません、暗い隅とか隠し場所とか……。壁に学生のコートや器具を入れる戸棚が並んでいますが、子どもだってそのどれかに入ることはできないでしょう」

「君は文字通りの意味で、そう考えている？」

「どういうことですか？」

「つまりその——子どもだってできないと？」——主任警部は落ち着いて尋ねた。

「そうですね……」——警部補は眉を寄せた。「主任警部殿、子どもなら入れるでしょう、七歳か八歳ならぎりぎり」

「それらの戸棚を測ってみたのか？」

「はい」——即座に答えが出た。「どれかが他より大きいのではないかと考えましたので全部測定しましたが、そんなことはありませんでした。そんなものはひとつも。その他に、便所、洗面所、演習室があって、地下には冷凍室と検体倉庫があり、二階には助手室と教授の研究室があります。事務員が夜、すべての部屋を見回ります——それも、いうなれば勤勉な性格ですから、数回ずつです。私にその話をしてくれたのは教授です。誰も解剖研究室には隠れられませんでした」

「でも、子どもなら……？」——主任警部が柔らかく問うた。彼は、目つきの鋭さを和《やわ》らげようとするかのように眼鏡を外した。グレゴリーは、勢いよく頭を振った。

「いや、それは不可能です。子どもには窓は開けられないでしょう。とても大きな高い窓で、上と下に二つの錠があって、窓枠についている引手で動かします。ここにあるのと似ています」——グレゴリーは冷たい隙間風が吹き込んでくる窓を指差した。「その引手はとても重くて、事務員も文句を言ったほどです。私も自分で試してみたんですが」

「彼は、動きの重さを口にしていた？」——セーレンセンは、グレゴリーには我慢のならない、いつもの秘密めいた微笑みを浮かべてこう言った。そんな質問は黙殺してやればよかったが、主任警部が待ち構えるように彼の方を見ていたので、渋々答えた。

「事務員は、私が彼の前で、窓を開けたり閉めたりしていたときになってようやく、そのことを私に言ったのです。あれは細心なだけでなく、相当退屈な男です。不平ばかり口にする」——グレゴリーは、偶然そちらを見てしまったというようにセーレンセンを見ながら、きっぱりと言明した。彼は自分に満足していた。「あの年齢なら、普通ですが」——同意を求めるように付け加えた。「六十歳近くで、物忘れが……」——彼はどぎまぎして言葉を切った。主任警部の年齢はそれより上だった。彼は最後の言葉を言い換えようと絶望的な試みを続けたが、できなかった。居合わせた者たちは、すっかり身を固くしたままだった。グレゴリーはそのために、彼らが憎らしかった。主任警部は眼鏡をかけた。

「君からは以上ですか？」

「はい」――グレゴリーは躊躇《ためら》っていた。「そんなところです。つまり、あの三つの事件に関しては。最後の一件では、私は、特に状況、つまりまずは解剖研究室の周辺の夜の動きに注意を払いました。あの地域の当直だった巡査たちは、疑わしいことには、まったく気づいていませんでした。私が事件を担当することになったときに、私は、それ以前の事件の詳細をピール巡査部長からも聞きましたし、直接にもできる限り詳細に調べました――すべての現場に行きました。つなぐ糸の一本も、痕跡のひとつも見つかりませんでした。ありません、皆無です。癌で死んだ女性は、あの労働者と似た状況で遺体安置所から消えました。朝、家族の者が来たときには、棺は空っぽだったのです」

「そうか」――主任警部は言った。「とりあえずのところ、有難う。フォーカート君、次はあなたにお願いしようか」

「次の事件に移れということでしょうか？　けっこうです、主任警部」

『こいつは、海軍に勤めるべき人間だ。まるで朝の国旗掲揚のときのようなふるまいだ。しかもこれを一生続けるんだから』――グレゴリーは考えた。彼は溜め息をつきたくなった。

「次の遺体消失が起こったのはルイスで、七日後の二月十九日です。自動車事故に遭った若い港湾労働者の一件でした。肝臓が破裂した結果の内出血でした。医者たちが言うところでは、手術は成功でした……が、手術に耐えられなかったのです。遺体は早朝に消えました。時刻は、とりわけ正確に特定できます――朝三時ごろバートンとかいう男が死んで、その妹（彼は妹と同居していました）が故人とひとつ住居にいるのをひどく怖がったために、葬儀会社の社長を叩き起こしたのです。というわけで、遺体は正しく朝三時に遺体安置所に運び込まれました。その会社の職員二人で遺体を寝かせた――その労働者の遺体の傍らに。ところが……」

「あなたは何か言いかけましたね？」――主任警部が促した。

フォーカートは、わずかに口ひげを噛んだ。

「いや……」——ようやくそう答えた。

建物の上空では、飛行機のエンジンの轟音が、いつまでも続きながら段々と増幅していくのが聞こえた。窓ガラスの目に見えない飛行機は南に向けて飛び去った。窓ガラスという窓ガラスが静かな斉唱で応えた。

「つまり……」——フォーカートは思い切って言った。「運ばれてきた遺体を置く際、労務者の一人が、通り道を塞いでいたその労働者の遺体を動かしたのです。ところがですね……彼が断言するところでは、その遺体は——冷たくなかった」

「ふむ」——主任警部は、ごく当たり前の日常茶飯事が話題になっているかのように、頷いた。「冷たくなかった？　で、彼はどう表現したんですか？　あなたは、彼の言った言葉をそのまま繰り返せますか？」

「彼は、冷たくなかったと言いました」——フォーカートは、語と語の間に間を置きながら、渋々話していた。「という言葉は、バカみたいで……無意味ですが、あの労務者は、そうだったと言い張っていました。同僚にそう言ったと断言していますが、相手は何も憶えていません。グレゴリーは二人を、個別に二回聴取しました……」

主任警部は一言も言わずに、顔を警部補の方に向けた。

「つまりですね、そいつはとてもお喋りであまり当てにならない人間なのです、その労務者は」——グレゴリーは、慌てて説明した。「私はそういう印象を受けました。そいつは、自分に注意を引き付けるのがものすごく好きな、愚か者という種族で、どんな質問をされてもその答えに世界史の話を始めかねない。言い張っていたのは、昏睡状態か『あるいはもっと悪い』ということで——これが彼の言い方です。いずれにせよ私を驚かせたのはそれで、なぜなら、職業的に遺体の傍らで働いている者は昏睡状態を信じないからです——彼らの経験がそれを打ち消す」

「では、医者たちは何と言っている？」

グレゴリーはフォーカートに発言を譲って黙り、そちらはつまらないことにこれほどの注意を払わなくてはならないのに不満でもあるかのように、両腕を動かしながら言った。

「死亡はその前日でした。死斑と死後硬直が現れて……石のように生命はありませんでした」

「ほかに何か……？」

「はい。前の事件と同じく、遺体は埋葬用の服を着せられていました。トリークヒルで消えたトレイルの遺体だけが、服を着せられていませんでした。葬儀会社社長は、翌日になるのを待って対処するはずでした。そうなったのは、遺族がすぐに服を提供しようとしなかったからです。つまり、持ち去っていたのです。別の服を持ってきたときには、遺体はもうありませんでした……」

「では別の事件ではどうだったのか、あなたが話されますか？」

「あの女性の遺体も服は着せられていました。癌の術後の女性です」

「何を？」

「その……ワンピースです」

「では、靴は？」――主任警部はひどく小声で尋ねたので、グレゴリーは前に身を乗り出した。

「靴も履いていました」

「じゃあ、最後の遺体は？」

「あの最後のは……つまりですね、服は着ていませんでしたが、同時に（そう判断できます）、遺体安置所の奥にある小さな窪《アルコーブ》みとの仕切りの暗幕も消えていました。それは、レールの上を動く黒い布で、カーテンのように鉄の輪に縫い付けられていました。輪には布地の切れ端が残っていました」

「引きちぎられた？」

「いいえ。レールは細いので、強い引っ張りには耐えられなかったでしょう。その切れ端は……」

「あなたは、そのレールを折ろうとしたんですね？」

「いいえ」

「それならば、耐えられなかっただろうとどうしてわかるんですか？」

「そうですね、見るからに……」

主任警部は窓の四角形を映している戸棚のガラスを見つめながら、落ち着いて質問を発していたが、あたかも他の何かを考えているかのようにそれを行い、しかも問いは次から次へと素早く発せられ、あまりにも素早かったので、フォーカートはかろうじて答えるのがせいぜいだった。

「よろしい」――主任警部は結論した。「その切れ端は調べましたか？」

「はい、セーレンセン先生が……」

検死医は己れのとがった顎を揉むのを止めた。

「布は切れていました、というか、かなり苦労して擦り切られていましたが、切り離されてはいませんでした。それは、確かです……。まるで……誰かが嚙み切ったかのようでした。私は何回か実験してもみました。顕微鏡の像は同じです」

その場を支配した短い沈黙の間に、遠くから飛行機のエンジン音が、霧でくぐもって聞こえた。

「その暗幕の他に何か消えたものがありますか？」――主任警部はようやく尋ねた。

検死医はフォーカートに目をやり、フォーカートは頷いた。

「はい。絆創膏が一巻。大きな絆創膏が一巻、入口のドアの脇にあるデスクの上に置き忘れられていました」

「絆創膏ですか」――主任警部は眉を吊り上げた。

「連中は顎を抑えるのに使うんです……下顎が落ちないように」――セーレンセンが説明した。「棺内の美観のためです」――冷笑的な微笑を浮かべて付け加えた。

「以上ですか？」

「はい」

「では、解剖研究室の遺体は？　やはり服を着せられていましたか？」

「いいえ。でもこの問題は……その事件についてはすでに、グレゴリーが話し……」

「これについては言い忘れました」――警部補は、ぼんやりしているところに話を振られたので、不愉快に感じながら口早に話し始めた。「遺体に服は着せられておらず、しかし、事務員が医者の白い診察着と学生が夏に履くような亜麻織の白いズボンを数えたところ、数が合いませんでした。布の靴が何足か、なくなったようです。彼が私に言ったところでは、こういう物の員数をそろえることはどうしてもできないそうですが、彼は掃除婦の管理不足、場合によっては盗難を疑っていました」

主任警部は深呼吸をして、眼鏡でデスクを叩いた。

「有難う。シス博士、次はあなたにお願いできますか？」

シスは寛《くつろ》いだ姿勢を変えなかった。何か不明瞭に呟き、高く持ち上げた尖った片膝で支えていた、開いたファイルに急いでメモし終えた。

すでに少しばかり禿げかけた、鳥のような頭を傾けると、バタンとファイルを閉じた。それを肘掛け椅子の下にしまい、口笛を吹こうとするかのように薄い唇を伸ばし、痛風を病んでいるような膨れた膝を擦りながら立ち上がった。

「私を招待してくださったことを、私は有益な新展開《novum》ととらえています」――裏声《ファルセット》気味の高い声で言った。「自然なことながら私はすぐに講義口調に陥ってしまい、それは、みなさんにはしっくりこないかもしれませんが、避けることができないのです。話題になっている連続事件は調査しました――可能な限り。証拠の収集と動機の探求という古典的操作方法には、すっかり裏切られました。そこで私は、統計的手法を用いなくてはなりませんでした。それが何を与えてくれるか？　犯罪現場でしばしば規定できるのは、どのような事実がそれと関係があり、どれがないかです。例えば、殺害の犠牲者の遺体付近に残された血痕の形は犯罪と関係があり、その経緯についてかなりたくさんのことを語り得るものです。そうはいっても、殺害の日に、家屋の上空に積雲が流れていたか、巻層雲が流れていたか、あるいは家屋の前の電話線がアルミ製か銅製かは、非本質的だと見なすことができます。しかし私たちの連続事件については、あらかじめ規定する術はありません――随伴するどの事実が犯罪と関係していて、どれが関係していなかったかを」

「仮に起きたのが、たったひとつの事件だったら」――シスは続けた。「私たちはお手あげだったことでしょう。幸い、事件はもっと多く起こりました。当然ながら、肝心のときにそれらの事件現場の近くに存在していた、または継起していた事物と現象の数は実質的に無限です。とはいえ、私たちが問題にしているのは連続事件ですから、そのすべてまたはほとんどすべての事件に随伴した事実に、主として依拠しなくてはなりません。すなわち私たちは、現象を対照する統計的手法に従って行動していくことになります。この手法は、これまでほとんど捜査では使われてきませんでしたから、私は、今日みなさんにご説明できるのを嬉しく思います――その最初の結論とともに……」

それまでまるで演台に向かうかのように、自分の肘掛け椅子の背後に立っていたシス博士は、長い脚でドアの方へ数歩歩き、不意に振り返り、頭を傾けると、着席している者たちの間の空間を見ながら、言葉を続けた。

「つまりですね、第一に、本物の現象が起きる前にひとつの段階がありました――仮にこれを『予告』段階と呼びましょう。遺体が姿勢を変えていたのです。ある遺体は上下逆さまになっていた、ある遺体は横を向いて寝ていた、棺の傍らの床で発見されたのもある。

第二に、消滅した遺体は、ひとつを例外としていずれも壮年男性の遺体でした。

第三に、またしても最初の事件を例外として、どの場合も、遺体になんらかの覆いを被せる配慮がなされていた。服を着せられていたことが二回、一回はおそらく医師の白い診察着と白いズボン、一回は黒い麻の暗幕です。

第四に、いつもそれは解剖前の、保管がよく、可能な限り傷のない遺体であった。いずれの場合も死去から三十時間以上は経過していませんでした。これは注目に値します。

第五に、いずれの事件も、またしても第一の事件を例外として、通常入室がかなり容易な、小都市の墓地の遺体安置所で起こったということです。ここに含めようがないのは、解剖研究室からの遺体消滅です」

シスは、主任警部に言葉を向けた。

「強力な照射灯《スポットライト》が必要です。そのような物をご用意いただけますか？」

主任警部はマイクのスイッチを入れて、小声で二言三言話した。周囲に広がった沈黙のなかで、シスは、鞴《ふいご》のように巨大な革鞄から、幾重にも折り畳まれた色鮮やかな絵に覆われた紙を一枚取り出した。グレゴリーは、嫌気と好奇心が混ざったような感じを覚えながらそれを見つめていた。彼を苛立たせたのは、学者が彼らに対して示していた優越感だった。彼は煙草の火を消し、シスの不器用な手のなかでカサカサと音を立てる大判の紙が何を隠しているのか摑もうと、空しく骨を折った。

向こうは、紙を端から引きちぎるとデスクの上に置き、あたかも主任警部が目に入らない様子でその鼻先で引き延ばしていたが、窓に歩み寄ると、街路を眺め始め、同時に脈拍を数えるかのように、片手の指でもう一方の手の手首を押さえていた。

ドアが開き、長い三脚付きのアルミ製照射灯《スポットライト》を持った警官が入ってきて、それをコンセントにつないだ。シスは灯《ライト》を点け、ドアが警官の背後で閉まるのを待って、強い光の輪を英国大地図に向けた。それから紙で英国地図を覆った。地図が乳色の下からでは透けて見えなかったので、彼は照射灯《スポットライト》をずらし始めた。地図も壁から外し（その際、彼は危険なほど椅子の上で身体を揺らした）、部屋の隅から中央まで伸びている紐に、不器用にそれを広げた。照射灯《スポットライト》を背後に置き、その光が地図と、広く両腕を開き、指で摘んでその上に重ねている紙を貫通して照らすようにした。それは腕を伸ばして持ち上げている姿勢で、何ともいえず具合の悪いものだった。

　シスは、さらに片足で三脚をずらして、ようやく身体の動きを止めた。紙を天辺で押さえ、顔を横に向けて言った。

「私たちの事件が起こった地域にご注目ください」

　博士の声は、努めて力みを隠そうとしているためだったのか、前より高音だった。

「最初の消滅はトリークヒルで起こりました、一月十六日です。場所と日時をご記憶ください。二度目は一月二十二日にスピトゥーンです。三度目はラヴリングで二月二日、四度目はブロムリーで二月十二日に。二月十九日にはルイスで最後の事件が発生しました。仮に第一の事件の現場を出発点とし、その周りに次第に半径を拡大していく円を描いていくと、確認できるでしょう――私の紙の上の図が何かを示していることを」

　光の斑点は、南イギリスの海峡沿岸の地域を、強くはっきりと区切っていた。五つの同心円が赤い十字で記された五つの場所を取り囲んでいた。ひとつ目の十字は中心部に見え、それ以降は最大円の弧に向かって、次第に遠ざかっていた。

　グレゴリーは、シスが疲労の徴候を示すのをほとんど待ち構えているうちにくたびれてしまった。シスの両手は持ち上げられて、紙の端を摑んでいるにもかかわらず、震えようともしなかったのだ。

「もしみなさまがお望みなら」――シスは鋭い声で言った。「後ほど私の計算の詳細をお示しすることもできます。今はそれらの結論のみを、ご提示いたしましょう。ひとつひとつの事件は、後になって起これば起こるほど、中心地、すなわち第一の事件の現場から遠くで起こるようにして続いていきました。その他に二番目の法則が見られます――個々の事件の間の時間は、第一の事件から数えると次第に長くなっていますが、もっともそれらが相互に一定の割合で長くなったわけではありません。しかし、付加的な要素として気温を考慮に入れるならば、新たなある法則性が生じているのがわかるでしょう。すなわち、二つの事件を隔てている時間と市の中心から遺体が次々と消滅した二つの場所を隔てている距離の積は、それに二つの事件発生時の気温の差をかけると、一定値になるのです……」

「このようにすると」――一瞬の間をおいて、シスが言葉をつなげた。「私たちは、センチメートル×秒×度＝五～九という大きさの定数を手に入れます。私が五～九というのは、消滅の精密な瞬間は、どの事例においても断定されなかったからです。私たちが常に問題にしているのは、一晩の――より正確に言えば、夜の後半の――うちの数時間という幅広い時間枠です。仮にその平均にあたる七センチメートルを定数の実際値とすると、そのとき、私が行った計算の結果として面白いことがわかってきます。この地域の中心から周辺へと一定の規則で遠ざかっていった現象の起因は、トリークヒルにあるのではなく、西に向かって動いているのです――ティムブリッジ・ウェルズ、エンゲンダー、ディッパーといった場所、すなわち、遺体の『動き』の噂が広がった場所に向かってです。従って、あえて、現象の幾何学的中心を成す点を完全に正確に位置づける実験を行うならば、その点は霊安所などにではなく、シャルタムから南西に十八マイルのチンチェスの沼と荒地一帯にある……」

首筋を次第に赤くしながらこの論証に耳を傾けていたフォーカート警部は、耐えられなくなった。

「あなたがおっしゃりたいのは」――彼は爆発した。「その呪われた沼地から亡霊か何かが這い出てきて、誰にも見られずに大気中を泳いで、遺体をひとつまたひとつと攫《さら》っていったということですか⁉」

シスは、ゆっくりと自分の紙を巻いていた。隠れた照射灯《スポットライト》の光を受けて、緑っぽく光っている地図を背景に、彼の痩せていて黒い姿は、いつにもまして鳥（沼地にすむ鳥だが――心のなかでグレゴリーはそう付け足した）に似ていた。彼は底の深い書類入れに丹念に紙をしまい、背筋を伸ばすと、赤い斑点が刻まれた顔で警部を冷たく一瞥した。

「私は、統計的分析から結論されることの他は、何も言いたくありません」――彼は言明した。「例えば、卵とスモークド・ベーコンと胃の間のような近い関係もあれば、国の政治体制と平均結婚年齢の間にあるような、より認識しがたい離れた関係というものもあります。しかし、常に問題となるのは、因果関係について述べる根拠を与えてくれる一定の相関性です」

彼は大きな、丹念に折り畳んだハンカチで、上唇の上から出た細かい汗の滴《しずく》をふき取り、ハンカチをポケットにしまうと、さらに続けた。

「この連続事件は解明が難しい。いかなる先入観も控えるようにするべきです。仮に、あなた方の先入観に対峙するのが定めならば、私はこの事件を諦めなくてはならないでしょう――と同時に、ロンドン警視庁《the Yard》との協力もです」

彼は、誰かが投げられた挑戦状を受け取ると期待するかのようにしばし待ち、それから壁に歩み寄ると照射灯《スポットライト》を消した。ほとんど完全な闇になった。シスはしばらく片手を壁に這わせて、コンセントを探していた。

天井の照明の光が部屋の様子を一変させた。一見小さくなったかのようで、眩しさに瞬きしている主任警部は、グレゴリーに、老いた伯父を思い出させた。シスは地図に戻った。

「調査を開始したとき、最初の二件からすでにかなりの時間が経っていました。あるいは、美化せずに言うならば、警察はその『事故記録簿』で事件にごくわずかの注意しか払っていなかったために、一時間ごとに何が起きたかを確定することができるような事実の再現は、不可能事でした。私はそこで、それ以外の三件にしぼりました。どの三件においても、霧が支配していました――二度は濃霧で、一度は極端な濃霧でした。それに加え、半径数百メートルをさまざまな自動車が走り抜けていました――『疑わしい』自動車は一台もありませんでしたが、私はそうした疑わしさの根拠をどこに置くのか、あまりよくわかっていません。そもそも、このような移動に『盗難遺体運搬中』の貼り紙をつけた車を使ったりする者などいないでしょう？　車は盗難現場から相当に離れた場所に駐車した可能性があります。最終的に私が知ったのは、三件のいずれにおいても、日暮れどきに（消滅は常に夜起こったことを思い出しておきましょう）、近くで目撃されたということ……」――シスはここでちょっと間をおいて、静かだが断固たる声で終えた。「……ある種の家飼いの動物がです――あの場所では通常はお目にかからないか、少なくとも、私が話を聞き取った相手が知らないか、あの場所では見たことがないような。二度は猫で、一度は犬でした」

短い笑い声が響き、それはすぐに下手糞な咳の真似事に変わった。笑っていたのは、セーレンセンだった。フォーカートは身動きもせず、言葉を返しもしなかった——シスが「疑わしい」自動車について、あまり笑えない冗談を言ったときも。

一秒の数分の一の間に、グレゴリーは、主任警部がセーレンセンに向けた視線を捕らえた。そこには警告もなければ、厳しさもなく、あるのはほとんど肉体的に感じ取れるほどの威圧だった。

検死医はもう一度、真似事を真似事でなくするために咳をし、沈黙が訪れた。シスは彼らの頭の上で暗くなっていく窓の方を見ていた。

「最後の指摘の統計的意味は、一見、さしたるものでないように思えます」——彼は続けたが、その声は次第に頻繁に裏声《ファルセット》に変わっていった。「私はしかし、実際問題として、この近郊では、現実に野良犬や野良猫がうろつき回っていたことなどほぼ皆無であるのを確かめました。それに、こうした動物のうちの一匹、すなわち犬は、遺体消滅から四日目に死んで発見されました。そのことを考慮に入れつつ、私は、夕方に猫が出てきた最後の一件では、この動物の遺体発見に賞金を懸けることにしました。今朝私は、知らせを受け、それによって私は十五シリング分貧乏になりました。猫は灌木の茂みの雪の下に横になっていましたが、それを発見したのは小学校の生徒たちで、現場は墓地の遺体安置所から二百歩弱の距離でした」

シスは、室内に背中を向けて、外の庭を見ようとするかのように窓に歩み寄ったが、そこにはもう、風に煽られて揺れている木の太い枝が投げる影の背後から、一定のリズムで煌《きらめ》いている街灯の他には、何も見えなかった。

彼はすっかり黙ってしまった。彼は指先で、己れのだぶだぶの灰色のジャケットを撫でていた。

「話はおしまいですか、博士？」

シェパードの声に、シスは振り返った。かすかなほとんど少年のような微笑みが、彼の小さな顔を不意に一変させた。そのすべての輪郭線が不釣り合いで、灰色の目の下に小さな袋が下がり、ほとんどないも同然のところまで下顎が後退していた。

『なんだ、要するに子どもなんだ、永遠の青二才だ……なんて可愛い奴だ！』――グレゴリーは驚きつつそう考えた。

「もう一言二言申し上げたいところですが、発言は最後にいたします」――シスはそう言って、自分の場所に戻った。

　主任警部は眼鏡を外した。疲れた目をしていた。

「わかった。フォーカート君、もしこの件で何か言うことがあるのなら、あなたにお願いする」

　フォーカートは渋々答えた。

「正直なところをいうと、たくさんはありません。私は、『連続事件』とシス博士が呼ぶものの全体について、慣習に従い、これまで通りに考えています。いくつかの、少なくともいくつかの噂は真実に違いない――私はそう考えています。事態はおそらく単純です――犯人はシャルタムかそのほかの場所かで遺体を盗もうとしたが、通報されてしまった。トリークヒルでようやく成功したのです。そのときはまだ『不慣れ』だったので、消えた遺体は裸だった。このような状態での移動は当然ながら、かなりの困難を、いずれにせよ、さほど目につかないはずの服を着た遺体の移動以上の困難を引き起こすに違いないということを察したようです。正しくこれが原因で、奴は戦略を変え、身にまとうものを確保しようとしたのです。それに、遺体の選択もまた、一回目は『最良』ではなかった。私は、シス博士が『良い状態にある』遺体の捜索と定義したことについて考えているのです。トリークヒルの遺体安置所は、もう一人別の死者を収納していましたが、それは消滅したものより良い状態で保存されている若者でした。多分これで全部ですが……」

「残るは、行動の動機です」――しばらくして、言葉を継いだ。「私はこんな可能性があると見ています――遺体性愛、精神病、または例えば、いずれかの、いずれかのですよ、科学者の行動です。私はこの件については、セーレンセン先生が発言される方がよいと思います」

「私は、心理学者でも精神科医でもありません」――検死医は、ほとんど振り払うように言った。「いずれにせよ、遺体性愛は除外できます。それに罹《かか》るのは、通常、重い知的障碍者、発達障碍者、痴愚者、間違いなく、なんらかの複雑な行動を計画する能力がない者だけです。それに疑いの余地はありません。さらに、精神病も除外できます。偶然任せは何ひとつありませんでした、あまりにも丹念すぎるし、ミスもゼロだからです——彼らはこのような行動の論理性は示さないものです」

「偏執狂では？」——グレゴリーが小声で言葉を挟んだ。検死医は渋々、彼の方に目をやった。一瞬の間、彼はその言い方を怪しみながら舌の上で味わっている様子だったが、それから薄い蛙のような口を歪めた。

「いいえ。つまり、私にはそうは思えないのです」——彼は、自分の反対論の断固たる調子を和らげてみせた。「精神病というものはですね、みなさん、私たちには理解できない動機による行動をすべて入れることができる袋ではありません。精神病には独自の構造があり、独自の行動論理があります。最終的には、こんな可能性も除外できません——重度の精神異常者、そうです、精神異常者、他ならぬ精神異常者が、犯人かもしれないという。それがたったひとつの可能性です……」

「数学好きの精神異常者だ」——シスは、ほとんど不承不承意見した。

「あなたはそれをどう理解しているのですか？」

セーレンセンは、シスの顔を、間の抜けた嘲笑うような微笑みとともに見つめたが、そこにはどことなく侮辱的なところがあった。彼の口は閉じ切っていなかった。

「そう、その精神異常者が、計算したわけです——もしも距離とひとつひとつの事件の間の時間と積に温度差を掛けた値が或る一定の定数《constans》になるとすれば、面白いだろうと」

セーレンセンは、神経質な動きで膝を撫でさすっていたが、やがて指で膝を叩き始めた。

「どうでしょうかね……掛けたり割ったりはいろんなものでできますよ——ステッキの長さを鍔付き帽の幅で掛けたり割ったりすれば、いろいろな定数または不定数が算出されるかもしれません」

「あなたは、そんな風にして数学をバカにするおつもりですか？」——シスは口を切った。何か辛辣な一言が喉元まで出かかっているようだった。

「すみません。私は、可能な三番目の動機について、あなたのご意見を聞いてみたいのです」——シェパードはそれまでと同じように、セーレンセンを見ていた。

「あの科学者についての？　遺体を盗むという？　違

う。とんでもない！　またなんてことを？　遺体で実験を行うような学者ですか？　絶対にあり得ません！　C級映画並みの発想です。遺体なんか、解剖研究室からなんの苦労もせずに手に入るし、遺族から買い取ることだってできるのに、なんのために盗むんです？　現実にそうすることもあるかもしれません。それはそれとして、今どきの学者に一人で研究している者なんかいないし、仮に遺体を盗むようなことをしたとしても（ただし、なんのためにだかはわかりませんが）、それを同僚や共同研究者から隠すことはできないでしょう。そんな動機は安心して除外できます」

「とすれば、あなたによれば、何が残りますか？」――シェパードは尋ねた。彼の禁欲的な顔には表情がなかった。グレゴリーは、あたかも絵画を検分するかのように、不躾《ぶしつけ》なまでに上司を見つめているところを見つかってしまった。彼は、本当にこんな人物なのか、それとも要するに退屈しているのか、いつもこうなのか？

　というようなことを、主任警部の最後の言葉の後でその場を支配した、重苦しい不快な沈黙のなかで考えていた。またしても遠くのエンジン音が、窓の向こうの暗闇の奥でし、低音の轟音が上空を流れすぎて静かになった。窓ガラスが震えていた。

「精神異常者かそうでないか」――シス博士がすぐに言った。彼は微笑んでいたが、本当に上機嫌だったのだ。「セーレンセン先生が合理的に述べられたように、精神異常者の行動は、ふつうそれとは異なって、衝動性を特徴とします、意識野《や》の感情的狭窄《きょうさく》による浅慮、過《あやま》ちです。ということは、私たちの前には残らない――何も。つまり、これらの事件は、起こり得るはずがなかった」

「あなたは形容できないほどの冗談好きですね」――セーレンセンは言い放った。

「みなさん」――シェパードが発言した。「驚くべきことは、報道陣がこれまでのところ私たちを寛大に扱っているということです。私が思うに、それは小アジア*の紛争のおかげと考えるべきです。世論はそちらの問題にあまりにも集中していましたから――しかし、あるときまでの話です。今や、ロンドン警視庁《the Yard》が非難されることになるのかもしれません。純粋に形式的な側面についていえば、捜査はさらに先に進まなくてはなりません。私は、何がすでになされたか、とりわけ、盗難された遺体を発見するためにどのような方策がとられたかを知りたいのです」

「それは、警部補の担当です」――フォーカートが言った。「彼は二週間前に私たちから全権を委任され、それ以来何もかも一人でやってきた」

　グレゴリーは、この言葉に込められている非難が耳に入らなかったふりをして、頷いていた。

「第三の事件以降」――彼は言った。「私たちは実に極端な手段を採用しました。遺体消滅についての報告直後に、少なくともほとんど周辺半径百キロメートルを封鎖して、陸路・空路のバリケードを築くなど、現地勢力をすべて投入し、ロンドンからはチチェスターに戦術本部がある無線自動車二個班を呼びました。あらゆる十字路、踏切、遮断機、高速道路と封鎖地区からの道路の出口は規制下に置かれました――結果は出ませんでした。私たちは、それを通してさまざまな事件で捜査対象になっていた五人を逮捕しましたが、私たちの問題に関して成果はありませんでした。私は、ここで、最後の事件に注目したいと思います。半径百キロメートルの地域を封鎖するのは極めて面倒であり、実際のところ、網の目が犯人脱出の可能性を排除できるほど細かかったことに百パーセントの保証が得られるものではありません。それ以前の事件、つまり第二と第三の事件において、私たちの全バリケードが現実にその地域を閉鎖する以前に、犯人が閉鎖地帯を離れたということもあり得ます。なぜなら、一回目は確か夜の六時間、二回目は約五時間と、犯人にはかなりの時間があったのですから。当然ながら、私は、奴は自動車を使ったと推測しています。とはいえ、最後の事件では、消失は早朝三時から四時五十分の間に起こりました。犯人には、逃亡のために最大で一時間四十五分あったのです。しかもです、あれは典型的な三月の夜で、夜霧の後、嵐と吹雪が交互にやってきましたし、道路はいずれも翌日の正午まで、雪が積もっていたか、吹き溜まりで通行不能になっていました。犯人は、強力なトラクターでも使わざるを得なかったはずです。私は、このことについては痛いほどわかっています――現地のも、私たちに呼び出されて大ロンドンの

＊――アナトリア半島（トルコ共和国のアジア部分）のこと。第二次世界大戦後、ソ連との友好関係を断ち、親米に転換した。一九五二年、ＮＡＴＯに加盟した。

犯罪捜査課《Crime Investigation Department》予備班から急行していたのも含めて、私たちのパトカーを雪のなかから引き出すのにとんでもないほど苦労したからです」

「つまり君は、ルイス近郊から正午までに脱出できた自動車は一台もなかった、と言うのだね？」

「そうです」

「では、橇《そり》は？」

「技術的には可能かもしれませんが、犯人がそのために使えた時間内では無理です。橇は一時間あたり十数キロ以上進まないでしょうし、あんな雪ではほんの数キロ進むのが関の山です。どんな良い馬に繋がれていたとしても、正午までに半径八十キロメートルの円外には脱出できなかったでしょう」

「警部補、それはわかったが、君自身、そんな風に一帯を封鎖しても絶対的な確信は得られない、と言ったでしょう」――シェパードは穏やかに言った。「百パーセントの規制は、私たちが目指している理想にすぎ……」

「奴は、袋に遺体を入れて、徒歩で、野原を渡ったのかもしれません」――フォーカートが意見を述べた。

「こだわるようですが、それは不可能です」――グレゴリーが言った。彼は落ち着いていたかったが、すでに頬が赤くなるのを感じていた。立ち上がりたくてたまらず、かろうじてそれを抑えた。

「朝の六時以降、閉鎖された一帯の外に出られた車はありませんでした――請け負ってもいい」――彼は断言した。「歩行者なら雪を抜けて、歩き通すこともできたかもしれませんが、成人の遺体のような重量を抱えてでは無理です。むしろ投げ出したくなる……」

「もしかしたら、実際に投げ出したのかもしれない」――セーレンセンが言い添えた。

「私もそれは考えました。私たちは、その近郊一帯を探し回りましたし、さっそく翌日に始まった雪解けで、私たちの作業は楽になりました。何も発見されませんでした」

「あなたの論証は、あなたが考えているほど完全無欠ではありません」――不意にシスが会話に口を挟んだ。「まず、あなた方は死んだ猫を発見できませんでしたが、仮にあなた方が十分念入りに探していたなら、発見に至っていたかもしれ……」

「すみませんが、私たちが探していたのは人間の遺体であって、死んだ猫ではありません」――グレゴリーが言明した。

「わかりました。しかしそんなに広い地帯ならば、遺体を隠す可能性があまりにもたくさんあって、間違いなくそこにないなどとは断言できないはずです」

「犯人は遺体を埋めたかもしれない」――フォーカートが言葉を挟んだ。

「埋めるために、盗んだ？」――悪気のない表情で、グレゴリーが尋ねた。フォーカートは、鼻から息を吹き出した。

「逃げられないのがわかったから、埋めたのかもしれない」

「逃げられないとどうしてわかったのでしょう？　私たちは、ラジオで道路封鎖を布告したりはしませんでした」――グレゴリーは、言い返した。「情報提供者がいたのなら話は別ですが――あるいは当の犯人が、警官だったとか……」

「そう、それは悪くない考えです」――シスは微笑みを浮かべた。「それにです、みなさん、あなた方はすべての可能性を精査したわけではありません。ヘリコプターが残っています」

「それはナンセンスだ！」――セーレンセン検死医は軽蔑を隠さなかった。

「なぜ？　イギリスにはヘリコプターがないとでも？」

「検死医《ドクター》は、この国では、精神異常者の方がヘリコプターより、簡単に手に入ると考えておられるわけです」――グレゴリーが意見を述べて、満足げに微笑んだ。

「申し訳ないが、こんな話をしていては時間がもったいない」

シスはまた書類入れを開いて、分厚いタイプ原稿を取り出し、万年筆を片手に目を通し始めた。

「みなさん！」

シェパードの声に、全員が黙った。

「犯人が封鎖された地帯から姿を消した可能性は排除できない。君はこれを先々のためにも考慮に入れておかなくてはいけない、グレゴリー君。ヘリコプターに関していえば……もしもの場合として取っておいてもいいだろう、後々まで……」

「あれこれの動物の遺体も」――セーレンセンは付け加えた。シスは、読むのに夢中のふりをしていて、反応しなかった。

「遺体の捜査は継続すべきです」——シェパードは言葉を続けた。「この捜索は幅広く計画しなくてはなりません——港湾も含めてです。船舶、特に小型の積み荷をそれとなく規制することも、必要でしょう。みなさんのなかで、どなたか、発言すべきことがある人は？　仮説か何か？　何かお考えが？　大胆なのでもけっこうですし、大胆すぎるのでも」

「私の考えでは、それは……」——グレゴリーとフォーカートが同時に応じた。二人は互いを見合わせて、言葉を切った。

「聞かせてください」

誰も応じなかった。電話がリンリンと音を立て始めた。主任警部はそれを切って、坐っている者たちの方に目をやった。煙草の煙が、青っぽい雲となって電灯の下に広がっていた。一瞬、沈黙が支配した。

「それならば、私が申しましょう」——シスが言った。自分のタイプ原稿を丹念に二つ折りにして、書類入れにしまった。「現象のさらなる展開を予見するために、先ほど述べた、現象の拡大定数を適用してみました」

彼は立ち上がり、地図上に、赤鉛筆でサセックス郡とケント郡の一部を囲む帯を描いた。

「仮に次の事件が、今日から来週末までの間に起きるならば、北はイースト・ウィックハムとクロイドンとサービトンの各郊外、西はホーシャム、南はイギリス海峡の海岸線、東はアシュホード*の市街で区切られている、この一帯で起こるでしょう」

「とても広い地域だ」——フォーカートが疑わし気に言い放った。

「けっしてそんなことはありません——これまでの事件が起こった内側の円をそっくり除外すべきだからです。現象の特徴は、外側への拡大であり、従って問題になるのは、幅三十五キロメートル以下の丸い帯だけです。その地域には、約八十の病院と百六十以上の小さな墓地があります。それで全部です」

「そしてあなたは、そこで起こると確信しておられるのですか？」——セーレンセンは咄嗟に言った。

「いいえ」——長めの間をおいてシスが応じた。「確信はありません。しかし仮にそれが起こるとすれば、それが起こるとすれば……」

何か奇妙なことがこの学者に起きていた——目の前で、彼の全身が震え、突然声変わりしつつある少年のように、その声がかすれ始め、全員彼の方を驚愕して見続けていた。シスは大声で笑い出した。なんということか、何かの考えを面白がっているかのように、彼は腹を抱えて笑っており、その抑えようのない陽気さが死んだような沈黙に迎えられても、平気だった。

　彼は肘掛け椅子の下から書類入れを持ち上げ、かすかに頭を下げて、まだ肩を激しく動かしながら、素早く過剰なほど歩幅の広い足取りで、オフィスを出ていった。

## 第二章

　強風が雨雲を切り裂き、家々の上に黄色がかった夕焼けが明るく光った。街灯は薄暗くなり、雪は黒色になって歩道と車道の上を流れ広がっていった。グレゴリーは、両手をコートのポケットに入れて、通行人は見ずに足早に歩いていた。交差点で立ち止まり、しばらく迷っていたが、湿気が飽満した雪解けの大気のなかで寒気を覚えたので、長い両脚を踏み鳴らしていた。自分の優柔不断さに苛立って、ようやく左に歩き始めた。

　会議はシスが退出した後、ほとんど即座に終わった――実質的に何も決まらなかった。シェパードは、今後誰がこの事件を担当するかすら決めなかった。

　グレゴリーは主任警部をほとんど知らないも同然で、

＊――原文はAshordとなっているが、英訳版に準じてAshford（実在の地名）に改めた。

今日が生まれてから彼を見た五回目か六回目だった。彼は、上司たちの歓心を買う術を心得てはいたが、探偵としての長からぬ経歴のなかで、それを応用したことはなかった。しかし今の彼は、自分の等級がかくも低いことを無念に思っていた。そのことが、捜査を主導するチャンスを大幅に減少させていた。

　別れ際に、シェパードは彼に、これから何をするつもりかと尋ねた。わからないと答えた。それは真実その通りだったが、こうした正直さは普通報いられないものだ。シェパードは、この言葉を、無責任の表れとはとらなかったにしても、知性の限界の表れと見なしたのではないか？

　さて、彼がいなくなったところで、フォーカートが主任警部に何を言っただろうか？　間違いなく、最高の評点は下さなかっただろう。グレゴリーは、それは彼にとっての褒賞でしかないと納得しようとした――フォーカートの判断など、どれほどの価値があるというのか？

　彼は頭のなかで、その面白くない人間像からシスに移った。これこそ、変人だった。彼について多くを聞いたことはなかった。博士は戦争中、参謀本部付作戦部門で働いていて、その分野でいくつかの独創的な業績があるとのことだった。終戦後一年ほどで、失態を犯して、そこを去った。どうやら、某大物、アレクサンダー元帥を侮辱したらしい。彼は、同僚たちすべてを敵に回すことで知られていた。冷淡で意地悪く如才さの欠片《かけら》もなく、他人について考えていることを本人に向かって言うことにおいては、まるで子ども並みの情け容赦のなさだった。

　グレゴリーは、学者が惹き起こした厭悪感がよく理解できた。彼はシスの講義中に感じた己れの困惑がどうしても忘れられなかった――その論理的な証明に何ひとつ抗論できなかったからだ。同時に彼は、頭の小さすぎる鳥に似た、この人物のうちに感じ取った卓越した知性には敬意を抱いていた。『これはいずれ調べなくてはならない』――彼は自らの思考の流れを押し止めたが、実際のところ『調べる』が何を指しているのか、特定しないままにしておいた。

　陽は急速に褪《あ》せていき、ショーウィンドウに灯りが入ると、いよいよ速くなった。街路の幅が狭まり、そこは多分中世から改築されていない、とても古い市街地の一角で、不格好で暗い家々が立ち並び、そのなかには不自然に大きく透明な、新しい商店のガラス張りの箱が輝いていた。

彼は近道をするために、アーケードの方に曲がった。入口に、吹き溜まりの雪の薄い層が広がっていた――彼は、踏んだ跡がないのに驚いた。連れのいない、赤い鍔付き帽を被った女性が、蠟のような微笑みを浮かべながら舞踏会用ドレスを披露している、マネキン人形たちを眺めていた。その先でアーケードは穏やかに曲がり、乾いたコンクリートの上には、ショーウィンドウの照明の藤色と白色の四角が広がっていた。

グレゴリーは、自分がどこにいるのかは考えずに、ややゆっくりと歩いていた。シスの笑いを思い出し、その理由を推測しようとした。あの笑いの響きを正確に意識に上せようとしたが、彼にはそれが重要だと思えたのだ。シスは外見に反して、はったりを利かせようとする人間ではなかった――己惚れているのは確かで、だから、笑うときも、いわば自分だけのために自分だけが知っている理由で笑うのだった。

人気《ひとけ》のないアーケードの奥から、一人の男がグレゴリーの方に向かって歩いてきた。背が高くほっそりしているその男は、独り言を言っているみたいに、頭を動かしていた。グレゴリーは自分の思考に夢中でその男を観察していなかったが、視野の縁のどこかに捕らえていた。向こうはもう近くにいた。周囲は先ほどより暗くなり、三軒の商店の照明は消え、四軒目のガラスは石灰の塗料で塗られていた――修理中だ。孤独な通行人がやってきた辺りだけが、いくつかの大きなショーウィンドウで光っていた。

グレゴリーは頭を上げた。向こうは歩度を緩め、さらに進んできたが、躊躇《ためら》いながらだった。すぐに二人は、数歩離れて立ち止まった。グレゴリーはまだ自分の思いを振り払うことができず、対面して立っている男性の背の高い姿を眺めてはいたのだが、顔は目に入っていなかった。彼が一歩進むと、向こうも同じようにした。

『何がしたいんだろう？』――グレゴリーは考えた。彼らは、目を顰《ひそ》めて互いを観察していた。向こうは影のせいでぼやけた幅広い顔をし、鍔付きの帽子はあまりにも目深にかぶさり、短めのコートが斜めになったベルトに締めつけられ、ベルトの端がバックルの辺りに巻かれていた。バックルの具合がどことなく変だったのだが、グレゴリーは頭のなかに自分の問題を抱えすぎるほど抱えていた。見知らぬ男の脇を通り抜けようとして動いたが、相手は彼の前で立ち止まった。

「おい、いいか……」――グレゴリーは怒りをこめて口を切って、口籠った。

　見知らぬ男――それは彼自身だった。彼は、壁のようにアーケードを塞いでいる巨大な鏡の前に立っていた。彼は間違って、ガラス天井の張られた袋小路に入っていたのだ。

　彼は自分の鏡像を見ていたが、まだしばらくの間は、見知らぬ誰かを観察しているという感覚がゆっくりと消えながらではあったが残っていた。浅黒く、あまり理性的ではない顔で、頑固そうな顎をしている――彼はときに、あえてそんな風に考えた。もしかしたらむしろそれは、反逆心、愚かしい反逆心だったか――実際一度ならずそんな風に考えたこともあった。「気のすむまで見たかい？」――彼は呟き、踵《きびす》をめぐらし、まるでバカにされたかのような困惑をつのらせながら、出口に向かって歩き出した。

　道を半分まで来たところで、不合理な衝動に抗することができずに、後ろを見た。「向こう」もまた立ち止まった――遠くの、照明のついた人気のない商店の間を、通りの奥に向かって鏡像の世界における自分の用件を果たすために、遠ざかっていくところだった。彼は苛立って、バックルの辺りでベルトを直し、鍔付き帽を額から上げ、街路に出た。

　次のアーケードは、彼を〈ヨーロッパ〉の真ん前まで連れていった。門衛がガラス扉を開けた。グレゴリーはテーブルの間を歩み、カウンターの藤色の光の方に向かった。彼はとても背が高かったので、三脚椅子に腰を下ろすのに爪先立つ必要はなかった。

「〈ホワイトホース〉ですか？」――バーテンダーが尋ねた。グレゴリーは、頷いた。

　ボトルは、まるでそのなかにガラスの小さな鐘が隠れているような音を立てた。グレゴリーは素早く飲み干したが、〈ホワイトホース〉は辛くて、フーゼル油*のような後味がして、咽喉が焼けるかと思った。それが耐えられなかった。しかし、何度か続けて、〈ヨーロッパ〉に若いキンゼイと一緒に立ち寄って、彼と他ならぬこのウィスキーを飲む成り行きになり、以来、バーテンダーは彼を常連と見なして、彼の好みを憶えていた。グレゴリーは確かにキンゼイと会っていたが、それは住居交換問題に決着をつけるためだった。彼はウィスキーよりもホットビールが好きだったが、このような高級店で注文するのは恥ずかしかった。

　彼がここに立ち寄ったのは、つまるところ、家に帰りたくなかったからだった。彼は一杯やりながら、「連続事件」の既知の事実のすべてをひとつながりの構造にまとめあげたかったが、名字も日付もひとつとして思い出せなかった。彼は思いきり頭を持ち上げて、飲み干した。身体を震わせた。バーテンダーが彼に何か言っていた。

「え？　何だって？」

「夕食は召しあがりませんか？　今日は鹿肉があります、今が旬ですよ」

「鹿肉？」

　彼は一言も理解できなかった。

「え、夕食？」——ようやく摑めた。「いや。注《つ》いでくれ」

　バーテンダーは頷いた。彼は、銀色の蛇口の下でガラス食器を、まるで小さな欠片に割り砕こうとするかのように、ガチャガチャと音を立てて洗っていた。彼は赤くなった筋肉質の顔をグレゴリーの方に上げ、目を細めて、呟いた。

「お待ちですか？……」

　カウンターには誰もいなかった。

「いや。何のことだ？」——彼は、意図していたよりも激しい言葉を付け足した。

「いえ、なんでもありません。そう思ったものですから——旦那は……勤務中だろうと」——バーテンダーは口のなかでそう言うと、もう片方の隅に退いた。誰か、グレゴリーの腕に優しく触った者がいたので、彼は間髪入れずに振り返ったが、失望は隠せなかった——彼の前に立っていたのはウェイターだった。

「すみません……グレゴリー警部補ですか？　お客様にお電話です」

　彼は踊っている人の群れの間を抜けていかなくてはならず、彼らにぶつかり、苦労してなるべく速く行こうとした。電話ボックスの電球は切れていた。彼は暗闇のなかに立っていた——丸い小窓から、照明の斑点が色彩を変えながら落ちていた。

＊——アルコールが発酵してできる有毒な混合物。酒類に多少なりとも含まれている。

「もしもし、グレゴリーです」

「シェパードだ」

遠い声の響きを聞いて、彼の心臓は強く、一度だけ打った。

「警部補、君に会っておきたい……」

「わかりました、主任警部殿。いつ……」

「後回しにしたくない。時間はあるか？」

「もちろんです。明日では？」

「いや。今日、もし君の都合がつくなら。どうだ？」

「はい、もちろんです」

「それはよかった。私の住まいがどこか、知っているか？」

「いいえ、でも、多分……」

「ウォルハム通り八十五番地。パディントン地区だ。これからすぐ来られるか？」

「はい」

「それとも、一時間後か二時間後がいい？」

「いいえ、すぐにでもかまいません」

「それなら、待っている」

戻した受話器がガチャンと音を立てた。グレゴリーは、呆然と電話機を見た。いったいシェパードは、彼が安っぽいスノビズムを満たしていた、この惨めな〈ヨーロッパ〉のことをどうやって知ったのだろう？ 順繰りに電話して彼を呼びだしたのか？ それほど必死に彼を探していたのか？ そのような可能性があると思うだけで、彼は熱くなった。店を出ると、走り寄ってきたバスの方に向かって、疾走した。停留所からは、次第に人気の少なくなる小路を通って、かなりの距離を歩き通さなくてはならなかった。ようやく大きな集合住宅が一棟も立っていない小道に入った。水溜りに、ガス燈の列が点滅する並木道のように反射していた。彼は、このような荒廃した一角がこの地区のど真んなかに隠れていようとは、予想もしていなかった。

八十五番のところで、もう一度驚いた。低い塀の向こうの庭園のなかに、他の建物からかなり離れて、巨大な建物が死んだように真っ黒な姿で立っていた。しげしげと見てようやく、彼は二階の端の窓に弱い光があるのを認めた。

木戸は力を入れると、ギーという音を立てて開いた。塀が街灯の光を遮断していたので、彼はほとんど手探りで歩を進めた。不規則に並べられた平らな石板が、門まで通じていた。彼はそれを足先で探っていった。

呼び鈴の代わりに、扉の黒い表面からつるつるのノッカーが突き出ていた。大きすぎる物音を立てるのを恐れるかのように、あまり強くは引かなかった。

かなり長く待った。見えない樋《とい》がときどきポタポタと音を立て、自動車が交差点の濡れたアスファルトに滑ってキーキーと音を立てた。扉は音もせずに開いた。戸口にシェパードが立っていた。

「もう着いたか。それはよかった。ついてきてください」

ホールは真っ暗だった。奥に階上につながる弱々しい反射が伸びていた——光の帯が当たっている階段だった。二階のドアは開いていて、その前に小さな玄関のようなものがあった。何かが上から彼の方を黒い空っぽの視線で見ていた——それはかろうじてそうとわかる何らかの動物の頭蓋骨で、黄色がかった骨の輪郭の中央に眼窩《がんか》だけがくっきり見えていた。

彼はコートを脱いで、部屋に入った。闇のなかをさ迷い歩いて視覚が敏感になっていたので、目を細めなくてはならなかった。

「どうぞ、お坐りください」

部屋はほとんど暗かった。デスクの上で光っている強力な電球は、下にある開いた本に直接向けられたスタンドのものだった。開ききった紙面から、壁という壁、そして天井に反射が当たっていた。グレゴリーはまだ立ったままだった。部屋には肘掛け椅子が一脚しかなかった。

「坐ってください」——主任警部は繰り返した。命令のように響いた。警部補は躊躇いながら腰を下ろした。今度は光源のすぐ近くになったので、ほとんど何も見えなかった。壁には、絵が並んでいるようなぼんやりした染みが浮かび上がり、足の下に柔らかい絨毯《じゅうたん》が感じられた。肘掛け椅子は快適ではなかったが、巨大なデスクで作業をするには向いていた。目前に本が並べられた長い書棚が立っていた。部屋の中央に、くすんだ角膜白斑のようにテレビが光っていた。

シェパードはデスクに歩み寄り、本の下から、煙草の入った黒い鉄製の小箱を引き出して、客人に煙草を勧めた。自らも火をつけて、ドアから重い褐色のカーテンに覆われた窓に向かって歩き始めた。沈黙は長く続き、グレゴリーは一定のリズムで歩く人物を追うのに飽きてしまった。

「私は君にこの事件を渡すことに決めた」——シェパ

ードは立ち止まらずに、突然言葉をかけた。

　グレゴリーは、何を言ったらいいかわからなかった。彼は呑んだアルコールの味覚を感じていたので、まるで煙に覚醒特性があるかのように、煙草を強く吸い込んだ。

「君が一人で担当することになる」――シェパードは、断言口調で言い足した。歩くのは止めずに、照明の輪のなかに坐っている者に斜め前から目をやった。

「私が君を選んだのは、特別な捜査能力故にではない――君にはそんなものはないのだから。君は、系統立てて仕事をするわけでもない。でもそれでかまわない。しかし君は、この問題に個人的に引き込まれている。そうだね？」

「はい」――グレゴリーは応じた。彼は、このような簡潔で断定的な答えがふさわしい、と感じた。

「君はこの事件について、独自の考えを持っているのか？　今日、私の執務室で口外する気になれなかった、このうえなく個人的な見解でも？」

「いいえ。いや、その……」――グレゴリーは躊躇っていた。

「聞かせてくれ」

「これはなんの裏付けもない印象です」――グレゴリーは応じた。渋々話した。「私は、この案件の鍵は遺体ではないと思うのです。つまり、遺体には一定の役割がありますが、それが本質ではない」

「では、何が？」

「それがわからないのです」

「本当に？」

　主任警部の声は意地悪で、口調はほとんど陽気だった。グレゴリーは、彼の顔が見られないのが残念だった。それは、ロンドン警視庁《the Yard》で稀にだが見かけるのとはまったく別人のシェパードだった。

「私は、これは不気味な事件だと思います」――彼は同僚に向かって言うかのように、思い切って言った。「ここには何か……何か、逆説的なところがあります。とても難しいといいたいのではありません。そこには、物理的に不可能という理由からではなく、結び付けると心理的な不合理――しかもピラミッドのように巨大で、その先を考えることができないような不合理――が結論として導き出されてしまうという理由で、どうしても結び付きようのない細部があるのです」

「なるほど、なるほど」――注意深く聞き入っているような口調で、シェパードが繰り返し言った。彼は、依然として歩きまわっていた。グレゴリーはもはや彼の背後は見ていず、次第に情熱的な口調になりながら、目は紙面から離さなかった。

「そもそもこの一件が大事になろうとしているその土台に、狂気、偏執狂、精神異常があるという考えは、否定しがたいものとしてのしかかってきます。そのことがどのようにして始まったのであれ、そのことをいかに避けて通ろうと望むのであれ、立ち返ってくるのは常にそこです。実際のところ、これがたったひとつの解決策です。しかし、それは見かけにすぎません。偏執狂者――よろしい。しかし、あの規模で、あの鉄の論理がある――あなたが理解しておられるかどうか、わかりませんが！　誰かの家に入って、そこにある机と椅子がすべて一本足だったとすれば、これは狂人の仕業ということもできるでしょう。気のふれた人間がそんな風に家具を設《しつら》えたのだと。しかし、仮に家から家へと歩いていったら、市中全体で同じものを見出したとしたら？……私にはそれが何を意味するかわかりませんが、それが狂人だったはずはないし、そんなことはあり得ません。それはむしろ、対極です。過剰に理性的な何者かです。ただし、その者は、自分の理性を不可解な事件に捧げたのです」

「で、それから？……」――シェパードは、見るからにグレゴリーを虜《とりこ》にしている熱を冷ましたくないとでもいうかのように、声を高めずに尋ねた。デスクの向こうに坐り、書類を見ていないのに、そちらを盲目的に見つめている若い男は、瞬時の沈黙の後に口を切った。

「それから……とてもよくない事柄です。とてもよくないのです。一度も躓《つまず》くことなくなされた一連の行動――これは恐ろしい、これは……私は、ぞっとしてしまいます。人間的でないのです。人間はそんな風に行動するものではありません。人間は間違います、ときどき計算しなおし、考えなおし、痕跡を残し、始めた行動を放棄したりせずにはいられないものです。最初にあったあれらの遺体、あれらの……動かされた――とでも呼べばいいか――、私は、犯人は怯《おび》えて逃げたというフォーカートの断言は信じません。とんでもない。彼はそのとき、ただただ遺体を動かしたいと欲したのです。最初は少しだけ。次はもっとたくさん。その次はもっとたくさん――挙句の果てに最初の遺体は消えてしまった。こうなるべきだった、と犯人はそんな風に心に決めたのです。私は、なぜなのか考えました、今でも考えています……しかし、わかりません。何ひとつ」

「君はラペイロ*事件を知っていますか？」——シェパードは尋ねた。彼は部屋の隅に立っていた——ほとんどその姿は見えなかった。

「ラペイロ？　あのフランス人……」

「そう。一九〇九年のことだった。君はその事件を知っていますか？」

「何か引っかかるところがありますが、憶えていません。何をめぐる一件でしたか？」

「痕跡過多だ。あまり幸福な名称ではないが、そう呼ばれた。セーヌ河岸に、ある時間内に、服のボタンがいろいろな幾何学的な形に配置されているのが発見された。ベルトやズボン吊りのバックルも。小銭も。多角形や円に並べられていた。いろいろな風に。ハンカチがリボンのように結ばれていた」

「待ってください。何か、思い出せそうだ。どこかで読んだに違いない。二人の老人が、屋根裏部屋で……そうですね？」

「そうだ。それが例の事件だ……」

「自殺を望んでいた若い人たちを探し出して、その気をなくさせて、元気づけて、我に返らせて、そうした不幸せ者が自殺を思うように至ったのは何故かを物語るように指示した。そうでしたね？　それから……首を絞めた。そうですね？」

「ほぼそんなところだ。一人は化学者だった。殺害された犠牲者たちを裸にして、身体は濃硫酸と暖炉で始末し、ボタンとバックル、その他行方不明者の遺品を使って遊んだ、いやむしろ警察と謎かけ遊びをした」

「私には、あなたがなぜこの話を持ち出したのか、理解できません。殺人者の一人は正気を失い、もう一人はいわゆる感応精神病《folie en deux》**の犠牲者でした。一人目の個性に盲従して、意志を失っていました。彼らがボタンの謎かけを思いついたのは、興奮を覚えたからです。出来事はもしかしたら解決が難しいものだったのかもしれませんが、根本的には些末なことでした——殺人者と被殺害者がいて、痕跡があった。証拠は手が込んだつくりでしたが、だからといって……」

　グレゴリーは途中で言葉を切って、突然唇に現れた不可解な微笑みを浮かべたままで、主任警部を眺め、闇のなかでその姿を見極めようとした。

「そうか……」――驚くべき発見をしたかのような口調で言った。「そういうことか……」

「そう、まさしくそれだ」――シェパードは言い返して、室内の行進に戻った。

グレゴリーは頭を低く下げた。指でデスクの縁を引っ掻いていた。

「人工的な……」――呟くように言った。「模倣……模倣か？」――声を上げながら繰り返した。「擬装された、でも何が？　狂気？　いや、そうではない――またしても堂々巡りだ」

「堂々巡りなのは、君が間違った方向に進んでいるからだ。君が『装われた狂気』と言うとき、君はラペイロ事件との正確な類似を探している。あちらの殺人者たちは、言ってみれば、特定の宛先人に向けて行動していた――意図的に痕跡を残した、すなわち警察に解決すべきクイズを与えていた。ところで私たちの一件では、『宛先人』が警察であるかどうかは、およそ確かではない。私はその蓋然性はとても低いと考えている」

「それは、そうですね」――グレゴリーが言った。彼は話す気を失い、声を低めた。「こうして私たちはまた入口に戻ることになります。動機に」

「とんでもない、待て。こちらを見なさい」

シェパードは片手で壁を指した。そこに、グレゴリーがこれまで気づかなかった光の不動の染みが見えていた。この光はどこから来ているのだろう？　彼はデスクを見た。スタンド近くの書類の上に、磨き上げられた文鎮が置いてあった。幅の狭い光線が、水晶の奥で折れ曲がって部屋の暗い奥まで走り、壁に落ちていた。

「ここに何が見える？」――影の方に身体をずらしながら、シェパードが尋ねた。

グレゴリーは、デスク上の眩しいスタンドから身を捩るように身体を横に傾けた。壁には、闇に隠れた絵画がかかっていた。絵画の一部だけが、その孤独な光線に照らされていた。コイン二枚分より大きくはない

*――Lapeyrot。不明。

**――ある精神病者の症状、特に妄想や幻覚が、その患者と密接な関係にある他の一人または複数の人に同じ形で現れるもの。ときに集団ヒステリーのかたちをとる。

ようなその箇所に、白の褪せた灰色のかすかに折れ曲がった縁に囲まれた、暗い斑点が見えていた。

「この斑点ですか？」――彼は言った。「何かの断面ですか？　いいえ、判別できませんが、待って……」

その形が彼の好奇心を刺戟した。彼は、目を瞬きながら次第に注意深く見ていった。観察が長引くにつれて、彼のなかに不安感が生まれてきた。相変わらず見ているものが何かはわからなかったが、不安は募っていった。

「なんとなく生きているようですが……」――彼は、無意識のうちに声を低めていった。「いや違うか……廃墟にある、焼けた窓？」

シェパードはもっと近くに歩み寄って、自分の身体でその場所を隠した。不規則な斑点は、今度は彼の胸の上にあった。

「君に、この正体がわかるはずはない――君は一部分を見ているにすぎないから」――彼は言った。「そうだね？」

「そうか！　あなたは、遺体消滅の連続事件は、一部分、断片、いわば何かもっと大きな全体の始まりにすぎないと考えておられるのですね？」

「まさに、そう考えている」

シェパードはまた歩いていた。グレゴリーはまた、視線を壁のあの場所の方に戻した。

「もしかしたら、これは、もっと大規模な犯罪的または政治的スキャンダルの始まりかもしれないが、それはやがて、私たちの国境を越えるだろう。これから起こることは、すでに起こったことから帰結されるのかもしれない。いや違うかもしれない――もしかしたら私たちは、注意をそらすための陽動、つまり、外見の戦略的操作を観察してきただけなのかもしれない」

グレゴリーは、彼を不安にさせるその暗い形に目を凝《こ》らすあまり、ほとんど聞いていなかった。

「すみません」――彼は自分でも意外なことを言った。

「あそこにあるのは何ですか、主任警部殿？」

「どこ？　ああ、これか！」

シェパードはスイッチを捻《ひね》った。光が部屋を満たし、それは二、三秒続いた。それから主任警部は上の電灯を消し、またしても闇が落ちた。闇が戻ってくるまでの間に、グレゴリーは、それまで見えていなかったもの――斜めに後ろを向き白目だけで見ている、首筋に首吊りの縄の痕が深く刻まれた女性の顔を認めた。彼はもはや写真の細部を見てはいなかったが、にもかかわらず、あたかも奇妙な遅れを伴って彼の心に、この死んだ顔のなかに凝固していた恐怖が届いた。彼は目を、まだ歩きまわっているシェパードに目を向けた。

「もしかしたら、あなたのおっしゃる通りなのかもしれません」——彼は瞼を瞬きながら言った。「でもわからないのです——そのことが一番重要なのかどうか？　あなたは、夜、暗い遺体安置所で、歯で布のカーテンに噛みついている人間を想像できますか？」

「君にはできない？」——シェパードは遮った。

「ああ、できますとも、でもその人間は、興奮していたのか、恐怖に怯えていたのか、手許に他の道具がなくて、必要に迫られて……でも、あなたは、彼が何を目的にそれをしたのかを、私と同程度にご存知です。これは連続事件全体を通して繰り返されています——呪わしい、鉄のように揺るがないこの首尾一貫性が。彼は、遺体が復活したように見えることを目的に、すべてを行っていました。そのために彼はすべてを計算して、気象通報を調べたのです。しかしそういう人間が考えるものでしょうか——奇跡を信じる警官が登場するなどということを？　ここですよ、まさしくここに、あらゆる狂気の根本がある！」

「君は、狂気について、彼はそれを持ち合わせない、持ち合わせるはずがないと言っていたね」——シェパードは平静に意見を述べた。彼はカーテンを開けて、暗い窓の方を見ていた。

「なぜあなたは、ラペイロ事件に言及したのですか？」——少し長い間を措いて、グレゴリーが尋ねた。

「始まりが幼稚だったからだ——模様を描いて並べられていたボタンからだからね。でもそれだけが理由ではない。答えられるか——人間的な行動の対極とはいかなるものか？」

「わかりません……」——グレゴリーは口のなかで言った。彼は頭が割れるように痛かった。

「人間は自らの行為のなかで、己れの個性を表明する」——主任警部は落ち着いて説明した。「従ってそれは、犯罪行為のなかにも現れる。しかし、私たちの連続事件から見えてくるこの規則性は、無個性だ。無個性——自然の法則がそうであるように。わかるか？」

「どうやら……」——グレゴリーはかすれ声で言った。彼はとてもゆっくりと全身を片方に傾け、ついには眩しいスタンドの灯りの届かないところに出た。そのおかげで彼の目は、闇のなかで、次第によく見えるようになった。女性の写真の他に、別の写真があった。死人たちの顔が写っていた。シェパードはまたしても部屋を横切って歩き、この幻のような顔たちを背景に、当たり前の日常的な物たちではなくまるで奇怪な舞台装置に囲まれているかのように、動き回っていた。デスクに正対して立ち止まった。

「この連続事件のなかには、犯人は存在しないことを暗示するような、数学的完全無欠さがある。これは驚愕すべきだが、真実だ、グレゴリー……」

「何ですか……あなたは何を……」――かろうじて聞こえるような声で、反射的に身を後ろに下げながら、警部補は言葉を放った。

　シェパードは不動のまま、顔を見せずに立っていた。突然、グレゴリーには、短く切れ切れな音が聞こえた。主任警部が笑っていたのだ。

「君を怯えさせてしまったかな？」――彼は、真面目な口調になって言った。「君は、私が無意味なことを言っていると考えるか？」

「昼と夜は誰が作るのだろうか？」――彼は問うた。声には、嘲笑があった。グレゴリーは、肘掛け椅子を除けて、突然立ち上がった。

「わかりました。当然です！」――彼は言った。「新しい神話の創造がねらいなのですね。人工的な自然法則。人工的で、無個性で、不可視の犯人。そして、いうまでもなく万能の。こいつは素晴らしい！　無限性の模倣だ……」

　グレゴリーは笑っていたが、それは陽気な笑いではなかった。深く息を吸い込みながら、黙りこくった。

「なぜ君は笑う？」――主任警部は、悲哀を感じているかのようにゆっくりと尋ねた。「それは君がすでにこのことについて考えた、しかしその考えを放棄したからではないか？　模倣？　もちろんだ。しかし、それは完全無欠な模倣かもしれない。あまりにも完全無欠なので、いいかグレゴリー、君は何も得ずに引き返してくることになるだろう」

「かもしれません」――グレゴリーは冷ややかに意見を述べた。「そのときには、誰か別の人が私の代わりになるでしょう。つまるところ、私は今でも個々の細部ならば別々に説明できます。例の解剖研究室だって。窓は、あらかじめ取っ手に結んでおいたナイロンの釣り糸を使えば、外から開けられます。試してもみました。しかし、新宗教の創始者か、奇跡の模倣者がそんな風にして第一歩を刻むとするなら……」

　彼は肩をすくめた。

「いや、それはさほど単純ではない。君は『模倣』という語をずっと繰り返している。蠟人形は人間の模倣だ――違うか？　もし、誰かが歩いたり話したりする人間を拵《こしら》えれば、それは見事な模倣だ。じゃあ、血が流れる人間を設計したら？　不幸な、いずれ死ぬべき人形を作ったら、そのときはどうなる？」

「でも、そんなことにどんな意味が……最も完全無欠な模倣、そしてその人形にも、作者がいなくてはなりませんし、そいつに手錠をかけて連行してくることはできます！」――グレゴリーは突然の怒りに襲われて、大声を上げた。『彼は私をからかっているのか？』――そんな考えが彼の頭をよぎった。「主任警部殿……」――彼は言った。「私の質問にひとつ、お答えいただけますか？」

　シェパードは彼の方を見ていた。

「あなたはこの問題は解決不可能だと考えておられる――そうですね？」

「けっしてそんなことはない。そんなことは問題外だ。とはいえ、こんな可能性もある――解決が……」――主任警部は発言を中断した。

「お願いですから、何もかもお話しください」

「私にその権利があるかどうか、わからない」――シェパードは、グレゴリーの執拗さに気を悪くしたかのように、ぶっきらぼうに応じた。そして言い足した――「もしかしたら、君はこの解決を受け容れないかもしれない」

「なぜですか？　もっとはっきりと言っていただけませんか？」

　シェパードは頭を一振りした。

「私にはできない」

　彼はデスクに歩み寄ると、引き出しを開け、そこから小さな包みを取り出した。

「私たちの職務とされていることを、やることにしよう」――それをグレゴリーに手渡しながら、言った。

　それは三人の男性と一人の女性の写真だった。平凡で月並みな、何ひとつ眼をひくことのない顔が、光沢のある厚紙からグレゴリーを見ていた。

「連中ですね」――彼は言った。これらの写真のうち二枚は知っていた。

「そうだ」

「ところで、死後に撮影された写真はありませんか？」

「私が手に入れることができたのは、二枚だ」――シェパードは再び引き出しに手を伸ばした。「遺族の希望により、病院で撮られたものだ」

それは二人の男性の写真だった。奇妙な点があった――死が彼らのありきたりの顔の輪郭に威厳を与え、不動の思考の影を与えていた。生前より輪郭線が明確になっていた――まるで、今こそ、何か隠し事があるかのようだった。

グレゴリーはシェパードの方に目を上げ、驚いた。背中を丸めて、一時に奇妙なほど老け込み、何かに耐えているかのように唇を固く閉じて立っていた。

「主任警部殿が？……」――彼は、意外なほど臆病そうに小声で尋ねた。

「私はできればこの事件は君に任せたくない……が、他に誰もいない」――シェパードが小声で応じた。片手を警部補の腕の上に置いた。「どうか私と連絡を取り続けてください。私は君を助けたい――この件で、経験にどれほどの価値があるかはわからないが」

グレゴリーは身を引いた。主任警部の片手が垂れた。二人は今では、照明の輪の外に立っていた。闇のなかから、壁にかかっている全部の顔が同時に見ていた。警部補は、その晩のどの瞬間よりも、酔いを感じていた。

「よろしいですか……」――彼は言った。「あなたは、私におっしゃられようとした以上のことをご存知です……そうですね？」――彼は力仕事をした後のように、少し息を切らしていた。シェパードは答えなかった。

「あなたは……言えないのですか、それとも言いたくないのですか？」――グレゴリーは尋ねた。自分のそんな大胆さがどこから来たのか、不思議に感じさえしなかった。

シェパードは頭の動きでそれを否定し、相手を何か計り知れないほどの寛容さを込めて見ていた。もしかしたら、皮肉交じりだったのだろうか？

グレゴリーは自分の両手に目をやり、左手に生前の、右手に死後の写真を持っているのを見た。そのとき、一瞬前に彼にとんでもない質問をする気にさせた不可解な衝動が、またしても彼を駆り立てた。それはほとんど、目に見えない手に触られたかのようだった。

「このうちどちらが……重要なのですか？」――彼はかろうじて聞こえるほどの声で尋ねた。室内の絶対的な静寂のなかでのみ、この問いは理解された。

シェパードは、口を固く閉じて彼の方を見ながら、かすかな乗り気のなさそうな身振りをして、スイッチに歩み寄った。白い照明が部屋を満たし、何もかもありきたりで自然になった。グレゴリーは、写真をゆっくりとポケットにしまった。

訪問は終わりに向かい始めていた。ところが続きがあり、今では二人は専《もっぱ》ら具体的な事柄――遺体安置所を見張っている交番の数と配置、警部補の権限――について話していて、それにもかかわらず二人の間には、何か言い尽くされていないことの影が留まっていた。

主任警部は一度か二度言葉を切って、こうした具体的な考察からその前の会話に戻るべきか、確信がないかのように、待ち受ける姿勢でグレゴリーを見ていた。しかし、もはや何も言わなかった。

階段は真んなかまで、真っ暗闇に沈んでいた。グレゴリーは手探りで出口にたどりついた。不意に自分の姓が呼ばれるのを耳にした。

「成功を祈る！」――彼の背後から、主任警部が大声を投げかけた。

警部補が後ろ手に扉に手をかけると、風がぞっとするような轟音を立ててそれを閉じた。

身を貫くような寒気が支配していた。水溜りを凍らせる厳寒が到来し、凍てついた泥濘《でいねい》が足の下でザクザクと音を立て、大気中を細かな雫が疾走して、それが氷柱《つらら》の吹雪に変わっていった。顔に刺さって痛く、紙が煽られるようなパタパタいう鋭い音を立てながら、コートの固い布地から跳ね返った。

グレゴリーは、起こったことのすべてを総括したかったが、彼の頭上で風が吹き飛ばしている、目に見えないさまざまな雨雲の分類を試みてもよかった。この夕べの思い出は、彼のなかで相争い、気が滅入るような憂鬱と当惑の他には、何によっても結び付かないさまざまな映像に散り散りになっていった。死後の写真が壁一面に貼られた部屋、開かれた本でいっぱいのデスク。彼は、自分があの本のどれか一冊も、また並べられた書類も覗いてみようとしなかったことを、激しく後悔した。そんなことをすれば礼儀知らずだという考えが浮かんだわけではない。彼は自分が、そこを越えると何ひとつ確かでなくなる、境界にいるような気がしていたのだった。一見なんでもない物のひとつひとつが、彼に対して、たくさんの可能的意味のうちのひとつを開示しようと身構えているものの、摑もうとして激しく試みると、雲散解消してしまうのだった。彼は、理解を追い求めて、多義的な細部の海に沈み、最後まで何ひとつ把握できぬままに、そこに溺れてしまうことだろう。

　彼はいったい誰を、シェパードの前に引き出そうとしているのか――新宗教の創始者か？　通常の事件では実証され尽くしている、捜査機構の素晴らしい能力は、この一件では、それを裏切ってしまった。綿密に測定され、撮影され、記録された事実が積み上げられれば積み上げられるほど、その構築物の全体から無意味《ナンセンス》が姿を現すからだった。

　闇に隠れている殺人者を探さなくてはならなかったとしても、彼はこれほどの無力と威嚇は感じなかっただろう。彼を助けようとしても助けられなかった老主任警部の目に浮かんだ、あの困惑、あの不安は何だったのだろう？

なぜ、他ならぬ新米の彼を、その解決が受け容れがたいものになるかもしれない事件に――自分でそう言った！――選んだのだろう？　それに、そのためだけに夜、彼を呼び出したのか？

　周囲も、暗い通りも見えず、顔を流れる水滴も感じないままに、彼はポケットのなかで拳を固めて歩き、どこに向かっているのかも記憶になかった。冷たく湿った空気を深く吸い込むと、正面のすぐ近くに、上方に影を反転させて口の端を震わせているシェパードの顔が再び現れた。

　彼は、〈ヨーロッパ〉を出てからどれだけのときが流れたか数え始めた。十時半だった――ということはほとんど三時間だ。『俺はもう酔ってはいない』――彼は独り言《ご》ちた。すぐに立ち止まった。街灯の光のなかで、プレートに表示された街路名を読み取った。最寄りの地下鉄駅がどこにあるかわかったので、そちらに向かって進んだ。

　人の数が次第に多くなり、色鮮やかな広告が光り、十字路では信号が青と赤に点滅していた。地下への入口辺りには、かなりの数の通行人が流れていた。グレゴリーはエスカレーターに乗ってゆっくりと下へ進み、増大していく騒音に埋もれていった。機械的に吹き付けてくる乾いた風の流れが、彼を包んだ。

　ホームは地上よりも暖かかった。イズリントン行きの電車をやりすごし、目で最後尾車両の赤い光の三角形を見送ってから、新聞が並べられたキオスクをぐるりと回り、それから鉄の支柱に身をもたれさせ、煙草に火をつけた。

　彼の電車が到着した。ドアがシューという空気音を発して、左右に開いた。彼は隅の席に腰をかけた。車両は大きく揺れて、進み出した。ホームの照明が次第に早く瞬き、それから蒼白い、疾走して散り散りになったトンネル内のランプが飛び去り始めた。

　彼はまたしても、シェパードとの面談に戻った。然るべく集中することができれば到達したはずの、別の隠れたより重要な意味があったような気がしていた。彼は両側で瞬いている電球に照らされた、たまたまそこに並ぶ顔の列を何も考えずに眺めていた。

　彼のなかには、血液のように循環している不安らしきものがあったが、それは究極的に、『厄介なことが起きた』という言葉で表された。とてもよくない取り返しのつかない事がその夕べに起こった……その昼にだったか？　すぐにこの思考の流れは、断ち切られたように止まってしまった。

　彼は目を細めた。車両の反対の隅、遠いところ、ドアの脇に、見知った誰かが坐っているのが見えていた。彼に何事かを語りかけてくる顔だ。もうほとんどそれが見えていた。たるんだ、ぼんやりとしたスポンジのような輪郭。老人のものだった。

　その男性は、頭をパーティションにもたせかけ、すっかり寝込んでいて、鍔付き帽が次第に下にずれ下がり、顎まで長い影を投げていた。疾走する車両の動きで、不随意な身体は一定のリズムで揺れ、それはカーブで激しさを増した。ふとした瞬間に、小包のように不随意な片手が膝から滑り落ち、左右に振れながらぶら下がった――大きくて、蒼白くて、膨れていた。

　車両は次第に速度を増して疾走し、揺れはおさまらず、ついに、相変わらずグレゴリーには誰だか思い出せなかった、寝ている男の下顎が落ち始めた。口が少し開いた……。

『殺されたように寝ている』――という思いがグレゴリーの頭を通り抜け、同時に氷のような寒気を覚えた。一瞬、息が止まった。もうわかっていた。この人物の写真――死後撮影されたもの――を、彼はコートの下のポケットに入れていた。

車両は急激に停止した。クロス・ロウだ。何人か乗車した。ホームの照明が震え、流れ去り、後ろへ飛んでいった。先に進んでいった。

またしても広告と照明された文字盤が光った。彼はもう下車しなくてはならなかったが、駅名に目をやりすらしなかった。彼は、寝ている男を見ながら、凝固したように動かずに坐っていた。シューというぞっとするような音が響き、ドアが閉まり、窓の向こうの蛍光灯の水平の線が滑らかに後方へと退き、切断されたかのように消え去り、車両は速度を増しながら、暗いトンネルを抜けて駆けていった。

グレゴリーの耳に、車輪のガタゴト音は届いていなかった――頭のなかでそれほど強く血が脈打っていたのだ。不動のまま見ていたために、周囲は、回転する閃光に満ちた蒼白い漏斗《ろうと》に変わっていき、その底に寝ている男の頭があった。グレゴリーは催眠にかけられたかのように、閉じ切っていない口の暗色の隙間を見ていた。しまいにその顔、いや顔の蒼白くて膨張した皮膚が、彼の目の前でオパールのように多色に輝く光に変わった――それほど身動きひとつせずに見ていたのだ。目を男から放さずに、彼はコートに手を伸ばし、写真を引き出すためにボタンを外した。車両はガタンと音を立てて停車した。どこに停まったのか、もうキャンバーウェルか？

数人が立ち上がった――軍人のような男が出口に向かいながら、寝ている男の突き出した片足に躓き、男は突然はっと目覚め、一言も言わずに素早く鍔付き帽を直し、立ち上がり、降車客の間に紛れ込んだ。

グレゴリーは自分の座席から飛び上がり、それが人目を惹いた。いくつかの顔が背後から彼を追った。彼は、間延びしたシューシューという音を立ててすでに閉まりかけていたドアを無理やり抑えながら、動き出した電車からホームに飛び降りた。走っていく車両を背景に、彼は目の端で駅員の怒り狂った顔を認めた。走りながら、後方にその声を聞いた。

「おい、そこのお客さん！」

彼の鼻腔を一吹きの冷たい風が打った。不意に彼は、心臓をドキドキと鳴らしながら立ち止まった。群衆に紛れ込んだ車両の男は、長い鉄製の出口専用改札の方に向かっていた。グレゴリーは後退した。背後に新聞を売るキオスクがあり、そこから裸電球の強い光が落ちていた。彼は待った。

　老人は乗客の波に追い越されて、片脚を引きずりながら歩いていた。鍔付き帽の縁がびっしょり濡れて、垂れ下がり、コートはしわくちゃでポケットの辺りが擦り切れていた。どうしようもない貧乏人の風体だった。グレゴリーは、ポケットに隠してある写真を見た。類似点はどこにもなかった。

　彼は我を失った。これは、少し似通った輪郭に、彼のそのときの気分がたまたま重なったせいだろうか？　死者は間違いなく、ずっと歳が若かった。つまり、そういうことか——これはまったくの別人だった。

　呆然とし、筋肉が弛《し》緩《かん》して頬がくすぐられたように震えるのを感じながら、グレゴリーは写真を見たり、こちらに歩み寄ってくるその男を見たりしていた。老人はとうとう、油断なく観察されているのに気づき、襟口の上に垂れている、白髪まじりの無精ひげを針のように尖らせた、大きすぎるようにも思われる膨れた顔を、探偵の方に向けた。なぜ自分がこれほど注視されているのかを知る術もない彼の顔は、何も考えられない呆然自失の表情を浮かべ、顎が少し落ちて、唾に濡れた唇がまた開き、その状態で突然止まったとき、彼はまたしても写真に写っている死者に似てきた。

　グレゴリーが彼の腕に置こうとして片手を伸ばしたそのとき、向こうは何か叫んだ——いや、むしろ恐怖の掠《かす》れ声をあげて、エスカレーターの方に飛びのいた。

　グレゴリーが追いかけようと動き始める前に、両者の間に、子ども二人を連れた家族連れが入り込み、通り道を塞いだ。老人は、上りエスカレーターに乗っている彼を見ながら、何もせずに立っている乗客の間をすり抜けて、次第に遠ざかった。

　グレゴリーは、彼の道を遮《さえぎ》っている人びとを押しのけ始めた。怒りに満ちた問いかけがいくつか発せられ、ある女性が憤《いきどお》って何か言い出した。彼はそれには注意を払わなかった。地上への出口で、群衆は通り抜けることができないほど濃密になった。彼は力ずくですり抜けようとしたが、諦めざるを得なかった。緩慢な速度を強いられて街路に出たとき、車両に乗っていた人間は跡形もなかった。歩道をじっと見つめていたが、無駄だった。彼は自分の無力さに対する怒りに溢れかえった——ほんの一秒間の呆然自失、もしくは要するに恐怖が原因だったと理解していたからである。

自動車は、地下鉄の入口を囲む安全島を二本の流れを成して過ぎていた。一瞬ごとにヘッドライトに目を眩《くら》まされながら、グレゴリーは車道の端に立っていた――ようやく彼の前にタクシーが停車した。この人は自動車を待っていると運転手は確信したのだ。ドアが開いた。グレゴリーは乗車し、機械的に自分の住所を口にした。車が動き出してから、片手にまだ写真を握っているのに気づいた。

十分後、車はオールド・スクエアの細い通りの角に停車した。グレゴリーは下車したが、そのとき彼はすでに、自分は幻覚に襲われたのだとほぼ確信していた。溜め息をつきながら、ポケットのなかの鍵を探した。

彼が住んでいる家は、フェンショー夫妻の所有だった。古い二階建ての建物で、大聖堂にふさわしいような正面玄関、険しく複雑な屋根、分厚くて暗色の塀、予想外のところにたくさんの曲がり角や凹室《アルコーブ》がある長い廊下、空飛ぶ生き物か何かのために造られたような高い天井の部屋部屋があった。その天井の極めて装飾的で絵画的な豪奢さを見ると、想念は確信に変わった。金箔の丸天井によって上から光り、照明を節約していることで闇のなかに沈んでいる、大理石敷きの巨大な階段の吹き抜け、円柱に支えられた広大なテラス、ヴェルサイユ宮殿を模倣したシャンデリアのある鏡の間、客間か何かを改造したらしい巨大な浴室――こうした豪華さのすべてが、警察官採用候補者のキンゼイに同行してフェンショー夫妻の邸宅を眺めたときのグレゴリーの想像力に働きかけたのだった。夫妻自身もまた彼にどちらかといえばよい印象を与えたので、同僚の申し出に応じて、キンゼイが自ら言うところでは私的な理由から空けた部屋に引っ越した。

この家を建てたヴィクトリア王朝時代の建築家たちは、住むための機械*など耳にしたこともなく、建物は当然ながら、かなりの不便さを与えた。浴室まで行くのに、グレゴリーは廊下とガラス張りの回廊を経巡らなくてはならず、階段から彼の部屋までの道は、金メッキがはがれた黒ずんだ浮彫、ガラスのシャンデリア、隅にある六枚の鏡を勘定に入れなければほとんど空っぽの、ドアが六つある客間を通り抜けて続いていた。とはいえすぐに明らかになったのは、居住上の欠点が最も本質的ではないということだった。

間断なくせかせかした生活を送り、帰宅は遅くなり、昼間中職場ですごしているグレゴリーは、新居の秘められた個性にすぐ気づいたわけではなかった。彼は自分ではそれを理解していなかったのだが、そのとき、新居は知らず識らずのうちに、これまではどんなわずかな注意であれ向けるはずがないと考えていた、諸問題の軌道に彼を引っ張り込み始めた。

　フェンショー夫妻は、もはや若いとはいえなくなってから長かったが、抗いながら老いているところだった。夫は生気がなく痩せていて、いつの間にか白髪になりつつある色を失った頭髪で、物思いに耽《ふけ》っているような顔つきだったが、鼻はまるで、ずっと筋肉質な別の顔から移植したような、つまりは付け鼻のような印象を与えた。服装は古風で、驚くほど光る編上靴を履き、灰色のフロックコートを着て、家にいても手放すことのない高い杖を手に持っていた。夫人は、小さくて黒い、まるでオリーブの実のように膨れた目をした、不格好な女だった。黒いワンピースを着て、でっぷりと肥えていて（グレゴリーはいつからか、目的があって膨らましているのではないか、と疑い始めていた）、その声を憶えられないほど、口数が少なかった。警部補がキンゼイに家主について尋ねると、彼は最初のうち、「君なら、なんとか彼らとやっていけるよ」と言っていたが、その後で「溶滓《スラグ》のような奴らだ」という謎めいた言葉を付け足した。大きな家へ引っ越そうという意図を裏付けるものばかり欲していた当時のグレゴリーは、この形容に注意を払わなかった――キンゼイが風変わりな表現を好んだのであればなおさらだった。

　引っ越してきてから初めてグレゴリーがフェンショー夫人に会ったのは、浴室に向かって行進をしていた早朝のことだった。子ども用のような小さな椅子に坐って、両足で絨毯を押して、それを筒状に丸めていた。片手には雑巾を、もう片手には鋭い鉄板のようなものを持ち、絨毯の下から外に出てくる床板をそっと撫でていた。こんな風にして椅子ごとこのうえなくゆっくりと前進していたので、浴室からの帰途に見た彼女は、〇・五メートルも先に進んでいただろうか、相変わらずまったく同じように集中して作業をしていた。大きな客間の奥にいる彼女は、模様のある絨毯が形作るゆっくりと身体を丸めていく芋虫についた黒い頭のよう

＊――ル・コルビュジエ（一八八七～一九六五）の言葉。機能的合理主義に基づく近代建築理論のスローガン。

に見えた。彼は、何かお助けできることはないか、と尋ねた。彼女は彼の方に黄ばんだ、動きのない表情を持ち上げ、何も言わなかった。午後家を出ようとするときには、階段（灯りはついていなかった）から、自分の小椅子とともに、一段また一段と移動していく彼女をあやうく蹴落とすところだった。その後彼女には、このうえなく奇妙な時刻に、このうえなく予想外な場所で出くわした。自室で仕事をしていたときに、彼の耳に幾度となく、聞いたことがないほど規則正しくかつ緩慢に廊下を近づいてくる、小椅子の軋《きし》み音が届いた。彼のドアの前でその軋み音が鎮まったときには、女主人が彼を盗聴していると思って不快になり、勢いよく廊下に出たが、フェンショー夫人は窓の下の床板を優しく引っ掻いていて、彼にはまったく注意を払わなかった。

　グレゴリーは、フェンショー夫人が家政婦を雇う出費を節約し、小椅子を手放さないのは、前屈みにならないですむという便利さのためだと推測した。おそらくは的を射ている、この単純な説明は、問題のすべてを説き明かしてはいなかった――フェンショー夫人が現れ、昼食をとる二時間以外は夜明けから夕暮れまでずっと、小椅子に坐って、ゆっくりとそれにつきものの軋み音を立てながら這い進むことが、彼の目の前でほとんど悪魔的な性格を持つようになり始めたからである。彼は、彼女の軋み音を立てる礼拝行進*が止む瞬間がひたすら恋しかったが、それには、何時間も待たなくてはならないこともあった。フェンショー夫人の近くには、見たところ誰一人その世話をする者がいない二匹の大きな黒猫がうろつき回り、グレゴリーは具体的な理由はなしにそれらが我慢ならなかった。こうしたすべては彼にはおよそ関係ないことであるはずだった――彼は何十回もそう独り言ちた。彼の部屋の壁の外で起きていることから自分を切り離せばよさそうなものだったが、もう一人フェンショー氏がいた。

　昼間、彼がいる音は聞こえなかった。老人はグレゴリーの隣室を占め、その部屋は、同じく別のドア越しに、警部補を誘惑する美しいテラスへとつながっていた。夜十時をとっぷりと過ぎたころ、ときには十一時過ぎに、二つの部屋を隔てている壁の向こうから、一定のリズムで打撃音が響いた。一帯に響き渡る音だったり、誰かが壁を木《き》槌《づち》で叩き回っているかのような、くすんだ音だったりした。その後、別の音響現象が続いた。最初のうちグレゴリーには、その種類が無限に豊富であるように感じられたが、それは間違いだった。一月後にはすでに、彼は、最も頻繁な物音が八種類より多くはないことを知っていた。

　トンという序奏の後で、薔薇模様に壁紙が張られた壁の向こうで、木製の筒か樽を何も敷いていない床に転がすような、虚《うつ》ろな音が響くのだった。人が全体重を踵での一歩一歩にかけて立ち、裸足で歩むときのような、柔らかいけれど勢いのある床の震動がし、それから拍手、いやむしろ、風船のような湿った、もしかしたら空気で膨れたその表面を開いた掌で濃密に叩《はた》くような不快な音がし、途切れ途切れにシーというような音がして、最後に描写しがたい音がした。それはしつこく擦れる音で、それが鉄板を叩く音で途切れるかと思うと、またしても蝿叩きか、過剰にひき絞られた楽器の弦《つる》が切れるような、勢いのある浅い震動がした。これらの音たちが、一様でない順番で次から次へと続いて起こり、なかには数晩続いて聞こえない物音もあった――ただし、グレゴリーが裸足で歩むと名づけた、柔らかな振動は別である。それは常に登場し、より急速になると、格別豊かで張りつめた演奏会が予想された。これらの騒音と音の大半は特にうるさいわけではなかったけれど、暗い部屋で目に見えない高い天井の方を見ながら、毛布の下に寝ているグレゴリーにとっては、脳が揺すぶられているような気がすることもあった。いかなる自己観察を行っていたわけでもなかったから、彼は、いつこれらの物音への彼の関心が、好奇心へのとるに足らない刺戟から、ほとんど病的な苦悩に変容したのかを特定しようとしてもできなかっただろう。もしかしたら、昼間のフェンショー夫人の変わったふるまいのせいで、夜毎の神秘劇への感受性が研ぎ覚まされてしまったのかもしれないが、当時の彼は自分が担当していたある事件の捜査にあまりにも没頭していたために、それについて考え込むこともなかった。最初のうち彼は完璧によい眠りを眠り、実際のところこれらの物音はわずかしか耳に入ってこなかった。しかし、一度二度、それぞれの神秘的な独創性で際立っている物音を聞き分けてしまうと、暗い部屋は彼にとって、あまりにも完璧な反響室《エコー・チェンバー》に変わった。フェンショー氏の夜のお勤めなど自分とは何の関係も

*――行列で進みながら唱える祈り。行列祈禱とも。

ない、と独り言ちてみたときには、もう遅すぎた。

そこで彼は、自分に対して説明をつけようとして、この何も語ってはいない謎めいた音になんらかの論理的内容の裏付けを与えようと、妄想を逞《たくま》しくしてみたが、間もなくそれは不可能であることがわかった。

以前の彼は即座に寝付き、朝まで石のようにぐっすり眠り、不眠症を嘆く人々の話には、不信感と隣り合わせの丁重な驚きを込めて、耳を傾けていたものだった。フェンショー夫妻の家で、彼は睡眠薬の服用をおぼえた。

週に一度日曜日に、彼は、家主たちといっしょに昼食をとった。二人はいつも土曜日に彼を招待した。そうした折に、一度だけ彼は、フェンショー氏の寝室を覗きこむことができた。彼はそれを後悔した——家主が、実験か機械仕掛けかの作業か何かに従事しているという、念入りに構築した仮説が瓦解したからだ。やや三角形のその大きな部屋には、大きな寝台、戸棚、ナイトテーブル、洗面台、二脚の椅子の他には何もなかった——道具、板、風船、隠し戸、樽……そんなものは皆無だった。本すら。

日曜の食卓を支配したのは、面白くない雰囲気だった。フェンショー夫妻は、何ひとつ独自のことを言えない人間たちに属していた。彼らは、〈デイリー・クロニクル〉*から複製された確信と判断を抱いていた——彼らは無口であることによって礼儀正しく、話すのは家に必要な修理について、そのための資金を手に入れるのがいかに困難かであり、または、インド系の家族という、家族のなかのロマンチックな部分を構成する遠戚についてだった。昼食時の会話の平凡さは極め付きで、夜の物音や小椅子に坐っての礼拝行進について食卓で言及するどころではなく、いかなるコメントも質問もおよそ、グレゴリーの喉元まで出てこなかった。

グレゴリーは独り言ちた——自分は正気を失いつつある、壁を挟んだ隣人が深夜零時近くに何をしているかについて、推測するか少なくとも仮説でも立てるかできれば、自分は暗い部屋で目を見開いたまま横になっている苦悩から解放されるだろうと。とはいえ、風変わりな音たちの円舞に意味を裏付けようと試みる考えは、空回りのようにしか展開しなかった。一度、眠りではなく無意味な鈍重さを催させる睡眠薬によって朦朧とした頭で、そっと立ち上がってテラスに出たことがあった。フェンショー氏の部屋のガラス戸は、しかし、内側から不透明なカーテンで覆われていた。彼は寒さに震えながら部屋に戻り、負け犬さながらの気分で毛布の下に滑り込んだ。彼は、何年にもわたって恥ずかしく思わなくてはならないような何かを犯してしまった、と落ち込んだ。

彼は仕事に忙殺されていたから、昼間は、夜毎の出来事についてはほとんど考えたことがなかった。せいぜい一度か二度、本庁でたまたま出会ったキンゼイが彼の方を待ちかまえるかのように、慎重な好奇心とともに見ているような気がしたが、彼に対して、何事であれ言う決心はつかなかった。要するに、それほどどうでもいいことだった。しばらくして、徐々にわずかばかり、昼間の計画を変更した――家に調書を持ち帰って、深夜まで、ときにはもっと長い時間それに取り組み、このようにして、最終的に屈辱的なことをしでかす（彼はその寸前まで来ていた）恐れから自分を免れさせたのだ。眠れずにすごす時間には、よくあることだが、彼の頭にはこのうえなく異常な考えが浮かんでいた――今にもどこか、ホテルか下宿屋に逃げだしそうになったことも、幾度かあった。

その晩、シェパードのところから戻ったとき、彼はいつも以上に安静を必要とした。アルコールはすっかり頭から抜け、舌先に苦くて渋い味だけが残り、目は瞼の下に砂粒が入ったかのように痛かった。闇に沈んだ階段には人気がなかった。彼は、暗い鏡が隅々に氷のように光っている客間を足早に通り抜け、ほっとして後ろ手にドアを閉めた。習慣から――もはや、反射的に――耳を欹《そばだ》てながら、身を固くした。こうした瞬間の彼は、本能的に行動しつつ、もはや何も考えていなかった。家は死んでいた。照明を点灯し、空気が息苦しくて重いのに気づいたので、テラスにつながるドアを開け放ち、小さな電気コーヒー沸かし器でコーヒーを淹《い》れ始めた。頭が痛かった。それまでは何かに囚われていたが、今ではまるで痛みが表面に浮かび上がったかのようだった。彼はシューシューと音を立てるコーヒー沸かし器の傍らの椅子に腰を下ろした。その日に味わった不幸の感じは、否みようがなかった。俺

＊――一八七二～一九三〇年に発行されていたイギリスの新聞。一九三〇年に『デイリー・ニューズ』と合併し、『ニューズ・クロニクル』となった。

は立ち上がらずにいられなかったのだ。でも、何も起きなかったじゃないか。写真に写っていた死者に少しばかり似ていた男に逃げられただけだ。シェパードは事件の担当を彼に委ねたが、それは自分自身切望していたものだった。主任警部はいささか風変わりなことを喋ったが、つまるところそれはただの言葉であり、シェパードが少しばかり風変わりにふるまっても不思議はない。歳を取って神秘家になったのか？　他には？　彼は行き止まりのアーケードでの一場面を思い出した――自分自身との出会い、そして知らず識らず微笑んだ――俺はなんてご立派な探偵だ……。『そもそも、仮にこの問題で失態を犯したところで、何も起こらないだろう』――彼は、考えた。引き出しから分厚いノートを引き出して、空白の頁に書き込み始めた――「**動機**」。利得への欲望――性的な（宗教的な？）偏執――政治的な――狂気。

　彼は一項目ずつ線で消し、残ったのは「宗教的偏執」だけだった。なんてバカバカしく響くんだ。彼はノートを放り出した。両手で頭を支えた。コーヒー沸かし器は次第に耳障りなシューシュー音を立て始めた。こうしてノートに動機を書き記すという素朴な作業は、それほど愚かしくはなかった。またしても、自分が恐れている考えが近くをめぐっていた。彼は受け身の態勢で待っていた。彼のなかで、またしても何か不可解なもの、虫のように無力に動き回るしかない暗闇が広がりつつあるという、陰鬱な確信が大きくなっていた。

　彼は身震いした。立ち上がって、デスクに歩み寄ると、『法医学』というタイトルの嵩張《かさば》る本を、栞《しおり》を挟んでおいた頁で開いた。章の標題は、「遺体の腐敗による分解」だった。

　読み始めたが、すぐに、目がテキストを忠実に追いかけるだけになった。相変わらず読んではいるようだったが、彼の目がはっきりと見ていたのはシェパードの部屋、四囲の壁にある凝固した表情をした顔の展覧会だった。彼は、あの男がそこを、空っぽの部屋の窓からドアまでの間を歩き回り、壁の前で立ち止まって眺めているところを思い描いた。グレゴリーは身震いした――究極的結論に至ったからだ。彼はシェパードを疑っていた。コーヒー沸かし器はしばらく前から、恐ろしい笛のような音を立てていた。熱湯がガラスの丸帽子のような蓋の下に登り、コーヒーは沸き上がっていた。

彼は書物を閉じて、立ち上がり、コーヒーをカップに入れ、開いたドアの傍らに立って、ガブリと飲んだ。咽喉が焼けるのにも気づかなかった。街には濁った薄明かりが掛かっていた。自動車は車道を滑り、アスファルト上にある、黒いガラスのなかに埋もれたような、光たちの帯を消していった。彼は、家の奥から届く、鼠が細い木に潜り込むようなかすかなガリガリいう音を聞き分けたが、それが鼠ではないことはわかっていた。彼は、まだゲームは始まっていないのに、敗北しつつあるのを感じていた。テラスに逃げ出し、両手を石の手摺において、目を空の方に上げた。一面の星だった。

# 第三章

グレゴリーは、夢のなかで彼の前に事件全体の解決が開示されたと確信して目覚めたが、それを意識に浮かび上がらせることはできなかった。ひげを剃りながら、突然思い出した——夢のなかで彼は遊園地にいた、大きな赤いピストルで熊を射撃していて、命中すると熊は唸り声をあげて後足で立つ、後になって、それが熊ではなく、ひどく蒼ざめた顔で黒いチョッキを身にまとっているシス博士であることがわかるのだった。グレゴリーはピストルで彼に狙いをつけていたが、ピストルはゴムのように柔らかく、何物にも似ておらず、しかし彼は相変わらず、引き金があるはずの場所を指で引いているのだった。それ以上は憶えていなかった。ひげを剃り終わると、シスに電話して、面会の約束をすることに決めた。家を出ようとしたとき、フェンショー夫人はホールの長い絨毯を巻き取っていた。彼女の小椅子の下に、猫たちのうちの一匹が坐っていた。グレゴリーにはそれらの区別がついたためしがなかったが、一緒にいると、彼にはそれらがお互いに似ていないのがわかった。

朝食は広場の反対側にある軽食堂でとり、その後シスに電話した。女性の声が、博士はロンドンにいない、と答えた。これで彼の計画が壊された。決断がつかぬままに通りに出て、ショーウィンドウの前をさ迷い歩き、〈ウールワース〉*の全フロアを、何のためかは不明だが一時間ほど回り、十二時にデパートを出て、ロンドン警視庁《Scotland Yard》に向かった。

火曜日だった。シスが指示した期日まで、何日残っているか数えた。地方からの報告書に目を通し、イギリス南部の気象情報と長期天気予報を丹念に調べ、タイピストたちと雑談して、夜はキンゼイと映画館に行く約束をした。

映画の後は、またしても、何をしたらいいかわからなかった。彼は、どうしても『法医学』を熟読する気にはなれなかった――怠惰からではなく、教科書に載っている挿絵が彼を不快な気分に陥らせるからだった。そのことはむろん、誰に打ち明けるつもりもなかった。待たなくてはいけないのは、わかっていた。一番いいのは、できるだけ面白い仕事を探し出すことかもしれず、そうすれば時間がそれほど長引くこともないだろう。それもまた容易ではなかった。彼は、借り出したかった書籍と「犯罪学公式記録集」の巻号をメモし、クラブでテレビが放映しているサッカー中継を観、家で本を読みながら二時間をすごし、一日無駄にしてしまったと確信しながら、床に就いた。

翌日彼は、統計学を勉強しようという固い決意を抱いて目を覚ました。教科書を数冊買い、書店からロンドン警視庁《the Yard》へ向かい、そこで昼食までの時間を無駄にすごし、それからケンジントン・ガーデンズの地下鉄駅に着くと、大学時代にときどきやったようにして遊んでみた。到着した最初の電車に乗り、同じく適当に下車して、一時間、まったく行き当たりばったりの衝動に任せて市中を移動するのだ。十九歳くらいだった彼は、こうした自分との戯《たわむ》れに夢中になった。どうしてこうなるのかはわからなかったが、彼は、群衆のなかに立ちながら、最後の瞬間まで、他ならぬこの電車で行くのかどうか、わからずにいる。彼は内側からの合図のようなもの、意志の一押しのようなものを待ち、ときには、『今おまえはこの場所から動いてはならない』と自分に言っておいて、扉がもう閉まりかけたときに、まさしくそこに乗車したりした。あるいは、『次の電車に乗ろう』と固く自分に言っておいて、目の前に停車している電車に乗ったりもした。グレゴリーは当時、いわゆる偶然の神秘に夢中で、己れの心理を調査と自己観察の領域に変えようとしていた――さほど重要な結果は得られなかったにせよ。とはいえどうやら、人は十九歳のころには、こうした方法で心理の謎を解明することすらも、楽しみになり得るらしい。今の彼は、自分はもはやまったく別の、想像力に欠けたグレゴリーになってしまったと、確信させられた――一時間後（しまいには、その他になすべきことがほとんどないのがわかって、無理に強いて新しい乗り換えを行っていた）には、何もかもうんざりだった。六時ごろに〈ヨーロッパ〉に寄ったが、バーに坐っているフォーカートが目に入ったので、相手がこちらに気づく前にすぐ外に出た。夕方にはまた、映画館に行ってすっかり退屈した。家で統計学を勉強したが、長大なモデルに取り組んでいるうちに眠くなった。

電話のベルが彼をベッドから叩き起こしたときは、まだ暗かった。

冷たい床板の上を裸足で走りながら、延々と続く信号音がすでにかなり前から、彼の夢を苦しめていたのを意識した。目覚め切っていない彼は、スタンドのスイッチが見つけられなかった。電話は、鳴りに鳴っていた。手探りで受話器を掴んだ。

「グレゴリーです」――彼は言った。

「ようやくだな。家で寝ていないのかと思った。しかし、よく眠っていたな！　誰もがそんな風に寝られたらいいのにな。いいか、ピカリングからの報告を受け取った。あそこで、遺体盗難未遂があった」

一言目で、声の持ち主がわかった――ロンドン警視庁《the Yard》の当直アリスだ。

「ピカリング？　ピカリング？」――彼は思い出そうと努めた。眠気に身体を揺すりながら、闇のなかに立

＊――米国の実業家フランク・ウィンフィールド・ウールワース（一八五二〜一九一九）が創業した、米国の大手雑貨小売店チェーン。

っていたが、当直は受話器のなかで怒鳴っていた。

「遺体安置所を見張っていた巡査が、自動車と衝突した。救急車はもう現場に着いているに違いない。いいか、なんだかゴチャゴチャした話だ。その警官を轢《ひ》いた自動車は、木に乗り上げている。もっとも自分で全部確かめられるだろうがな」

「いつのことだ？　何時？」

「そうだな、三十分前かもしれない。俺が報告を受けたのは、ついさっきだ。誰か特に必要な人物がいれば、言え——すぐに車を寄こすから」

「ダドリーはいるか？」

「いや。昨日は当直だった。ウィルソンを連れていけ。彼も悪くない。道中で彼を乗せればいい。彼はすぐにベッドから引っ張り出す」

「よし、それならウィルソンにしておこう。それに、第三課から技師を寄こしてくれ、トーマスが一番いいけど、聞こえてるかい？　全員引き連れてこさせろ。そうだ、そして検死医《ドクター》もだ、検死医《ドクター》はどうなってる？」

「救急車を送ったって、言っただろう。医師《ドクター》はもう現場に着いているに違いない」

「でも、うちからだよ、わからないのか！　治療専門のドクターじゃない、正反対だ！」

「よし、なら手配しておく。さあ、急ぐんだ、車を行かせるぞ」

「俺に十分くれ！」

　グレゴリーは、スタンドを点けた。電話がずっと鳴りつづけていたときに、闇のなかで彼を襲った興奮は、当直の最初の言葉を聞いた後で跡形もなく消えてしまった。彼は窓へ跳び寄った。ほとんど真っ暗闇だった。夜のうちに、雪が通りを覆っていた。『こいつはいい』——彼は考えた。忍び足で浴室に急いだ。トーマスが自分のガラクタをすべて荷造りする前に、シャワーを浴びる時間はあるだろうと計算した。間違っていなかった。コートの襟を立てて門の近くを歩いていたときになっても、車は来ていなかった。彼は腕時計に目をやった——六時になろうとしていた。エンジン音が耳に入った。黒い大型のオールズモビル＊車だった。運転席に坐っていたのはコールズ巡査部長、その隣にカメラマンのウィルソン、後ろにさらに二人いた。車が停まり切らないうちにグレゴリーは乗車し、強くドアを閉めた。ガタンと動いてから、ライトを光らせて疾走していった。

　後部座席にはセーレンセンがいて、その隣にトーマスがいた。グレゴリーは、身を縮めて二人の脇に坐った。少し狭かった。

「何か飲み物はあるかい？」

「コーヒーがあります。魔法瓶はあそこです、検死医《ドクター》の後ろに」――ハンドルを握っているコールズが言った。空っぽの通りでは、サイレンの力を借りながら七十まで出した。グレゴリーは魔法瓶を見つけ、カップ一杯一息に飲み干し、それを他の者に渡した。サイレンは恐ろしいほど吼えた。グレゴリーはこういう走行が好きだった。ヘッドライトが道路の湾曲部をかき回した――灰色で、雪だけが通りのありかを見せていた。

「何が起こったんだ？」――グレゴリーが尋ねた。誰も答えなかった。

「いかにも田舎からの報告ですよ」――ようやくコールズが注釈をつけた。「墓地の当直だった男を自動車の下から引き出したのは、どうやら我々の巡回バイク警官だったようです。頭が割れていたとか、何かそんなことです」

「じゃ、遺体は？」

「遺体？」――コールズが考え込んでから、繰り返した。「遺体は置き残されているそうです」

「置き残されているって、どういうことだ？」――びっくりしてグレゴリーが尋ねた。

「奴は仰天して、逃げ出したようなんです」――セーレンセンの隣の隅に坐っている技師のトーマスが口を挟んだ。

「ま、いずれわかる」――グレゴリーは不平そうに答えた。オールズモビル車は、マフラーがないかのように喚き立てていた。密集した建物は彼らの背後に消えていき、市街地に近づいてきた。大きな公園か何かの傍らで、霧の塊《かたまり》に入り込んだ。コールズは速度を緩め、それから視界が広がると、アクセルを踏み込んだ。市街地の交通量はより多く、ブリキ缶を満載した大きなトラックや、早くも満員の乗客を乗せた二階建ての照明されたバスが走っていた。コールズは、道を空けさせるためにサイレンを操作していた。

「あなたは今晩眠らなかったのですか？」――グレゴリーは検死医に尋ねた。セーレンセンは目の下に隈を

＊――米国製の乗用車。現在はＧＭの一部門が製造している。

つくっていた。全身が折れ曲がったかのように、斜めに坐っていた。

「私は二時に床に就きました。いつもそうです。そして、きっと私などまったく不要なのでしょう」

「誰かが眠らないのは、他の誰かが眠れるようにするためだよ」——グレゴリーが哲学的な注釈をつけた。

　フラムを走り抜け、橋の前で速度を落とし、薄い霧のかかったテームズ川を渡った。下を流れる川は鉛色で、小舟が通り過ぎ、甲板では人々があくせくと煙突を格納していた。どこからかサイレンが喚き声を上げた。橋台の上の樹々の茂みが、瞬く間に行き過ぎた。コールズの運転は実に着実だった。グレゴリーは、彼はロンドン警視庁《the Yard》で最高の運転手だと考えていた。

「主任は承知しているか？」——問いを投げた。

「知っています。アリスが知らせました。そう命じられていたんです」——トーマスが言った。彼は、巡査部長と同じく小柄ですばしこかったが、ひげを生やしていてそれが彼を下町の理髪師に似せていた。グレゴリーは前屈みになった。その方が乗り心地がよかったし、それに、前に坐っている二人の腕の間から、道を見ていることができた。湿った雪が数多くのトラックのタイヤに押されて固まり、アイスバーンになっていた。彼は、コールズがエンジンブレーキをかけて道路の湾曲部に入り（エンジンは息を止めてから破裂した）、曲がり道の途中でアクセルをふかし、フルスロットルで直線に入るのを快く観察していた。カーブを避けて近道をとろうとはしなかった——非常時は別として、警察車両はそんな走り方をすべきではなかったし、そもそもこんなに固められた雪道では、急ハンドルを切ればたちまち溝に落ちてしまうのが落ちだからだ。

　彼らはもうウィンブルドンを過ぎ、速度計の針はかすかに上下しながら、九十に近づいて百に向かい、震えながら戻り、また目盛り線の間で小さく跳ねながら進んでいった。大型の自家用ビュイック*車らしき車が彼らの前を走っていた。コールズがまず普通のクラクションを鳴らしたが相手は聞こえないかのようで、次第に大きくなっていく桜色の車体後部と後部窓に踊っている熊の人形が見え、グレゴリーは突然昨晩の夢を思い出した。微笑を浮かべた——彼は元気いっぱいで、気分はよくまた安定していた。コールズは先行車に追いついた。車間距離が五メートルまで来たときに、サイレンのスイッチを入れると、身の毛もよだつような吼え声をあげ、ビュイック車は急ブレーキをかけながら速度を緩め、雪が後輪に投げ出されて彼らのウィンドウにふりかかった。通り過ぎた自動車はより深い雪の方に車体を寄せながら軽く横滑り《スキッド》し、その後部が一瞬警察車両の前面に入り、衝突は不可避に思えた。コールズはハンドルを短く鋭く切って乗客全員を右に振り、彼らはさらにハンドルを握っている若い女性の驚いた顔を目に入れた——と思う間もなくもう遠くに離れていた。グレゴリーが後部窓から見ていると、ビュイック車はようやく幹線道路の中央に戻ろうとするところだった。

霧はもうなかった。周囲には白い平地が広がり、家々から真上に煙が流れ、空は平らに広がり、その色は名づけようがなく、曇っているのかどうかわからなかった。彼らは立体交差を飛び過ぎ、タイヤは神経質にドンドンという音を立て始めたが、今はもう高速道路に入っていた。コールズはどっしりと腰を落とし、少し速度を緩め、両足をより深くペダルにかけ、黒い箱型自動車《セダン》はエンジンの吼え声を響かせた。すでに百十出ていた。

遠方に小さな集落が現れた。コールズは道路標識のところでブレーキをかけ始めた。高速道路から左へは、老木の並木のあるアスファルト道の長い腕が伸び、二百メートル先で高速道路は立体交差の曲道につながっていた。グレゴリーはかろうじて腰を浮かせ、巡査部長がハンドルの上に広げた地図を覗き込むために、天井の高さが許す限りで立ち上がった。彼らは左に行かなくてはならなかった。

「ここはもうピカリングか？」——グレゴリーが尋ねた。コールズは、戯れているかのように、ギアを次々と入れ替えていた。

「あと五マイルです」

彼らは側道に入った。その道は穏やかに上方に続いていた。突然後ろから太陽が光った。霧の残余に霞んだ太陽は、ほとんど影を投げていなかった。暖かくなった。彼らが、道から遠くに立っている二、三軒の家と長い建物——板張りのバラックのような——を通り過ぎると、傾斜が終わった。上りきったところからは、太陽を浴びて街の全体が見え、煙が輝いて薔薇色にな

＊——米国GM社製の高級乗用車。

り、川が黒く曲がりくねった道となって雪を貫いていた。彼らは鉄筋コンクリートの小橋を通り抜けた。脇から、バイクのヘルメットをかぶった警官の横顔が現れた。コートはほとんど彼の踝《くるぶし》まで届いていた。赤い円形誘導灯で彼らを停車させた。コールズはブレーキをかけて、窓ガラスを下ろした。

「この先は歩かなくてはなりません」――彼は、見張りの警官といくらか言葉を交わした後で、坐っている乗客たちに向かって言った。ギアを入れて、車を道端に寄せた。全員車を降りた。周囲が一変したように思われた――白、静寂、平安、地平線近くにある遠い森への太陽の最初の接触。大気は鋭く、同時に春めいてもいた。雪が栗の木の枝から氷柱状に垂れて離れ、幹線道路の上に落ちていた。

「あそこです」――道路警備の警官が、片手で彼らに指し示した。幹線道路は、穏やかな湾曲を描いて次の平らな丘をめぐり、幹線道路からは、先の見通せない白くなった灌木に隠れた並木道が伸び、下には突き出た煉瓦の屋根があり、一方正面の三百歩ほど先には、路傍の平行に並ぶ木々に隠れた、ひどく傾いた自動車の形がぼんやりと見えていた。すぐ傍の道端に、人が立っていた。彼らは、見張りの警官に指示されたので道の端を歩き始めた。湿った雪が靴の下に気持ち悪く垂れさがり、貼り付いた。先頭を歩いていたグレゴリーは、木々の間に貼られたロープで囲われていた幹線道路に、何台もの自動車の車輪の跡がくっきりと見えているのに気づいた。彼らは、溝を越えて畑に入らなくてはならず、そこから事故現場の横にたどりついた。

そこには、前輪を幹線道路の外にまで脱輪させ、ヘッドライトは木の幹に衝突して、粉々に砕かれてしまっている、灰色の長いベントレー車*が停止していた。フロントガラスには、放射状のひび割れが刻まれていた。ドアは傾き、グレゴリーが見ることができた限りでは、車内は空だった。現地の警官が彼らの方に近づいた。グレゴリーはしばらくの間、ベントレー車の位置を眺めて、振り返らずに、尋ねた。

「で、ここで何が起きたんだ？」

「救急車はもう出ました、警部殿。ウィリアムスを運んでいきました」――警官が言った。

「ウィリアムスというのは、遺体安置所の周辺の当直だった男か？」――グレゴリーは彼の方に向いた。

「そうです、警部殿」

「私は警部補だ。遺体安置所はどこだ?」

「あそこです」

グレゴリーは指さされた方向に目をやり、ようやくそのときになって、壁がなく、雪に覆われた規則正しい墓石の四角形が並ぶ墓地を見た。それ以前には、まだ低いところを昇っていく太陽を直視していなくてはならなかったために、目に入っていなかったのだ。灌木の茂みによって、短い小道が幹線道路から分かれて、低木に囲まれている建物の近くで終わっている場所は隠されていた。

「あれが遺体安置所だな、屋根にタール紙**が張ってある?」

「そうです、警部補殿。私は今朝三時まであそこの当直で、それからウィリアムスが私と交替したのです。どうしてそうなったかというと、署長が私たちを全員呼び出したので、そこで……」

「慌てるな。知っていることを全部話せ。ウィリアムスは君の後で当直に就いた、でその後は?」

「わかりません、警部補殿」

「じゃあ、誰が知っている?」

グレゴリーは、容易には我慢強さを失わなかった。彼にはこのような会話の経験があった。

気配を察知したロンドン警視庁《The Yard》の人々は、可能な限りで自分の持ち場についた。カメラマンと技師は溝の傍らの雪上に持ち物を置いたが、そこには、里程標にもたせ掛けられて交通巡査のバイクが立っていた。セーレンセンが煙草に火を点けようとしていた。風でマッチの火が消えた。実直な目を見開いている金髪の警官は、咳払いをした。

「誰も知りません、警部殿。こんな風だったのです――ウィリアムスは三時から当直でした。六時にパーリングスが彼と交替することになっていました。ところが、五時半に運転手だと名乗る男が交番に電話をかけて来て、車が車輪の下に飛び込んできた警官にぶつかった、と言うのです。警官を避けようとして、車をぶち壊してしまった。あれはそのときですよ……」

「違う」――グレゴリーは言った。「まだそこまでい

* ――ベントレー・モーターズは、イギリスの高級車メーカーで、一九三一～一九九八年はロールス・ロイス社の傘下(現在はフォルクスワーゲングループ傘下)。
* * ――屋根の下張りに用いる素材。

かない。慌てるな。遺体安置所周辺の当直は何をしなければならないんだ？」

「そうですね……私たちは、周辺を巡回して、扉と窓を調べなくてはなりません」

「建物の周りか？」

「必ずしもそうではありません、警部補殿——あの場所は、後ろは壁まで灌木が生えていて、より広い円を描いて、墓地まで行ってから戻ってくるように歩くことになります」

「一巡するのにどれくらいかかった？」

「場合によります。あの晩は十分くらいかもしれません——大雪が降っていて歩きにくくて、霧も出ていましたし、その度ごとに調べなくてはなりませんでしたので——扉が……」

「よし。つまり、交番にはあの自動車の運転手が電話をしてきた、そうだな？」

「そうです、警部補殿」

「その男はどこにいる？」

「例の運転手ですか？　交番です、警部補殿。頭に少し切り傷があったので、アダムス先生が応急手当てをしました」

「そうか。アダムス先生というのは、ここの医師だな？」

「そうです」

　幹線道路の脇に身じろぎもせずに立っていたグレゴリーは、思いがけず厳しい口調で尋ねた。

「ここをうろつき回った奴は誰だ？　この雪原を踏み回ったのは誰だ？　誰かここに入ったのか？」

　警官は瞬きした。驚いていたが、平静だった。

「ここには誰もいませんでした、警部補殿。署長がロープで囲うように命令しましたから、あそこを歩いた者など誰もいません」

「誰もいないっていうのか？　じゃあ、救急車はどうやってウィリアムスを乗せた？」

「ああ、ウィリアムスはもっと先に倒れていました。私たちがあの男を発見したのは、樹木の下です」——彼は片手で、自動車の向こう十歩から十二歩ほど先、幹線道路の反対側にある溝を満たしている雪のなかの窪みを指した。

　もう何も言わずにグレゴリーは大股で一歩踏み出し、できるだけその縁を歩くようにしながら、封鎖された空間に入った。ベントレー車は彼らが到着したのと同じ方向――おそらくはロンドン――から接近したのだ。彼は、できるだけ慎重に足を進めながら、自動車の轍《わだち》に沿って幹線道路を往ったり来たり数十歩歩き通した。轍の直線はある場所で消えていた――雪が路面から裸のアスファルトまで剝ぎ取られ、小さな塊となって両脇に投げ出されていた。明らかに運転手は急ブレーキをかけ、静止させられた車輪が不動のまま這って、除雪車のように働いたのだ。その先に見えていたのは雪に刻まれた長い弧で、それはベントレー車の後輪辺りで終わっていた――どうやら側面から横滑り《スキッド》して、木に突っ込んだらしい。造形力のある湿った雪は、他にも数台の自動車の轍を残していた――特に幹線道路の橋に深く刻み込まれた二本の轍は、特徴的な菱形のタイヤの刻みを持つ大きなトラックのような車が通り抜けた跡だった。グレゴリーは、しばらくの間ロンドンの方に戻るように歩きながら、ここを通り過ぎた最後の車がベントレー車であることを難なく突きとめた――その痕跡がいくつかの箇所で、他の自動車の轍を消していたからである。今度は人間の足跡の探索に移った――この目的で反対側のかなり遠くまで、人々の集団や溝の自動車から離れて歩いた。この溝を何かの一団が行進していた――それほどたくさんの足跡があったのだ。彼は、ここを通って救急車の看護人たちが事故の犠牲者を運んだに違いない、と納得した。頭のなかで、ピカリングの誠実な署長を褒めた。幹線道路には重い靴の足跡しか見えていなかった。それを残した人間は、経験の浅い誰かが最高の速度を出そうとするかのように、小さな歩幅で走っていた。

『墓地の方から走ったんだ』――グレゴリーは、事情を推測した。『幹線道路に飛び出て、街の方に機関車のような乗り物で疾走したのか。警官がこんな風に逃げたのか？　何から？』

　なんらかの追跡者の足跡を探した。何ひとつなかった――辺りの雪は真っ新《さら》だった。彼はさらに先を目指し、濃い灌木のなかで途切れている墓地への並木道が分岐している場所まで行った。二十歩ほど先の、並木道の入口を越えたところで、彼は車と人間たちの痕跡にぶつかった。雪はそれらを正確に保存していた。自動車は反対側からやってきて向きを変え、停車し（この場所ではタイヤの跡がより深く、窪地のようになっていた）、二人の人間が下車し、三人目は脇から彼らに歩み寄り、彼らをベントレー車の方に連れていったようだ。彼らはベントレー車の方へ溝を通って歩いていった。それから同じ道を戻り、丸い小さな押し型があったから、もしかしたら、運んできたものを扱いかねていたのかもしれない——車のなかに担架を押し込む前に、雪の上に置いたらしい。その場所は、並木道の入口から離れていて、グレゴリーは並木道に入ったが、すぐに引き返した——すべては明らかだったからだ。青っぽい影に満たされた逃亡者の足跡は、遺体安置所の方に最短距離で続いていて、最近白く塗られたばかりのその壁は、百メートルほどの距離にわたって展望の一部を遮っていた。

　彼は逃亡者の足跡を念入りに検分しながら、ベントレー車まで戻った。壊れた自動車が停止している場所から八歩離れたところで足跡は輪を描いていた——もしかしたら、その人間は急激に向きを変えようとしたのかもしれないが、雪が掘り返され踏み荒らされていたので、その先にはほとんど何も見えなかった。ポケットに両手を押し込んで立ち尽くしたグレゴリーは、唇を噛んでいた。

『フロント部分でそいつを避けたんだ！』——結論を下した。『しかし、脇にスリップして車体が振れ、ぶつかってしまった……多分、トランクの端っこで……』彼は頭を上げた。

「どうした、あいつは、ウィリアムスは？　どうしている？」

「意識がありません、警部補殿。医師はとても驚いていました、あの救急車に乗っていた人ですが——ここで倒れたのに、どうしたらあんな遠くまで歩いて行けたのかって。ほら、ここです」

「どうして、ここだとわかる？」

「だって、ここには血が……」

　グレゴリーは指し示された場所の方に、低く身を屈めた。

　三つの、いや四つの凝固した焦げ茶色の染みが、雪のなかに、見つけにくいほど深く沁み込んでいた。

「救急車があの男を連れ去ったとき、君はここにいたんだね？　意識はあったか？」

「とんでもない、まったくありませんでした」

「出血していたか？」

「出血していなかった、というか、少しだけ——頭から、あるいは耳からだったような」

「グレゴリー、あなたはいつになったら、我々に同情してくれる？」――これ見よがしにあくびをしながら、セーレンセンが呟いた。雪の方に、燃えている煙草を投げた。

「規則は『同情』は、想定していません」――グレゴリーは呟いた。彼はもう一度眺め渡した。ウィルソンはすでにガチャガチャと音を立てながら三脚を広げ、トーマスは小声で悪態をついていた――トランクのなかで粉がばら撒けて、全部の機械を粉塗れにしていたからだ。

「いいか、やるべきことをやるんだ、みんな」――グレゴリーが結論した。「足跡、測量などなど、少なすぎるよりは多すぎる方がいい、でその後で、遺体安置所に来てくれ。このロープは後で外せるだろう。先生、あなたの仕事が何かあるかもしれませんよ……待て。署長はどこだ？」――彼は警官に話しかけた。

「市中です、警部補殿」

「それなら、行こう」

グレゴリーはコートのボタンを外した――暑くなったのだ。警官は、判断がつきかねるように、足を踏み替えていた。

「私も行くべきでしょうか、警部補殿？」

「来たまえ」

セーレンセンは鍔付き帽で扇《あお》ぎながら、二人のあとをついて歩いていた。太陽はしっかりとした熱を与え、雪は枝から消え、枝は深い紺碧を背に黒く濡れて突き立っていた。グレゴリーは、幹線道路から分岐している辺りに立つ灌木から墓地への道の歩数を数えた――百六十歩あった。幹線道路の先で、道と墓地は二つの緩やかな丘の間の影のなかに沈んでいた。街はここからは見えず、その煙だけが見えた。雪はここでは重く、湿っていた――冷気が吹いていた。遺体安置所の白石灰か何かを塗りたくったような小さなバラックは、その後ろの部分が灌木の濃い茂みに突き出ていた。北に二つの小窓を持ち、幅の狭い壁に、錠なしで掛金だけの板張り扉が半ば開いていた。ここにはたくさんの足跡があった。入口のすぐ手前は、何かの形が描かれ防水シート《ターポーリン》で覆われていた。

「これが遺体か？」

「はい、警部補殿」

「動かしてない？　こんな風に寝ていた？」

「まったくこの通りです。誰も動かしていません、警部補殿。医師と一緒に来られた警察署長も、これを眺めていましたが、動かした者は誰もいません」

「この防水シート《ターポーリン》は？」

「署長が覆いをかけるように命令したのです」

「君たちが幹線道路に立っていたときに、誰かがここに来たということはあるか、どうだ？」

「無理です、警部補殿――幹線道路は封鎖されているからです」

「こちらからはそうだが、ハッキーの側からは？」

「あそこにも交番がありますが、ただしここからは見えません――小山の向こうだからです」

「畑もある？」

「多分、畑もあるでしょう」――警官は同意した。

「しかし、私たちは水を渡っていかなくてはなりません」

「どんな川を渡るんだ？」

「つまり、向こう側にある小川を越えるんです」

　グレゴリーはまだ防水シート《ターポーリン》に近づかなかった。脇を歩いているうちに、夜警の足跡を見つけ出した。それは細い踏み固められた抜け道となって、間近な墓石を囲み、弧を描いてバラックの周りを回り、後ろから灌木の茂みを抜けて戻って来ていた。枝は折られ、ところどころ踏まれて雪の中に刺さっていた。警官が自分の道から外れた辺りに、幹線道路にあるのと同じ大きな靴の足跡が、くっきりと押されていた――見るからに、暗闇のなかで進むべき方向を失ったようだった。

　グレゴリーはその道を通って大きくぐるりと一周し、腕時計で時間を測った――四分。『夜と吹雪ではこの倍かかるかもしれない』――彼はふと考えた。『霧で、さらに倍ほどか』彼は斜面を下りながら、さらに先の灌木のなかに足をのばした。たちまち雪が足の下で崩れ落ちた。かろうじて榛《はん》の木の小枝の束を摑み、水の手前で止まった。そこは墓地が広がっている窪地の一番低い場所だった。雪の吹き溜まりに覆われていたので近くからも見えなかったが、ここには小川が流れ、水面が灌木の水に洗われた根本の辺りで波立っていた。ローム層の底には石の欠片が埋まっていて、舗石に似たのもあった。グレゴリーはその場所で振り返った。少し上にある遺体安置所の背後の壁が見えていたが、それは十数メートルの距離で灌木から突き出ている、窓がない上の部分だけだった。彼は引き返すべく、弾力のある小枝を払い分けながら登り始めた。

「石材商はこの辺りではどこにいる？」――彼は警官

に尋ねた。

　相手はすぐに理解した。

「幹線道路沿いに住んでいます――あの橋の近くです。最初の家です、まっ黄色の。石材の注文を受けるのは夏だけで、そうそう、冬は建具屋の仕事で生計を立てています」

「じゃあ、石はどうやってここに運んでくる？　幹線道路を通ってか？」

「水かさが少ないときは幹線道路ですが、多いと、駅から水路で流していました。そんな風にして遊びたくなったんですよ」

「そしてあそこの岸辺で、その石を加工していたっていうことだな？」

「ときどきあそこでもやっていましたが、いつもではありません。いろいろです」

「じゃあ、あの小川は駅から流れているんだね――ここから岸伝いに歩いていけるように？」

「はい、でも岸伝いには行けません――一面鬱蒼と茂っていますから」

　グレゴリーは遺体安置所の脇壁に歩み寄った。窓がひとつ開いていた――むしろ、引きちぎられて窓ガラスが割れ、尖ったガラス片が足元の雪から突き出していた。彼はなかを覗き込んだが、何も見えなかった――あまりにも暗かった。

「なかに入ったのは誰だ？」

「警察署長だけです、警部補殿」

「医師は入らなかった？」

「いいえ、医師は入りませんでした」

「なんという名前だ？」

「アダムスです。私たちは、ロンドンの救急車が間に合うかどうか、わかっていなかったのです。一台目がハッキーから着き、アダムス先生は夜そこにいたので、連中と一緒にやってきました」

「そうなのか？」――グレゴリーは言った。警官の言うことは聞いていなかった。割れた窓の枠から明るい色の帯状の木屑が垂れていた。壁のすぐ脇に、深くて不明瞭な裸足の足跡が印されていた。彼は身を屈めた。雪はこの場所で、その上に相当な重量を引きずったかのように掘られていた。ところどころに、まるで大きな長い黒パンの塊を雪に押し付けて作ったような、長い平底の窪みが際立って見えた。一箇所で、何かが金色を帯びた色に輝いていた。彼はさらに身を屈めて、丸まった木屑を数枚指に抓《つま》んで持ち上げた。彼は頭を傾けると、しばしの間、もうひとつの閉じられた窓を見ていた。石灰がかかっていた。彼は深い雪の方に下り、先にコートの裾を伸ばしてから片膝をつき、立ち上がり、自分が残したものをしげしげと眺めた。それから深く息を吸い込んだ。両足を開き、両手をポケットに入れて、灌木と遺体安置所とひとつ目の墓石の間の白い空間を眺め渡した。平らな窪みのある、形の整っていない深い痕跡の作る線は、割られた窓の下で始まり、輪を描き弧を成して扉の方に繋がっていた。途中でときには片方に、ときにはもう片方に逸れていたが、まるで、酔っ払いか何かが袋を押していったかのようだった。セーレンセンは、その情景をさしたる関心も持たずに見つめながら脇に立っていた。

「なぜ、南京錠がない？」——グレゴリーは警官に話しかけた。「あったのか？」

「ありました、警部補殿、でも壊れてしまったのです。墓掘人が鍛冶屋に修理に出すことになっていましたが、忘れてしまい、その後日曜になり、そしてそのままです」——警官は両手を広げた。

グレゴリーは黙ったまま、不格好な防水シート《ターポーリン》の塊に近づいた。硬い布のゴワゴワした縁を慎重に持ち上げ、それから全体を捲《まく》って脇に投げた。彼の足元に、まるで何か目に見えないものの前に跪《ひざまず》いているか、肘と膝でそれを自分から押しのけようとしているかのように、足と手を丸めた裸の人間が横向きに寝ていた。全身が、雪のなかに掘られたその幅広い溝——それは窓から始まり、遺体によって閉じられていた——のなかに収まっていた。その頭と入口の間の距離は二歩弱だった。雪はそこでは平らなままだった。

「調べてくれないか」——グレゴリーは、跪いた姿勢から立ち上がりながら言った。血が顔に集まった。

「これは誰だ？」——太陽が眩しくなってきたので制帽を目深に被った警官に尋ねた。

「ハンセルです、警部補殿。ジョン・ハンセル。彼はここで染物工場を経営していました」

グレゴリーは、セーレンセンから視線を下ろさなかった——彼は、平らなカバンから取り出したゴム手袋をはめて、とても丁寧に遺体の手足に触れ、瞼を開かせ、次にすぐ近くから、その曲がった背骨を眺めていた。

「そいつはドイツ人だった？」

「わかりません。ドイツ出身かもしれませんが、そういう話は聞いたことがありません。両親もすでにここに住んでいました」

「死んだのはいつだ？」

「昨日の朝です、警部補殿。医師は、心臓病だったと言っていました。彼はもう以前から心臓を病んで、医師は働くのを禁止しましたが、彼は気にしていませんでした。妻がある男と逃げてから、何事にも無頓着になっていました」

「ここには他にも遺体があった？」

　セーレンセンは立ち上がり、膝を払い、目に見えない痕跡か何かを袖からハンカチで擦り、ゴム手袋を注意深く袋に押し込んだ。

「警部補殿、一昨日はありましたが、もう埋葬された後でした。葬式は昨日の正午でした」

「ということは、昨日の正午からはこの遺体だけがあったわけか？」

「これだけです、警部補殿」

「では、あなたは、先生？」

　グレゴリーはセーレンセンの方に歩み寄った。二人は細長い灌木の下に立っていた――その天辺辺りを太陽がさ迷い、ついに雫の雨が雪に穴を開けた。

「私に何が言えるでしょうね？」

　セーレンセンは屈辱を感じているように、いやそれだけでなく、苛立っているように見えた。

「臨終は、せいぜい二十四時間前です。よく見ると土色の染みがあるし、咬筋《こうきん》は硬直しきっている」

「じゃあ、四肢は？　どうした？　なぜ何も言わない？」――二人は次第に小声で、次第に毒気を含んだ言葉で会話していた。

「ご覧になった通りです」

「私は医師ではない」

「硬直はない。つまり、ないのです、硬直から解放した人物がいたに違いありません。誰かが硬直を解いた――以上です」

「硬直はもう戻ってこない？」

「部分的には戻ってくるはずですが、必ずしもそうとは限らない。それが重要ですか？」

「でも確かにあった？」

「硬直は常にあります。あなたはそれをご存知のはずです。そしてどうか私を問い詰めないでください――これ以上はわかりません」

「有難う」――グレゴリーは、苛立ちを隠さずに言って扉に歩み寄った。わずかに開いていたが、なかに入るには、遺体を踏み越える、というかむしろその上を飛び越さなくてはならなかったので、彼は、不要な足跡は残さない方がいいと自分に言い聞かせた――ここではすべてが、十分すぎるくらい踏み荒らされている。彼は横から掛金を引っ張った。扉は雪に埋もれていて、ビクとも動かなかった。引っ張った。扉はドーンと壁に当たって、恐ろしい轟音を立てた。内部は闇が支配していた。細い隙間を通して、入口の向こうに少しばかりの雪が吹き込み、それが溶けて平らな水溜りを作っていた。グレゴリーは目を閉じて立ち、壁という壁から流れてくる不快な寒気を感じつつ、目が暗闇に馴れるまで辛抱強く待っていた。

　北の小窓が、少しばかりの、しかも散り散りの光を与えていた――石塊で塗られた二枚目の窓ガラスはほとんど不透明だったからである。中央に、木屑がなかに敷いてある棺があった。その端に、黒いリボンに巻かれた樅木《もみのき》の花輪が立てかけてあった。『哀悼を捧げる』という金色の文字が読み取れた。隅には棺の蓋が縦に立っていた。床は、強く踏み固められた土で、窓の下には少しばかりの木屑が散り撒《ま》かれてあった。もうひとつの壁の下に彼は、鶴嘴《つるはし》、数本のシャベル、粘土で汚れて巻き取られたロープの束を見た。そこには板も数枚あった。

　彼は外に出て、輝きで痛いほどの目を細めた。警官を目で探して見つけたが、彼は、遺体に触れないようにしながら、慎重にそれを防水シート《ターポーリン》で包《くる》んでいるところだった。

「きみはあの晩、三時まで当直だったんだね？」――彼の方に歩み寄りながら尋ねた。

「そうです、警部補殿」――警官は背を伸ばした。

「遺体はどこにあった？」

「私が当直だったときですか？　棺のなかです」

「調べたか？」

「はい」

「扉は開けたか？」

「いいえ。窓越しに懐中電灯で照らしました」

「窓ガラスは割れていた？」

「いいえ」

「じゃあ、棺は？」

「なんですか？」

「棺は開いていたか？」

「はい」

「遺体はどんなふうに寝ていた？」

「普通にです」

「なぜ服を着ていないのか？」

警官は乗り気になった。

「葬式は今日の予定でしたが、警部補殿、その服については長い話があります。妻が逃げ出してから——それは二年前ですが——、彼は妹と同居していました。物凄く気難しい女で、上手くやっていける人なんかいません。死んだとき（朝食の最中でしたから）に身につけていた服をどうしても渡そうとしないんです——おろしたてだからもったいないとか。古着を出してくれることになっていましたが、葬儀屋が到着すると、何もくれずに、もっと古い服を一着黒く染めると言いましたが、葬儀屋はもう一度行くのを厭がって、遺体はそのまま引き取りました。今日、彼女はその服を持ってくることになっていたのですが……」

「グレゴリー、私はもう行く。ここには私が役に立つようなことはない」——会話に耳を傾けていたらしいセーレンセンが、突然言った。「車を貸してもらえますか？　あなたは交番の車を借りられるでしょう」

「待ってください。それについてはこれから話しましょう」——グレゴリーは言い放った。セーレンセンには苛々させられた。「あなたのために、何かを探しますよ」——それでもこう付け加えて言った。彼は、くしゃくしゃになった防水シート《ターポーリン》を見ていた。見ていた時間はごく短かったが、死者の外見はとてもよく憶えていた。六十歳手前の男だった。顔よりずっと黒い、労働に疲れた手をしていた。ほとんど禿げた頭蓋は首の上と顳顬《こめかみ》の辺りが、短い白髪に覆われていた。特に彼の記憶に刻まれたのは、閉じ切っていない濁った眼が浮かべた驚きの表情だった。彼はコートを脱ぎたかった——次第に暑くなってきた。耐えきれなくなり、どのくらいの速さで、太陽光がこれまで影になっていたこの場所の奥に届くのか計算していた。その前にすべての指紋を採集しておかなくてはならないだろう。

彼は警官はもう幹線道路に行かせたかったが、そのとき同僚たちが見えた。彼らの方に向かって歩き出した。

「ああ、やっと着いたか。そんなにのんびりしていたら駄目だ——雪が解ける。トーマス、私にとって一番肝心なのは、窓と扉の間の足跡だ。滑石《トーク》を十分に撒いてくれ。トーマス、雪は湿っている。そして、何もかも流れ出したりしないように、そっとだ！　私は今から街へ行く。できるかぎり、すべて測量しろ、水までの距離もだ――あそこの灌木の向こうに小川がある。全体の写真を何枚か撮って、岸をよく探すんだ――私は、何か見落としたかもしれない」

「落ち着いてください、グレゴリー」――ウィルソンが言った。彼は、斜交《はすか》いにかけた肩紐で、自分の平たい鞄を運んでいた。鞄は腰のところで跳ね、まるで足を引きずっているかのようだった。「私たちのところに車を寄こしてください、いいですか？」――彼は分岐点で付け加えた。

「了解」

グレゴリーは、セーレンセンのことはすっかり忘れて幹線道路に向かった。振り返ると、検死医は、適度な速足で彼の後ろを歩いていた。事故現場を取り囲むロープは、すでに取り外されていた。二人の男がベントレー車を溝から引きずり出しているところだった。橋の前に彼らの車が、ロンドン方面を向いて停まっていた。何も言わずに、グレゴリーは前のドアからコールズの隣に坐った。エンジンが音を立てていたので、検死医は歩を早めた。彼らは、交通巡査の脇を過ぎ、ピカリングに向かって曲がった。

交番は市場の角にある二階建ての建物のなかにあった。警官はグレゴリーを二階に案内した。廊下があってその両側にドアが並び、突き当たりには窓があって、窓越しに市場の向こう側の平屋の列の屋根が見えた。

署長は、入室する彼の姿を見て立ち上がった。赤毛で顔が長く、額を上下半分に区切って、赤っぽい線が刻まれていた――制帽がテーブルの上に置かれていた。

最初の一言を言いながら、彼は幾度か両の掌を擦り合わせた。陽気さの影もない神経質な微笑を浮かべていた。

「さあ、仕事にとりかかりましょう」――腰を下ろしながら、グレゴリーが溜め息をついた。「例のウィリアムスはどうしたか、ご存知ないですか？　彼と話はできますか？」

署長は首を振った。

「問題外です。頭蓋底が折れています、警部補。今しがたハッキーに電話しました。完全に意識を失って、病院にいます。X線写真が撮られました。医師たちの話では、少し時間を要するそうです――むろん、仮にこの状態を脱することができるならばですが」

「そうですか？　すみませんが、あなたはご自身の部下をご存知です。教えてください――あのウィリアムスにどれほどの値打ちがあります？　警察に入って長いのですか？　そう、あなたが彼についてご存知のことを何でも」

　グレゴリーはうつろな様子で話していた――彼の頭はまだ遺体安置所の傍らにあって、相変わらず雪の上の足跡を見ていた。

「ウィリアムス？　彼は、四年前からここにいます。その前は、北部にいました。軍務に就いていました。名誉の負傷です。ここで結婚して、子どもが二人います。特別なところは何ひとつありませんでした。魚釣りが好きでした。落ち着いていて、バカじゃない。勤務時間中、重大な違反は皆無でした」

「じゃあ、重大でないのは？」

「そうですね……もしかしたら、あまりにも……寛大だったかもしれません。善良のあまり――よくいうでしょう。彼は、自分なりに規則を解釈していました。こんな田舎では、全員が全員と知り合いですから……。でも、問題は些細なことでした――課す罰金の額が少なすぎた……。落ち着いた人物です、落ち着きすぎてすら……いわば……つまり……彼は」――署長は言い方を変え、その顔が震えた。

「幽霊を信じていた？」――グレゴリーは、真面目至極に尋ねた。署長は、色彩のない目で、彼の方に目をやった。

「幽霊を？」――反射的に繰り返した。意外にも、彼は当惑していた。「幽霊……？　いや――そうは思いません。わかりませんが。あなたが言われたいのは、彼が……」――言い終えなかった。しばし黙っていた。

「彼が何から逃げていたのか、想像できますか？」――グレゴリーは、テーブル越しに身を屈めながら小声で言った。彼は署長の目を直視した。相手は答えなかった。ゆっくりと頭を下げて、また持ち上げた。

「想像はできませんが……」

「……が？」

　署長はグレゴリーの顔を検分していた。ついに、嫌気がさしたかのように肩を竦《すく》めた。

「まあ、いいでしょう。それならば、事実に移りましょう。あなたはウィリアムスの連発拳銃《リボルバー》をお持ちですか？」

「持っています」

「それで？」

「彼はそれを片手に握っていました」——署長は大声を出さずに言った。

「そうですか？　発射されていた？」

「いいえ。安全装置がかけてありました。ですが……銃口に弾丸がありました」

「装填されていた？　じゃあ、あなたの部下は勤務中どのようにしていますか？　銃口は空のまま？」

「そうです。この辺りは平穏です。装填するのはいつだって遅くない……」

「あなたは、自動車が彼に衝突した場所から、救急車が彼を乗せた場所まで、あの歩幅を歩いた、というか這って移動したと確かにそうお考えですか？」

　警察署長は驚いてグレゴリーに目をやった。

「彼は全然立ち上がりなどしませんでした、警部補殿。スミザーズ——というのが、彼に衝突した運転手です——は、自分でウィリアムスを運んだと自供しました——事故直後に」

「なるほど。それならば事件は単純になります。そういうことにしておきましょう……単純になると」——グレゴリーは付け加えた。「そのスミザーズはここに捕まえてありますか？」

「はい」

「彼を尋問したいんです。できますか？」

「待ってください」

　署長はドアを開け、誰かに一言二言言った。戻ってくると、窓辺に立った。彼らは一分ほども待っていたかもしれない。フランネルのズボンと、ふかふかのセーターを着た痩せてハンサムな男が入ってきた。彼は腰が細く敏捷で、顔は映画に出てくるパッとしない色男に似ていた——入口で止まるとはっきりと不安そうにグレゴリーの方を見、彼は彼で、椅子を一本の脚でくるりと回すと、しばらく彼を見つめてから言った。

「私はここで、ロンドン警視庁《the Yard》の一員として捜査を担当しています。いくつか質問に答えていただけますか？」

　スミザーズは、ゆっくりと頷いた。

「私は……本当のところ、もうすべてお話ししました……私は完全に無実です」

「もしあなたが無実なら、あなたに何も悪いことはありませんよ。あなたは事故を引き起こし、人命を危険に晒した嫌疑で留置されています。あなたは、告発の根拠として、あなたに対して不利に利用される可能性のあることは答える必要はありません。言いたいことがありますか？」

「もちろんです、ええ、ええ……。私は……隠すことは何もありません」――若い男は吐き出すように言った――グレゴリーが口にした公式の決まり文句に、明らかに恐れをなしていた。「よろしいですか、私は何もできなかったのです。あの男は要するに、車の方に飛び出して来たんです。あれは幹線道路で、歩道ではありません。夜、やみくもに、しかもあんな霧のなかでスピードを出したりできるものではありません。私は本当にノロノロと走っていました！　できる限りのことはしましたが、それでも、あの男のために私は車を壊してしまったんです。これはあの男の責任です。どうやって切り抜ければいいのか、見当がつきません――車は私のじゃないし……」

「正確におっしゃってください。どのようにして起こったのですか。どれくらいの速度で走っていたのですか？」

「誓って言いますが、せいぜい時速三十です。霧が出ていて、雪が降っていて、ヘッドライトをハイビームで点灯することもできませんでした――そうするともっとひどいことになる」

「あなたは、無灯火で走っていたのですか？」

「いいえ、とんでもない！　街中を走るときの小さなライトは点けていました。でも見えるのは、せいぜい五、六歩先までです。よろしいですか、ボンネットのすぐ前で、あの男が見えたんです――言っておきますがね、あの男は気が狂った盲人のように走っていて、とにかく車輪の下に身を投げたんです！」

「両手に何か持っていましたか？」

「何ですって？」

「尋ねているのは、その人物が手に何か握っていたかどうかです」

「気づきませんでした。後であの男を持ち上げたときに、連発拳銃《リボルバー》を握っているのが見えました。でもそのときには見えませんでした。ありったけの力でブレーキを踏んで、水溜りに入り、それによって私は一回転して前後逆にされました。私は木にぶつかって、みっともないほどの怪我をしました」——彼は片手を持ち上げて頭を触った。

凝固した赤い線が額を走り、濃い頭髪のなかに消えていた。

「私にその感覚はありませんでした。ひどく怯えていて、あの男を避《よ》けることができたと思っていました、つまり私は本当にあの男を避けたので、私がスリップにつかまったときに、どうやってあの男が車の後部——バンパーかも——にぶつかったのか、それもわかりません。横になっていて、動きませんでした。私は雪で彼を擦り始めて、血が私の目に流れ込んできましたが、自分のことはまったく考えていませんでした。あの男にはまったく意識がなかったので、私はまず病院に運ぼうと考えましたが、スターターボタンではどうしてもエンジンがかかりませんでした、何かが壊れたんでしょう——何かはわかりませんが。そこで私は幹線道路を駆けていき、一軒目の家から電話をかけました……」

「あなたは彼を溝まで運びましたね？　なぜ、車までではなく？」

「つまり……」——若い男は躊躇った。「なぜなら……なぜなら、意識のない人は平らに寝かさなくてはいけないそうですが、車にはその場所がありません。私はすぐに、道の真んなかに寝ていたら誰かに轢かれるかもしれない、と考えました」

「よろしい。事故が起こったのは何時ですか？」

「五時ちょっとすぎです。五時を十分、あるいは十五分過ぎていました」

「街まで駆けていたとき、幹線道路に誰かいるのが見えましたか？」

「いいえ。誰にも会いませんでした」

「じゃ、その前は、車で走っているときには誰かに会いましたか？　歩行者には？　車には？」

「歩行者はいません。車ですか？　車もです。つまり、トラック二台とすれ違いましたが、それはまだ高速道路にいたときでした」

「あなたはどこから来られたんですか？」

「ロンドンからです」

静寂が支配した。スミザーズはグレゴリーに近づいた。

「警部殿……もう失礼してもかまいませんか？　車はどうなりますか？」

「車のことは心配しないでください」――窓際にいる署長が言った。「お望みなら、私たちがどこかの車庫に入れておきます。私たちが自分で牽引していきます。この近くに修理工場がありますから、そこに車を預ければ、面倒を見てくれるでしょう」

「有難うございます。それは助かります。ただ、お金のことで電話をかけないと。もう……もう行ってもよろしいですか？」

グレゴリーは目で署長と会話し、かすかに頷いた。

「正確な氏名と住所を書き残してください」――そう言った。「あなたを捕まえられる住所です」

スミザーズは踵でぐるりと一回りすると、片手をドアの取っ手にかけたところで固まった。

「ところで……どうなります……あの男は？」――小声で尋ねた。

「なんとかなるかもしれません。今のところ、何もわかりません」――署長は言った。スミザーズは口を開けたが、何も言わずに出ていった。

グレゴリーはテーブルの方に向き直った。両手で頭を支えた。曰く言いがたい疲れに捉えられていた。こうして坐って、何も言わず、考えたくなかった。

「あの男は何から、あんなふうに逃げたのだろう？」――突然、自分でも意外なことに、大声で言った。「何からだろう、あの男があんなに泡を食って逃げ出したのは？」

「むしろ、『誰から』ではないですか？」――署長が言葉を挟んだ。彼は、テーブルの向こうに腰を下ろした。

「違います。仮に誰かを見たのであれば、しかもあの男が置かれたような状況なら、撃っていたはずです。そう思われませんか？　私はそう思います。ちょうど二×二が四であるように、撃ったはずです」

「あなたは足跡を検分しましたか？……」――署長は言った。制帽の顎紐を熱心に金具に通そうとしていた。グレゴリーは彼を見つめていた。ピカリング署長は頬に縦の窪み線があり、目は充血していて周囲に皺《しわ》が寄っていた。赤毛のような前髪に、何本か白髪が光っていた。

「あなたがあそこに着いたとき、どんな風だったか、私に話していただけませんか？　そして何時だったのか？」――グレゴリーは質問で返した。署長は細心の注意を込めて、留め金を直していた。

「当直はパーリングスでした。あの青年が電話をよこしたのは五時半です。パーリングスが私を起こした——私はここでは隣に住んでいます。すぐにあなた方に知らせるよう命令して、私は出発しました」

「あなた方がそこに着いたときは、まだ暗かった？」

「若干明るんでいましたが、濃霧でした」

「雪は降っていた？」

「いいえ、もう」

　署長は制帽を脇に置くと、革紐がテーブルに当たって音を立てた。

「医師がウィリアムスを診ることになって、私は彼を救急車に乗せるのを助けました——あの男は大男ですし、救護員は一人だけでしたから。その間に、交通警備から二人やってきました。私は彼らを幹線道路の両側に配置して、自分は墓地に向かいました」

「あなたは懐中電灯を持っていましたか？」

「いいえ、ハードリーから借りました。交通警備の巡査部長です。遺体は扉の前に、頭を入口の敷居に向けて横たわっていました。扉は少し開いていました」

「遺体はどんな姿勢で横たわっていましたか？」

「両手足を丸めて。膝状湾曲と呼ぶんですよね？」

「あなたは、防水シート《ターポーリン》をどこから持ってきましたか？」

「遺体安置所にありました」

「なかに入ったのはあなただった？」

「そうです。横歩きで。敷居を飛び越えたんですよ。いずれにせよ暗かったので、何か見落としたかもしれませんが、でもそこにウィリアムスの足跡しかないのは、見えました。私は、なかに……」——言葉を切った。

「誰かそこにいる、と考えた？」

「はい」

　回答の断固たる口調は、グレゴリーを驚かせた。

「何を根拠に、あなたはそう判断したのですか？」

「そこで何かが動いていましたから、なかで、私が光を当てたときに……」

　グレゴリーは背を丸めて、椅子に横向きに坐り署長の顔を見ていた。二人の間は半メートルか、少し近いかだった。署長は急いでいなかった。目を上げると、彼の口には、これから言おうとしていることを恥じるかのような、確信のない微笑が現れた。

「それは猫でした……」

一本の指でデスクに触れ、付け加えた。

「ここにいます」

「どこに？」

グレゴリーは素早く室内を見回したが、署長は首を振って否定した。

「ここに……」

彼は引き出しを抜き出した。そのなかに、新聞に包《くる》まれたさほど大きくない包みが横になっていた。署長は躊躇っていたが、ついにそれをテーブルの上に置いた。グレゴリーはクシャクシャになった新聞の端を軽く開いた。尾の先に黒い毛が生え、毛は濡れていて縺《もつ》れ、不自然に伸びた手足をした白くて痩せこけた子猫が、感嘆符のように細いどんよりしたひとつの瞳で、彼を見ていた。

「死んでいる……？」――グレゴリーは、呆然として署長の方を見た。

「私があそこに入ったときには、まだ生きていました」

「ああ！」

という叫びが、グレゴリーのなかから飛び出した。

「それで、いつくたばったんですか？」

「私が手に取ったときには、もう硬直が始まっていました。ミャーミャーと恐ろしい鳴き声をあげていました」

「あなたはどこで見つけたんですか？」

「棺の脇です。坐っていました……花輪の上に」

グレゴリーは目を軽く閉じた。目を開いて、しばらく猫を見、新聞で包んでから窓辺に置いた。

「持っていかないといけないでしょう――検死か何か……」――口のなかで言った。彼は額を拭いた。

「あなたはなぜこの猫を持ってきたんですか？」

「足跡のためです。あなたは足跡に気づかなかった、そうでしたよね？」

「ええ」

「ありませんでしたから」――署長は説明した。「私は懐中電灯しか持っていませんでしたが、念入りに見回しました。この猫は雪の上にまったく足跡を残していませんでした」

「それならば、どこからそこに現れたのですか？」

「わかりません。雪が降り出す前には、あそこにいたに違いありません」

「で、降り出したのは何時でしたか？」

「十一時すぎです。もう少し後かもしれませんし、もっと正確に知ることもできます」

「よろしい。しかし、どうやってなかに入ったのだろう？　ずっとあそこにいたのかも？」

「夕方にはいませんでした。スティックスは三時まで当直でした。十一時から三時までです。その間だと思います」

「そのスティックスが……扉を開けた？」

「到着したときに、開けました。とてつもなく几帳面な男です。交代するために着いたとき、すべて正常かどうか、調べようとしたのです。私は彼に尋ねました」

「なるほど。あなたは、そのとき猫が這い込んだと思うのですか？」

「そう推測しています」

　トーマスとウィルソンが入ってきた。

「終わりました、警部補殿。万事完了です。コールズが医師を駅まで運びました。すぐに戻るでしょう。行きましょうか？」

「そうしよう。それをトランクに入れたまえ。セーレンセンは余計な仕事が増えるな」――かなりの悪意を込めてグレゴリーが言った。署長に片手を差し出した。

「有難う。可能なら、ウィリアムスをロンドンの病院まで運んでほしいのですが。何か起こったら、私に連絡してください、よろしいですね？」

　彼らは階下に下りた。グレゴリーは腕時計に目をやり、すでに正午を過ぎているのに驚いた。本格的に腹が減っていた。

「何か食べようか？」――他の者たちに向かって言った。

　近くにレストラン、いや、テーブルが四卓ある軽食堂らしきものがあった。腰を落ち着けたとき、コールズが着いた。ウィルソンが彼を呼び寄せた。巡査部長は通りに車を残して、やってきた。彼らは、黙ったまま食べた。カメラマンは、自分のあまりにも優雅な黒いひげをさすり、ビールを注文した。

「一杯やりませんか、警部補？」

　グレゴリーは断った。巡査部長も彼と同じようにした。

「私は運転するから」――説明した。

　彼らが外に出たときは、二時になろうとしていた。

溝を黒い水が流れ、雪はすべて沼に変わり、わずかな灰色の氷だけが屋根の上で輝いていた。グレゴリーは、突然運転したくなった。コールズが彼の脇に坐り、他の者たちは後ろだった。発車すると、汚い水の噴水が打ち上がった。巡査部長はスピードを出すことに反対なのではないか、とグレゴリーは横目遣いにそちらを覗き見たが、いずれにせよ彼は自動車を最後までしっかり運転しなければならなかった――一方のコールズは、満腹からの眠そうな表情で脇窓の外を眺めていた。彼はそれならと、アクセルをふかした。運転はうまかったが、自分では荒っぽすぎるのではないかと思っていた。彼はそれが悩みだった――本物の運転手のあの無関心な投げやりさ、機械化された平静さに達したかったからだ。そのことを考えている間は、上手くいった。タイヤが恐ろしいほどのキーキー音を立て、数分の間に、窓ガラスは何千もの黒い感嘆符で覆われた。ウィンブルドンの先で雑踏してきた。グレゴリーは、サイレンを鳴らしたくてたまらなかった――瞬時のうちに道が空く効果は愉快だったから。しかし躊躇されたのは、実際のところどこに急いでいるわけでもなかったからだった。一時間弱でロンドンに着いた。ウィルソンと技師は、実験室に向かった。グレゴリーは自宅に立ち寄りたかった。巡査部長が彼を運んでくれた。もう二人だけだった。自動車が停止すると、グレゴリーは下車する代わりにコールズに煙草を勧め、自分でも火をつけ、それから口を切った。

「君はあれを見たよね――あそこで――どう思う？」

コールズはゆっくりと頷いた。ハンドルを回して、窓ガラスを下ろした。

「巡査部長、私たちは今日知り合いになったわけではない。どうか言ってくれ、どう思う、君でも逃げ出したくなるような何かがあるのか……連発拳銃《リボルバー》を手に持ったままで？」

コールズは素早くグレゴリーに目をやり、かすかに眉を持ち上げると注意深く灰を落とした。何も言ってくれないだろうと思えたころ、ぼつりと言った。

「戦車とか」

「そうじゃない、違う、君は私の言いたいことがわかっている」

巡査部長はうまそうに煙草を吸いこんだ。

「私は辺りをじっくり検分しました。あの男はあそこを巡回していた、ずっと巡回していて、五時ごろか五時を回ってすぐ、気に入らないものに気づいた。すぐには逃げ出さなかった。これは重要です。立ち止まって……そして連発拳銃《リボルバー》を抜いた。ただ安全装置を外す暇がなかったのです」

「でも、走りながら、抜くことはできなかったのか？」――グレゴリーが尋ねた。彼の目は輝いていた。巡査部長を調べるような目で見ていた。相手は、意外にもにこりと微笑を浮かべた。

「あなたはご自分でも知っておられるでしょう――できなかったと。われわれの拳銃は、ここに固く装着されています。あなたはあの足跡を見ましたか？　兎並みに疾走していました！　あんな風に飛んでいる人間は、ホルスターから無理矢理外したりしないものです。彼は走る速度を緩めなくてはならなかったはずです。最大の濃霧時に、車のライトは、もし顔に向けて当てたなら十歩先までは見えますが、あの男は何も見なかった。もう何ひとつ見えなかったんです。あの男はしっかりはねられてしまったのです」

「手に連発拳銃《リボルバー》を持った警官が逃げる可能性があるとしたら、何からだろうか？」――グレゴリーは、何も見えていない目で前方を見ながら繰り返した。答えが来ることは期待していなかったし、得られもしなかった。

# 第四章

「聞かせてもらおう」——シェパードが言った。グレゴリーは、彼の前に文字が書き綴られた紙を置いた。

「このような、ちょっとした一覧表を作ってみました、主任警部殿……『九時四〇分。J・ハンスル、朝食中に心臓発作で死去。アダムス医師、死亡を確認。

一四時〇〇分。葬儀会社到着。ハンスルの妹が服を渡したがらず、業者は服を着せられていない遺体を引き取り、棺に入れて遺体安置所に運ぶ。

一七時〇〇分。アトキンス巡査、遺体安置所の当直に就く。遺体は棺のなかに横になっている（蓋は開いている）。扉には掛金がかかっていて、木片が挟まれている。

二三時〇〇分。スティックス巡査、当直に就く。扉を開けて、遺体安置所を覗き込む。まったく変わりなし。雪が降り始める。注意——このころ、スティックスが気づかぬ間に、猫が遺体安置所の内部に滑り込んだ可能性がある。

三時〇〇分。ウィリアムスがスティックスに交代する。扉は開けず、スティックスがいるときに窓越しに懐中電灯だけ点灯し、スティックスは室内に変わりがないことを確認し、それから街へと立ち去る。

五時二五〜三五分。スミザーズ、ピカリングの交番に電話し、警官を轢いたと連絡。

五時五〇分〜六時〇〇分。ハッキーの救急車、アダムス医師と警察署長を乗せてくる。ウィリアムスを病院に運ぶ。遺体安置所から一七〇メートルの幹線道路に、樹木に乗り上げ、トランクまたは後部バンパーでウィリアムスに衝突したベントレー車が停まっている。ウィリアムスは頭蓋底が折れ、肋骨三本に罅《ひび》が入っていた。意識がない。署長は遺体安置所に向かい、扉が半分開き、その一メートル手前に身体を丸めた遺体が脇腹を下に横たわっていて、窓がひとつ割られ、窓ガラスは外に散らばり、破片が雪に刺さっているのを確認。遺体安置所のなかに猫を発見し、持ち出す。猫は当初は落ち着きがなく、街に着くまでに死ぬ。遺体安置所周辺に確認された足跡――

一．ウィリアムス巡査の足跡――彼の靴跡に該当し、遺体安置所の周辺を一巡して、踏まれている。これらの跡は遺体安置所から離れ、ガラスを抜かれた窓に近づき、それから幹線道路の方向を目指し、自動車事故の現場で終わっている。

二．警察署長の足跡は気づかれにくい――主にウィリアムスの足跡の上を踏み、結果として、その内側の輪郭線を曖昧にさせているため。

三．小屋の折れ曲げられた窓の下に、死者の左足と特定されるかなりはっきりした裸足の足跡ひとつ。足跡は指を少し内向きに壁の方に向け、かなりの重量で押されたかのように深い。

四．窓から扉に向かって建物の角を回りながら、膝で圧して作られた凹部にも似た窪みを刻みながら、四つん這いで歩いたか、あるいは腹這いで進んだかしたかのような足跡が続いている。押しつぶされた雪のなかの二箇所にくっきりと残された跡は、皮膚の印影（剝き出しにした膝のような）に該当する特徴を示している。

五．灌木の間の深い雪のなかに、遺体安置所の端から二八メートルの距離にある小川の方向に向かって、死んだ猫の四肢の大きさに該当する猫の足跡がぽつぽつとある。足跡は、まるで猫が灌木のいずれかのなかに入り込んだかのように消えている。

六．小川の沈泥の底（一番深いのは遺体安置所の近くで、四〇センチメートル）、遺体安置所からの距離四三、四一、三八メートルのところに、極めて不明瞭な、流れ出していて特定の根拠を与えない、おそらくは靴を履いた人間の足跡。それができたときを正確に特定する術はない。専門家によると、二～六日。

注意点（a）第四項に挙げた足跡と窓の下の足跡に、棺のなかに敷いてあるのと同じ木屑が発見された。

注意点（b）第四項に挙げた足跡は、遺体が発見された地点で終わり、扉まで到達していない（一メートル）。

注意点（c）ウィリアムス巡査が踏んだ小道の端と小川の岸の最小距離は、榛の木の濃密な灌木を貫く直線で一三メートル。縦には深さの差一・五メートル（さほど険しくない下りが遺体安置所の向こうで始まり、水際で約半メートルの小さな崖になる）。墓石を切る作業でできた、ジャガイモ大から人の頭大まで、稀にさらに大きなものもあるが、さまざまな大きさの石の欠片（長年にわたる）が、小川の底や灌木のなかに撒かれた状態で発見される。それらの一定数は、最も濃密に灌木が生えている箇所の枝の間に、雪より上、または雪の高さで留まっていた。

　遺体の状態。遺体を詳細に記述している検死報告が示していることの他に、注目すべきは四肢の死後硬直であり、前日に葬儀会社がその存在を確認していたが、状態が保全されていなかった。これほど短時間に消えることはあり得ず（通常は、死亡から五〇～七〇時間で起こる）、誰かがそれを解いたに違いない』」

　シェパードはグレゴリーの方に目を上げた。

「警部補、君は死後硬直がどういうものか、知っているね？」

「当然です。これについてはわざわざ専門家たちと話しました。こうした硬直は力ずくで解けますが、その後ではもう戻らないか、ずっと弱くなって戻ってきます」

　シェパードは紙を脇に置いた。

「どういう結論が？」

「おっしゃりたいのは、一連の事件の再現ですか？」

「それもだ」

「犯人は、アトキンスが当直に就く以前に、遺体安置所に忍び込んでいたに違いありません。そのなかに隠れた――もしかしたら、隅にあった棺の蓋の裏かもしれませんし、壁際の一番暗い場所に積んであった板と縄の下に身を隠したのかもしれません。五時ごろ、棺から遺体を取り出し、窓ガラスを押し始め、ついに割れて窓は開きました。ウィリアムスは、騒音を耳にして近づき、割れたガラスと開いた窓を見ながら、連発拳銃《リボルバー》を抜き出しました。そのとき犯人は、窓越しに遺体が自ら動いたかのように見えるやり方で遺体を押し出しました。ウィリアムスはぎょっとして、逃げ始めました。姿が見えなくなると、犯人は窓から這い出し、遺体を扉の方に引きずり、もしかしたらそのときに何かを耳にするなり目にするなりし、それが彼を震え上がらせたので、遺体を放り出して逃げたのです」

「どこを通って？」

「だいたい五時半でしたから、もう最初の陽光が昇り始めていました。ウィリアムスによって踏まれた足跡は茂みの端まで達していて、そこから、大枝に沿って、部分的には灌木中にはまっていた石を伝って歩きながら、小枝に摑まって小川に下り、川底を石から石へと伝い歩いて、鉄道駅の方へ向かったのです」

「それですべてか？」――シェパードが尋ねた。

「いいえ。別の解釈もあります。犯人は四時ごろか四時すぎに、小川の河床を歩いて到着しました。水のなかに立ってしばらく見張っていたら、ちょうどウィリアムスが通り過ぎました。次に大枝が分かれている箇所に沿って歩みながら、斜面を登りました。雪の上にも足跡を残したに違いありませんが、さらに一時間半降りつづけた雪で埋もれてしまいました。ウィリアムスによって踏まれた道を通って、彼から一定の距離を置いて歩きながら、扉に歩み寄り、掛金を開けてなかに入り、後ろ手に扉を閉めました。その先の行動は、第一の解釈と同様です――棺から遺体を引き出し、窓ガラスを押し出し、それがウィリアムスの注意を惹き、遺体を窓から滑り落として、ウィリアムスが逃げてしまうと遺体を扉の方に引きずり、扉に掛金をかけて小川に戻りました。向かったのは駅の方ではなく、小川と高速道路が交差しているところです。そこに彼の車が待ち構えていて、それで立ち去ったのです」

「高速道路には、何かの跡があったか？」

「自動車の跡はかなりありましたが、具体的なものは皆無です。すべては推測にすぎません。最終的には、これからウィリアムスが話すことによって決まります。もし彼が、扉は軽く閉めただけで、掛金に錠が刺さっていないことに気づいていたのなら――私たちは第二の解釈を採らなくてはなりません」

「彼の具合は？」

「まだ意識がありません。その先は何ひとつわかっていません。医師たちは、二、三日以内に、解決するだろうと言っています」

「なるほど、そうか……」――シェパードは言った。「君はその再現をもっときちんと組み立てなくてはならない――代替案としてとんでもないものしか残らなくなるから。『……番兵たちは、恐ろしさのあまり震え上がり、死人のようになった[*]……』」

グレゴリーの視線は、主任警部の顔からデスクの上に不動のまま置かれている彼の両手に下りた。

「あなたはそう考えておられる？」――彼はゆっくりと言った。

「私を敵だとは考えてほしくないんだ、グレゴリー。むしろ、君が私の立場にいると考えてくれ。これは滑稽だろうか？」——落ち着いてそう尋ねた——警部補が微笑みを浮かべていたからだ。

「いいえ。思い出したことがあります。私も……些細なことです。もし私があなただとしても、私は私が今考えているのと同じように考えるでしょう。ドアがないならば、壁を抜けることはできません」

「いいだろう。第一の解釈を検討してみよう。君は、犯人は十一時前に、一番目の警官が当直に就くより前に、遺体安置所に忍び込んだと言う。ここに地図がある。どこに隠れることができる？」

「ここの隅、棺の蓋の後ろ、または反対側の板の背後です」

「君は実際にやってみた？」

「そうですね、できる範囲で。蓋の背後には立てますが、横から照明を当てれば、隠れ場所に意味がなくなります。というわけで、私はむしろ板の方を考えています。巡査の誰一人として遺体安置所を精密に調べておらず、扉から覗き込んだだけです」

「よろしい。遺体を窓から押し出すためには、犯人はその姿勢を変えなくてはならなかったはずだ——硬直していたから、そうだね？」

「はい。暗闇のなかでそれをやらなくてはならなかったはずです。次に窓を外して、遺体を外に落とした」

「どのようにして遺体の裸足の足跡を壁際に残したのだろうか？」

「そうですね。でもそれは多分、格別難しくはなかった」

＊——新約聖書「マタイによる福音書」。前後は以下の通り——「安息日が終わって、週の初めの日の明け方に、マグダラのマリアともう一人のマリアが、墓を見に行った。すると、大きな地震が起こった。主の天使が天から降って近寄り、石をわきへ転がし、その上に座ったのである。その姿は稲妻のように輝き、衣は雪のように白かった。番兵たちは、恐ろしさのあまり震え上がり、死人のようになった。天使は婦人たちに言った。『恐れることはない。十字架につけられたイエスを捜しているのだろうが、あの方は、ここにはおられない。かねて言われていたとおり、復活なさったのだ。さあ、遺体の置いてあった場所を見なさい。それから、急いで行って弟子たちにこう告げなさい。「あの方は死者の中から復活された。そして、あなたがたより先にガリラヤに行かれる。そこでお目にかかれる。」確かに、あなたがたに伝えました。』」（『新共同訳』）

「君は間違っている、それはとても難しかった。彼は、ウィリアムスに気づかれずにそれをやらなくてはならなかった――ガラスが割れる音に注意を引かれたウィリアムスが、その壁を見張っていたのだから。それはおそらく、最も危険な瞬間だ。犯人を目撃していたのなら、ウィリアムスは絶対に逃げなかったはずだ。遺体の脇であれこれやっている人間の前から逃げ出したりはしなかったはずなんだ――彼が待っていたのは、そんな人間だったのだから。銃を撃ったか、撃たなかったか、もしかしたら銃器は使わずに奴を捕まえようとしたか――いずれにせよ、すぐ逃げたりはしなかっただろう。君は私に同意するね？」

　グレゴリーは主任警部の目を見ていた。挙句の果てに、顎を少しだけ動かして頷いた。

　シェパードはさらに言った。

「仮に遺体が雪の上に落ちた、そして犯人が、そうだね、不可視の状態でその傍らにいたのなら、仮に窓の向こうに外から目撃できないようにして蹲《うずくま》っていたのだとしても、ウィリアムスは逃げなかっただろう。銃を手に、次に起こることを待ち構えていただろう。なかに入りたくなかったとしても――という仮定は最終的に可能だが――、視界に扉と窓を捉えていたに違いない。いずれにせよ、逃げなかったはずだ。君はこれに同意するか？」

　デスク上の見取り図を見つめながら、グレゴリーはまたしても首を縦に振った。

「第二の解釈でも同じ困難が生じる。それらしい根拠があるのは、犯人が内部に入ったことだけだ――例の板の後ろに隠れる必要はなかったわけだからな。確かに、雪が彼の足跡を埋めてしまった可能性はある。さらに先へ進もう。残る問題は、どちらの再現においても同じになる事件の展開だけだ。ウィリアムスの逃亡後、犯人は遺体安置所の外に出て、遺体を扉の方へ引っ張り、それから灌木を抜け、さらに小川の河床を通って姿を消した。なんのために遺体を深い雪を通って引きずったのか、いや、私たちが二人ともよく知っているように、実際のところ遺体を引きずりはせず、変なことをしでかした――結果として、裸の誰かが手と膝をついて通り過ぎたかのような跡を残した。そうだね？」

「はい」

「なんのためにそんなことをしたのか？」

「状況は、私たちが初めて話し合ったときより、ずっと悪くなっています……」――グレゴリーはそれまでとはまったく違う、まるで意外な告白をするかのような口調で言った。「その者は、仮にすべてのことを十分に計算に入れていたならば、本当に入ろうと思えばなかに入れたはずです。警官の跡をつけることもできました――雪が降っていて、暗くて、嵐が足音をかき消していました――彼は遺体安置所に入って、そこで待つこともできました――そうですね、四十五分か一時間、雪が彼の足跡をしっかり隠してしまうまでです。しかし、それ以外のこととなると……。私は、奴はあなたが言われたような効果を引き起こそうとしたのだと考えていました。私は、警察が復活を信じ込むことを目的にして行動する人間の存在を仮定したときに、問題はけりが付いたと考えていました。ところが、今では、それも問題外です。奴は遺体を動かし、そこに残しておきました。何かに怯えたのかもしれません。しかし、奴は何のために、雪のなかで遺体を動かしたのでしょうか？　その状態が証明しているのは、復活などなかったということで、奴は、いずれそうなるとわかっていたに違いありませんが、しかし遺体を捨てたのです。これは私には理解できません――刑事犯罪の範疇においても、狂気の範疇においても」

「怯えたのかもしれない――今しがた君が言ったように。接近してくる自動車の音が耳に入ったのかもしれない」

「そう、目で見さえしたのかもしれませんが……」

「見た？　どのようにして？」

「高速道路をピカリング方面に曲がり、幹線道路の照明が灯っているならば、それをたどって上から――高速道路は、少し高いところに延びていますから――墓地と遺体安置所の屋根は見つかります。私はそのことを昨晩確認しました」

「ああ、グレゴリー、それはとても重要だ！　もしそんな照明が奴を怯えさせて、そのために遺体を放り出したのなら、私たちは説明を手に入れたことになる！　それはまさしく、奴が躓いた、計画していた作戦が未遂に終わった最初の事例ということになる。奴が遺体を放り出したのは、例えばの話になるが、警察が接近してくると思って我を忘れたからだ。それは君による再現の支柱になるはずだ……せめても、頼みの綱にはね！」

「その通り、それは頼みの綱です」――グレゴリーは認めた。「しかし……私はあえてそれを摑む気にはなれないのです。行動を始める前に天気予報を調べ、複雑な数学的公式を満たすように自分の行動を計画する男ですから、通り過ぎる車のライトが高速道路のカーブから周辺一帯を掃き清めるように照らし、貫通して墓地に到達するだろうことを知っていたに違いありません」

「君は奴について、極め付きの賛辞を言うね」

「それはその通りです。私は要するに、そうですね、要するに奴が怖気《おぞけ》をふるったなんてことは信じる気になれないのです。数歩先に連発拳銃《リボルバー》を手に立っている警察官を怖がらなかったのに、遠くの光に怯えた？」

「よくあることだ。縁一杯まで水が入っていた器に零《こぼ》れた、最後の一滴だったのかもしれない……。心構えができていなかったのかもしれない。目を眩まされたのかもしれない。そんなこともあり得るとは、思わないか？　君はまた笑っているね？　グレゴリー、君はあの男にすっかり夢中になっているが、気をつけるんだ、もう一歩で、君は……信者になる！」

「あり得ますね」――警部補はそっけなく言った。紙の方に手を伸ばし、自分の指が震えているのを認めた。片手を机の下に隠した。「あなたの言われる通りかもしれません」――考え込んでから付け加えた。「私は考えていました……あそこで私を待ち構えていたことは、すべて犯人によって予定された通りだったと。でも、もしかしたら私はもう正気を失いつつあるのかもしれません。とはいえ……ウィリアムスが怯えたのは遺体にではなく、遺体に起きていたことにでした。彼をパニック状態に導くようなことが起きていたのです。私たちはやがて、それが何だったのかを知ることになるのかもしれませんが、でもなぜ……？」

「まだ猫が残っている」――シェパードが独り言のようにもぐもぐ言った。グレゴリーは頭を上げた。

「はい。そして言っておかなくてはなりませんが、それは私にとってはチャンスです」

「君はそれをどう理解する？」

「これは、この一件全体のなかに現れる、規則性の徴《しるし》です。それは、共通の特徴です――不可解ですが共通しています。いずれにせよ、これは混沌《カオス》ではありません。そこには何かの目的がある、ただし目的が暗いままなのです。主任警部殿……私は……あなたが言われたように、自ら……」

　彼は、言語化できずに苛々した。

「私は、私たちは監視を強める他、何もできないと考えています。今のところはまだ無です。しかし、裂け目がまったくなくなるところまで導きましょう――奴のためにです。奴は、絶対的な規則性を守って行動していますが、その規則性が奴に歯向かってくるでしょう。シスは、次の事件がどこで起こるかを計算して、私たちを助けてくれるでしょう」

「シスが？」――シェパードは繰り返した。「私は彼から手紙を受け取った」

　彼は引き出しを抜き出した。

「彼は、もはやさらなる事件は予想できない、と私に書いている」

「もう起こらないというのですか！」――グレゴリーは呆然とシェパードを見、相手は落ち着いて頷いた。

「つまり、彼によれば、連続事件はもう終わり、閉じられた、これからとても長い間にわたって……もしかしたら永遠に」

「彼はそう断言しているんですか？　何を根拠に？」

「こう私に書いている――より広く記録をとる必要があり、今まさにそれを行っているところで、その作業が終わるまでさらなる説明は一切控えたいと。それだけだ」

「ああ、そうですか」

　グレゴリーは、我に返った。深く溜め息をつき、長い胴を伸ばし、考え込んだまま自分の両手をしげしげと見つめた。

「どうやら、私たちより多くのことを知っているようです、なぜなら……。彼は捜査の結論をすべて知っているのですか？」

「ああ。彼の依頼で、私が彼に伝えた。私は、彼が場所の特定を可能にしてくれたのだから、私たちにはその義務があると考えている……」

「そう。なるほど、そうです。当然です」――グレゴリーは繰り返した。「それならば……事態はまったく別です。つまり、残されているのはひとつだけ……」

　彼は立ち上がった。

「君はシスと話したい？」――シェパードが尋ねた。

　グレゴリーは曖昧な身振りをした――彼は何はともあれ、ロンドン警視庁《the Yard》を出て一人になりたく、なるべく早くこの会話を切り上げたかった。シェパードは自分の椅子から立ち上がった。

「私は、君にはそれほどせっかちになってほしくない」――呟いた。彼の方に目を上げた。

「いずれにせよ、君は気を悪くしてはいけない。君にはそのことをお願いする……」

不安になったグレゴリーは、ドアの方に後退した。彼はシェパードの顔に期待を見ながら、唾を飲み込み、やっとの思いで言った。

「やってみます、主任警部殿。でも、彼と今話をするかどうかは、わかりません。わかりません。私はさらに……」

言い終えずに、外に出た。廊下には照明が点灯していた。その日は言葉にならないほど長かった。彼は、昨日の出来事から数週間が経ってしまったような気がしていた。エレベーターの方へ曲がり、階下に降りた。自分でも思いがけず、エレベーターを二階で停めた。そこには実験室が並んでいた。柔らかな絨毯が足音をかき消していた。蒼白い照明が、真鍮《しんちゅう》のドア金具に光っていた。古臭い取っ手は、何千回も手に触れられてツルツルになって光っていた。彼は自分がこれからすることについて考え込むことなく、ゆっくりと歩いていった。ポタポタという鈍い音が、ドアの開いた部屋から聞こえ、奥には台座に載った分光写真機がカバーを掛けられて暗い姿を見せていた。何者かが白衣を着て、ブンゼンバーナー*の傍らをうろついていた。もうひとつのドアは開きっ放しだった――パン屋のように粉だらけで、両手も顔も白くなったトーマスが、不格好な石膏の型が据え付けてある板の上に身を屈めていた。ここは、まるで抽象彫刻家のアトリエのようだった。奇妙な形にねじれた凝固石灰の塊が均等な列を成して立ち、小柄な技師は小さな木槌で優しく叩きながら、次の塊を型から取り出していた。溶いて半分液体状になった塊の入った容器が、床に立っていた。グレゴリーはドア枠に身を持たせかけて、トーマスが動き回るのを見ていた。

「やあ、あなたですか？ もう終わりました。お持ちになりますか？」――トーマスはプロとしてのなかなかの満足を覚えつつ型を凝視しながら、それを外し始めた。

「完璧な出来栄えだ」――彼はぶつぶつ言った。グレゴリーは頷くと、端に立っている白くて予想外に軽い塊を手に取り、その下に、指を開いている大きくて痩せた裸足の片足の型があるのを見て、驚いた。石膏の表面はキノコのような形に盛り上がっていた。

「有難う、いや、今はけっこうです」——グレゴリーは言葉を切り、型を横に置くと、はねがかかったゴムの作業着のボタンを外しているトーマスの少し驚いた視線に見送られながら、外に出た。警部補は、すでに廊下に出てから足を止め、振り返って尋ねた。

「検死医はいますか？」

「先ほどまでいました。もう退出したかもしれませんが、私はわかりません」

　グレゴリーは廊下の端まで行った。ノックせずに、両開きのドアを両方とも開いた。カーテンのかかった窓の下のテーブルには、顕微鏡に明かりを与える小さなスタンドが光っていた。棚の試験缶や瓶のなかで、色鮮やかな液体が光っていた。セーレンセンはおらず、若いキング検死医だけがデスクに向かって坐り、書きものをしていた。

「今晩は。セーレンセンはいませんか？」——グレゴリーは尋ね、答えを待たずにキングにさらなる質問を投げかけた。

「あの猫がどうなったか、ご存知ありませんか？　セーレンセンは調べたかどうか……？」

「猫？　ああ、あの猫！」

　キングは立ち上がった。

「もちろんです、あれは私がやりました。セーレンセンはいません。出ました。急いでいたのです」——彼はかなり強調してそう言ったが、それは上司に対する忠誠をあまりうまく証明してはいなかった。「猫はここです。ご覧になりたいですか？」

　彼はもう隅にある小さなドアを開けていて、天井の電球を点けた。狭い部屋には試薬がこぼれて、洗い落とされていない、汚い錆《さ》びの染みがついた木製テーブルだけがあった。グレゴリーはドア越しに、テーブルの上に切開されて広げられた赤っぽい物を目にとめ、一歩後ろに下がった。

「ああ、見なくてはならないのか」——と言った。

「私はこういうことには詳しくない。それで、先生、あなたは何を発見したのですか？」

「そうですね、そもそも……私は獣医ではありませ

＊——ガスを燃やして高熱を得る装置。空気を下の穴から混入して温度を調節できる。ブンゼン灯。

ん」――キングは軽く背を伸ばしながら、口を切った。白衣の上のポケットから突き出ている、万年筆と鉛筆の列を機械的に触った。

「そうそう、わかってはいますが、特別にお頼みしたんです――不必要な遅れが生じることになりますから。先生、どうですか、つまるところ、なぜその猫は死んだんですか？」

「飢えです。ほら、可哀想にこんな骨と皮になって。しかも、きっとすっかり凍えたんでしょう」

「何だって……？」

なぜかは不明だが、キングは、グレゴリーがそんな風に驚愕したのが気に障った。

「では、あなたは何を予期しておられたんですか？　毒ですか？　いいえ、いいえ。請け合いますが、違います。やってみるだけ無駄です。ヒ素検査もやりましたが、とにかくこいつの腸のなかには何も入っていなかったんです。どうしてあなたはそんなにがっかりされているんですか？」

「いや、いや。あなたの言う通りです。当然です。他には何もない」――グレゴリーは、隅に広げてある器具を何も考えずに見ながら、言った。そこにはピンセットの間に、刃に柔毛《じゅうもう》の切れ端が張り付いたメスがあった。

「すみません。いや、有難う。失礼します」

廊下に出てから戻った。キング医師はもう書類から頭を上げていた。

「すみません、先生……あれは若い猫だった？」

「とんでもない！　年寄りです、ただ小型です。そういう種《しゅ》なんです」

グレゴリーは、もはや何も知ることはないだろうと感じていたが、ドアの取っ手に片手を置いたままさらに尋ねた。

「そうですか……であなたは、別の死因を除外することはできますか――何か、普通でない？」

「どういう意味ですか？　あなたのご意見では、どんな原因が『普通ではない』のですか？」

「つまり、何かの珍しい病気とか……ああ、いや、それについては、あなたがすでに私に話されましたね、私はバカなことを言っている。すみません」――彼は、キングの瞬く眼に次第に明らかな皮肉が宿るのを見届けたので、素早く言葉を投げかけた。本物の安堵を覚えつつ、ドアの前に立っていると、キングの優しい口笛が耳に入った。『この俺が、彼をあんなに上機嫌にしてしまったわけだ』——彼は考えた。『もううんざりだ』

　彼は階段を駆け下りた。

　建物のなかは夜の帳《とばり》が下りるのに備えて照明が灯されていたが、街路は暮れ方だった。強い南風が歩道を乾かしていた。グレゴリーは口笛を吹きながら歩いていたが、キングが吹いていた旋律が戻ってくるのに気づいた。彼は唇を噛んだ。背が高くすらりとした女性が、彼の一歩前を歩いていた。背中の中央に染みがあった。いや、それは羽毛だった。または、綿の切れ端だ。彼女の脇を通り過ぎながら、彼は彼女にそのことを言ってやろうとして、ほとんど口を開け、片手を鍔付き帽のところまで上げかけた。何も言わず、片手を再びポケットに突っ込んで、歩を早めた。しばらくして考え込んでようやく、なぜ彼女に何も言わなかったのかを悟った。尖った醜い鼻をしていたのだ。

『俺の頭は、なんとバカげたことに囚われているんだ』——悪意を込めて考えた。

　地下鉄に降り、最初の電車で北に向かった。壁際に立って新聞に目をやり、新聞の縁の上で、機械的に窓の外を飛び過ぎる駅名を確かめていた。ウドゥン・ヒルズで下車した。電車はトンネルを轟音で満たしながら、発車した。彼は扉の閉め切っていない電話ボックスに入り、電話帳を開いた。氏名欄に沿って指を一本注意深く滑らし、ついに見つけた——「シス、ハーヴェイ、学術博士、人文学修士。ブリッジウォーター876—951」。受話器を持ち上げて、注意深く番号を回した。待っている間に扉を少し閉めた。しばらくの間、聞こえるのは、一定のリズムでの呼び出し音だけで、それからバタンという短い音と女性の声がした。

「もしもし？」

「シス博士はいらっしゃいますか？」

「おりません。どちらさまですか？」

「ロンドン警視庁《Scotland Yard》のグレゴリーです」

　躊躇するような短い沈黙が訪れた。女性の息遣いが聞こえた。

「博士は十五分後にいらっしゃいます」——ようやく、ある種及び腰にそう言った。

「十五分後ですか？」——彼は勢いよく繰り返した。

「おそらく。あなたから電話があったと、申し上げた方がよろしいですか？」

「いいえ、けっこうです。私が、もしかしたら……」

しまいまで言わずに受話器を掛け、電話帳を抑えている自分の手を見ていた。窓ガラス越しに照明が瞬き、ホームに電車が入ってきた。彼は考えずに外に出、コンクリート柱の下に光っている進行方向名に目をやり、最終車両に乗車した。

ブリッジウォーターまでは、二十分ほどの乗車だった。彼はずっと、電話の声が誰のものか考えていた。シスに妻はいなかった。母親か？　声が若すぎた。家政婦か？　彼は、まるで、何であるか皆目わからないながら、それがすべての要《かなめ》であるかのように、くすんでいて同時によく響く声音を思い出そうとしていた。それはすべて、シスとの会話の進行それ自体について考えないためだった。彼は会話を望んでおらず、つまりは、その恐らくは最後の命綱もまた彼の手のなかで切れてしまうのが怖かったのだ。地下鉄の駅は、大型商店がたくさん並んでいる大通りにあり、その上を電車がたえず轟音を挙げる鉄橋が走っていた。シスは程近くに住んでいたが、その辺りはほとんど暗くまったく動きがなかった——隣の集合住宅の上に覗き部屋《ピープ・ショー》*の孤独な広告が緑色に光っていた。グレゴリーが入った家は、薄暗闇のなかで、胸壁かバルコニーを歩道の上に突き出した無定形な塊だった。広告の汚れた土色の反射は、向かい側の窓々に反射し、入口を満たしていた——階段は闇のなかにあった。彼は、照明のボタンを押して上階へ向かった。シスは疑いなく、その冷徹な演繹法で彼を嘲笑するに違いなかった。彼の許を、敗北感だけでなく、己れの愚かさについての確信を抱きながら、立ち去ることになるだろう。学のある彼は、関わりを持った人たちに対して、己れがいかに彼らを凌いでいるかを証明する機会を決して逃さなかった。呼び鈴を鳴らそうとして、扉の隙間に気づいたが、なかは真っ暗だった。扉は閉じ切っていなかった。『呼び鈴を鳴らすべきだ』——彼はふと考えて、扉を優しく押した。音もなく開いた。入った。彼の鼻腔に、すっかり暖まってとても乾いた、そしてかろうじて捉えられるかすかな、熱せられた埃塗れの革のような臭いのする空気が打ち付けた。この不動の熱気のなかに、どこかの地下墓所《カタコンベ》からの風のような冷たい地下室の腐った臭気の痕跡が渦巻いていた。その臭気はその場に実に不似合いだったので、入口ホールの暗闇に驚き、何も見えずにいた彼は、しばらくの間調べるように空気を吸い込んでいたが、ついに、光の水平な線を目にとめ、手探りでそちらの方に動いた。

　彼は少しだけ開いた部屋のドアにぶつかったが、室内では、壁際にクローゼットの開き戸に隠れて床の上に立っている、デスク用スタンドが点灯していた。二箇所で折れている巨大な影が天井に広がり、まるで何か不格好な鳥が交互に左の翼、次は右の翼を広げているかのように、一定のリズムで、一方へまたもう一方へと動いていた。

　グレゴリーの背後で、入口ホールの方から、小さいけれどもつんざくような、ほとんどピューという笛の音に移行しそうなガス・バーナーのシューシューいう音が、鉄板に打ち付ける水滴のポタポタいう音で断ち切られながら広がっていた。その他はまったくの静寂が支配していた、いや違う——彼は人間の苦しそうな呼吸を耳にした。

　それは四角形の大部屋で、角がひとつ削り取られていた——そこには部分的に開く、黒いカーテンが掛けられた三分割の窓があった。壁はいずれも、書籍で埋まっていた。グレゴリーは前に歩み出、デスク脇の床に坐ってスタンドの光のなかで書類が入って膨れたファイルを並べているシスに気づいた。ここは入口ホールよりさらに温かく、空気は中央暖房のある住居に特徴的な乾き方をしていて、地下室の不快な臭気がはっきりと感じられた。

　グレゴリーは、どうしたらいいかわからずに、しばらくの間ドアの傍らに立っていた。奇妙な状況は計り知れないほど長く続いた。シスは彼に対して後ろ向きに坐り、相変わらず、デスクの引き出しから取り出されたファイルを並べるという作業を一定のリズムで続けていた。あるファイルを叩き、別のファイルからは埃を吹き飛ばし、片手でそれを追い払い、不快そうに息を吹いていた。グレゴリーの背後、多分厨房では、相変わらずガスがシューシューいう音を立てていた。彼は、そこで電話で声を聞いた女性が動き回っている

＊——fotoplastykon（カイザーパノラマ）は、部屋の中央に置かれた巨大な円筒形の装置の回りに等間隔に覗き眼鏡が作られている装置。観客はその前に座って、次々と投影されていくスライド映像を眺める。十九世紀末から二十世紀初めにかけて、欧州で流行した。二十世紀半ばのロンドンにその広告があったとは考えにくく、英訳はa peep show（深見弾訳はそれに準じて「ストリップショウ」）としている。的確な解釈だろう。

に違いないと考えた。さらに一歩進むと床が軋んだが、それもシスの注意は引かなかった。突然の衝動に駆られて、無意味にもその代わり勢いよく、彼はノックした――クローゼットの開かれた戸を。

「何だ？」――シスがそう言い、髪が逆立った三角形のその頭が探偵の方を向いた。

「今晩は……いや、失礼しました」――グレゴリーはいささか大きすぎる声で言った。「あなたが私を憶えておられるかどうかわかりませんが、私はロンドン警視庁《Scotland Yard》のグレゴリーです。本庁のシェパード主任警部のところでお目にかかりました……入口のドアが開いていましたので……」

「ああ。憶えている。用件は何です？」

シスはかなりの程度の力を込めて立ち上がり、片方の脚が、すぐ近くにあったファイルの山に引っかかり、ハンカチで指を拭いながらデスクに坐った。

「私が担当している捜査は、例の……連続事件です」――かなり言いにくそうにグレゴリーは言葉を続けた。「シェパード主任警部は私に、あなたの最近の手紙のことを教えてくださいました。あなたはそのなかで、さらなる……さらなる事件の可能性は予想しておられません。それに関連して、私は参ったのです……」

「なるほど、そうか。しかし私は、説明はしばらくしないとできないだろうとはっきり書いておいた。私は一人で作業をしているが、わからないのだ、はたして……」

彼は言葉を切った。それは彼らしくなかった。両手をポケットに入れて、ぎこちない大股で相変わらず同じように突っ立っている探偵の前を歩き過ぎた。彼は窓に歩み寄ると、くるりと振り返り、意外にも暖房用放熱器《ラジエーター》の上に坐り、両手で片膝を抱き、床の上に立っているスタンドの光を見つめた。しばらくの間、沈黙が続いた。

「もっとも、これも重要ではないのかもしれないが」――シスは突然言った。「私の計画に変更が生じたんだ……かなり本質的な変更だ」

グレゴリーはコートを着たまま立って耳を傾けていたが、同時にシスが彼の方は振り向かずに空間に向かって話しているのを意識していた。

「私は、医師のところに行ってきた。しばらく前から体調が悪かったんだ。私の労働効率は明らかに落ちた。両親の年齢から算出した平均を基に、私には、これからおよそ三十五年残されていると予想していた。集中的な知的作業が循環器に及ぼす影響を考慮に入れていなかった。

　私の生命は……ずっと短い。これで事態は根本から変わる。私にはまだわからないのだ、はたして……」

　彼はとても素早くそして大きな身の動きで立ち上がったが、それはまるで言葉半ばで中断して退出し、グレゴリーを置いてきぼりにしようと望むかのようで、またそうされたとしても、グレゴリーは驚かなかっただろう。彼は、どういう表情でこうした告白に耳を傾けたらいいかわからずにいたが、告白の真実性は疑っていなかった。シスが話すときの平静さと死んだような沈着さ——それは、苛々して疲れ切った昆虫のように動き始めては、数歩歩き、ところかまわず腰を下ろすといった荒々しい身のこなしとひどく矛盾していた——には、彼の声の絶望すれすれの素っ気なさと同様、何か胸を打つところがあった。彼は部屋から退出はせず、反対側の壁際の小さな長椅子に腰を落とした。顳顬《こめかみ》の辺りにモジャモジャの白髪を生やした鳥のような頭の上に、大きな絵画が黒々とした姿を見せていた——クレーの『狂った女*』だ。

「私には今後二十年間の計画があった。その先の第三の十年は予備だった。今では、これを変更しなくてはならない。計画を見直さなくてはならない——二次的なもの、焼き直し的なものはすべて捨てなくてはならない。二次的だ——ニトログリセリン**が手離せないんだからね。私は、未完結のものは何も残しておきたくないのだ」

　グレゴリーは相変わらず黙っていた。

「私がこの一件を続けるかどうか、わからない。これは、今後の展開を考えると、些細な問題だ——さまざまな仮説を当てはめるだけだからだ。私はこいつが嫌いだ。私の興味は引かない。統計データを詳細に分析するのに、数週間はかかるだろう。数箇月かもしれない——然るべき計算機がない以上は」

*——パウル・クレーは、スイス生まれのドイツ人画家（一八七九〜一九四〇）。初め線描中心で風刺的人間像を描いたが、のち、自然・都市・人間を記号化・単純化して詩的幻想とユーモアに満ちた抽象的絵画を描く。作中で言及されているのは、『村の狂った女』（一九二〇）。

**——無色・油状の液体で、強力な爆発物。ダイナマイトの原料。血管拡張作用があるので、狭心症の特効薬に用いる。

「われわれの同僚が……」――グレゴリーは口を切ったが、言い終えることはできなかった。

「あなた方の同僚は役立たずだ――これは捜査ではなく、学術研究だからだ」――シスは彼の言葉を遮って、立ち上がった。「あなたは何をお望みか？　説明？　あなたはそれを受け取るだろう」

　彼は腕時計に目をやった。

「いずれにせよ、私は休息する予定だった」――彼は言った。「この一件は、犯罪学とは無縁だ。いかなる犯罪も行われなかった――流星の隕石が人間を殺す一件のように」

「あなたは、実際に機能していた原因は……自然の力だと考えておられるのですか？」――グレゴリーは尋ね、すぐにそのことを後悔した――黙っていて、相手に言わせようと心に決めていたからだ。

「私を遮らないでくれ。議論をする時間はない。あなたは『自然の力』とは何か、ご存知か？　私は知らない。問題は厳密に方法論的であって、一見犯罪のように見えるその表層は私の関心を引かなくなったのだ。もっとも一度たりとも私の関心を引いたことはなかったが」

　彼は相変わらず話しながら壁に歩み寄り、大きなランプを点灯させて、警部補の方に目をやった。彼の細い唇には微笑みが現れた。

「こちらをご覧ください」――彼は開いたクローゼットを指さした。グレゴリーは近寄り、掛けられている、微細な赤い発疹で覆われたようなイギリス地図を目にした。血の色をした斑点は単調ではなく、いくつかの場所で濃密になり、そこの都市を染みのような輪郭で取り巻いていた。最も色が薄いのは下の右の方にある水を流したような場所で、イギリス海峡沿岸にあり、大きさはほぼ掌二つ分だった。

「これはあなたにとっての問題ではないから、説明も多分無価値だろうが、私はそれ以外は何も持っていない」――シスは相変わらず、冷たいあるかなきかの微笑みを浮かべて言った。「この一番色の薄いところが何か、わかりますか？」

「ええ、ノーフォーク州です。遺体が盗まれた近くです」

「違う。この地図は最近十九年間におけるイギリスの癌罹《り》患《かん》率の分布を表している。最も罹患率が低い、最近半世紀の平均より三十パーセント低い地帯は、遺体が消えた一帯の境と重なっている。別の言い方をすると、これは反比例で、それを表しているのが、私の定式化した数式だ。それがあなたに多くのことを語りはしないだろうから、今はそれには触れない」

彼のほとんど気がつくかつかないかの微笑みには、何か侮辱的なところがあった。

「事実の尊重が第一の義務だ」――シスは口を切った。「よろしいですか、私は事実から出発したんだ。遺体が消えた。どのようにして？　おそらく勝手にどこかへ歩いたのだろう。誰かが遺体がそうするのを手伝ったのか？　もし警官であるあなたが、そうした表現方法を望むなら、そうだ。遺体を手伝った者は、蝸牛《かたつむり》の貝殻は右巻きであるのに、一千万匹に一匹の割合で左巻きが見つかるようにする者だ。統計的蓋然性という要因だ。私の課題は、さまざまな現象と他のさまざまな現象の関連を発見することだった。科学がそれ以外の何かをしたことは一度もなかったし、それ以外の何かをすることはないだろう――おしまいまで。復活？　およそあり得ない。それは言い過ぎだ。私は、遺体が生き返った、心臓が打ち始めた、脳が考え始めた、凝固した血液が流れ始めた、などとは断言していない。遺体に起きている変化は、その意味では可逆的ではない。仮にあなたが、これらの遺体は動いたのか、空間の下で姿勢を変えたのか、と尋ねるのなら、それは別問題だ。それに対して私は肯定的に答える。しかしこれは事実にすぎない。説明は次の通りだ」

彼は地図により近く歩み寄って、片手を挙げた。もはや微笑んではいなかった。すばやく、勢いよく、ときに勝ち誇ったような響きを帯びる、甲高い地声で話していた。

「調査できるのは、諸事件の構造のなかで蓋然性を示していることだけだ。そうした蓋然性は起こっていた。この現象と他の諸現象との関連を発見しなくてはならなかったが、私はそれに成功した。これは科学においては通常の手続きだ。なぜ石は落下するのか？　なぜなら重力が作用するからだ。重力とは何か？　私たちはそれを知らないが、その蓋然性は規定できる。石は常に落下し、人間はそれに慣れている。現象は、日常的な理解において不可解でなくなるときに、普通のことになる。仮に人間または動物の遺体が、通常、そして頻繁に、死んだ場所から遠ざかるのだとすれば、常にそうであるとすれば、警察はノーフォーク州での諸事件に関心を持たなかっただろう。私の課題は、稀な、普通のことではない、それ故に注意を引き付けるこの一連の現象の場所を、すでに観察された、既知の、昔から存在する一連の諸現象のなかに特定することだった。とても昔から存在するので、通行人の驚きも警察の関心もかきたてなくなっている。その現象とは癌の罹患率だ。私は、一帯の教区記録簿、それから最近半世紀における病院の死亡記録を用いることができた。五十年前に、癌は今日のように医師が区別化できる個別の病気ではなかったので、私はかなりの困難に逢着した。癌による死亡数データを可能な限り手に入れ、それをこの地図に記した――結果はあなたの目の前にある」

　彼は灯りを消して、デスクに戻った。ようやく今、グレゴリーは、あの不愉快な臭気がどこから流れてくるのかを察知した――クローゼットの戸の背後の隅に、古くなって黒ずみ、表紙が黴《かび》て、膨らんだ巨大な古書がいっぱいに詰まった低い長櫃《ながびつ》が立っていた。

「かいつまんで言えばこうだ。癌罹患率には、それを支配している、独自の周期的蓋然性がある。十九世紀末から、必ずしも規則的ではないがその増大が起こっている。次第に多くの人々が癌を病み、死んでいる。ノーフォーク州とその近郊は、相対的に罹患率が最も低い飛び地だ。つまり、最近三十年間、ほぼ同じ水準を保っている。ところが罹患率は周辺地帯では増大している。飛び地と周辺地帯の間の罹患率の差が一定の水準を越えたとき、遺体が消え始めた。中心地、すなわち最初の消滅現場は、飛び地の幾何学的・空間的中心ではなく、癌罹患率が最小になった場所だ。そこから、現象は波のように、一定の方法で、恒常的な速度で、気温などに比例して、広がっていった。これについて私はすでにお話ししたから、あなたもきっと憶えているだろう。最後の事例では、現象は『飛び地』の境界線に達した。私が癌罹患率の数的データから導き出した公式は、『飛び地』地帯の外で遺体消滅がさらに起こる可能性を排除している。このことに基づいて、私はシェパード宛に手紙を書いたのだ」

　シスは黙りこくり、背を向けて、ゆっくりと床からスタンドを持ち上げた。しばらく、まるでそれをどうすればよいかわからぬかのように片手に持ちつづけ、ようやくデスクの上に置いた。

「あなたが依拠したのは、それだけ……？」――声を押し殺し、己れに最大限の慎重さを命じながら、グレゴリーが尋ねた。

「いいえ。これだけではない」

シスは胸の上で両手を交差させた。

「以前の事例では、遺体はいわば『永遠に』消えてしまった——つまり、不明の距離、不明の方向に遠ざかったわけだが、最後の事例では遺体の移動は比較的小さかった。なぜか？　現象が『飛び地』地帯の境界際で起こったからだ。このことに助けられて、私は私の公式の係数を特定することができた——『飛び地』地帯における癌罹患率はその周辺地帯の罹患率へと、飛躍的にではなく段階的に変化していくからだ」

沈黙が支配し、グレゴリーの耳にまたしてもガス・バーナーが立てるシューシューという音が聞こえた。

「そう」——彼はようやく言った。「それでは、あの『消滅』の原因は何だとお考えなのですか？　あの動きの？」

シスは、探偵の方を一種善意に満ちた悪戯《いたずら》心を込めて見ながら、かすかな微笑みを浮かべた。

「いいですか、私は、ひとつ目についても、二つ目についても、すでに述べたのだから、あなたは子どものようにふるまうのはやめなさい——子どもが、ラジオ受信機の配線図とマクスウェルの方程式*を見せられた後で、『ええ、でもなぜこの箱は喋るんですか』と質問するようなものだ。あなたもあなたの上司たちも、人間が癌を発病する原因を作っている人物に対する捜査を始めることなど、頭に思い浮かばない。違いますか？　同様にして、あなた方は、私の知る限り、アジア風邪**の犯人を捜さなかったね？」

グレゴリーは顎を噛み合わせ、己れに何よりも平静を命じた。

「よろしい」——彼は言った。「あなたなりの理解においては、あなたは正しい。とはいえ、復活、いや、すみません、遺体が死後になって動くこと、立ち上がること、歩くこと、こうした現象を、あなたは、あなたの説明の力で完全に理解可能で、当然で、さらなる調査の価値はないと判断されるのですか？」


*——電磁場の運動法則を規定する方程式。

**——一九五七～一九五八年に大流行したインフルエンザ「アジア風邪」のウィルス。世界で百万～四百万人が死亡したといわれる。

「あなたは私を阿呆だと思っているのか？」――シスは奇妙に穏やかな調子で、暖房用放熱器《ラジエーター》の上に腰を下ろしながら言った。「当然ながらここにはまだ、生化学者、生理学者、生物学者にとって調査すべきことが無数にあるが、警察にとってではない。それはそれとして、こうした調査は果てしがなく、癌研究がそうであるように、五十年経っても決定的な結果は出ないかもしれない。確かな結果を出すことができるのは、私の専門の統計学だけだ。癌研究に際しても同じだ。この問題については、きっと相互に競い合う仮説がたくさん現れるだろう。大衆紙の発行部数を支えている群衆に最も訴えかけるような仮説も現れるだろう。現象を空飛ぶ円盤や恒星や、わけのわからない何かと結びつけるだろう。でも、そのことが私に関係があるだろうか？」

「それでは、あなたの統計的説明において、例の……消滅地点近くで発見されている動物の死骸はどのような場所を占めているのですか？」――グレゴリーは、シスの声のなかで増大しつつある怒気が耳に入らぬかのように、尋ねた。

「あなたはそれに関心がおありか……？　ああ、なるほど……」――突然落ち着きを取り戻して、シスが言った。彼は細い腕を組み合わせて片膝を抱きかかえた。

「私はそれを数学的には調査していない。最も単純な、しかし最も幼稚な説明は、それらの動物を『媒介手段《vehiculum》』、すなわち遺体を動かす要因の伝達者と見なすことだ。いうならば、その『要因』を生物学的な性質を持つ特殊な『作用因《agens》』と認めることができるだろう――私たちが癌発生の原因になるものを同様の要因と見なすような意味においてだ。癌発生を引き起こすその『何か』がある環境において、私たちが要因と呼ぶものに変形するかもしれないといってもいい。それが、場所から場所へと移動するために家にいる小動物を利用しているということだ。例えば、ペスト伝染病においては、ドブネズミがそのような役割を果たしている」

「細菌の一種ですか？」――グレゴリーはゆっくりと言葉を挟んだ。彼は片手をクローゼットの戸で支え、シスではなく床に延びている彼の巨大な影を凝視しながら、眉を顰めて耳を傾けていた。

「そうとは言っていない。わからない。私には何ひとつわからない。これは粘土層の足場に立てられた仮説だ。『私は仮説を立てない《Hipotheses non fingo＊》』。私は仮説なるものが我慢できないし、立てもしない。時間があれば、この問題に取り組むかもしれないが」

「もしかしたら細菌ではないかもしれませんが、いずれにせよ、おっしゃるような生物学的要因です。微生物とか？　しかも知性を備えている。かなりの知性を。人間知性を強く思い出させるような、行動の先見性を備えている」

「どうやら、この話で一儲けしようとしている点ではあなたが先を行っているようだが、その理性を持つ微生物についてのなかなかの小論文もプレス向けに捏《こ》ね上げられつつあるようだね？」——シスの声は、からかいではなく悪意で震えていた。グレゴリーは耳に入らぬかのように、ゆっくりとてもゆっくりと彼の方に歩きつつ、不意の確信の炎に包まれたかのように、次第にはっきりとそして次第に早く話していた。

「罹患率が低い一帯の深奥部で、その要因は、まるで意識を有する存在のように、完全な理解力とともに活動を始めましたが、まだ経験不足でした。例えば、裸の遺体が人々の間に現れるのは、なんと言えばいいか、気まずいというか、そのために面倒や困難が起こるかもしれないということを知りませんでした。連続事件の次の故人を動かす際には、然るべく服装に配慮しました。その生命のない歯でカーテンを引きちぎり、それが死後ですら見てくれのよいものではない裸体を覆いました。その後、読むことを習得しました——そうでなければ、どうやって気象情報を調査することができるでしょう？　しかしこうした理性の光は、癌罹患率が低い一帯にあまりにも近づきすぎたせいで、曇ってしまいました。そこで奴にできたのはもはや、硬直した四肢にあまり調整されていない動きをさせること、ある種の身の毛のよだつような体操をさせる、立ち上がって、墓地の納骨堂の窓からいたずらっ子のように覗かせる……」

「よくご存知だね。ご覧になった？」——シスは、顔を上げずに尋ねた。

「いいえ、見てはいませんが、イギリスの巡査を恐怖に陥れる可能性があるのは何か、ならば知っています。

＊——アイザック・ニュートンの言葉。『自然哲学の数学的諸原理（プリンキピア）』第二版（一七一三）に付け加えられた「一般的注解」より。

遺体の舞踊です。弱まりつつある意識で、ホルバイン*と中世の骸骨の決闘を思い出したらしい」

「誰が？」

グレゴリーが耳にしたのは、ほとんど学者の声とは思えない声だった。

「なんですって」――彼は驚いた。『誰が』？　統計的に証明されている『生物学的要因』ですよ。私はあなたの言われることを繰り返しているのです」

シスは立ち上がり、そのとき、グレゴリーはほとんど彼の両膝に触れそうになった。探偵の目の前すぐ近くに彼の顔があり、瞳孔を細め、色を失って動かない眼だけが見えていた。二人はそのようにしてしばらく立っていたが、やがてグレゴリーは後ろに下がって大笑いした。その笑いはとてもうまくいき、ほとんど闊《かっ》達《たつ》で、欺くことができるほどの自然さだった。シスは彼を見、見続け、ついには突然、彼の顔は痙攣《けいれん》的に震え、やはり笑い始めた。すぐに静寂が訪れた。やがてシスはデスクに歩み寄り、その向こう側にある肘掛け椅子に坐り、胴体を後ろに傾けるとしばらく指で天板を叩いていた。

「あなたは、これは私がやったことだと確信している」――彼は言った。「そうだね？」――グレゴリーは、このような露骨さは予想していなかった。答えが見つからなかった。背が高く、不様な姿勢の彼は、話し合いのこの新しい階層における道標を絶望的に見出そうとしながら、黙ったまま立っていた。

「ということはつまり、あなたは私を、ちょっと前に予想しそうになっていたような阿呆ではなく、狂人と見なしている。つまり私は、逮捕または精神鑑定を受ける恐れがあることになる。どちらの可能性も、私の健康状態故に、特に今は不都合だ。もっとも私はいつも時間の無駄を後悔してきた。シェパードの説得に屈して協力したのは、間違いだった。起こってしまったことだ。この仮説の誤りをあなたに納得させるために、私は何をすべきなのか？」

「あなたは医師のところに行かれましたか、今日？」――グレゴリーはデスクに近寄りながら、小声で尋ねた。

「ええ。ヴォーン教授のところに。診療時間は四時から六時です。一週間前に電話で受診を予約した」

「検査結果に関しては、診療上知り得た秘密というものがあって……」

「教授に電話して、私に言ったことをすべてあなたに言うよう頼みますよ。それから？」

「中庭の車庫の前に停まっているのは、あなたの自動車ですか？」

「わからない。私のは灰色のクライスラー＊＊だ。中庭にはよく車が何台か停まっていて、集合住宅には共同の車庫がある」

「できれば……」――グレゴリーが口を切ったとき、電話が鳴った。シスは受話器を持ち上げ、電話機に身を屈めた。

「シスです」――彼は言った。受話器のなかで、興奮した声が金属音を立てていた。

「なんだって？」――シスが言った。そして声を大きくして――「どこで？　どこで？」

　その後は、応答せずに耳を傾けているばかりだった。グレゴリーはゆっくりとデスクに歩み寄り、ほとんど仕方なくといった風に腕時計に目をやった。もうすぐ九時になるところだった。

「よろしい。わかった」――シスがついに言い、受話器を置こうとするような動きをしたが、たちまちまたそれを耳に当てて付け加えた。

「そうです、そうです、グレゴリーはここにいるし、そのことは言っておきます」――彼は受話器を架台に投げつけると、立ち上がって、開いたクローゼットのなかに掛かっている地図に歩み寄った。グレゴリーは彼に続いて動いた。

「遺体が見つかった――消滅したうちのひとつのようだ」――シスは、まるで何か別のことを考えているかのように、小声で言った。彼は目を地図に寄せ、ポケットから取り出したペンで「飛び地」の境界線の脇に小さな印をつけた。

「ビヴァリー・コート、水を抜いた後の貯水槽の底に。男性の遺体だ」

「電話は誰からですか？」――グレゴリーが尋ねた。

「なんだって？　それは知らない。尋ねなかった。名乗ったけれど、私は気に留めなかった。きっとあなた方のロンドン警視庁《Scotland Yard》の誰かだ。巡査部長か、ま、そん

＊――ハンス・ホルバイン。ドイツの画家（一四九七？～一五四三）。木版画「死の舞踏」は死を象徴する骸骨が、人々を巻き込んで踊る図像。中世末から近世初期にかけてヨーロッパ各地に広まった。
＊＊――アメリカの自動車メーカー。

なところだろう。まあ、それならば理にかなう。発見されて当然だ——大砲から弾が発射されるように順番に、もっとも……」

　黙りこくった。グレゴリーは少し脇から彼を見下ろして立ち、目を細めて彼の顔を見ていた。シスの吐息のリズムにほとんど耳を欹てていた。

「あなたは、戻ってくるとお考えですか……全部の遺体が？」——グレゴリーは最後にそう言った。シスは彼の方に目を上げ、素早く背を伸ばした。息の音はより高くなり、頬が紅潮していた。

「わからない。それは可能だし、蓋然性が高いともいえる。もしそうなれば、連続事件はすべて閉じられる……そして終わる、いや事件とともにすべてが。もしかしたら、私の掌握が遅すぎたかもしれない。赤外線で作動する然るべき写真機ならば、十分に一義的な写真を撮れたはずで、私もあの……あの滑稽なふるまいを回避できたかもしれない」

「ビヴァリー・コートは、あなたの図式から漏れますか？　つまり——その位置は、そこから演繹可能ですか？」——グレゴリーは不承不承尋ねた。

「出し方のまずい質問だね」——シスが応じた。「私には、遺体が発見されるだろう場所、すなわち、遺体の運動、その移動が止まるだろう場所は特定できない。消滅の瞬間から現象が止まるときまでの間続く時間だけは、ある程度大まかに算出される。単なる概算だが。一番後に発見されるのは、一番先に消えた遺体のはずだ。あなたはそれを例えば、次のように説明することもできる——『要因』は遺体たちに最大量の運動エネルギーらしきものを与えたが、その一帯の境界ではその蓄積はもはや、かろうじて一連の調整されていない運動を引き起こすことができるに足るところまで、微量になっていた、と。しかし本当のところ、あなたは、私が戯言《ざれごと》を言っていると考えている。または私が嘘をついていると——どちらも同じことになるが。私を一人にしてくれますか？　今日私はまだやるべきことがかなりあるので」——シスは、黴た本の詰まった櫃を指さした。グレゴリーは、頷いた。

「すぐに失礼します。もうひとつ質問があります——あなたは医師のところへ車で行ったのですか？」

「いいえ。地下鉄で行き、同じく帰ってきた。私もひとつ質問がある——あなたは私に対してどんな下心があるのか？　私にとって大切なのは、なるべく長い間邪魔されることなく働けたら、ということだけだ。これはわかっていただけるね？」――彼は頼んだ。

　グレゴリーは鉛の板に変じたかのように身に重くのしかかるコートのボタンをはめながら、空気を吸い込み、再び捉えがたい地下室の臭気を感じた。

「私の下心ですか？　今のところまったくありません。ご注意いただきたいのですが、私はいかなる疑念も非難も口にしませんでした、一言たりとも」

　彼は頷いてから、暗い入口ホールに出た。薄暗闇のなかに女性の顔の蒼白い斑点を目に留めたが、それはただちに消えてしまった――閉められるドアのバタンという音が聞こえた。彼は出口を見つけ、階下に降りながら、もう一度光っている腕時計の文字盤で時刻を確かめた。玄関から通りの方へではなく、車体の長い灰色の自動車が止まっている反対側の中庭の方に向かった。ゆっくりとその周りを一回りしたが、集合住宅の一角にある窓々から落ちてくる弱々しい光のなかでは、多くを見極めることはできなかった。車は暗色でキーが掛けられ、グレゴリーが歩を進めるのに合わせて、集合住宅の窓々の反射だけが、ニッケル製のバンパーの上に、縮小された光の連なりとなって動いていた。彼はボンネットに触ってみたが、冷たかった。とはいえ、それは何の証明にもならなかった――冷却器《ラジエーター》まで手を伸ばすのは難しかった。彼はかなり前屈みになって、片手を深海に棲む巨大魚か何かの分厚い唇の形をした、クロームメッキの鉄板に囲まれた幅広い隙間の奥にまで入れなくてはならなかった。かすかな物音を耳にして、身を震わせ、身体を伸ばした。二階の窓にシスが見えた。グレゴリーは、シスがそのふるまいによって彼の疑念を裏書きしてしまったのであれば、これ以上車の調査などするには及ばないと考えた。それとともに、何か不名誉なことをしているところを捉えられたかのような、不快な当惑を感じ、シスを注意深く観察しているうちに、彼がおよそ中庭など見てはいないのに気がつくと、その感覚は強まった。彼は開いた窓の側に立っていたが、それからゆっくりと不格好に腰を下ろし、両膝を窓台に伸ばして、退屈したという身振りで顳顬を片手で支えた。この姿勢はグレゴリーがシスに抱くイメージとおよそ不調和だったから、彼はより深い影の方へと忍び足で後退し、ブリキの欠片か何かに引っかかってしまい、それは彼の足の下でバキンという恐ろしい音を立てて歪んだ。シスは下に目をやった。グレゴリーは苛立たしさに全身熱くなり、どうしたらいいかわからずに、不動のまま立っていた。彼は、窓から自分が見えているのかどうか確信がなかったが、シスは相変わらず下を見ていた――彼の目も顔も見えなかったけれど、自分の上に注がれる彼の侮蔑的な視線を次第に強く感じていた。

さらに自動車を弄《いじ》ることなど考える気になれず、彼は頭を下げ、瘻《せむし》のように身を屈め、気落ちしてその場を去った。

地下鉄に降りる前に、彼はすっかり我に返り、中庭でのバカげた――彼が平静を失う羽目になった程度にバカげていた――出来事の評価ができるように感じていた。彼は、夕刻に街でシスの自動車を見たと、ほとんど確信していたからである。運転者の姿は認められなかったけれども、以前の衝突事故か何かが原因の後部フェンダーの特徴的な歪みを認めるだけの間はあった。それまで彼は己れの考えでいっぱいで、そのときの遭遇に注意を向けなかったけれども、シスが医師のところには地下鉄で行き、自動車は使わなかったと言明したとき、そのことが意味を持った。すなわち、シスが嘘をついていたと断定すること自体にさほどの意味があるわけではないが、それによって、彼が科学者に対して感じていた近寄り難さと抵抗を打ち破ることが可能になるだろう――彼はそれをはっきりと感じていた。それだけでなく、不幸な訪問中彼を支配していた共感の気分を一掃しかねなかった。今はしかし、また何ひとつわからなくなっていた――午後の観察のときに覚えていた確信には、その確信からあらゆる意味を奪う、実に忌々しい『ほとんど』が付随していた。彼が喜ぶことができるとすれば、今日はまだかなり仕事があると言って彼を追い払おうとしたシスの言明と、彼が窓際に坐り通しだったことの間に、不一致を発見したことだけだった。彼はシスの姿勢、大儀そうな彼の姿、究極的に退屈して窓枠に靠《もた》せかけている頭の傾きをあまりにもはっきりと記憶していた。しかしもしもその疲労困憊が偏《ひとえ》に彼らの言葉による決闘が引き起こしたものであり、それが、敵の一瞬の弱みを捉える代わりに、もしかしたら、決定的な言葉が発せられる一分前にその場を立ち去ってしまった、探偵の愚かな騎士道精神によって、最後まで利用されなかったとすれば……？

そのように考えてありとあらゆる可能性の迷路に入

り込んでしまってから、無力になるほど苛立ってグレゴリーは、すぐにも家に帰って、己れの分厚い手帖に記された「データ」の集計にとりかかりたかった。

地下鉄を下車すると、十一時近かった。フェンショー夫妻の家が建っている曲がり角のすぐ手前の、壁の窪みに目の見えない物乞いの定位置があり、彼は、禿げた醜い雑種犬を足下において、いつも通行人を待ち受けていた。ハーモニカを持ち、それを吹くのは誰かが近づいたときだけで、音楽を演奏しているふりすらせず、楽器は信号の役割を果たしていただけだった。この人間が老齢であることは、何色ともつかないひげで覆われたその表情からというより、むしろその服装から読み取れた。夜遅い帰宅の途上、あるいは早暁に外出するとき、グレゴリーは、まるで彼が永遠の良心の呵責ででもあるかのように、いつも同じ場所で彼に出くわした。物乞いは、彼が挟まれて坐っている古い壁についた出窓と同じくらい厳《おごそ》かに、小路の風景の一部と化していて、グレゴリーは彼の存在に暗黙の合意を与えながら、彼の違法なふるまいに加担しているなどとは考えもしなかった。彼は警官であり、警察の規則は物貰いを禁止していた。

彼は一度たりともこの男、ぞっとするような布の下にあるその身体は想像するだけで吐き気を催すほどだったこの男のことを考えたことがなかったけれども、老人は彼の記憶のなかになんらかの場所を占めていたに違いなく、さらにはある感情をかきたてていたのに違いなく、それはグレゴリーがいつも少しばかり歩を早めるのに現れていた。彼は物乞いたちに施《ほどこ》しを与えることはなかった――もっとも彼の性格や職業にその根拠があったわけではなかった。それにもかかわらず、自分でも不明の理由から、彼は物乞いたちには何も与えなかった――問題は何か特定しがたい種類の羞恥心らしかった。とはいえその夕べ、老人の詰め所（もっとも彼が目に留めたのは、唯一遠い街灯の光に照らされた犬――この犬に対しては、ときに彼は同情を覚えた――が伸びをしているところだけだった）を通り過ぎてから、自分でもまったく思いがけず、振り向いて、ポケットから摘み出した小銭を指で挟んで、暗い片隅に近づいた。そのとき、他人には絶対に公言しない、せいぜい曰《いわ》く言いがたい後悔とともに思い出されるだけの、そんなささやかな事態のひとつが起こったのだった。すなわち、物乞いが手を伸ばすだろうと確信したグレゴリーは、片手に持っていた小銭を壁の間の片隅の不分明な暗闇に向けて幾度か押し込んだが、その度に、手に触れると気持ちの悪いボロにぶつかるだけだった——向こうは一向に施しを受け取る気などなく、何か不格好に、苦労してハーモニカを口まで持ち上げると、無茶苦茶に無《む》闇《やみ》矢《や》鱈《たら》に吹いた。ひたすら嫌悪感に満たされたグレゴリーは、縮こまった身体を覆っているぐちゃぐちゃになった布地にポケットを探り当てることができず、目を瞑《つむ》って小銭を置くと、その場から動いた——そのとき、彼の足元で何かが小さくカチンという音を立て、街灯の弱々しい光のなかで、彼を追って転がってくる彼自身の銅貨が光った。グレゴリーは反射的にそれを持ち上げ、暗さを増していく壁の窪みに向かってそれを投げた。それに応えて彼に聞こえたのは、しわがれた、苦しそうな溜め息だった。ほとんど絶望したグレゴリーは、逃げるかのようにできる限り歩幅を広げて前に進んだ。おそらくは一分ほど続いたこの茶番劇は、彼をバカバカしいほど興奮させ、彼がようやくそれから冷めたのは家の前、自室の窓の明かりを目にしてからだった。彼はいつもの幾重もの慎重さを保つことなく二階に駆け上がり、かすかに息を切らしながらドアに近づいた。しばらく、静寂に耳を傾けながら入口ホールの前に立ち尽くした——完全な静寂だった。彼はもう一度腕時計に目をやり——十一時十五分を指していた——、それからドアを開けた。ベランダに通じるガラス張りの出口の脇、彼のデスクにシェパードが坐っていた。グレゴリーの姿に、読んでいた本から頭を上げた。

「今晩は、警部補」——主任警部は言った。「よかった、ようやく帰ってきた」

# 第五章

グレゴリーはひどく仰天して、答えもしなければ鍔付き帽を脱ぎもせず、ドアのところに立っていたが、どうやらあまり賢い表情はしていなかったようだ——シェパードがかすかに微笑んだから。

「ドアを閉めてくれないか？」——この黙《だんま》りの場が常軌を逸するほど長引き、彼はしまいにこう言った。グレゴリーは我に返り、コートを掛け、主任警部に握手し、待ち受けるように目をやった。

「私は、君がシスのところで何をしでかしたのか、知りたくて来た」——シェパードは、それまでの場所に坐り、片肘をグレゴリーが来たとき読んでいた本で支えながら言った。いつもと同じようにすっかり平静に話していたけれども、『しでかす』という言葉のなかにグレゴリーは皮肉をかぎつけ、従って素朴な正直さの口調に変えようとしながら、応じた。

「なんですか、主任警部殿。言って下されればよかったのに、そうすればあなたのところに電話していました、つまり、当然ですが、あなたが来られて嬉しくないという意味ではありませんけれど、でも何のためにわざわざ……」——早口に言った。シェパードはしかし、こんなにも見抜きやすいゲームに乗ろうとはせず、かすかな身振りで発話の奔流を断ち切った。

「目隠し鬼ごっこは止めよう、警部補」——彼は言った。「君の推測は正しい——私が来たのは、君の言い分を聞き届けるためだけではない。例の電話をめぐる話をでっちあげることで、君は誤りを、かなり本質的な誤りを犯したと私は考えている。そう、あなたがシスのところにいたときのシスへの電話をめぐってだ。君はシスの反応を調べるために、発見されたことになっている遺体について電話するようグレグソンに指示した。ところが、君の物語を先取りして言うなら、私はあえて宣告しよう——君はそこから何ひとつ得ることはできなかった、例の陥穽は結果をもたらさなかった。多分、私は間違っていない。そうだね？」

最後の一言を、より厳しく言った。グレゴリーは陰鬱になり、すぐに勢いを失った。凍えた両手を擦りながら、両脚を開いて椅子に腰を落とし、呟いた。

「そうです」

　彼の雄弁はすっかり消えた。一方シェパードは、〈プレイヤーズ・ネィヴィー・カット*〉の箱を差し出し、自ら煙草を一本取って続けた。

「それは誇大に喧伝されている手だ――文字通りの意味で《par excellence》教科書的な、とてつもなくバレやすい手だ。君は何も、あるいはほとんど何も知ることはできず、一方のシスは、これはどちらも同じ結果になるが、君が自分を疑っていることを、それどころか、君が自分にあまりフェアとは言いかねる罠を用意したことを、知っているか、もしくは明日になって知るだろう。同時に、いずれにせよ彼が犯人または共犯者であるという、君の観点に立つなら、君は彼に嫌疑という形で奉仕したことになる。なぜなら、犯人ほど先見の明のある人間ならば、同様に明確な警告を受け取った後では、己れの先見を十倍に強化するだろうから――そのことについて君もたぶん疑念は待たないだろうね？」

　グレゴリーは、執拗に指を擦り合わせながら、黙っていた。一方シェパードは、相変わらず一様な平静さを保ちながら――ただし、寄せた眉の間の深い刻みだけは、それを否定していたが――話を終えようとしていた。

「君が自身の計画について私に何も言わなかったことは、君の問題だ――いつも私はできる限り、私のところで捜査を担当する警官が維持すべき行動の自立性を文字通りに扱うようにしているからだ。しかし、君が、シスについての疑惑について私と話し合わなかったことは、単純に愚かだった――私は上司としてではなく、彼をかなり以前から知っている人間として、シスについていろいろなことを君に話して聞かせられたからだ。君は私という人物に対する疑念ならば多分捨てる間があった、そうだね？」

　グレゴリーの頬は、瞬時に紅潮した。

「あなたは間違っていません」――目を主任警部の方に上げながら言った。「私は白痴並みに行動しました。そして私のたったひとつの弁明は、仮に理性が代償になるとしても、けっして、けっして奇跡は信じないということです」

「この一件では、私たち全員が『不信のトマス＊＊』にならなくてはならないが、これはすでに、私たちの職業の哀れな特権だ」――若者の顔の紅潮が彼にとっては、価値ある満足の原因か何かであるかのように、陽気になったシェパードは言った。「いずれにせよ、私がここに来たのは、君に非難の言葉を投げるためではなく、手段がある限り手助けするためだ。それでは本題に戻ろう。シスのところはどうだった？」

　グレゴリーは意外にも心の軽快さを取り戻したような感覚で、己れの敗北だと見なしている瞬間をひとつも省くことなく、訪問の一部始終の詳細な報告にとりかかった。物語のほぼ半ば、緊張した沈黙が訪れ、その後で博士と二人で意外にも爆笑したという不思議な場面まで到達したとき、彼は壁の向こうから届く抑えつけられた遠い物音を耳にし、内側から総毛立った。

　フェンショー氏がおなじみの夜の音響神秘劇を始めたのだ。

　彼はさらに、流れるような早口で話し、同時に彼は次第に熱くなってきた――主任警部が遅かれ早かれ、あの謎めいていて意味がない点で尋常ではない物音に注意を向けるだろうということ、そのときには彼自身知らず識らずのうちに、説明不可能な戯言の軌道に引き込まれるだろうということに、疑いの余地はなかったからである。もっとも彼は具体的に考えていたのではなく、何が起こるか想像しておらず、ただ壁の向こうで、歯肉の膿《う》んだ歯が痛みを目覚めさせるときのような執拗さで次第にうるさくふるまうフェンショー氏に、耳を傾けていただけだった。手を打ち合わせる物音の連なり、それから掌で何かを打つ柔らかく濡れた音が来た。グレゴリーは声を高めながら、主任警部があの物音に注意を向けないでくれればという一心で、次第に勢いよく、強いられた勢いを込めて物語った。きっとそのためだろう、物語を終えても黙らず、フェンショー氏の物音をさらにかき消そうという抑えがたい意欲から、別の状況ならばきっとあえてしないだろうことをした――すなわち、シスが作者である「統計的仮説」そのものの根底からの分析である。

＊――一八八三年に、インペリアル・ブランズが製造を始めた煙草。

＊＊――信じない人、疑い深い人。キリストの弟子のうちトマスだけが、自分の目で十字架に釘付けされた傷跡を見るまで、キリストの復活を信じないと言ったことから。

「彼がどうやって、例の癌をめぐる話を思いついたのか、私は知りません」――言った。「しかし、例の罹病率が低い『飛び地』の存在は事実に違いありません。無論のこと、ノーフォーク州のような飛び地が他のどこにもないか断言するために、より大規模に、例えば全ヨーロッパで比較調査を行うこともできるでしょう。それは彼の仮説の根底に疑問に付すことになるでしょう。私は、彼とこのことについては話しませんでした――もっとも、それは本当に私たちの仕事でなくなるはずだという点では、彼は正しいのです。学術的な仮説を検証する警察など、およそ滑稽です。しかしさらにその先に関していえば、シスは無論、幻想的な可能性で私の目を眩ませたりするにはあまりにも賢明であり、逆に自らそうした可能性を笑いものにしていました。しかし、それ以外に何が残るでしょう？　これについて考えてみましたが、私の到達した結論は次の通りです――一番目の解釈はより慎重で、私たちが直面しているのは、癌を引き起こす原因の特殊な変容か何かだという前提から発しています――いってみれば、それは詳しく知られていないウイルスのようなものです。そのときには、理解は次のような方向性に進むかもしれません――癌は有機体内における混沌として発症しますが、一方有機体は混沌の反対物、つまり生きた身体における生命プロセスの整理・調和です。癌・癌ウイルスというこの『混沌要因』が、ある状況下では、存在するのを止めることなくさらに変形していき、そいつは所与の環境下で延命していても人間は癌に罹患しなくなる、しかし、そいつはなお人間の体内に滞在しているのです。挙句の果てに激変してまったく新しい可能性を獲得し、混沌要因からなんらかの新しい――死後における――調和要因となる、すなわち、一定の間は死がもたらす種類の混沌・分解を退治しつつ、もはや永遠に死んでいる有機体の内部で生命プロセスを継続しようとします。すなわち、この活動の現れが生きていない身体の移動・遺体の運動であり、これは、生きている、すなわち例の変容したウイルスと死者・死骸との異常な共生の結果です。もちろん、起きているのは、もはや単にそのような『説明』に理性が抗議して立ち上がるということではなく、むしろ説明自体が極めて不完全なのです――なぜなら、この『調和要因』は手当たり次第に運動を引き起こすのではなく、極めて一貫性のある調整された動きを引き起こすからです。死骸が立ち上がり、なんらかの衣服を探し、誰も突きとめられないような考え抜かれた方法で立ち去っていくようにさせる、そんな『ウイルス』とはいったい何物なのでしょう！」

グレゴリーは、シェパードの反応を待ち受けるように言葉を切り、その瞬間、彼の注意を引き付けてやまぬ壁が濃密で軽やかな太鼓連打を響かせたが、それはまるでフェンショー氏の部屋のなかで、大粒で柔軟な水滴の珍しい横降りの雨が壁に向かって降っているかのようだった——そこで彼は、さらに早口かつ大声で話し始めた。

「癌ウイルスとは実に蓋然性の高いものですが、原則として、蓋然性のないものを蓋然性のあるもので説明することはできず、ここではむしろ、蓋然性のないものが必要なので、それ故にシスは当然のこととして、まるでついでにとでもいうように、私の注意を『空飛ぶ円盤』、すなわち『地球外』的な説明の可能性に向けたのです。この二番目の把握においては、問題は宇宙規模に広がります——私たちは、地球・人類と星に由来する諸現象との『最初の接触《ファースト・コンタクト》』と対峙することになります。すなわち例えば、なんらかの理性を持った、しかし私たちの把握からとても遠い方法で機能している生き物が、人間をより詳しく知りたいと望み、その際こういう方法をとる——私たちには今のところ摑めない方法で、一種の『調査器具』を地球に送ってくる。この『器具』が、他ならぬ顕微鏡でしか見えない要因であり、それはいってみれば『円盤』から投げられて落ちてくるわけですが、それは目に見えない浮遊物に似ていて、生きた有機体は攻撃せずに、死んだ有機体だけに『向けられる』『宛てて送られる』、なぜか？　それはいわば、生きた身体を損傷しないためなのです（それは、星からの到来者たちの『人道主義』を証明するかもしれません）。機械工は、どのようにすれば機械の構造と作動を最もよく知ることができるでしょうか？　それを動かして、その作動を調べることによってですよね？　すなわち『要因』または『器具』はまさにそのように作用するのです——一定時間人間の遺体を『動かして』、このプロセスの間に『到来者』にとって不可欠な知識を手に入れる。こうした把握によってもこの現象は理解されませんが、それは多くの理由からです。第一に、『要因』は有意味で意図的にふるまっているように見える、つまり、これは例えばハンマーのような私たちに理解できる道具ではなく、もはや一種の、我々の猟犬が訓練されているように『訓練された黴菌《ばいきん》』なのです。第二に、要因と癌病の不可解な関連が生じます。もし私が、あらゆる代償を払ってでも、この現象もまた仮説的に説明すべきであるのならば、そうですね、こんなものを考案するでしょう——癌罹患率が低い一帯で人々が病気にならないのは、そこには癌ウイルスがないからではなく、そこにいる人々はそれへの免疫耐性があるからです。私たちはこういうことができます——人間の癌への免疫耐性は『星から送られた』要因への免疫耐性と反比例すると。それによって統計も救われますし、私たちの説明もすっかり……」

　グレゴリーは止めた。部屋のなかは、そこに隣接したフェンショー氏の寝室と同じく、静寂が支配した。黙って耳を傾けていたシェパードは、彼が話している事柄よりも、彼の熱心さに驚いているかのように、ときどき目だけを探偵の方に上げ不承不承意見した。

「そのすべてを、君はもちろん信じていない……」

「一瞬たりとも」——奇妙に力が抜けたグレゴリーは応じた。彼は一時に、すべてどうでもよくなった——壁の向こうに平穏が支配していようがいまいが。彼はまたしても、シスのところを去った後のように一人になることを切望した。そこで黙っていたのだが、主任警部は言った。

「君はたくさん読書したり研究したりしたに違いない。君の論述方法はとても『非警察的』だ。そうだな、確かに、敵の使う言葉を正確に知らなくてはならない……。シスは君に満足していることだろう、いずれにせよ。君は彼をいまだに疑っている、そうだね？　君はどのような動機を彼のふるまいに結び付けるのか？」

「私が彼を疑っているというのは違います。それは私が攻撃しているという意味になりそうですが、私は相変わらず守備についていますし、しかもそれは絶望的です。私は出口のない隅に追い詰められたドブネズミのようなものです。私はただ、この事件の『奇跡性』から自己防衛しているのです。主任警部殿、そもそもですよ……。仮にこの種の仮説をさらに展開してみるなら、つまるところ、あらゆることに当てはめることができます——そうですね、このような『要因X』の介入は、かなりの時間間隔を置いて定期的に繰り返されていて、最後の癌罹患率低下が起こったのは、およそ二千年前の英国ではなく小アジアであり、従って、当時も一連の『復活』が起こったことになります。ご存知でしょう、ラザロ*ですよ、他にも誰か……。もしも私たちが、一度だけ一瞬でもこうした物語を真面目に取り扱うなら、大地は私たちの足元で口を開け、地盤はゼリーとなり、人間は現れるかもしれなければ、消えるかもしれず、何もかも可能になって、警察はできるだけ早く制服を脱ぎ捨てて、解散して、消えるべきです……もっとも警察だけではない。私たちは罪人を捕まえなくてはなりませんし、もし実際にこの連続事件が完結しているのなら、その経緯全体が次第に遠い過去へと伸び、私たちに残されるのは石膏に取られた指紋が数個、さほど知的ではない遺体安置所職員と墓掘人の互いに必ずしも合致するわけではない報告がいくつかだけで——私たちはそれにどう対処できるでしょうか？　最後に残されているのは、遺体の帰還への注目です。私は今ではすっかり確信していますが、あなたは正しい——私の仕掛けた陥穽は本質的にいかなる結果も出しませんでしたし、シスはあの電話にいささかも仰天していませんでした、いや、待ってください……お話しさせてください！」

彼は椅子から立ち上がった。目が燃えていた。

「シスはあの電話に関連して、私にとても具体的なことを言いました。すなわち、遺体の発見が予想されるだけでなく、自分の公式からいつ遺体が現れるだろうかを算出できる、すなわち、彼の命名によるとそれらの『運動エネルギー』がいつ消耗するかについて……。従って、その出現が、たった一度でも目撃者がいるところで起こるように、あらゆることをしなければならないのです！」

「一言言わせてくれ」——シェパードが口を挟んだ。

彼はかなり前から何か言おうとしていたが、グレゴリーはそれに気づいていない様子だった——まるで主任警部の存在をそもそも忘れてしまっていたかのように。グレゴリーは部屋中を回る、いや実際のところ走り回っていた。

「君は二者択一を前提にしている——シスか、『要因』か。そして君は即座にその二つ目である『要因』

*——新約聖書中の人物。病死して四日後、イエスによって蘇生したと伝えられる。

を排除し、結果として下卑《げび》た詐欺、遺体置き場での身の毛もよだつ遊戯だけが残る。では、もしも前者も後者もどちらも真実でないならば？　もしも、シスでも『要因』でもどちらでもなかったならば？　または、もしもそれが誰かの仕業だったら――そいつは、『要因』を発見し、総合し、創り出しただけ、その後で実験のためにそれを遺体にワクチン接種したのだとしたら？」

「あなたはそれを信じている⁉」――グレゴリーは、デスクに走り寄りながら、呼びかけた。立ち止まって、急速に息を突きながら、平静でほとんど満足している主任警部を見ていた。「もしもあなたがそれを信じているのなら、それは……それは……。ナンセンスだ！　誰も何も発見しませんでした！　なぜなら、それはノーベル賞級の発見だからです――私の知ったことではありませんが！　全世界がそれを知るでしょう。それがひとつ。第二に、シスは……」

　グレゴリーは言葉を断ち切った。完全で完璧な静寂が訪れ、そのなかで、恐ろしくはっきりと、緩慢で連続的で一定のリズムの軋み音が、壁の向こうからではなく二人が滞在している部屋のなかから聞こえた。この現象をグレゴリーはすでに数回、何週間にも及ぶかなりの間をおいて聞いていたが、これまでは、起こったのは暗闇のなか、ベッドに寝ているときだけだった。一度目は、彼の寝台に近づいてくる例の一連の軋み音が、浅い眠りについていた彼を叩き起こしさえした――誰かが部屋にいて、裸足で彼のほうに歩いてくる、と確信しきって目を覚ました。即座に照明を点けたが、誰もいなかった。二度目が起こったのはかなり遅い時刻、ほとんど明け方で、フェンショー氏のおふざけによって陥った睡眠不足に疲れ切って、夢でも現《うつつ》でもない無感覚状態で横になっていたときだった。そのときも照明を点けたが、一度目と同じように成果はなかった。三度目はもはや軋み音にはそれほど大きな注意は払わなかった――古い家で床板が不ぞろいに揺れ、それが聞こえるのは完全な静寂が支配しているときだけだ、と自分に言い聞かせたからだ。しかし今は、デスクの上に置かれたスタンドで部屋にはかなりの照明があった――間違いなく床板と同じくらい古い家具は、黙っていた。その代わり、羽目板が暖炉の近くで軽くしかしはっきりと震えた。それからまた、しかしより近い部屋の中央のどこかで、二度やや弱めの軋み音が、一度目はグレゴリーの前で、二度目は後ろで起こった。そしてまた、完全な平穏が支配した。グレゴリーが両腕を挙げたまま不動に固まっていた一瞬が過ぎると、フェンショー氏の部屋から、ずっと大きな距離を置いて聞こえるかのように弱々しい含み笑いが……泣き声か？　老人の、もしかしたら布団に抑えられたかすかな泣き声か、それが力弱い咳になって止んだ。そしてまた静かになった。

「第二に、シスは部分的に否定しました……」

　グレゴリーは中断した話を続けようとしたがそれは無理で、中断はあまりにも長く、何も起こらなかったふりはできなかった。頭を振って耳から水抜きをするかのように、幾度か途方に暮れて頭を動かし、椅子に腰を下ろした。

「わかる」――シェパードは椅子に坐ったまま身を前に屈め、彼を注意深く見ながら言った。「君はシスを疑っている――彼はそこまで追い込まれていると考えているからだ。きっと君は、すべての問題の夜々にシスがどこにいたかを特定しようとしたんだろう？　一夜でも疑問の余地のないアリバイがあるならば、疑念はなくなるか、奇跡説の代用《per procura》としての共犯仮説を採用しなくてはならなくなるだろう。それで？」

『彼は何も気づかなかったのだろうか？　そんなことがあり得るか？』――グレゴリーは瞬時のうちに考えた。『そんなことはあり得ない……耳の聞こえが悪いのなら別だが！　きっとそうだ、歳だからな』――彼はあらゆる代償を払ってでも集中しようと努め、頭のなかに、まだ彼の耳のなかで響いていたが、その意味はまだ得心していなかったシェパードの最後の言葉の記憶を引き出そうとしていた。

「そうですね……もちろんです……」――ぶつぶつ言った。そして我に返りながら――「シスはひどい人間嫌いですから、確かなアリバイを云々するのは難しい。彼を聴取しなければなりませんでしたが、それはしませんでした……。そう、私は捜査を台無しにしました。台無しに……。彼のところで家事を担当している女性すら、聴取しませんでした……」

「女性……？」――はっきりとした驚きを込めて、シェパードが言った。笑いを抑えつけるかのような表情で、グレゴリーを見ていた。「なんだ、あれは彼の姉だよ！　まったくだ、本当に、グレゴリー、君はそれほどたくさんのことをしたとは言えないね！　君が彼女の聴取をしようとしなかったのなら、少なくとも私の聴取はすべきだった！　ルイスで遺体が消えたあの日——憶えているね、夜中の三時と五時の間だ、シスは私のところにいた」

「あなたのところに？」——グレゴリーは呟くように訊いた。

「そうだ。もうあのとき、私は彼を協力に巻き込んでいたが、とりあえずは『私的に』、つまり、彼に自宅での資料収集を提案した。彼は、深夜を少し過ぎて退出した——十二時五分だったか、十二時半になろうとしていたか、正確に言うことはできないが、たとえ深夜零時を過ぎたばかりだったとしても、彼は車に乗ってから、最高速度でルイスに向けて出発したに違いなく、それにしても私は、現場に早朝三時前に着いたかどうか疑っている。むしろ四時ごろだろう。しかし、これが一番重要なわけではない。いいかい、警部補、物質的な非蓋然性にはいろいろな種類があって、例えば、百回コインを連続して投げて、九十九回表を出すようなことがそうだが、そうはいっても、絶対的不可能性のすぐ隣にあるような、心理的な非蓋然性にも種類がある。私は何年も前からシスを知っているが、彼は我慢のならない人間で、剃刀の刃とガラスでできた自己中心主義者で、知能は実に優れているが傲慢で、気配りは何ひとつ持ち合わせていない、というかもしかしたら、人間間では、礼儀正しさというよりは共生するうえでの端的な便宜から、ある種の習慣が守られているということをまったく考慮に入れない。彼の人物について私はいかなる幻想も抱いていないが、彼が四つん這いになって遺体安置所の古い棺か何かの下に隠れることができるとか、絆創膏で開きそうになっている遺体の顎を貼り合わせるとか、雪のなかの足跡を踏み均《なら》すとか、死んだ身体を人形のように振り回して、警官を恐ろしがらせることを目的に、死後硬直を解こうと必死になるとかということ、そのすべては私が知っているシスとは絶対的に合致させられない。どうか注意してもらいたいのだが、私は、彼には違反さらには不法行為を犯すことなどできないはずだと断言しているのではなく、あれほど不気味で下卑た状況でそれらを犯すことはできなかっただろうと考えているだけだ。二人のシスのうちどちらか一人は存在し得ない——例の墓地における悲劇的滑稽劇を遂行した人間か、私の知っている人間か。すなわち、そうした劇が演出できるには、日常生活において間断なく、本質的にそうであるのとはまったく別の人間、または慎重な言い方をするならば、あなたが彼を咎めているすべてを行うなかで明らかになったのとはまったく別の人間を演じなくてはならないだろう。君には、同様に首尾一貫した演技が可能だと思えるか？」

「すでにあなたに言いましたように、奇跡を信じる必要性から私を解放してくれそうなものならば、すべては可能であると思えます」――グレゴリーは抑えた声で言ったが、彼は突然寒くなってきたかのように、またしても荒々しく掌を擦り合わせていた。「私は、そのような心理化を行う贅沢を自らに許すことはできません。私は犯人を捕まえなくてはならない、あらゆる代償を払っても捕まえなくてはならないのです。もしかしたらシスは狂っているかもしれませんし――この言葉の確かな意味においてです――、もしかしたら偏執狂《モノマニアック》かもしれないし、もしかしたら人格の分裂、二重人格に苦しんでいるのかもしれませんし、もしかしたら共犯者がいるのかもしれませんし、または己れの理論で実際の犯人を隠しているだけなのかもしれません――解釈はたくさんあり、それは専門家に研究させせればいいでしょう」

「君は、ひとつの質問に答えられるか？」――シェパードはとても穏やかに言った。「ただしはっきりと言い切っておきたいが、私は何ひとつ君に指し示したくはない、あらかじめ何ひとつ前提にしていないし、この問題については何ひとつ、本当に何ひとつ知らないということははっきりと認めている」

「その質問は、どういうものですか？」――グレゴリーは蒼ざめるのを感じながら、激しく、ほとんど暴力的に言葉を投げかけた。

「なぜ君はそもそも、別の説明の可能性を容認しないのか――犯罪事件として以外の？」

「ですが私はすでに言いました、何度も言いました！　なぜなら、別の選択肢とは奇跡だからです！」

「君はそう考えているのか？」――シェパードは突然不安になったように言った。フロックコートの裾を伸ばしながら、立ち上がろうとした。「そういうことにしておいてもいいだろう。私がすでに言ったシスのアリバイは、これから調べなくてはならない、警部補、そうだろう？　私はルイスの事例のことを考えている――なぜなら、私が彼を見ていたのは、深夜までだけだからだ。私のコートは、確かここだったね？　有難う、多分気候が変わったんだろうが、リューマチが再発して、腕を上げにくいんだ。有難う。もう深夜零時を回った。長居した。失礼する。ああ、もうひとつ、暇なときでも、訓練のつもりで、私たちが話をしていたときに、ここの書斎でひどい軋み音を立てていたのは誰か、追跡して私に連絡してくれないか？　だって、これは奇跡ではなかったから、そうだよね？　ああ、どうか、どうかそんなに驚かないでくれたまえ、君だって十分それに気づいていただろう！　もしかしたら十分すぎるほどではなかったか？　階段を通って真直ぐ下に出て、あの鏡張りの客間を抜けていく、私は間違ってないね？　いや、送らないでいい。家の扉は閉まっているが、鍵穴に鍵が刺さっているのに気づいたんだ。後で閉めてくれないか、泥棒はこの近郊にはうろつき回っていない。お休み、それよりも何よりも、沈着と理性を持ちなさい、警部補殿」

　彼は外に出、グレゴリーは何をしているのか十分に理解しないままに、彼の後を歩いていった。主任警部は躊躇することなく、扉が開かれた一続きの部屋部屋を通り抜け、階段を走り下りて門の方に向かった。探偵は、酔っ払っているかのように、手摺に摑まりながら、彼の後をゆっくりと降りて行った。門は静かに閉じられた。グレゴリーはそこにたどり着くと、機械的に鍵を二回回して閉め、それからざわつく頭に火のように燃える目をして階上に戻った。立っていたが、急にベッドに横向きに身を投げた。家は深い平穏に満ち、窓には遠い光が霞み、時計は小さく打ち、彼はそのまままどれほどの間かはわからないが横になっていた。

　しばらくときが立ってから、彼はデスクの上のスタンドの灯りが以前より弱くなったように感じた。『俺はよほど疲れているに違いない』――ふと思った。『横になって寝なくては――明日使い物にならなくなるからな』しかし、身じろぎすらしなかった。雲か煙の帯のような何かが、それまでシェパードが坐っていた、今は誰も坐っていない安楽椅子の上を這っていたが、彼はどうでもよかった――自分の呼吸に耳を傾けながら、ぐったりと横になっていた。突然ノックの音が響いた。

　三度はっきりと間を置いたノックがしたので、彼は顔をドアの方に向けた。しかし、そのまま立ち上がろうとはしなかった。ノックは繰り返された。「どうぞ」と言いたかったが、できなかった——泥酔した後のように咽喉が渇ききっていた。立ち上がってドアの方へ動いた。片手を取っ手に置いたまま固まってしまった——突然、急激な閃光のように、向こう側に誰かが立っているという予感が、閃いたからだ。彼は取っ手を揺すり、心臓が止まりそうになりながら、暗闇に身を乗り出した。誰もいなかった。どこか近くにいるに違いない奴にぶつからないように両手を伸ばして、開け放ったドアから伸びている光の長い帯の方へと駆け出た——しかし、何にもぶつからなかった。

　次第に大きくなる谺《こだま》のなか、さらに先、さらに先へと歩いていった。『この家はなんて巨大なんだ』——彼は考えた。同時に、脇の廊下に後退していく背の高い人影に気づいた。そちらに駆けて行ったが、それに応えて軽い急ぎ足の音がし、相手は彼の前を逃げていた。突然目の前にバタンとドアが閉まるのが見えたので、なかに駆け込み、青いシーツが掛けられたベッドの脚の前でかろうじて立ち止まった。そこがフェンショー氏の部屋であるのがわかったので、彼は、当惑して引き返そうとした。雪花石膏《オニックスマーブル》の葉脈が入った笠《シェード》の掛かったランプがテーブルの上に、ほとんど触れそうなほど低く吊り下がっていた。テーブルはベッドの方に寄せてあり、奥の壁際には張り出た扉のあるクローゼットがあって、彼の部屋との境にある壁際に、衣料品店で使われるようなマネキンが二体立っていた。それらは裸体で、ランプの光がその長いクリーム色の四肢に反射していた。二体とも美しい本物の頭髪をしていた——女性のマネキンだった——グレゴリーの方を向いている一体は、顔に丁重な死んだ微笑みを浮かべ、一定のリズムで一本の指で壁を叩いていた。グレゴリーは呆然とした。

　その瞬間、彼はマネキンの向こうの床に坐っている老フェンショー氏を見た——彼は、間断なく咳をするかのように、かすかにくすくす笑いをし、両手にマネキンの両手と胴まで走っている糸を持ち、それによって、人形劇場の楽屋で観ることができるような小さな操作棒を使って、巧みにマネキンを動かしていた。

「違う、違う」——フェンショー氏は言った。「怖れる必要はありません、ご存知ありませんか？　きっとこの音があなたを眠らせなかったのでしょう？　残念ながら、私がこれをできるのは夜だけなのです。いいですか、私は霊を呼び出しているのです」

「でもそれにはテーブルが必要です」——グレゴリーは、何を探してかはわからないが部屋中を見回しながら、愚かしいことを言った。

「テーブルはもう時代遅れで、今はこんな風にやります」——相変わらず糸を引っ張りながら、フェンショー氏は言った。

グレゴリーは何も答えなかった。フェンショー氏の背後に、床まで届く黄色い房付きの窓緞帳《どんちょう》が掛かり、片方が、縦長の大きな物体の上にそっと引き掛けられて、わずかに膨れていた。

グレゴリーはただちにフェンショー氏に向かって、マネキンの作者についてだったはずだが、信じられないほど痴呆的な質問をしかけ、マネキンを操る彼の器用さを誉め、同時に少しばかり後ろに、少しばかり横に、緞帳の方へと移動し、ついに腕でそれに触れた。巨大な襞《ひだ》は押すと凹んだ——手ごたえがあった。グレゴリーはすでに、そこに人間が立っているのを知っていた。深く呼吸をし、一秒ほど筋肉を緊張させて立ち、それから張り詰めた気分で弁舌をふるいながら、部屋のなかを歩き始めた。フェンショー氏相手に、ある種の趣味の悪い率直さを込めて、自らの夜の恐怖についての打ち明け話を始めたが、それが相手の猜疑心を十分に眠らせられるだろうかについては確信が持てず、躊躇なく捜査について話し始めた。ときにマネキンたちの前に立ち止まり、ときにカーテンの前に立ち止まり、その度に、フェンショー氏の存在をもはや気に留めていないかのように、マネキンやカーテンに直接話しかけていた。このゲームは彼に、次第に優越感が増大していくような感覚を与えていた——勝ち誇っていると同時に締め付けられているような心持ちで、膨れている不動の黄色い襞状の布地に向かって言葉を投げつけながら、それに両義性の味付けを加えることで、意識的に状況の危うさを増大させていった。声に出して笑いながら、本当は探偵でないのに、探偵をわざとらしく演じているかのように、閃光のような視線で部屋を掃き回した。頭ではたえず、『出てこい！　見えているぞ！』という叫びが響いていた。慌ててまとまらない文を投げ出しながら、次第に早くとりとめのない話をしていた。隠れている者に背を向けて、その不動の身体の熱を感じ取れるように立ったとき、彼は、床から立ち上がろうとしている老フェンショー氏の目に、憐れみに満ちた怯えを認めた。何かに摑まれたのか、彼は身体を動かすことができず、呼吸を荒げて両手を激しく動かしていたが、そのとき凍えつくような冷たい刃が胸に入ってきて、辺りのすべてが不動の写真へと凝固した。彼は緩やかに倒れながら、このうえないほどの渇望を込めて考えていた――『ああ、つまりはこういうことだったのか！　何もかも止まっている、しかし痛みはどこにある？』――そして、目をなるべく大きく開こうと努めながら、意識の最後の欠片で、やってくるはずの断末魔の苦しみを待った。彼が下から見ている、広く開いた黄色いカーテンのなかに、白髪の男が立っていた。彼は尋常でないほどグレゴリーを注視しながら、その上に身を屈めていた。『もう見えない』――警部補は、まだ見えていたにもかかわらず、絶望的に考えた。『もう知ることはないだろう――この二体のどちらが……』。周囲は低い音を立てて鳴る巨大な鐘の形になり、そのとき彼は無言のうちに、自分が倒そうとしていた男が彼を殺したこと、向こうが勝利者になったことを理解した。そしてそれが夢の終わりだった――空中に冷めてやや苦い煙草の煙の臭いがする暗い部屋で、電話が鳴り、鎮まり、また鳴っていた。悪夢そのもののように辛い目覚めにつれて、グレゴリーは、もうずいぶん前から単調な信号音が繰り返されていることを、次第にはっきりと理解していった。

「グレゴリーです」――彼は、全力で伸ばした片手に体重を支えながら、受話器に向かって言葉を押し出した――彼の回りを部屋が歩き回っていた。

「グレグソンだ。半時間前からかけているんだ。いいかい、よく聞け、ビーヴァーズ・ホームから報告が届いた。三週間前に消えた人物の遺体があそこで見つかった」

「え？」――グレゴリーは恐怖をこめて言った。「どこで？　どんな遺体が？」

「おまえさん、まだ寝てるんだな！　例の船員の遺体だ。アロニーという名前だった――解剖研究所から消えた奴だ。古鉄の倉庫に、ひどい状態で見つかったが、もう前から転がっていたに違いない」

「ビヴァリー……？」――グレゴリーは小声で言った。ウォッカを呑んだ後のように、頭のなかが鳴っていた。

「違う。ビーヴァーズ・ホームだ、好い加減に正気に戻れ！　さらに北に十キロ先だ。オルトリンガム卿の巨大な厩舎がある場所だ。知っているか？」

「誰が見つけた？」

「労働者たちが、昨日の夕刻に、だが交番が私たちに知らせたのはようやく今だ。ガラクタのような物のなか、野原のバラック建築の前だ。錆《さび》だらけで、鉄板があって、あそこはそんな物が山と積まれている。行くか？」

「いや。行けない」——グレゴリーは荒々しく言葉を吐き、すぐにより平静になって付け加えた。

「俺は気分が悪くて、もしかしからインフルエンザかもしれない。コールズに行かせろ、彼を呼び出すんだ、いいか？　それから検死医だ。セーレンセンはきっと行けないだろう、つまり行きたがらないということだ。キングに行かせたらどうだ。グレグソン、頼むから、君が手配してくれ、聞こえてるか?!　そうだな、コールズは完璧に対処するだろう。そうだ、カメラマンも連れていかせろ。うーん、自分でわかっているだろう。俺は本当に行けないんだ」

　喋りすぎていると感じて、言葉を切った。受話器のなかでしばらく沈黙が続いた。

「好きにしろ」——しまいにグレグソンが言い放った。

「もし病気なら、行けないのは当然だ。ぼくは君にとって重要なことになると思ったんだが」

「いや、もちろんだよ！　あそこで何が発見されたのかは知りたい。すぐに治療にかかる、アスピリンを服めば、立ち上がれると思う。ロンドン警視庁《the Yard》には行くようにするよ、そうだな……一時ごろに。コールズには、彼を待っていると言ってくれ」

　受話器を置いてから、グレゴリーは窓に歩み寄った。夜が明けていた——もう寝込むことはないだろうとわかっていた。ベランダに通じるドアを広く開け、窓掛けを揺すっている、身体を貫くような湿った空気のなかに立って、新しい日の色彩のない空を凝視した。

# 第六章

グレゴリーが〈リッツ〉[*]前に現れたのは、あと数分で四時になるころだった。トラムの停留所の円柱に据えつけられた時計に視線をやり、ガラス張りのキオスクの前に立ち止まったが、そのなかでは内側から照明された新作映画のスチール写真がゆっくりと回転していた。彼は、引き裂かれた下着姿の脚の長い女性、覆面のギャング、埃の渦のなかで大破する自動車を注意散漫に眺めていた。レストランの前には、車体の長い米国車が次々と乗り付けていた。黒いパッカード車[**]から降りたのは、大洋の向こうからの旅行者のカップル——老いていて、反吐が出そうな化粧をして、宝石が留められた黒貂《くろてん》のケープを着た女性と、すらりとして若く、目立たないように灰色の服を着た男性だった。彼は女性のバッグを持ち、彼女が車から降りるのを辛抱強く待っていた。通りの向こう側の、途切れることのない動きの波の背後で、映画館の上にある宣伝ネオンが点灯し、近くのガラスと窓に蒼白い輝きを目覚めさせた。時計の針が重なっていた——グレゴリーは入口に動いた。午前中は、彼が予想していた通りに過ぎ去った。待望のコールズは、遺体の検証報告書と、遺体発見の状況についての見聞を持参したが、どちらも事実上無価値だった。遺体に「罠をしかける」など、いうまでもなく非現実的だったのだ。二百平方キロメートルという空間に警官を配置することなどできなかった。

盛装のドア係が、彼の前で扉を押した。グレゴリーの手袋よりずっとまともな手袋をしていた。警部補は居心地が悪く、この話し合いがどのように進むか、想像し難かった。シスが彼に電話をかけてきて、一緒に

＊——ロンドンのピカデリー通りに建つ一九〇六年開業の超高級ホテル。

＊＊——米国パッカード社製の自動車。一九五六年型を最後に生産停止され、翌々年同社は倒産した。

昼食をとる提案したのは十二時ごろだった。彼は、高圧的に丁重で、前夜のことについてはまったく記憶していない風だった。電話をめぐる哀れな陥穽についても、一言として触れなかった。『第二幕だ』――グレゴリーは大ホールを見回しながら、考えた。シスを目に留め、近づいてくる燕尾服のウェイターを避けて、棕櫚《しゅろ》の間のテーブルに歩み寄った。シスを挟んで坐っている二人の見知らぬ男を見て、彼は奇異の念を起こした。挨拶を交わし、グレゴリーは、背後には緋色の壁龕《へきがん》、両脇には棕櫚のマジョルカ焼の植木鉢がある場所に、少し身を固くして腰を下ろした。テーブルは高い場所にあり、そこから〈リッツ〉内部の全景、上品な女性たち、色鮮やかに照明された噴水と、擬モーリタニア様式の円柱が見えた。シスは彼にメニューを渡した。グレゴリーは、額に皺を寄せてそれを読んでいるふりをしていた。グレゴリーは、バカにされているように感じていた……。

　シスが率直な話し合いを希望しているという予想は、潰えた。『愚か者め、自分の交友範囲で私を幻惑しようとしているのか』――無関心さを強調して談話相手を見ながら、そう考えた。それはアーマー・ブラックとマックキャット博士だった。ブラックのことは、彼の本と新聞の写真から知っていた。人気の頂点にいる作家は、五十歳くらいだった。長年にわたる沈黙の後に発表した、長く連なる短篇小説群が、ようやく彼に名声をもたらした。見事に体調を維持していて、新聞に載っている、テニスコートにいるところや釣竿を手にしている写真が過去のものでないことが見て取れた。大きな手入れの行き届いた手、黒い巻き毛の頭、肉付きのよい鼻、顔の他の部分より黒い分厚い瞼をしていて、目を閉じるとその顔はより老けて見えた。彼はときにかなり長い間、あたかも話し相手を一人きりにするためのように、そうやって目を閉じていた。もう一人の男性はずっと年下だったが、それは見かけにすぎなかった――とても細身で、若者風で、左右の青い目と目の間が近く、あまりにも緩やかな襟のなかで、首がへし折られたように見えるほど咽喉仏が張り出していた。彼はかなり奇矯にふるまい、ガラスのような目を目の前にある杯に貼り付けたかと思えば、背を屈め、またしても、我に返ったかのように背筋を伸ばして一分ほど、過剰に身を固くして坐っていた。口を閉じ切らずにホール中を見回し、不意にその視線をグレゴリーに投げ、執拗な眼差しで彼を射抜き、それから不意にいたずらっ子のように微笑んだ。タイプとしてはシスに似ていたが、もしかしたらそれ故にグレゴリーは、彼は科学者だと考えたのかもしれない。しかしシスが脚の長い鳥を連想させたとすれば、マックキャットはどちらかというとネズミ目《もく》の特徴を帯びていた。

　グレゴリーのこうした動物学的な連想を断ち切ったのは、ブラックとシスの間に持ち上がったささやかな口論だった。

「いや、〈シャトー・マルゴー〉＊＊＊だけはやめてくれ」――ワイン・リストを振りながら、作家は断固言明した。「こいつはあらゆる食欲に対する解毒剤だ。味を殺し、胃液の効果を消す。そもそも」――これ以上ないほどの嫌悪感を込めてリストを見た。「ここには何もない。何ひとつ！　最終的に、これは私の問題ではない。私は犠牲になるのには慣れっこだ」

「でも、いいか！」――シスは、本気で夢中になっていた。最年長のウェイターが現れたが、彼はグレゴリーにある有名指揮者を思い出させた。ブラックは、前菜が出される間も、まだあれこれ不平を言っていた。シスはなんとかいう新しい小説について意見を述べたが、彼の言葉は沈黙のなかに溺れてしまった。ブラックは無理して答えようとすらせず、口のなかをいっぱいにしてシスに目をやっただけだったが、彼の輝く目は憤りの表情を帯びていた――どのようなものかは誰にもわからないが、博士が何かの無作法を犯したかのような。『この著名な友人は、彼を手《て》懐《なず》けているな』――グレゴリーは満足してそう思った。というわけで、彼らは、次第に大きくなるホールの騒音を背景に、静かに食事をしていた。マックキャットはスープと肉料理の間に煙草に火をつけ、そのつもりはなかったのに燃えつきたマッチをワインのなかに投げ込んでしまい、苦労してそれを釣り上げようとしていたし、グレゴリーは、他にすべきことがなかったので彼の努力を見つめていた。昼食が幸福にも終わりに近づいたとき、ブラックが発言した。

＊――イタリアで焼かれた錫釉《すずゆう》色絵陶器。

＊＊――モーリタニア（西アフリカのイスラム国）で生まれた建築様式。十九世紀にオリエンタリズムのひとつとして欧米で流行した。

＊＊＊――ワインの女王と呼ばれるボルドーワインのなかでも、「最も女性的なワイン」とされる。

「ぼくは寛容になったんだ。でも、ハーヴェイ、仮にぼくが君の立場なら、良心の責めを感じるだろうね。あの鴨だ——生きていた最後の時期に何をされたか！　拷問を受けて落命したものたちの葬式には、いつだって、食欲を失わせるようなところがある」

「でもねえ、アーマー……」——シスは、何と言ったらいいのかわからぬままに、呟いた。大笑いしようとしてみたが、上手くいかなかった。ブラックはゆっくり首を振っていた。

「ぼくは何も言っていないだろう。このぼくたちの集い——世界の隅々から結集したハゲタカだ。そしてこのリンゴ——無力な生き物を、石のようにリンゴを投げつけて殺すなんて*！　そうだろ？　ところで、君は墓地にまつわる超自然的な出来事の統計を組み立てているようだね？」

「それなら君にくれてやってもいい。そこには、超自然的なものなど何ひとつないんだ、請け合うよ。見てみればわかる」

「超自然的なところは何も？　そいつは最低だ！　ねえ君、それならぼくはその統計は欲しくない。絶対に！」

シスがどのような悩みに苦しめられているのかを目のあたりにしながら、グレゴリーはなかなかに楽しんでいた——彼が作家の口調に対してはまったく無力であることが明らかになったからだ。

「でもそれが面白いんだ」——マックキャットは善良そうに意見を述べた。「問題としては、本当に面白い」

「問題として？　その話は聞いた。福音書の借用**、それ以上の何ものでもない。他には？」

「一瞬でいいから、真面目になれないかい？」——苛立ちを隠さずに、シスが尋ねた。

「ところがぼくは、冗談を言っているときほど真剣なことはないんだ！」

「いいかい、ぼくはこんな話を思い出したんだ」——マックキャットがシスに言った。「エルバーフェルトの馬***についてだ。いいかい、読んだり数えたりするあの馬だ。あの場合も、二者択一であるかに見えた——奇跡か詐欺か」

「でも、あれは詐欺ではなかった、そうだね？　最終的にそれが明らかになった」——ブラックが言葉を挟んだ。

「むろん、そうではなかった。馬を訓練していた男――名前は憶えていない――は、まったく騙してなどいなかった。彼も、馬は本当に会話したり計算したりすると信じていた。馬が蹄《ひづめ》で数やらアルファベットの文字を叩いて正しい解になることがあったのは、主人を観察していたからだった！　一言でいえば、彼の口から読み取っていたのではなく、ふるまいの全体から、表情の変化、無意識の身振り、姿勢の弛緩、人間の観察者には気づかれないごく細かな動きからだった。しかも、その実験は学者たちのとても厳格な管理の下で行われたのだ！」

「馬にはそれだけで十分だった？」

「信じられないが、そうだ。つまり、二つの可能性――奇跡か詭計か――のうちひとつを受け容れる、伝統的な立場は虚偽であることがわかった。三つ目の解決があったんだ」

「私はもっとぴったりの類似を発見した」――シスが言った。両肘でテーブルに身を支えた。「テーブル・ターニング＊＊＊＊だ。まったく心霊術を信じていない人たちの手が上に置かれているときでも、こうしたテーブルがガタガタしたり踊ったりし始めるのは、知られている。伝統的観点から見れば、これはまたしても詐欺、あるいは『霊』の意思表示だ。ところが、霊もなければ詐欺もない。それなのにテーブルがガタガタいうのだ！　その動きは、両手を天板の上に置いている人々の、それぞれの顕微鏡的な筋肉の震えが総和された結果だ。人間の各々は似た有機体であり、類似した神経・筋肉構造を持っている。これは特別な集合的プロセスであり、一定の筋緊張《トーヌス》の揺れ、筋肉の緊張、神経的刺戟の律動だ。現象はこれらの人々の意識を越えた

＊――主人公グレゴール・ザムザ（『捜査』の主人公グレゴリーと同名）が家族にリンゴを投げつけられて死ぬ、フランツ・カフカの小説『変身』を暗示。

＊＊――九一頁訳注参照。

＊＊＊――Elberfeld はドイツの地名（原文では Eberfeld となっているが訂正した。英訳版でも同様に訂正されている）。現在は、Wuppertal ウッパータールの一部。人間並みの知性を持つとされた馬が飼われていた。

＊＊＊＊――十九世紀ごろの西洋で流行した占いの一種。テーブルなどの動きやすく傾きやすいものに複数人で手を置き、投げかけた質問に対してテーブルがどのように動いたかによって占うというもの。テーブル・ターニングを日本風に改良したものが「こっくりさん」であるとされる。

ところで進行し、結果として、一時的にテーブルの天板を押し付けるかなりの力が生まれる」

「でも、いいかい」――ずっと小声で、本物の関心を示して応じたのは、作家だった。「それで君は、何を言いたい？　あの遺体たちは、墓地という世界の総合的な揺らぎに従っていたというのか？　死者たちがときどき立ち上がるのは、分解過程の統計学に起因しているからだというのか？　ねえ君、こうなったらぼくは、統計学的な装いのない奇跡の方がいいな！」

「アーマー、君は何もかも笑いものにせずにいられないんだね！」――シスは憤った。彼の額は赤くなっていった。「私は、初歩的で、不完全な類似を示しただけだ。いわゆる『復活』（なぜなら、それらはおよそ復活ではなかったから）の連続事件は、特殊な曲線を描いている。事態は、遺体たちがある日消え始めたわけではなく、まずはどちらかといえば小さな動きの事例が起こり、それから現象が拡大し、最大限に達して減衰し始めたのだ。癌との相関係数についていえば、それは突然死と太陽の黒点数の相関係数より大きい。君にすでに言ったように……」

「知ってる！　知ってる！　憶えている。これは要するに『さかしまの癌《á rebours》』だ――殺さないだけでなく、反対に蘇らせる！　こいつはとても素敵だ、左右対称だ、ヘーゲル的だ！」――ブラックは言った。彼の左の瞼は、眉毛の下にとまっている黒い蝶のように、じれったそうに瞬いた。その印象を増大させていたのが、作家がじれったそうに、指で瞼を押さえる動きだった。この不随意痙攣《チック》は彼を苛つかせていたに違いなかった。

「今日の合理主義は流行であって、方法ではなく、それを特徴づけているのは流行のまったくの表面性だ」――シスが無感情に言明した。作家の皮肉なコメントには聞く耳を持たなかった。「十九世紀の終わりには、現実という大伽藍のなかで実質的にすべてはすでに見出され、今は雨戸を閉じて目録を作るだけだという確信が一般を支配した。星たちは蒸気機関の部品と同じ計算式に従って運行し、原子についてもそれと異なるわけではないなどなど、ついには、積み木で組み立てた宮殿のように建設された完璧な社会に至ると。自然科学ではとうの昔にこうした楽観的で幼稚な仮説は葬り去られたが、今日の合理主義においては、相変わらず生き延びている。いわゆる常識は、十九世紀風の

『おしまいまで説明された世界』の規範に適合しないものはすべて、綱領として認知しない、黙殺する、または愚弄するということに依拠している。ところが、一歩歩くごとに、君にはその構造が理解できないし、統計学を用いなければ理解できないだろう現象に会う可能性がある。医師たちのいう悪名高き複合病因《duplicitas causarum》*、すなわち群衆のふるまい、夢の内容の周期的ゆらぎ**、またはテーブル・ターニングのような出来事もそうだ」

「ま、いいだろう。いつもと同じく、君は正しい。しかし、墓地での出来事を君はどう説明する？」――ブラックは穏やかに尋ねた。「君の言うことを聞いた後では、『テーブル』の一件はぼくにとって問題ではなくなった。残念ながら、君の『復活』についてはそうは言えない」

グレゴリーは椅子に坐ったまま、身を動かした――作家の言葉は、彼にそれほどの満足を与えたのだった。待ち受けるようにシスに目をやったが、彼は興奮から冷め、彼らのことを今ではかすかな、まるで唇に張り付いたような微笑みとともに見つめていた――小さな口の端はその際、何か重大なことを言う準備をしているときはいつもそうだが、下の方に引かれていて、彼は無邪気なほど頼りなく、同時に勝ち誇ってもいた。

「マックキャットは最近ぼくに、言葉で会話できる電子頭脳を見せてくれた。スイッチを入れると、ランプが暖まるにつれて、スピーカーがかすれ声をあげ、呟き、戯言を言い、それから、とりとめのない単語を吐き出し始めた。これは、蓄音機を動かすと、ゆっくりと吐息交じりの声が聞こえ、そこから言葉または歌が生まれるときに起きることに似ているが、機械は要するに無意味なことを言うのだから、印象はもっと強い。

---

*――duplicitas causarum（原文では duplicitas casuum となっているが訂正した）。
レムが念頭においているのは、例えば、十九世紀末におけるコレラの病因についての医学論争だろう。病気の人から健康な人へと伝染する伝染説と、汚染された土壌や水から生じる瘴気が原因だとする瘴気説の間で論争があり、さらに伝染説と瘴気説を混合した複合要因説が主張された。コレラ患者の腸内や排泄物のなかにコレラ菌は存在するが、それ単独ではコレラを発症することはなく、土壌がコレラ菌に汚染されることで生じる瘴気がコレラを発症させるという仮説である。

**――統計的平均からのずれ。巨視的には一定であるが、微視的には平均値のまわりでたえず変動している現象。

ぼくはその心構えができていなかったから、今でも憶えている。こうした随伴的な『怪談』はしばしばイメージを暗くしてしまう——この場合、遺体安置所、墓地、遺体はショックを与える装飾であり、それらは……」

「つまり、君の公式によって、事態はすでに解決されていると断言するんだね？」——ブラックは、瞼の重そうな黒目でシスを見ながらゆっくりと尋ね、相手は勢いよく頭を振って否定した。

「まだ終わっていない。ぼくは現象の統計学的・集合的骨組みを調査してみた。個々の事例の分析、死んでいる身体の移動を引き起こすプロセスの発見はさらなる研究を要求している。しかし、問題をこのようにして単一、単数で扱うことはぼくの専門外にある」

「ようやくわかった。すなわち君によると、無数の死者が立ち上がるということはすでに説明されている——いまだに謎なのは、一人一人別のものとしたときの死者、単一の死者はなぜ立ち上がるか、これだけなんだね？」

シスは口を結び、次にその両端がもう一度下に落ちた。落ち着いて言葉を発したが、そのかすかな渋面は、話しながらの軽蔑感を証明していた。

「事件に二つの次元が存在することは、いかなる嘲笑によっても変えられない事実だ。大都市では、例えばの話だが、五日ごとに銃撃が起こる。統計が語るのは以上だ。しかし君が窓際に坐っていて、弾丸が頭の上のガラスを粉々にしたら、『射撃はすでに起こった、次のは早くても五日後だ、だから安心していられる』といった風に理解することはあり得ないはず——そうではなくて、向かいには武装した誰かがいて、狂人か何かかもしれないから、机の下に潜る方がいい、と理解するだろう。これは、統計的・集合的予測と相対的にしかその予測に従わないところの個々の事例の差異を目に見えるように示すものだ」

「それで、そうした言明《dictum》を受けて、あなたは何を始めるのですか？」——ブラックは視線をグレゴリーの方に移して尋ねた。

「私は犯人を探しています」——警部補は落ち着いて応じた。

「ああ、そうですか？　もちろん……もちろん、『単数主義』の専門家としてですね。つまりあなたはウイルスを信じない？」

「ところが、信じています。これは特殊なウイルスです。幸い、識別上の特徴はたくさんあります。例えば、暗闇と無人の場所が好きで、それ故に夜だけしか、鄙《ひな》びた片田舎でしか活動しません。警官を火のように避けるが、それはどうやら警官は特に抵抗力が強いかららしい。その代わり、死んだ動物が好物、最大の好物はくたばった猫です。文学的な関心もあるが、気象学上の予言を読むことに限られている」

作家が次第に愉快さを増大させながら、グレゴリーに耳を傾ける様は、見ものだった。彼の顔は変容し、明るさを帯び、そのうちに早口で話し始めた。

「それはあまりにも一般的な兆候で、あなたの捜査令状にぴったりの人物は一人ではありません、警部補。例えば、石を地球に投げ散らかす者です。隕石も、住民と警察の目から遠い、しかも夜、いやむしろ夜明け前というべき頃合いに、鄙びた片田舎に落ちることが多いが、そこに特別の悪知恵が現れている――一晩中警備して疲れた警備人がそのころはぐっすり寝ているからです。いいかいシス、もし君がそのことを彼に尋ねるなら、彼はこう言うだろう――地球のうち最も頻繁に隕石の空襲を受ける部分は夜が後退する領域にある、すなわち、宇宙旅行を行う地球の先頭にあたるが、さて周知のように、いつだって、葉っぱがよりたくさん当たるのは走行する自動車のフロントガラスであって、後部ガラスではない、と。とはいえ、あなたがどうしても犯人を捕らえなくてはいられないのなら……」

「隕石が落ちるとかウイルスが作用するとかいったことを言いたいのではなく、そうした現象を模倣できるのは生き生きとして具体的な誰かだということです。私はそのような犯人だけを、自分なりに地上で探しているので、隕石や星の犯人を心配しているのではありません……」――グレゴリーは意図していたよりも一音階鋭い口調で言った。作家は不動のまま、彼を見ていた。

「ああ、あなたは犯人を捕まえますよ。それについては請け負います。それは確かです。もっとも……あなたはすでに犯人を捕らえている」

「そうですか？」――警部補は眉を吊り上げた。

「いや、もしかしたらあなたは犯人を取り押さえられないかもしれない――つまり、そいつを意のままにするのに十分な数の証拠と根拠を集められないかもしれないが、しかしそれが核心ではありません。取り押さえられない犯人——それはあなたの敗北であり、最終的解決なしに追究が止められたファイルがもうひとつ増えるだけでしょう。しかし、存在せず、一度も存在しなかった犯人とは——これはまったく別物で、それは文書庫の火事であり、ファイルの貴重な中身に起こった言語の混乱*であり、世界の終わりなのです！　取り押さえられていようがいまいが、犯人が存在することはあなたにとって成功か失敗かの問題ではなく、あなたの行動の意味・無意味の問題なのです。さてその人間はあなたにとっての平穏であり、延命であり、救済であるが故に、あなたはその者をいずれにせよ捕らえるでしょうし、仮に存在しないとしても、その違法な悪党を現行犯逮捕するでしょう！」

「一言で言えば、私は被害妄想の犠牲、事実に逆らって行動する妄想狂なのですね？」——グレゴリーは、目を瞬きながら訊ねた。こうした会話には飽き飽きして、仮に傲慢なやり方であろうと、切り上げるつもりだった。

「報道は今、遺体安置所から逃げ出したあの巡査についての特ダネを、興奮して待ち望んでいます」——ブラックは言った。「あなたもですか？　そこからいろいろ期待していますか？」

「いいえ」

「わかっていました」——作家はあっさりとグレゴリーに告げた。「仮に彼が目を覚まして、この目で復活を見た、と言うとしましょう、あなたは、彼は幻を見たのであり、重い脳震盪《のうしんとう》を経験した（ということは、どの医者でもあなたに証言するでしょう）人間の供述など信じられない、と考えるでしょう。または、犯人は私が前提していたより、さらに巧妙に行動した、眼に見えないナイロン糸を使った、真っ黒い気体に覆われていたので、目撃されなかった、と言うでしょう。警部補殿、あなたにとっては、存在するのはバラバ**たちだけなのであり、それ故に、仮にあなたがその場面を見て、『立て、ラザロ！』という声を聞いたとしても、あなたはあなたのままなのでしょう。あなたのまま、すなわち、幻覚または錯覚、または狡猾な詐術の犠牲者です。私はあなたに言っておきますが、あなたはけっして犯人を諦めないでしょう——彼の存在の帰結としてあなたの存在があるだから！」

これから言われることはすべて冷静に聞こう、と自らに約束したグレゴリーは、微笑もうと試みたができなかった。蒼ざめるのを感じていた。

「つまり私は、聖墳墓＊＊＊を守っていた警官の一人なんですね?」——彼は言った。「もしかしたら、回心前のパウロ＊＊＊＊なのかも? あなたは私にそのチャンスは残してくれないのですか?」

「いいえ」——作家は応じた。「それは私ではなく、あなたが自らにチャンスを与えないのです。これは方法論の問題でも統計学の問題でも捜査の分類学の問題でもなく、信仰の問題です。あなたは犯人を信じているし、そしてそうあるべきです。警官はいなくてはならないし、そのような聖墳墓はなくてはならないのです」

「もっといいのは」——グレゴリーは言い、不自然に笑い出した。「私が自分が望んでいることをしているのではなく、悲劇の図式を実現しているだけだとしたら? 悲笑劇の図式かも? あなたがかくもご親切に、そのなかでのコロスの役割を演じてくださるというのなら……」

「ええ、もちろんです。それが私の職業です」——作家がさっと言葉を発した。

次第に耐え難くなる思いで会話を聞いていたシスは、我慢できなくなった。

「アーマー、ねえ君」——言いくるめようとする口調で言った。「物事を不合理に持っていくな。君がそれを好きなのは知っている、逆説は君にとって魚にとっての水だからな」

「魚は水を創造しない」——ブラックは口を挟んだが、博士は彼の言うことに耳を傾けなかった。

＊——旧約聖書「創世記」第十一章に記されたバベルの塔伝説への言及。ノアの大洪水後、人々が築き始めた天に達するような高塔を、神は人間の自己神格化の傲慢として憎み、人々の言葉を混乱させ、その工事を中止させたという。

＊＊——新約聖書に登場する犯罪者。ローマ総督ピラトがユダヤ民衆の意向に従いバラバを恩赦したためイエスが処刑された。

＊＊＊——ローマ帝国皇帝コンスタンティヌス一世は三二五年頃に、キリストの磔刑の場所、ゴルゴタに教会を建てることを命じた。その近くに遺骸がアリマタヤのヨセフらによっていったん葬られ、三日目に復活したという墓がある。

＊＊＊＊——キリスト教をローマ帝国内に広めるのに最も大きな役割を果たした伝道者。元熱心なユダヤ教徒でキリスト教徒迫害に加わったが、復活したイエス・キリストに出会うという経験により回心し、生涯を伝道に捧げ、六四年ごろのローマで殉教。「異教徒の使徒」といわれた。

「問題は抒情詩や劇化《ドラマ》ではなく、事実だ。『必要が無いなら多くのものを定立してはならない《Entia non sunt multiplicanda*》』――君は知っているよね。事件の構造の特定は信仰とは何の共通点もない。せいぜいが調査を始めるときの作業仮説だが、虚偽かもしれない。まさしくそうした虚偽の仮説が、『人間の』犯人が存在するという断言……」

「事実が存在するのは、人間がいない場所だけだ」――作家が応じた。「人間が現れると、あるのはもはや解釈だけになる。事実？　だってね、千年前なら、同じその事件が新しい宗教の始まりになったかもしれない。そして、きっと何かの反宗教の始まりにもなったはずで、信者と神官の大群、集合的幻覚が生まれ、聖遺物を求めて空っぽの棺が引っ掻き回され、目の見えない者が見、耳の聞こえない者が聞き始めたはず……。私は認めるが、現在、出来事はより貧相に、より神話化されず、死刑執行人は君の統計学的な異端に対しても君を拷問で脅かしたりはしない――その代わり、大衆紙がそれでもって一儲けする。事実？　ねえ君、それは君の、と同時に警部補の問題だ。君たちはどちらも、私たちの時代にふさわしい程度に信者なんだ。警部補殿、あなたはこのささやかな反対論が原因で、私を悪くは思われませんよね？　私はあなたのことは知らないから、あなたがパウロになることはないだろうと断言はできません。しかしそれが起きるとしても、ロンドン警視庁《Scotland Yard》は相変わらずでしょう。警察はけっして回心しないからです。どうなんだろう、君たちはこのことには気づいていた？」

「君は、何もかも冗談にしてしまう」――シスは渋々言葉を吐き出した。マックキャットはしばらく彼と小声で話した後、立ち上がり始めた。クロークの前でグレゴリーはシスの隣になったが、彼は突然彼に向かって、声を低めて言った。

「あなたは何か私に言わなくてはならないことがありますか？」

グレゴリーは躊躇い、ようやく彼に衝動的に片手を差し出して、応じた。

「どうか私のことはお考えにならず、安心して仕事をなさってください」

「有難う」――シスは言った。彼の声は震えた――グレゴリーが驚き戸惑ったほどだった。アーマー・ブラックは〈リッツ〉の前に自分の車を停めていた。シスは彼と一緒に乗り、グレゴリーはマックキャットと一緒にその場に残り、さて別れを告げようとしたとき、学者が同行することを提案した。

　二人は同じ身長で、歩きながら一度ならず、ほとんど不承不承、お互いを目の端で見ているのを意識した。微笑んで然るべきだったが、どちらもそうしなかった。マックキャットは果物の屋台の側で立ち止まり、バナナを買った。皮を剝きながら、グレゴリーの方に目をやった。

「バナナはお好きですか？」

「あまり」

「お急ぎですか？」

「いいえ」

「それなら、遊びませんか？」――マックキャットは、ゲーム機の広告に照明された、アーケードの入口を指さしながら尋ねた。

　グレゴリーはその思い付きにすっかり愉快になって、頷くと学者についてなかに入った。前髪にグリースを塗りたくった数人のハイティーンが、ガラス張りの窓のなかを周回中の小飛行機を青い閃光で射撃している一人を、陰鬱な表情で観察していた。マックキャットは、運命の輪《ホイール・オブ・フォーチュン》や機械式ルーレットの列を通りながら、ホールの奥へ直行した。彼がその傍らに立ち止まったゲーム機は、上がガラス張りになった金属製の箱で、ガラスの下には灌木と樹木が一面に生えたミニチュアの緑色の風景があった。学者は慣れた手つきで小銭を投げ入れ、レバーを引っ張って言った。

「これをご存知ですか？」

「いいえ」

「ホッテントット＊＊がカンガルーを捕獲する。オーストラリアにホッテントットはいないが、別に困らないでしょう？　私はカンガルーになる。用意！」

　彼は丸いスイッチを押した。ちっぽけなカンガルー

＊――「少数の論理でよい場合は多数の論理を定立してはならない」と続く「オッカムの剃刀」。事象の説明や議論において「必要なしに多くのものを定立してはならない」という原則。アリストテレス以来のものだが、オッカムがスコラ学批判の議論で多用したため、不要な概念を切り落とす比喩としてこの名がついた。節減の原理。ウィリアム・オッカム（一二八〇頃～一三四九頃）は中世イギリスのスコラ学者。
＊＊――アフリカ南部の遊牧民族コイ人の俗称。侮蔑的な名称として、今日では用いられない。

が黒い穴から飛び出て、灌木の茂みに隠れた。グレゴリーはレバーを引いた——三人の不格好な黒い人たちが横から這い出た。ハンドルを操作して、彼らを疑わしい場所に近づけた。いよいよという瞬間にカンガルーが飛び出して、狩り出し*のラインを破り、また茂みに隠れた。彼らはこのようにして、何度か立体的な地図の全域を踏破したが、カンガルーはいつもいよいよという瞬間に身をかわした。グレゴリーはついに、詐術の本質を摑んだ——一人のホッテントットをカンガルーが消えた場所に近づけ、二人は周囲に居残らせたのだ。彼らを、マックキャットの逃げ道がないように配置した。次の動きでカンガルーを捕らえた。

「最初にしては、あなたはとても器用だ」——マックキャットが褒めた。彼の目は輝き、少年のように微笑んでいた。グレゴリーは肩を竦めた——彼は少し気まずかった。

「職業柄なのか、私は『捕獲者』です」

「違う。そういうことではありません——頭を働かせなければならないのです。あなたはもうこれで遊ぶことはできません、あなたは原理を把握してしまったから。それは今数学的分析にかけられている、そうですね？　シスはこういう遊びが耐えられないほど嫌いだが、それは欠陥です、本質的な欠陥……」

　そう言いながら彼はゆっくりとゲーム機の列に沿って通り過ぎ、旋律を奏でている機に一ペンス投入し、宝籤《たからくじ》の虹色の盤を回してハンドルを引くと、突然銅貨の棒状の塊が彼の差し伸べた片手の上に降り注いだ。飛行機の射撃席にいる少年たちはそれに注意を向け、マックキャットが獲得した小銭を無雑作にポケットに投げ入れるのを目で追いかけながら、ゆっくりと彼の方にやってきた。しかしマックキャットは、もう一度運を試してみようとはしなかった。二人は、血走っていると同時に虚ろな表情で次々と新しいペンス貨をゲーム機に投入し、何度も何度も射撃している少年の脇を通り過ぎながら外に出た。

　十数歩先に、商店がたくさん並んでいる次のアーケードの入口があった。グレゴリーには見覚えがあった——最近そこで道に迷ったことがあった。奥の方に、道を塞いでいる大きな鏡が見えた。

「あそこに抜け道はありません」——立ち止まりながら、教えた。

「知っています。あなたはシスを疑っている、どうです？」

　グレゴリーはすぐには答えなかった。

「あなたのお友だちですか？」

「そういうこともできます。もっとも……彼には友だちはいない」

「なるほど、彼は好きになれないタイプです」――思いがけず力を込めて、グレゴリーが言った。「ただし……あなたは私にそんな質問をするべきではありません」

「修辞的疑問文でも？　あなたが彼を疑っているのは明らかですからね。つまり、必ずしも消失の首謀者としてではなくて、そうですね……協力者として。とはいえ、それもふざけた話で、あなたはしばらくしたらご自身で確信するでしょう。ただこれだけは――もしあなたがご自身の目で、ある種の復活を目撃したら、あなたは捜査の継続を止めますか？　つまり、坐っている死者が動く……」

「シスは、そのことを私に尋ねるようにあなたに頼んだのですか？」――グレゴリーは素っ気なく言った。彼らはアーケードの道半ばに立っていたが、どうやってそこまで行きついたのかはわからない。ショーウィンドウの前に立ち止まったが、そのなかでは、靴を履かず靴下だけの装飾業者が背の高い金髪の人形からドレスを脱がしているところだった。グレゴリーは、突然夢を思い出した。金色のラメの下から、過剰に薔薇色で細いマネキンの身体が姿を現すのを注意深く見ていた。

「あなたがそのように理解されたのは、残念です」――マックキャットはゆっくりと答えた。かすかに頷くと、踵《きびす》を返して、ショーウィンドウの前にグレゴリーを残して立ち去った。

　警部補は、アーケードの奥に向かって数歩歩き始めたが、自分の姿の反映を見て向きを変えた。街路では、夕方に向かうにつれていつものように次第に多くのショーウィンドウに照明が点灯し、交通は激しくなり、不注意に歩いていて通行人にぶつかり、最終的に脇道に折れた。一分ほどしてからだろうか、ふと気づくと、両側に写真屋の飾り窓が掛かった門の前に立っていた。彼は一瞥で、油絵風石版画による修正で画一化された、抱き合っている男女の結婚写真のすべて、ヴェールの

＊――動物などを隠れている場所から追い立てて出すこと。

下の途方に暮れた微笑とタキシード姿の新郎たちの目を見開いた壮健ぶりを見渡した。中庭から自動車のエンジンのガタガタ音が聞こえてきた。彼はなかに入った。ボンネットを上げた古い車の脇に、無雑作に前を開いた革ジャンパー姿の男性が跪き、目を閉じて次第に増大するエンジンの吼え声に耳を傾けていた。ガレージの扉は開かれていて、他の自動車のボンネットをのぞかせていた。壁際には、空っぽの石油缶《キャニスター》と耳輪《ホイールリム》が散らかっていた。ジャンパーの男性は、グレゴリーがいるのを感じたかのように目を開き、地面から立ち上がった。彼の顔は、この世ならぬ音に聞き入っているときの表情を失った。

「何かご用ですか？　車を借りたい？」

「え？　ああ……自動車を借りられますか？」——ほとんど反射的にグレゴリーが答えた。

「もちろんです。どうぞ。新しいのをお望みですか？　今年モデルのビュイックのオートマ車*があります。ならし運転済みで、走りは優雅です。時間で？」

「いや……つまり、そうしよう。一晩にする。よし、ビュイックにしよう」——グレゴリーは決断した。

「保証金は取られますか？」

「場合次第で……」

　グレゴリーは身分証明書を見せた。相手は微笑を浮かべて、頭を下げた。

「警部補殿には保証金なしです、もちろんです。後ほど十五シリングお支払いください。それではビュイックですね？　ガソリンを入れましょうか？」

「入れてください。時間がかかりますか？」

「とんでもない、一瞬です」

　ジャンパーの男性は暗鬱なガレージに消えた。暗色の車の一台がぶるりと震え、静かにコンクリートの車寄せに走り出た。グレゴリーは店主の肉づきのよい、油で光っている掌に小銭を置いて、支払った。ドアをバタンと閉め、シートに坐って姿勢を直し、足でペダルの反撥を試し、ギアを入れて慎重に通りに出た。まだかなり明るかった。

　自動車は実際新しく、運転が軽かった。慣れ切っていない車長を調べるために、パノラマ状に開けた後部窓越しに、交差点の赤信号で後ろを振り返った。しばらくの間渋滞を走り、それからまばらになった。彼は速度を上げた。今や周囲に自家用車は少なく、代わりに古風な荷車に載せた荷物を運ぶ三輪バイクや、鮮やかな色に塗られている社名入り小トラックの方が多くなった。早くもイーストエンド近郊に着いたとき、煙草がないことに気づいた。

駐車禁止の狭い通りを何本か通り過ぎ、ようやく枯れ木の茂みと大きな鳥籠を思わせる古い鉄製井戸のある小広場を見つけた。タイヤが縁石に軽くぶつかるのを感じるまで、ビュイック車をバックさせ、下車した。以前車から目にしていた煙草屋は見出すことができなかった。彼はこの近郊を知らず、ここは一度も歩いたことがなかった。次の小路に入り込んだ。黄昏《たそが》れ始めた。小さな映画館の鮮やかな電球の下を、二、三人連れの頭髪をグリースで固めた背の高い少年たちがうろついていた。両手はしわくちゃの細いズボンのポケットに入れたまま、写真の入った飾り窓の前に立ち止まっては、縦に回転するドラムが次の写真を見せるまで辛抱強く待っていた。グレゴリーは映画館の向こうの熱い空気の帯のなかに入った。そこにはドアを開放した軽食堂があり、内部のロースト用天パンでは、ソーセージがジュージュー音を立て、煙のなかを映画館の前にいたのとまったく同じような人影が動いていた。

彼はようやく、煙草屋を見つけた。瘻のように背が低く、のっぺりした顔で首がない店主は、彼にアメリカ煙草を一箱渡した。外に出ながら、グレゴリーは、もう一人の侏儒に出くわしたが、そいつは身体が縮小したかのようで、手足は並外れて太く短く、その代わり頭は小さかった——彼はちょうど、砂糖を振ったケーキを載せた盆をたくさん積んでいる三輪自動車から下車するところだった。グレゴリーはセロファンの帯を引き、煙草に火をつけ、強く吸い込んだ。別の道を通って車に戻りたくて、反対側に渡って前方に進み、右に行ける横丁を探した。彼はさらに通りすぎた——もう一軒の、やはり広く扉を開き、入口の上に赤緑白の小旗が雑巾のように掛かっている軽食堂、腸のように細長い人でいっぱいのゲームセンター、食料品店、そしてもう一軒の台所食器を並べた商店。ブリキの風呂桶とバケツが、歩道を半分塞いでいた。扉の前の黄色い木製小椅子に、黒いセーター姿の店主がパイプをふかしながら坐り、通りの反対側に立っている乳母車を

*——オートマ車（ＡＴ）は、一九三九年にビュイックのメーカーである米国ＧＭ社が初めて実用化した。

のんびりと見ていた。そちらから、跳ねるような旋律が聞こえてきた。グレゴリーは立ち止まった。乳母車には、胸の半ばまで突き出した人が居坐っていた――むしろ手のない胴体で、そこに右へ左へと素早い半回転で跳ねながら、メタル・ホルダーに固定したハーモニカに勇ましい行進曲を吹き込んでいる頭が載っていた。グレゴリーの指は、ポケットのなかの一摑みの小銭と神経質に戯れていた。ついに、正しく力を込めて、強いて立ち去った。ハーモニカの高いトーンは、さらに長い間彼に付きまとった。一瞬、心の内にある演奏者のイメージが彼の方に接近してきて、その思いにぶるりと身を震わせた。考え直してみてようやく、そいつも侏儒のようなものだったと納得し、その認識が自分から離れなくなった。『侏儒通りか？』――彼は考えた。こうした状況で一度ならずあったように、彼には突然、こうした連続には何らかの隠れてはいるもののはっきりした意味があるような気がした。最終的に、すべてを偶然のせいにするのは難しかった。次第に暗くなり、街灯はひとつもなくなり、商店の窓々から少し明るい帯が落ちているだけになった。その間に暗く見えている隙間があった――彼が探していた小路だった。

　横丁はほとんど無人だった。曲がった鉄の腕で壁に固定されたガス燈がひとつ、ほぼ中央で光り、反対側の黒い窓に汚れた水面に映るように反射していた。急がずに歩き、強く煙草を吸い込んでいたので、濡れた煙草が一度そして二度、唇の近くでジュウという音を立てた。角に骨董店――看板はそう謳っていた――があったが、埃塗れのショーウィンドウには、埃塗れになった厚紙の箱の山と、トランプのカードのように散り撒かれた映画スターの写真があるだけだった。小路を見つけ、そこを出たところに小広場があった。

　鉄製の井戸の脇を、司教冠《ミトラ》形の格子状の蓋の影に隠れながら子どもたちが走り、彼のビュイック車に枝の切れ端を投げていた。

「おい！　いたずらはおしまいだ、聞こえてるのか⁉」――彼は影から外に出ながら、声を上げた。子どもたちは叫び声をあげて慌てて逃げ出したが、そこには恐怖より歓喜の方が多かった。彼は乗車し、エンジンをかけた。一瞬後、窓ガラスで周囲から隔てられてしまうと、彼は、今後――とはいっても今ではなく、すぐ後でもなく――後悔する定めになる、何かとの絆を断ち切るような感覚に囚われた。一秒間だけギアを入れるのを躊躇ったが、指はおのずとシフトレバーを押し、車は柔らかに坂を滑り降りた。注意深くブレーキを踏み、最も広い通りに曲がった。その名称が瞬いていたが、読み取る間がなかった。

　ハンドルの下の時計が、隠れた豆電球で薔薇色に光り、緑色の針は七時の上にあった。今日、彼には、時間が早く過ぎていった。事件の記憶がやってきたが、すぐにそれを振り捨てた。事件は脇に除けておきたかったし、考えがそれに触れさえしないようにした――放擲されれば事件は自ずと収まる、清められる、そしてそこに戻るときはもうよくなっている、少なくともましになっている、と期待するかのように。

　彼はイーストエンドから出、そのとき、交通の動脈である幅広い道路の中央に、右に曲がるウインカーのリズミカルな輝きが、泥除け《フェンダー》部分が凹《へこ》んでいる暗色の車体に反射して広がっているのを認めた。彼はその凹みを見知っていたので、その後方について行くために、自動的に速度を落とした。それは難しいことではなかった。

　暗灰色《ダーク・グレー》のセダンはもう一度曲がり、樹木が植えられた人気のない通りに入った。グレゴリーは、自分に注意を向けさせないために数十メートル離れ、すべてのライトを消した。この走行はかなり長く続いた。交差点を通るごとに、その前で相手に逃げられるのではないかと不安になり、そのときはアクセルをふかしたが、近づかずにいたかった。もっとも車の数は相変わらず少なく、ブレーキ・ライトのオレンジ色の光は、シスが慎重に運転していたのでかなり頻繁に点灯し、格好の目標になっていた。グレゴリーを少しばかり怒らせたのは、相手がどういうルートで走行しているのか、相変わらず摑めないことだった。突然高いところに、広告文字のはっきりした文字が目に入り、すぐにすべてが彼にとっては然るべき場所に収まった。それはシティ銀行《Bank City》*の支店で、程近くに昔から知っている喫茶店があった。暗色のセダンは歩道に乗り上げた。グレゴリーは素早く決断を下した――すでに車を降りていたシスを見失う危険を冒して次の家々の塊まで走り、ビュイック車をアーク灯の列から隠してくれる栗の大木の下に駐車し、ドアをバタンと閉め、シスを目で探

*――実在する銀行の名称はCitibank。

しつつほんのわずかだけ歩を速めて戻った。彼はいなかった。彼は喫茶店の前で躊躇し、ガラス越しに内部を覗こうと試みたが、ガラス一面に何かの広告が貼られていて何も見えなかった。彼は襟を立てて、愚行を犯しているという不愉快な感覚を抱きながらなかに入った。

　喫茶店は、いくつか——三つか四つか——のホールから成っていたが、彼は実際にいくつあるのか、まったく知らなかった。それは、大理石のテーブルが並べられた広大な部屋部屋だった。それらを互いに区切っていたのは、人々に散々坐られたソファを覆うのと同じ、擦り切れた赤いビロードが貼られた仕切り壁だった。

　一番目のホールから二番目のホールへの通路の幅の狭い鏡のなかに、彼は、テーブルからウェイターに何かを言っているシスの姿を認めた。グレゴリーはただちに後ろに下がった。シスをまだ視野に収められそうな、できるだけ遠い隅っこを探した。必ずしもうまくいかなかった。選んだ場所に坐ったとき、扉の片側が開いた人形部屋をいささか連想させる仕切り壁は、学者のテーブルを隠していた。早くもウェイターが近寄ってきていたので、移動することはできなかった。トディー*を注文し、目の前に〈タイムズ〉の日曜版付録**を開いた。シスが見えないこと、狐の巣を前にした猟犬のように坐っていることが、彼を苛々させていた。彼は、仕切り壁と反対側の壁の間の空っぽの空間を覗き込みながら、クロスワード・パズルを解き始めた。十分ほどして、砂糖を入れ過ぎた味のないトディーをちびちび飲んでいたとき、シスが突然自分のテーブルから立ち上がり、誰かを目で探すかのように周りを見回しながら、すべてのホールを急ぎ足で通り過ぎた。グレゴリーは、バインダーに綴じられた〈タイムズ〉をかろうじて広げて、彼からわが身を隠した。シスは警部補に気づかず、自分の〈ボックス席〉に戻ったが、今度はグレゴリーに、明るい黄色の靴を履いた長い脚が見えるように腰を下ろした。さらに十分が経過し、奥のビリヤード台の傍らでは、数人の学生が眠気をこらえながら言い合いをして騒いでいた。ドアがバタンバタンと音を立て、その度にシスは自分の隠れ場所から身を乗り出していたが、ついに晴れやかに微笑んで立ちあがった。ドアのところに立っていた娘は躊躇ってから、彼の方に歩き出した——肩に斜交いに掛けた肩紐付きのバッグが腰で跳ね返っていた。フードのある紫色のコートを着ていて、その下からとても明るい色の頭髪が見えていた。顔については、グレゴリーは見損ねた。今はシスの前に立ち、彼は彼女に早口でたくさんのことを話していた。彼は彼女のコートに片手で触れ、彼女は否定するように頭を振り、壁とテーブルの間に滑り込み二人とも消えた。グレゴリーはやむなく、後方の部屋で学生グループが引き起こした一瞬の騒動を利用して喫茶店全体を一周し、別の通路を通って、ここに掛かっている鏡が彼にシスと娘の聖域を覗かせてくれるように位置を探りながら戻ってきた。その際、彼はテーブルからテーブルへと歩き回りながら、新聞のいずれかの号を探しているふりをし、ついによい観察地点を発見した。骸骨に似た発条《ばね》が飛び出ている、赤いソファに深く腰を落とした。鏡のなかはよく見えなかったが、弱い照明とぼんやりした反射は、シスからの一定の安全保障になっていた。グレゴリーは鏡を絵画のように眺めながら、彼を少し上から見ていた。シスは自分の椅子をソファに寄せ、活気づいて、とても近くから、娘ではなくテーブルを見、それに話しかけているかのように話していた。この印象を拡大していたのが、グレゴリーがこの場面を観ている際の短縮法***だった。娘は子どもっぽい顔をして、口に食べ物を頬張っていて、年齢は十七歳くらいかもしれず、それ以上ではなかった。コートの前ボタンを外したが、脱がず、髪の毛からフードを外しただけだった——髪の毛は彼女の肩にばさりと広がった。背中を紅いソファの布張りで支えてまっすぐに坐り、前を見ていたが、それはシスではなくまるで彼のすぐ横を見ているかのようで、不自然なほど身を固くして動かず、具合が悪く、少し疲れているという印象を醸《かも》し出していた。シスは切れ目なく話していた。彼女の方に身を屈め、それからはじき返されたかのように渋々離れ、彼女の方は見ずに、そのよく動く小さな口を再び彼女の顔に近づけた。同時に、テーブルの上に置かれていた、彼の骨ばった片手は話していることの拍子に合わせて動き、

*——ウィスキー・ブランデーなどのお湯割りに砂糖（とスパイス）を加えた飲み物。

**——英国の高級日刊紙「サンデー・タイムズ」（一八二二年創刊）の日曜版には、カラー版の付録雑誌が付く。

***——遠近法の一種で、主に人体に用いる。人体を頭からあるいは足元から見て、その短縮された形を描くこと。

軽く持ち上げられては落ち、指が縮められたかと思えば、力が抜かれて平らに開いたりした。一度、二度、密かに愛撫するかのようにテーブルを撫でていたが、それはバカバカしく哀れで、グレゴリーはそのとき視線を逸らしたくなったが、なおも見続けていた。娘は一度、唇だけで微笑みを浮かべたが、彼女の目は不動のままで、それからはもう震えることなく、頭を前に傾けて坐り、ただ聞いていた。グレゴリーが下から鏡を見ると、彼女を上から見る形になった——両頰にできた髪の毛の影と短くて尖った鼻。一瞬彼女の目に輝きを認めたが、一度だけだった。シスは黙りこくった。彼は、突然一人取り残されたかのように、彼女の隣に背を丸めて同じ緊張した表情で坐っていたが、その表情は話しているときに現れ、今は痕跡を消すかのようにかき消えた。テーブルの天板を見ながら、彼はちりめん紙《クレープ・ペーパー》のような紙ナプキンに手を伸ばし、その上に急いで数語書き留め、紙を四つ折りにして彼女に差し出した。彼女はそれを受け取ろうとしなかった。彼は見るからにお願いし、押し付けていた。彼女はついにちりめん紙《クレープ・ペーパー》を受け取り、広げぬまま再び置き、指の先で彼の方に跳ね飛ばした。シスは彼女の片手を摑んだ。彼女はむっとして、広く開いた目で彼の方を見た。グレゴリーには、彼女の顔が暗くなったような気がした。シスは彼女の言うことを聞き届けると、一度頷き、それから彼女の方に身を傾け、ゆっくりと力を込めて、掌で何かを大理石の板に押し込むかのように片手を動かしてしつこく言葉を強調しながら、話し出した。話し終えると、天板の端を、あたかもそれをわが身から跳ね返そうとするかのように、両手で摑んでいた。娘の口は動き、グレゴリーは『いいえ』を読み取った。シスは椅子のなかで背を倒し、顔をホールの方に向けた。グレゴリーは、紙ナプキンがどうなったのか、見届けようと骨を折った。見えなかったが、すぐにテーブルの下、娘のすぐ足下に、何か白いものを認めた。シスは立ち上がった。ウェイターを待たずに、テーブルの上に小銭を数枚置き、少しずつドアの方に動いていた。そこで立ち止まった。彼女は彼の後を、フードを頭に引っ張りながら歩いていたが、次第にバラバラに広がっていく髪の毛を束ねようともしなかった。子どものようにか細く、ローティーンの女の子のように足が長かった。扉はまだ彼らの背後で閉まっていなかったが、そのとき、グレゴリーは二人が坐っていたテーブルに歩み寄り、紙ナプキンを取ろうと身を屈め、それをポケットに押し込んで通りに出た。セダンはまさに動き出したところだった。娘はシスの隣に坐っていた。隠れようともせず、グレゴリーは自分のビュイック車に向かって疾走した。ドア・ハンドルと格闘しているときに、ウインカーの律動的な輝きを目に留めたが、それは反対側に消え——シスは曲がったのだ——、彼は自動車に飛び乗り、アクセルを踏み込んで動き出した。長い間、クライスラー車に追いつかず、逃げていくたくさんの光の染みのなか、目の前に車の灰色の後部を捕らえたときには、安堵と荒々しい満足を覚えた。シスは二層構造の北バイパスの上層に上がり、三番目の出口で、湾曲した分岐点を通ってバイパスを出た。彼らは接近して走行していたが、他の車も渋滞していたので、グレゴリーにはそれができたのだ。後部ガラスの先にあるセダン車内で起きていることを見極めようとしたが、二つの影、お互いに離れている人間の姿が彼の前にときどきちらつくだけだった。今度は、照明された家々の列が並ぶ新しい団地の巨大な空間が開けた。シスは突然、路肩に寄ることなく停車した。グレゴリーは、望もうが望むまいが車を追い越すことになり、ゆっくりと走行しながら、座席のなかで、後部窓を通してシスを追いかけるために、振り返った。しかし相手は意外にも動き出し、彼を追い抜いて円形の小広場に入った。今度はユーターンしてグレゴリーを十数メートル後に従えながら、やってきたのと同じ道を通って戻ってきた。七階建てのアパートが広大な芝生のなかに、金網と生垣で囲まれたより小さな家屋と交互に、一棟また一棟と立っていた。シスは、歩道を幅広く掘った箇所に乗り入れ、娘の後から車を降りた。グレゴリーは、彼らが芝生の薄暗闇に消えるまで目で追った。家屋の入口の乳色の丸電球が発する光は弱く、グレゴリーはこれらの照明された場所のいずれかに二人の影を目で探そうと無駄に骨を折った。警官らしき人物がシスの車に歩み寄り、咎めるように前後から眺めていた——それは、どうやら電球が緩んでいるらしく、街灯のひとつの光がとても弱かったからだったが、最終的に警官は離れた。待ち時間はすでに五分以上続き、グレゴリーはなぜかわからないが、シスは何も手に入れずに、すぐに戻ってくるだろうと確信していた。彼は下車して、ゆっくりと歩道を歩き回っていたが、ふと足音が耳に入った。シスは前の開いたトレンチコート姿、無帽で戻ってきた――髪の毛は、次第に強くなる風に煽られて、耳の上で蝙蝠《こうもり》の翼の形に逆立っていた。グレゴリーは車に乗ったが、バタンという音でシスの注意を引かないようにドアは閉め切らず、彼を観察し、同時にポケットのなかで煙草の箱を探っていた――急激に吸いたくなったのだ。シスはかなり長い間、自分の自動車の脇に両手を垂れて立ち、それから埃がないかどうか調べるように指の端をボンネットに滑らせたが、指に目をやることはなく、乗車してライトを消しただけだった。グレゴリーはただちにエンジンをかけて、待った。シスはその場を動かなかった。グレゴリーはエンジンを切った――不意に彼は、紙ナプキンを思い出し、ポケットのなかにそれを探して手の感覚で広げたが、車内灯を点けたくなかったので、紙を時計に近づけた。薔薇色を帯びた反射のなかで彼はいくつかの単語を認めたが、読み取るのは容易でなかった。それはシスの住所と電話番号、氏名だった。グレゴリーは、もしかしたら娘は着替えていて、シスは彼女を待っているのかもしれないと思ったが、即座にこの考えを捨てた。シスは何も待っていない、何も期待していないという確信があった。ダッシュボードにある緑色がかった燐光を発する時計は九時を示していた――彼らは、もうほとんど半時間その場にいた。グレゴリーは煙草を二本吸い、吸い殻は窓から捨て、しばらくの間ラジオの周波数を合わせようとして戯れ、ついにそれにすっかり飽きてしまうと下車し、これ見よがしにドアをバタンと鳴らしてシスの車に歩み寄った。彼の数歩手前で躊躇したが、さらに歩いていった。

　シスはハンドルの上に交差させた両手の上に顔を置いて坐っていた。横から落ち、屋根で断ち切られている街頭の光が、彼の顳顬の上に「蝙蝠の翼」を作っている銀髪に光っていた。グレゴリーは軽く前に身を屈め、何から始めればいいかわからずに立っていた。突然後ろに下がって、できるだけ静かにビュイック車に戻り、後方を覗き――シスの車のなかでは何も動いていなかった――、車に乗り、激しく発進させ、左に曲がり、幅広い、一時だけ交通のない車道を疾走し、過剰な速度で走りながら、大きな輪を描いて同じ場所に戻った。クライスラー車の暗色の塊が彼の目のなかで大きくなっていった――衝突は避けられないと思われたとき、吼え声が上がるほど激しくブレーキを踏み込み、短く揺れながらスリップした後、シスの後方バンパーにまともにぶつかり、鉄板がドンと音を立てながら停車した。ただちに飛び出て、クライスラー車まで走り寄った。

「本当に申し訳ありません！」——彼は大声をあげた。「ブレーキが効かなくて。お怪我をさせていなければよいのですが。あ、あなたでしたか！」——彼は、声を落として言い、そこで止めた。

衝突で前に投げ出されたシスは、ドアを開き、下車しようとするかのように片脚を突き出したが、そうはせず、少し間の抜けた表情をしているグレゴリーを見ていた。

「ああ、あなただったか？　いかが……グレゴリー、だったね？　警察が平穏な市民に損害を負わせる……」——と言った。

彼らは車の後部を見に行った——車は無事で、グレゴリーの期待通り、衝撃はバンパーが吸収していた。

「本当のところ、あなたはどういうわけでこんなことをしたんだ？」——背筋を伸ばしながら、シスが尋ねた。

「私は借りた車に乗っていまして、ブレーキを信用しすぎました。正直に言うと、無鉄砲な運転をしたくなるのが、私の弱点なんです——欲求不満だからかもしれません。私は車を持っていませんし」

グレゴリーは喋りすぎていると感じ、突然黙りこくった。

「あなたは自動車を持っていない？」——シスが繰り返した。何か別のことを考えながら、機械的に言った。右の手袋を引き上げ、ボタンをはめ、ゆっくりと左手の手袋を丸めた。彼らは、相変わらず互いに刺さり合っている二台の車の前に立っていた。

『ここで彼を招待しよう』——グレゴリーは考えた。

「いいえ、持っていません」——彼は言った。「警察では、清貧の美徳が熱心に実践されています。いずれにせよ、私の責任です。もしかしたら運命が、私たちが夕べをすごすことを求めているのかもしれません——お昼も一緒に食べたのですから。まさに夕食時です」

「清貧を考慮して、自動販売式食堂《オートマット》でならね」——シスが呟いた。誰かを目で探しているかのように、通りを眺め渡した。

「それほど貧乏というわけではありません。〈サヴォイ[*]〉まで星の夜のドライブをご提案します。いかがですか？　上階には静かな一角がある。そして良いワインも」

「いや、有難う。私は飲まない。飲めない。自分でもわからない。結局のところ」――シスはクライスラー車に歩み寄り、乗車し、まったく小声で言った。「私はどうだってかまわないんだ」

「それなら、行きましょう、素晴らしい、あなたが先導されますね？」――グレゴリーは、学者の言葉を招待の受諾と理解したふりをして、早口に言葉を投げた。シスは彼のことを調べるように見、その顔をしげしげと眺めるかのように、自動車から身を乗り出したが、不意にドアをバタリと閉じて、スターターボタンを押した。シスがキーを差すのを忘れていたので、エンジンはかからなかった。グレゴリーはそのことに気づいたが、何も言わなかった。シスはしばらくの間、ニュートラルでエンジンを回していたが、ようやく気付いた。グレゴリーはハンドルの前に坐りながらも、シスが〈サヴォイ〉に行くかどうかまったく確信が持てず、彼の自動車を追って動き出したとき、突然彼は、シスがそれを嫌がってくれれば、と切望した。しかしすでに最初の交差点に来たところで、シスが彼と一緒にその夕食に向かうだろうことを理解した。

〈サヴォイ〉までは、車でせいぜい十分だった。車は二台とも、駐車場の広場に置き残した。すでに九時三十分で、一階ではオーケストラが演奏し、色鮮やかな電球で下から照明されている中央の回転台では、人々が踊っていた。彼らは上階にたどりつくために円柱の間を通り抜けなくてはならなかった――上の階のバルコニーからはホール全体が見渡され、長い鎖に掛けられた蠟燭立ては目に眩しかった。グレゴリーは、奥の方の、陽気に騒ぐ一行が坐っているテーブルへと連れて行こうとするウェイターの言うことは聞かず、シスの先に立ってバルコニーのほとんど端まで歩いていった。そこには、二つの円柱の柱頭の間に、他のテーブルから離れて小テーブルがあった。燕尾服を着た二人のウェイターがすぐに近寄ってきた。一人は食事のメニューを、もう一人はワイン・リストを持っていたが、それはかなり分厚い書物だった。

「あなたは詳しい？」――シスは、革装の本を閉じながら尋ねた。グレゴリーは彼に向けて微笑んだ。

「それなりに。最初、私たちはベルモット[**]を飲むといいと思います。あなたはレモンを入れて飲まれますか？」

「ベルモットを？　そいつは苦い。でも、いいだろう。レモン入りなら」

グレゴリーはウェイターを見るだけで、何も言う必要はなかった。もう一人のウェイターは、一定の距離で辛抱強く待っていた。グレゴリーは長めに考えてから注文したが、その前にシスに、野菜サラダは好きか、揚げ物でもかまないか、と尋ねた。

手摺の方に身体を傾けたシスは、下にいる、跳ねる頭たちの回転を気乗りはしなかったが見ていた。オーケストラはスロー・フォックス・トロットを演奏していた。

グレゴリーもしばらく下を眺め、それからベルモットの杯を照明の下に掲げた。

「このことは言っておかなくてはならないようです」――ある種の言いづらさとともに口を切った。「私は……あなたに謝りたいのです」

「何を？」――シスはぼんやりと彼の方を見ていた。

「ああ」――彼は察知した。「いや、いや、言うには及ばない。そのことに意味はない」

「今ようやくわかりました――なぜあなたが、参謀本部のポストを退いたのかを」

「では今はもうわかっている？」――シスは無関心に尋ねた。自分のベルモットを紅茶のように飲み干した――三口で。レモンの切れ端が口に入り、それを抜き出すと、指で挟み、空いた杯に押し込んだ。

「はい」

「あれは古い話だ。あなたは私を虫眼鏡で観察する対象にしたのだから、知っていて当然だ」

「あなたは、極端に相反する評価がなされる人間の一人です」――グレゴリーは、彼の最後の言葉が聞き取れなかったかのように、言った。「何もかも、熱いか冷たいかです。温いものは何もない。この問題でもそうです。すべては情報提供者次第でした。あなたご自身で、なぜ作戦班におけるあなたの指揮権が剝奪されたのか、私に話していただけますか？」――シスは付け加えた。

「しかも、アカと呼ばれた」

*――ロンドンにある高級ホテル。

**――白葡萄酒を主原料にし、ニガヨモギなどの薬草類を浸して作ったリキュール。食前酒はカクテルとする。

グレゴリーの期待に反して、彼は活気づかなかった。背を屈めて、伸ばした片手で手摺に身を支えていた。

「なんのためにそんなことを？」——しまいに尋ねた。

「そのことに意味はない、墓地を発掘するようなものだ」

「本当ですか——あなたが、否定しがたい方法で、絶滅《ホロコースト》を予告したというのは？」——声音を下げながら、グレゴリーは尋ねた。「いいですか、これは私にとってとても重要です。ご存知でしょう、人々が何もかも、あらゆる問題を、あらゆる物事を歪め曲げてしまうことは。どうだったのか、お話しいただけませんか？」

「なんのために、あなたに？」

「知りたいのです、もっと詳しく知りたいのです、あなたがどういう人かを」

「ちょっとした古い話だ」——シスは気が進まぬ風でもう一度言ったが、その間ほとんどずっと、上から踊っている人びとを覗き見ていた。階下には今、赤色が支配し、女性たちの剝き出しの肩に注ぎかかっていた。

「いや、絶滅《ホロコースト》についてではなかった。あなたは本当に、私がその話をすることを望んでいるのか？」

「本当に」

「あなたはそんなに知りたいのか？　あれは四六年ごろのことだった。原子力の軍拡競争が始まった。私がわかっていたのは、臨界——破壊力の最大限度を念頭に置いている——に達すると、爆弾輸送方法の開発が始まるだろう……ということ。つまりミサイルだ。ここでも最後は、臨界状態に達せずにはすまない、つまり、両陣営が水素弾頭のあるミサイルを持ち、一定の適当な場所に配置されている操作盤があり、そこに悪名高きボタンがある。それを押すと、ミサイルが動く。二十分ほど経つと世界の終わりが訪れる、双方の——世界の両側性的終焉《finis mundi ambilateralis》……」

シスは微笑んだ。ウェイターはワインを持ってきて、瓶のコルクを開け、グレゴリーのグラスに数滴注ぎ、彼は味わって、口のなかで転がしてから頷いた。

ウェイターは二人の杯になみなみと注《っ》ぎ、離れた。

「四六年におけるあなたの見解は、そのようなものだったのですか？」——シスに向けてグラスを持ち上げながら、グレゴリーは尋ねた。相手は舌先で紅玉色《ルビー》の液体を味見し、慎重に飲み、それからほとんど一気にワインを飲み干し、ほっと息をついて、ある驚き、または当惑とともに、グラスをテーブルに立てた。

「いや、それは前提にすぎなかった。一度開始された競争は止まらない、わかりますか？　続かざるを得ない。一方が太い大砲を考案すると、もう一方はさらに分厚い装甲で応える。この連続の臨界は対決、戦争しかない。この状況において、それは世界の終焉《finis mundi》を意味するから、競争はさらに先に進まなくてはならない。一度加速された努力は、人間を奴隷にする。それ故に、戦闘手段のさらなる改良が起こらなくてはならない。しかし、こうした手段が臨界に達してしまった。何が残っているだろう？　頭脳だ。統括する頭脳だ。人間の頭脳を完璧にする術はない、それ故に、ここでも機械化に移行しなくてはならない。次の段階は、自動化された参謀本部、すなわち電子戦略機械だ。ここに非常に面白い問題が生じる、正確には二つの問題だ。マックキャットが私の注意をそこに向けてくれた。第一に、そうした頭脳開発に臨界は存在するか？　そうした頭脳はチェスを戦う能力を持つ装置に似ている。相手の動きを十手先まで予見できる機械は、そうした動きを八、九手先しか予見しない機械に、必ず勝つ。予見が遠くに及べば及ぶほど、その頭脳は大きくなくてはならない。これがひとつ目だ」

シスは、次第に早口になって話していた。グレゴリーは、彼が何もかも、誰に向かって話しているのかすら忘れてしまったのではないか、という気がした。彼はワインを注いだ。シスは、グラスをテーブル・クロスの上に滑らせながら、戯れていた。ある瞬間、グラスは危険なほど傾いた。シスはただちにそれを持ち上げ、またしても一気に飲み干した。階下では、黄色いスポットライトが光り、マンドリンがハワイの歌を奏でていた。

「戦略的考察のために次第に大きな装置を建造することは、それを望もうが望むまいが、こうした頭脳に搭載する事実数を増大させる必要性を意味する。ところがそれは、そうした装置による社会の集合的プロセスへの支配が増大していくことを意味する。頭脳は、この悪名高きボタンは違った風に設置すべきだ、と判断するかもしれない。または、歩兵の軍服のデザインを変えなくてはならないと。あるいはまた、ある種類の鋼鉄を増産しなくてはならないと。そして、そのために国債が要求されると。仮にこうした頭脳が建造されれば、その言うことを聞かなくてはならない。仮にどこかの国会が、その国債を認めるか否かについて、論議を始めれば、遅延が生じるだろう。ところが相手側は、すでにもっと先に行っているかもしれない。一定のときが経つと、国会を通して下されるような型の決定の撤廃が不可避になるだろう。頭脳の決定に対する人間の管理は、頭脳が自らのうちに知識を多く集中すればするほど、減少していく。私の話は明快かな？　大洋の両岸に、二つの成長する頭脳が生まれる。たえず継続している競争のなかで次の一手を打たなくてはならなくなるとき、そうした頭脳の最初の要求はどのようなものか？」

「その能力の増大でしょう」――グレゴリーは小声で言った。顰めた瞼の下からシスを観察していると、頬が赤い染みに覆われていった。階下では突然の静寂が訪れ、それから、拍手喝采が爆発した。女声が歌っていた。タキシードの若者が彼らのテーブルの隣に、もうひとつ、より小さいテーブルを並べ、ウェイターたちが銀製の釣り鐘《クローシュ》が満載された大盆を一枚運んでいた。細心の注意で加熱された皿、ナプキン、食器が現れた。

「違う」――シスが答えた。「最初は、頭脳そのものを拡大する要求だ――つまり、頭脳の増築だ！　あなたが言ったのは副次的だ」

「一言でいうと、あなたは、地球はチェス盤に、私たちは二人の機械棋士《プレイヤー》が永遠に続く対局を行うのに用いる、駒になると予見されるのですね？」

誇らしさが、シスの顔に輝いた。

「そうだ。ただし、私は予見しているのではない。結論を引き出しているだけだ。準備過程の第一段階は、すでに終わりに近づき、加速は増している。これはすべて、あり得ないように響く――わかっている。しかし、こうなんだよ、いいかい。こうなんだ！」

「はい……」――グレゴリーは呟いた。皿の上に身を屈めた。「ところで……そのことに関連して――そのとき、あなたは何を提案したのですか？」

「あらゆる代償を払ってでも合意すること。いかに奇妙に響こうが、絶滅《ホロコースト》は私にとって、いずれにせよそうしたチェス対局に比べれば小さな悪であるように思えるのだ。私は結論を引き出しただけだ。私は、幻想は抱いていない。これは最悪だ――幻想を抱かないということは。わかりますか？」――そう言って、自分の杯にワインを注いだ。渋々、ほとんど強制されたように、しかし飲んでいた――しかも次第に大量に。グレゴリーはもう、二人のグラスの具合に気を配る必要はなかった。階下のオーケストラはまた演奏を始めた。彼らのテーブルの脇を二人連れが通り過ぎた――かすかな口ひげを生やした褐色の肌の男性で、無精ひげの青灰色の帯が顔の蒼白さを強調していた。とても若い娘は、剝き出しの肩に、頭髪と同じ色の金糸で縫った白いショールをはおっていた。シスは遠ざかっていく娘を見、彼女を眼差しで送り、その唇は渋面に歪んでいた。皿を脇に寄せ、目を軽く閉じて、テーブル・クロスで両手を隠した。グレゴリーには、彼が脈拍を数えているように思われた。

「こんなに素晴らしく始まった夕べにどう決着をつけようか？」――少しして、瞼を上げて口にした。シスは、耳の上に逆立っている白髪を撫で、椅子に坐ったまま姿勢を直した。グレゴリーは、皿の上でフォークとナイフを交差させた。ただちにウェイターが現れた。

「コーヒーを飲まれますか？」――グレゴリーが尋ねた。

「もちろん。そうしよう」――シスは同意した。相変わらず両手をテーブル・クロスの下に隠していた。

「どうやら、私は酔っ払った……」――恥ずかしそうな微笑とともに言い、驚いたように辺りを確信なげに見回していた。

「ときにはそれも必要です」――グレゴリーは言った。自分にだけ注いだ。

　コーヒーは熱くて濃かった。二人は黙って飲んでいた。息苦しく、次第に息苦しくなっていた。グレゴリーは目でウェイターを探したが見当たらず、立ち上がった。円柱の向こう、カウンターの近くに見つけ、窓を開けるよう頼んだ。戻ってくると、すでにやさしい涼風が、カップの上に昇る湯気を揺らしていた。シスは手摺に強く身を持たせかけて坐り、目は窪み紅潮していた。深く呼吸をし、細くて硬い血管が彼の顳顬に現れた。

「ご気分が悪いのですか？」――グレゴリーが尋ねた。

「アルコールは耐えられない」――シスは目を閉じたままで言った。「つまり、私の身体がそれに耐えられないということだ。私の体内が濁る、要するに濁る、それ以上ではない」

「ご同情します」――グレゴリーは言った。

「ああ、そんなことは何でもない」――シスは相変わらず目を開かなかった。「こんな話は止めよう」

「あなたは予防戦争反対論者だったのですか？　私が考えているのは、当時、四六年においてです」

「いかにも。もっとも、その有効性を信じている者など誰もいなかった――それを喧伝した人たちだって。いいかい、心理的準備がなかったんだよ。遍《あまね》く平和に歓喜していた。徐々にならば、教皇選挙《コンクラーヴェ》を人肉食に変えることだってできる。段階的に、一歩一歩前進すればの話だが。まさに今がそうであるように」

「あなたはその後何をされていたのですか？」

「いろいろなことを。いろいろなことを始めたが、実際のところ何も終えられなかった。私は、たいがいは、大鎌にぶつかる石*だった――知っているだろう、そこから得られるものは多くない。この最後の案件もきっと終えられないだろう。いつも私は、行きどまりにたどりつくことになった。ハハハ、仮に運命論を信じていたら……しかしこれは性格の問題にすぎない。私は、妥協は我慢できないのだ」

「あなたには奥さんがいない、そうですね？」

「いない」

シスは疑わしそうにグレゴリーを見ていた。

「なぜそんなことを訊く？」

グレゴリーは肩を竦めた。

「単純に……知りたかったのです。すみません、もしも……」

「時代遅れの仕組みさ……」――シスは呟いた。「子どももいない、もしあなたが正確に知りたいのなら。いや、仮に子どもが頭で作れるのなら……。私はこういう遺伝子の運試しは好きではないんだ、いいかい。どうだろう、私は招待された客、そうだよね？　それならば、もう行くことにしようか」

グレゴリーが支払った。彼らが階下に降りるとき、オーケストラが、ぞっとするようなジャズで彼らに別れを告げ、彼らはダンスの試合場《リング》の縁を、ペアにぶつかりながら走り抜けなくてはならなかった。回転扉の先で、シスは安堵して肺に涼しい空気を吸い込んだ。

「あなたにお礼を言う……何もかも」――引きずるようにそう言った。グレゴリーは彼の後をついて、自動車の方に歩いていた。シスはポケットのなかで長い間キーを探し、ドアを開き、コートのボタンを外し、それから脱いで、くちゃくちゃにして後部座席に投げた。ハンドルの前に坐った。グレゴリーはずっと立っていた。

シスはドアを閉めず、発進させなかった。

「運転するわけにはいかない……」——彼は言った。

「お送りします」——グレゴリーは申し出た。「席を詰めていただけますか？」

乗り込むために、前屈みになった。

「でもあなたはここに、自分の車を停めている」

「些細なことです。取りに戻ります」

グレゴリーは乗り込み、ドアをバタリと鳴らして、慎重にその場から動き出した。

＊——「過激な方法をよしとする者は、最後には同じようにそれを扱うものに出くわす」「対等の敵に対峙する」という意味の諺《ことわざ》。シスは常に、強者の前に立ち塞がる「敵」だったという意。

# 第七章

空っぽの車は中庭に残された。グレゴリーは入口のホールに戻った。シスは階段の手摺に身を持たせかけていた——目を薄く閉じ、口には、少し辛そうな曖昧な微笑が動いていた。グレゴリーは別れを告げなかった——待っていた。相手は息を吐き出した——溜め息をついたように見えた。彼は突然目を開き、二人はお互いを見合っていた。

「さて、どうしたものか」——ようやくシスが言葉を発した。「あるかい……時間は？」

グレゴリーは頷き、黙って、シスの横を歩いて階上に移動した。彼らは何も話さなかった。ドアの前で、片手を取っ手にかけて、シスは突然動かなくなり、何か言おうとして、すでに軽く開いていたドアを押さえつけまでしていたが、またそれを開け放った。

「私が最初に行く――暗いので」――彼は説明した。玄関の間には灯りが点いていた。台所へのドアは開放され、そこには誰もいず、薬缶だけが弱火に掛けられて湯を沸騰させ、小さな笛を鳴らしていた。彼らはコートを掛けた。

　天井に吊るされた白い球体に照明された部屋は、小ざっぱりして厳粛なたたずまいだった。デスクの上には、同一の判型の書籍を並べて建てた長い壁があり、鉛筆とペンが左右対称に並べられ、書棚の下には、ガラステーブルに寄せて、二脚のとても低い緑色の安楽椅子《クラブチェア》と、その上に幾何学模様の入った目立つ色のクッションがあった。テーブルには、コップ、グラス、果物と菓子が盛られた盆が並べられていた。スプーン、フォーク――すべては二人の客用に用意されていた。シスは自分の、関節炎を患っている骨ばった手を擦った。

「本を背にお坐りなさい、そちらの方が快適だ」――シスは熱情を取り戻して言った。「午後に客があった。残り物しか差し上げられないが」

　グレゴリーはシスを助けるかのように、明るく陽気に答えたかったが、何も思いつくことができず、安楽椅子を離し、顔を本の方に向けて、肘掛け椅子の肘掛けに腰をかけた。

　彼の目の前にあるのは、さまざまな言語で書かれた学術文献の目を見張らされるような収集だった――ある棚は人類学の著作に満たされ、別の棚には、「数学」と書かれたプラスチックの札があった。目の端で、デスクの開いた引き出しから飛び出している大判の紙の上に、肉色の染みのようなものを認めたが、そちらに目をやると、シスは身を動かした、というよりむしろ、その長い脚でほとんど身を投げ、片膝で引き出しを押し込み、騒音を立ててデスクの戸を閉じた。

「乱雑、乱雑」――取り繕《つくろ》ったような闊達さを込めて説明し、もう一度両手を擦り、窓際の暖房用放熱器《ラジエーター》の上に腰を落ち着けた。

「私という人物に対するあなたの新たな関心を、私は最初の関心と同様怪しいものと認めなくてはならない」――彼は言った。「あまりにも……あまりにも多方面的だ」

「あなたは悪い経験をたくさんお持ちに違いありません」――グレゴリーが指摘した。手当たり次第に分厚い巻を何冊か取り出し、指の下に頁の流れを通過させると、その上に、代数の公式が震えながら跳ねた。

「まあそうだ。あなたはコーヒーを飲む、それとも紅茶？」――シスは家の主の義務を思い出した。

「あなたと同じものでけっこうです」

「よろしい」

シスは台所に行った。グレゴリーは、『数学原理《プリンキピア・マテマティカ》』*を脇に置き、しばらく閉じられたデスクの戸を見ていた。引き出しのなかを覗き込みたいところだったが、度胸がなかった。開いたドアから、シスが台所を動き回る音が聞こえてきた。紅茶を手に戻り、上から二つのコップへ細い流れを作って注ぎ、グレゴリーに向かい合って腰を下ろした。

「気をつけて、熱いですよ」――警告した。「つまりあなたは、私は疑惑の対象から外れている、と言うのか？」――しばらくして口を切った。「ところで、あなたは知っているかな？　あなたが考慮に入れなかった動機をもうひとつ、提案できるんだ。例えば、私は死人某を隠したかったとするものだ。私の手にかかった犠牲者、としておこうか。この目的で、状況を摩訶不思議にし、遺体を隠すために、私は遺体をたくさん創造して、それらを動かし、私による犠牲者が影も形もなく消えてしまうように、混乱を作り出した。あなたは、これについてはどう言う？」

「あまりにも文学的です」――グレゴリーは応じた。彼は、頁がすべすべして分厚く、重量のある計量心理学の書物の頁を捲っていた。「チェスタトンに、似たようなテーマの短篇小説があります**」

「私は読んでいない。チェスタトンは好きではない。つまりダメということか？　それでは、私はなぜそれをしなくてはならなかったのか、あなたによれば？」

「なぜあなたがそれをしなくてはならなかったのか、私は知りません。あなたにはどのような動機も関係づ

*――アルフレッド・ノース・ホワイトヘッドとバートランド・ラッセルの共著になる書物。一九一〇～一三年刊行。数学は論理学に還元されるという論理主義のテーゼを立証。

**――（ブラウン神父）「賢い人は葉をどこに隠す？　森のなかに隠す」（……）「森がない場合には、自分で森を作る。そこで、一枚の枯葉を隠したいと思う者は、枯木の林もこしらえあげるだろう」（……）「死体を隠したいと思う者は、死体の山を築いてそれを隠すだろうよ」（福田恆存・中村保男訳）英国の探偵小説家ギルバート・キース・チェスタトン（一八七四～一九三六）作『ブラウン神父の童心』「折れた剣」より。

けられません。正しくそれ故に、私は疑うことを諦めたのです」

「あなたは私の過去を探り回ったのか？　私の動向のカレンダーと地図を作成したのか？　足跡と指紋を探したか？　私は何ひとつ気づかなかったよ――ひとつ例外はあるが」

「私は、パターン通りの行動はすぐに諦めました――モザイク模様がまとまらなかったので。もっとも私は、系統立てて捜査を行う人間ではありません。即興で行くか、あなたがこういう言い方を好むなら、私はとても乱雑だから」――グレゴリーは打ち明けた。本の頁の間に何か固いものがあるのを感じて、ゆっくりと頁を戻した。「私の好い加減さについては、理論も後付けしました――一定の方向性が摑めるまで、足跡の収集からは何も結論されないという」

「あなたは直観主義者なのか？　ベルクソンを読んだ？」

「はい」

頁が開いた。その間に、かなり大判の写真ネガがあった。下から光を当てられた紙の白色を背景に、後ろに反らした人間の胴体が写っていた。グレゴリーはゆっくりと書物を目まで持ち上げて、その縁から下に坐っているシスを覗き見た。一本指で、紙上の段と段の間の印刷されていない帯状の部分に沿って、ネガをずらし始めた。同時に言った。

「シェパードが私に言いましたが、あなたはルイスで遺体が消えたとき、彼のところにいました。そう、従ってあなたにはアリバイがある。私は埋められた骨を探す犬のように行動し、木から木へと走っては、掘る場所なんかなかったのに掘った。自分で自分を欺いていました。掘る場所なんかなかった、土なんかなかった、何も……」

彼は、印刷の段組みの間の白い帯に沿って写真を徐々に滑らしていき、ついにネガの映像の全体を再現した。それはテーブルの上に半身を横たえた裸の女性の写真だった。解かれた、黒い、すなわち現実には金色の頭髪が、黒い煉瓦の山に置かれて身を支えている腕に斜めに掛かり、乳色の染みとして描かれている乳首までほとんど達していた。テーブルから垂れている長いふくらはぎの回りに、白い首飾りの紐が巻かれていた。もう一方の手は、閉じた太腿の黒色と交差して置かれている、はっきりしない霧に霞んだような物体を摑んでいた。渋面のなかで軽く開いた解読不可能な唇は、黒い歯の点々を見せていた。

「思うに、私は、あなたの前で、十分に笑いものになってしまいました」——グレゴリーは話を続けた。

　突然、視線をシスに投げた。曖昧に微笑んでいた彼は、ゆっくりと頷いた。

「わからない。あなたは別の観点を示してきた。仮に私たちが、異教者弾圧の時代に生きていたとすれば、あなたは目的を達していたかもしれない」

「どういう意味でそう言われるのですか？」——グレゴリーは早口に尋ねた。彼はもう一度、頁に強く押し付けられているネガに目をやり、不意にわかった——首飾りと考えたものは鎖だった。娘は踝に足枷をはめられていた。彼は眉を顰め、本をパタリと閉じ、元の場所に押し込み、肘掛け椅子の肘掛けから座面に軽く移動した。

「いいかい、私は苦痛にあまり耐えられない。拷問にかければ、あなたは私からどんな供述だって絞り出せるだろう。あなたは、私の骨を何本も折りかねない、それでも自身の魂の平安を保持しているような人だ。むしろ、魂の秩序というべきか」

「私にはシェパードがわかりません——少なくとも、事件そのものと同じようには」——グレゴリーはゆっくりと言った。「彼は私を例の絶体絶命の任務に派遣し、同時に最初から私にはいかなるチャンスも与えませんでした。しかし、そんなことはあなたの関心を惹かないでしょう」

「正直なところ、惹かない」——シスは空っぽのコップをテーブルに置いた。「私は、自分にできることをした」

　グレゴリーは立ち上がり、部屋を一巡した。向かい側の壁に額入りの写真が掛かっていたが、それは彫刻のようなものの大判写真で、遠方が短縮*され、光と影に鋭く区切られていた。

「これはあなたが撮られた？」

「ええ」

　シスは頭の向きを変えなかった。

「とてもいいですね」

　グレゴリーは部屋全体を視野に収め、ネガに映っていたテーブルがデスクであることを認識した。『あの

*——短縮法。一五三頁訳注参照。

煉瓦は、本だ』――彼は考えた。窓を調べた――通常の窓の他に、今は捲き上げられ固く巻かれた黒い巻き上げ式《ローラー》ブラインドがあった。

「あなたが芸術的なご関心をお持ちとは思いませんでした」――グレゴリーはテーブルに戻りながら言った。シスは瞼を震わせ、やや苦労して立ち上がった。

「かつては私の楽しみだった。山ほどある、見たい？」

「そうですね、ぜひお願いします」

「ちょっと」――いろいろなポケットを探っていた。

「鍵はどこかな？　きっとコートだ」

　彼はドアを開いたままにして部屋を出、玄関の間の灯りを点けた。しばらく戻ってこなかった。グレゴリーはもう一度計量心理学の書物を覗きたかったが、リスクが怖かった。突然、彼の耳に動き回るような音が届いた――何か破れた布地を叩くような音が聞こえ、ドアのところにシスが現れた。まったく別人になっていた。背筋を伸ばし、飛びかかろうとするかのように、不自然なほどの大股で、グレゴリーの方に歩いてきた。音を立てて息をしていた。グレゴリーの二歩手前で、片手を開くと、そこから何か白い、しわくちゃになった紙切れが飛び出た。グレゴリーはそれが紙ナプキンであるのを認めた。空中で回転して、床に落ちた。シスの小さな口の端は、曰く言いがたい嫌悪感を込めて引かれていた。グレゴリーの頬、次に顔全体が突然、火傷を負ったかのように燃え始めた。

「おまえは何が要るんだ、虫けら！」――シスは裏返った声で吐き捨てるように言った。言葉で、咽喉が引きつっていた。「供述か？　供述をやるよ――俺だ。聞こえるか？　それは俺だ！　全部俺だ！　俺は計画し、遺体を並べ、取り除いた。遺体と、俺がしたいように、人形のように戯れたんだ、いいか？　ただな、虫けら、俺に触るな――反吐を吐きかけてもいいんだぞ!!!」――彼の顔は蒼ざめていた。後ろに下がり、デスクに達し、身体を支えながら椅子に倒れ、震える両手でポケットからガラス製アンプルを掻き出し、歯でコルクを引っ張り、べっとりした液体の滴を舐めながら、ゼイゼイと息をついていた。徐々に彼の呼吸は楽になり、深くなった。書棚の本の列に頭を持たせかけ、両脚を広く開いて、力を込めて呼吸していた。目は閉じられていた。それから徐々に力を取り戻し、坐り直した。グレゴリーは彼を見ていた。その場所から動かなかった。彼の顔は相変わらず燃えていた。

「出ていけ。頼む、出ていってくれ」――シスは目を開かずにかすれ声で言葉を発した。グレゴリーは地面に根を下ろしたようだった。黙って、何をだかはわからないが待っていた。

「出ていかないのか？　それならいい」――シスは立ち上がり、一心に空気を摑もうとしながら、激しく咳き込んだ。身体を伸ばし、その前にボタンを外していたワイシャツの襟に触れ、フロックコートの裾を引っ張り、玄関の間に出た。ややして、出口の扉が轟音を立てた。

　グレゴリーは住居に一人きりだった。全部の引き出し、デスク全体を検分することもでき、テーブルに歩み寄りすらしたが、自分は何もしないだろうとわかっていた。煙草に火をつけ、大股で壁から壁まで歩き回った。およそ考えることができなかった。煙草を揉みつぶし、見回し、頷き、玄関の間に向かった。彼のコートは床に転がっていて、それを持ち上げたとき、コートは引っ張られたために背中がほとんど真んなかまで裂けていて、布の欠片と化した頭巾《フード》はコート掛けに残っていた。彼はコートを両手に持って立っていたが、そのとき電話が鳴った。耳を欹てた。電話はずっと鳴っていた。部屋に戻り、繰り返されるベルが黙るのを待ったが、それは止まなかった。『反省が足りない、一貫性が足りない』――彼はふと考えた。『俺は役立たずだ』。違う、何だったかな？　虫けらだ。彼は受話器を耳に当てた。

「もしもし？」

「君か？　なるほど、やはりそうか」――彼はシェパードの声を聞き分けた。

「はい、私です。どうやって……どうやってあなたは、私がここにいることを知ったのですか？」――グレゴリーは尋ねた。膝が綿になったようで、彼はそのことをようやく今になって感じた。

「家にいないとすれば、深夜十二時に君がいるところといえばどこか？」――シェパードは応じた。「まだずっと君はそこにいるのか？　シスは君の側に？」

「いいえ。シスはいません。彼はこの住居から出ていきました」

「じゃあ、誰がいる？　姉か？」――シェパードの声はより鋭く響いた。

「いいえ、まったく誰も……」

「なんだって、君は一人なのか？　君はどうやってそこに入った？」――主任警部の声からは、猜疑心に満ちた不快さが響いた。

「私たちは一緒に来ましたが、彼は……出ていきました。私たちの間に……ひどい口論が起こりまして」――このうえなく辛そうに、グレゴリーは言葉を吐き出した。「私は……後で、つまり明日、それができるようになったら……いや、そんなことはどうでもいいんです。何が起きたのですか？　なぜあなたは電話してきたのですか？」

「そうだ、事件だ、ウィリアムスが死んだ。誰のことを言っているのか、わかるな」

「わかります」

「死ぬ前に意識を取り戻し、供述しようとした。私は、君を連れ戻そうとして、無線を通じても試みたんだ」

「私は……すみません、気づきませんでした……」

「謝ることは何もない。供述は私たちがテープに録音した。君に聴いてもらいたい」

「今日のうちに！」

「まずいことなどあるまい！　君はシスを待っているのか？」

「いいえ、いいえ……私は外に出るところでした……」

「それならよかった。君はこれから私のところへ来る元気があるか？　私は、この件を明日に延ばしたくない」

「すぐにうかがいます」――グレゴリーは無感情に言った。コートのことを思い出し、慌てて付け加えた。

「ただその前に、家に立ち寄らなくてはなりません。半時間かかります」

「よし。待っている」

シェパードは受話器を置いた。グレゴリーは玄関の間に戻り、コートを持ち上げ、それを腕にかけて、階段を駆け下りた。中庭を見た――灰色のクライスラー車はなかった。角の向こうでタクシーを摑まえ、〈サヴォイ〉に向かった――そこでビュイック車に乗り換えた。凍えたエンジンは長い間点火しようとしなかった。その呟き音に耳を傾けながら、考えていたのはひとつだけだった――シェパードに何と言おうか。

フェンショー夫妻の家の前は駐車禁止だったが、それは気にしなかった――鏡のように遠い灯りを反射している、濡れたアスファルトの上を門まで駆けていった。しばらくの間、錠前のなかで鍵を回そうと無駄に試み、ようやく驚きとともに確認した――門は開いている。そんなことは、いまだかつて起こったことがなかった。大広間はまだ真っ暗になってはいなかった――そこは、ゆっくりと動く薄明かりに満たされ、震える反射光が、階段の上の高い丸天井に、一定のリズムで消えまた大きくなっていた。忍び足で鏡の間までの通路を通り抜け、入口で立ち止まった。

以前テーブルがあった場所に、絨毯で覆われた台があった。両側に蠟燭が灯され、その隊列が四隅にある鏡に映って、次第に暗くなっていく輝きの街路として繰り返されていた。空気には溶けたステアリンの匂いが充満し、黄色がかった青色の炎が落ち着きなく揺れていた――いずれかの蠟燭がジリジリと音を立てていた。この情景は実に予想外で、グレゴリーは、蠟燭の平行線の間の何もない長方形の場所を見つめて、長い間身を固くしていた。彼はゆっくりと視線を上げ、自分が、低く吊るされている水晶のシャンデリアのなかで、燃え上がったり消えたりする虹色の閃光を数えているのを感じていた。見回した――何もなかった。彼は広間を通り抜け、壁の近くまで移動し、泥棒のように忍び足で足音を消しているうちに、ぼんやり白く見える、発条のように丸められた、細くて折れた削り屑に片足が触れた。開いたドアの近くで、ようやく、近づいてくる足音が耳に入った。鉢合わせする前に自室にたどり着けるものと期待して、歩を速めた。目の前の闇のなかに、金色の閃光の震えを見た。廊下からフェンショー夫人が身を突き出した。彼女はゆっくりと歩き、黒いドレスの上に、動くたびに色が変わる金のシークイン*を縫い付けた紫色のショールを羽織っていた。グレゴリーは何をしたらいいかわからず、彼女の脇を通り抜けようとしたが、彼女は一歩も譲らなかった。目が見えない人のように歩いていたので、彼は引き下がり、さらに引き下がらなくてはならず、後ろ足に歩いていたが、彼女は彼が目に入らないかのように彼に向かって歩を進めていた。グレゴリーは絨毯の縁で躓き、止まった。二人はもう鏡たちの真ん中にいた。「私の生命！」――フェンショー夫人は噎《むせ》び泣き始めた。「私の生命！　こんなに早く！　もう！　連れ去

*――スパンコール。衣服などに装飾として縫い付ける丸い小金属（またはプラスチック）板。

られた！」――すぐ近くに歩み寄ってきたので、顔に彼女の息を感じたほどだった。「あの人は、私には押し留められないと、知っていた、知っていた、知っていた、そして私に言っていた、今日もまた！　すべてはいつもの日と同じようだった、どうしてもっと続くことができなかったの？　なぜ?!」――彼女は、彼を息で熱くしながら繰り返し、ついには、胸が苦しくなるほどの苦痛とともに発せられる言葉は彼にとっていかなる意味も持たなくなった。

「ああ……私にはわかりません……本当に……ご愁傷さまです」――グレゴリーは自分が無意味さのようなもの、不可解な不幸のようなもの、そして本物でない出来事と本物の絶望の劇場に陥っていくのを感じながら、途方に暮れて呟いた。フェンショー夫人が巻いているショールの下から、彼女のワイヤーのような黒い片手が現れ、彼の手首を強く摑んで引いた……。

「何が起きたのですか？　ご主人は……ご主人は……」――彼は、彼女が声もなく噎び泣きながら、頭の痙攣的な動きで肯定したので、最後まで言い切らなかった。「ああ……こんなにも突然に」――彼は譫言《うわごと》のように言った。この言葉が彼女の意識を覚ました。力を込めて、執拗に、ほとんど憎悪を込めて彼を見ていた。

「違います！　突然ではありません！　突然ではありません！　違います！　いいですか、長年、長年、そしていつもそれを先送りしていたんです。私たちは一緒にそれを押し留めていたんです。あの人は人間が持ち得る最も良いものをすべて持っていました。毎晩あの人を撫でさすり、気分が悪いときは、私は、夜明けまであの人の片手を取って、傍らに坐っていましたが、昼間だけは一人でいられました、昼間私はあの人にとって不要でしたけど、でも今は夜でしょう、夜です!!!」――また恐ろしい叫び声を上げ、声は不自然に響く谺となって、引き延ばされた。「夜……」のきれぎれに歪んだ谺が、どこか家の奥から、階段の吹き抜けに向けて広くドアを開いた続き部屋の暗闇から、彼の手首を発作的に摑み、もう片手で彼の胸を叩いている夫人の頭上から聞こえてきた。このような遠慮のなさ、このような率直さ、絶望の力に仰天し圧倒されたグレゴリーは、すべてをかろうじて理解し始め、広間中央にある、何もない絨毯敷きの場所を照らしている動く炎を見ていた。

「ああ、お助けください！　ああ、お助けくださ い！」――フェンショー夫人は呼びかけ、突然彼女の叫び声――彼は、彼女が彼に話しかけているのか、神に話しかけているのか、わからなかった――は、噎び泣きのなかに溺れた。涙の一滴が彼のフロックコートの折り襟に輝く光となって落ちた――彼は、彼女が泣きたいだけ泣くことができたことに安堵を覚えた。と同時にフェンショー夫人は静かになり、そこに交じる泣き声で震えてはいたが、仰天するほど平静な声で言った。

「有難う。すみません。どうか、どうかもういらしてください。誰もあなたのお邪魔はいたしません。ああ、誰も！　誰の邪魔も、誰の……」

最後の言葉を言うとき、彼女の声はまたしても、狂ったような叫びに危険なほど近づいた。グレゴリーは怯えたが、フェンショー夫人は紫色のショールの襞をより強く掻き合わせると、反対側のドアの方に歩き出した。グレゴリーは廊下にたどり着くと、ほとんど走るように動き出し、ようやく両手の下に自室のドアを感じた。

後ろ手に丹念に強く閉め、小スタンドを点け、目が眩むまで光を見つめながら、デスクの上に坐った。

つまりは病気だった、そして死んだわけか？　何か長く続く、特殊な慢性病か？　彼女が看護していたのか？　夜だけ？　じゃあ、昼は？　彼は一人でいるのを望んでいた。具合は？　息苦しかったりしたのか？　彼女はマッサージの話をしていた。神経がどうかしていたのか？　そして不眠、心臓がおかしかったのかも、でも健康そうに見えた、ということは、寝たきりの病人ではなかった。年齢は何歳くらいだったのだろう？　七十歳近かったに違いない。それはいつ起こったのか？　今日、つまり――昨日だ。彼はほとんど丸一日家にいなかった――それが起こったのは朝か正午で、夜運ばれた。そうでなかったのならば、あの蠟燭は何のためだろう？

両足が痺れてきたので、伸ばした。『つまりこれで説明がつく』――彼は考えていた。『彼は病気だった、看護、長時間の複雑な施療のようなものを必要としていた、じゃあ、彼女はいつ眠っていたんだ……？』

彼は、シェパードが待ち続けているのを思い出して、ぱっと立ち上がった。クローゼットから古いコートを取り出し、羽織ると、忍び足で外に出た。家は静かだった。客間には蠟燭が灯されていた――その薄れゆく輝きのなか、階段を走り下りた。すべてにかかった時間は、わずか半時間だった――そのことを、彼はハンドルの前に腰を落ち着けながら、驚きとともに確認した。ウェストミンスターの側を通り過ぎたとき、一時が鳴った。

シェパードは、初めてのときそうだったように、自ら開けてくれた。彼らは黙ったまま二階に上がった。

「すみませんでした――長くお待たせして」――グレゴリーはコートを掛けながら言った。「実はうちの家主が亡くなって、私は……その……弔問しなくてはならなかったのです」

シェパードは冷淡に頷くと、片手を動かして、開いたままのドアを指した。部屋は変わっていなかった――照明を浴びると壁という壁の写真コレクションは、なんとなく違った姿を見せ、グレゴリーは、写真にはどことなくわざとらしいところがあったという思いに襲われた。シェパードは、バラバラに投げ出された書類やファイルがたくさん置かれているデスクに向かって腰を下ろした。かなり長い間、一言も言わなかった。グレゴリーは未だに、ベッド脇の壁が突然音を立てなくなり、蠟燭が消えそうだった、暗くて物音ひとつしない家の雰囲気に満たされていた。無意識のうちに、そこにしつこく残っている、接触の痕跡を消そうとして手首を撫でた。主任警部に向かい合って腰を下ろし、この夜初めて、自分がいかに疲労困憊しているかを感じた。シェパードがシス訪問の報告を待っていることにすぐ思い至った。この考えは彼のなかに、身近な誰かを裏切らなくてはならないかのような、抵抗感を呼び覚ました。

「今日は一晩中、シスを追跡していました」――彼はゆっくりと口を切り、中断し、調べるように主任警部を見た。「お話しすべきでしょうか……？」――尋ねた。

「私は、それが必要だと思う」

シェパードは平静そのものだった。

グレゴリーは頷いた。夕べのいろいろな出来事を物語るのは辛かったので、少なくともそれらについて意見は述べないように努めた。シェパードは椅子のなかで背を倒して彼の話を聞き、写真の話を耳にしたときだけ、顔が震えた。

グレゴリーは言葉を止めたが、主任警部は何も言わなかった。彼は話し終えると、頭を上げ、微笑を目にしたが、それはただちにシェパードの顔から消えてしまった。

「つまり君は最終的に、彼の自白を手に入れているのか？」——主任警部は言った。「私が了解したかぎりでは、君はシスを疑うのをすっかり止めたはずだ——おそらくは、君一人を残して立ち去ったときに。そうだね？」

グレゴリーは驚いた。どう答えたらいいかわからずに、眉を顰めて坐っていた。それは真実だったのだろうが、これまで彼はそのことを理解していなかった。

「そうです」——彼は呟いた。「きっとそうです。もっとも私はとうに、そこから何か成果があがるだろうという希望は持っていませんでした。私はまったくの操《あやつ》り人形のように行動し、さらには哀れなシスにへばりついていたのです——他に誰もいなかった、私は誰も見当がつかなかった、それとも自分でもわからずに、彼を陥れようとしていたのかもしれません。そうだった可能性はあります。何のために？　そうですね、それは、自分の感覚において優位を得るためで——彼は次第に絡め取られていった——、私には、そのすべてに意味はなかった、ということがわかっています」——彼は終えた。「最終的に私は、シスについても、今彼に何ができるかも、何もわからないのです」

「では、君はできればわかりたいと思っている？」——主任警部は素っ気なく尋ねた。「もしかしたら、君は彼が墓地の彼の母親の墓所にいるところを、あるいは彼がうら若い娼婦か何かを探して、ピカデリー通りにいるところを発見するかもしれない。それがほぼ彼の領域だ。私は警察における君の世話役代わりになるつもりはないが、君は、道徳的な二日酔いを伴う、同様の経験への心づもりは常にしていなくてはならない。君はこの先何をしたい？」

グレゴリーは肩を竦めた。

「数週間前、私は、新聞と大衆の反応を要約して聞かせて、君たち全員を鼓舞した」——シェパードは、指のなかでメタル製定規を曲げて遊びながら、口を切った。「ところが、予想していたことは、何も起こらなかった。この事件に空飛ぶ円盤を結び付けた記事が数本現れたが、逆説的にも、それが評判の終わりになった。編集部への投書数通——これでおしまいだ。私は、現代において珍事への無関心がどれほどの規模に達しているかを、理解していなかった。月の上を散歩することも可能だし、何だって可能なんだ。私たちだけがこの事件を抱え続けた、警部補、私たちだけだったのだから、事件をこのうえなく落ち着いて記録に残してもいいのかも……」

「あなたはそのために私を呼び出したのですか？」

主任警部は答えなかった。

「あなたは、ウィリアムスの語ったことを私に聞かせたかった、そうですね？」――しばらくしてグレゴリーが発言した。「それなら、今ではどうですか……それがすんでから、私は出かけます。もう遅い、あなたのお時間を奪いたくありません」

シェパードは立ち上がり、テープレコーダーの平らなトランクを開き、ラジオに接続し、注釈をつけた。

「録音は彼の希望で行われた。技師たちは急いでいて、器械は完全に正常だったわけではなく、音声は最良ではない。もっと近くに坐らないか？　いいかい」

蛍光指示管《マジックアイ》*のなかで、緑色の蝶々が翼を広げ、数回震えた。スピーカーから一定のリズムで騒音が響き、幾度かの叩く音、引っ張る音、ブリキ缶を通して届くような、変形した遠くからの声がした。

「もうお話ししてもいいですか？　警視総監殿、先生、もういいんですか？　私はちゃんとした懐中電灯を持っていました、妻が私にくれました、一年くらい前だったか、宿直用に。一度目は、私が歩いたとき、奴は両手をこんな風にして、ずっと同じ格好で寝ていましたが、二度目はジャガイモの袋が落ちるようなドンという音が聞こえました。私は、二つ目の窓越しに明かりを当てましたが、奴は床に寝ていて、私は、棺から飛び出たのかと思いましたが、奴はもう動きはじめていて、奴の脚はこんな風にゆっくりと動いていました。私は、もしかしたら夢でも見ているんじゃないかと思って、雪で目を拭いましたが、奴はその場所で相変わらず這い動き、寝返りを打っていました。お願いですから、これをここからどけてください、お話ししますから。お願いですから、邪魔しないでください。警視総監殿、それがどれくらいの間続いたのか、わかりませんが、かなり長い時間でした。私は懐中電灯で照らして、なかに入ったものかどうかわからずにいましたが、奴はあそこで姿勢を変えたり、寝返りを打ったりしていて、そんな風にして窓まで這ってたどり着き、もう私にはよく見えませんでした――奴は窓のすぐ下、壁際で相変わらず騒いでいましたから。鎧戸が開いたのはそのときでした」

　不明瞭な声が何かを尋ねていたが、その言葉は理解できなかった。

「それはわかりません」——もっと近くの声が響いた。「私は、ガラスが散り散りになったのにも気づきませんでした。もしかしたらそうだったのかもしれませんが、私にはわかりません。私はこちら側に立っていましたが、いや、お見せすることはできません。私はこんな風に立ち、奴はこんな風に坐ってでもいたのでしょうか、見えたのは頭だけでしたが、触ろうと思えば触れたかもしれません、警視総監殿、それはこのテーブルよりも近かったので、私はなかまでしっかり光を当てましたが、そこには何もなくて、空っぽの棺のなかで木屑が光っただけで、そこにはつまり、何もなく誰もいませんでした。私は身を屈めましたが、奴は下にいて、その脚は開き、先生、酔っ払いのように頭を左右に振り、身体全体が横に動いて、目の見えない人が杖を突くようにコツコツいわせていましたが、奴はそれを両手でやっていました。もしかしたら何か持っていたのかも。私は言いました——『動くな、何している、これは何だ？』——そう言いました。大体そんな風に言いました」

　短い沈黙が訪れ、誰かが針でマイクを引っ掻いているような、重い物をたえず押している音がしていた。

「奴はそんな風にして立ち上がり、ついにまたぶっ倒れました。私は奴に命令し、止まるように言いましたが、奴は生きていませんでした——私は最初のうち、奴は死ななかった、目覚めたんだと考えましたが、奴はそもそも生きていなくて、眼を持っていなかった。ただし、奴が本当にそうだったのなら、何も見えなかったはずで、奴はまた何も感じていなかったでしょうし、もし感じていたなら、あんな風にあの板を打ち付けたりはしなかったでしょうが、奴は煉獄の罪人のように打ちのめしていたので、私は、自分が奴に何を叫んだのかわかりませんし、奴はこんな風にして、歯で窓台に捕まりました、どうです？」

　またしても、はっきりしない抑えつけられた声で質

＊——三極真空管と、陰極線による蛍光発生装置とを組み合わせ、蛍光変化の状態で受信伝播と同調している度合いを見る装置。

問が出されたが、理解できたのは、最後の言葉「……歯で？」だけだった。

「そこで私は奴をすっかり近くから、その顔に照明を当てましたが、その眼の濁っていること、叩いて殺された魚みたいで、その先どうなったかは、わかりません」

より近くから、別の低い声。

「いつ君は、連発拳銃《リボルバー》を抜いた？　撃とうとしたのか？」

「連発拳銃《リボルバー》？　私が連発拳銃《リボルバー》を抜いたかどうかは申し上げられません——憶えていませんから。私が飛びかかった？　どうして私にそんなことが？　わかりません。何が見えますか？　先……先生……」

より遠くからの声。

「……何もない、ウィリアムス。目を閉じろ、もういい、これでよくなるだろう」

奥から、女性の声。

「もう平気よ、もう平気よ」

またウィリアムスの声、息も絶え絶えに。

「私はそんな風にはできません。私は……もうおしまいですか？　で、妻はいますか？　いない？　なぜいない？　いる？　指示書から何がわかるんですか、指示書にはそのことについては何も……書かれて……いない……」

短い口論の声が聞こえ、誰かが大声で言った。

「もうたくさんだ！」——言葉に別の声が混ざった。

「ウィリアムス、車は見たか？　車のヘッドライトは？」

「車の……？　車の……？」——ウィリアムスがつかえながら話す声が、引き延ばして繰り返された。「目の前に見えるようだ、奴はこんな風に頭を振って、何もできなくて、背後に木屑を……引きずっていた。私は、なんとか縄が目に入るようにしたかったのです。縄はなかった」

「どんな縄？」

「マットじゃないか？　縄？　わからない。どこに？　なんだ、そんなものを見た人いるもんですか、世界を手に入れても不満な奴ですよ——もっともそんなことは不可能だけど、警視総監殿、そうでしょ？　木屑——違う。藁……持ちこたえ……られない」

長い沈黙がして、とぎれとぎれにギーと引っ張る音とマイクから離れて数人が囁き声でくどくどと話しているような、不明瞭な音に遮られる。ごくりと呑み込む音、くしゃみ、突然大きくなる声。

「私は何もかもお返しします。自分のためには何ひとつ欲しくありません。彼女はどこに？　これは手ですね、彼女の手ですか？　これはおまえか？」

　またギーと引っ張る音、何か重いものをずらすような打撃音、ガラスの割れる音、気体を解放する短いシュ一という音、一続きの鋭い衝撃と、耳をつんざくような低音で言われた言葉。

「おい、切れ。終わりだ」

　シェパードはリールを止め、テープは静止した。デスクの向こうの自分の席に戻った。グレゴリーは背を屈めて坐っていた。手摺に押し付けていた片手の白くなった手根骨を見ていた。シェパードのことは忘れていた。

『何もかも元に戻すことができるなら』――彼は考えた。『いや、あのすべてを、すべてを一月前にだ。足りない。一年前か？　バカバカしい。俺は、ずらかりは……』

「主任警部殿」――一気に言った。「仮にあなたが、私ではなく誰か別の人を選んでいたら、もう今ごろは、犯人を監房に捕まえていたでしょう。私が何について話しているか、おわかりですか？」

「あるいは。続けてくれ」

「その先を？　私の物理の教科書には、目の錯覚に関する一節に、黒を背景にした白いカップ、または白を背景にした黒い二人の横顔が見える、線描画＊が載っていました。見ることができるのはひとつだけまたはもう一方ですが、少年だった私は考えていました――真実なのは二つの絵のうちひとつだけに違いない、ただ私にはまだどちらが正しいかわかっていないのだ。主任警部殿、これは滑稽ではありませんか？　あなたはこの部屋での私たちの会話を憶えておられますか――秩序についての？　あの、事物の自然な秩序についての？　あの秩序ならば模倣できる――あなたはあのときそう言われました」

「違う、それは君が言った」

「私が？　そうかもしれません。では、言ったことが

＊――ルビンの壺。一九一五年頃にデンマークの心理学者エドガー・ルビンが考案した多義図形。背景に黒地を用いた白地の図形で、「向き合った二人の顔」にも「大型の壺」にも見える。

間違っていたとしたら？　模倣すべきものなど何もないとしたら？　もし世界が、私の前にばら撒かれた謎々ではなく、スープであって、そのなかでは欠片が秩序も構成もなく漂い、ときに偶然によって接着されて、何かの全体になるのだとしたら？　もし存在するすべてが断片的で、解明されず、不全型*だとしたら、出来事には始まりのない終わりだけがある、または中間だけ、前部だけ、または後部だけで、私たちは、それをたえず分類し、摑み出し、再構成して、ようやく愛情の全体、裏切りや敗北の全体が見え始めることになる――私たちは、本当は部分的で、出来損ないであるにもかかわらず。私たちの顔、私たちの運命に形を与えるのは統計であり、私たちはブラウン運動**の総和であり、人間とは未完成のスケッチであり、偶然的に描かれた設計図にすぎない。完成、完全、完璧――これは何もかもが異常なほど、想像もできないほどたくさんあるという理由だけで起こる稀な例外にすぎないのです！　世界の巨大さ、世界の数えられないほどの多数性は、毎日の一様性――それがあるおかげで、隙間や穴は見かけ上補充され、思考は自らを救済するために、己れの居場所を見出し、かけ離れた断片をひとつにまとめることができるわけですが――を機械的に調整する働きをします。宗教や哲学は接着剤で、私たちはたえず、バラバラに散らばって統計となりつつある滓《かす》を組み合わせて集めてためていますが、その目的は、それらを組み立てて意味をなすようにするためなのです――あたかも、私たちを賛えて鳴る鐘を組み立てて、それがひとつの、たったひとつの声で響くようにするように！　ところがそれはスープにすぎない……。世界の数学的調和は、混沌のピラミッドに向けての私たちの祈りです。あらゆる方向に生の欠片は突出して、私たちが唯一無二のものとして定めた意味を超えてしまう、ところが、私たちは見たくない、それは見たくないのです！　さて存在するのは統計だけです。理性ある人間とは統計的人間です。子どもは美しくなるか、醜くなるか？　音楽は人間に快楽を与えるだろうか？　癌にかかるだろうか？　このすべては、サイコロ投げで決まります。統計は私たちの受胎にあり、統計が私たちの身体を作る遺伝子の結合を運命づけ、統計が私たちの死を運命づけます。私が愛することになる女性との出会いについて、私の長寿について、すべてについて決定するのは、通常の統計的配列であり、従って私たちが不死になるかどうかについても決定するのではないか？　もしかしたら統計は、盲滅法に、偶然的に、美や身体の不自由とまったく同じように、ときに誰かの運命と化すのではないか？　一義的な継起が存在しない以上、絶望も美しさも歓喜も醜さも統計のなせる業であり、私たちの認識も統計に裏打ちされている以上、存在するのは、盲滅法の戯れ、偶然的な型を永遠に組み立てつづけることだけです。『モノ』の無限数は、私たちの『調和』への愛を愚弄します。求めよ、されば、与えられん＊＊＊。もしあなた方が十分熱心に探しさえすれば、常に最後には発見するでしょう——なぜなら統計は何も排除せず、すべてを可能にし、多かれ少なかれ蓋然性を高くするだけだからです。ところが歴史とは、ブラウン運動の実現であり、別の現世を夢見ることを止めようとしない分子たちの統計的なダンス……」

「もしかしたら、神もまた折に触れて存在するだけだと？」——主任警部は、声は高めずに言葉を投げかけた。前に身体を傾け、顔は見せずに、グレゴリーがひどく苦労して吐き出すことを、あえて彼の方を見ずに聞いていた。

「もしかしたら」——グレゴリーは無関心に応じた。「ですが、神の存在には中断があって、それはとても長い、ご存知ですか？」

彼は立ち上がり、壁に歩み寄り、何も見えていない目で、いずれかの写真を見つめていた。

「もしかしたら私たちも」……——彼は口を切り、躊躇した。「……そして私たちも、折に触れて存在しているだけなのかもしれません、つまり、あるときには少しだけ存在している、ときにはほとんど消え、流れ出し、それから、突然の痙攣と突然の努力によって分裂した記憶の群れを一瞬だけひとまとめにして……一日だけ立ち現れる……」

言葉を切った。少しして、別の声で言った。

「すみませんでした。自分でも何が結論だったのかわ

＊——病気の特徴的な症状が複数あり、そのすべてがそろっていなくても他の病気ではないと判断される場合に「不全型～病」と呼ぶ。

＊＊——微小な物体の示す無秩序な熱運動。一八二七年、R・ブラウンが発見。

＊＊＊——新約聖書「ヨハネによる福音書」第十六章第二十四節。

かりませんが、お喋りしすぎました。そうですね……今日はこれくらいにします。そろそろおいとましましょう」

「時間がない？」

グレゴリーは立ち止まった。驚いてシェパードを見ていた。

「時間はあります。でも、もう十分でしょう、きっと……」

「君はメイラー自動車を知っているか？」

「メイラー？」

「例の、金色と赤色の縞模様に塗装された、バルーンタイヤの大型トラックだ。君は見たことがあるに違いない」

「ああ、あの運送会社ですか。『メイラーは届ける、どこまでも』」――グレゴリーは広告の惹句を思い出した。「で、それが……？」――彼は言い切らなかった。

シェパードは肘掛け椅子から立ち上がらずに、彼に新聞を手渡し、一番下にある小さな記事を指さした。

『昨日』――グレゴリーは読んだ――『メイラー・カンパニー社の重量運搬車がアンバー近郊で、貨物列車と衝突事故を起こした。警戒信号を無視して線路に乗り入れた運転手は、即死した。列車乗務員に犠牲者はいなかった』

彼は理解できずに、主任警部の方に目を上げた。

「推測するに、彼は空荷でティンブリッジ・ウェルズに帰る途中だった。メイラーはそこに基地を持っている」――シェパードは言った。「約百台の自動車だ。食料品、主に肉と魚を冷凍トラックで運送している。荷物を朝届けるために、走行はいつも夜だ。夕方遅くに出発する――運転手と助手の二人組だ」

「ここには運転手についてしか書かれていません」――グレゴリーはゆっくりと言った。相変わらず、何ひとつ理解できなかった。

「そうだ、なぜなら目的地に着くと、運転手は助手が荷物の倉庫への移動を手伝えるように、助手を現場に残して、一人で帰るからだ」

「助手は運がよかった」――グレゴリーはどうでもよさそうに言った。

「確かに。こういう人々の仕事は楽ではない。どんな天候でも走行する。十字に似た四つのルートで業務をしている――北はブロムリーとラヴリング、東はドーヴァー、西はホーシャムとルイス、南はブライトン」

「それにどういう意味が？」――グレゴリーが言った。

「運転手は各々運行時刻表を持っている。三晩か五晩に一回、走行する。条件が厳しければ、追加の休日をとる。今年の冬、彼らはついていなかった。一月初めは雪が降らなかった、憶えているか？　降雪があったのは、ようやく二十日過ぎで、二月にはかなりの積雪があった。道路サービスが除雪に苦労すればするほど、自動車の平均走行速度は遅くなった。一月初めは時速六十キロだったのが、二月には四十キロ、三月には雪解けと路面凍結がやってきて、速度はさらに十キロ落ちた」

「あなたはなんのためにそんな話を……」――グレゴリーはいつもと違う声で言った。広く開いた両手でデスクに身を支え、主任警部を見ていた。相手は彼に目を上げ、落ち着いて尋ねた。

「君は濃霧のなかで自動車を運転したことはあるか？」

「あります。何か……」

「ということは、それがいかに疲れる仕事であるかを知っている。何時間も続けて、ウィンドウガラスの前の、牛乳の液体を見つめていなければならない。ドアを開けて、横を覗く者もいるが、それも助けにはならない。道幅は直観で感じられるだけ、霧がヘッドライトの光を拡散させ、ついには前に進んでいるのか、横にか、それとも上に進んでいるのかわからなくなり、霧が流れ、動き、張りつめて見つめているために涙目になる。しばらくときが経つと、奇妙なもの……影たちの行進のようなもの、霧の奥から出される信号のようなものが見え始める状態に陥り、暗い運転席のなかにある何物の見分けもつかなくなり、自分の身体の感覚を失い、両手はまだハンドルの上にあるのかわからなくなり、人は無感覚に囚われ、そこから抜け出るのは恐怖によってだ。こうして、汗まみれになって、単調なエンジン音を聞きながら、居眠りしたり、痙攣的に身を固くして目覚めたりしながら走る。これは悪夢のようなものだ。想像してみたまえ――君のなかに、何年も前から、とても昔から、誰にも言う気になれない、誰にも打ち明ける気になれないほど、奇妙なあるイメージ、奇妙な考えが芽吹いている……それは世界についての考えかもしれない、世界とはおよそ信じられないものだということについて、あるいは、生きている間……または死んでから他の人に対して何をすべきかについてかもしれない。現実に、昼間、仕事中の君は、それが幻像、幻影であることを理解していて、普通の人間がそうであるように、それらを自らに禁じている。しかし、こうした考えは君のなかで生きていて、夢に現れ、執拗になる。君はそれを隠すことを学び、誰にも察知されないように、誰かバカ者がそれを知ることがないように、気をつけている——それが君を貶《おとし》めるかもしれないから。君は他の人と違うことはできないのだ。やがて君は払いのよい特別な仕事を手に入れるが、それは夜警戒していること、注意を十分に緊張させていることが必要な仕事だ。夜毎、無人の土地をめぐって、君は巨大な八トン自動車を運転し、君はたくさんの、とてもたくさんの考える時間を持つが、特に、君が一人で、同伴者なしで空荷の自動車で走っていて、同伴者に話しかけたり、ささやかな平凡な事柄について話したりしてつまらない現実に戻ることができないときは——他の人々の生活はそうした事柄で飽和しているが、君の場合は……。そこで君は長期間運転を続け、秋が過ぎ、冬がやってきて、君は初めて霧に向かって出発する。君は幻像を振り払おうと努め、車を停め、降り、顔と額を雪で拭い、先に進む。霧のなかで何時間もが過ぎていく。霧、どろどろした牛乳、果てしのない流れ広がる白色——、あたかもこれまで一度として普通の道も泥だらけの道も照明された街路も小都市も家屋もなかったかのようだ。君は一人、自分の暗色の不格好な自動車のなかで永遠に一人きり、君は暗い運転席から前方を見、目を瞬き、次第にはっきりと、執拗に現れてくるものを目から拭い去ろうと努める。君は走行し、それがもしかしたら一時間、二時間か、三時間かもしれないが続き、ついに、それは拒みがたく、打ち克ちがたくなり、君を捕らえ、君そのものになり、しかもしっかりとどこまでもだ——いいかい、君は何をなすべきか、車を停めてから君は降りる……」

「あなたはなんて話をされるんですか！」——グレゴリーは叫んだ。震えていた。

「基地には二百十八人の運転手が勤務している。人々のこのような集合のなかには、常に見つかるはずだ、一人……少しばかり異質な人が。いわば、完全に健康ではない人が。このことについて君はどう考える？」

シェパードの声は相変わらず落ち着いていて、一定のリズムで、ほとんど単調に話していたが、そこには何か無慈悲なところがあった。

「複数の田舎町の複数の小さな遺体安置所で、いつも深夜過ぎに起こったことは、個々の事例において詳細は異なっていたが、それらを全体に束ねるあの絆、人間によって、いかなる人間によっても計画され得ないあの法則性が残った。誰一人として、いかなる知能であろうと、その力はなかったはずの。そのように私たちは特定した、そうだね？」

「しかし、それは、外的状況が強いた結果として起こったのかもしれない。第一に、運行時刻表だ。第二に、事件現場は後になるほど、ティムブリッジ・ウェルズの中心部から離れた場所にあった——深夜過ぎに、空荷の車が戻ってくるメイラーの基地は、私たちの考える『中心』からとても近くにある。なぜ、事件現場は後になるほど、その『中心』から離れた場所だったのか？　自動車の平均速度が減少したからだ、運転手たちは、ティムブリッジ・ウェルズをいつも同じころに出発したが、最終地点には次第に遅い時刻に到達し、次第に遅い時刻に復路の走行を始めた、それ故に、同一時間内に走破する距離が次第に少なくなったからだ」

「ではどこからあなたは、その同一の時間を？」——グレゴリーは言葉を吐き出した。

「孤独な復路の途中で幻像を引き起こす霧の作用は、ほぼ同じ長さ——約二時間——続いたに違いないということからだ。この二時間に、自動車は一回目の道路条件が良好なときには、その次よりも、その次はそのまた次よりも、長い区間を走破した。従って、二つ目の法則性は、雪が重量運搬自動車の車輪に及ぼした抵抗が増大した結果として現れた。気温が低いほど、雪は執拗に道路を塞いだ——エンジンは厳寒では働きが悪く、従って、中心地から事件現場までの距離と二つの事件間の時間の積《せき》に気温差をかければ、一定数が得られることになる。運行条件が悪化するにつれて、メイラーの配車係は運転手たちに、運行間の空き時間を大きくしながら、運行を割り当てる。つまり、運転手は繰り返し出発するごとに二時間霧のなかを走行する間に次第に短い空間を走破することになるが、二番目の係数——日数単位で計算された二回の出発間の時間——は比例的に増大し、それ故に、積はほぼ変化しないままだった」

「ということは……いずれかの運転手が妄想狂だった、そうですね？　夜間に走行し、自動車を停車させ、遺体を盗んで――そして――遺体をどうしたのですか？」

「霧深い一帯から外に出る早朝に意識が戻ってきて、彼は普通の世界に立ち帰り、そのときに、狂気の夜のそうした痕跡を、できるだけ消そうと努めた。丘、浅い峡谷、茂み、川、灌木がいっぱいのとても広大な土地を通って走っていた……。彼は恐怖に包まれ、起きたことが信じられず、治療を受けようと毎度心に決めた――しかし、仕事を失うのが怖く、そこで、配車係が次の運行日を定めると、一言も言わずにハンドルの前に坐った。彼はその地域の地勢――すべての道路、団地、交差点、建物――を空で暗記していたに違いなかったから、よく知っていた、どこに墓地があるかを……」

　グレゴリーの視線は、主任警部の顔から開いた新聞に滑り落ちた。

「それが奴ですか？」――尋ねた。

「狂気は増大していったに違いない」――ゆっくりとシェパードが応じた。「犯した行動についての記憶、発見の怖れ、周囲に対する増大する猜疑心、同僚たちの罪のない意見や言葉の病的解釈――これらすべてが彼の病状を悪化させ、彼がそのなかを生きてきた緊張を増大させたに違いない。覚醒状態に戻るのが次第に難しくなり、注意が減少して、自動車の運転も次第にまずくなって、容易に事故を起こす可能性があった、と考えられる。例えば――こんな事故だ……」

　グレゴリーは突然デスクから離れ、書棚の下に置いてある椅子に腰を下ろし、片手で顔を撫でた。

「そうだったんですね？」――グレゴリーは言った。「そうか……では、奇跡の模倣は……ハ、ハ……。そしてこれが真実ですか？」

「違う」――シェパードは落ち着いて応じた。「だが、そうかもしれない。あるいは、より正確に言うと、真実はこのようなものかもしれない」

「あなたは何てことを言われる？　主任警部、こんなお遊びは好い加減にしてください！」

「それを思いついたのは私ではない。熱くならないでくれ、グレゴリー。六つの事件のうち――君は注意深く聞いているかい？――、六つの事件のうち、この運転手は」――彼は新聞を叩いた。「確かに三度はそれに該当する路線にいた。つまり、三度は、遺体が消滅した場所の近くを、深夜過ぎに通り過ぎた」

「では、それ以外の事件では……？」――グレゴリーは言った。彼には、何か奇妙なことが起きていた。思いがけなく安堵と希望が流れ込んで、彼の胸の緊張を緩め、息が楽になったような気がした。

「それ以外の？　そう……ひとつの事件については……ルイスだ……私たちは何も知らない。もうひとつの事件では、運転手にあるんだ……アリバイが」

「アリバイ？」

「そうだ。そのときの当直でなかっただけでなく、三日続けてスコットランドにいた。これは確かだ」

「ということは、そいつではない！」――グレゴリーは立ち上がったが、立ち上がらずにいられなかったのだ――この動きによって引き起こされた振動で、新聞がデスクの端からずり落ちて、床に流れ落ちた。

「そう、彼ではない。間違いなく彼ではない――この事件を別個に分類するならば話は別だが」

　主任警部は落ち着いて、怒気を含んだ渋面に顔を歪ませたグレゴリーを見ていた。「しかしもしそうでないならば、もしそれがメイラー――メイラーの運転手――でないならば、他にも夜巡回する自動車はあるし、郵便局の自動車もあるし、救急車、消防車、道路補修自動車、郊外電車、バスもある……積み重ねられれば探し求めている法則性を与えるような現象は無数にある」

「あなたは、私を愚弄しているんですか？」

「とんでもない、私は君を助けようと努めているんだ！」

「お礼を言います」

　グレゴリーは身を前に傾け、床から新聞を持ち上げた。

「つまりその運転手は、妄想狂だった」――彼は言い直した。「いや、妄想狂だったことになります――『霧×厳寒×狂気』の公式に則《のっと》って行動する病人でした……」――彼は、奇妙な微笑を浮かべてシェパードを見た。

「でも仮りに彼が、それ以外の場合に、偶然から、純粋の偶然から、別の経路を辿っていたのだとしたら、彼は贖罪の山羊《スケープゴート》になるだろう……」

　彼は、部屋を歩き回りながら、冷笑的に微笑んだ。

「突きとめる必要があります」――彼は言った。「もちろん……ただちに！」

　またしても新聞を掴み、それを広げた。

「そこに一面はない、日付入りの」——シェパードが注意した。「でも日付は君に教えられる。新聞は昨日のものだ」

「え！」

「そうだ。私は、お話ししたすべてをこの場で考え出したわけではない。私が話したことは、昨日、一日かけて調べたものだ。現地警察と、スコットランドに飛んだフォーカートだ——もし関心があるなら」

「いや、いや、でも……私は知りたいのです——なぜあなたはそれをなさったのですか？」

「つまるところ……私もロンドン警視庁《Scotland Yard》で働いている」——シェパードは言った。

　グレゴリーはこの答えが耳に入らなかったようで、動転して部屋を歩き回り、写真を見ていた。

「私が何を考えているか、おわかりではありませんか……？　それは、なるほど都合がいいでしょう、とても都合がいい……極めて簡便だ！　犯人はいる、しかし生きていない。従って、その者を聴取したり、調査したりすることはできない……そしてとても人道的な解決でもあり、公正性を誤る可能性は排除され、誰も苦しまないでしょう……。あなたはその男を疑っていたのですか？　それともあなたは……あなたは、利用されるのを待っていた、私たちに行動を迫っていたさまざまな要素を、あてはめたかっただけですか——この一件秩序があるように見える無秩序を作り変えるために、この未解決事件を単純な秩序感覚に基づいて解決するために？　言いたいのはこのことです」

「私には、別の選択肢は見あたらない」——シェパードは渋々言った。会話はもうたくさんといった様子だった。もはやグレゴリーを見ていなかったが、グレゴリーはそのとき、新しい考えに襲われて立ち止まった。

「そう、もしかしたらそうかもしれません」——彼は言った。「当然です。あなたが私を助けたかったのはわかっていますし、信じています。もはや何もできなかった、まったく何も、でも今はまたできます。アリバイを疑うことができます。または、そのひとつの事件を連続事件から切り離す、あるいはそれと一緒に他の事件も、そうすれば、捜査は行き詰まりから動き始めるでしょう！　少なくともチャンスはあります——病気のなかに！　病気は、このうえなく奇妙な物事、幻覚や聖痕、さらには……さらには奇跡の説明になります！　あなたはきっと、グッケンハイマー*、ホルペイ**、ウィンターシールド***の論文をご存知でしょう？　きっとあなたは読まれたことでしょう――私たちの文書庫にはありませんが」

「あの精神科医たちか？　たくさん論文を書いている。君が考えているのは、どの論文？」

「彼らが、福音書の分析を基に、イエスが狂人だったことを証明した論文です。発表当時は大変な騒動を引き起こしました。精神医学的なテキスト分析――そこから妄想症仮説が結論された……」

「もし君に忠告できることがあるとすれば」――シェパードが意見を述べた。「どうか、聖書との類似は放棄してもらいたい――どこにも導いてはくれないだろうから。事件当初にはそうする余裕もあった――あのころは事件に辛みを加える、塩のひとつまみが役に立ったが……今、精密な領域に入った捜査では……」

「あなたはそうお考えですか？」――グレゴリーは小声で尋ねた。

「ええ。君は荒れ野で叫ぶ者****になることを望んではいない――私はそう願っているし、確信している……」

「それならば、私は何をすべきでしょう？」――グレゴリーは、若干忠誠を強調してそう訊ね、肘掛け椅子から立ち上がろうとしている老人を見ながら、背筋を伸ばした。

「私たちは未来への一定の指針を定めなくてはならない。直近の未来だ。明朝、ロンドン警視庁《the Yard》で君を待っている」

「前回と同じく、十時に？」――彼の声のうちには隠れた喜びが響いていた。

「ええ。君は来るかい？」――不承不承、明るい口調

＊――Guggenheimer／ハインリッヒ・ウォルター・グッケンハイマー（一九二四～二〇二一）。微分幾何学、トポロジー、代数幾何学、凸性の知識に貢献したドイツ生まれのスイス系アメリカ人の数学者。

＊＊――Holpay。不明。英訳者はHopleyに改めている。

＊＊＊――Wintershield。不明。

＊＊＊＊――新約聖書「マタイによる福音書」第三章「そのころ、洗礼者ヨハネが現れて、ユダヤの荒れ野で宣べ伝え、／『悔い改めよ。天の国は近づいた』と言った。／これは預言者イザヤによってこう言われている人である。『荒れ野で叫ぶ者の声がする。「主の道を整え、その道筋をまっすぐにせよ。」』」（『新共同訳』）

で言い足した。立ったままお互いを見ていた。グレゴリーの唇は震え始めたが、何も言わなかった。ドアの方へ下がった。シェパードに背を向けて立ち、片手をドアの取っ手に置いたが、相変わらず彼の無感動に落ち着いた視線を自分のうえに感じていた。

　ドアを開け始めてようやく、肩越しに言葉を投げた。

「うかがいます」

一九五七年四月―一九五八年一月

（久山宏一訳）

# 訳者ノート

## 注1：警察官の等級について

本作に登場する警察官の階級は以下の通り。

（1）ロンドン警視庁《Scotland Yard》

1. główny inspektor（主任警部、【英語】chief inspector）（シェパード）
2. inspektor（警部、【英語】inspector）（フォーカート）
3. porucznik（警部補、【英語】lieutenant）（グレゴリー）
4. sierżant（巡査部長、【英語】sergeant）（ピール、コールズ）
5. konstabl / policjant（巡査、【英語】constable）（パーリングス）
6. aspirant（警察官採用候補者、【英語】candidate）（キンゼイ）

「主任警部」より高位の警察官は登場しないが、第七章に、唐突にも、英国警察最高位の komisarz（【英語】commissioner）の称号が叫ばれる場面がある。同職位は、日本警察の最高位 superintendent general に準じて「警視総監」と訳されることが多く、本翻訳でもそのようにした。

さて、本作の主人公グレゴリーは、警察関係者からは「警部補 porucznik」、それ以外からは「警部 inspektor」と呼ばれる。ときに、detektyw（探偵、【英語】detective）とも。第三章には他の警官から「警部 inspektor」と呼びかけられたグレゴリーが「私は警部補 porucznik だ」と訂正する場面がある。正式の階級名は「警部補」だが、一般に「警部」と呼ばれることが多いようだ。

シェパードとフォーカートの両警部の職位は、作中の（会話を除く）地の文においてGłówny Inspektor（主任警部）／Inspektor（警部）という大文字表記によって「固有名詞化」されている。ポーランド語（に限らずおそらくは日本語でも）の会話では、「主任警部」に対しても「警部」と呼びかける方が自然に響く。それ故に、シェパードも「警部」と呼ばれることがあるが、拙訳ではあえて「主任」を付け加えて、フォーカート警部と区別した。

（2）地方警察

1. komendant posterunku（警察署長、【英語】police commander）（ギブソン）
2. konstabl / policjant（巡査、【英語】constable）（ウィリアムス、アトキンス、スティックス）

（3）警察関係者・協力者

lekarz policyjny（検死医、【英語】medical examiner）（セーレンセン）
fotograf（カメラマン、【英語】photographer）（ウィルソン）
technik（技師、【英語】someone from the lab）（トーマス）
doktor（博士、【英語】doctor）（シス）

**注2：時代背景について**

『捜査』は一九五七～五八年に執筆された。

作中には物語の舞台が「現代」であることへの暗示が、いくつかある。

✓ 第一章には、一九五〇年代の「小アジアの紛争」への言及がある。
✓ ウィリアムス巡査は「名誉の負傷」をした元軍人（第三章）。
✓ シス博士について、第二章では戦争中、第六章では終戦直後の経歴が言及されている。時代は、第二次世界大戦の記憶が残る冷戦期だった。
✓ 第四章には、作品執筆の直前にあたる一九五七～五八年に猖獗を極めた「アジア風邪」への言及がある。

## 注3：交通機関・地名・距離表示について

一九五〇年代後半のイギリスが舞台であることを考慮すると、『捜査』に登場するさまざまな事物に不自然な点がある（現実性に欠ける）ことについては、発表当時から指摘されてきた。

ひとつめは交通機関――一九五二年以降（二〇〇〇年まで）、ロンドンには路面電車が走っていなかったはずなのに停留所があったり、地下鉄が通じていなかった地区に駅があったり、イギリスの道路を走行していなかった型の自動車が出てきたりする。

二つめは地名――作中にはロンドンとその近郊に実在する地名と架空の地名が混在している。以下、架空と思われる地名を初出順に列記する。

エンゲンダー Engender／プランティング Planting／シャルタム Shaltam／ディッパー Dipper／トリークヒル Treakhill／スピトゥーン Spitoon／ラヴリング Lovering／チンチェス Chincess／ビヴァリー・コート Beverley Court／ビーヴァーズ・ホーム Beavers Home／ティムブリッジ・ウェルズ Timbridge Wells

これ以外の地名は、実在が確認されたが、地理的にどれほどの整合性を有するのか（を調べることに意味があるのか）は不明。

三つめは距離表示――作中では、短い長さについてはメートル表示、速度についてはキロメートル表示（第一章では橇の速度が「一時間あたり十数キロ」と、第三章では自動車の速度が「七十」「九十」「百」などと記されている）、長めの距離感覚についてはマイル表示（第一・三章における「十八」「五」マイル）が用いられている。キロをマイルに換算するには、1.6をかければよい。

# 浴槽で発見された手記

Pamiętnik znaleziony w wannie

## まえがき

『新第三紀人の記録』は最も貴重な地球太古の記念碑のひとつである。それは〈大崩壊〉に先立つ先混沌文化の衰退期に由来する。歴史の皮肉なパラドックスであるが、新第三紀初期文明、すなわちアッシリア、エジプト、ギリシャの原始文化について、我々は、先原子論と初期宇宙航行の時代よりも、はるかに多くを知っている。こうした古代文化が、骨、石、粘板岩、青銅でできた恒久的な記念碑を残したのに対して、新第三紀中期および後期には知識全体を永続させるのに、いわゆるパピルが使用されていたためである。

このセルロースに由来する、しなやかな、ほぼ白い物質は圧延《あつえん》され、四角形のシートに切断され、その上に濃色のインクであらゆる種類の情報が印刷され、その後それらが一緒に折りたたまれ、特別な方法で縫い合わされた。

〈大崩壊〉、何世紀もの成果を数週間で破壊したそのカタストロフィーに、いかにして至ったのかを理解するには、三千年前に遡《さかのぼ》らなければならない。この時代にはメタムネスティックも情報結晶化技術も存在していなかった。今日の記憶素子《ムネモル》と知識素子《グノストロン》の全機能を果たしていたのがパピルである。確かに、機械的記憶の萌芽はすでに存在していたものの、それは巨大な扱いにくい機械で、しかも特別な狭い目的のために使用されていた。それらが《電子頭脳》と呼ばれていたのは、小アジアの建設業者がバア＝ベル神殿の塔を天に届くと考えていたのと同じく、歴史的な距離をおけば理解できる誇張である。

パピル分解疫がいつどこで発生したのか正確にはわからない。それが起こったのはおそらく、最初の宇宙港が建設された当時の国家アメル＝ク南部の砂漠地帯であろう。当時の人々は自分たちを脅かす危険を最初は理解していなかった。彼らの軽率さに対して、後世の多くの歴史家が述べた厳しい意見を、我々が共有することは難しい。パピルは実際、優れた耐久性で際立っていたわけでなかったが、しかし、ハルツィウス因子としても知られるRV変因子の存在を予測できなかったからといって、先混沌文化に責任を負わせることはできない。しかも、この因子の実際の性質をフォルセス予博士六世が発見したのは、ようやく銀河期のことであり、その揺籃《ようらん》の地が天王星の第三衛星であることを突き止めたのである。初期軌道探査遠征のひとつ（予知士プハア＝ヴァアクによると、それは第八次マラルディック遠征であった）がそれと知らずに地球に持ち込んだハルツィウス因子は、地球全体で雪崩《なだれ》のようなパピル分解を引き起こした。

　この大惨事の詳細はわからない。第四銀河期に入ってからようやく結晶化された口伝によれば、この疫病の発生源は知識担体パピルの巨大な貯蔵所、いわゆるバオ＝ブリオ＝テカであった。反応はほぼ一瞬で起きた。社会的記憶のこの上なく貴重な堆積場所に残ったのは、灰のように軽いグレーの埃の山だった。

　先混沌期の学者らは、これをパピルを攻撃する病原菌のせいだと考え、無益な探求に多くの時間を費やした。その浪費された時間をむしろ分解しつつある内容を石に刻むことに割いていたなら、より人類に役立っていただろう、という歴史予知士四世タウリツキの辛辣な指摘の正しさは否定しがたい。

　新第三紀後期、カタストロフィーの時代は、重力子工学《グラビトロニクス》も制御経済学《カイバーコノミクス》も統合物理学《シンセフィジックス》も知らなかった。ナシオンと呼ばれる民族集団別の経済は、ある程度自立的な性格を有していた。それは絶対的にパピルの流通に依拠していた。やはりそれに依拠していたのが火星への物資供給の継続性で、そこではシルチスのティベリスが建設の第一段階にあった。

　パピル分解が破壊したのは経済生活だけではない。この時代をパピル支配《クラシー》時代と呼ぶのも故無《ゆえな》きことではない。パピルは人間のあらゆる集団活動を規制・調整していたばかりか、そのうえ、我々には理解しがたい方法で、個人の運命をも定義していたのである（いわゆる《個人のパピル》〔身分証明書〕として）。ともかく当時の民俗（カタストロフィーは新第三紀の先混沌文化の最盛期に起きた）におけるパピルの実用的および儀式的な意味は、これまでまったくカタログ化されていない。そのうち一部の意味は判明しているが、それ以外は虚《うつ》ろな名称だけしか残っていない（パリガミ、レシ＝イト、ギィンコ＝ウケェン、ミブ＝ンショ、他）。

その時代には、パピルの仲介なしには、出生も、成長も、教育、労働、旅行、生計を立てることも不可能であった。

　これに照らしてみると、地球を襲ったカタストロフィーの規模が明らかになる。あらゆる予防対策――各都市全体と大陸全土の検疫・隔離、気密シェルターの建設――が失敗した。当時の科学は、蘇生的進化の過程で生じた変因子の素粒子構造に対して無力だった。歴史上初めて、社会の絆が完全に崩壊する危険にさらされた。フリ＝スコ（最も保存状態のよいアメル＝ク南部の都市のひとつ）発掘地の浴場の壁に、氏名不詳の大惨事称賛詩人によって刻まれ、解読された文字はこう述べている。「都市の上空は分解したパピルの雲で暗くなり、その後、四十日四十夜、汚れた雨が降りつづき、かくして風と泥流と共に地球の面《おもて》から人類の歴史が拭い去られた」

　それは事実上、頭の中ではすでに星々に到達していた新第三紀後期の人間の誇りに喰らわされた残酷な一撃であった。パピル分解の悪夢は生活のあらゆる分野を吸い込んでいった。都市ではパニックが発生し、個性を奪われた人々は理性を失い、物資の供給が崩壊し、暴力行為に至り、技術、学問の発展、教育は――崩壊し、消滅した。エネルギー供給所が停止したとき、図面がないため修理することができなかった。電灯が消え、そうして訪れた闇を火事の炎が照らした。

　こうして新第三紀は混沌時代に入った。それは二百年余り続いたと見られる。〈大崩壊〉の最初の四半世紀は、あまりにもよく知られた理由から、書面による記録を一切残さなかった。したがって、半世紀前に設立された地球連邦の政府が、いかなる条件の下で社会の崩壊を防ごうとしたのかは推測するほかない。

　文明は高度になればなるほど、情報の流通を維持することがより重要になり、この流通の妨害に対してますます敏感になる。この社会的血流が止まってしまったのだ。知識の唯一の宝庫は存命の専門家たちの記憶だったので、何よりもまずそれを保存しなければならなかった。一見、比較的簡単そうなこの問題は、解決できないことがわかった。新第三紀後期の知識はきわめて細分化されていたため、いかなる専門家も自分の分野全体は把握していなかったのである。そのため再構築には専門家グループの骨の折れる長期的な共同作業が必要であった。もしもすぐに着手していたら――

ベルマン歴史学派のラア・バル多知士八世は主張する――新第三紀文明は速やかに再構築されていたであろう。この著名な新第三紀時系列分類の作者には、こう答えなければならない――おそらく彼が要請した活動は膨大な知識の蓄積につながっていただろう、だが――この任務を完了しても――その知識を利用する人はいないだろう、と。荒廃した都市の廃墟をあとにする遊牧民集団にはその能力がなかっただろうし、野生化した彼らの子供たちはもはや読み書きの術《すべ》を知らなかっただろう。文明を救うべきときが訪れたのは、産業が混乱し、建設が停止し、輸送が凍結して、各大陸の飢えた群衆と、物資の供給が途絶えて生存が脅かされた火星植民団が助けを求めて叫んだときであった。専門家たちは人類をその運命の手に置き去りにして、自分たちだけで新たな記録技術を作り出すわけにはいかなかったのである。

　必死の努力が始まった。ある種の娯楽産業部門、たとえばいわゆる映画の製作はすべて、船やロケットの運行に関して流入する情報を即座に記録することに振り向けられた。なぜなら大事故が激増していたからである。記憶から復元された送電網図は服地に刻印された。書き込み可能な合成樹脂の在庫はすべて学校に配布された。物理学者たちは爆発の危険がある原子炉の面倒を見た。専門家の救助チームが地球のある地点から別の地点に急行した。しかし、そのすべては秩序のかけら、混沌の広がる海に溶けゆく組織の原子でしかなかった。絶え間ない衝撃に揺さぶられ、氾濫する文盲・無知・退行との長引く戦いにおいて、停滞した混沌期の文化は、歴史の成果のうち失ったものによってではなく、それでもなお、救い出せたものによって判断されるべきである。

〈大崩壊〉の第一波を食い止めるために最大の犠牲が必要となった。火星の地球側橋頭堡は救われ、この文明の背骨であるテクノロジーが再構築された。テープコレクションとマイクロフォンが、破壊されたパピル貯蔵所に取って代わった。残念ながら、その他の分野での損失は無慈悲なものであった。

　新たな記録媒体の生産が最も緊急の需要すら満たさなかったので、直接役に立たなかったものはすべて――文化の基盤を救うために――犠牲になった。最大の敗北を喫したのが人文科学である。知識は口頭で――講義の形で伝えられ、その聴講者らがその後、次世代の教育者になった。それは混沌期文化の驚くべき原始状態のひとつであり、それによって地球はカタストロフィーから抜け出したのだが、歴史学、史学史、考古学、古美学の分野では取り返しのつかない損失を被った。文献遺産はほんのわずかな断片しか助からなかった。何百万巻もの歴史年代記、新第三紀中・後期の貴重な遺物が灰になったのである。

ついに——混沌期末に——最も逆説的な状態のひとつが訪れた。当時は比較的発達した技術があり、重力子工学《グラビトロニクス》とテクノバイオティクスが活動の端緒につき、銀河内大量輸送が成功した後だったにもかかわらず——人類はみずからの過去について何ひとつ、あるいはほとんど何も知らなかったのである。新第三紀の莫大な成果のうち今日まで持ちこたえたのは、ばらばらに散らばった残骸に過ぎず、事実に関する報告は口頭伝承で繰り返し伝えられた結果、歪んで、理解不能なまでに変わってしまった。そして、今日に至るまで最重要な出来事の年代が不確かで、知識結晶が空白と白斑《はくはん》だらけの、まさにこうした歴史が我々の相続財産となったのである。

ここでは副知士ナップロ・レイスに倣《なら》って、パピル分解は結果として歴史分解であった、と繰り返すことしかできない。こうした背景に対して、しかるべき均衡で現れてくるのが予知士ヴィド゠ヴィスの業績であり、彼は公式の史学史と仲違いして、ひとりで研究を続け、『新第三紀人の記録』を発見した——それは何世紀もの深淵をくぐり抜けて我々に語りかける、亡国アメル゠ク最後の住民のひとりの声である。この遺物には比肩するものがないため、尚更重要である。なぜならそれは、古知士・記憶士シルチスのブラドラフ率いる考古学探検隊が先新第三紀前期の泥灰土ローム層から発掘したパピル製の出土品とは比較にならないからである。それらは第八王朝時代にアメル゠クを支配していた信仰に関わるもので、そこでは〈黒〉、〈赤〉、〈黄〉など様々な種類の〈危険〉について語られている——これはおそらく、人身《ひとみ》御《ご》供《くう》が捧げられたとされる謎の神ラス゠サと関連した当時のカバラの教理の呪文であろう。しかしこの解釈は、アデン横断学派と大シルチス学派、著名なゴッド゠ヴァアドの弟子グループとの間でいまなお論争中である。

新第三紀の歴史の大部分は——懸念すべきことに——永遠に秘密に包まれたままとなるだろう。なぜなら社会生活に関する最も重要な詳細が時間牽引法《クロノトラクション》でも引き出せないからである。部分的に再現できたその歴史の一部をここで紹介することは、このまえがきの範疇を超える。『記録』の本質を紹介するいくつかの指摘のみにとどめておこう。古代信仰は二つの部分に分かれて発展した。第一期（古信条期）には、存在するものすべてに対して働きかける超自然的、非物質的な原因要素の認識に基づいた様々な宗教が存在した。古信条期の恒久的記念碑としては、ピラミッド（新第三紀初期の作）および中第三紀の出土品（ラフランシアのゴシック様式尖塔寺院）が残った。

　第二期、つまり新信条期には、信仰は別の性格を帯びた。形而上学的要素が、いわば地上の物質界に具現化したのである。当時支配的だった主な宗派のひとつに、カプ＝エ＝タアル神信仰がある（またはクレモナ文書のパリンプセスト写本ではカッピ＝タア）。この神はアメル＝ク全土で信奉されていたほか、その崇拝はオーストラロインディアとヨーロッパ半島の一部にまで及んだ。アメル＝ク地域で発見されたゾウとロバの肖像とカプ＝エ＝タアル崇拝との関係は疑わしく思われる。カプ＝エ＝タアルという名称自体は発音することが禁じられており（類似の禁止はイズ＝ラエルにも見られる）、アメル＝クではこの神はおもにトオ＝ラルと呼ばれていた。とはいえ、ほかにも多くの典礼名があり、特別な教団（たとえばブロオ＝カー）が時々刻々それらの評価づけに携わっていた。カプ＝エ＝タアル神の個々の名称（または属性？）の市場価値の変動はこれまでのところ謎のままである。先混沌期の宗教のうちこの最後の宗派の本質を理解する難しさは、カプ＝エ＝タアルが超自然的存在であることを否定されたため、霊魂ではなく、そもそも生き物とは見なされてもおらず（このことは、精密科学が発展した時代には珍しい、この宗派のトーテム的特徴を証言するだろう）、少なくとも実際の活動においては、物質的な動産および不動産と同一視されていたことにある。それらを除けばそれは実在していなかった。しかしながら、この神には、サトウキビ、コーヒー、穀物の収穫から供物《くもつ》が捧げられていたことが立証されており、それは経済の衰退期のことで、あたかもこの残酷な神に許しを請うかのようであった。上記の矛盾は、カプ＝エ＝タアル崇拝に啓示の要素があるという事実によってさらに深まる。それによると、世界はいわゆる《神聖な所有》に基づいていた。この教義に反する試みは厳罰の対象となった。

　周知のように、グローバルな制御経済学《カイバーコノミクス》時代に先んじたのが、新第三紀末の社会静態《ソシオスタシス》の端緒である。複雑な集団儀式と制度的儀礼として組織化されるにつれ、カプ＝エ＝タアル崇拝は時と共に地球上の領土を次々と世俗的な社会静態経済支持者に奪われ、この古代信仰の支配地域とそれ以外の世界との間の対立が拡大した。

　この最も狂信的な信仰の中心地は最後まで、つまり地球連邦設立まで、歴代のプレシニド王朝によって統治された国家アメル＝クであった。彼らは、この言葉の厳密な意味において、カプ＝エ＝タアルの祭司ではなかった。プレシニド家（またはティルリア学派の用語によるとプレス＝デン＝ティド家）は第十九王朝時代にペンタゴンを建設した。新第三紀末の一連の巨大な石造りの建物のうち、この最初のものは何だったのか？　アクヴィリア学派の先史学者らは当初、エジプトのピラミッドとの類似から、それらをプレシニド家の廟と見なしていた。しかし、この仮説はその後の発見に照らして打ち砕かれた。これらがカプ＝エ＝タアルの聖堂であり、異教徒に対する十字軍と彼らの効果的な改宗戦略がそこで計画されていた、とする推論も崩れた。

　この問題は第二十四、第二十五王朝政府の最終段階を理解する上で間違いなく鍵となるものだったが、これを解決できる根拠となる事実がないため、歴史学者らは時間学研究所に援助を求めた。同研究所の厚意により、ペンタゴンの謎を解くために、時間牽引《クロノトラクション》分野における最新の技術的発見が利用できることになった。研究所は月の時間吸収衛星に蓄えられた千七百京《けい》エルグの電力を使用し、過去の奥深くへ遡って二百九十回の探査を行った。

　時間牽引《クロノトラクション》理論によると、時間を遡るには、実質的に巨大な物質的質量から離れなくてはならない。なぜならそれらへの接近は途轍もない量のエネルギーを吸収するからである。そのため過去の観測は成層圏高く浮かんだ複数の探測機《プローブ》によって行われた。それらが突然空に出現し、突然消えたことは、新第三紀の人々にとって相当な謎であったに違いない。予博士ストゥルルプランス二世によると、時間遡行探測機の出口は膨らんだ円盤状の物体として過去に出現し、それは空中に自由に浮かぶ重ね合わせた二枚の皿に似ているという。

時間遡行探測機はおびただしい資料をもたらしたが、なかんずくその助けを借りて我々は第一ペンタゴン建設時の本物の写真を入手した。その建物は正五角形で、一辺の長さが四百六十インフ、まさに石とコンクリートでできた迷宮であった。その廊下の長さは歴史知士セル・エエンの計算によると当時の単位で十七ないし十八マイルである。建物の入口は昼夜分かたず二百人の下級祭司が見張っていた。ヴァス＝エン＝トンの廃墟で発掘された年代記により、さらなる時間掘削を用いたおかげで、第二ペンタゴンを発見することができた。これは第一ペンタゴンほど見事ではなかった。なぜならそのかなりの部分が地面に埋まっていたからである。前述の年代記のある箇所は、それに続く第三ペンタゴンの存在を示しており、それは特別なカモフラージュと大量の食料・水・圧縮空気の備蓄のおかげで、完全に独立した施設、いわば国家の中の国家となるはずであった。しかし二十世紀アメル＝クの全領域にわたる体系的時軸探査でも、この建物の痕跡がまったく見つからなかったため、ほとんどの歴史学者は次のようなテーゼに傾いた。すなわち、発掘された年代記にある第三ペンタゴンの話は比喩的な意味であって、その建物は——信仰と想像力の産物として——信者の心の中で建てられたもので、その存在に関する噂を広めることは、信者数が減りつつあったカプ＝エ＝タアル教徒の心を元気づけるのに役立つことになっていた。

当時の若き予知士ヴィド＝ヴィスが考古学研究を始めた頃は、これが地球史学史の公式見解であった。

入手可能なあらゆる資料を独自の手法で研究した後、彼は論文を発表した。それによると、プレシニド家の権力が衰え、支配していた領土が縮小するにつれて、彼らは人間の居住地から離れたアメル＝クの山岳地帯の荒地のどこかに、新たな権力の中心地を建設しはじめた。それは岩山の下、奥深くにあり、その最後の神の安息地に信者以外が近づかないようにしていた。ヴィド＝ヴィスの見解によると、その仮説の最終王朝ペンタゴンは一種の集団的軍事頭脳であり、その任務はカプ＝エ＝タアル信仰の純粋さを監視すると同時に、この信仰を棄てた諸民族を改宗させることであった。

ヴィド＝ヴィスの仮説は既知の事実の大部分と矛盾していたため、専門家の間で冷遇された。特に、ヨオ・ナ・ヴァク、クイルルスト、ピスオヴォら、火星比較古学派の超知士に代表される批評家たちは、ヴィド＝ヴィスが主張する出来事の年代順に内部矛盾があることを示した。

問題は、ヴィド＝ヴィスの分析によると、最終ペンタゴンはパピル・カタストロフィーのわずか数十年前に建設されたという点にある。仮に――批判が上がった――第三ペンタゴンが実在したならば、そこに隠れたプレシニド家は間違いなく、カタストロフィー後に蔓延した無政府状態を利用しようとし、混沌時代のごく初期に地球の覇権を掌握しようとしたはずだ。たとえこうした連邦権力への襲撃が鎮圧されたとしても、そのあとにはせめて言い伝えの形で痕跡が残ったことだろう。だが史書はそれに類するものを何ひとつ記録していない。

ヴィド＝ヴィスは次のように主張してみずからの仮説を擁護した。アメル＝ク国民が《異教徒》側に転向し、連邦の残党と結託している間に、最終ペンタゴンの権力者はその完全な閉鎖を命じた。この地下のモロク神は、こうして全人類から切り離され、パピル・カタストロフィーと混沌時代まで生き残ったが、地表で起きていたこととは一切接触がなかったのだ、と。

しかし、カプ＝エ＝タアルの祭司と軍事奉仕者の仮説上の社会が、外界からそれほど完璧に隔離されることは到底ありそうにない、とヴィド＝ヴィスも認めた。そして、最終ペンタゴンは地上で起こっていることを観察する何らかの方法を持っていたと主張するに至ったが、その最終王朝の集団的軍事頭脳は、もはや侵略どころか破壊工作をする能力もなかったと見なしていた。連邦を攻撃することも権力を奪取することもできなかったのは、何となれば、一度岩山の中に埋もれ、その後の歴史の流れから切り離されると、壁の中だけでなく内部関係の体系に閉じこもり、カプ＝エ＝タアルの往時の力に関する神話そのもの、伝説そのものに生きつつ、みずからの中の異端を調査し、監査し、追い落としていたせいである。

ヴィド＝ヴィスのこの最後のテーゼは史学史から黙殺された。しかしこの研究者はあきらめなかった。二十七年間にわたって彼はひと握りの忠実な協力者と共に岩の多い《ロッキー》山脈全体を体系的に調査した。彼についてほとんど忘れられた頃、ついに彼の意地が勝利を収めた。三一四六年五ガ二十八日、考古学者の先頭グループがハアル＝ヴルド山麓で数百トンの崩れた岩の堆積を取り除いてみると、迷彩色に覆われ、完全に保存された、凸面の金属製盾——最終ペンタゴンの入口——が現れたのである……。

この地下建造物の調査は途方もない労力と資材を必要とする企てであることが判明した。なぜなら、世界と切り離されてから七十二年目に、最終王朝ペンタゴンを自然の大異変が襲ったからである。主山塊の花崗岩でできた中心部でわずかなずれが起きた結果、底部層に亀裂が生じ、マグマ深層と直接つながりができた。くりぬいた岩の奥深くはめ込んだコンクリート製防護殻は圧力に耐えられなかった。流れる溶岩が建物内に侵入し、下から上まで満たした。こうして、最後のプレシニド家の謎めいた地下活動のこの蟻塚は死んだ化石となり、千六百八十年間、その発見者を待っていたのである。

第三ペンタゴンのきわめて豊富な出土品を紹介するのは我々の仕事ではない。これについては特別な論文を参照するよう読者にお勧めする。ただ、これから『記録』を読むにあたって、いくつか指摘しておくべきであろう。

これが発見されたのは、第四階層、複数の浴室がある内廊下系の発掘作業を始めて三年目のことである。他のすべてと同じく化石化した溶岩に満たされた、そのうちの一室で、二体の人骨の一部が発見され、その下に——『記録』のオリジナルであるパピルスを巻いたものが見つかった。

読者も納得されるように、歴史知士ヴィド＝ヴィスの大胆な推測は圧倒的に真実だったのである。『記録』は地下に閉ざされた集団の運命を描いている。その集団は現実の出来事に関する知識を己に近づけようとせず、みずからが最遠銀河にまで及ぶ超大国の頭脳と司令部であるふりをするうちに——ついにその見せかけが信仰となり、その信仰が確信となった。読者は目のあたりにすることだろう——カプ＝エ＝タアルの狂信的下僕たちが、いかにしていわゆる《反庁舎》の神話を作りだしたかを、互いに密かに観察しあい、伝説的《任務》への忠実さと献身ぶりを調べることで、彼らがいかに命を浪費したかを、たとえその《任務》の現実性の最後の影がすでに彼らの念頭から消え去っていたときでさえ、彼らに残されていたのはただ集団的狂信の淵にますます深く沈むことだけだったのである。

発見された場所にちなんで『浴槽で発見された手記』とも呼ばれるこの『記録』について、歴史学はいまだ最終的な結論を出していない。手稿の各部分の成立時期についても定説がない――最初の十一ページをヒベリアドの知士たちは後世の偽作と見ている――しかし読者にとってそうした専門的な論争は重要ではないだろう。我々はこのへんで口をつぐみ、現代にたどり着いた、この新第三紀パピル時代最後のメッセージに、みずからの声で語ってもらうことにしよう。

## I

……面会票に記された番号の部屋は見つからなかった。最初に行き着いたのが〈真実主義《ヴェリズモ》部〉、次が〈偽情報部〉、そこで〈圧力課〉の職員に九階へ行くよう言われたので行ってみたが、そこではだれも取り合ってくれなかった。私は大勢の将校の間をさまよい歩き、廊下はどこも精力的な足音やドアの開け閉《た》てや踵《かかと》の音に満ちており、その軍隊風の響きの中に、イェニチェリ〔オスマン帝国の常備歩兵軍団〕の橇《そり》のごとき遠い鈴の音がガラスの音楽となって侵入していた。時折、給仕たちが湯気の立つティーポットを運んでいき、私が誤って入り込んだトイレでは、女性秘書らが急いで化粧を直しており、エレベーター・ボーイに扮した諜報部員らは私とおしゃべりを交わした――そのうち義足のひとりは何度も私を階から階へ運ぶうちに、遠くから会釈するようになり、折り襟に挿したカーネーション形のカメラで私を撮ることさえやめてしまった。正午頃にはもう私に馴れ馴れしく話しかけはじめ、自分の弱点を――エレベーターの床下に隠してあるテープレコーダーを見せてくれた。だが、私はますます気分が悪くなり、とてもそれどころではなかった。

　部屋から部屋へしぶとく歩きまわり、ひっきりなしに質問をしても、偽の回答しかもらえなかった。私は相変わらず〈庁舎〉を活気づけている機密の絶え間ない循環の外にいたが、なにしろ、くそっ、こいつのどこかの場所に侵入しなければならなかったのだ――二度、たまたま地下金庫室に入り込み、いちばん上にあった機密書類に目を通してみたが、そこにも私向けの指示はほんの少しも見つからなかった。数時間後にはもうすっかりいらいらして空腹で、昼食時間は過ぎていたし、食堂も見つからなかったから、別の戦術を使うことにした。

　白髪の上級将校がいちばん多いのは五階と憶えていたので、そこへ赴き、**受付済みのみ**と書かれたドアを通って副秘書室に入ると、一時的にだれもおらず、そこから――**ノックせよ**と書かれた脇の出口を抜け――干からびた動員計画でいっぱいのホールに出たが、ここで問題に直面した、というのも、そこにはドアが二つあったのだ――片方には**バランサー専用**の札があり、もう片方には**通行禁止**の文字が見えた。思案の末、二つ目のドアを開けたが、それでよかったことがわかった、なぜなら私がいたのは総司令官、カシェンブラデ指揮官の書記局だったからだ。そのドアを入ると、当直将校は何も訊かず、私をすぐに指揮官のところへ案内してくれた。

　ここでもガラスの柔らかな音が空気中に震えていた。カシェンブラデは紅茶をかきまぜていた。大柄な禿頭の老人だった。その顔は、エプロンのように垂れ下がった頬と、顎の下で皺だらけの皮膚となって、銀河形の徽章《きしょう》が付いた軍服の折り襟の上に休らっていた。机の上には目の前に二列の電話が並び、その横に偵察装置、中央には様々な標本のラベルが貼られたガラス瓶があったが、しかし酒精《アルコール》以外は何が入っているのかわからなかった。禿頭に血管を浮き立たせながら、指揮官はボタンを押して、いま鳴っている電話を黙らせるのに忙しかった。何台かが一斉に鳴ると、拳でキーボード全体を殴りつけた。私を目にするや、すべてのボタンをたたいた。静かになり、しばらくの間、聞こえるのはスプーンの音だけだった。

「ああ、君か！」と彼は言った。力強い声だった。

「そうです、私です」私は答えた。

「待ちたまえ、言うな、わしはもう思い出したぞ」ふさふさと垂れた眉の下から私を見つめながら、彼はつぶやいた。「はくちょう座イプシロン星の対ステラー再トランスパルションX‐27、だろ？」

「違います」私は言った。

「違う？　あっ！　よし！　わかった!!　モルビラトリンクスB‐KuK八十一号、コンマ、〈釘〉作戦だな？　BはビプロポダのBだろう？」

「違います」私はそう言って、相手の目の前に召喚状を差し出そうとしたが、彼はそれを嫌そうに押しのけた。

「違うだと？……」彼はつぶやいた。プライドを傷つけられたように見えた。彼は考え込んだ。紅茶をかきまぜた。電話が鳴った。彼はライオンの動きでそれを押し殺した。

「プラスティックかね？」突然私に面と向かって言っ

た。

「私がですか？」私は訊いた。「いえ、違います――通常です……」

　カシェンブラデは一斉にうるさく鳴りだした電話を一撃で絞め殺すと、いま一度私をまじまじと見つめた。

「ハイパーゴッド作戦……マンマサイクロガストロザウル……エンタ＝マ、ペンタ＝クラ……」己の無謬《むびゅう》性に予期せぬ空白があることを受け入れたがらない彼はさらに言い募ったが、私が答えずにいると、巨大な両手をキーボードに突いて、こう怒鳴った。

「出発!!!」

　どうやら私をドアの外に追い払おうとしているようだったが、異を唱えず従うには私はあまりに覚悟を決めていたし、また、あまりに文官的でもあった。相変わらず私は召喚状を持った手を差し出したまま立っていた。カシェンブラデはついにそれを手に取ると、見もせず、傍にある装置のスリットに何気なく投げ込んだ、するとその装置がうなりだし、彼に囁きはじめた。カシェンブラデは耳をそばだてにそばだて、その顔を雲が横切り、瞳の中では閃光が瞬いた。彼は私を不審げにちらっと見やるや、ボタンを押しはじめた。まず電話が一斉に鳴りだしたが、あまりの多さに具体音楽《ミュジーク・コンクレート》が生まれたほどだった。彼はそれを黙らせると、なおも押しつづけた。彼を取り巻く装置の一団は競って数字と暗号をがなりたてた。彼は眉をひそめて、まぶたを痙攣させながら聴き入っていたが、すでに嵐が脇にそれたことが見てとれた。彼は眉根を寄せて、突っ慳貪《けんどん》にこう言った。

「君の、その紙切れを出したまえ！」

「もうお渡ししました……」

「だれに？」

「閣下に」

「わしに？」

「指揮官殿に」

「いつ、どこで?!」

「ほんのいましがた、ここで閣下がそれを取っ……」

私は言いかけて、やめた。

　指揮官は私をにらみつけ、装置の下の抽斗《ひきだし》を引っ張り出した。空だった。私の書類が今頃どこをさまよっているのかは神のみぞ知る。もちろん、彼が誤ってそこに投げ入れたとは思いもしなかった。だがしばらく前から私は疑っていたのだ――宇宙管区総司令部は、進行中の百京もの案件を個別に操作するには明らかに大きすぎ、無数の机の間をめぐっているうち各書類はついにしかるべき部署にたどり着くに違いないと仮定した結果、ランダム・アクション・システムに切り替えたのではないかと。宇宙そのものも、時間はかかるが、しかし信頼できる、似たようなメソッドで動いている。宇宙と同じく永続的な機関にとって――なにしろ〈庁舎〉とはそういうものだった――その回転と摂《せっ》動《どう》のテンポは当然、数えられるものではなかった。

　しかし事情はどうあれ、召喚状は消えてしまった。カシェンブラデは力まかせに抽斗を閉めると、目をしばたたきながら、しばらく私を見つめた。私は身じろぎもせず、両手をだらんと下げたまま、手に何も持っていないのを気まずく感じながら立っていた。彼は次第に押しつけがましく瞬《まばた》きしていたが、私は何もしなかった。彼は情熱的に目をしばたたき、私はそのとき瞬きを返した。するとそれで彼は落ち着いたようだった。

「さてと……」彼はつぶやいた。ボタンを押しはじめた。複数の装置内がゴトゴト沸き立った。色とりどりのテープが装置から出てきて机の上を這いずった。彼はそのテープを少しずつちぎっては読み取ったり、ときには見もせず別の装置に投入したりしたが、するとその装置がコピーを作成し、オリジナルの方は自動屑籠行きになった。ついにそのうちのひとつから白いフィルムが出てきて、それには「指示書B―66―パプラ―ウェブウ」と印刷されており、あまりに大きな文字だったので机越しでも読み取れた。

「君は……派遣される……〈特別な……任務〉に」指揮官はリズミカルに言った。「潜入と体制転覆工作案件だ。もうあそこへは行ったかね？」彼は尋ね、瞬きした。

「どこへです？」

「あそこだよ」

　顔を上げ、もう一度まぶたをしばたたかせた。私は答えなかった。

　彼は蔑《さげす》むように私を見た。

「エージェントだな」ついに彼は言った。「エージェント、だろ？……エージェント……今日のエージェント……」

　次第に彼は憂鬱そうになっていった。その単語をあれこれ引っ張っては嘲笑し、ひゅうという音を立てて歯の穴に通したり、音節をいじめたりしていたが、突然、神経質に電話を絞め殺すと、こうわめきだした。

「何でもかんでも君に説明しなきゃならんのかね！　新聞を読んでないのか?!　星だよ！　ほら！　星とは何だ？　何をしている？　ほら?!」

「光ってます」私は自信なく言った。

「これがエージェントだとはな!!!　光ってるだと！　はっ！　どうやって?!　どうやって光ってるのかね？　何だ？　ほら?!」

彼は私にまぶたで合図をした。

「ま……瞬《またた》いています」思わず声を低めて私は言った。

「なんて察しの良いことだ！　ついにやったな！　瞬いている！　そうとも！　目くばせする！　で、いつだね？　何だ?!　知らんのか?!　当然だな!!!　こんな人材をここに送ってよこすのか！　夜だ！　夜だぞ!!!　闇の中で瞬き、震えている！　これは何だ？　だれが瞬いているのか?!　だれが夜中に?!　だれが震えているのか?!」

彼はライオンのように吠えた。私は青ざめて弦《げん》のようにぴんと立ったまま、嵐が通り過ぎるのを待ったが、嵐は通り過ぎなかった。カシェンブラデは青黒くふくれ、禿頭に青筋を立てて、執務室全体、庁舎全体に雷を落とした。

「星雲の逃走は?!　何?!　聞いたことがないだと?!　逃走だ!!!　これは何だ?!　だれが逃げるのか?!　これは疑わしい、それどころか——罪を白状しているのだ!!!」

彼は息を切らして、私を視線で打ち砕き、ついに重々しくまぶたを下げると、鋼《はがね》の声できっぱりとこう言った。

「莫迦《ばか》め！」

「閣下は我を忘れていらっしゃいます、指揮官殿！」私はつい言ってしまった。

「何？　何だと?!　閣下は我を……す？　閣下は我を忘れ……どういうことだ？　あっ！　合言葉！　合言葉か、よろしい。そうだ——これは別の話だ。合言葉は合言葉だ……」

彼は指で猛烈にキーボードをたたきはじめた。装置は、雨がトタン屋根に当たるような音を立てた。そこから緑色と金色のリボンが飛び出し、震えながら机の上にくるくると丸まっていった。老人はそれらを貪《むさぼ》るように読んだ。

「よろしい！」テープを全部もみくちゃにしながら、結論を出した。「貴官の任務は——現場調査、確認、捜索、場合によっては挑発、密告。ピリオド。N日N時、第N地域N区においてN部隊の甲板から出N。ピリオド。給与班のコードネームは〈幼児〉、惑星出張手当は酸素割り増し付与、臨時給与額は密告の重要度による。定期的に報告せよ。連絡はN－L方式、カモフラージュは、こと座－PiP型、活動中に戦死の場合は——死後に〈機密階級勲章〉を授与、まったき名誉、礼砲、その行為に称賛を込めた記念碑……。どうだね?!」彼は最後の言葉を投げつけた。

「もし死ななかったら？……」私は尋ねた。

大きな、寛容な笑みが指揮官の顔を明るくした。

「理屈をこねる奴だ」彼は言った。「理屈をこねる奴じゃないか？　ヘッヘッ……理屈っぽい……もしもこうなら、ああならだと……。たくさんだ！　わしのところに『もし』はない！　君は任務を受け取ったな？　受け取った！　これでしまいだ！　君はこれが何なのか、わかっておるだろうな？　ええ?!」広い胸から吐き出すように言った。彼の頬は穏やかに波打ち、勲章の金の四角形を閃光がさっと通り抜けた。「〈任務〉とは大したものだ！　それも、〈特別任務〉ときた——なんと！　〈特別〉なのだぞ！　いいか！　N時だ！　行け、若者よ、腐るでないぞ！」

「努力いたします」私は答えた。「で、私の任務は？」

彼はボタンをいくつか押し、複数の電話のベルに耳を澄ましてから、それらを消した。それまで黒ずんでいた禿頭が次第にバラ色を帯びていった。そして父親のごとく優しく私を見つめた。

「はなはだ！」彼は言った。「はなはだ危険だ！　だが何でもない！　自分のためではないのだ！　派遣するのはわしではない！　全体だ！　善だ！　なあ、君、君……N……難しい仕事だ……君は難しいやつを受け取った！　いずれわかるさ！　難しい、だがやらねばならん、なぜなら、なぜならそれは……」

「勤めですから」私はすぐさま言い添えた。

彼は顔を輝かせた。立ち上がった。胸元で勲章が揺れてチリチリと鳴り、装置と電話は沈黙し、照明が消えた。背後にからまった色とりどりのコードを引きずりながら、彼は私に近寄ると、戦略家の巨大な毛深い老いた手を私に差しのべた。私を試すようにじっと目で突き通し、眉は滑り落ちて隆起した丘を形作り、小さめの皺がそれを支えていた。そうして我々は握手で結ばれて立っていた——総司令官と密使は。

「勤めだ！」彼は言った。「厳しいぞ。勤めだ、若者よ！　勤めだ……達者でな!!!」

　私が敬礼し、回れ右をして部屋を出るとき、ドアのところで、冷めた紅茶を飲む音がまだ聞こえていた。強大な老人であった——カシェンブラデは……。

## Ⅱ

　総司令官との会話の印象もさめやらぬまま秘書室に入った。女性秘書たちは化粧をしたり、紅茶をかきまぜたりしていた。気送管から飛び出してきた書類の束には、指揮官の印で署名された私の任命書が含まれていた。女性職員のひとりがその書類に順番に極秘のスタンプを捺して次の職員に渡すと、彼女がその書類全体をカード目録に取り込み、その後カード目録は手近な器械で暗号化され、暗号鍵はたちまち破壊され、オリジナルはすべて焼却された。灰は篩《ふるい》にかけて登録を済ませた後、私の番号が付いた封筒に入れて封印された。封筒はリフトで地下の金庫に送られた。そのすべては目の前で起こっていたにもかかわらず、予期せぬ運命の転換に呆然とするあまり私は他人事のように距離を置いて見守るだけだった。あの指揮官の謎めいた発言は、どうしても極秘の事柄に関係するため、それらをほのめかすしか許されなかったのだ。遅かれ早かれその内容を知らされるに違いない。でないと私は〈任務〉を果たすことができないだろうから。その任務が、なくなった召喚状と何か関係があるのかどうかさえ知らなかったが、そんなことは突然降って湧いた私の出世の前では色褪せてしまった。

　そんな思いは、軍服にサーベルを下げた黒髪の青年が現れて中断された。指揮官の秘密副官ブランデルダシュ中尉ですと自己紹介すると、意味ありげに私の手を握り、私個人の担当を命じられていると言った。中尉は私を廊下の反対側にある事務室に案内し、紅茶を勧め、彼が思うに類《たぐい》まれな私の能力を褒めそやした、なにしろカシェンブラデがこれほどの堅い胡桃《くるみ》〈難しい課題〉を任せたのだからと。また私の顔、特に鼻の自然さをしきりに賞賛したので、ようやく両方とも特殊メイクと思われていることに気づいた。こういうときは控えめにするのがいちばんだと思い、私は黙って紅茶をかきまぜていた。十五分ほどして中尉は私を将校専用通路から業務用エレベーターに案内し、私たちは一緒にエレベーターの封印を切って階下に降りた。

「だが、しかし」私がもう廊下に足を踏み出していたとき、中尉が言った。「あなたはよくあくびをするほうですか？」

「気づきませんでしたが……何か？」

「いえ、何でもありません……あくびをする人は中までのぞき込めるんですよ、ねえ……で、いびきはかきませんか？」

「いいえ」

「おっ、それは結構。いびきのせいで命を落とした仲間は多いですからね……」

「その人たちはどうなったんです？」私は余計なことを言った。

　中尉は笑みを浮かべながら、軍服の徽章を覆っているケースに手を触れた。

「興味がおありなら、我々のコレクションをご覧になりますか？　ちょうどこの階の……柱が並んでいる……あそこが〈収集部〉です……」

「ええ喜んで」私は答えた。「でもそんなふうに勝手に時間を使っていいのですか？」

「もちろんですとも」中尉は軽く頭を下げ、しかるべき方向を示しながら答えた。「それにこれは単に好奇心を満たすというだけではありません……我々の仕事をより知っていただければいただくほど、よいのですから……」

彼は私の目の前の白い光沢のある、ありふれたドアを開けた。その向こうには装甲扉が輝いていた。番号錠を合わせると扉が左右に開き、秘密副官は私を先に通した。私たちがいたのは皓々と照らされた、窓のない大きなホールだった。格天井は列柱で支えられ、壁は黒、金、銀を基調としたすばらしいゴブラン織りやタペストリーで覆われていた。これまで私はそんなものを見たことがなかった。その材料は毛皮を思わせた。柱の間のワックスを塗った床の上に、ガラス製陳列戸棚や細い脚のついたショーケース、蓋を開けた状態の錠のついた櫃《ひつ》が並んでいた。いちばん手前の櫃は宝石のように輝くこまごました物で満たされていた。それはカフスボタンだとわかった。おそらく数百万個はあったろう。二番目の櫃には細長い真珠が山盛りになっていた。中尉は私をショーケースの方へ案内した。ガラスの向こうで照明に照らされてベルベットの敷き布の上に休らっていたのは、人工耳、橋義歯《ブリッジ》、つけ鼻、模造品の爪・疣・睫毛、偽物の歯茎の炎症による顔の腫れや瘤《こぶ》である。内部構造が見えるように断面を晒《さら》しているものもあった。ぷっくりふくれていると見れば、旋毛虫《せんもうちゅう》が優勢だったりする。後じさりしていたら真珠の入った櫃にぶつかって身震いした。歯だった——二股に分かれた、真珠のように小さな、シャベル型の、穴が開いたり開いてなかったりする、乳歯や臼歯、親知らず。

目を上げて案内役を見ると、彼は控えめな笑顔で最寄りのゴブラン織りを差し示した。私はそれを近くからまじまじと見た。長い顎ひげ、頬ひげ、かつらが、ナイロンの縦糸に縫い込まれて、背景全体に金髪が巨大な国章を形作っているのだった。私たちは次の部屋に移動した。そこはさらに広かった。ニッケルのスポットライトの下に並んだショーケースには、人工的な贈り物、何組かのトランプ、チーズがたくさん詰まっており、カラマツ材の格天井からは、紛い物の義肢、コルセット、衣服がぶら下がり、また模造昆虫にも事欠かなかった——この昆虫は、あらゆる資材を使える強大な諜報機関のみが獲得できる精度で作成され、ガラス戸棚四列を占めていた。副官はいちいち説明したりしなかった。ここに集められた犯罪の証拠《コルプス・デリクティ》それ自体がすでに物語っていると確信しているかのように。ときたま私が数多《あまた》の展示物の中で見るべき物を見落としそうになったときのみ、控えめな手の動きでその方向を示した。こうして彼が私の注意を向けさせたものに、相当な量のケシの実があった。それは研磨《けんま》されたガラスの下、白絹の上にきわめて人為的に置かれており、ケシの実の山の真上で透明なガラス板がその厚みを強力なレンズに変えていたおかげで、ケシの実の一粒一粒がくりぬかれているのが見えた。驚いて無言で中尉に問いかけると、彼はただ気の毒そうに微笑《ほほえ》んで、何も教えてあげられないというしるしに両手を広げたが、口ひげの陰の豊かな唇は、声を出さずに、秘密という単語を形作った。ようやく次のドア口で、私の前のそのドアを開けながら、彼はこう言った。

「面白い戦利品《トロフィー》がありますす……でしょう？」

私たちの足音のこだまがさらにすばらしいホールを満たした。私は顔を上げた。向かいの壁一面をゴブラン織りが占めていた。赤茶と漆黒で描かれた見事な構図は国家建設行為を表していた。副官は、いささかためらいながらも、ある高官の上着の一部が刈り込んだ黒い頬ひげでできているのを見せて、彼が暴いたエージェントのものだと教えてくれた。

　列柱の向こうから吹いてくる涼しい風が、広々とした続き部屋が近いことを告げていた。私はもう展示物を見ていなかった。茫然自失で案内役のあとについて照明にきらめく群れの中を歩み、金庫破り、誘惑、壁穿孔《せんこう》、山岳掘削《くっさく》、海洋干拓などの部門を通り過ぎ、動員計画を遠隔コピーしたり、夜を人工的な昼に変えたり、その逆を行ったりする数階建ての機械に目を瞠《みは》った。巨大なクリスタルの円天井の下、私たちは太陽黒点と惑星軌道を模した講堂を通り抜けた。何やら高価な材料でできたプレートにはめ込まれた星座のイミテーションと銀河の模造品が、暗号の説明書きを付けて輝いていた。壁際では強力な真空ポンプが音もなく作動し、偽造された原子と電子のみが持ちこたえられるような高度な真空状態としかるべき放射線量を維持していた。あまりにも過剰な印象にめまいを覚えると、ブランデルダシュは明らかに私の状態を察して、一緒に出口の方へ行きましょうと言った。時計仕掛けのばね錠が付いたドアの前で私たちは彼の軍服の上ポケットを開封し、彼が中からパスワードの入った封筒を取り出すと、ふたりでそれを読みとった。

〈収集部〉のおよそ半分あたりで、私はコレクション全体を見物した後どんなお世辞を言おうかと頭の中で組み立てはじめていたが、もはやひとことも発する力がなかった。ブランデルダシュはどうやら私の沈黙をも理解したようで、話しかけてこなかった。こうして私たちがエレベーターにたどり着いたとき、彼と同じような若い秘密将校がふたり、こちらに近づいてきた。敬礼した後、ふたりは私に丁寧に断って、副官を脇に呼んだ。彼らの短い意見交換を、私は壁龕《へきがん》に肩をもたれて見守った。ブランデルダシュはいささか不意を突かれたようだった――眉をつり上げて上級将校に向かって何か言っていたが、将校は肘をわずかに私の方へ向け、禁止の身ぶりをした。それでこの場面は終わった。副官は私に別れの挨拶もせずに、上級将校と共に立ち去った。そして下級将校が私に近づいてきて、親切そうな礼儀正しい微笑を浮かべながら、私をN部へ案内することになっていると説明した。

　反対すべき理由は見あたらなかった。すでに封印が解かれたエレベーターに一緒に乗り込んでから、私はこれまでの自分のガイドについて尋ねた。

「何でしょうか？」将校は私の口元に耳を近づけて訊いた。同時に、心臓が痛むかのように、胸に片手を押しあてた。

「あの、ブランデルダシュですが……解任されたのですか？　こんなこと訊くべきじゃないとわかってはいるんですが……」私は付け加えた。

「いやあとんでもない、何をまた」将校はすかさず言った。ゆっくりとした奇妙な笑みが彼の薄い唇を横に広げた。

「いま何とおっしゃいました？」彼は考え込みながら言った。

「何ですって？」

「その名前です……」

「ブランデルダシュですか？　まあ、何というか……だってあの副官はそういう名前だったじゃないですか？　私が間違えたのかな？……」

「いや、そんなことありません、そんなことありません」彼は急いで言ったが、その笑顔は次第に物思わしげになっていった。

「ブランデルダシュ……」エレベーターが減速してこれから止まるというとき、彼はつぶやいた。「ブランデルダシュ……ねえ……ブランデルダシュ……どうぞ……」

その「どうぞ」がだれに向けて言われたのかわからなかった――私にかもしれない、ちょうど彼がドアを開けたときだったから――それを知るためなら多くを差し出してもよかったのだが、すでに私たちは廊下に並んだ光輝く白いドアのひとつを目指して足早に歩いていた。将校はドアを開けて私を中へ入れると、すぐに閉めた。私がいたのは細長くて狭い部屋で、窓はなく、四台の机の上では低く下げたスポットライトが点灯し、そのそばで壮年の将校たちが働いていた。暑かったので制服の上着を脱いで椅子に掛け、シャツの袖をまくり上げて書類の山にせっせと取り組んでいた。そのうちひとりが背筋をぴんと伸ばし、眼鏡の奥の黒く光る目で私をじっと見つめた。

「何のご用ですか？」

私は瞬間的ないらだちの反応を飲み込んだ。

「〈特別任務〉です――カシェンブラデ司令官の推薦で」

残りの将校たちがこの言葉を耳にして顔を上げるだろうと思っていたが、それは間違いだった。

「お名前は？」眼鏡の将校は、同じく冷たい実務的な口調で私に尋ねた。スポーツマンらしい筋肉質の手は日に焼け、小さな暗号のタトゥーがあった。

私は自分の名を名乗った。ほぼ同時に彼は自分の机の上にある小さな器械のキーを押した。

「〈任務〉の種類は？」

「特別です」

「目的は？」

「ここに来ればわかるはずなのですが」

「そうですか？」彼は言った。椅子から上着を取り、それを着て、ボタンをはめ、肩章の覆《おお》いを直すと、次のドアへと向かった。

「どうぞ、ついてきてください」

私は彼のあとについていったが、ようやくそのときになって、ちらっと横を見ると、私をここに連れてきた将校がまったく室内に入らず、廊下に残っていたことがわかった。

新たな私の案内役は机の上のスポットライトを点《とも》すと、立ったまま自己紹介した。

「暗号下士官ダシェルブラルです。どうぞ、お掛けください」

彼がベルを押すと、おそらく秘書であろう若い女が、紅茶を二つ運んできて、私たちの前に置いた。ダシェルブラルは私の向かいに腰を下ろし、しばらく何も言わずにコップの中でスプーンを動かしていた。

「あなたはご自分の〈任務〉の本質に導かれることを期待していらっしゃるのですね？」

「そうです」

「ふむ。これは難しくて複雑な〈任務〉だ……そう……むしろ風変わりですね、あの……すみませんが、お名前は？」

「さっきと同じです」私はかすかに笑って答えた。

将校は笑顔で答えた。きれいな歯をしていて、その瞬間、彼の顔は自由と誠実さを放射していた。

「ははあ、完璧、完璧ですよ。ありがとうございます。それじゃあ……煙草はいかがです？」

「ありがとうございます、吸いません」

「それは結構、大変結構。人間は悪癖を持つべきではありません、いかなる悪癖もね、ええ……ちょっと失礼」

彼は立ち上がって上の明かりを点けた。そのとき私は壁一面を占める巨大な鉛色の金庫を目にした。ダシェルブラルはダイヤル錠の七つの数字を順番に合わせ、巨大な鋼板が音もなくわずかに開くと、金属製の棚に入っていた書類ファイルの束を置き換えはじめた。

「指示書をお渡ししましょう」彼はそう言ったが、低いブザーの音で中断し、振り返って私を見た。

「申し訳ありません……何か急用のようです。ちょっとお待ちいただけますか？　せいぜい五分くらいですから……」

私はうなずいた。将校はドアレバーを静かに下げて出ていった。私ひとり、スポットライトの光を浴びながら、金庫の半開きの扉と差し向かいで残された。

私を試そうというのだろうか？　こんな素朴でがさつな方法で？　そう思うといささか腹立たしかった。しばらく静かに座っていたが、何かのはずみで頭が少し金庫の方を向いた。すぐさま反対側を見たが、そこでまた機密書類の棚の列を映している鏡に出くわした。それで寄木細工の床板を数えることにした。あいにく床はリノリウムで覆われていた。両手を組み、白くなった指関節をじっと見つめているうちに、怒りが湧きあがった。どうして好きなところを見てはいけないのか？　書類ファイルは黒と緑とピンクで、黄色いものも何冊かあった。それらからは丸い封印の付いた紐が垂れていた。いちばん上にある一冊のファイルは、ページの隅が三角に折られていた。――やはり気をつけるべきこともある――私は思った――結局、私に〈任務〉をまかせたのは総司令官自身なのだから、必要とあらば彼を盾にすればいい――だがいったい自分はどんな必要を考えているのか？

　腕時計をちらっと見た。将校が出ていってからすでに十分が経っていた。部屋にはかすかな物音も聞こえてこなかった。私が座っていた椅子は硬かった――時が経つにつれて、ますますはっきりそう感じた。足を組んだが、それだともっと居心地が悪かった。立ち上がって、折り目が皺にならないようズボンを伸ばすと、急いでまた座った。今度は肘を突いている机まで私を締めつけてきて痛い。棚に並んだファイルを縦に横に数えた。もう一度、手足を伸ばした。数分が過ぎた。空腹がつのってきた。紅茶の残りを飲みほし、スプーンでコップの底から砂糖をすくい取った。もはや半開きの金庫を見ていられなかった。ただ激怒していた。腕時計を一瞥すると、ほぼ一時間が経っていた。次の一時間が過ぎた頃には、あの将校が戻ってくるという希望を失いはじめていた。彼の身に何かあったに違いない。何だろう？　ブランデルダシュの突然の解任を引き起こしたのと同じことかもしれない。名前はカシュレルブラドだったっけ？　アルデルクラシュ？　ダルデルブラルル？　バルダクラシュ？　どうしても思い出せなかった――おそらく空腹と怒りのせいだろう。立ち上がって、神経質に部屋の中を歩きはじめた。ほぼ三時間、機密文書が詰まった開いた金庫と差し向かい――こいつはきわめて重大問題くさかった。うまいこと私ははめられたのだ、あいつに……あいつ――あいつの名前はいったい何だったっけ?!　もし、だれを待っているのかと人に訊かれたら……。私は出ていくことに決めた。よろしい、だがどちらの方向へ？　ここに来るとき通った、あの部屋に戻るのか？　尋問が始まるだろう。私の話は信じがたく聞こえるだろう。そう感じた。私にはもう判事たちの顔が見えた。「あなたが名前すら憶えていない将校が、金庫開け放しの部屋にあなたひとりを置き去りにしたというのですか？　上出来ですが、古いですね……何かもっと独創的な話を考え出しましょうよ？」暑くて、首筋と背中に汗が流れ、のどが渇いていた。私は将校の紅茶を飲みほすと、すばやく周囲を見まわして、金庫を閉めようとした。掛け金が掛かろうとしなかった。ダイヤル錠をあれこれ回してみた——扉は頑固に跳ね返って、どうしてもぴしゃりと閉まらない。廊下で足音が聞こえたような気がした。後ろに飛び退いた拍子に、袖をファイルに引っ掛けて、ファイルの山全体が床に崩れ落ちた。ドアレバーが傾いた。そのとき私は実に莫迦げたことをしでかした——机の下にもぐり込んだのだ。見えたのは入ってきた人の足だけ——制服のズボンに、先の尖った黒い靴。その人はつかの間じっと立っていた。そっとドアを閉めると、爪先立ちで金庫に近づき、私の視界から消えた。紙をめくるさらさらした音が聞こえ、ほどなくそれに静かなシャッター音が加わった。わかった。機密文書を撮影していたのだ。つまり……つまりこれはＤＯＫ〔軍団地区司令部〕の将校ではなくて……。

私は机の下から四つん這いで出ると、床を滑るようにしてドアの方へ向かった。ぱっと立ち上がり、ドアに駆け寄って、一気に廊下に出た。勢いよくドアを閉めるとき、一瞬、恐怖に歪んだ青ざめた男の顔が見え、その手からカメラが滑り落ちたが、それが床にぶつかる前に、私はもうその場を離れていた。背筋を伸ばし、過度にカチカチになって、規則正しい足どりで前進した。廊下のカーブや角をいくつも通り過ぎていくと、並んだ白いドアの向こうから事務の抑えた物音と共に、もはや謎めいたことは何もないガラスのチリチリ鳴る音が聞こえた。

どうする？　どこへ行けばいい？　この一部始終を報告する？　だがあの男はきっともうあそこにはいないだろう——あのあとすぐ逃げたに違いない。残っているのは金庫、開いた金庫と、部屋全体に散らかった書類だけだ。私は動けなくなった。だって隣室で私は自分の名を名乗ったし、あの若い将校が私をあそこへ連れてったんじゃないか。彼らはもう知っているに違いない。〈庁舎〉全体にきっと秘密の警報が発令されているだろう。彼らは私を捜しているのだ。あらゆる階段、出口、エレベーターは包囲されている……。

私は周囲を見まわした。廊下では通常の喧噪が続いていた。数人の将校が抱えていたファイルは、金庫の中にあったのと瓜二つだった。湯気を上げるティーポットを持った給仕が通り過ぎた。エレベーターが止まり、そこから二人の副官が下りてきた。私はその傍らを通り過ぎた。彼らは振り返りもしなかった。どうして何も起きないのか？　どうしてだれも私を捜したり、追跡したりしないのだろう？　もしや……もしやこれは全部……全部ずっと試験の続きなのか？

　次の瞬間、私は決断した。最寄りのドアに近づいた。その番号を読み取った。７６９４１。気に入らなかった。先へ進んだ。７６９５０番の前で立ち止まった。ノックする？　ナンセンス。

　ドアレバーを押して中へ入った。二人の女性秘書が紅茶をかきまぜており、三人目は皿の上にオープンサンドイッチを広げていた。三人とも私には注意を向けなかった。私は彼女たちの机の間を通り過ぎた。別のドアが――次の部屋に続いている。私は敷居をまたいだ。

「あなたか？　ようやく来ましたね……。どうぞ。どうぞ気楽にしてください……」

　机の向こうから私に微笑みかけていたのは金縁眼鏡の貧相な老人だった。ミルクのように白いまばらな髪の下にピンク色の禿頭が無邪気にのぞいていた。目は胡桃のようだった。誠実な笑みを浮かべ、歓迎のジェスチャーをしていた。私は柔らかな安楽椅子に身を沈めた。

「〈特別任務〉にカシェンブラデ指揮官が……」私は話しはじめた。老人は私にしまいまで言わせなかった。

「ええ確かに……確かに……よろしいですか？」

　震える指で老人は器械のキーを押した。

「あなたは……」私は言った。彼は笑みは浮かべていたものの、厳粛で真面目な顔つきで立ち上がった。左目の下まぶたがかすかに痙攣していた。

「盗聴官バッセンナックです。握手させていただけますか？」

「はじめまして」私は言った。「私のことをご存じなのですか？」

「知らないなんてことがあるものですか！」

「そうなんですか？」私は呆然としてつぶやいた。「あの……ということは……私宛ての指示書をお持ちですか?!」

「おっ、そう来ましたか！　それについては急ぎません、急ぎませんよ……空白の中での孤独な年月……黄道十二宮……考えるだけで心が痛みます！……そうした距離については……ねえ……これがすべて真実だとしても、人が信じたり甘んじたりするのは何とも難しい、そうじゃないですか？　ああ、私、年寄りがくだらんことをしゃべってますね……私は、ねえ、生涯一度も飛んだことがないんですよ……そういう仕事なんです……机に向かって……腕カバーをして……袖口が傷《いた》まないように……十八双の袖カバーを使い古してね……その揚げ句がこう」彼は両手を広げた。「こうですよ、ねえあなた……すべてはそのせいです……おしゃべりなんかして申し訳ない……よろしいですかな？」

　老人は招くように自分の安楽椅子の後ろのドアを指し示した。私は立ち上がった。

　彼は私を緑色に統一した巨大なホールに招き入れた。床は湖のように輝き、遠く奥の方では、緑色のテーブルが、繊細な彫刻が施された椅子に囲まれていた。私たちの足音は教会の身廊の中のように響いた。私の横をせかせかと歩いていた老人が、微笑みながら指で眼鏡を直していたのは、眼鏡が絶えず短い鼻からずり落ちていたからだ。彼は背もたれに国章が入ったクッション張りの椅子を私の方へ引き寄せ、自分はもう一脚に腰を下ろし、干からびた手で紅茶をかきまぜ、口をつけると、こう囁いた。「冷めてる……」そして私を見た。私は黙っていた。老人は秘密めかして身をかがめた。

「きっといささか驚かれたでしょうね？」

「えっ……少しもそんな……」

「いや……私みたいな老人には話してもいいんですよ……無理にとは言いません、無理にとは言いませんがね……私としてはね……でも、ねえあなた、孤独、開かれた謎の扉、誘うような暗い深み、誘惑の誕生——何と人間的なことか！　何とわかりやすいことか！　好奇心とは何か？　新生児の最初の反応です！　最も自然な反応、結果を生み出す原因を発見したいという願望、そしてこれがまた、次の行為の発端となって、連続性を生み出すわけです……こうして我々をがんじがらめにする鎖ができあがる……始まりはこんなに素朴で！　こんなに無邪気で！　単純だ！」

「すみませんが」彼の言葉にいささか呆然となって私は尋ねた。「いったい何のお話でしょうか……何を目指されているんです？」

「そこです！」老人は弱々しい声を張りあげた。「そこですよ！」なお一層私の方へ身をかがめた。眼鏡の金縁がきらりと光った。「ここに原因があり、あそこに結果がある！　何について？　どこから？　どこへ？　ああ、我々の思考は、そうした問いに答えがないかもしれぬという事実を受け入れられず、すぐさま勝手に答えを作り出して、空白を埋め、形を変える、ここをちょっと削って、あそこを足して……」

「すみません」私は言った。「でもこのすべてが何なのかさっぱりわからないんですが……」

「待て！　待ちたまえ！　すべてが、すべてが暗闇というわけではない。私は自分にできるかぎり努力しておる……。どうかこの老人を大目に見てやってくれ――あなたは私に何をお望みでしたかな？」

「指示書です」

「指示……」

老人はほんのちょっと驚いたかのように口ごもった。

「それは確かかね？」

私は答えなかった。彼は金縁の奥でまぶたを軽く閉じた。彼の唇が何かを数えているかのように音もなく動いた。その唇の干からびた動きから、こんな言葉が読み取れるように思われた。「十六……一を除いて……六はそのまま……」

老人は信頼の笑みを浮かべて私を見た。

「そう……完璧……完璧ですよ……。何のことかって？　指示書……書類……計画……文書……攻撃行動モデル……戦略的計算……すべては機密、すべては唯一のものだ……。ああ、敵はいったい何をするだろう、狡猾でおぞましい敵は、何をするだろう、言うなれば、攻略するために！　せめて一晩でも、一瞬でも所持するために！」ほとんど歌うように言った。「だから敵は、偽装し、訓練を受け、変装した、熟練の連中を送り込んでくる、潜入し、たどり着き、盗み出して、複写するために、しかも連中は大勢いるのだ！」老人はかぼそいかすれ声で叫んだが、あまりに興奮していたため、鼻の上で絶え間なく傾く眼鏡の両端を両手で押さえつけていた。

「さてここで……あいにく、いかにしてそれを防ぐのか？……連中はもう所持しているのだ……我々は何百回も何千回も発見しては、犯罪者の手を切り落とし……陰謀を暴き出し……毒を剝《む》き出しにする……だが陰謀は繰り返す……切り落としたところに新しい触手が生えてくる……でも終わりは、終わりはわかっている――ある者が隠したものを別の者が発見する。物事の自然な流れだ、何と自然なことだろう、ねえ……」

老人は笑顔で理解を求めながら、息切れと闘っていた。私は待った。

「しかし、考えてもみたまえ、もしも計画がもっとたくさんあったとしたら？　一案ではなく、二案でも四案でもなく、千あったら？　一万あったら？　百万あったら？　連中は盗み出すだろうか？　盗み出すでしょうね、ええ、でも何というか……一番目が七番目と矛盾し、七番目が九百八十番目と矛盾し、今度はそれが他のすべてと矛盾する。各々が勝手なことを言っていて、それぞれ異なる——どれが正しいのか？　どれがあの、唯一の、最高機密で、どれが優れているのか？」

「もちろん……原本《オリジナル》ですよ！」ほとんど意志に反して口をついて出た。

「まさしく！」老人は勝ち誇って大声を上げたかと思うと、ゴホゴホと咳き込んだ。ひどく息を詰まらせ、眼鏡が落ちかけたのを最後の瞬間につかまえたのだが、そのとき、眼鏡が鼻の一部と共に顔から離れたように見えたのだけれど、おそらくそれは錯覚、おぞましい錯覚だったのだろう、なにしろ咳のせいで顔が真っ青になっていたのだから。老人は乾いた薄い唇を舐めた。わななく両手を膝の上で組んだ。

「つまり……つまり何千もの金庫が……何千もの原本が……至るところ、すべての階の至るところにあるんですよ——錠の陰に、デジタル錠の、掛け金の陰にね。原本ばかり、唯一無二のものばかり、それが百万もあって、それぞれ違うのです！」

「すみません」私は口を挟んだ。「するとあなたは、作戦計画なり動員計画なりがひとつではなく、無数にあるとおっしゃりたいのですか？」

「ええ！　そうですとも！　完全に理解してくださいましたね。すばらしい……」

「まあ、いいでしょう……しかし、どれかひとつは本物があるはずでしょう、つまり、もし何かが起こって、必要になった場合、それに従うべきものが……」

彼の顔に現れた変化に驚いて、言い終わらなかった。老人は私が瞬く間に怪物にでも変身したかのように私を見つめていた。

「そう……思われますか？」かすれた声で言った。眼鏡の金縁の中、干からびた蝶のような震えるまぶたで瞬きをした。

「それはどうでもいいのです」私はゆっくりと言った。

「あなたのおっしゃるとおりだとしましょう。結構です……ただ……それが私に何の関係があるんです?! それに——申し訳ないが——それが私の〈任務〉とどんな関わりがあるんです?」

「どんな〈任務〉ですと?」

　彼の謙虚で臆病な笑顔は優しさに満ちていた。

「〈特別任務〉です、私が推された……でもそれは最初にお伝えしましたよね?……私を推薦したのは総司令官、カシェンブラデ指揮官だと……」

「カシェン……?」

「ええそうです、カシェンブラデ——まさかご自分の指揮官の名を知らないなどと、私に吹き込むつもりじゃないでしょうね?」

　彼は目を閉じた。目を開けたとき、その顔には影が差していた。

「申し訳ないが……」彼は囁いた。「ちょっと席をはずしてもよろしいですか?　ほんの一瞬だけ……」

「いいえ」私はきっぱりと答えた、が、彼はもう立ち上がりかけていたから、穏やかに、だが、しっかりと彼の肩をつかんだ。「お気の毒ですが……あなたはどこへも行けません、我々が片付けるべきことを片付けないうちは。私は指示書を取りに来たのだし、それを受け取ることを望んでいます」

　老人の口がわなわなと震えた。

「しかし……しかし、あなた……どう理解すればいいのか……そんな……」

「原因と結果です」私は冷淡に言った。「任務、目的、活動内容を挙げてください!」

　老人は真っ青になった。

「どうぞ!」

　老人は黙っていた。

「どうしてあなたは計画が多数あることを私に話したのですか?　ええ?　だれがあなたにそうしろと命じたのです?　言う気はないですか?　大いに結構。時間はあります。待ちますよ」

　老人は震える両手を組んだり、ほどいたりした。

「では私に何も言うことはないのですね?　これが最後の質問ですよ!」

　老人は頭を下げた。

「何を……何をする?!」私は叫び、彼の肩をつかんだ。その顔は一瞬で変わり、鉛色にふくれて、恐ろしい形相になった。目を剝いて彼は薬指にはめた指輪の石に吸いついていた。何かがかすかにカチッといった——金属のピンが金属に当たったかのように——そして彼の緊張した筋肉が私の手の中で溶けてゆくのを感じた。一秒後——私がつかんでいたのは死体だった。手を緩めると——彼は力なく床にずり落ち、硬くなって、唇には一滴の血もなく、眼鏡の金のつるが片方ずり落ちたが、それと同時に——赤ん坊のようにピンク色をした、白髪の下から光って見える禿は、その下に隠されていた漆黒の髪の房をあらわにしていた……。私は足元に死人を置いて立ったまま、自分の心臓がばくばくいう音に聴き入っていた。目は光る周囲のあちこちを飛び移った。どうやって逃げる？　いまにもだれかが入ってきて、私が死体と一緒にいるところを見つけるかもしれない、この人は責任ある地位にあった……正確には何だったかな？　上級……上級——何だっけ？……暗号官？　盗聴官？　何でもいい！　私はドアに向かって歩きだし、ホールの半ばで立ち止まった。通り抜けられるだろうか？　彼らは私を見分けるだろう。二度もうまく行くはずがない、もう不可能だ！　何て説明すればいい？　どうやってここから抜け出す？

　引き返して、床から死体を持ち上げると、かつらが落ちた——死んでから急に彼は何と若返ったことか！——それをきちんと元どおりにかぶせると、冷たくなった体に触れて湧きあがる反応を抑えながら、腋の下を抱え——両足は地面に引きずって——後ろ向きにドアの方へ向かった。突然気を失ったんです、と言おう——莫迦げた言い逃れだが、ほかより悪くも良くもない。難しい……難しい……苦境だ。

　前に彼と話した部屋は空だった。そこには二つのドアがあり——一方は秘書室に、もう片方はおそらく廊下に通じていた。私は彼を机の後ろの肘掛け椅子に座らせたが、彼は机に突っ伏してしまい、姿勢を直そうとしたものの、さらにひどくなり、左手が肘掛けからはみ出てぶらぶら揺れたので、彼を打ち捨て、もう片方のドアから走り出た。もうどうとでもなれ！

## Ⅲ

　どうやら昼休みだったらしい――将校、職員、女性秘書、皆がエレベーターのそばにひしめいていた。私はいちばん大きな集団に混ざった。ほどなくするともう階下に降りていた――あの忌まわしい場所からなるたけ遠く離れるために……。

　昼食はかなり控えめだった。クルトン入りポテトスープ、硬くて嚙み切れない肉のロースト、水っぽいコンポート、タールのように黒いけれど味のない紅茶。料金を請求したり、勘定書を提示したりする人はいなかった。幸いなことにテーブルでは会話がなかった。食事前の挨拶をする人さえいなかった。その代わり至るところで、判じ絵、ワードパズル、クロスワードパズル、記憶術、アルゴリズムを解いていた。人の興味をそらないように、私はポケットに入っていた紙切れに鉛筆で何か書きはじめた。四十五分後、入口の群衆をかき分けて廊下に戻った。大きなエレベーターが仕事へと急ぐ集団を吸い込んでいた。刻々と人が減っていく――私もどこかへ行かねばならなかった。最後に残った人々のひとりとして乗り込んだ。エレベーターが何階に止まったのかさえ気づかなかった。廊下は、これまで通ってきたところと同じで、窓がなかった。二列の白いドアがカーブまで続き、その先には――私は知っていた――さらにその列が続いていた。乳白色の丸い光が琺瑯《ほうろう》のプレートに踊っていた。７６９４７、７６９４８、７６９５０……。

　私は立ち止まった。この番号……この番号だ……。私は身じろぎもせずに立っていた。廊下は一時的に人通りがなかった。闇雲にさまよううちに、いったいどうやってここに戻ってきたのだろう？　このドアの向こうには――もしまだ発見されていなければ――彼が休らっているのだ。額を机にもたせかけ、金色の眼鏡のつるを顔にめり込ませて……。

　だれかが近づいてきた。こうして突っ立ってはいられなかった。最大限の努力で逃げ出したい気持ちを抑えた。カーブの向こうから現れたのは、背の高い無帽の将校だった。私は道を譲ろうとしたが、将校は真っすぐ私の方へ向かってきた。謎めいた曖昧な笑みが、その浅黒い顔に浮かんだ。

「失礼ですが……」将校は私から三歩離れたところで、声を低めて言った。「ちょっとよろしいですか？」

将校は片手で次のドアを示した。

「どういうことでしょう」私もやはり小声で答えた。

「おそらく……何かの間違いでは」

「いや、違います……違います……絶対違います……さあどうぞ……」

将校はそのドアを開けて、私を待っていた。私は一歩、二歩と進んだ――入ったところは明るい黄色の執務室だった。机と何台かの電話と椅子のほか、部屋に備品はなかった。私はドアの近くに立っていた。将校はドアをそっと入念に閉め、私の脇を通り抜けた。

「どうぞお掛けください……」

「私がだれかご存じなのですか？」私はゆっくりと訊いた。

彼は会釈をするかのようにうなずいた。

「ええ、知っています……どうぞお掛けになって」

彼は私に椅子を近づけた。

「何を話せばいいのか、わかりません」

「ええ、もちろんですとも、わかりますよ、それでも私は完全な機密保持のために、あらゆる手を尽くす所存です」

「機密保持ですって？　何のことです？」

私は立ったままだった。彼が近づいて来ると、息の温かさがほとんど感じられるほどだった。彼の目が私の目にじっと張り付いたかと思うと、つっとそらし、また戻ってきた。

「あなたの……ここでの活動は……計画から……はずれています……」彼は声を低め、ほぼ囁き声で言った。「無論、基本的に私はあなたの邪魔をすべきではありませんが、私があなたにあることを伝えたほうがよいのではないかと……あなたと差し向かいで話したほうが余計な混乱が避けられるのではないでしょうか」

「共通の話題は見当たりませんが」私は冷淡に答えた。ただ彼の言葉にも口調にも、おもねるところがないばかりか、視線もあまりに将校らしくなかったので、そのことに元気づけられた。たぶん彼は意図的に私を落ち着かせようとしていたのだ、これ以上恐ろしいことはないようにと……。

「わかります」長い間を置いてから彼は言った。その声には何か捨て鉢な調子があった。彼は片手で顔を撫でた。

「こうした状況で……そうした任務を帯びていれば……どんな将校だってあなたのように振る舞うことでしょう、しかし職務のためには、ときに例外を設けることもできます……」

私は彼の目を見つめた。まぶたが震えていた。私は腰を下ろした。

「伺いましょう」私は指先を机に当てて言った。「あなたが私に……話すべきだとお考えのことを話してください……」

「ありがとう……ありがとう！　回り道はいたしません……あなたは上からの指令で動いておられ、私は超捜査に関しては理論的に何も知りません……でもあなたは現状をご存じでしょう！　大変なんです！　漏洩《ろうえい》があるんです！　あなたもご存じでしょうけど！」彼は私のひとことを、瞬きを待っていたが、私は身じろぎもしなかったから、彼は病的に目をぎらぎらさせ、頬を紅潮させ、寒さのせいであるかのように、その浅黒い肌から青白さが透けて見えた。彼はいきなりこう言った。

「いいですか！　あの老人はずっと前から彼らのために働いていたのです……。私が正体を暴いて、彼が白状したとき、公式には彼をＤＳ部に引き渡すのが私の責務でしたが、そうする代わりに同じ地位に置いておくことにしました……。彼らは相変わらず彼を自分たちのエージェントだと思っていましたが、いまではもう我々のために働いていたのです……彼らはあの老人のもとへ自分たちの味方や急使を送り込んでくることになっていたから、私が罠を仕掛けたのですよ……。あいにく、その代わりにやって来たのがあなたというわけで……」

彼は仕方ないというように両手を広げた。

「待てよ……それじゃあ彼は我々のために働いていたと？」

「もちろんです！　私の圧力の下でね！　ＤＳ部も同じことをしたでしょうが、しかしその場合、この件は私の〈部〉からすり抜けてしまったでしょう、そうじゃないですか、それに彼の正体を暴いたのは私なのに、だれか別の者が自分の手柄にしてしまったでしょう……でも私はそれが理由ではなく、ただ手順を簡略化してスピードアップするために……職務のためを思って……」

「いいから、いいから……しかしそれならどうして彼は……」

「どうして服毒自殺したか？　もちろん彼は、あなたをこれまで待っていた急使だと思い込み、あなたが彼の裏切りにもう気づいていると思ったわけです……あれはチェスのポーンだったのです……」

「ああ、それで……」

「そうです……単純な話です……。確かに、私は自分の権限を越えて、彼をこれまでどおり働かせていたことを認めます。私を追い込むため、あなたはあの老人のところへ直接派遣されてこられた……陰謀です」

「いやそんな……私は偶然あの部屋に入っただけです！」私は思わず言った。だが私がこの言葉を悔やむより先に、将校はにやりと笑った。

「その並びの部屋部屋で何が待っていたのか、あなたはなぜ知っていたのでしょう」将校は目を伏せてつぶやいた。

「何ですって……」

同じ白髪ピンクの金縁眼鏡をかけた老人たちが列をなし、辛抱強く微笑みながら、自分の机の向こうで待ちかまえ、彼らがいるこぎれいな明るい部屋の内部が果てしない回廊となって続く――そんな幻が彼の言葉からわらわらと飛び出し、内心身震いしたほどだ。

「ということは、あの部屋だけじゃないと？」

「もちろんです、我々はリスクなしに働かねばなりません……」

「では、あの別の部屋部屋も？……」

彼はうなずいた。

「そしてほかの人たちも皆？……」

「入れ替えられています、もちろん……」

「彼らはだれのために働いているんです？」

「我々のため――そして彼らのためです。どういうことか、あなたはご存じでしょうが――でも我々は彼らをしっかり抑えていますから、我々のために、より生産的に働いてくれています……」

「待てよ……だが彼は私に何をしゃべった？　動員計画とか……原本の何千ものヴァリアントだとか……」

「ああ、それは暗号だったのです……認識暗号……符牒です……あなたが理解できなかったのは、彼らの暗号だったからです……彼はきっと、あなたが理解しようとしないのは、つまり自分の裏切りを知っているからだと考えたのでしょう。我々は皆、胸に暗号解読器を持っていますから……」

　彼は制服の胸のボタンをはずして、シャツの下に隠れていた平べったい機器を見せた。私をエレベーターに乗せた将校が片手で心臓を押さえていたのを思い出した。

「あなたは陰謀だと言いましたね。それはだれの陰謀だったんです？」

　将校は青ざめた。まぶたがしばしばたたいて、落ちた。数秒間、目を閉じたまま座っていた。

「高く……」彼は囁いた。「高く買いかぶりすぎたのです私を、しかし私は無実です……。仮にあなたがご自分の広い権限のうち一部でも利用したいとお思いなら……」

「何です？」

「この件を取り下げることも、できるのですが……」

　しまいまで言わなかった。近くから私の顔の表面を伺っていた。彼のじっと動かない大きく見開いたガラスのような白目が見えた。膝の上で固まった両手の指で、制服のラシャ地を伸ばしたり、撫でたり、引っ張ったりしていた。

「九百六十七割る十八割る四百三十九」彼は懇願するように囁いた。

　私は黙っていた。

「四百……四百十一……六千八百九十四割る三……。駄目ですか？　それなら割る四十五！　割る七十!!!」彼の震える声が私に哀願した。私は黙っていた。彼は壁のように青ざめて、立ち上がった。

「十……十九……」なおも試みた。それはうめきのように聞こえた。

　私は答えなかった。ゆっくりと彼は制服のボタンをはめた。

「こうですか？」彼は言った。「わかりました。十六……いいでしょう……ならば……失礼します」

　私がその印象を払い落とす前に、彼は隣の部屋へ出ていった。

「あなた！」私は叫んだ。「待ちなさい！　私は……」

　ぴったり閉まっていないドアの向こうで銃声が轟き、それに伴って体が倒れる鈍い響きがした。私は髪を逆立て、麻痺して部屋の真ん中に突っ立っていた。逃げろ！　逃げるんだ!!!――と頭の中で吠えていたが、同時に全身が聴覚に変わり、依然として隣室から流れてくる物音を捕らえていた。何かがかすかにコツッといった。まるで踵が床を打ったかのような。さらにひとつ、紙か布がこすれるような音……そして静寂。まったくの静寂。わずかに開いたドアの隙間に制服のズボンの片脚が黒く見えた。そこから目を離さず、私は後じさりして出口へ向かい、手探りでドアレバーを見つけ、それを押した……。

廊下は――横目で両側を確認した――人けがなかった。ドアを閉めると、向き直って背中でドアにもたれた。向かい側では、片手を無造作に壁龕に突き、開いたドアの中にずんぐりした将校が立って、身じろぎもせず私を見つめていた。私のはらわたが崩壊して空虚になった。私は呼吸をやめ、彼の退屈で少々怠惰な視線の下で次第に薄っぺらくなった。幅広く、頬がたっぷりした彼の顔が、つのる不快感をあらわにした。彼はポケットから何か小さな物を取り出した――折り畳みナイフ？――それを一回、二回、三回投げ上げ、相変わらず私を見ながら、しっかりと握り、人差し指を引くと――かすかなカチッという音と共に刃が飛び出した。彼はそれを親指の腹で試した。唇の端だけでニヤリと笑った。「そうだ」と言うかのように、ゆっくりとまぶたを閉じ、自分の部屋に退いてドアを閉めた。私は立って待っていた。静寂の中、どこかで上昇するエレベーターの遠い鼻歌が流れてきた。それは弱まり、消えた――そして再び自分の血の音しか聞こえなくなった。私はつややかなペンキ塗りのドアから両手をはがした。鍵穴は見ていたか？　いや。それは黒い点だった。一歩、二歩、三歩……私は歩いた……歩いた……再びひとりきりで、集まったり分岐したりする、傷ひとつない壁と輝くドアが並ぶ、窓のない、光に満ちた無数の廊下を、疲れ果てて、どこであれ、防音板の向こうで回る何千もの回転ドアのうち、どれかの入口に侵入しようと試みるだけの気力もなかった。ときどき壁に寄りかかろうとしてみたが、壁はあまりに滑らかで、あまりに垂直すぎて寄りかかれず、巻いていなかった腕時計はいつの間にか止まっていて、もう夜なのか、まだ昼なのかもわからず、次第に体が麻痺するなか時折足踏みしたり、意識を失ったりしたが、突然ドアのバタンと閉まる音や動くエレベーターの音で目を覚まし、書類ファイルを抱えた人々をやり過ごすと、人けがぱったり途絶えることもあれば、将校の列が同じ一方向を目指していることもあり――ここでの仕事は二十四時間体制なのだろう――私は出ていく人々や、それと交替する人々を眺めていたが、その後どうなったのか、よくわからない。実際、後の方の数時間は何も憶えていない、というのもただ前に向かって歩いていき、エレベーターに乗って、どこかへ運ばれて降りたり、おざなりに何か訊かれれば答えたりもしたのだが――だれかが私に「良い夜を」と挨拶しなかっただろうか？――私の精神は何も受け入れず、ただ外部を反射していただけだったのだ、水を注がれて、きらきら輝く伸びた粘土の塊《かたまり》のように。最後に、どうしてかは皆目わからないが、私はトイレの入口にいた。ドアを開けると、そこは外科室に似た、ニッケルと磁器に輝く浴室で、石棺のように彫刻された大理石の浴槽があった。その縁に腰を下ろすやいなや、眠りに落ちるのを感じた。最後の力を振りしぼり、私をつけまわす明かりを消そうとしたが、スイッチがどこにもなかったので、左右に身を傾けながら、浴槽の広い縁にもうしばらく座っていた。ニッケル鍍金《めっき》のパイプに反射した光の火花が執拗に私の目を攻撃し、まぶたにピンを差し込んで、こじ開け、睫毛に飛び散った――こうした拷問にもかかわらず私は両手で顔を覆って眠りにつき、何やら硬い寝台に倒れ込み、角張った物に頭をぶつけたが、痛みさえ私の目を覚まさなかった。

　どのくらい寝ていたのかわからない。私はきわめてゆっくりと目覚めた――現《うつつ》の入口に積み重なる不定形の、重要ではないが無気力な障害物に打ち勝って。ついに最後の障害物を、棺《ひつぎ》の蓋のように押しのけると――高い、白く彫刻された天井の裸電球からほとばしる光が私の瞳孔を突き刺した。

　私は大理石の浴槽の台の下に仰向けに横たわっており、骨は、ひどく転倒して折れているかのように痛かった。なるたけ急いで全部脱ぐと、シャワーで体を洗った。浴槽の上の銀色の容器の中に、いい香りのする液体石鹸のボトルがあり、また、毛羽だった、お誂《あつら》え向きにごわごわしたタオルも見つけた。大きく見開いた両目が刺繍されていた。それでこすると全身に生き生きと血がめぐりはじめた。体が温まってさっぱりすると、急いで服を着た。これまでこの先どうするかについて全然考えていなかった。ドアの掛け金に片手を伸ばしながら、目覚めて初めて、自分はどこにいるのだろうと考えたのだが、その理解の明瞭さが放電のように私を打ちすえた。私は不動の白い迷宮を感じ、それはこの薄い仕切りの向こうで、それ自体と同様に果てしない私の彷徨をじっと待ちかまえており、その廊下のネットワークは防音壁で部屋と区切られていて、各部屋が己の物語に私を引き込んでは、すぐに吐き出そうとしていた――その光景を予知して私は戦慄し、一瞬で汗みずくになり、少しの間、助けか慈悲の一撃を求めて無意味な金切り声をあげながら、外に駆け出そうとしていた……だがこの弱さの接近はごく短時間しか続かなかった。私は深呼吸をし、背筋を伸ばして、服の埃を払い、それどころか、脇の洗面台の上にある鏡で、しかるべき外見かどうかチェックしさえした――そして規則正しく、速すぎず、遅すぎもせず、〈庁舎〉のテンポによって課せられた実務的な足どりで、外に出た。

　浴室を出る前に腕時計を八時に合わせた。昼か夜かもわからなかったので、せめて相対的な時間経過の中で自分の位置を決めるため、あてずっぽうでそうしたのだ。私の出た廊下は主な廊下から分かれた人通りの少ない脇道だった。本道に近づくと、もう通常の人の動きが見えた。業務は続いていた。もしかしたら朝食時間で、食堂が開いているかもしれないと儚《はかな》い期待を抱いて、エレベーターで下に降りてみたが、ガラスのドアは閉まっていた。中は清掃中だった。それで引き返して四階に上がった。なぜ四階かというと、その階のボタンが他のボタンよりも頻繁に押されたみたいに、より光っていたからだ。廊下は、他のすべてと同じく無人だった。

　その廊下がほぼ終わる辺り、曲がり角の手前のドアのそばに兵士が立っていた。何の階級もない一兵卒を見るのは初めてだった。地味な軍服に白いベルトを締めていた。手袋をはめた両手で黒っぽい短機関銃を持ち、彫像のように直立していた。私が通り過ぎても、目さえ動かさなかった。十数歩先で私は急に振り返ると、兵士が見張っているドアの方へ直進した。もしここが最高司令部の正式な入口だとしたら、通してもらえる見込みはまずなかったが、敢えて危険を冒したのだ。ドアレバーに手をかけて、目の端でちらっと兵士を伺った。私を気にも留めず、完全に無関心で、反対側の壁の中立な一点を見つめていた。私は中に入った。正面には――驚きのあまり、私は震えた――ひびの入った楣《まぐさ》〔開口部上の横材〕の下から螺旋《らせん》階段が上へ伸びており、長年踏まれた段は鞍のように中央が窪んでいた。一段目に足をかけると、刺すような異様な寒気の一筋が両足を包み込むのを感じた。私は片手を下ろした。手は、上から降りてくる冷たい空気の流れに沈んだ。私は歩きだした。上では、薄闇を通して、半開きのドアのガラスがぼんやりした染みとなって見えていた。私がいたのは暗くなった礼拝堂の入口だった。奥の、十字架のキリストの下に、蠟燭に囲まれて開いた棺が横たわっていた。炎はかすかに揺れながら、死者の顔にぼんやりした不安定な照り返しを投げかけていた。黄ばんだ仄明《ほのあかり》でかろうじて見分けられる通路の両側に、黒っぽい塊となってベンチが並んでいた。その向こうには、見通しのきかない、何かを隠している壁龕が口を開けていた。靴底が石の床にぶつかる音が聞こえたが、人影は見えなかった。通路をゆっくりと進みながら、この礼拝堂を出たらどこへ行こうかと、そればかり考えていたが、揺らめく影の中をさまよう視線がついに死者の顔に達した。きれいに固まった蠟に描かれたような晴れやかな顔を私はただちに見分けた。棺の中には、胸の半ばまで旗に覆われ——旗は巧みに折り畳まれた見事な襞《ひだ》となって段に流れ落ちていた——老人が休らっていた。硬く糊のきいたレースが棺の頭板の下から出て、頭を取り巻いていた。金縁眼鏡は掛けておらず、そのために、また死んでいたせいもあろう、その顔だちからは戸惑ったような剽軽《ひょうきん》さが消えていた。老人は、あたかも最終的に覚悟を決めて終わったかのように、体を真っすぐ伸ばして厳粛に横たわっていた。私は次第に歩調を緩めながらも、彼から流れてくるように思われる高まる冷気の波の中を、絶えず老人に向かって進んだ。丁寧に皺を伸ばしたキャンバス地の旗の両側から両手が出て、入念に組まれていた。ただ片手の小指だけが曲がらずに、嘲笑とも警告ともつかず突き出ており、その反抗的な孤立で目を引いた。どこか高みから一、二度聞こえたのは、ひとつの音と言うよりは、漏れのあるオルガンパイプの喘鳴《ぜんめい》で、だれか部外者が鍵盤で聖歌隊の音色を試したかのようだった——だがその後はまた静かになった。

死者のために用意された名誉は私を幾分驚かせたが、それは表面的な反応だった。実際私は自分の状況に興味を奪われすぎていた。凍える足で棺のそばに立ち、ステアリンの生ぬるい香りを吸い込んでいた。蠟燭の芯のどれかがパチッとはぜ、肩に何かがそっと触れるのを感じ、と同時に流れる囁きが私の耳に直接届いた。

「捜査はもう済みました……」

「何ですって？」私は言い、その言葉は声高に言われたわけではなく、単に抑えきれずに発せられただけなのだが、見えない天井に跳ね返って、深々と引き伸ばされたこだまとなった。すぐ後ろに背の高い将校が立っていた。顔は青白く、少しふくれてつややかで、鼻は青ずんでいた。制服の折り襟の間に前後を逆にした硬い襟《カラー》が明るく光っていた。

「あの、これは……司祭様、何かおっしゃいましたか？」私は小声で尋ねた。彼はうやうやしく目を細めた。なるたけ目立たない方法で私に挨拶したいとでもいうかのように。

「ああ、いや……誤解です……人違いしました。それに私は司祭ではありません……修道士です」

「えっ、そうなんですか？」

私たちはしばらく黙って立っていた。彼は頭を横に傾げた。頭は丸坊主に剃られていて、頭頂に小さな丸い縁なし帽《ヤルムルケ》が載っていた。

「あの……ちょっとお尋ねしますが……故人とはお知り合いでしたか？」

「ある意味では……でも疎遠……疎遠でした」私は答えた。彼の目は——実際私に見えたのはその中で震える微細な蠟燭の反映だけだった——きわめてゆっくりと私の姿に沿って降りていき、同じく考え深げに戻ってきた。

「最後のお勤め〔葬儀のこと〕ですか？」彼は不快な馴れ馴れしさをにじませて私の耳に息を吹きかけた。そしていま一度私を、さらに慎重に観察した。私は断固とした不機嫌な視線で答えた。それで彼は背筋をぴんと伸ばした。

「あなたは……代表として派遣されたのですか？」彼は従順に言った。私は黙っていた。

「すぐに……すぐにミサがあります」彼は真剣につぶやいた。「葬儀、それからミサです。もしお望みならば……」

「それはどうでもいいことです」

「もちろん、もちろんですとも……」

次第に寒くなってきた。氷のような風が蠟燭の間を渦巻き、炎を揺らめかせた。横から私の目に鏡の反射が閃《ひらめ》いた。そこ、棺の近くに立っていた重たい四角形、大きな冷却機がニッケル格子越しに冷気を吹き出していた。

「なかなかよい設備だ」私は無関心につぶやいた。修道士‐将校はちらっと横目で見ると、チーズでこしらえたような白く柔らかな手で私の袖に触れた。

「報告させていただけますならば、必ずしも……」彼は囁いた。「多くの不適切な行為や……怠慢……職務遂行の上でいい加減なところがありまして……将校‐修道院長はすべての職務を十全に果たしておりません……」

こうした言葉をのろのろと言いながら、同時に私の顔を間近で伺いつつ、いつでも退却できるようにしていたが、私は黙って、身じろぎもせず、影に洗われた死者の顔を見つめていた。するとそのことが明らかに彼を勇気づけた。

「私ごときが口を挟む問題ではありませんが……敢えて申し上げたく……」私のこめかみに彼の息が当たった。「しかし、仮に質問の権限を与えられていたならば、私は職務上なんらかの援助をして差し上げられると思いますが、あなたは……上からのご命令で？」

「そうです」私は答えた。彼の唇が賛嘆のあまり開いて、馬のような大きな歯を見せた。私の答えを楽しむかのように、そんなふうに痛々しい笑いを浮かべつづけていた。

「ですからお話しさせていただいてもかまわないでしょうか……もしお邪魔でなければ」

「かまいません」

「ありがとうございます……職務上の不備がますます多くなっております……」

「神の？」私はほのめかした。彼の笑顔が活気づいた。

「神は我々のことを決してお忘れになりません……私が念頭に置いているのは私どもの〈部〉のことです」

「あなたがたの？」

「そうです、〈神学部〉です……。情報提供者課のアムミョン神父が最近横領しました……」

彼は話しつづけたが、私は話の筋を見失った。というのも棺に横たわる老人の突き出た小指がぴくっと震えたからだ。氷のように固まって、修道士‐将校の嫌らしく生暖かい息を首筋に感じながら、私はその指をじっと見つめた。ほかの指はすべて、半ば曲がり、互いにぴったりくっついて、貝殻状に凹《へこ》んだ蠟の塊で形作られたかのようだったが——この一本だけ、ほかよりもふっくらしてバラ色を帯び、震えており、このあり得ない突飛な振る舞いに、小刻みに震えるその動きの剽軽さに、私は老人の生き生きと分散した本性を見出したような気がした。同時に、その動きには何か非肉体的な、この上なく軽やかなものがあり、そのことが死者の復活という考えから思考をそらし、昆虫が飛び立つ寸前に腹部の輪郭の微妙なぼやけとして現れる微細かつ最速の仕草へと思考を差し向けた。私は大きく見開いた目で、ますます明白になっていく絶え間ない震えを捕らえた。「まさかそんなことが！」思わず口をついて出た。修道士が身をかがめて、私に駆け寄った。

「本当ですよ！　誓って。職務上、私の口は嘘で汚されてはいません……」

「そうですか？　では……その……どうぞブラザーお話しください、あなたがたの……仕事のことを」私は半ば無意識に答えたが、老人と差し向かいでいるよりは、この修道士のおぞましい執拗さの方がまだましだと突然気づいたのだ。二人いれば、死者はそれ以上何もしないだろうと期待したかのように。

「告解記録は保管がずさんです……管理されていません……我々の諜報員《プラグ》の半分は焦げついています……将校‐門衛修道士は抜粋や通行証を期限内に届けるよう気を配っていません……魂交通課では挑発的活動が完全におろそかにされています……」

「何を……何を話しているんです？」私はつぶやいた。小指は落ち着いていた。出て行かなければ、それもなるたけ早く、だが私はもうこの場面にあまりに深くはまり込んでいた。

「どんな具合です……宗教儀式は？」心ならずも査察官役に慣れてしまい、私は何気なく言った。

彼の興奮は高まった。涙にうるんだ目をきらきらさせて口でシューシューと音を立て、密告の快さが彼をはちきれんばかりにし、唇は白っぽい唾液の沈殿物に覆われていた。

「儀式！　儀式です！」彼はこれから行う告発の重みに増長して、いらだたしげにしかめ面をした。「説教はいかなる活動もそそのかしておりませんし、数量的成果がありません、盗聴の規則はしょっちゅう破られ、〈高位目的〉課において横領が隠蔽された不祥事にまで至ったのは、ひとえに隠密修道士マルフスが聖具室係と結託したからでありまして、見返りとして彼は聖具室係に第八課の巡礼女たちを余計に送り込んでいるのです、当然ながらしかるべく調整した者を、そして司祭－将校オルフィニは、必要な報告をする代わりに、神秘主義と戯《たわむ》れ……地球外の罰について話しているのです……」

「宇宙のですか？」

「それならいいのですが！　ところが、いや、それが……あいにく、お名前を存じませんで……」

「何、そんな必要はありませんよ……」

「最終的な罰については……理解しています、トゥルカの同僚たちのおかげで、どれだけ効果的な可能性が手元にあることか……だが同時に隠密修道士マルフスは聖書の暗号を解読したと左に右に吹聴している……これがどういう意味かおわかりですか？」

「冒瀆でしょう」私は言ってみた。

「冒瀆には神みずから対処できます、恐ろしくはありません……問題は修道会全体のことなのです！　聖なる背教理論の神学的根拠です」

「わかりました、わかりました」私はせっかちに答えた。「一般論はさておき。その隠密修道士マルフスの……見た目はどんなふうでした？　でもどうかブラザー、手短にお願いします……」

「ではご命令に従って……。修道士マルフスが三重装であるということは以前から知られていました——聖歌の際に使う方法です……おわかりでしょう——修道士アルミゲンスが彼を見やぶることになっていました……我々は民間人を数人差し向けました……彼は床に腹這いにひれ伏して合図を送っていました……これはまあ、第十四条違反です……四半期ごとの分析では、彼の将校－聴罪司祭のカズラ〔ミサ用の袖無し式服〕に二本縒《よ》り合わせた銀の糸が縫い込まれているのが見つかりました……」

「糸？　何のために糸なんか？」

「え、何ですって……盗聴器をスクリーニングするためですよ……私は聖体拝領者たちを個人的に取り調べました」

「ありがとう」私は言った。「もう十分です。大まかなところはわかりました。下がっていただいて結構ですよブラザー……」

「しかし、しかし私はまだ……」

「さようならブラザー」

修道士は背筋をぴんと伸ばし、両手をズボンの縫い目に当てて立ち去った。私はひとりになった。ということは、宗教儀式は副次的な追加業務、道楽の一種ですらなくて、もっぱら通常業務の外殻になっていたのか？　私は死者を見た。小指がぴくっと震えた。棺に近づいてみた。――もう行こう――と思った。ポケットに入れていた片手がいきなり飛び出して、老人の手に落ちた。つかの間とはいえ、その冷たく乾いた皮膚に触れた痕跡が私の記憶に押し入り、同時に、かろうじて指の腹で触れただけの小指が、私の手の中に残った。反射的に私はそれを手放した――それは旗の皺の間を転がって止まった。小さなソーセージみたいにバラ色だった。そのままにしてはおけなかった。拾い上げて目に近づけた。それはまるで水疱《すいほう》でできているかのようで、皺や爪まで描かれていた。義指か？　ゆっくりと引きずるような足音が聞こえた。その弾力のある物体を私はポケットにしまった。数人が礼拝堂に入ってきた。花輪を抱えていた。私は円柱の陰に退いた。金文字が書かれた追悼のリボンが広げられた。祭壇前に司祭が現れた。侍祭がその祭服を整えていた。私は周囲を見まわした。すぐ後ろ、聖ペテロの変節を描いた浅浮き彫りの横に、掛け金のついた狭いドアがあった。そのドアを入ると細い廊下が左に曲がっていた。その廊下が終わる辺り、三つの昇り階段がついた一種の広い壁龕の前で、修道服に木のサンダルを履いた修道士が三本脚の腰掛けに座っていた。こわばった胼胝《たこ》だらけの指で聖務日課書のページをめくっていた。彼は目を上げて私を見た。大層年寄りで、坊主頭に土のごとき暗褐色の小さな丸い縁なし帽《ヤルムルケ》が載っていた。

「そこを通るとどこに出ます？」私は壁龕の奥のドアを指差して尋ねた。

「はあ？」老人は片手を耳に当てて、しゃがれ声を出した。

「そのドアはどこに通じていますか?!」私は老人の方へ身をかがめ、大声で言った。うれしそうな理解の光が彼の落ちくぼんだ顔を蘇らせた。

「いいや、あなた……どこにも通じておらん……ここは庵室だ……マルフェオン神父の、庵室……我らが隠者のな……」

「何ですって?!」

「庵室ですよ、あなた……」

「では……その隠者に会えますか？」私は呆然となって尋ねた。老人は首を横に振った。

「いいや、あなた……無理です……隠者の庵《いおり》ですからな、あなた……」

私は躊躇したが、階段を登ってそのドアを開けた。薄暗い、がらくたでいっぱいの玄関の間のようなところに何かが見えた。隅々には汚れた袋や干からびた玉ねぎの皮、空き缶、棒状の腸詰、石炭の粉などが山積みになっていた――このすべてが紙切れと混じりあって床を覆いつくし、真ん中にだけ通路が通っていた、というか、床が剝き出しの部分が点々と足の踏み場となって次の、削っていない丸太造りのドアまで続いていた。ごみ捨て場を何とか通り抜け、ドアにたどり着くと、鋳鉄製の巨大な弓形の取っ手を押した。急いた摩擦音と激しい囁き声が聞こえ、床に置いてあるかのように低く燃える蠟燭に照らされた暗がりの中、私の目に見えたのは、複数の人影が部屋の隅に押しかけたり、四つん這いで歪んだテーブルの下や寝台の下に潜り込んだりする混乱した逃走の様子だった――その駆け抜ける人影のひとりが蠟燭を吹き消すと、喧嘩腰の囁きと息切れに満ちた漆黒の闇が訪れた。肺に吸い込んだ空気には、体を洗っていない大勢の人間のむっとした悪臭が立ちこめていた。私は急いで引き返した。

老修道士は、私が通りかかると、祈禱書から目を上げた。

「隠者は会ってくれなかったかね？」しゃがれ声で言った。

「眠っています」私は通り過ぎながらぽつりと言った。彼の言葉が私を追いかけてきた。

「人が初めて来たときは、いつも眠っていらっしゃる、話をするのは二度目のときで、そうなるともっと長居することになりますよ、あなた……」

礼拝堂を通って戻るほかなかった。葬儀はもう済んだようだった。棺も旗も花輪も消えていたから。ミサも終わったのだ。薄暗い説教壇に司祭が立ち、教会全体に向かって両手を振りおろしていた。その胸の金襴《きんらん》の下から四角いものが突き出ていた。

「……なぜならばこう言われているからです。『あらゆる誘惑を終えると、一時悪魔は彼から離れた』と……」説教者の高い声が震え、暗い円天井に達した。『一時』と述べられていますが、ではどこにいるのでしょう？　私たちの皮膚の下でざわめく赤い海の中でしょうか？　自然の中でしょうか？　だが、ああ、兄弟たちよ、私たち自身がちっぽけな自然ではないでしょうか、その木々のざわめきは私たちの骨がポキポキ鳴る音の中に響いていないでしょうか、私たちの血の流れは、大洋が己の海中骨格である石灰岩の洞窟に入り込む流れよりも塩気に乏しいでしょうか?! 私たちの目の砂漠は絶え間ない火を燃やしていないでしょうか?! そして私たちは結局のところ、平穏に至る騒々しい序曲、遺骨に至る夫婦の褥《しとね》、そして、血管内でさまよいながら私たちの世界を全力で一周しようとしている微生物にとってのみの宇宙と永遠ではないでしょうか?! 私たちは自分たちを設立したものと同じく不可解であり、不可解な謎で息が詰まり、不可解な謎と交流しているのです……」

「聞こえてますか？」背後で囁く声がした。目の端で捕らえたのは、修道士‐将校の光る青白い顔だった。

「息が詰まる、か……あれで挑発的な説教だというのだから！ 何も吹き込めやしません。大した挑発ですよ！」

「秘密の鍵を探すべからず、なぜならば見つかるのは、錠前こじ開け棒だからです！ 探究できないものを探究すべからず！ 謙虚であれ！」説教壇からの声は、石造りの湾曲した円天井に轟《とどろ》いた。

「あれがオルフィニ司祭です。もう終わりますから、すぐに呼んで参ります……あなたはこれを利用すべきですよ——報告するには最適な人物ですからね!!」青白い修道士は腐った息を私の首筋に吐きかけながら、ひそひそ言った。信者のうち近くにいた者たちが振り返ってこちらを見はじめた。

「いや、いや！」私は言ったが、彼はもう脇の通路を祭壇に向かっていた。

司祭は姿を消した。修道士が突然の速足で引き起こした動揺が、居合わせた人々の注意を私に向けた。こっそり逃げ出したかったが、出口は混雑していた。そうこうするうちに修道士は、制服に着替えた司祭を連れて、もう戻ってきた。司祭の袖をつかんで私の方へ押しやると、彼の背後でいわくありげなしかめ面をしてみせ、円柱の影に姿を消した。最後の信者たちが礼拝堂を去った。私たちふたりだけが残った。

「あなたは……告解をなさりたいのですか？」歌うような穏やかな声でこの人物は私に話しかけた。白髪まじりのこめかみ、高く剃りあげた頭髪、禁欲者の緊張した不動の顔、口には金歯が一本、その輝きはあの老人を思い出させた。

「いえ、とんでもない」私は急いでそう答え、思いもよらぬ考えに突き動かされて、思わずこう言った。「必要なのはただ、ある種の……情報だけです」

　聴罪司祭はうなずいた。

「どうぞ」

　彼が先を歩いた。祭壇の後ろに何かの絵のルビー色のランプでバラ色に染まった低いドアが見えた。その向こうの廊下はかなり暗かった。顔を壁に向け、布で覆われたり覆われてなかったりする聖人像が両側に立っていた。私たちが入った部屋の明るさに衝撃を受けた。ドアの正面の壁は巨大な金庫で占められていた。酸化した鋼鉄に琺瑯を象嵌《ぞうがん》した巨大な十字架が黒々と見えていた。司祭は私に肘掛け椅子を示し、自分は書類と古い帳簿に覆われたテーブルの反対側に移った。制服姿でも彼は、ピアニストの腱を備えた白く雄弁な手を持つ司祭らしく見えることをやめず、青い静脈の死んだ網がこめかみにしるしをつけ、皮膚は乾いて隆起した骨に直接くっついているように見え、何もかもが彼の中では不動で平静だった。

「伺いましょう……」

「司祭様は〈指示部〉長をご存じですか？」私は尋ねた。彼はわずかに眉を上げた。

「エルムス少佐か？　知っておる。知っておる」

「彼の部屋番号も？」

　司祭はうろたえた。司祭平服《スータン》であるかのように、制服のボタンを触った。

「もう来たか……」と言いかけたが、私はそれをさえぎった。

「司祭様のお考えではそれは何番でしょう？」

「九千百二十九……しかしわからない、どうして私が……」

「九千百二十九」私はゆっくり繰り返した。この番号は絶対に忘れるものかと思った。

　司祭は驚きをつのらせて私を見つめていた。

「あなたは、すみません……ペルスヴァーズィ〈説得の意〉修道士が私に伝えたところでは……」

「ペルスヴァーズィ修道士？……司祭様を連れて来たがった、あの修道士ですか？　司祭様は彼をどう思われます？」

「本当にさっぱりわからない……」司祭は言った。相変わらず机の向こうに立ったままだった。「ペルスヴァーズィ修道士は手工芸品僧房長です」

「それは役に立つ」私は言った。「で、その僧房はいったい何を作っているのか、伺ってもよろしいですか？」

「基本的には典礼用品や祭服、宗教的な小物ですが……」

「それ以外には？」

「つまり、特別注文ですと、たとえば〈ＳＤ部〉のために最近制作したのは、私が耳にしたものでは、盗聴紅茶保温器を一揃い、〈老人性愛課〉は苦しむ老人のために衣服や様々な小物を作っています――脈拍記録付き指なしミトンですとか」

「脈拍記録付き？」

「ええ、内心の興奮を記録するのです……寝言を言う人のためのテープレコーダー枕、等々。しかし何ですな……あの……ペルスヴァーズィ修道士は私のことを話しましたかな？」

「いろんなことを話してくれましたよ……」

私は言葉を切った。

「私どもの〈部〉の職員のことも？」

「話し合いましたよ……」

「失礼します……」

司祭は肘掛け椅子から急に離れると、金庫に駆け寄り、慣れた手の動き三回で数字ダイヤルを合わせた。鋼鉄の扉ががちゃんと音立てて開き、色とりどりの、封印を施された書類ファイルの山が現れた。司祭は慌ただしくそれらを掻き回して、一冊をつかむと、額と鼻の下にピンの尖端みたいに細かい玉の汗を光らせて青白い顔を見せた。

「どうぞおくつろぎになってください、すぐに戻ります！」

「いいえ！」私はいきなり立ち上がって叫んだ。「そのファイルを私にください!!」

そうしたのは一種の霊感だった。

司祭はそれを両手で胸に抱きしめた。私は彼に近づき、彼の目をじっと見つめ、ボール紙の端をつかんだ。彼は手放そうとしなかった。

「十九……」私はゆっくりと言った。汗の雫《しずく》が涙のように彼の頬を流れ落ちた。ファイルは突然ひとりでに私の手に移った。私はそれを開けた。空《から》だった。

「義務だ……そうしたのは……上からの命令で」司祭は口ごもった。

「十六……」私は言った。

「お慈悲を！　それだけは！　どうか!!!」

「お掛けください。司祭様は電話連絡があるまで、この部屋から出られません。わかりましたね？」

「はい！　わかりました！」

「そして司祭様はだれにも電話をかけません！」

「かけません！　誓って！」

「よろしい」

私は部屋を出て、ドアを閉めると、廊下と人けのない暗い礼拝堂を抜け、螺旋階段で下に降りた――外にはもう歩哨はいなかった。エレベーターを呼ぼうとして、司祭から取り上げた黄色いファイルを手にしていることに気がついた。


　９１２９号室は九階にあった。ノックをせずに入った。


　女性秘書のひとりは編み物をしており、もうひとりはハムを載せたパンを食べ、紅茶をかきまぜていた。私は上司の執務室に通じる次のドアを目で探した――が、ドアはなかった。私はショックを受けた。

「エルムス少佐のところへ、〈特別任務〉で」私は言った。秘書たちはまるで聞こえていないかのようだった。編み物をしている方は小声で編み目を数えていた。


――何かの符牒だろうか？――そんな考えがよぎった。もう一度、広くもない部屋を見渡した。壁際には書類仕切りがたくさんついた狭い棚が並んでいた。そのうちひとつの上の、妙に高い位置に、花柄が描かれたマイクロフォンがぶら下がっていた。もう一度何か言えば、敗北を受け入れたことになるだろう。私は黄色いファイルを、食べている若い女の机の上に置いた。女はそれを見た。もぐもぐ嚙んでいた。歯の上に白っぽいバラ色の歯茎が見えた。女はパンを包んでいる紙ナプキンを小指で押しのけて、紙に挟まれたパンの突き出し加減をのろのろと調整した。仕切り付きの棚に近寄ってみると、棚と棚の隙間に何か白いものが見えた――ドアの表面だ。棚でふさいであったのだ。何も考えずに棚をつかんで、ずらしはじめた。仕切りの列が私の頭上で危なっかしく揺れた。

「十六……十七……十九……」もうひとりの秘書がぞっとするような囁き声で数えていた。その声が大きくなっていった。棚が何かに引っかかった。ドアは半分まで見えていた。外側に開くドアだった。私はドアレバーを押すと、胴体を横向きにしてドア枠と棚の外板の間に押し込んだ。

# IV

「ついにお越しいただけました！」若々しい声が私を迎えた。マホガニーの机の向こうから、麻色の髪にシャツ姿の将校が立ち上がった。部屋はとても暑かった。彼は抽斗から小さなブラシを取り出した。

「壁で汚れましたね……」

私の服の袖にブラシをかけながら、同時にこう言った。

「昨日からあなたをお待ちしていたのですよ。まずまずの夜を過ごされましたか？　仕事で今日は外に出られませんでしたが、かえってその方がよかったですよ、これなら確かにすれ違いになりませんから――ちょっと待って、ここにまだ少し石灰が――しかし、しかし、あなたの件について私はもう大分上達しましたから、あなたを昔からの知り合いのように思っているんですよ、もっとも実はまだお目にかかっていませんでしたね。エルムスです、ご存じでしょうけど……」

「ええ、知っています」私は言った。「ありがとう、どうぞお構いなく、少佐、つまらないことです。あなたは私宛ての指示書をお持ちですか？」

「当然ですとも、何のために私はここにいるんです？　紅茶は？」

「いただきます、はい」

少佐は私にコップを差し出し、ブラシを抽斗にしまって腰を下ろした。ずっと笑顔だった。朽葉《くちば》色の髪をした魅力的な風貌の青年だったが、近くでよく見ると、笑っている青い目の周りに小皺があった――だがそれは笑い皺だった。歯は若い犬のようだった。

「さて、仕事に取りかかりましょう、ねえ、仕事ですよ、指示書か、どっかにあるはずなんだ――あの指示書は……」

「それを取りに行かなくちゃいけないなんて、それだけは言わないでくださいよ」私は薄笑いを浮かべて言った。少佐はいきなり騒々しくげらげらと笑いだし、目に涙を浮かべたほどだった。そしてほどけたネクタイを結び直しながら、こう叫んだ。

「冗談がお好きですね！　どこにも行く必要はありません、ここにあるんですから」と、片手で脇を示した。薄青色の壁から小さな金庫のケースが突き出ていた。彼がそれに近づいて、数字のダイヤルを回すと、カチッといって開いた。中から紐でしばった分厚い紙の束を取り出し、それを机の上に投げると、その上に力強い大きな手を置いて、こう言った。

「うちのボスはあなたに堅い胡桃をくれましたよ、言うまでもないが。かなり大変ですよ――あなたにとってはこれが初仕事でしょう？」

「実はそうなんです」と私は言い、彼の目に優しさがあふれていたので、こう付け加えた。「仮に私がもっと長くここにいたなら、どんな任務にも赴くことなく、一流の専門家になっていたでしょう。あなたがたのところでは、ひとりでに染み込みますから、その、その……」私は言葉に詰まった。

「その色がね！」彼は大袈裟に言って、再び笑いだした。私も笑った。楽で気持ちがよかった。紅茶をかきまぜるのに、自分自身に打ち勝つ必要さえなかった。さっきまで何を連想していたのかと思うと、不思議なほどだった。

「見てもよろしいですか？」私はしばられた書類の束を指して尋ねた。

「どれでもご自由に……」

彼は机越しにその包みを私に手渡した。ずっしり重かった。

「どうぞ……」

彼の静かで、穏やかな圧力に満ちた声は私が書類を見ることを妨げた。

「まずこれまでの経緯を整理しておきましょう……。こんな聞き苦しい事務的用語で言い表すのですよ私どものところでは。あなたは私を手伝ってくれるんですよね？」

「そうなんですか？……」急に他人のものになり不自由になった口で私は言った。

「どこかに電話をかける必要があるのではありませんか？……」控えめに目を伏せて、彼はほのめかした。

「あ、そうだ！　すっかり忘れてた！〈神学部〉の司祭にかけないと、彼のことをすっかり忘れてた！電話してもいいですか？」

「ああ、もう代わりに私がしておきました……」

「あなたが？　いったいまた——どうして？……」

「つまらないことです。まだ細かいことが残っているんじゃないですか？」

「どうすればいいのか、わからない。あなたに話すべきですか？」

「要請はしません……」

「これは、少佐、すべて試験だったのですか？　そうなんですか？　私は試験にかけられたのですか？」

「試験とはどういう意味です？」

「あの、何というか……一種の予備審査みたいなものです。私の理解では、いわば新人のだれかが実際に使えるかどうかは疑問だから、試しに……」

「いやしかし、あなたねえ……」

　彼は憤慨し、悲しみに沈んだ。

「疑問？　審査？　試しに？　よくもまあそんなことを憶測できますね！　私が念頭に置いているのは、あなたが……あそこで取ったもののことです——そうじゃないですか？——私に渡すつもりで……。それにしてもあなたは何て忘れっぽいんでしょう」彼は私がなすすべもないのを見て笑った。「ほら、あそこ、礼拝堂でですよ。あなたはそれを持っていますよね、きっとポケットの中に、違いますか？」

「あっ！」

　私は水疱でできているような指に手を伸ばし、少佐に渡した。

「ありがとう」彼は言った。「これを彼の事件の書類に加えます。相当、彼の負担になるでしょう」

「その中に何か入っているんですか？」彼が目の前に置いた、ぶよぶよした指を見ながら、私は訊いた。

「いや、とんでもない……」

　彼はバラ色の腸詰を手に取り、光にかざして見せた。透けて見えた——空だった。

「単に書類に加わるだけです。誇示の証拠ですよ——相当、彼の負担になるでしょう……」

「あの老人の？」

「もちろん」

「でももう死んでるんですよ……」

「それが何です？　あの行為は敵対的でした！　あなただってご覧になったでしょう！　旗の下から、あの……」

「だって死体じゃないですか！」

　彼はそっと笑いだした。

「親愛なる同僚よ――こう呼んでもかまいませんよね？――仮にそのように死によって何でも言い逃れできるなら、私たちはいい面《つら》の皮ですよ。彼のことはどうでもいいのです。ご協力ありがとう。要点に戻りましょう。出発の前にまだあれやこれやがあなたを待っていまして……」

「何です？」

「不愉快なことはありません、請け合いますとも！　通常の入門。まあ、準備教育です。あなたは習得すべき暗号を、せめてごく狭い範囲でも知っておられますか？」

「いいえ、まったく知りません」

「いいですか。暗号には、呼び出し用、一日用、部門用、特別用がありまして、あなたのために言っておくと」彼は微笑んだ。「それらは毎日変わります、必要なことなのです、しかしそのせいでどれだけ多くの面倒が起きることか！　そのうえ各部門には独自の部内暗号があるため、あなたがそこに入っていって何か言うと、同じ単語や名前がフロアごとに別の意味になるんです」

「名前もですか？」

「もちろん！　ご覧のとおりです！　ハッハッ、大した話でしょう――たとえば、総司令官の明白な名前がそうですよ！　彼の参謀部員の名前特有の響きに気づきませんでしたか？」

「ああ、なるほど……」

「ほらご覧なさい」

彼は真面目な顔つきになった。

「したがって、位階、階級、挨拶も暗号化されています……」

「挨拶も？」

「ええ、ほら、たとえば、電話でだれかと、外部のだれかと話しているときに、『こんばんは』と言ったとしましょう――ここから、我々のところでは夜も働いていて、夜勤があると推断を下せるわけで、これはもう重要な情報なのです……だれかにとっては」彼はその言葉を強調した。「ともかくどんな会話でも……」

「何ですって！　じゃあいま、私たちが……」

彼はわずかに困惑して咳払いをした。

「それは避けようがないんですよ！」

「申し訳ないが、本当にわからない……」

彼は私の目を見つめた。

「ああ……なぜそんなことを言うんです？」彼は声を落として言い、その声には悲嘆がこもっていた。「あなたはわかっている、きっとわかっていらっしゃる。『忘れてた』……『何なのかわからない』……『試し』……『予備審査』……。もうおわかりでしょう？　ほら、あなたがわかっていることはわかりますよ。おや、どうしてそんな絶望的な顔を？　何のために？　だれもが自分の能力に応じた暗号を使っています――あなたは専門的なアプローチを習得するのですよ。それで万事オーケーじゃないですか？」

「ええ、あなたがそうおっしゃるなら……」

「もっと自信を持ってくださいよ！　仕事は仕事、業務の流れは没個性的で、ややこしさも方向転換もある、しかし、あなたは非常に困難な〈任務〉に割り当てられたのですから、くだらないことでがっかりしたりしませんよね、まして是非とも必要なことなのですから。これから〈暗号部〉に行ってもらいます――そこで私よりも優れた専門家たちがあなたに必要なことをすべて説明します。もちろん、研修なんかじゃなくて、仲間同士の会話で……指示書はその間ここで待ってますよ」

「まだ見てもいないのに……」

「いったいだれが禁じました？」

　私は書類の束を開いた。私の視線はしばしタイプ打ちの文字の行をさまよったが、あてずっぽうにこんな部分をつかまえた。

『君の精神は何も受け入れず、ただ外部を反射していただけだった――水を注がれて、きらきら輝く伸びた粘土の塊のように』……。

　十数行とばした。

『これまでこの先どうするかについて君は全然考えていなかった。ドアの方へ片手を伸ばしながら初めて、自分はどこにいるのかと考え、薄い仕切りの向こうで待ちかまえている不動の白い迷宮を感じた』

「これは何だ？」私は少佐を見上げて、口ごもった。恐怖が平らな熱となって胸の中にあふれた。「これは何です？」

「暗号ですよ」机の上の書類の中に何かを探しながら、彼は無関心に言った。「指示書は暗号化しなくてはなりませんから」

「でもこれは……まるで……」私はしまいまで言わなかった。

「暗号は暗号以外のすべてを思い出させるものですよ」彼は答えた。

彼は机越しに身を乗り出して、私の手から指示書を取り上げた。私の指は表紙を滑った。

「あの……持っていってはいけませんか？」

「何のために？　ここであなたを待ってますよ」

彼の声には本当の驚きがこもっていた。

「まあ、彼らが私に翻訳してくれるんでしょう——その〈暗号部〉で」

彼は笑いだした。

「ああ、あなたは新人でしたね。何でもないですよ。必要な習慣は習い性となりますから。あなたはどうやって手ずからご自分の指示を出せるんです？　なにしろこの〈任務〉について知っているのは、総司令官を除けば参謀長と私、たった三人だけなんですよ」

私は黙って、書類の束を彼が元どおり金庫にしまうのを見送った。彼は遊んでいるかのように番号ダイヤルを回していた。

「でも、せめて私の〈任務〉がどんなものかくらいは教えていただけませんか？　あの、概要だけでも、簡単に」私はほのめかした。

「概要だけ、とは？」彼はぽつりと言った。下唇を噛み、手に負えない明るい色の巻き毛が左目にかかっても払おうともしなかった。指先を机に突いて立ち、中学生みたいに頰を舌で押し出し、それからため息をつくと微笑んだ。左の頰にえくぼがあった。

「さて、あなたをどうしたものでしょう、私はあなたをどうしたものでしょうね？」彼は繰り返した。

それから金庫に戻って、そこから書類を取り出すと、バタンと閉めた扉の番号ダイヤルを回しながら、こう言った。

「あなたはファイルをお持ちですよね？　そいつにこのがらくたを全部入れてしまいましょう、きれいに……」

彼は私がさっき机の上に置いた空っぽのファイルを手に取ると、書類をそれに詰め込んだ。

「どうぞ」と言いながら、陽気に目を細めて私に手渡した。「これでもうあなたはそれを、ご自分の指示書をお持ちだ、しかも何というファイルに入れて！　黄色ですよ……ほら、ほら！」

「この色に何か意味があるんですか？」私は尋ねた。

私の素朴さが彼を面白がらせた。彼は笑いを抑えた。

「何か意味があるのかですって？　完璧ですよ！　それも、大ありです！　さて今度は一緒に行きましょう、ご案内した方がよろしいですね、その方が早いですから、どうぞ、こちらへ……」

　分厚くなったファイルを小脇にしっかり抱えて、急いで彼を追った。私たちは次の、学校の教室のような長い部屋を通り抜けた。事務員の頭上の壁には、水路と水門の図が描かれたパネルが掛かっていた。次の部屋でそれらは、天井まで達する、どこかの赤い惑星の半球の地図に置き換わった。私は通路でそれを見て、火星の運河だとわかった。少佐は私の前でドアを開けた。私たちは机の間の狭い通路を順に歩いていった。私たちが通り過ぎても、座っている人たちは目を上げもしなかった。さらにもうひとつ広々とした部屋。大きなカラーボードは切断されたラットの頭から尾までの体の拡大図を示していた。ガラスの箱の中には清潔な、殻を剝いた胡桃で急ごしらえされたかのような、針金で結ばれた齧歯《げっし》動物の骨格が白く並んでいた。その部屋が奇妙だったのは曲がっているせいだった。その曲がり角では十数人が机に向かって座り、顕微鏡をのぞいていた。だれもが自分の周りに、ガラス板、ピンセット、展延《てんえん》性のある透明な液体、おそらく糊が入った瓶を広げていた。彼らはガラス板の上に、何かが塗られて汚れた紙片を置くと、フラットヒーターで平らに伸ばし、時計工の精密さでひとつにつないでいた。空気中には明らかに塩素の刺激臭がした。

　顕微鏡をのぞいている人々の後ろに、廊下に続くドアがあった。

「忘れないうちに」白い壁の間で私たちふたりだけになったとき、少佐は私の手を取ると、小声で親しげに言った。「もしあなたが何かを捨てたり壊したりする場合、重要でない書類とか、不要なメモ、下書きなどですが――便所は使わないでくださいね。そんなことをすれば、ここの人たちに余計な仕事が増えるだけですから」

「どうしてです？」私は尋ねた。彼はいらだたしげに眉を上げた。

「そうでした、あなたには何もかも『ａ』から説明しなくちゃいけない――私のせいです。あれは〈下水道部〉です――私の部屋の隣で、私たちはそこを通ってきました、その方が近道なので……。つまり下水はフィルターで濾過《ろか》されていますーーなにしろそこは外部の道で、潜在的に情報が漏洩《ろうえい》する恐れがありますからね……。さてと、エレベーターが来ました」

　私たちが近づいたとき、エレベーターはちょうど止まったところだった。長外套を着た将校がヴァイオリン・ケースを小脇に抱えて降りてくると、エレベーターから自分の荷物を運び出さなくてはならないので、と私たちに謝り、それを取りに戻ったとき、どこかすぐ近くで大きな音が轟いた。将校はエレベーターから飛び出し、片足で扉を蹴って閉め、両腕に抱えた荷物を私たちに投げつけると、自分は急いで廊下を駆けだし、走りながらヴァイオリン・ケースを開けた。重い荷物が弾丸みたいに胸に当たり、私は呆然となって、エレベーター扉までよろめいたが、曲がり角の向こうで機関銃の音がし、何かが私の頭上ではじけると、漆《しっ》喰《くい》の埃で何もかもがぼやけた。

「伏せろ！　伏せろ!!!」私の腕を引っ張りながらエルムスが叫び、自分は床に身を投げた。私は散らばった荷物の中で彼の横に伏せていたが、銃声が鳴り響き、廊下は端から端まで轟音で満たされ、弾丸が頭上でひゅうひゅう歌い、白い煙が壁から跳ね返って噴出した。外套の裾を高く持ち上げて走っていた男がちょうど曲がり角で倒れ、手から離れたヴァイオリン・ケースが開いて落ち、中から大量の紙片が飛び出して、雪のように舞った。焼けた火薬のにおいが鼻孔を刺した。少佐が私の手に小さなアンプルを押しつけた。

「合図をしたら――歯で嚙み砕け!!!」私の耳に叫んだ。だれかが走っていった。

　すさまじい轟音で、ほとんど耳が聞こえなくなった。エルムスはポケットから封印された封筒を引き抜くと、口に押し込み、大急ぎで嚙んで、封印を種のように吐き出した。新たな轟音。

　将校は廊下の奥で断末魔にあえいでいた。彼の左足が石の床をたたいていた。エルムスはそのコツコツいう音を数え、肘を突いて身を起こし、こう叫んだ。

「二対五、こっちの勝ちだ！」そして、いきなり立ち上がった。もう静かだった。

　彼は埃を払い、床に転がっていたファイルを私に手渡しながら、こう言った。

「行きましょう。あと、あなたの昼食券を何とか都合するつもりです」

「これは……何だったんです？」私はもごもご言った。瀬死の男はなおも床を二回、五回と交互に蹴っていた。

「ああ、何でもありません。暴露ですよ」

「それで……何というか、私たちは……このまま立ち去るんですか？」

「ええ。あそこは」彼はあえいでいる男の方を指差した。「もう私の〈部〉ではありませんのでね」

「でもあの人は……」

「第七課が面倒を見ます。ああ、もう〈神学部〉の人たちが来ました、ほらね？」

事実、ベルを持った小さな男の子が先行で、将校－司祭が廊下をやって来るところだった。エレベーターに乗り込むときも、まだコツコツと断末魔の暗号が聞こえていた。エレベーターは十階で止まった。少佐はドアを開けなかった。

「錠前こじ開け棒を返してもらってもいいですか？」

「何ですって？」わけがわからなかった。

「あのアンプルのことです、言いたかったのは」

「あっ、そうでしたか……」

私はそれをまだ手に握りしめていた。彼はそれを札入れに似た革製ケースにしまった。

「それは何です？」私は尋ねた。

「ああ、何でもありません。万事オーケーです」

彼は私を先にエレベーターから降ろした。私たちは近くのドアに向かった。四角い部屋の中、テーブルのそばに並はずれて太った将校が座っていて、紙袋からキャンディを出してはかじりつつ、紅茶をかきまぜていた。彼以外ここにはだれもいなかった。後ろの壁に、ちっちゃな真っ黒なドアが見えた。子供がやっと通れるくらいの。

「プランドトルはどこです？」エルムスが尋ねた。太った将校は、ぴちゃぴちゃ食べるのをやめず、三本指を見せた。制服のボタンははずれていた。座っていた椅子から滑り落ちそうだった。顔は膨満《ぼうまん》し、首には脂肪がたっぷりで襞が寄り、息をするたびにひゅうひゅう大きな音を立てた。まるで窒息しかけているように見えた。

「わかった」少佐が言った。「プランドトルはすぐに来ます。それまでお楽になさってください。彼があなたの面倒を見てくれます。時間ができたら、私のところへ食券を取りにお寄りください。いいですね？」

私は彼に、必ずそうしますと約束した。彼が立ち去ると、私は太った男に目を向けた。歯の間でキャンディがぎしぎし鳴った。私は壁際の椅子に腰を下ろした。病的に太った将校を努めて見ないようにした。ぴちゃぴちゃ音を立てるのにいらいらしたし、そのうえいまにも脳卒中に襲われそうに見えたからだ。首筋の襞はブラシのように短く刈った髪の下で青ずんで見えた。彼の脂肪は彼の十字架、拷問だった。一時、おそらく万《ばん》やむを得ない場合にのみ可能であるような努力をして呼吸していたが、彼はしょっちゅうそうしていて、その際全然それに気づいていないかのようだった。空気を求めて格闘し、キャンディを噛んでいた。菓子の入った紙袋をもぎ取りたいという欲望が私の中で高まってきた。口一杯に詰め込んでは飲み込み、赤くなったり、青くなったりし、べとべとした指をまた次の菓子に伸ばしていた。私は椅子をずらして、彼に対して横向きになった。なぜか背を向けられなかった——不適切だと思ったからではなく、自分の背後で男が息を詰まらせるのではないかと恐れたのだ。後ろに死体があるのは嫌だった。私は十数秒間、目を閉じた。

　私の状況が良くなったかどうか解明されるなら、私は多くを投げ出しただろう。良くなったように思われたのだが、しかしあまりにも多くの条件が、その「良くなった」と対立していた。エルムスが私を毒殺しようとしたことを——ガラス瓶の中身については確信していた——私は少しも悪く思っていなかった。それより悪く思われたのは金縁眼鏡の老人の件だった。あの事件から最終的に解放されたのかどうか、まったく確信が持てなかった。いずれにせよ将来、大した脅威になりそうには見えなかったが。それよりもっと深刻な心配の種があった。指示書だ。それが〈庁舎〉内での私の動き——それどころか、私の思考まで——を含む調書にきわめてよく似ていたこと自体は、もはや問題ではなかった。結局私はいまだに試験の対象者である可能性があった。エルムスは断固としてそれを否定していたけれども、彼自身その後、私たちの会話は文字通りの意味ではなく、暗号である、すなわち何らかの参照、直接名指しされていない、目に見えずにその上に浮かんでいる、別の意味への上訴である、と認めた。最悪なのは、また別のことだった。私は心の奥で指示書の存在そのものを疑いはじめていたのだ。実際私は、自分が間違っている、自分の疑念には意味がない、と自分に言い聞かせていた。なぜなら、非常に重要な〈任務〉に私を送る意図がなければ、だれも私に興味を持たないだろうし、いかなる試験も課さないだろうから。だって私には何の罪もなかったし、あの思いがけない候補指名や、絶えず延期されたり、停止されたり、また中途半端に確認されたりする昇進がなければ、私はここにいても何の意味もなかったのだ。

　もしもその瞬間、ひとつの、たったひとつだけ質問ができるとしたら、こう言ったことだろう。あなたがたは私に何を望んでいるのか？　本当は何を望んでいるのか？

　どんな答えでも私は安堵して受け取っただろう、本当にどんな答えでも、ひとつを除けば……。

　テーブルの向こうの将校がとんでもない音で鼻を鳴らした。私は身震いした。彼は鼻をかむと、ハンカチをのぞき込み、それから、腫《は》れた唇をぴったり閉じずに、息を切らして、それをしまった。

　ドアが開いた。背が高く、痩せた猫背の将校が入ってきた。彼には何かがあった——それを何と呼べばいいのかわからないが——それは彼を制服に着替えた民間人のように見せていた。手にした眼鏡をすばやくくるくる回しながら、私の一歩前に立った。

「私にご用ですか？」

「〈暗号部〉のプランドトルさんに」席から軽く立ちあがって、私は答えた。

「私がその大尉です。どうぞお掛けになったままで。暗号の件ですね？」

　その音節は私を狙った銃声のように聞こえた。

「はい、大尉殿……」

「どうか肩書きで呼ばないでください。紅茶は？」

「いただきます……」

　彼はちっちゃなドアに近づくと、そこから出てきた手から、紅茶が注がれたコップが二つ載ったトレイを受け取った。それをテーブルの上に置くと、眼鏡をかけた。すると彼の顔はにわかに緊張し、しゅっと細く、挑戦的になり、すべてが顔の中で元の位置に戻ると動かなくなった。

「暗号とは何でしょう？」彼はぽつりと言った。「あなたがご存じのことを話してください」

　あたかも何か硬いものを金属製の声でたたいているかのようだった。

「それは、鍵を使って通常の言語に置き換えることができる記号のシステムです」

「そうですか？　では、たとえばバラの香りは暗号でしょうか？」

「いいえ、なぜならそれは何かの記号ではなく、それ自体、香りにすぎないからです。仮に何か別のものを意味するとしたら、象徴として暗号記号になる可能性はあります……」

活気づいて答えたのは、明晰な思考力を発揮できたからだ。太った将校は私の方へ身をかがめたので、腹の上の制服が脂肪でふくれ上がって襞が寄り、ボタンが吹き飛びそうだった。私はそれを気にせずに、プランドトルを見ていたが、彼は眼鏡をはずして、くるくる回そうとした。すると彼の顔はばらけてしまった。

「どう思いますか――バラはただ何となく香っているのか、それとも特定の目的があって香っているのでしょうか？」

「そうですね……自分に授粉してくれる蜜蜂を香りで誘うことができます……」

彼はうなずいた。

「よろしい。一般論に移りましょう。目は光線を神経の暗号に変換し、脳はそれを光として解読する。ではその光線自体は？　どこからともなく現れたわけではありませんね。照明器具か星がそれを送り出したわけです。これに関する情報は光線の構造にあります。それは読み取ることができます……」

「それが暗号ですって？」私は口を挟んだ。「星や照明器具は何も隠そうとはしないけれど、暗号は部外者に対して自分の内容を隠します」

「そうですか？」

「それはたぶん明白でしょう！　問題全体は情報を送り出す者の意図にあるんです」

紅茶に手を伸ばしながら、私は言葉を切った。中に蝿が浮かんでいたのだ。ちょっと前まではなかった。太った将校が投げ入れたのだろうか？　私は彼を見た。鼻をほじっていた。私は蝿をスプーンですくって受け皿に置いた。コツンと音がした。それに触れてみた。中空の金属製だった。

「意図に？」プランドトルが言った。彼は眼鏡をかけた。太っちょは――自分の教師《メンター》を見つつも、私は彼から目を離さないようにしていた――ぜいぜいしながらポケットの中を探しまわっていたが、その顔は次第に困惑の度を深めていった。喉が風船のようにふくれていた。ただただ嫌悪を催させた。

「さて光線ですが」プランドトルは続けた。「何らかの星がそれを送り出した。どんな星でしょう？　大きな星か小さな星か？　熱い星か冷たい星か？　その歴史は、その将来はどんなものでしょうか？　その光線からそれを知ることはできるでしょうか？」

「適切な知識があれば、できます」

「その知識とは何ですか？」

「何かって？」

「鍵ですよ。そうじゃないですか？」

「でも……」私は返事を遅らせた。「光線は暗号ではありません」

「暗号ではないと？」

「違います、だってそこにそんな情報を隠した人はいないし、それに、その論法でいけば、すべては暗号ということになってしまいます」

「そのとおりですよ、あなた。すべては、すべては暗号か――カモフラージュです。あなたもね」

「冗談でしょう？」

「いいえ。真実です」

「私が暗号なんですか？」

「そうです。あるいはカモフラージュです。より正確に言えば、どの暗号も仮面であり、カモフラージュだが、しかし、どの仮面も必ずしも暗号とは限らない、という関係です」

「暗号については最終的に同意してもいいのですが……」慎重に言葉を選びながら私は言った。「あなたがおっしゃっているのは、おそらく遺伝のことでしょう、私たちが体の一滴ごとに持っていて、子孫に印を捺す、あのちっちゃな自分自身の肖像のこと……でもカモフラージュ？　いったい……私と何の関係があるんです？」

「あなたと？　申し訳ないが」プランドトルは答えた。「でもそれは私の仕事ではありません。私はあなたの問題を解決しているわけではない。それは私の管轄ではないのです」

彼は壁の小さなドアに近づいた。そこから現れた手から――それは女の手に違いなかった、爪に赤いマニキュアが塗られているのが見えたから――紙テープを取ると、私に手渡した。

『側面攻撃の脅威―段落』私は読んだ。『第Ⅶ区――１９４３１へ増援を差し向けよ―段落―第七作戦班補給係将校ガンツミルスト外交大佐―段落』

私はテープの切れ端を置いて顔を上げ、わずかに身を前へ傾けた。紅茶の中にまた蠅が浮いていた。読んでいる間に、太った将校が投げ入れたに違いなかった。私は彼を見た。あくびをしていた。まるで口をぽかんと開けて死にかけているように見えた。

「それは何です?」プランドトルが訊いた。その声は遠くから聞こえた。私は身震いした。

「何か解読された電報でしょう」

「いいえ。それは、これから分解しなければならない暗号です」

「だってこれは何か秘密の情報なんでしょう?」

「いいえ」彼は再び首を横に振った。「私的な手紙や詩といった無邪気な情報の形をした暗号のカモフラージュは過去のものですよ、あなた。今日では各勢力が努めて、自分が送信しているものは暗号化されていない、という印象を相手に与えようとする。わかりますか?」

「ある程度は……」

「今度は同じテクストをDESZ——私どもの機械の名です——に通したものをお見せしましょう」

　彼は再びドアに近づき、白い指からテープをもぎ取ると、それを持ってテーブルに戻った。

『非ペクランシビリスティック裸ミソジトゥリアは死マイナ後未判明アンブレダフィギアントゥレリアをカンセプドロールするためマテトーシする』私は読み取り、驚きを隠さずに彼を見た。

「これは解読されているんですか?」

　彼は寛大な微笑を浮かべた。

「これは第二段階です」彼は説明した。「暗号は、破られるとナンセンスのステーキができるように設計されています。これにより、この電報の元来の内容が暗号ではなかった、すなわち、メッセージは表面にあり、あなたが先ほど読み取ったとおりであるということを、最終的に私たちに確信させることになります」

「しかし実際には?……」私はほのめかした。彼はうなずいた。

「すぐにわかりますよ。今度はもう一度機械に通したテクストをお持ちします」

　紙テープが四角い小さなドアの中の手から流れ出た。その奥では何か赤いものが動いていた。プランドトルは開口部を自分の体でさえぎった。私は渡されたテープを手に取った——それは温かかった。人が触れたせいか、機械が触れたせいかはわからないが。

『バルビ蝿の死頭を持っていくダルヴィーシュらをセレラティヴなトゥルマンスクによって突然官消せよ洞察が望ましい』

　これがそのテクストだった。私は首を振った。

「いったいこれをどうするんです？」私は尋ねた。

「ここで機械の仕事は終わり、人間の仕事が始まるのです。こらああっ!!」彼は叫んだ。

「ううん？」無感覚から引き起こされて太った将校がうめいた。まるで膜に覆われているかのようなぼんやりした目でプランドトルを見つめると、プランドトルは将校の顔に向かって怒鳴りつけた。

「バルビ蝿の！」

「持っていく！」

「いいえええ」太っちょは裏声でうなった。

「べええ！　でええ！」

「ダルヴィーシュらを！」

「こ……答え……」彼はうめいた。唾液が唇の間に糸を引いた。

「官消せよ！」

「知って……いる……るうう……人工……人工の、ハ……ハ！　ハ!!!　エッヘッヘッ！　ハッハッハッ！」

太っちょは抑え切れずに爆笑しはじめ、それが喘鳴に変わり、脂肪に取り巻かれた顔は青ざめ、涙は頬のだぶだぶした襞の中に消え、息を切らして、しゃくりあげた。

「もういい！　こらああっ！　もうたくさんだ!!!」大尉は怒鳴った。「間違いです」彼は私に言った。「偽の連想ですよ。とはいえ、あなたはもうほぼすべてのテクストを耳にしました」

「テクスト？　どんなテクストです？」

「『答えはないだろう』。これで全部です。こらああっ!!」彼は声を上げた。太っちょは腸詰みたいな指でテーブルにつかまりながら制服がぱつぱつになった全身を椅子の上で震わせた。プランドトルの叫び声で静かになり、しばらくうめいていたが、両手で顔を撫ではじめた。こうして自分を慰めようとするかのように。

「『答えはないだろう』？」私は小声で繰り返した。この言葉を最近聞いたような気がしたが、だれからだったのか思い出せなかった。「内容はむしろ貧弱ですね」目を上げて大尉を見ると、これまでずっと薄い苦味を味わっていたかのように、しかめ面だった彼の口がわずかに微笑んだ。

「もしあなたにもっと内容豊富な一節をお見せしていたら、我々ふたりとも後悔したかもしれません。とはいえ、それでも……」

「『それでも』とは何です?!」私はいきなり尋ねた。何気なく言われたその言葉が私にとって非常に重要な何かに触れたかのように。プランドトルは肩をすくめた。

「何でもありません。あなたに、さほど複雑すぎない現代の暗号の断片をお見せしたまでです。これは実用的な暗号です。このように多層カモフラージュされているのですよ」

彼は言い終わらなかったほのめかしから私の注意をそらそうとするかのように早口でしゃべった。私はそのほのめかしに戻ろうとして口を開いたが、こう言っただけだった。

「あなたは、すべては暗号だと言いましたね。あれは単なる比喩だったのですか?」

「いいえ」

「ではどんなテクストも?……」

「そうです」

「文学は?」

「文学もです。どうぞ、こちらへおいでください……」

私たちは小さなドアに近づいた。彼がドアを開けると、私が予期していた次の部屋の代わりに、小さな鍵盤が付いた黒っぽいボードがドア枠いっぱいに現れた。中央にニッケルで縁取られたスリットらしきものが見え、蛇の舌のように紙テープの端が突き出ていた。

「何か文学作品の一節を挙げてください」プランドトルが私に言った。

「あの……シェイクスピアでもいいですか?」

「お好きなものを」

「それであなたは、シェイクスピアの戯曲も——暗号化された電報の集まりだと言うんですか?」

「それはあなたが何をもって電報と理解しているのかによります。でもまずは試してみませんか? どうぞ」

私は頭《こうべ》を垂れた。しばらくの間、『おお、愛すべき女よ』というオセロの叫び以外に何も思いつかなかった——だがこの引用句では短すぎるし、不適切な気がした。

「よし、これだ!」私は不意に目を上げて言った。

『未だ我が耳は百の言葉をあなたの口から飲み干しておりませんが、そのお声には馴染んでおります、あなたなのロメオ？　答えて！』」

「よろしい」

大尉はすばやく鑽孔《さんこう》機を押して、その引用句をカタカタ打ち込んだ。郵便受けに似た穴から、空中にうねうねと、紙の蛇が出現した。プランドトルはそれをそっと手に取り、私に手渡した——私はそれを指先でつまみ、辛抱強く待った。テープはスリットから一センチずつ出てきて、軽く引っ張ると、テープを吐き出している機構内部の痙攣が感じられた。ぴんと張った紙テープが伝えるデリケートな震えが突然止まった。テープは伸び続けていたが、もう空白だった。私は打ち出されたテクストを目に近づけた。

『悪　党　マシ　ューズ　悪　党　私は彼の手足を
非　地　上　の　菓　子　で　こしらえてやるのだが
マシ　ューズ　雌　豚　若　枝　マシ　ューズ　マ
ス』

「これはいったい何です？」私は驚きを隠さずに訊いた。大尉はうなずいた。

「この場面を書きながら、シェイクスピアはマシューズという名の人物に敵意を抱いていたのではないかと思います——戯曲の台詞《せりふ》内でそれを暗号化したのでは」

「あの、いいですか！　そんなこと絶対に信じませんよ！　つまり、あのすばらしい叙情的な対話にマシューズとやらに宛てた粗野な悪口雑言を詰め込んだというのですか？」

「いったいだれが、わざとだと言いました？　暗号は暗号であって、その作者の動機となる意図とは関係ありませんよ」

「ちょっとよろしいですか？」私は尋ねた。鍵盤に近づくと、解読済みのテクストを自分で打ち込んだ。テープが動いて螺旋状に丸まった。プランドトルの唇に奇妙な笑みが浮かんでいるのに気づいたが、しかし彼は何も言わなかった。

『もし　も　私に　彼女が　くれたら　ファイ　エッ
ファイ　ファイ　もし　も　私に　エッ　ファイ　く
れ　たら　ファイ　白　い　ファイ　くれ　たら　フ
ァイ　エッ　もし』きちんと音節ごとにグループ化された文字が見えた。

「どういうことです？」私は言った。「何ですかこれは?!」

「次の層ですよ。何を期待していたんです？　私たちは十七世紀の英国人のさらなる深層心理まで掘り下げた、それ以上何もありません」

「そんなまさか！」私は叫んだ。「じゃあ、あのすばらしい詩は——雌豚だの、くれだの、ファイだのが中にしまってあるケースだと?!　そしてもし、あなたがご自分の機械に、最高の文学記念碑、人間の天才の成果、不滅の詩やサーガを入れたら——そこからこんな戯言が出てくるんですか?!」

「だってそれも戯言ですから、あなた」大尉は冷ややかに答えた。「破壊工作的戯言ですよ。芸術、文学、それが何の役に立つのかご存じですか？　注意をそらすためですよ！」

「何から？」

「知らないのですか？」

「知りません……」

「非常にまずい。あなたは知っているべきだ。それじゃあ、あなたはここで何をしているんです?!」

　私は黙っていた。彼の顔はじっと動かず、その皮膚は鋭い岩の上のテントのようにぴんと張っていた。彼は静かにこう言った。

「分解された暗号は、なおも暗号なのです。専門家の目で見れば次から次へと遮蔽物が剝がれていく。無尽蔵です。終わりも底もありません。その層を掘り下げることはできるが、次第に到達するのが難しくなり、ますます深くなっていく。それは果てしない旅なのですよ」

「どういうことです？　あの……『答えはないだろう』は？」私は彼が先ほど言った言葉にしがみついた。「あなたはあの文を最終結果として見せてくれたのでは」

「いいえ。それは段階です。一定の手続きの枠内において——重要ではありますが、一段階に過ぎません。よく考えてみれば、あなた自身そこに思い至るでしょう」

「わからない」

「時がくればわかりますよ、だがそれも次のステップに過ぎません」

「あなたはそれを手伝ってくれないのですか？」

「いいえ。あなたひとりでそこに到達しなくてはいけません。だれもがそうです。これは難しい要件ですが、しかしあなたは選ばれた者として、ここで何が求められているかご存じでしょう……。これ以上あなたに時間を割くわけにはいきません。今後私にできることがあれば、いたしましょう、もちろん職務上のことですが」

「でも……どうやって……だって私は相変わらずわからないのに」私は狼狽し、急いで言った。「あなたは〈任務〉に関連して必要な暗号を私に教えてくれるはずだったじゃないですか」

「あなたの〈任務〉に？」

「ええ」

「それを挙げてみてください」

「い、いえ……詳細は知りません、指示書に書かれていると思います、ファイルに入れて持っていますが、でもあなたにお見せするわけにはいきません、待てよ……私のファイルはどこです?!」

私は椅子から跳び上がるとテーブルの下をのぞいた——ファイルはなかった。太っちょに目を向けた。死んだ魚の目をしていた。半開きの口の中で空気がひゅうひゅう鳴っていた。

「私のファイルはどこだ?!」私は声を上げた。

「落ち着いて」背後からプランドトルが言った。「ここでは何もなくなりません。こらああっ！　こらああっ！」彼は繰り返し叱った。「返せ！　聞こえるか？　返せ！」

太っちょが身動きすると、何かが床に当たって音を立てた。私はファイルを引ったくって、中身が入っているかどうか触って確かめ、背筋を伸ばした。

この上に座っていたのだろうか？　それに、いつテーブルから取ったのだろう——私の目の前で？　見かけによらず、きわめて器用なのに違いない。もうファイルを開けようというときになって気づいたのだが、暗号化されたテクストからは必要な情報が読み取れないし、何が問題かがわからなければ、大尉は私にしかるべき鍵を与えることができないだろう。堂々めぐりだった。私はそれを彼に話した。

「おそらくエルムス少佐の見落としでしょう」私は締めくくった。

「わかりません」彼は答えた。

「少佐のところに行ってきます！」私はほとんど挑戦的に言った。つまり、そこへ行って、総司令官が私に割り当てた〈任務〉の邪魔をするなら、貴様は完全に手を引け、と言ってやるという意味だった。「いますぐ行ってきます！」私は血気に逸《はや》った。

「ご自分がふさわしいと思うことをおやりなさい」彼は答え、幾分ためらうかのように、こう付け加えた。「ただ、あなたは現行の語用論をご存じですか？」

「その語用論のせいで、私は何も得られないというんですね？」私は冷ややかに訊いた。

　プランドトルが仮面を脱ぐように眼鏡をはずすと、その顔が突然剝き出しになり、疲れた無力さを示した。私に何か言いたいのだが言えない——あるいはそうすることを禁じられているのだと感じた。会話中、私たちの間に高まっていた敵意が不意に消えた。私を襲った混乱全体の中に、この人物に対する未熟な、ひょっとすると意味のない共感の形をしたものを発見した。

「あなたは……命令を遂行しているのですか？」小声で聞かれたので、かろうじて聞き取れた。

「遂行しているかですって？　ええ……」

「私もです……」

　彼は私の前でドアを開け、その脇にじっと立って、私が出るのを待っていた。私が通り過ぎたとき、彼は口を少し開けた。言うはずだった言葉は出てこなかった。ただ近くから息だけを私の顔に吐きかけて退き、何が起きたのか私が理解する前に、私の背後でバタンとドアを閉めた。私はファイルをしっかりと手に握りしめて廊下に立っていた。たとえ〈暗号部〉訪問が期待どおりの結果をもたらさなかったとしても、というのも私は毛ほども〈任務〉を知ることに近づけなかったからだが、少なくとも行くべき場所はあったし、そのことは軽視すべきではなかった。９１２９——心の中で繰り返した。エルムスのところへ文句を言いに行くわけではないとわかっていた。ただ彼が都合してくれると約束した昼食券を取りに行くだけだ。会話を始めるには、いい口実だった。

　白いドアが並ぶ列の間をもうだいぶ歩いたとき、私はファイルの中身に気づいた。もし暗号全体が——頭の中でもそれを暗号と呼んでいたのは、何かにつかまっていなくてはならなかったからだ——エルムスの執務室で見た抜粋のようなものなら、その先の部分にも、〈庁舎〉内での私の次の行動の記述が含まれている可能性がある——私がまだ経験していないものも含めて。この考えが常軌を逸しているとはまったく思わなかった。私が行った先ではどこでも、私の一挙手一投足は私が思っている以上に知られているのだと、それとなくほのめかされてきたし、それに、これはエルムスの部屋で読み取った断片が示していたのだが——時折、私の思考さえもが秘密でなくなることがある以上、どうしてこのファイルに今後の私の彷徨計画が、その果てに何が待っているのかも合わせて、含まれていないことがあろうか？

　ファイルを開けることにした。これまでそれを思いつかなかったことに、ただ驚きながら。私は自分の運命を手にしていて、それをのぞきこむことができたのだ。

## V

　右側のドアの列が途切れた。壁の向こうにはたぶん長いホールがあるのだろう。少し先で見つけた廊下の脇道は、この階のトイレに通じていた。入口のドアは半開きだった。浴室をのぞくと、人けがなかったので、私はドアを閉めて、浴槽の縁に腰を下ろすと、鏡の下の棚の上に小さな黒っぽい物があるのに気づいた。それは、清潔なナプキンの上に誘うように半ば開いて置かれた剃刀《かみそり》だった。なぜこれが私を疑わしい気分にさせたのか、わからない。手に取ってみると、新品に見えた。外科室のごとき清潔さでピカピカの周囲をもう一度見まわした。剃刀を元の位置に戻した。なぜだか、こんなものの前でファイルを開く気になれなかった。私は浴室を出て、エレベーターで下の階の、昨夜避難所を与えてくれたあの浴室に降りることにした。
そこも人けがなく、私が出たときとまったく同じ状態で、ただタオルだけがきれいなものと交換されていた。浴槽の縁で平紐をほどくと、ボール紙の表紙の間から分厚い白い紙の束が出てきた。

　手が少し震えたのは、いちばん上の紙が印刷されていたのを憶えていたからだ。紙が広がった――すべて白紙だった。紙をめくる手がだんだん速くなった。水道管が、別の階で蛇口を開けるときに立てることがある、あの無意味で野蛮な音のひとつを発した。そのうめきはほぼ人間の声で、〈庁舎〉の鉄の腸《はらわた》に広がるにつれて、次第に弱く遠いつぶやきに変わっていった。私は絶えず白い紙をパラパラめくり、なぜだかわからないが機械的に数えつつ、同時に思いはプランドトルのところへ戻っていき、あの太っちょに飛びかかって殴りつけ、ぶくぶくと嫌らしくふくれた体を蹴っていた――あいつが目の前にいればいいのに！

　怒りは、訪れたときと同じく突然私から去った。私は浴槽の縁に腰かけて、紙を繰っていたが、彼のあの奇妙な息の吹きかけが何を意味していたのか、改めて別の観点から眺めてみた。物事はあらかじめ仕組まれていたのだ、私の指示書を盗むために。だがなぜだ、エルムスが初めから私に渡さなければいいのでは？

　紙を次々とめくる手が止まった。白紙の山は、その中に違うものを二枚隠していた。一枚は、手書きの〈庁舎〉の見取り図と、庁舎が内部に位置している聖ファン山の地図、もう一枚は、それに白い糸で縫いつけられており、破壊工作作戦〈一撃〉計画が十二項目にわたって印刷されているのが見えた。それを目の前に掲げて、さらなる彷徨を続けた。この書類を当局に返そう。これが私の手に入ったいきさつを話そう。そうすれば信用してもらえるかもしれない。しかし、この――秘密の――書類の中身を知らないと、どうやって証明する？　〈庁舎〉の位置――ハーヴァード山頂から南に百十八マイル――も、その見取り図も、部屋や司令部の配置も憶えていないと、破壊工作作戦の記述も読んでいないと？　完全にこちらの負けだ。私には見えた――自分がこれまでたどってきた道が次第に首尾一貫した全体を形作っていくのが、一見無思慮な偶然が罠に変わっていくのが。私はその罠にますます深くはまりこんでしまい、いまこの瞬間になって、その意味が明白となる。

私の立場を危うくするこの書類を引き裂いて、切れ端を便器に投げ込もうとして、指が震えた――だが、たちまちエルムスの警告を思い出した。つまり、自然の成りゆきで起きたことなど本当は何もなかったのでは？　彼らが言った言葉のひとつひとつ、どの頭の動きも、放心も、微笑も――何もかもが計算されていて、この巨大な機構全体が数学的な精度で、もっぱら私を破滅させるために動いていたのでは？　私は無数の光る目が詰め込まれた山の内懐《うちぶところ》を感じ、数秒間、いまにも石の床に崩れ落ちそうだった。どこか彼らから身を隠すことができれば、平べったくなって隙間に隠れられたら、存在するのをやめられたら……。剃刀！　だからあそこにあったのか？　彼らは私がひとりになりたくなるのを知っていて、あれを置いたのだろうか？

　私の手はリズミカルに動いていた。私は紙を重ねていった。ファイルがいっぱいになるにつれて、私の救助に役立つはずだったアイデアの群れが溶けていき、なおも何らかの解決法や、ずる賢いプレイヤーが不意にカードをめくるような大胆なトリックを探しながらも、自分自身の、死刑判決を受けた男の従順な汗まみれの顔が次第にはっきりと見えてきた。その顔は、私があといくつか残っている手続きを済ますことを期待していた。――迅速かつ簡単に片付けなくては――私は思った――いまや、いったん失敗してしまった以上、もう何も恐れるものはない。――私はこの考えを前から準備していたに違いない。なぜならそれは、非現実的な逃げ口上が押し合いへし合いする中、解放のごとく現れたからだ。

　死刑囚の威厳を帯びる覚悟ができた瞬間、最後の数枚の間から、３８８３という番号がかなり不明瞭に書かれた小さな硬いカードが滑り出て、足元に落ちた。それをゆっくり拾いあげた。誤解を避けるためか、別の手が数字の前に小さなきちんとした文字で「R」という略号を書き加えていた――部屋《ルーム》だ。

　そこへ行けという命令か？　オーケー。私はファイルの平紐を結ぶと立ち上がった。ドアのところでもう一度、磁器の内装を見渡すと、暗い窓のような鏡から、そのゆらゆらする表面であやふやになった自分の顔がこちらを見ていた――それはガラスが波打っているせいだったが、氷のような恐怖の炎の中にそれが見えているような気がした。そうやって私たちは互いを見つめていた――私と私は――そして、以前、裏切り者の窮屈な皮膚にいわば内側から這い入ったのと同じように、今度は外側で起こった変化を観察した。不安で醜くなり、水を浴びたようにぬめぬめ光る顔が消える、という考えは不快ではなかった。実際ずっと前から、こんなふうに終わるのではないかと疑っていたのだ。

　自分の予測の正しさにひねくれた満足を感じながら私は敗北の規模を味わっていた。しかしながら、この書類をどこかにこっそり捨てたらどうだろう？　いや、それでは手元に何も残らなくなる。任務を割り当てられもせず、騙されたり、裏切られたりもせず――一切何もなくなる。ひょっとすると私はハンマーと鉄床《かなとこ》の間に行き着いて、そうとは知らずに何か大きな陰謀の範囲に足を踏み入れ、利害の対立する歯車が私を破滅させようとしたのでは？　その場合、もっと上の部署に訴えれば救われるのかもしれなかった……。

　３８８３号室は最後の手段として取っておき、いまはプランドトルのところへ行くことにした。どうであれ――彼は息を吐きかけた。あれには何か意味があったに違いない。彼は息を吐きかけた――つまり私に好意的だった。潜在的同盟者であったのだ。もっとも、太っちょが私のファイルを容易に盗めるよう、彼みずから私の注意をそらしたのは事実だ。どうやらそうせざるを得なかったのだろう。なにしろ私に命令を遂行しているのかと尋ね、自分もそうしていると言ったのだから。

　私は行くことにした。廊下は人けがなかった。気が変わらないように、エレベーターまでほとんど走っていった。エレベーターが来るまで、かなり待った。階上ではかなり人の動きがあった。私が降りると、すぐに数人の将校が乗り込んだ。私は〈暗号部〉目指して次第にのろのろと進んでいった。その歩みの不毛さが許しがたくなってきた。それにもかかわらず私は中に入った。以前太っちょが座っていたテーブルには、しみのついた書類の山の上に、紅茶を飲み終えた後のコップがいくつか置いてあった。受け皿の端に、種みたいに置かれた人造蠅から、私のコップがわかった。しばらく待ったが、だれも来なかった。壁際の机は大量の書類で埋まっていた。せめて私の指示書の痕跡ぐらいは見つからないかと、はかない期待を抱きながら、書類を引っ掻きまわした。その中に黄色いファイルが一冊あったが、給与一覧表が入っていただけだったので、それに目を通した。別の状況ならきっともっと注意を払ったことだろう。なぜならそこには次のような職種の算定が含まれていたからだ――秘密地獄官、第一級暴露官、粉砕官、糞便官、試験監督、濾過官、秘密痴呆者、火葬官、骨食者――だがいまは無関心にそれを放り投げた。すぐ手元の電話が鳴りだしたので、びくっとした。私はそれを見た。しつこく鳴りつづけた。私は受話器を取った。

「もしもし？」男の声が聞こえた。「もしもし？」

　私は答えなかった。その瞬間、よくあることが起こった――だれか別の人が回線に割り込んできて、二人の話す声が聞こえたのだ。

「私です」先に『もしもし』と呼んでいた声が言った。

「どうすればいいのかわかりません、大尉殿！」

「何？　彼はそんなにひどいのか？」

「ますます悪くなっています。何かしでかさないかと心配です」

「役に立たないか？　最初からそう思っていたのだ。役に立たないのかね？」

「そうは言ってません。前はよかったんです、でもいまはどうだかご存じでしょう。あの件を承認する必要があります」

「それは第六課がすべきで、私の仕事ではない。どうしたいのだ？」

「大尉殿は何もできないと？」

「彼のために？　私にできることはなさそうだ。まったくなさそうだ……」

　私は息を詰めて聞いていた。二人が私のことを話しているという印象が強まり、それが確信に変わった。しばらく受話器の中で静寂が続いた。

「本当にできませんか？」

「駄目だ。この件は第六課だ」

「しかしそれはつまりポストからはずすことになるのでは」

「まあそうだ」

「ということは我々は彼をあきらめるのですか？」

「君はそうしたくないようだな」

「私がどうしたいかの問題ではなくて――いいですか――彼はもう多少順応してしまったので……」

「だからいったいどうしたというのだ？……。そちらにはそちらの専門家がいるだろう。プランドトルは何と言っている？」

「プランドトルですか？　息を吹きかけて以来――何

も。いま会議中です」

「彼を呼びたまえ。そもそも私はこの件にかかわるつもりはない。私には関係ないことだ」

「彼のもとに医療の情報提供者を派遣します」

「ご自由に。申し訳ないが、時間がないんだ。失礼するよ」

「失礼しました」

　双方の受話器が音立てて置かれ、貝殻を耳に当てたときのようなざわざわした静けさだけが残った。私はためらった。二人が私のことを話していたのかどうか、もはや確信が持てなかった。

　いずれにせよ、プランドトルがいないことはわかった。私は受話器を置くと、足音を耳にして――だれかが隣の部屋から近づいてきたのだ――廊下に駆け出した。すぐに後悔したが、もう後戻りはできなかった。いまはエルムスか３８８３号室の二択だった。私はひたすら真っすぐ進んだ。３８８３は五階のどこかにあるに違いない。〈取り調べ部〉か？　おそらくそうだ。私はもうそこから出てこられないだろう。廊下を歩くのも結局のところ、そう悪くない。エレベーターで休めるし、立ち止まったり、浴室に立ち寄ったりもできる……。

　剃刀を思い出した。これまでそれについて考えなかったのが不思議だ。あれは私のためだったのか？　おそらく。でもそれはわからない。私は興奮しすぎている。階段で下に降りた。少しめまいがした。六階。五階。廊下は、白く、並はずれて清潔、すべての廊下と同じく、真っすぐに伸びていた。３８８７、３８８６、３８８５、３８８４、３８８３。

　心臓の鼓動が激しくなった。こんな状態で話すのは難しい。立ち止まって息をついた。――最終的には中をのぞいてくるだけでいいんだ――私は思った。何か訊かれたら、エルムス少佐を探しているのですが、部屋を間違えました、と言おう。ファイルを私の手からもぎ取る者はおそらくいないだろう。結局のところ、これは私の指示書なのだし、必要とあらば、〈指示部〉のエルムスに電話してくださいと要求してやろう。きっと何もかも戯言なのだ、どうせ彼らは知っているのだから。彼らが知っているなら、私が考えあぐねる必要はない。私は、調書に差し出すことになるであろう、これまでの出来事すべてを要約しようとした。もし虚偽供述で取り押さえられたりすれば、余計にこちらの不利になる。しかしあまりにも多かったので、私は様々な偶発事の中で迷子になりはじめ、最初に起きたのが老人の事件だったか、それとも私の最初の指示士官が廊下で逮捕されたのだったか、あやふやだった。もちろん、彼の逮捕が先だ。私は目を閉じ、ドアレバーを押した。

　幸い、カード目録と書類整理棚でいっぱいの、その大きな暗い部屋にはだれもいなかった。というのも、しばらくの間、胸から声が出そうもなかったからだ。巨大な帳簿、紐で縛られた書類の山、白い事務用糊の瓶、鋏《はさみ》、スタンプパッド、筆記用具が、壁際の大きな机を埋めていた。だれかがやって来る。足を引きずる音が聞こえた。見通せない闇へと続く半開きの脇のドア口に、しみだらけの制服を着た見た目の薄汚い老人が現れた。

「ここにご用ですかな？」耳障りな声で言った。「私どもに？　めずらしい、滅多にないお客様だ！　どんなご用でしょう？　きっと何か閲覧でしょうな？」

「私は……え……」と話しはじめたが、このいけすかない人物は、光る雫をぶら下げた鼻をすすりながら、こう続けた。

「民間人の服装をしていらっしゃる――ということは、何か目録からですね……どうぞ、こちらへ……」

　老人は、私が大きな棚だと思っていた家具の横まで足を引きずっていくと、巧みな動きで次から次へと細長いカード目録の抽斗を引っ張り出した。もう一度、私は物でいっぱいの部屋を見まわした。書類の大きな山が、床にも、部屋の隅にも、椅子の下にもあって、空気は埃と古紙のむっとするにおいに満ちていた。私の視線を捕らえて、老人はしゃがれ声で言った。

「文書保管官グロウブルはおりません。会議ですよ、あなた、どうしろと！　文書保管官‐総合下位従属者もあいにくおりません、申し訳ないが――出かけております。で、まったく私ひとり、お許しくださいませ、ここの管理に残ったわけでして、カップリル・アンテウシュがお伺いいたします、四十八年間勤め上げました九等官管理人が。引退後の準備をしたらどうか――と将校の皆さんはおっしゃいますが、ところがどっこい、この私は――あなたご自身ご覧のとおり！――いわばなくてはならぬ存在なのですよ。しかし、しかし、私はここでべらべらおしゃべりしてますが、あなたはきっとお仕事で急いでおられるのでしょう？　閲覧のご希望はどうぞこのボックスケースにお入れくださいませね、ベルはどうか根気強く鳴らしてください——私が現れて、あっという間に探し出します、老いた目でも、へっ、へっ、申し訳ないが、若い者には負けませんぞ、お持ちしますとも、ここでご覧になるのでしたら、どうぞご自由に、もし外に持ち出すのでしたら、ご自分の番号のみをカードの『ローマ数字の四スラッシュB』欄に記入してください——それでオーケーです……」

　老人はしゃがれ声の演説を、足を引きずる音で終えた——それがお辞儀だったのか、それとも足が麻痺していたのかはわからない——それから巨大なカード目録の突き出た抽斗の列を手招きするように指差した。

　同時にスチールの眼鏡を鼻から額へ巧みに押し上げると、顔に愛想笑いを張りつかせたまま、入ってきたドアの方へ後じさりしはじめた。

「カップリルさん」私は彼を見ずに、いきなり言った。「〈検事局〉はこの階にありますか？」

「何ですって？」彼は手をラッパ形にして熱心に耳を囲んだ。「けん……？　聞こえませんでした。いや、あなた。聞こえませんでした」

「あの……〈取り調べ部〉は？」私はこんなあからさまな質問の結果がどうなるかを考えもせず、先へ進んだ。

「部……？」彼の笑いは希薄になり、驚きに変わった。「〈部〉もありません、あなた、ありえませんよ、だってここにいるのは私どもで、私どもだけしか——ほかには何も……」

「文書保管所でしたね？」

「そうです、文書保管所、総合カード目録、図書館、本部、私が目にした限りでは、そうです。ほかに何かご用はございますか？」

「いや……差し当たっては何も、ありがとう」

「どういたしまして——勤めですからな。ベルはあなたのためにここへ置いておきますよ、この台の上に、ほら、この方が使いやすいでしょう」

　彼は足を引きずりながら出ていった。ドアのすぐ向こうで老人らしく激しく咳き込み、目立たないが、だれかに絞め殺されてでもいるかのように残酷なその音が遠ざかっていくと、私は暖まった静けさの中、真鍮《しんちゅう》製のプレートがついた抽斗の列を前に、ひとりになった。

——これはどういう意味だろう？——老人が用意してくれた椅子に腰を下ろしながら思案した。——彼らは私の関心を探ろうとしているのか？　だが何のために？　そんなことをしてどうなる？——真鍮に刻まれた見出し語に何となく視線をさまよわせた。カード目録はアルファベット順ではなく分類別で、次のような項目があった。**奴隷根性学、終末観察、神学、教皇および詐欺師学、応用死体学**。私は神学の区分をのぞいてみた。だれかが硬いカードの順番を入れ替えたせいで、支離滅裂に混ぜこぜになっていた。

**天使**——参照：騎兵隊。空中の。同義：日常指令。

**愛**——参照：破壊工作。同義：恩赦。

**復活**——参照：死体学。

**聖徒の交わり**——参照：連絡。

とどのつまり、いったい何を気にすることがある？——と思い、天使の項の日常指令のうち、ひとつの数字を用紙に書き込んだ。訳のわからない見出し語がたくさんあった。たとえば、**地獄学**、**桶工学**、**脳入作用**、**漏斗元親衛隊学**、**除肌色**、だがこうした欄を探ってみようとも思わなかった——カード目録はあまりに大きく、木製の柱に支えられて天井までそびえ立ち、海のようにさらさら音を立てていて、ざっと調べるだけでも何週間もかかりそうだし、抽斗から取り出した緑色やバラ色や白のカードがゆっくりと私に降りかかって、パタパタと床に舞い落ちたので、二、三枚ずつ脇にのけたが、しまいに辺りを見まわすと、相変わらず私ひとりだったから、いちいち見もせず適当に元の抽斗に突っ込んだ。

　カード目録が混乱しているのは時折、私のようにほかの人もここにたどり着くせいだろうか？——想像の中にぼんやりとした疑いが生まれた。私は背筋を伸ばした。カード目録キャビネットの横にある机の上に巨大な黒い百科事典がまとめて放り出されていた。いちばん端の巻を手に取った。何と書いてあったっけ？　**桶工学**《ツェベルナウティカ》？　Cの項目を探す。『**たまねぎ**《ツェブラ》——多層作戦の一種』。違う、これじゃない……。『**桶工学**——桶での航行に関する代用学問。比較せよ、偽グノーシス。同義：架空・偽装学』

　その巻をパタンと閉じようとしたら、いちばん最初のAのところが開いた。見出し語が太字で印刷された、『A.j』で始まる欄が目を引いた——**エージェント……エージェントの……エージェンシーの……**下の方には**歴史の一断面におけるエージェントとエージェンシー**という題の大きめの記事があった。

　その横には別の巻が開いており、**原罪**――世界を情報と偽情報に区分すること――の見出し語が赤丸で囲まれている。――まったく、何て百科事典だ――と思いながら、さらさらいう紙を厚めにつかんでは全体をめくって、ページに目を走らせていると、新たな定義に出くわした。**除肌色**――脱肉体化、冒瀆肉体化、または出肉体（比較せよ、強制移住）、参照：**調査装置**。その装置を探してみると、一覧表が見つかったが、それは、四裂機、骨砕機、皮剝ぎ機、脳入機、つまり**究極真実脳入装置**といった奇妙な機械の列挙で始まっていた。ついに私は指を埃まみれにして机から離れ、こんなものを読んだり探しまわったりする気はなくなり、残りの好奇心も消えうせた――ここから出るのだ、なるたけ早く出て、エルムスのところへ行こう、エルムスなら助けてくれる、彼にすべてを話そう！　自分のファイルを探していると、足を引きずる音が聞こえた。老人が戻ってきた。眼鏡を禿頭までずり上げながら、敷居から注意深く私を見たが、それはたちまち卑屈な笑みに変わった。奇妙だ――いまになって気づいたが、老人は斜視だった。片目で私に狙いをつけると、もう片方の目は上へと舞い上がる――まるで顔のその部分が突然、敬虔な喜悦に捕らえられたかのように。

「見つかりましたかな？」

　老人は目を細め、敬意からでも思案からでもなく、そっと口笛を吹き、そして、私がケースに入れようと取りのけておいた、読んでもいない別の一枚のカードを目にすると、私に会釈した。

「ああ……これもですか？」たるんだ唇をそっとぴちゃぴちゃ鳴らしながら彼は言った。その手も顔も、突き出た耳も、さらに一層薄汚く、埃っぽくなっているように見え、禿頭だけが鍍金をしたかのように真鍮のごとく輝いていた。

「それなら、よろしければ……一緒に来ていただけますか？　こういうのは、たいてい……私のような年寄りには、そういう大判の本は運びづらいですからな。全部ではありませんが、しかし……あなたが専門家でしたら……きっとムラスグラック班将の指揮下なのでしょう？　いや、いや、何も尋ねてはおりませんよ。職務上の守秘義務、禁止規定ですからな、ヒッヒッ！　ではどうぞご一緒に、ただし汚れないようにお気をつけて、ひどい埃ですから……」

　そんなふうにぶつぶつ言いつつ、老人は私を先導して、続く部屋部屋のぎっしり詰まった棚の間の狭く曲がりくねった通路を抜けていった。私は心ならずも地図帳や大型本のぼろぼろになった背に体をこすりつけながら、次第に深く仄暗い迷宮へと潜っていった。

「ここです！」私の案内人は最後に勝ち誇ったように言った。覆いのない強力な電球が書庫の広々とした小路を照らしていた。高い金属製レールに掛けられた梯子の間には、たわんだ本棚に灰になったかのような革で装丁された巻がずらりとそびえ立っていた。

「拷《タルト》！」彼は恍惚として喉を鳴らし、私の目の前で不幸な目録カードを振りまわした。確かに、カードにはその単語が見事な墨の筆跡で黒々と書かれていた。

「拷《タルト》！」彼は繰り返し、鼻先に垂れた雫は興奮のあまりぶらぶら揺れ、電球の下でダイヤモンドのようにきらめいた。

「拷《タルト》、拷モン《タルトレット》、さあどうぞ、ヘッヘッ、ここです、上から、供述の摘出、ここは内臓学、つまり内装術あるいは中身取り出し、ヘッヘッ、ここは内臓機と内臓摘出機の部、あちらに大変めずらしい項目がございますよ――*De crucificatione modo primario divino*（『磔刑の神聖なる方法』）、二世紀の、完璧に保存された、図版入りの最後の一冊です、留め金にご注目ください、そう、ここにあるのは、皮剝ぎ、槍刺し、個人の忍耐力テストです、いや、いや、あなた、そちらはもう違います――肉体的拷問はここまでです！　この二つの翼は、上から下まで――左側は巻き上げ、右側は引き張り……」

「何ですって？」思わず声が出た。

「何って、引き張りですよ、この例ですと、棒杭とか柱でしょうな、この二つの棚がそうです。柱頭は――こちらは鈍くて、こちらは尖っています――マホガニー、白樺、オーク、トネリコ、そうですとも！――巻き上げの方は、それは……あちらにいろいろございます――いや、私ごときが何をお話しすることがございましょう、ヒッヒッ、あなたの方がよくご存じじゃありませんか……この部にはもうほとんどどなたも立ち寄りません、何年になるか憶えてもおりませんよ。あなたは私に本物の喜びを与えてくださった、あえて申し上げますよ、本物と！　皆さん、こんなのは古くさい、時代錯誤だとおっしゃるんです」

「古くさいですって？」私は静かに尋ねた。彼はうなずいた。その鼻先でぶらぶら揺れる雫から目が離せなかったが、しぶとく持ちこたえて落ちなかった。

「そうです。そう言ってます。我々が肉屋に残してやっている——と言うのです。取り調べのサーロインを……臓物を……と、これはピルピチェク中尉です、ええ、冗談がお好きなんですよ。いまじゃこれがもっと流行《はや》ってきています、この部が、あなたがおられる、まさにここで始まるんです——区分ごとに番号が振られているでしょう、ほら、その方がわかりやすいですから、ただこの埃が、この埃が忌々しいったら！」

老人は埃をすばやく袖で拭《ぬぐ》うと、声を出して読んだ。

「暗示拷《タルト》……。予定説拷《タルト》……。待機拷《タルト》……大した部じゃないですか？　待機拷だけでちょうど九十種ですよ、ヘッヘッ、こういう記憶は確かなんです……拷《タルト》——まったくどこかのケーキ屋なみだ——なんて、うちの班将は言うんです、とても人間的で、とても率直な人物ですよ、とてもね、だってそんじょそこらの部局の長じゃありませんから、お見えになると、私はこう言うんです——管理人カップリルがお伺いいたします——するとあの方は、番号をそっけなく、すぐに言ったりはしない、官僚とは違いますね、まったく！　ただ『チュチュ』とか『チュルルル』とか口ずさんだり——鳩みたいにぐるぐる喉を鳴らしたりするだけで、私は瞬く間にどういうことか察するんです、そうじゃないですか……ムライズノルル博士殿がこの部を担当しております。これは何です？　*De strangulatione systematica occulta*（『隠された体系的な絞殺について』）——だれかが誤ってここに置いたに違いない、これは肉体的なやつじゃないか、申し訳ありません、おや、ミイラ化もここに、どうしてこんなことに？　とんでもないですな。どうぞここです！　あなたが立ち入られたところは、もう暗号学でして、でももしご覧になりたければ、喜んで、これも大変興味深い項目ですよ。あなたが手に取ろうとなさったものは、ちょっとすみません、拭き取るだけです、ここはどこもかしこも埃だらけで、病むもやむなし《ザラス・ザラザ》——なんて、うちの文書保管官‐将軍がよく申しております、同音異義語は彼の十八番《おはこ》でして、ヒッヒッ、さてと、あなたが手にしているのは『箱としての宇宙』ですな、そうした〈隠匿学《ホヴァンナ》〉（同名の雑誌『教育学』のもじり）や〈ホヴァンツィヤナ〉は、少々時代遅れの論文ですが、受け入れられています、文書保管官－下位従属者殿が肯定的に評しておりました、この方は専門家でして、それも滅多にいない、あの……。それは？『銭湯暮らし』？　いえ、そんなのは、面白くありませんし、さほど古くも……」

　私はその本を戻して、別のを取った。『崇拝の対象物内への隠蔽について』。頭の中が少しざわついた。おまけに、とらえがたく堪えがたいにおいが、周囲の本の山から遍在する有毒ガスとなって私にまとわりついてきた――それはたとえば黴《かび》や砂まじりの紙埃のようなはっきりしたにおいではなく、古びた腐敗の重く吐気を催すような瘴気《しょうき》で、目に見えずあらゆるものに粘りつくようだった。私は、何でもいいからこれと決め、適当な本を一冊取って出ていくべきだったのだが、相も変わらず本当に何かを探しているかのように選り好みしていた。私が脇に寄せたのは、『裏切りの義務論』と、小型でずんぐりしていてページの角が折れている『虚無の模倣』、そして、なぜだかわからないが間諜部にあった、黒表紙のハンディ版『超越を現世化する方法』。その後ろに並んでいたのは、古びて表紙が石化した分厚い本で、紙は腐って黄ばみ、最初のページには木版でこんな題名が刷られていた。『幸運の間諜について、すなわち、絶妙な間諜術の副官、断片および補遺を含む全三巻、ほら吹きヨナベリ・O・パウパ著』。その分厚い本の間に押し込まれていた古い印刷物には表紙がなく、初期刊本《インキュナブラ》付きで、『いかに明確に嫌疑をかけるか』と、かろうじて読めた。そんなのばかりだった。あとはざっと題名を読みとっただけだ。『遠隔無政府状態について』、『買収』、『シュパイの携行装置』、『窃視論』、窃視学および窃視グノーシス主義の文献目録付き概要、諜報業務における窃視症と窃視狂、『マキナ・スペクラトリクス、すなわち、シュパイ戦術』、『偵察的情欲について』と題された黒い地図帳、スパイ行動ハンドブック、それから『出版芸術、すなわち、完璧な出版者』と、『密告学概説』と、『露見と焼却』と、蛇腹式折りたたみ人物アルバム、『待ち伏せと入れ替え』、それに芸術分野のものもあった――『四手のための小さな挑発聖譚曲』とライラック色で題名が手書きされた楽譜の束が、ソネット集『針』と共に散らばっていた。

　仕切りの向こうでだれかが恐ろしいうめき声をあげ、それがだんだん大きくなっていった。私は取り出した本を元の棚に戻しながら、しばらく耳を傾けていたが、地獄のうめきに胸が締めつけられ、とうとう忙しく働いている老人の袖をつかんだ。

「あれは何です?!」

「あれ？　ああ、士官候補生の方々がレコードをかけてるんですよ、あそこで臨終苦悶学とか仮死のセミナーがありましてな、若き死学者たちです、うちではそう呼ばれてますな」老人はつぶやいた。

　事実、もう一度最初から、しゃがれた断末魔のあえぎが聞こえてきた。もうたくさんだった、十回も、百回も、もうたくさんだった。だが忌まわしい老人は口を開けたまま、病的な興奮のトランスに陥ったらしかった。足を引きずりながら棚に駆け寄り、つま先立ちで、ものすごい軋《きし》み音をあげてキャスターの錆《さ》びた梯子を引っ張ってくると、その上に登ってわめき、表紙をぱんぱん鳴り響かせて、辺りに細かな埃の雲を撒き散らしたが、そのすべては私にあと一冊の朽ち果てた見本を、ぼろぼろになった稀覯《きこう》本を見せるためだった。

老人は興奮冷めやらず、壁の向こうで何度も繰り返すうめき声を大声で圧倒しながら、時折私の方へ、激しく揺れるダイヤモンドの雫の上から、やぶにらみの、ナイフさながら鋭い視線を向け、そのやぶにらみが次第に雄弁になり、埃でこしらえたような、奥へ背景へと逃げてゆく彼の顔全体を支配し、その視線は私を本棚に釘付けにし、そうでなくともすでに乏しい強要された動きを妨げたため、私はこの状況の虚構性がバレるのではないか、老人が私の中に無知な闖入者を発見するのではないかと恐れた。だが彼は老人特有の興奮の中であえぎ、息を詰まらせ、フォリオ版の埃を払い、それを運びおろして私の鼻先に突き出しては、また次の本に突進するのだった。私の手に押し込まれた黒い本『暗号学』は、冒頭がこんな言葉で始まっていた。『人体は次のような隠し場所で構成されている』……。

「これは……これは『罪体としてのホモ・サピエンス』です——とてもいいですよ、あなた、とてもいいもの……概説ですが……これは『炎今昔』、こちらにそのテーマの理論家のリストがあります、ほら。メールン、バードホーヴェ、フィシュミ、カントヴォ、カーク、国内の学者も、なんと、バーベリーザ教授、クラウダーラウト、グランプフまで——このテーマの完全な参考文献です！　希少ですよ、あなた！　これですか？　グラウブルの『病理管《モービトロン》』です。彼がこの小冊子の著者でもあることを知っている人は、ヒッヒッ、滅多におりませんな……」

　老人は、かろうじて持ちこたえている、すり切れて縁がざらざらになった黒ずんだ紙の山を引っ張り出した。

「『臍《へそ》――壁学』……。そう、そう……ヌートリアの養殖……ここにないものはありませんよ……お臍だなんて、何とまあ、流行らないね――と将校の方々はおっしゃいますが……ヘッヘッ！　ああ、あなたがお取りになったのは、もう流行りですよ。普通の流行です。まあ、上品な拘束衣のスタイルとか、そういうのは、あちらにも……。『箱としての宇宙』に興味がおありですか？　もちろん！　小抽斗《セペト》ですよ……あちらに付録がございます。『己の罪の証拠収集家のための手引き書』――お気づきでしたか？　ヘッヘッ！　『私刑における独習』――それがこの部です」

　老人に背を向け、せめてこうして彼のおしゃべりから身を引き離そうとしたのだが、おしゃべりは――強烈な印象だ！――埃と混ざった汚物の殻で私を覆った――私は闇雲に、激怒しながら、その小さな判型の本が、分厚い本であるかのように、ざっと目を通したが、しょっちゅう奇妙な用語にでくわした。二重落とし戸、暗号南京錠、袋網と閂《かんぬき》開口、多回超梯子、鍵付きくくり罠、肉体詰め物というような――『暗号学』の著者はプリヴァト・ピントシャー准教授だった。

　うっかり動かした本の山が崩れて、押しつぶされそうになりながらカップリルがそれを抱えたとき、おしゃべりが止《や》んだわずかな隙を利用して私は、残念ですがもう行かないと、と言った。彼は時計をちらっと見た。私は、自分の時計が止まっているので合わせてもいいかと尋ねた。彼のは大きな丸い銀の懐中時計で、そこからは何ひとつ読み取れなかった。

「何です……秘密の時計ですか？」つい口をついて出た。

「だから何です？」彼は言った。「そうですとも。秘密です。秘密の時計ですよ。だからどうしたというんです？　ええ？」

　そして暗号文字盤の蓋を入念に閉めて、それをしまった。私は持っていた本を彼に返しながら、もっと時間があるときにまた来ますが、差し当たって必要な読み物をどれにするか考えているところです、とつぶやいた。彼はほとんど耳を貸さず、あまりに熱中して

——別の部へ行く道を教えてくれた。裸電球が低くかかった星々のように連なり、重くたわんで口をぽかんと開けた本棚や戸棚の、埃にまみれた、紙の詰まった中身を照らしていた。もう出口というところで彼は『動員解除術』という教科書を持って私に追いつき、私の目の前で硬いページをめくって、その本を褒《ほ》めちぎった。まるで私がその本の潜在的な買い手で、彼は半ば書籍収集狂であると同時に、書庫の古物商でもあるかのように。

「しかし、あなたは何もお取りにならなかった、何もあなたはお取りにならなかった！」目録室で彼がまとわりついてきたので、私は追い払うために例の天使に関する本と、なぜだかわからないが、天文学の教科書を渡してくれるよう命じた。誓約書に判読できない署名をし、紙の束を小脇に抱えて（その天使学の論文はそういう形状だったのだ——手稿ですよ、印刷物じゃありません、とカップリルは有頂天になって強調した）、そこを出ると、言いようもなくほっとして廊下のきれいな空気を肺に吸い込んだ。その後長い間、私の服全体は、徐々に薄れてはきたものの、明らかな悪臭を、黴びた子牛革と製本用糊と焼けた亜麻布のにおいの混合物を放ちつづけた。自分が屠殺場の臭いをさせているという不快な印象を追い払うことができなかった。

## Ⅵ

文書保管所から数十歩離れたとき、思いがけない予感に突き動かされて引き返した。ドアの番号を自分のカードに書いてある番号と見比べて、ひょっとして間違いではなかったか確認するために。私の番号は、すでに述べたように、きわめて不明瞭に走り書きされていた――二つめの８は３だった可能性もあった。その場合、出向くべきは３３８３号室だったことになる。

私の考え方にかなり面白い変化が起こった――数字を読み違えてミスをしたことで、思いがけずほっとしたのだ。最初はなぜだかわからなかったが、ついにしかるべく組み立てることができた。これまで私がしてきたことはすべて、一見偶然の結果でしかなかったが――自分の意志で行動しているようでいながら、実は予想されたとおりの振る舞いだったのだ。だが文書保管所への訪問は、その包括的な私の行動計画には含まれておらず、たとえ私が間違えたのだとしても、その誤りの責任を私は〈庁舎〉に負わせた。部屋番号を不明瞭に書き抜いてよこしたことで、私に対して何とも人間的な見落としがなされた。そしてそれによって私の確信は強まった――それでもやっぱり誤謬の要因がまわりに作用していて、秘密と自由の存在を許容しているのだ、と。

だからつまりそれは３３８３号室で説明されるべきだった。試験の対象者である私が間違いを犯した以上、調査判事も誤りを犯した。きっと私たちふたりはこの誤解を笑うことになるだろうと確信して、私は足を速め、次の階へ向かった。

３３８３号室は、机の上に並ぶ電話の数から判断しても、高位の人物の秘書室だった。私は革張りのドアに真っすぐ歩いていったが、ドアには取っ手がなかった。驚いて立ち止まると、女性秘書が、何のご用ですかと尋ねた。私の説明はかなり込み入っていて、というのも本当のことを言いたくなかったからだが、秘書は聞いていていないようだった。

「あなたは登録されていません」彼女は頑固に繰り返した。無駄な懇願の後、私は自分をリストに載せて出頭日を指定してくれるよう要求したが、彼女は某《なにがし》かの指令を盾にそれも拒否した。私はこの件を書面で、公務上の手続きを踏んで、つまり自分の〈部〉の部長を通じて提出することになっているというのだ。私は声を張り上げて、自分の〈任務〉の重要性を、一対一での会話の必要性を訴えたが、彼女は答えもせず、ひっきりなしに電話を受けていた。マイクに向かって簡潔に三、四語言っては、ボタンを押し、線を切り替え、次の受話器を持ち上げるまでのつかの間のみ、ほぼ何も見ていない視線で私をさっと撫でるのだった。その視線の下で私は、部屋の備品のひとつであるかのように、徐々に存在しなくなっていった。

そんな状態で十五分も経ってから、私は懇願と要求に至ったのだが、それもまったく効果がなかったため、ファイルの中身をすべて見せて、〈庁舎〉の極秘図面と破壊工作作戦の概略を彼女の前で広げてみせた――だが古新聞を見せても同じ結果に終わったことだろう。それは完全無欠の秘書だった。自分の権限を越えるものは何ひとつ認識しないのだ。半狂乱で震えながら私は次第に恐ろしいことをぶちまけていった――金庫を探っていた青白いスパイのことや、私の不法行為が老人と大尉を自殺に追い込んだことについて話したが、そうした最悪の行為も何の印象も与えなかったから、ともかく中に入れてもらえさえすればと、私は嘘をつきはじめ、背信行為で自分を責めた。不名誉な逮捕か究極の恥辱をも覚悟の上で私は大声で彼女を挑発したのだが、彼女は岩のような冷淡さでずっと電話を切り替えつづけ、時折、受話器を持った手の肘か、低く下げた頭から垂れた一房の髪で、私の言葉をうるさい虫のように追い払うのだった。何も手に入らなかった――汗だくで、最後の力まで絞り取られて私は隅の空いた椅子にくずおれた。彼女がそれに気づいたかどうかさえわからない。どうなろうとも私はこの場から動くまいと決意した――調査判事、告発者、またはだれであれ革張りのドアの向こうに隠れている者は、遅かれ早かれ出てくるに違いない。そのときにそいつを捕まえるつもりで、当面は待ち時間を短縮すべく、持ってきた本や書類をめくった。そこに何が書いてあったのか、本当にわからない――私の知力はそうした崩壊と完全な混乱状態に陥っていた。手稿には天使たちとの面会に関する一連の日常指令が含まれており、天文学の教科書は理解しがたい多くのパラグラフに分かれていた——そこに書かれていたのはおそらく、銀河のカモフラージュや暗黒星雲内にそれらを隠すこと、星座から星々を連れ出すこと、惑星の入れ替えと掘削、宇宙破壊工作などについてだった——しかしながら、こうした項目の内容を私はひとことも憶えていない。我を忘れてページを繰りながら読み、何も理解できずに、十回も最初に戻ったというのに。この部屋でそうやって完全に数えるのを止めてしまうと、時間が経つにつれて、ますます残酷な悪夢に取り巻かれるようになり、それは前に想像していた拷問よりもひどいものだった。喉が渇き、背中を丸め、疲れ果てて、私は何度も立ち上がっては、弱々しいしゃがれ声で、いささかつっかえながら、秘書に情報を求めた——あなたの上司の勤務時間または昼食をとりに行く時間を教えてもらえませんか、そしてついには——これはもう完全な退却だったが——他の調査機関または検察局または別の法定代理人はどこですか、と。しかし彼女は電話をとったり、コネクタを差し替えたり、大きな印刷された用紙の余白に数字をメモしたりチェックを入れたりするのに忙しく、私にはいつも同じことを繰り返すばかりだった——〈案内所〉《インフォメーション》にお聞きください、と。それじゃあその〈案内所〉はどこかと訊くと——彼女はちょうど話していたマイクを一瞬片手で覆って、１５９３、と部屋番号を教えてくれた。私は自分の書類とファイルと本をまとめ、恥じ入ってそこを出ると、歩きながら朝には感じていた落ち着きと自信をいささかなりとも取り戻そうと努めたが、それについて考えるべくもなかった。腕時計を見ると（それは相対時間を示していた。なぜならこれまで他の時計に時刻を合わせていなかったからだ。ついでに言えば〈庁舎〉の中ではカレンダーを一切目にしなかったので、すっかり日付の感覚がなくなった）、秘書室で四時間近く過ごしていた。三階の廊下のいちばん端の部屋は１５９１だった。次の階で秘書に教わった部屋を探したのだが、そこの番号は2から始まっていた。私は「秘」、「特秘」、「極秘—司令部」といった表札を掲げた様々な部屋に入っては、いちばん最初に私を総司令官のところへ導いてくれたドアを見つけようとしたものの、どうやら表札か番号が変更されたらしく、そんなものは跡形もなかった。書類は汗ばんだ掌《てのひら》でおぞましく湿り、空腹で力が出ず――前日から何も食べていなかった――無精ひげがちくちくするのを感じながら、廊下をさまよい歩いたが、とうとう私はエレベーター・ボーイにまでその不吉な部屋のことを尋ねはじめた。義肢に盗聴器が仕込まれたその男は私にこう言った。それは「リストに載っていない」部屋で、まず電話でそこに申し出る必要がある、と。さらに四時間後（この間、一時的に人のいない部屋で電話を二度使うことができたが、〈案内所〉の番号は話し中だった）、廊下の人出がかなり増えた。職員たちが大勢、食堂に向かっていた。私が彼らと一緒にそこへ赴いたのは、空腹のせいばかりではなく、エレベーター近くの人ごみに否応なく引きずり込まれてしまったからだ。食事――茹《ゆ》ですぎのケシの実団子に私の嫌いな溶かしバターがかかっている――を、昼食なのか夕食なのかもわからぬまま、急いで食べた。団子はひどかったが、いずれにせよ私を待ち構えていた放浪を延期することになった。エルムスのところへ行かなくてはと前からずっと思いつつも、たびたび延期していたのは、もしそれが駄目なら、もう何ひとつ残らないからだった。唇は脂《あぶら》まみれ、胃が急にふくれて額に冷や汗を流しながら食堂を出ると、私の告白も、自己告発さえも受け付けようとしなかったことについて考えた。これにはまったく驚かなかった。私はもう何に対しても驚かなかった。私は眠くなり、何だか何もかもどうでもよくなっていた。私上階の自分の浴室へ直行し、だれもいないのを確かめると、浴槽の隣に寝床をしつらえ、頭の下に清潔なタオルを置いて眠ろうとした。たちまち恐怖が湧いた。具体的なことは何も怖くなかったが、ただ漠然と不安で、それがあまりにもひどくて、再び汗が出てきた。石の床で全身が冷えて、私は輾転反側したが、ついに起き上がると、痛む体で浴槽の端に座り、これまであったことと、これから待ち受けていることすべてについて考えた。ファイルと本と、天使たちに関する指令のぼろぼろになった手稿は足のすぐ脇にあった。それを蹴飛ばすこともできた。そうはしなかった。ただ考えた――だが徹底的に考えれば考えるほど、自分の考えの空白がより明らかになった。私は立ち上がって、浴室内を少し歩きまわり、蛇口から水を出したり閉めたりして、どういうときに水道管のうめきを引き起こすのかを調べ、鏡に向かって表情を作ってみて、少し泣いたりもした。それからまた浴槽に腰を下ろすと、両手で頬杖をつき、しばらくそうして座っていた。眠気は去った。ひょっとすると私は相変わらず試験を受けているのかもしれなかった。数字の読み間違いが意図的だった可能性もあった。薄汚い管理人は私を〈拷問部〉にほぼ直行させた。彼の歓喜も興奮も洟《はな》を垂らして飛び跳ねる様も、明らかに不自然でわざとらしく演じられたもののように思えてきた。どうしてあの老人は肉体的拷問が時代錯誤であると強調したのだろう？　何となく？　とんでもない！　待機拷問——彼はそんなものに言及しなかったか？　ひょっとすると問題は私がしかるべく打ち砕かれ、湯に浸かってふやけることなのかもしれない、この方法で、難しい、きわめて難しい〈任務〉に不可欠な私の耐久力が試されることになっていたのだ、なにしろ全員が順番にそれを繰り返したではないか——ということは、私は相変わらず選ばれ、任命されていたのか？　それなら何も心配することはない——最良の戦術とは杓子定規な無関心、ある種ほどほどの受動性だった。女性秘書はわざと何も与えずに私を追い払い、〈案内所〉の番号が話し中だったのも意図的だったのだ。私の罪状とは実際には試験だった——つまり、万事順調だったのだ。

こうして自分を元気づけると、顔を洗って外に出た。ついにエルムスのもとへ赴くのだ。〈指示部〉の手前数十歩のところで掃除人たちに出くわした。彼らは床を磨いていた。どういうわけか大勢いた。全員四つん這いで、支給されたばかりのコートを身につけ、ポケットはぱんぱんにふくれていた。なぜかちゃんと磨いていたわけではなく、四つん這いでいるのが居心地悪いせいか、上目遣いに横目でちらちら盗み見ていた。だれかが咳払いをした——一斉に立ち上がった彼らは兄弟のように互いによく似ており、ずんぐりしていて肩幅が広く、帽子を額まですっぽり押し込んでいた。私は驚いて立ち止まった。彼らは小突きあいながら小声でこう言っていた。「同志メルダス、えーこー……えーこー、同志ブランズル、同志シュリプス、えーこー……」

十数人の将校が盛装佩剣《はいけん》で現れた。彼らは文官たちの身分証を確認し、文官らは将校たちを調べたが、混乱のさなか私は調べられずに済んだ。——ああ——私は思った——警備員か……——私がエレベーターのそばに立っていたのは好奇心からばかりでなく、別段エルムスのところへ急いでいなかったせいもある。突然ラッパが鳴り響き、エレベーターがその階に到着すると、大勢がわらわらと駆けまわったが、すべて気をつけの姿勢で、佩いた剣がガチャガチャと鳴り、警備員は両手をポケットの奥深く突っ込んで、銃に弾を填《こ》め、帽子のひさしはすべて下げ、頭を上げ、照明されたエレベーターのかごが開くと、銀の飾緒《かざりお》をつけた二人の副官が扉の取っ手に駆け寄った。

口から口へ知らせが伝わった。「提督准将《アドミラディエル》だ！　提督准将だ——来たぞ！」将校らが両側に整列したので、私はだれか高官が到着したのだなと思い、興奮で心臓がドキドキしはじめた。何やら特別仕様のエレベーターから、赤いダマスク織が張られ、地図や紋章がびっしり掛かったエレベーター・サロンから降りてきたのは、金が滴《したた》る制服姿の小柄な老人で、左足をわずかに引きずっていた。背筋をぴんと伸ばした将校たちに鋭い視線を投げると、白髪の干からびた染みだらけのその老人は力を込めずに長年の熟練で、まるで何気なく鞭を鳴らしたかのように、大声を発した。

「こんにちは、諸君！」

「こんちは・じゅんしょー・かっ!!!」軍服を着た廊下全体が轟いた。老人はあたかも調子はずれの音を耳にしたかのように顔をしかめたが、何も言わず、ただ胸に巻き付けた勲章のドゥカート金貨コートを鳴らしただけで、列に沿って歩いていった。どうしてそうなったのかわからないが、そこに立っていた私は将校たちの中で唯一の民間人であったと言えば十分だろう。ぽつんと灰色に見える私の服にびっくりしたのか、老人は不意に立ち止まった。

——いまだ！——私は閃いた。——足元に駆け寄って、告白し、嘆願するのだ！

だが私はかつてないほど辛抱強く立っていた。老人はいかめしくこちらを見やり、しばらく思案してから、勲章を鳴らすと、いきなりこう言った。

「民間人かね？」

「そうであります、民間人です、かっ……」

「任務についているのか？」

「そうであり……」

「妻と子は？」

「報告いたし……」

「んな！」彼は優しく言った。白いふさふさした口ひげの間のぷっくりした疣《いぼ》をいじりながら考え込んでいた。近くで見ると、本当にしみだらけだった。

「密偵か」しゃがれ声でそっと言った。「密偵だ……そうだな。即座にわかる。経験豊かな……熟練の密偵だ……。ついて来たまえ！」

　純白の手袋をはめた手の指で私を差し招き、その手は緒と星々がからまった剣帯《けんたい》の上に置かれていた。心臓がのどから飛び出しそうになって、私は列の前に出た。警備員たちが奥の方でざわついたが、いちばん肩幅の広い掃除人が咳払いをして黙らせた。私はビリビリと身をくすぐられるような随員らの囁きの中、老人の後についていき、駆け寄れる瞬間のみを待ちかまえた。私たちは廊下を行進していった。白いドアの前では将校たちが緊張し、私たちの接近にショックを受けたかのように、敬礼しつつ頭を掻きむしっていた。〈勲章授与・剝奪部〉の前で私たちを待っていたのは、そこの部長である佩剣した高齢の大佐だった。私たちは順に〈外交〉、〈死体発掘〉、〈授乳〉、〈寛容〉、〈リハビリテーション〉のホールを通りすぎ、ついに〈剝勲と装勲〉のホールに通ずる最後の二枚のドアの前で、提督准将は勲章を鳴らして立ち止まった。私は横に立っていた。そこの部長がブンブン独楽《ごま》みたいに跳んできた。

「んな？」提督准将は部長に内密のひそひそ話を許した。「どんな儀式かね？」

「反儀式です、提督准……」

　部長は高官の蠟でできた耳に儀式の手順を囁きはじめた。私に聞こえたのは「五人……引き裂く……する……くらわす」くらいだった。

「んな！」高官は前進した。ゆっくりした足取りで〈剝勲〉ホールのドアに近づき、敷居の前で立ち止まった。

「密偵！　ついて来たまえ！」

　私は跳びあがった。彼はその場から動かなかった。彫像のように——憂鬱になった。白い指で勲章を直し、シャコー帽を目深にかぶると、いかめしく、無慈悲に中へ入った。私は後に続いた。

　そこはまさしく玉座の間だったが、同時に葬儀の間でもあった——壁は見事に襞をつけた黒紗で覆われ、黒い飾り綱で高所から非常に大きな鏡が吊り下げられていた——重い楕円《だえん》形のヴェネツィアン・グラス、周囲の光をすべて飲みつくす水銀と鉛を一面に塗った、半盲の暗い鏡が。四隅には、間隔を空けて、鏡張りの棺台に似た、黒檀の枠がついた冷たい珐瑯のプレートがあり、その間に——狂おしい恐怖に見開いた目のごとく——銀鍍金されたブロンズの円盤がぽっかり口を開けていた。その凹面ではすべてが膨らんで破裂しそうだったが、凸面ではホール全体が小さく縮まって遠近法の縫い目に引き込まれていた。これら物言わぬ証人たちの間で反儀式が行われることになっており、蛇とユダを描いた見事な絨毯の上に、五人の将校が気をつけの姿勢で、飾緒と縁飾りと肩章付きの、剣を佩いた儀礼服姿で立っていた。死にそうに青ざめた五人は提督准将を目にして凍りつき、ただ勲章の星々が胸できらめき、銀の緒と房が肩で揺れるばかりだった。

将校らの態度のすばらしさは、先ほど耳にしたことと矛盾するように思われたが、すぐに私は己の間違いに気づいた。提督准将は列の前を一往復すると、列の端でこう吐き捨てた。

「恥だ?!」

彼は不満であるかのように言葉を切り、上の照明を消すよう私に合図した。ホールの中央は薄闇に包まれ、中心に向かって傾いた複数の鏡がそこから亡霊のように姿を現した。彼は光の境界外に退いたが、それだとまったく具合が悪かった。戻ってきて、白髪が銀色に輝いたとき、貪欲に空気を吸い込んだ。

「恥だ!!!」将校らの顔に向かって怒鳴りつけ、さらにもう一度。「恥だ!!!」それからまた立ち止まり、最初のいわば試験的な叫びを勘定に入れるべきかどうかあやふやだったので、すでに三回吐き捨てたかどうか心《こころ》許《もと》なかったが、すでにその白髪は銀の後光となり、勲章の音に急き立てられたものだから、「汚点だ!!」と雷を落とした。「軍服!! ならず者!! 泥!! 貴様らは転落した!! 裏切り者め!!」

彼は興奮していたが、それでもまだ怒りを抑えていた。「けしからん!!」老人らしく威厳を持って言った。「赤面ものだ! これに! より!」そして「勲章を剥奪する!!!」

この最後の恐ろしい言葉が発せられたとき、もうこれで終わりだ、と思ったが、実は始まりに過ぎなかった。提督准将は黙って一人目に駆け寄ると、つま先立ちで、胸を飾っているダイヤモンドがちりばめられた星をつかんだ。最初、熟した洋梨をもぎ取ろうとするかのように、そっと引いたのは、これほど高位の勲章を侮辱するのが惜しくなったのかもしれないが、ビリッと音がするや、それはもう手中にあり、無様な音だったし、後戻りはできなかったので、闇雲に引きちぎりはじめた――戦場で、死体から、肩章を、緒を、房を、手当たり次第にもぎ取るように。二人目に飛びかかって引きちぎろうとすると、縫い目はあらかじめ熟練した仕立て屋によって巧みに弱められていたのだろう、いとも簡単に音立てて破れるのだった。功績を取り消された勲章をダイヤモンドの稲妻のごとく絨毯《じゅうたん》の上に投げ捨て、宝石を踏みにじり、踏みつぶした。将校たちは、恐ろしい勲章剝奪のせいでわずかにふらつきながら、死んだように青ざめて胸を差し出し、亡霊じみた鏡には合法的な怒りに輝く高貴な白髪が幾度も繰り返し現れ、時折、ガラスの薄闇から深海魚の目玉のように大きな、軽蔑がほとばしる目が浮かび、鏡は互いに映し合って、ラシャ地の肉をつけた、むしり取られた肩章や山形袖章の断片を増殖させ、その恥辱の道は最大の極みを、無限を目指していた――働き疲れた老人はしばらくあえいでいたが、私の肩に寄りかかると、ビンタをくらわせはじめた。その後、今度は鞘《さや》から引き抜いたサーベルを私が膝で折る羽目になり、そうすることで私は民間人として彼らの失墜を深めた。サーベルは並はずれて堅く、私は汗びっしょりになった。それも終わると、私たちは暗くなった〈剝勲〉ホールを出て、やはり鏡だらけの〈叙勲〉ホールを通り抜け、子鹿革で覆われ彫刻が施されたドアにたどり着いた。そのドアを私たちの目の前で副官が大きく押し開いた。

提督准将の後について中に入ると、そこは巨大な執務室で私たちふたりしかいなかった。

中央に立っていたのは本当に要塞じみた柱付きの机で、その向こうには適宜引かれた深々とした肘掛け椅子、四方の壁に掛かった金色の額縁からは絢爛豪華な制服を着た提督准将の目が支配者らしく賢《さか》しげに見つめており、一隅には彼の大理石の騎馬像が立っていた。彼自身はシャコー帽を脱ぎ、サーベルをはずして、両方とも見もせず私に渡したものだから、金が象嵌《ぞうがん》されたその重荷をどこへ置こうかと見まわしていると、彼はカラーのホックをはずし、ベルトをいささかゆるめ、首のすぐ下のボタンをいじくり、そうしながらいちいち小さな安堵の声をもらし、最後に、曖昧な笑みを浮かべて辺りを見まわすと、ズボンのボタンをはずした。ここまで信頼を示されると、私も笑顔で答えるべきかどうか迷ったが、しかしそこまでするのは出過ぎた行為だったろう。老人は細心の注意を払って肘掛け椅子の奥に倒れ込み、しばらくぜいぜい息をしていた。明るい炎が輝く勲章の金の畝《うね》をはずせばいいのに、と私は思った。というのも彼はあまりに多くの労苦を背負っていたからだが、もちろんそんなことは不可能だった。武器と帽子を取った瞬間からめっきり老け込んだ彼は、こう囁いた。

「密偵……ヘッヘッ……密偵……」まるで私の括弧付きの職業について考えるだけで上機嫌になったかのように。ひょっとすると己の全権力のせいで、すでにいくらか幼児化していたのだろうか？　だが私はこう考えることにした。他の制服に囲まれて制服姿で生きるよう運命づけられた彼は、民間に対する共感を入念に隠しており、それは彼にとって禁断の果実の味だったのだ、と。私は彼の膝に身を投げて、これまで自分の身に起きたことすべてを話すつもりだったが、そのとき再び彼がこう言った。

「密偵……エヘエヘ……密偵？……」

　仮に彼がその言葉を「ふむ、密偵」などと和らげようとしていたならば、もっと違って聞こえたことだろう――彼は無邪気に咳払いをし、軽く舌打ちし、そっと関節を鳴らした――何気ない風を装って、だがそこには内心の震えが隠れていた。咳をすると落ち着いたが、目はまるきりきょろきょろしていた。私を信用していなかったのだろうか？……。それに私の足を疑わしげに見ていることにも気づいた。

　なぜ足を？　私がひざまずこうとしていたことと何か関係があったのだろうか？

「密偵！」しゃがれ声で言った。私は駆け寄った。彼は両手を挙げた。

「いかん！　いかん！　近づきすぎるな、近寄りすぎはよくない、必要ない……。歌え、密偵よ！　歌いたまえ！　考えていることを歌うのだ!!!」突然彼は叫んだ。私は理解した。裏切りが遍在することを忘れぬ、この経験豊かな老人は、私に自分の考えを声に出して歌うよう命じたのだ。彼の前では何も隠し立てできないように。

「なんて珍しい方法だ！」私は歌いはじめた。この最初の文句が口をついて出たからで、あとはもう自然に続いた。老人が机の横の抽斗を目で示したので、歌いながら開けてみると、小さな丸い瓶や細長い瓶がいっぱい詰まっており、古めかしい薬局の、意識を朦朧とさせるようなにおいが中からはじけた。老人の呼吸が幾分静かになったが、私は元気にせっせと動きまわりながら歌い、彼の目は注意深く心配そうに、自分がほのめかしたとおり目の前に私が並べていた瓶を一本一本追っていた。彼は瓶を定規で一直線に整列させるよう命じ、肘掛け椅子の上で背筋を伸ばしながら――干からびた骨がぽきぽきいうのが聞こえた――制服の袖をまくりあげて、できるだけそっと片方の手袋をはずした。スエードの下から乾いた染みだらけの手の甲が、静脈や豆やテントウムシみたいなものを浮かべて現れると、急に歌をやめさせて、ともかくまずは金色の小瓶から錠剤を一粒出してくれと、囁き声で大儀そうに言った。それをまず長いこと老いぼれた舌の上で転がしてから、明らかに苦労して飲み込むと、今度は水差しを持ってきて、その水に別の薬を量り入れるよう命じた。

「そいつは強いんだ、密偵……」秘密めかして囁いた。「気をつけろ！　入れ過ぎるな！　入れ過ぎないだろうな?!」

「大丈夫ですとも、提督准将閣下!!!」そうした信頼に感動した私は大声をあげた。老人の染みだらけ、疣だらけの手がより激しく震えたのは、紫色のスポイト瓶から私が一滴ずつ香りのよい薬を落としはじめたときだった。

「一……二……三……四……」彼は私と一緒に数えた。十六滴めのとき――この数字を耳にして私の指は震えたが、すでにガラスの注ぎ口で揺れていた次の一滴を落としはしなかった――彼は「十分だ！」と甲高い声で言った。

どうして十六なのだろう？　私はぎょっとした。彼もだ。私は彼にコップを渡した。

「ヘッヘッ……まっとうな……まっとうな密偵だ……」彼は神経質に言った。「君、君……ヘッヘッ……これ……これを……味見しろ……先に味見したまえ……」

私はその薬を少し飲んでみた。震える手に持った懐中時計で十分待ってから、続いて彼も飲もうとした。が、なぜかうまくいかなかった――歯がガラスにあたってカタカタ鳴るので、私が別のコップを持ってくると、彼は二つに割れた白いブレスレットのように歯をその中に入れ、それから苦労して懸命に救いの液体を飲み干した。私は彼の片手を支えてやっていたが――

指関節はその手の中で、革袋にばらばらに放り込まれたみたいに動きまわった。私は、ともかく彼の気分が悪くなったりしませんようにと震えていた。

「提督准将閣下……」私は囁いた。「私の用件をお話ししてもよろしいでしょうか？」

彼は靄《もや》がかかった瞳をまぶたで覆うと、大きな机の向こうで身じろぎもせず、少しずつ自分の中に落ち込みながら、きわめてゆっくりと小さくなっていった。そうして黙ったまま、私の性急な言葉を聞いていた——その間、彼の片手は、まるでそれに参加していないかのように、首に這いのぼり、骨折ってカラーをはずし、それから彼はその手をこちらに差し出したので、私が手袋を脱がせなくてはならないのだなと察した。裸の、いまにも折れそうなその手を、彼はもう片方の、あのテントウムシのついた手に重ねると、静かにきわめてそっと咳き込み、目に不安を閃かせて、胸の中でぜいぜい音立てていたものを捕らえたのだが、私はなおも話し続け、彼の前に自分の苦悩のもつれた輪舞を広げてみせた。老齢からくる彼の弱さは、間違いなく他のあらゆる弱さに対する好意と——少なくともその本質的な理解と——無縁ではなかった。哀れな己の呼吸に、彼がどれだけ注意を払っていたことか、その呼吸は絶えず彼を裏切っているようだった……。肝臓疾患による染みや汚れに覆われた彼の顔は、左右に突き出た蠟引きの耳（素朴に考えると、ある種の不器用な飛行を思わせた）に対して小さくなり、まさに己のやつれ、苦行者の衰えでもって、私に尊敬の念と、息子が父親に対して抱くような憐憫さえをも呼び起こした。というのも彼には瘤《こぶ》もあったからだ——とりわけ禿頭にあったひとつは、白い和毛《にこげ》でかろうじて隠れていたが、大きな卵のようだった。だがそれは容赦ない時との戦いで負った傷跡であったし、同時に時こそが可能な限り最高の尊厳を彼に与えていたのである。

私は自分の告白をあらゆる卑屈さから遠く離れた行為にしたかったため、机の横に腰掛け、自分の間違いと失策と敗北の歴史を、これまでだれにも話したことがないほど正直に話した。彼はリズミカルに呼吸のみで、人を和《なご》ませる規則正しさで私にうなずき、意味ありげにまぶたを伏せ、傾聴している間きちんと閉じない唇につかのま浮かぶ、かすかな微笑で見守っていた。私はもう話を終え、前かがみで机にもたれていたが、この規則違反も彼は悪く思ってはいないようだった

――私は最高の希望に満ち、同時に自分の言葉に深く感動しつつも、長い最後のフレーズを締めくくりながら、熱烈な嘆願に震える声でこう言った。

「助けていただけますか？　どうすればよいでしょう、提督准将閣下？」

　彼が言われた言葉をより深く黙考できるようたっぷり時間を置いてから、私はもっと小さな声で、はっきりとこう繰り返した。

「どうすればよいでしょうか？」

　そこで言葉を切ったが、彼は相変わらずうなずいていた。まるでずっとずっと私を励ましているかのように。横に傾けたその顔は（己の名で引き受けねばならぬ〈庁舎〉の堕落に対する責任を負った恥全体を熟考していたのだろうか？）私には見えず、ただ小さな鼻眼鏡がリズミカルにきらめくばかり、それは、あまりに疲れているが、それでもなお必要な老体の彼に負担を掛けないよう、ごく細い金の針金でできていた。

　息をひそめ、さらに彼に近づいてみて――ぎょっとした。眠っていたのだ。彼はずっと眠っていて、安らかにまどろんでいた。どうやら私の調合した薬が効いたらしく、喉で何かの弁が動いているかのようにシューシューいっていた。私の沈黙によって彼の眠りは深まった。というのも、いきなりヒューヒューいったかと思うと、怯《おび》えたかのように途切れ、しかしすぐにもっと高まったヒューヒューの演奏に戻ったが、それでも慎重に、だが決然と息をふーっと吐きつつ、次第に活発に眠りを調整し、ますます大胆に眠りに対処していった。森の抑えられた物音の中、かつての狩り、かつての角笛のこだまが聞こえ、鼻息や、牛か羊の鳴き声、時折銃声が聞こえてくるが、風に運ばれて、音は小さく遠く、その後しばらくの間すべてが動かなくなった――ついに彼が静寂をやぶってラッパで動物に合図するまでは――私はその間に半ば立ち上がって、机越しに身を乗り出し、彼からあの甲虫《こうちゅう》を、少し前に私の気を散らした、手に留まったテントウムシを払いのけようとした――だがそれはテントウムシではなかった……。

　ついでに彼を間近で観察してみた――黒ずんだ青痣、球根のような瘤、おびただしい数のぷっくりした疣、それよりも乾いて平らな疣、いくつかには鶏冠《とさか》のようなものまであった――耳毛は鼻毛と違って、より荒々しく、向こう見ずに生えていて、老人特有のデリケートさに反して、あまりに厚かましかった……。

もう先ほどから気づいていたが、どれだけ制服が彼の支えになっていたことだろう、うっかりボタンをはずすと、どれほど着ている人との関係を損なうことか。近くで見るとさらにひどかった……。彼が間合いを、距離を要求したのも偶然ではなかったのだ！　離れていれば——無邪気なヒューヒュー、ぜいぜい、弁で済むが、ここで見ると——周辺組織の肥大がむやみに数え切れないほどあり、こっそり密かに何らかの陰謀を企んでいる。これは皮膚の狂気、その後期ルネサンスの夢想だろうか？　石灰化した血管上の天賦の創造か？　いや！　これはむしろ反逆、謀反、身体の辺境におけるパニック、抜け出そうとする試み、遁走、あらゆる方向への秘密裏の巧みな逃走であった——なにしろ疣はこっそり繁茂し、瘤や爪は長く伸びて、何としても衰弱した母体からなるたけ遠くへ離れたいと望んでいるのだ！　何のために？　自力で遁走して容赦ない者から逃れるために？

結構な話だ！　提督准将——そして、勝手な逸脱行為は、秘密の継続を、陳腐なありふれた疣の中での繁殖を目指しているのだ！


私は思案した。この老人は——もう明らかだった——私を助けることはできない。彼自身があまりにも助けを必要としていた。とはいえ、もし彼が私に出口を示すことも、合図を出すこともできなかったら——おそらく状況は違っていたのでは？　ひょっとして彼が指示だったのか？　彼自身が私に与えられた合図だったのだろうか？

私はひどく驚き、もう一度、今度はもうすっかり椅子から立ち上がって、詳しく彼を調べた。

間違いない——瘤、できもの、乱暴な肉塊となって、彼は礼儀作法の範囲を超え、密かに繁茂し、疣化し、己の複製を作り、奇抜な斑点で彩《いろど》り、こまごまとコガネムし、蟲ていたのだ——目の下のたぷたぷした痣は一見バラ色で、内部で新たな力の黎明が閃いているふりをしていた……。何と破廉恥な！　恥だ！

冒険好きで自分勝手な要求、新たな表現やこれまで未知の新たな形態を探すというこのペテン全体は、独創性がなく、完全な無内容で、恥ずべき塊茎やカリフラワー性となり果てて終わり、ここでは植物の形を剽《ひょう》窃《せっ》し、きのこから何かを失敬したかと思えば、あちらでは家禽《かきん》から借りたという始末——それはまさに盗用と呼ぶべきだろう。

　それだけならまだしも！　それは哨所《しょうしょ》からの離脱、脱走――裏切りだったのだ!!!　息を止めようとしていたのは、まさしくこの無思慮な圧迫、偏執的な執拗さ、老人に死をもたらす汗で肥えた矮性《わいせい》の収穫物なのだ！　私の目の前にあったのは――ああ、何たる恥辱！――これだけ功績のあった将来の亡骸の尊厳に対する恥知らずな嘲笑なのだ！

　これでもまだ疑うことができただろうか？　それはほのめかしでも当てこすりでもなく、私の解釈に対する、すべてをうまく回避しようとする試みに対する、簡潔で嫌悪感を催させる回答だった――それも嘲《あざけ》るようなヒューヒュー音と弁の伴奏付きで表現されていたのだ……。

　私は打ち砕かれて、腰を下ろした。だれが言ったのかを考えても無意味だった。彼が自分自身で言ったのか、それとも彼らが彼を通して言ったのか、どちらでも同じことだったから。上官は〈庁舎〉を代表し、〈庁舎〉は上官を代表している。何と手の込んだことだ、何という精巧さだろう、たとえ墓とその前触れが近くとも――それは職務の文字と法の音節で行動したのだ！

　しかし私には賛嘆する余裕がなかった。第一印象とは裏腹に、我に返ってみれば、最終決着から自分がどれだけ遠くにいるかを理解したのだから尚更である。もちろん、私は自分のちょっとした罪や言い逃れ、勝手な権力奪取、裏切りの考えさえも知られてしまっていることを理解させられていたが、提督准将は眠ったまま、目を閉じることでそれを表現したのであり、彼の中に暗号化されていたメッセージは、無慈悲な突き放しというよりはむしろ延期であった――私の時はまだ訪れていないと語っていたのだ。

　愚か者め――私は思った。ゴルディアスの結び目を断ち切るか、あるいはそれで窒息するか、身の潔白が示されるか、それとも有罪となるかだ。まるで私の運命は、この〈庁舎〉か、あちらの〈庁舎〉の前に建てられる記念碑でしかありえないかのように……。もしいまにも執務室に警備員らが飛び込んできて、私を捕まえ、押し込み、監禁し、定義づけるとしたら――彼らが来ないことは十分によくわかっていた。枷《かせ》を嵌めるなんて――時代錯誤だろう……。だが彼らは知っていたのだ。私が眠っている老人のそばにはとどまらず、彼のメッセージを読み取ったら、片足を傷めた犬のようにさらなる彷徨を続けることを……。

　怒りが私の中で膨らんできた。私は立ち上がった。最初はゆっくりと、その後は次第に急ぎ足で豪華な絨毯の上を歩きまわった。提督准将は肘掛け椅子の奥に縮こまり、四方の壁から一斉に力強く見つめている頑健な己の肖像画とは似ても似つかず、私の邪魔をするものは何もなかった。私は周囲に盗人のごとく目をさまよわせ、すばらしい家具から錦織《ブロケード》、厚地の幕や風景画に飛び移ったが――ついに机で止まった。私はずっと生ぬるかった。いかなる功績もないが、違反もわずかで、ほとんど影と言ってもいいくらいだ。ああ、自分に注目を集めて、高く舞い上がるか、ひどく落ちるか、敗北やひどい違反で勝利を収めるなんて、信じられない……。

　私はゆっくりと机に近づいた。とんでもなく大きな錠前がついていた。黒檀の深淵には極秘文書、最高機密の書類が含まれているに違いない……。私は抽斗の前にひざまずき、銅の取っ手をつかんで静かに引いた。ボール紙や厚紙製の小箱がぎっしり、輪ゴムがかけられている……カードの束……「一日三回小さじ一杯ずつ」……頑丈な鍵付き小箱を持ち上げてみると――中で丸薬がざらざら鳴った。二番目の抽斗も同じだった。こちら側の抽斗に老人は薬を入れていた。先ほど彼は机の上に何か金属音がするものを置かなかっただろうか？　何と！　鍵束だ。私は頭を暗闇に突っ込んで、その鍵を錠に差し込んでみた――これは彼らも予想していなかっただろう！　眠っている司令官のすぐ横の隠し場所を悪党のように探れるほど、私が不実だとは思ってもいなかったろう！――破滅する《しずむ》ぞ――ちらっと思った――破滅する《しずむ》ぞ、どっぷり、完全に、死刑になるかも《のどまで》、もう私はそこから抜け出せない、言い逃れもできない――震える手で暗闇から箱を次から次へと引き出し、紐でしばった束を取り出して、包装をやぶると、紙が卑劣にもかさかさ鳴った。そんなのは何でもない、だが何という失望！　またしても小瓶に小瓶、軟膏入り容器、鎮静剤の内用液、包帯、止血帯、扁平足用中敷き、脱腸帯、オブラートの山、粉薬が鼻をくすぐった、枕、ピン、脱脂綿、金属ケースはスポイトでいっぱい、最も暗い内部の謎めいた輝きはヘガールだと判明した〔ヘガール徴候は妊娠徴候のひとつ〕。何と――何もない?!　これだけ?!　こんなのが真実のはずがない！　カモフラージュだ！　カモフラージュだ!!!　私は次の抽斗に飛びついて、獲物のにおいを嗅ぎまわるトラのように、表の板をとんとんたたいた——あっ！　これは違うぞ！　ひとつが降伏した!!!　一瞬心臓が止まり、秘密のばねがカチッと鳴るのを聞いた。中には——隠された小抽斗の中には——どんぐりの帽子、棒切れ、斑点のある小石、押し葉、そして——ついに！——封印された小さな包み。普通の包みではなく——やけに小さな包みなのが不安だったが——紙をやぶった。板チョコの包装みたいなカラフルなラベルがこぼれ落ちた。ほかには？　あとは？　何もない……。

　私はしゃがんで、それらをまじまじと見た——老人のひとつのヒューと次のヒューの間に。動物たち——ロバ、シマウマ、水牛、ヒヒ、ハイエナ、そして何かの卵。何だと——驢馬《ろば》だって？　頓馬《とんま》……ってことか？　あり得ない……。じゃあ、ゾウはどうだ？　不格好で皮が厚い。ハイエナは？　ハイエナの餌は腐肉だ、死体、死にかけの肉体、砂漠、老人たちの亡骸——これは有りか？　ヒヒは？　ヒヒは——サルだ、サルは何かのふりをする、おどけて猿真似をする、当然！　つまりこれも……これも彼らは予期していたのか？　そして、私が気にせず押し入るのがわかっていて——こっそり入れておいたわけか。だが卵は？　卵は何を意味するのだろう？

　私はカードをめくった。ああ！　カッコウだ！　カッコウの卵と言えば——策略、裏切り、いかさまだ！　だから何だ？　だから何だ？　飛びかかる？　殺す？　だがどうやって、こんな小瓶と棒切れのあるところで、無防備な老人を窒息させる？　それに疣はどうするのだ？　ともかく……。

「ピーピー……」老人は鼻から音を立て、ふーっと息を吐き、うめき声をあげ、ナイチンゲールそっくりの囀《さえず》りで修正した。まるで中に年老いたちっちゃな鳥がいるかのように……。

　それで終わりだった。音を立てずに、いい加減に、箱や紙をすべて抽斗に投げ込むと、膝を払い、いい香りのするこぼれた薬の水たまりをまたいで、椅子に腰を下ろした——これからどうするかを考えるためではなく、ただ絶望して、力が抜けてしまったのだ。

# Ⅶ

どのくらいそうして座っていたのか、わからない——老人は制服のボタンをはずして眠ったまま時折身じろぎしたが、それも私を麻痺から引き出しはしなかった。私は何度も立ち上がってエルムスのところへ向かったが、それは考えただけで——本当はその場から動かなかった。こうしてずっと座っていよう、何もせず、ただ座っていようとさえ思った——最終的に彼らは私をどうにかせざるを得なくなるだろう——だが、秘書室で座って過ごした、あの長い悪夢のような時間が思い出され、彼らは私に触れもしないだろうと理解した。

大急ぎで、火事でも起きたみたいに、私は書類を集めてエルムスのところへ行った。彼は机の前に座って、書類にメモを書き込んでいた。左手で、そちらを見ずに、ぎこちなく紅茶をかきまぜていた。彼は私の方へ青い目を上げた——その目には何か汲み尽くせないものがあり、その目が陽気に閃いたとき、彼の唇は書類を読み終えるところだった——どんなものでも彼を喜ばせるらしい、まるで若い犬そっくりだ……犬……犬——そのせいで、こんなやり方なのか？——だが彼は大声を上げて、私の考えを中断した。

「あなたですか?! 今頃になって?! まあ、もういなくなったかと思ってましたよ！ 消えうせたのかと！ どこに姿をくらましてたんです?!」

「提督准将のところです」彼の向かいに腰を下ろしながら、私はもごもご言った。別にそれで何か言うつもりもなかったのだが、どうやら彼は私を誤解したらしく、冗談めかした尊敬のニュアンスで首を傾げた。

「そうでしたか」彼は満足そうに言った。「それはそれは。つまりあなたは時間を無駄にしなかったわけですね。私はそう予測することもできたのに」

「いえ、いえ、少佐！」私は椅子から立ち上がりながら、ほとんど叫び声をあげた。「それについては放っておいてください！」

「なぜです？」彼は驚いて口を挟んだが、私はそれ以上言わせなかった。私の中で水かさを増した水門が開き、私は早口で、幾分不明瞭に、一度も途切れることなく話した――〈庁舎〉内での自分の最初の足どりについて、総司令官と彼のコードについて、私は知らなかったが、すでにそのとき私の中で生まれていた疑惑について、そしてその疑惑が病原菌のように私の次の行動を毒し、私はそれをいかに自分の中で後生大事に育てあげて自分の運命としたかを、状況に押しつけられたその悪夢じみた人物がどれほど不安にふくれようとも、その無実の被告、汚れなき死刑囚の姿を受け入れようと覚悟を決めたことを、だが、それすら私は拒否され、私自身だけが残された――相変わらずずっと自分なのだ！――もちろん、それは見せかけに過ぎない――そしてドアからドアへ、ドアからドアへと歩きまわったことを、このだれにも必要ない無意味さと共に……。もうこれだけ長い間、こんなにたくさん話したのだから、何か成果があってしかるべきなのに、何の効果もなかった……。繰り返し話した――私は、私自身、私に、私を――強調が平板だと感じて堂々めぐりをし、それには何かが欠けていて、もう何もかもがあまりにちぐはぐでまとまらなかったが、ついに閃いて（この閃きはおそらく、明らかに遅れている思考よりも、まず言語にもたらされた）、問題の総合分析に取りかかった。私が何であれ何かの、繰り返しますが、何であれ何かの役に立つことになっているならば、ほんの少しの希望も要求も持たずにですよ、これほどまでに私を無駄にすべきではありません。私が水たまりのように溶けて消えることで、結局〈庁舎〉に何がもたらされるのですか、それにどんな利点があります？――一切ありません！――ならばこのすべては何のためですか、私に指示書を手渡し、つまり返して、〈任務〉全体を、それがどんなものであれ、明らかにすべき時は本当に訪れなかったのですか、私は、こちらからはこう確約いたします。努めて忠実に、真剣に、力を尽くすことを誓います、と……。

　あいにく、はじめ混沌としていたこの演説は終わり近くなっても良くはならず、息を切らし動転した私はエルムスの当惑した青い目に見つめられながら文の途中で不意に黙り込むと、彼はゆっくりと目を伏せ、紅茶をかきまぜ、スプーンを――あまりにも長く――もてあそび、それをどうしたらいいものやらわからないようだった——だが彼は恥ずかしかったのだ、ただ私のことが恥ずかしかったのだ！

「本当にわかりませんね」彼はやわらかく誠実に話しだしたが、次の言葉には抑えられた厳格な調子が感じ取れた。「あなたをどうしたらいいものやら、わかりません。それほど……それほどの重荷を背負って……そんな突飛な振る舞いをして……薬を掻きまわしただなんて……まったく莫迦げています……こんなのはナンセンスですよ！　莫迦げてる!!!　あなたの考えは神のみぞ知るだ！」彼は次第に熱中してきたが、もうその熱中を通して、抑えがたい彼の陽気な気分が透けて見えていた。

　しかし私は、これ以上惑わされるものかと固く決意して、すかさずこう言った。

「指示書は？　なぜあなたは私に説明してくれなかったのですか?!　プランドトルは指示書のことを私とまったく話そうとしませんでした！　とはいえ……もっとも彼がそれを盗んだんです、そして……」

「あなたはここで何を言ってるんです?!」

「彼ひとりが、とは言いません——太った将校が彼のところにいました——あの男がそれについて知らないはずがありません、私は確信しています！」

「確信しています、か！　それは結構！　で、証拠は?!　証拠はありますか?!」

「ありません」私は認めたが、すぐさま攻撃に戻った。「ですから、もしあなたが誠実で私によかれとお思いなら——そうですとも！——どうかいますぐ教えてください、あの中に何があったのかを、私はひと言も知りません、あの中に何があったか知らないのです……ひと言も!!」

　そして私は彼の目を間近から見つめ、彼が目を伏せたり脇にそらしたりしないようにし、彼は私を見つめに見つめ、唇は不満げに膨らみ、危うげにぴくぴく震え、ついに大声で笑いだした。

「そのことだったんですか?!」彼は叫んだ。「あなた！　指示書ですか……。でも私は憶えてませんね！　あなたを騙したりするものですか……。私は単に憶えていないだけで、ごく普通のことですよ——こんなにたくさんあるんですから、ほら見てください！」そして、もてあそぶかのように、綴じた書類の厚い層を机から持ち上げては、空中でばさばさ羽ばたかせたり、両手でもみくちゃにしたりし、その間もしゃべるのをやめなかった。

「あなたはこれを憶えていられますか？　このすべてを？　さあ、ご自分で答えてください……ほら……どうぞ……」

「いいえ！」私は小声で、だが力をこめて言った。「私はあなたを信用しません！　それじゃあ、あなたは何ひとつ憶えていないと言うんですね？　ひと言も？　全体の概略も？　何ひとつ？　ならば……私は……あなたを……信用しません‼」

　彼の目に向かってそう言い捨てると、私は沈黙した、怯えて、息を切らして。というのもこの人は、自分でもなぜどのようにそうなったのかわからないが、私がいまだにずっと最後まで頼りにしていた唯一の人物だったからだ。もしも彼がこうして圧力をかけられたせいで、上からの命令で動いていたことを、彼が自分自身ではなく、善良な目をした金髪の青年エルムスではなく、〈庁舎〉の一部分に過ぎないことを私に白状するなら――そのときはそう、そのとき私に残っているのは上の浴室だけだろう……。

　エルムスは長いこと何も言わなかった。片手で額を拭《ぬぐ》い、耳の後ろを掻いて、ため息をついた。

「あなたは指示書をなくしたのですね」ついにこう言った。「まあ、そうだな。無論それは何かではあります。これは懲戒解雇になるでしょう。私はそうしたくなくても、手順は踏まねばなりませんから。でも大したことじゃありません、ただし」ここで私をちらっと見た。「あなたが〈庁舎〉を離れていないかぎりは。離れませんでしたね？」

「離れていません」

「ああよかった！」彼はほっとした。「それならむしろ所定の手続きだけです。これはあとで片付けましょう。あなたの最後の言葉については――私はそれを聞かなかった、いいですね。非常にまずいことになるんですよ、もしも貴重な職員をいらだたせる行為がどれも……私と関係があったとなると。それは最悪の証拠に――つまり、私がこの地位に不適格だという証拠になりますからね！」彼は拳で机をたたいた。「あなたは私の誠意を信じていらっしゃらない。だって、ねえ――どうして私があなたに好意を持たなくちゃいけないんです？　何のために？　私たちはお互いにほとんど、いや全然知らないじゃないですか」ここで両手を広げた。「でもそうじゃないんです。ただどうか私がこれから言うことをよく考えてみてください。私はこの不幸な書類を調べる職員、近づきがたい官僚というだけでなく」彼が拳で強くたたいたものだから、書類が音立てて波打った。「何よりもまず、終着駅、港なのです。この港から私どもの最高の部下たちが出発していくのです――あちらへと。さて、〈特別任務〉に選ばれたあなたに、あちらで何が待っているかは言わないでおきましょう……。というわけで、私はもちろんあなたのことを知りませんし、私たちは個人的に会ったことがないとはいえ、こうしてあなたが選ばれたことに基づいて（なにしろ〈任務〉はだれでもいいってわけじゃありませんから）私は知っているし、信じているのですよ、あなたが尊敬と信頼、真心に値するということをね、ましてや個人的な理由からではなく、未知の時間あなたはそれを奪われることになるのだから尚更ですよ、あちらで――深刻な危険にさらされて……。そうした状況で力のかぎりあなたを助けようとしなかったならば、私は究極の卑劣漢になってしまうでしょう、公務上、職務上の義務の範囲に限らず、あらゆる点、あらゆる問題において！　あの指示書の内容を私が憶えていないことですか？　あなたはそのことで怒っていらっしゃる。たぶんそれは正しい。私は実際（抱えている問題の量とは関係なく）記憶力が悪いんですよ。でも上官たちはおそらく、それを悪くは思っていません――なぜかというと私どもの職務では、たくさん憶えすぎるのはよくないからです。さて、こう仮定しましょうか、あなたは〈任務〉を帯びて出発し、私は完全に我知らず、寝惚けて、ぼんやりして、ついうっかり、何らかの細部を洩らしてしまう、一見些細なそれが、複数の経路であちらに伝わり、あなたの破滅をもたらすかもしれません。破滅ですよ、わかりますか?!　ですから、私はつねに自分を見張る代わりに（いまはそうしていますが）、本当は、すぐに完全に何もかもさっぱり忘れた方がよくはないでしょうか?!　だって――申し訳ないけれど――結局のところ指示書のようなあれほど重要であれほど基本的なものをだれもがなくすわけじゃありませんから、それに対して私が特別に準備すべきと要求されても難しいのですよ……。ですからどうか私を恨まないでくださいね。手続きは進めましょう、それはそれとして、あなたはまず根拠なき疑惑を晴らさなくてはなりません……」

「いいでしょう」私は言った。「おっしゃることはわかります。少なくとも理解しようと努めています。でも指示書はどうなったんです？　だってどこかに原本があるはずじゃないですか！」

「もちろん！」彼は独特の仕草で額から明るい色の巻き毛を払いのけながら答えた。「もちろんありますとも、総司令官の金庫の中に。でもそこに至るには特別な許可が必要なのです、おわかりでしょう。ただちに処理するというわけにはいきません。でもそう長くはかかりませんがね」彼は急いで付け加えた。私の不安を和らげようとするかのように。

「これを置いていってもいいですか――つまり、あなたのところに預けておくことはできますか？」私は自分の書類の中から抜き出したファイルを机の上に置いて尋ねた。

「それは何です？」

「話しませんでしたか？　すり替えられたファイルですよ」

「またあなたはそんなことを！」

彼は首を横に振った。

「どうしたものかな」彼は半ば独り言のようにつぶやいた。「あなたを〈医療部〉に差し向けるべきかどうか……」

こう言いながら平紐をほどくと、上に載っている、白い糸で綴じられた二枚の紙にざっと目を走らせた。そして独特の表情でしばらくそれをじっと見つめていた。

「ピー《こいつは》……ピー《びっくり》……」彼はつぶやいた。

私に向かって明るい目を上げた。

「ちょっと席をはずしてもよろしいですか？　文字どおり、十数秒だけ……」

私は反対しなかった。私の立場を危うくする文書を持っていってくれたのだから尚更だ。彼はドアも閉めずに隣の部屋に移った。椅子をずらす音が聞こえ、それから静かになり、その静寂をやぶるのは、かすかな軋む音だけだった。私は立ち上がって、ゆっくりと半開きのドアに近づいた。

エルムスは私に背を向け、小さな机に向かって、スポットライトの下に座り、細心の注意を払って一枚の白紙に鉛筆を走らせていた――手元に置いた私の書類から〈庁舎〉の図面を描き写していたのだ。自分の目が信じられず、私は敷居をまたいだ。床がぎいと鳴った。エルムスは振り向いて、私がドア口に立っているのを見た――すると彼の顔を通り抜けた震えが、満ちあふれて親切な笑顔になった。

「もう済みます」彼は立ち上がりながら言った。「不作法なことはしたくありませんでしたし、あなたのいるところで何かしたくはなかったもので――と、そういうわけです……」

　描き写した図面を彼はこれみよがしにぞんざいに机の上に放り投げたため、図面は机の表面を滑って、いちばん端で止まり、床の上にだらりとぶら下がったが、彼は原本を手にして私の方へやって来た。

「でもそれはあなたのところに置いておくはずだったのに」私はつぶやいた。というのも彼がそれをこちらに差し出したからだ。この場面全体をどう考えればいいのか、依然としてわからなかった。

「いったい私にこれをどうしろと？　これは〈通信記録伝達課〉に提出してください――どうせあなたはそこへ行かなくてはなりません、指示書紛失の調書を作成するためにね。そういうことを本人がやらなくてもいいというなら、もちろん私があなたの代わりにするのですが……」

　私たちは執務室に戻ると、机を挟んであちらとこちらに座った。

「それじゃあ指示書の原本はどうなるんです？　懲戒解雇の手続きが終わるまで待たなくてはいけないんですか？」私が先にこう切りだしたのだが、彼の答えを待たずに、同じ口調で、自分でも思いがけず、こう付け加えた。

「なぜあの図面を描き写していたのですか？」

「描き写していたですって？」エルムスは笑って首を横に振った。「あなたにはそんなふうに見えたんですね。私はただあの図を本物と比べて、その信憑性を確かめたかっただけですよ。偽造品がたくさん出まわってますからねえ……」

　嘘だ！　ちゃんと見たんだ！　あなたは描き写していた！――そう叫びたかったが、こう言うだけにとどめておいた。

「おや、そうでしたか？　で――これは良いものですか？」

「本当はあなたにこんなことを言うべきじゃないのですが、まあいいか……」彼はずるがしこい笑みを浮かべて机越しに身を乗り出した。「正確なところもあるけれど、第二翼と第三翼は合ってませんね……ただどうかこれは口外しないでくださいよ、いいですね？」

「もちろん！」私はそう答えて、出て行きかけたが、そのとき彼が私の昼食券を持っていることを思い出した。彼はポケットをあちこちたたいたり、自分に向かってぶつぶつ毒づいたりしながら、券を探しはじめた。

「どこへやったかな、ちくしょう……。何という頭だ、何という頭だ！」小声でしつこく繰り返しながら、ポケットから机の上にこまごました私物を放り出していく。彼もまたちっちゃな、浜で拾ってきたらしい、斑点のついた小石を持っていることに私は気づいた……。

　私は椅子の後ろに立ち、椅子の背もたれに両手を置いて彼を見ていた。先ほど彼が言ったことは本当だろうか？　だが私はこの目で見たじゃないか、彼が図面を別のと比べたりはせず、トレースしていたのを！　それは誓ってもいい！　彼をどう判断すればいいのか？　どうして機密の図面を描き写したりしたのだろう？

　まさか〈指示部〉長が、同時に……のために働いているだなんて……莫迦げてる！　ナンセンス！　どうせ私はもう何度も健全な疑念の境界線を越えているのだ。提督准将のところで私がひとり演じた喜劇めいたものはちょっと異常ではなかったか、数々の苦労で疲れた老人のありきたりの眠りを、高齢のために起きた醜さを、果てはチョコレートのラベルまでを――私の方へ迫ってくる、（理性に反して）何でも知ってるマフィアの鉤爪《かぎづめ》だと思うなんて？　とはいうものの彼は本当にあの図面を描き写していた。それは、彼自身が言ったように、彼の〈部〉とは何の関係もなかったし、それを私の手から受け取ることさえ禁じられていたのに……。でもそれなら、なぜドアを閉めなかったのだろう？　私の手に渡しても、私なんかには気づかれやしない、私の側から彼をおびやかすものは何もないと確信していたのだろうか？　私が単純な莫迦だから？　それは危険だろう、おそらく……。

　おそらく彼は私を共犯者と見なしているのだ――知らない声が私の頭の中で何か言ったので、彼に聞こえているのではと身震いしたが――彼は満足そうな大声をあげ、四つに折った昼食券を札入れの仕切りの間でちょうど見つけたところだった。

「どうぞ、ほらこれです！」彼は机越しに券を手渡した。「ではこれから１１１６号室へ行ってください――〈伝達課〉です――そこで書類を返して、同時に供述を調書にするんですよ――あらかじめ電話で先方に伝えておきますから、あなたは真っすぐそこへ行ってください、途中でまた迷子になったりしないように」笑ってこう言いながら、私をドアまで送ってくれたが、私はまったく受け身で、頭蓋骨ぱんぱんに詰め込まれた考えに呆然とするあまり、別れの挨拶ひとつつぶやくことができなかった。もう廊下を歩きだしていたとき、彼がドアから頭を突き出して、背後からこう叫んだ。

「あとで寄ってください！」

　私は歩きつづけた。仮に私を共犯者だと思っているなら……私が彼を差し出すという心配はしていないのだろう。諜報機関のメカニズムのことはよくわからないが、隣接する領域で活動するスパイ同士は通常面識がないことぐらい私だって知っている。そのおかげで大量の露見や組織全体の暴露の可能性を最小限に抑えられるのだ。私の用件を把握したエルムスは――集められた、私に不利なデータに基づいて――まさに私をそういうスパイと見なしたのかもしれないが、同時に上記の理由から彼自身は急いで仮面を脱ごうとはしなかったのだろう。ただひとつだけこの計算には合わないところがあった。仮に彼が本当に敵の回し者で、第一指示士官という高い地位にいるスパイだとしたら、私を味方と見なし、同じ一件で独立して活動する主役と見なして、私に警告したはずではないか、間違いや混乱に導くのではなく……。

　――まさか！――私は急に立ち止まったが、あまりに没頭していたので、廊下のずっと先までドアが二列に白く並んでいるのも、ほとんど目に入らなかった――それほど明白だろうか？　スパイという、原則的に金で動く輩《やから》同士の連帯なんてものが存在するのか、エルムスは躊躇せず私を犠牲にしたのではないか、たとえ私を同件の闘士として認めたとしても、もしそれが個人的な成功や、彼自身が専念している任務において、たとえ一歩でも前進に結びつく可能性があるとしたら？

　そうだ、その可能性はあった。どうすべきだったのか？　だれのところへ行くべきか？　どこに訴えればいいのか？　不意に両手が空っぽだと感じた。エルムスのところに本と書類を忘れてきてしまったのだ。これは悪くない口実だった。私は急いで引き返した。彼の〈部〉の前の最後の数歩で、なるたけ放心した軽い表情になるよう努めた。秘書室を通り抜け、ノックせずにドアを開けた。

　たとえ百年間想像力を駆使しても、自分がどんな状況で彼を押さえることになるかは当てられなかっただろう！

　後ろに倒した椅子に快適に座り、両足を空中で揺らして、スプーンで紅茶のコップをたたいて拍子をとりながら――歌っていたのだ！　きっと自分自身にご満悦なのに違いなかった！――どうやらあの図面が必要だったんだな――と一瞬、頭に浮かんだ。エルムスは音節の途中で歌いやめると、少しもうろたえずに笑ってこう言った。

「見つかってしまった！　どうすればいい?!　私は怠けていた――それは事実です！　人は自分にできることをするのです、書類ごときに屈しないためにね！　本を取りに来られたのでしょう？　どうぞ――そこにあります……。あなたは驚嘆に値しますね――あの待合室でも……独習するなんて……あっ、ここにまだ書類がありますよ」彼は立ち上がって、両方とも渡してくれた。私はうなずいて感謝し、もう出ていこうとして、少し横向きになったとき、肩越しに彼を見ながら、こう言った。

「あのう、あなた……」

　初めてそんなふうに彼に話しかけた――これまではいつも少佐と呼んでいたのだ。彼は笑うのをやめた。

「何でしょうか」

「あの私たちの会話は全部――暗号だった、そうでしょう？」

「そんな……」

「あれは暗号だった……」私は頑固に繰り返し、どうやら微笑を浮かべることさえできたようだ。「そうでしょう？　全部、全部――暗号なんだ!!」

　彼は机の向こうで半ば口を開けて立っていた。そのまま彼を残して、私は背後でドアを閉めた。

## Ⅷ

　そこからほぼ駆け足で離れた。まるで追いかけられるのを恐れるかのように。あれは何のためだったのか？　彼を怖がらせてやりたかったのか？　そんな手間を省くことだってできたのだ――きっと彼は、なす術もなく網にからまった私など恐れてはいなかったし、その網の端は彼や彼のような連中が自由につかんでいたのだから。いずれにせよ私は再び元気を取り戻した――なぜか？　考えた末、それを引き起こしたのはエルムスだという結論に達した――もちろん彼の無駄なおしゃべりや、見せかけの誠実さや発言（一瞬私がそれを信じたのは、ひとえにそれを信じたかったからだ）のせいではなく、ドア越しにのぞき見た場面のせいだ。なぜならもし――私の考えはおそらくこのようなものだった――彼があの地位にあって、あちら側のスパイならば、それはつまり、〈庁舎〉をその中心部において、その最も敏感な結節点において、迷わせたり、騙したり、出し抜いたりすることができるわけで、したがって〈庁舎〉は無謬性からはほど遠く、その全知は私の妄想に過ぎない。それ自体はむしろ憂鬱なこの発見が、最も予想外の方法で私の前に木戸を開いた。〈通信記録課〉に行く途中で急に思い直した。エルムスが私をそこへ送り出したのだ。私はそこへ行くよう求められたのだから、そうではない行動を取って、あらかじめ私のために選ばれた行動の悪循環から抜け出す必要があった。だがどこへ行けただろう？　どこにも行けはしない――そして彼はそれを知っていた。残ったのは浴室だけだ。これも結局さほど悪くはなかった――そこで静かにひとりで思案したり、もうあまりに多くなってしまった出来事を消化したり、それらを結びつけて新たな観点から眺めようとしたり、そしてついに――ひげを剃ることだってできた。このちくちくする剛毛のせいで私は〈庁舎〉の職員の中であまりにも目立ちすぎていたが、彼らが全然気づかないふりをしていたのは意図的な命令によるものでないかどうか、わかったもんじゃない。

エレベーターで階上の、先ほど剃刀を見つけた浴室へ行き、そこからそれを取って、階下の——自分のところ（この場所を頭の中でそう呼んでいた）に戻った。我が浴室のドアの前でふと思ったのだが、考え込みながら最初に彼の部屋を出たとき、エルムスがひげ剃りの必要について何か言っていたような気がする。彼はこんな可能性まで予見していたのだろうか？　優に一分間、私は廊下に立ったまま白いドアをぼんやりと見つめていた。では入るのはやめる？　だが結局そんなこと本当は何の関係もなかったのだ！　ともかく、ひげ剃り後は好きなだけ、この自分の隠遁所に居座ることができる——そんなことまで私に命じたりは到底できなかっただろう！

それで私は静かに入った——ここをつねに支配している空虚さに慣れてはいたけれど。トイレに続く入口が脇にある手前の部屋は、これまでと違うもっと強い電球で照らされていたが、そんな気がしただけかもしれない。浴室のドアを開け、ほぼすぐに閉めた。だれかがそこにいた。だれかが、私が前にいたのとほぼ同じ場所、浴槽の脇で、頭の下にタオルを置いて横たわっていた。最初は引き返そうかと思ったが、その考えは却下した。——彼らは私が逃げ出すのを期待しているんだな——私は思った——それが最も自然だろう。ならば私は中に入って居座ろう。

私はそうした。眠っている男に忍び足で近寄ったが、敷居につまずいて音を立てても、男は身じろぎもしなかった。死んだように眠っていた。私の足から一メートルくらいのところにある頭の側から見ていたので、その人をすでに見たことがあったとしても、見分けはつかなかっただろう。とはいえ見知らぬ人のようだった。民間人の服装で、上着を脱いで上半身にかぶせており——脱いだ編み上げ靴が浴槽の下にあった。袖口が少し汚れたストライプのシャツの上に薄手のセーターを着ていた。拳をタオルで包んで頭の下に置き、膝を顎の方へ引きつけて、穏やかな呼吸の規則正しいリズムで音もなく動いていた。

——何を気にすることがある？——私は思った。——浴室ならほかにもある。好きなところに移ればいいさ。——そう自分に言いきかせて気持ちを落ち着かせたが、移住という考えは実際には可笑しかった。自分の体以外に引っ越すべき何があったというのか？

男が眠っている隙にひげを剃ることにした。この行為には疑わしいことや禁止されていることは何もなかった。私は持ってきた剃刀を鏡の下の棚に置いた。さらに、眠っている男の体越しに手を伸ばして、浴槽の上の網棚から石鹸を取らねばならず、洗面台の蛇口から湯を細く出しながら、男の方をちらっと見て、この物音で目を覚まさないかどうか確かめた。身じろぎさえしないので、私は鏡に向き直った。私の顔はガレー船の漕ぎ手みたいに実に不愉快だった。ひげが顔を暗くすると同時に痩せこけて見せており、口から上までひげで隠れるのに、三、四日もあれば十分だろう。ブラシがないので石鹸を泡立てるのにちょっと苦労したが、その代わり剃刀はこのうえなくよく切れた。床に寝ている男は本当に私の邪魔をしなかった。というのも私は考えはじめたのだ——ひげ剃りはいつだって考えごとがはかどるものだ——こんなにもうまくいかない自分の運命のことを。

それで私に何が起きたのか？　カシェンブラデ司令官のもとでの滞在は〈任務〉の割り当てで終わり、収集部を訪問した後、一人目の指示士官が逮捕され、それから二人目が姿を消し、私は開いた金庫と差し向かいで残され、スパイが現れ、私は逃げ、金縁眼鏡の老人に行き当たり、彼が死んだ後、別の三人目の士官の自殺があって、その後、死体のある礼拝堂を訪問、オルフィニ司祭に頼んでエルムスの部屋番号を教えてもらい、そのあとプランドトル、紅茶の中の蠅、指示書の紛失、絶望、間違いによる（いや——私は自分の思考の流れに口を挟んだ——暗示されたりするものか）、間違いによるのではなく、単にそうだった、文書保管所での滞在、それから私が通してもらえなかったあの某調査判事の秘書室、勲章剝奪とビンタに始まる提督准将《アドミラディエル》の場面、最後にエルムスとの二度目の会話。たぶんこれで全部だ。出来事を数え上げると、今度はその出来事に登場した人たちに移った——私の分析がたちまち解釈の泥沼に陥らないようにするには、何か絶対確実なものから、疑う余地のない揺るぎない何かから出発する必要があった。私は基盤として死を選んだ——そして金縁眼鏡の老人から始めた。

私はこう言われた——言ったのは大尉‐自殺者だ——老人が服毒自殺したのは、私をだれか別人と取り違えたからなのだ、と。私は〈庁舎〉の職員と自己紹介したが、彼は私をあちら側の使者だと思い込み、暗号の合言葉に私が決められた答えを返さないのは、彼を裏切りのかどで罰するために来たからだと考えた。確かに彼は実際には老人ではなかった。死に際にかつらの下からはみ出した黒髪を私はよく憶えていた。しかし大尉は会話の中で彼のことをずっと「老人」と呼んでいた――あの「老人」は決して彼の口から去らなかった。大尉は嘘をついていたのか？　それはありそうなことだった。ましてや彼自身その直後に拳銃自殺しているのだから尚更だ。この予想外の自殺によって彼の言葉の信憑性は揺らがなかったか？　もしかして――私は思った――この事件は私とエルムスとの関係にある程度似ているのではないか。大尉が自殺したのは、私を恐れたからだ。ただ比較的些細な違反が発見されただけで、あれほど絶望的な一歩を踏み出したりはしないだろう――それゆえ彼もあちら側のスパイだったのだ。老人（あの偽物の老いと共に棺に入った以上、私はその後も彼をこう呼んでいた）もやはり奴らのスパイだったに違いない。もし彼がスパイではなく、私をスパイだと思ったならば、忠実な職員として私を当局の手に引き渡していただろう。だが彼は服毒自殺した。双方の事件で私が目撃者となった死は信じてもいいだろう。私はそう決めた。つまり老人と将校はあちら側のスパイだったのだが、前者はおそらく雑魚《ざこ》で、後者は――〈部〉長あるいは副部長の地位にあったことから見ても――重要人物だった。彼は私を〈司令部〉から来たスーパー査察官だと思い込み、だから躊躇せず老人の名誉を犠牲にし（私たちが話していた時点で老人はすでに死んでいたが）、彼の正体を私の前で暴露しつつ、死者の二重の役割を知っていながら隠していたことについては、己のありあまる野心と職務上の熱意で説明しようとした。その説明を私が受け入れないと見るや（実際は、暗号で言われたため、さっぱり理解できなかったのだ）――拳銃自殺してしまった。

かくて、あの二つの死を含む出来事のエピソードは理解できるものだったが、しかしそこでの私の役割はどうだったのか――次第に締めつけられる状況から脱するために奪われた役割ではなく、私に割り当てられた役割は？　それはわからないままだった。

先へ行こう――私は思った――もしかしてその後の事件を分析すれば何かわかるかもしれない。

その間にひげを剃り終えた。乾いた泡を頬から洗い流しながら、冷たい水でさっぱりするのは気持ちがよかった。水しぶきが立てたはずの騒音にもあまり気を配っていなかった。到達した結論は、おぼつかないものかもしれないが、それでも私を元気にしてくれた。〈庁舎〉内のすべてが理解できないわけではない——私は自分に言い聞かせた——散らばったモザイクの一部だけでも何とか組み合わせることができた。ごわごわしたタオルで顔を拭きながら、改めて横になっている男に気がついた——考えるのに夢中で彼のことはほとんど忘れていた。注意深く彼を見つめた。眠っている。〈通信記録課〉に行く気はこれっぽっちもなかったし、廊下を歩きまわる気もなかった。浴槽のもう一方の端に腰を下ろし、タイル張りの壁にもたれて、膝を顎に引き寄せ、考えはじめた。

　エルムス、誠実なエルムス。そのせいで事態は悪化した。たとえ彼が〈庁舎〉に対して二役を演じているのではないかと疑わなかったとしても、私は彼を信用しなかっただろう。あれだけ腹蔵のない態度を示していたのに、私の〈任務〉についてはうんともすんとも、まったく触れなかった——彼が口にしたことはすべて、私には過分なお世辞と、何の意味もない陳腐な決まり文句に過ぎなかった。しつこく要求されて、ようやく指示書を渡してくれたのだが、それをプランドトルのところで盗まれてしまった。差し当たり指示士官についてはどうでもいい——私は思った——指示書自体の問題の方がはるかに重要だ。もしもエルムスが、私の手元にあるのはちょっとの間だけだと知っていて渡したのなら、おそらくそれは、私に中身をのぞかせるためだろう……。

　待てよ。あれはそもそも指示書だったのか？　指示書なら私宛てに書かれ、私のいわゆる大変重要で責任ある活動の計画を、範囲を、〈任務〉全体の本質を示すはずなのに、まるで私の手記——〈庁舎〉内で迷った男の運命に関する物語——さながらだったのは、いったいまたどういうわけだろう？　そんなふうに見える（だってそう納得させられたのだ）暗号なのか？

　もちろん、そう見えることもあるだろう、プランドトルの言葉から判断すれば。彼はシェイクスピア劇さえ暗号解読できることを見せてくれた。だが本当にできるのだろうか？　その根拠は彼の言葉しかなかった。機械——暗号解読器……けれどそんなものはなくて、あったのは女の手だけ、その手が壁の穴越しに、しかるべく準備されたテープを差し出したのだ。

　もうだいぶ骨折って進んできた。懐疑論の酸がすべてを腐食してしまった。こんな過激な立場からは撤退すべきだった。ひとつだけ問題が残っていた――プランドトルがドア口で息を吐きかけたことだ。あたかも私に何か言いたかった、告白したかったが、その言葉がすっかり口から出る前に引っこめたかのように――あの息の吐きかけとその瞬間の目の表情。

　あの反応を軽視すべきでない――その人間らしい雄弁のためばかりでなく、あれは何か哀れみ以上のものを隠していたに違いないからだ。つまり、私の運命について、〈庁舎〉内で私を待ち受けているものについての知識を。プランドトルは私が出会ったうち、匿名の命令の範囲をほぼ踏み越えた（その前にその重荷のせいにしてだが）唯一の人だった。

　それでどうなる？　プランドトルが私に割り当てられた役割を知っていたということは、それほど重要だったのか？　それに彼の反応がなくても私は知っていた――自分が〈庁舎〉に呼ばれ、中に通され、〈任務〉に選ばれたのには――何か具体的な目的があることを。これは私にとっての発見だ！――と思ったが、いらだちがなきにしもあらず、張りつめて熟考した結果がこんな新発見もどきだったことにいささか恥じ入りもした。

　その考えは眠っている男の動きによって中断された。男はうめきながら寝返りを打ち、ほぼ顔全体を上着の端で覆って、規則正しく呼吸しながら動かなくなった。

　私は、眠りで皺の寄ったその額を、白髪まじりの暗い髪の間にのぞくこめかみの皮膚の隅を見つめ、それからゆっくりと彼を見るのをやめて、ずっと前に思いついた考えに戻った。どのくらい前か――言うことさえできなかった。このすべては――いまだなお――さらに遠く、さらに広く伸び広がりゆく試験だったのか？

　この観点から見ると、他の点では不可解だった措置が説明可能で必要なものになった――つまり、私に指示書を手渡して〈任務〉を知らせることは絶えず延期されていて、それに急いで取りかかる気がないのは、驚くべき矛盾した状況で私がいかに振る舞うかをまずは徹底的に調査したいからなのだ。同時にそれは個人耐久力検査（なぜか私はこの用語を知っていた）であり、実際の〈任務〉の前の無味乾燥な訓練、鍛練、トレーニングの一種でもあった。私に対して試験の本質を隠すために、当然何もかも行われる必要があった——これは基本条件で、さもないと私は人為的かつ危険のない状況で活動することになり、そうなれば物事はあらゆる価値を失っただろう。

なにしろ私は虚構《フィクション》だと推測したではないか！　私の探求心は平均を上回っていただろうか？　思わず浴槽の縁で縮こまり、膝を高く引き上げて身震いしたほどだ。というのも、一連のケースに共通の、きわめて本質的な特徴を発見したような気がしたからだ。

さて、ここ十数時間だけで、私は〈庁舎〉に入ったばかりなのに、ここで働く敵の複数のエージェントに出くわした。つまり、私を〈収集部〉から連れ出したときに廊下で捕まった中尉、私の最初の指示士官がいたし、カメラを持った青ざめたスパイがいたし、それから、金縁眼鏡の老人と大尉‐自殺者、疑惑に値するエルムスについては言うまでもなく——これほど短い間に合計五人のスパイが暴露または半ば暴露された——これは信じがたいという以上のことだ——まったくあり得ない！　なにしろ〈庁舎〉がこれほど大規模かつ全面的な侵入を受けるような崩壊状態にあるはずがなかった。ひとり発見したってもう考えものなのに、それが四人も五人もとなると——あらゆる確率の限界を越えていた。ここに鍵が隠れているに違いなかった。つまり試験だ。見せかけだ。だがこの考えも私を長いこと満足させたわけではなかった。あの多数の敵性エージェント、あの機密文書が詰まった開いた金庫、一歩ごとに出くわしたあのスパイたち——そう、あれは芝居だった可能性がある、だがあの死は？　あれも命令の結果だったのか？　あの死が本物かどうか疑うにしては、あの体の最後の動きを、あの痙攣を、凍えを、あまりにもよく憶えていた。私を惑わすために、あれが命令されたり演出されたりしたはずはないし、〈庁舎〉の動機に哀れみが無縁でなかったからでもない——とんでもない！——そのような最終的な経過を許さなかったのが、まさに冷静な計算であった。なぜなら、潜在力のある第三者の目前で、高位の価値ある職員を殺すことで、いったい何がもたらされるというのか——そんなのは割に合わないし、二倍の損失を招くような新人募集などするだけの価値がないじゃないか！

かくて——配置された舞台装置の仮説は、あれらの死を前に否定せざるを得なかった。せざるを得なかった？……もう何度も無意識にジグザグを描いて、空気の流れに漂う埃や、小川に浮かぶ茎のように歩みながら、次の瞬間に何をすべきかわからず、偶然にまかせたり、それに抗ったりしながら、遅ればせながら思い知ったのは、結局いつも私は自分のために選ばれた場所に行き当たるということだ、ビリヤードの球がラシャ地の上を転がるように、数学的に計算された力の作用点のように——私の動きはどれも事前に予測されていたのだ、その瞬間の考えともども、突然の空腹感や眩暈《めまい》も含めて、至るところで巨大な不可視の目が私の方を向いていた、あらゆるドアが私を待ちかまえていた、かと思えば閉じた、電話は静まり、質問には答えてもらえず、〈庁舎〉全体に一瞬で私を狙った陰謀が浸透した、そして私が爆発や狂気に近づくと、なだめすかされ、好意に取り囲まれて、不意に何らかの場面や何らかのほのめかしで、私の思考さえお見通しだということを理解させられた。エルムスは私を〈通信記録課〉に送り出しておきながら、私が彼に逆らって行動しようとすることを、浴室に行くことを、知らなかったのだろうか——だから私は浴室内でこの男を見つけ、彼が目覚めるのを待ちながら、いまはただ時間をつぶしているのだろうか？

そうだった——だが同時に〈庁舎〉の全知は、〈庁舎〉全体があちらの連中にくり抜かれ食い尽くされ、しかも〈庁舎〉にとって致命的なこの侵入が敷居では止まらなかったことを許容したのである。この裏切りの癌は私の幻想だろうか？　妄想だろうか？

私は新たな試み——自分自身の追跡調査を始めた。最初は——完全に信用していたわけではないが——自分が選ばれたのだと思っていた。自分が遭遇した障害を組織のミスとして扱い、不安というよりむしろ驚きといらだちを覚えながら、それらをあらゆる官僚機構につきものの欠点と捉えていた。指示書が絶えず私の手からすり抜けるため、私は次第に大胆なごまかしをするようになり、それが罰せられずに済むと、次第にきれい事ではなくなっていき、正直というものはここでは場違いなのだと確信した。それで自分は最高指令でやって来た新人を名乗り、必要な情報を得るため、自殺者‐大尉から聞いた何か恐ろしい重荷を負った数字を、盗んだ武器のように使った。こうした嘘は、私の出方が疾走に、疾走が彷徨に、ついには逃亡に変わるにつれて増大し——ますます容易に無思慮に思いつくようになっていった。

すべてが失敗し、消え去り、意味を変えたのに、私はそれに気づかないふりをして、目に見えるしるしを、自分の〈任務〉の証拠をなおも手に入れようとしていたが、すでにうっすらとわかっていたのだ、このいわゆる昇進は侮辱なのだと、私はごまかしに引き込まれ、机の下に隠れ、突然の恐ろしい複数の死を目の当たりにし、その後それにつきまとわれて罠にはまり、ありそうもない説明をする羽目に陥ったのだと！

だまされ、指示書とそれが存在するという希望も奪われた私は言い訳し、釈明しようとした——だがだれも私に耳を貸そうとしなかった、せめて私を嘘つきと非難するためだけにでも。犯してもいない私の罪の重荷はますます増え、ついにはこの無実の死刑囚の運命を受け入れ、それを完全かつ正確にし、一刻も早くみずからの破滅をもたらしたいという狂った欲望が私を襲った——そして私はなおも判事を探していた、もはや自分の名誉を回復するためではなく、ただ彼らが望むであろうことのみを証言するために。そして再び大失敗。それゆえ私は提督准将のところでみずからを裏切り者に捏造し、自分の想像する姿形に仕立てあげ、抽斗をあさって、余計に不利な状況を作りだした——そしてまたもや空振りだった！

みずからの破滅を逆さまの記念碑として、裏切られた期待の奥深くへ、おぞましい恐怖へと成長していくか、あるいは、〈特別任務〉への、指示書への一時的な信頼、瞬時の信仰に切り替えるかして——いずれにせよ、自分のここでの存在意義を、たとえ不実なものであれ見出したかった。だが私は、貶《おとし》められるためですら、持ち上げられることはなかった。好意は、裏切りの兆候と同じく、何の役にも立たなかった。彼らが私に何も期待していないらしいことが、その都度新たに判明した。こればかりは承服できなかった。

だからもう一度、改めてやり直した。もしかして私が前に、見せかけ、芝居、試験と呼んだものは試験ではなく、実は私に割り当てられた、しかるべき〈任務〉なのだろうか？

この考えは一瞬、脱出口のように思われた——そして、まだあえてそれを調べようとはせず、しばらく目を閉じて、心臓が激しく鼓動するままにしていた。〈任務〉？　しかし何のためにそれを私に隠さなくてはならないのだろう？　なぜ、私は〈庁舎〉それ自体で一種の監査のような仕事を求められていると言われる代わりに、必要な情報で武装する代わりに、どこへとも知れぬ方向へ闇雲に送られることになり、自分が知らないことをやるよう暗黙のうちに要求されたのだろう、たとえそれで私が何かしたとして――それはただ思わず知らず、無意識にやったことになるのではないか？

――一見そんなふうに見える――私は自分に言った――にもかかわらず〈庁舎〉はすでに私をある程度、その行動様式に慣れさせ、その様式はわかりにくいが、示唆に富む特徴を欠いてはおらず、つまりここには複数の〈部〉や〈課〉、〈文書保管所〉、〈司令部〉などがあり、規則や階級や電話がくっついていて、鉄の服従によって一枚岩の階層構造に固められている。それは硬直し、整然としていて、つねに監視を怠らなかった、規則正しくドアが並ぶ白い廊下のように、几帳面に保管されたカード目録が詰まった秘書室のように、その通信ケーブルの腸《はらわた》、装甲された金庫の心臓部、絶え間ない秘密の循環を維持していた気送管ともども、ここでは何ひとつ見逃されなかった、下水道網さえ常時監視されている――ところがこの時計のように正確な表面は近くで見ると、陰謀、窃盗、計略、欺瞞の寄せ集めだとわかった。あの混乱は何だったのか？　見せかけ？　別の、より高位の計画の真実を門外漢に見抜かれないようにするための仮面だろうか？

ひょっとしてまさにこうした――表面的に判断すれば――紛糾した行動こそが私に期待されていたのだろうか？　もしかしてそれは〈庁舎〉が敵に狙いを定めた武器だったのか？　確かに、いかにしてかわからないが、毎回闇雲な偶然でそうなったようではあるものの、私は少なからぬ利益をもたらしたではないか！　なにしろ老人と大尉の陰謀を無力化したのだし、他の状況では触媒要因やクライマックス促進や、私があずかり知らぬ緊張のカウンターウェイトになった可能性もあった――ここで私の思考は再び脇にそれ、これまで出会った人々の全般的な二面性に惹きつけられた。ここでは二重ゲームが最高かつ有効な規範となっていると考えてよいだろう――ただこれまで私の疑念が触れていない人物がふたりだけいる。金庫のスパイとプランドトルだ。

私はあのスパイを最も信頼していた。死までが私を裏切ったとき――というのも旗をかぶった死体の振る舞いは明らかに両義性に触れていなかったか？――私に残されたのは彼ひとり、彼ひとりだけだった。彼は裏切ったり、装ったり、欺いたりせず、良心的に金庫に忍び込み、青ざめて怯えながら図面の写真を撮った。誠実なスパイにほかに何が期待できただろう？

　プランドトルの場合はいささか分が悪い。実際、彼に対する私の信頼は息の吐きかけに基づいていた。エルムスは、私が彼のもとで〈任務〉関連の訓練を受けることになると予告した。プランドトルとの会話は無論まったく別のものだった――ただ目下のところ私はもうそれほど確信が持てなかったが。彼は私に不明瞭なことをたくさん話し、後でわかると述べた。それはいまだろうか？

　おそらくプランドトルは私がどうなるか、まったく知らなかったろうし、それに興味もなかったのだ、彼が私に同情を示したのは、彼がこれから起きる出来事を知っていたからではなく、すでに起きたことが起こったからだった、というのも暗号掘り下げの無限性を私に見せるだけでは飽き足らず、そのうちひとつの最終的な意味を小さな紙切れで見せてくれたのである。

それは三つの単語だった。

　それらの単語は、私に近づいて盗み取ることが仕事だった、あの嫌らしい将校を唯一の仲間と見なしたとき、私の頭に浮かんだ質問と対を成した。

　何であれ〈庁舎〉内で起こったすべてには、表面的な見かけの意味以外に、より深く重要な意味があったのだとすれば、プランドトルはあの行動を何となく取ったわけではないだろう。

　私は尋ねた。「彼らは私に何を望んでいるのか？　私に何を割り当てたのか？」

　するとプランドトルはこんな一文が書かれた紙をくれた。「答えは　ない　だろう」

　ともかく〈庁舎〉に関係するあの質問に対して答えがないというなら――総司令官の約束も、金庫での出来事も、オルフィニ司祭への恐喝も、廊下での戦闘も、突然の死、任務、指示書も、暗号そのものさえも――偶発的な愚行と醜行の粥《かゆ》に一変し、そのすべてがバラバラになり、いかなる全体にもまとまらなくなる。そして〈庁舎〉自体が、この見解に照らせば、狂人の独房でいっぱいの真空を目指していたわけで、その全能と全知は私の幻覚に過ぎなかったことになる。

しかし一連の出来事が別々に、逆さまに、いい加減に起こったのだとすると、それらが全体を形作らず、他の出来事との関連もないとすると、何の意味もなかったわけで、その場合、私のプランドトル訪問も、彼の講義も、それと共に――あの三つの恐ろしい単語も無意味だったことになる……。

それゆえ、あの三つの単語は一般化の力を失い、元どおり、ある暗号の見本例に過ぎなくなった。だから、それ自体以外に何も意味していなかったし――全知が存在しないので――私が考えた質問に対する答えでもなかったとすると、その場合、〈庁舎〉の秘密を暴かなかったことになる。そしてここで一連の出来事の多義性が復活して戻ってきて、私の思考を、あの密閉された身をさいなむ推論の堂々めぐりに投げ込むのだった。

私は眠っている男を見た。規則正しく呼吸していたが、あまりに静かなので、もし上になった肩の規則的な動きがなければ、死んでいると思ったかもしれない。私も眠りかけているようだ――そう自分に言って、この思考の失敗を正当化しようとしたが、しかし完全に目覚めていた。

やってみよう――私は決意した――実験のため、一時的に、暗号の言葉を額面どおりに受け取るのだ、自分が発見した論理的な矛盾に背いて。それでどうなるか見てみよう、そうしたところで何の危険もないし、どのみち何とか時間をつぶさねばならないのだから。では、あの言葉が場面にもたらす混乱《カオス》の有用性について考えてみよう、たとえば――おどけた措置によって抑制され、いわば飼いならされたカオスの。それは役に立っただろうか？

さて私は、〈特別任務〉を約束されたとき、自分が選ばれたと感じた。それから、同じ熱心さで、準備を始めた――拷問の最優等生に、被告席の秀才になるための準備を、この運命の豊かさの中、証言や嗚咽や恩赦の嘆願の装飾付きで。私は無実の殉教者のふりをして、調査判事や検事を探して駆けずりまわり、自分の名誉が回復したかと思えば破滅するのを眺めつつ、あるときは抽斗をあさって自分に不利な証拠を手に入れようとし、またあるときは正義を叫ぶ訴訟好きの偏執的な頑固さで秘書室に居座ったりした――そうしたすべてを熱意を持って入念に絵に描いたように行ったのは、そうすることが私に期待されているように思われたからだ。しかし〈庁舎〉の目的は、見かけや様々な仮面や外皮を剝がすことによって物事の本質を発見し、暴き出すことだから、当然、まさに不調和でもって活動せざるを得なかった。だから私を破滅あるいはヒロイズムの調和からはじき出し、混乱させ、驚かせて、課された恩赦と打撃の雨霰《あめあられ》から何も読み取れないようにした。そんな無慈悲な何もかも貪り食うカオスに私を投げ込んでおいて、その浄化炉から何が姿を現すか、じっくり待ちかまえていたのだ。

　だからこそ、私に指示書も起訴状も渡さず、賞揚も破滅も拒否し、己の巨大さの威厳でもって、廊下のゴルゴタと机の軍隊でもって私に何ひとつ手渡さずに——〈庁舎〉は達成しようとしたのだ己の……。

　ああ、カオスは役立っていたのだ、それも大いに……。

　あの金縁眼鏡の老人は——異常な数の、無限にある秘密計画や戦略的解決策について何か言ってなかっただろうか？

　ここからもうあと一歩思考を進めれば次のテーゼに行き着いた。すなわち、出来事の混乱は〈庁舎〉において不適切なものではなく、正常な状態であって、それどころか、先見性と粘り強い活動の産物である——全体的なカオスが兄弟分の無限と一緒になって鎧のように〈秘密〉を覆っていたのだ。

　それはあり得るな……——いささか疲れて、やけに硬い浴槽の上で座り直しながら、そう思った——だが私の別の複数の仮説も多くの事実に当てはまった。本当に、何とも奇妙なことだが、どんな複雑な概念でも〈庁舎〉に押しつけることができ、その原則として受け入れることができる——これでは何だか不安だ……。

　眠っている男は寝返りをうって仰向けになり、顔を見せた。ぴくぴく震えるまぶたが見えた。夢の中で何かを追っていたのか、読んでいたのだろう、眼球が左右に動いていた。額には汗が光り、頬は黒っぽいひげに覆われていた——頭を私の方に向けていたため、彼の顔は病的に青白いという以外、私に何も語りかけてこなかった。たとえ痙攣的に笑ったようであっても、逆さまに見ている顔で笑いに見えたものが、実は苦悶の表情だったというのはありがちだ。

　男が目を覚まして何か言うまで私は待っている——私は思った——どこか部屋のひとつで、退屈した秘書が紅茶をかきまぜ、指示書の入ったファイルをいま棚に置いているところだ、その指示書には、男が目を開けたとき、私に何と言い、私が彼に何と言うかが書いてある——終わりまで……。

　そして私は少し寒気がしたことも——その嫌な考えのせいなのか、浴槽から風が吹いたせいなのかはわからない——私はさらに足を引きつけ、上着の最後のボタンをかけた。

　なぜ私はそんなものを恐れるのか——言ってみるも空しかった——どうせ彼らは私にあれを見せてはくれないのだ、そんなことをすれば私が指示書に反して行動するかもしれないという理由で、そう、私はそれを知らない以上、何が自分を待ち受けているのか知らないし、未来は未知なのだ——まるで元々、書類の中に存在しなかったかのように……。

## IX

　眠っている男はいびきをかきはじめたが、提督准将のような擬音語《オノマトペ》の妙技はなく、単調だった。しばらくすると、もっとましな問題にふさわしい執拗さであえいだ——まるでこれから死にかけているふりをするぞと主張するかのように。死に際のそうした物音で私は度を失い、もはや自由に考えることができなかった——こうすることで彼は私の注意を引こうとしたのだろうか？　私は疲れていた。体を動かした。あらゆる骨が痛んだ。もう何度目かわからないが、いまこそ本当に出ていこう、せめて隠者のところまで、と決意した。でも庵にはびこる群衆のことを考えてやめた。体を伸ばし、足をタイルの上に下ろして、洗面台に近づいた。剃刀をポケットにしまいながら、鏡でその男の一部を、胸から上を見ると、それはまるで、うんざりする彷徨の後の死んだような眠りで無力になった自分自身を突然目にしたかのようだった。

　これは予定されていなかっただろうか？　男の中には、〈庁舎〉内で迷い、自分の目だけに見える蜃気楼を追いかけている私の仲間がいたのだろうか？

　男が目を覚ましはじめた。静かになったので、それに気づいた。男は目を開けず、面倒そうに、苦労して、身じろぎした——まるで、それまで私を怖がらせていた、あの偽の断末魔を何とかどこかに詰め込んで隠そうとするかのように。不意に目を輝かせ、私をひと目で逆さまにとらえると、まぶたを閉じ、しばらくそのまま集中していたが、それからゆっくりと片肘をつき体を傾けて起き上がった。

　男が何か言う前に、その目覚めた顔が私の中の何かに触れた。以前、会ったことがあるに違いない。目を閉じたまま彼はつぶやいた。

「間諜か……」

「何ですって？」私は反射的に言った。私の声を聞いて彼は座った。ひどくひげがぼうぼうだった。瞬きしながら私を見た。ゆっくりとその目の表情が変わっていった——私から床に目を落とし、咳払いをすると、手首をこすりながら、こう言った。

「あのコールラビ……奴らは、くそっ、ちゃんと調理しないんだ、それで人は夢を見る……」

　男は洗面台の方に目を向けた。私がその前に立っていた。男は体を横に傾けると、その目がたちまち大きく見開かれた。

「剃刀はどこだ？」彼は言った。

「ここです」私はポケットを指し示した。

「置いとけ」

「どうして？」私は異議を唱えた。私の中でこの男への反感がつのった。厚かましくも私に馴れ馴れしい口を利く、それに私はこの男をどこかで知っていた——それは愉快な思い出ではなかった。

「これは上から持ってきたんですよ」そう言って私は自分の権利を強調した。相手が何と答えるか、挑むような気持ちで待っていたのだが、男はこちらに背を向けて起き上がると、真っすぐに立ち、すべての骨を伸ばして、悠揚迫らず気持ちよさそうに背中を掻きはじめた。そのあと浴槽の上からブラシを取って、ズボンをきれいにしはじめた。

「ススメ！」男は私を見ずに、つぶやいた。

「何だって？」私は訊いた。

「気にするな、話せ、さもなくば出てけ」

「何を話せばいいんです？」

私の声音に考え込んだかのように、男はズボンの折り返しから埃をこすり落とすのをやめ、私を上目遣いに見た。

「よこせ」手を差し出して私に近づきながら言った。「ほら？　何をそんなに見てるんだ？　よこせ、怖がらなくていい」

「別にあなたのことは怖くありません」相手の掌に剃刀を置きながら私は答えた。男はそれを放り投げると、いぶかしげに私をまじまじと見た。

「俺のことは？」彼は言った。「そうだな……」

男は上着をドアレバーに掛け、タオルを首に巻くと、顔に石鹸を塗りはじめた。私はしばらくその背後に立っていたが、数歩下がって、結局、浴槽の縁に腰を下ろした。男はまるでひとりでいるかのように、ひと言もしゃべらなかった。その背中に顔より馴染みがあるような気がしたのは、ひげのせいで顔が変わっていたからかもしれない。かがんだとき、輪形にたたまれた細い革紐が浴槽の下から出ているのに気づいた。私ははっとした。ああそうか——こいつはあのカメラを持ったスパイだ！　私は苦労して筋肉をほぐし、腰を下ろすと、男が何か言うまでしばらく待った。——差し向けられたのだ——私は思った。——彼らがこの男を差し向けた……何のために？　さてどうなるか。男は早速私に取りかかるだろう。沈黙が長引いた。苦痛だった。私は浴槽に水を出したかった、その騒音が欲しかった、だがそれは私の弱さをさらけ出すことになるだろう。両足の爪先だけ床に触れていたら、そうした不自然な姿勢でよくあるように、左足が震えはじめ、それがだんだん速くなって、ついには独自のリズムを刻むようになった。

「あなたは……もうずっと？」私は男の背中を見つめながら、何気ないふうを装って尋ねた。

鏡から石鹸を塗った頬がのぞいていた。目は見えなかった。耳まで行ったら答えるだろう——と私は判断した。だが男は耳から顎に移った——まるで何も聞こえなかったかのように。

「あなたはもうずっとここに？」私はもう一度尋ねた。

「続けて」喉を剃るのをやめずに男は言った。

「続けてって何を？」私は困惑して答えた。だが男は答えようともしなかった。洗面台の上に身をかがめて、ぞんざいに顔を洗っていた。水しぶきが私のところまで飛んできた。

「気をつけてください、水が飛んできます」私は言った。

「気に入らないのか？　じゃあ出てけ」

「私が先にここにいたんですよ」

タオルの皺の間から片目でこちらをのぞいた。

「お？」彼は言った。「本当に？」

「ええ」

男はタオルを床に放り投げ、上着に手を伸ばしながら、途中でこう言った。

「昼食はあったか？」

「わかりません」

「今日は肉なしだ」服を整えながら男はひとりごとのようにつぶやいた。袖の埃を払うのとズボンを引き上げるのの間にこう付け加えた。

「せめてフライドポテトか何かあればな。きっと挽き割り粥だ。永遠にあの粥さ。揚げ物が何かあればなあ、くそっ、歯に……」

男はちらっと私の方を見た。

「始めるかい、どうする？　俺はもう行くけど」

「何を始めるんです？」

「知らんぷりするな。いつものだ」

「知らんぷりなんかしてません。知らんぷりしてるのはあなたですよ」

「俺が？」彼は驚いた。「たとえば何をだ？」

「あなたは知ってるでしょう」

「こんな調子じゃ五月まで続くぞ」男はうんざりしたように言った。私をまじまじと見た。疑いの余地はなかった。この前、この男を見たのは、金庫で機密文書を撮影していたときだ。

「文民か？」彼はゆっくりと言った。「なぜだ？　制服官の番だろう――違うか？」

「文民って？」

男は私に近づいた。私の片足を見た。それが興味を引いたのだ。

「発行者だな」ついに決定を下した。

「何です？　だれが？」

「あんたが」

「私が？　もっとわかりやすく話してもらえません

か？　私は文民でも発行者でもありませんよ」

「違う？　じゃあどこから来た？　吐き出し物《ペリット》〈鳥が口から吐き出した未消化物〉からか？」

「ペリットからなんかじゃありません！」

「じゃあどうやって？　どこからともなく？　何が望みだ？」

「別に何も。望んでいるのはあなたでしょう」

「何だと？」

男はポケットに両手を突っ込んで、浴室を壁から壁まで二往復し、ドアのところから横目で私を見ると、ついに立ち止まってこう言った。

「もういい。俺が間違えたんだとしよう……。おまえは暗号歩きでもないな？」

「いいえ」

「四十番か？」

「何を言ってるのか、わかりません」

彼はひゅーっと口笛を吹いた。

「よし。俺は信じないが、勝手にしろ。別にかまわん。糞に突き立てろ。おまえは任務員だって言うんだな？」

私は何と言うべきかとためらった。

「あなたが何を言ってるのか、よくわかりませんが」私は話しはじめた。「私の〈任務〉のことでしたら、それは……」

「そおさ」彼は伸ばして言った。「指示書は受け取ったか？」

「受け取りました、でも……」

「なくなったか？」

「ええ。あなたはひょっとしてご存じでは……」

「待て」

男は私の横で身をかがめ、浴槽の下からケースに入ったカメラを引き出すと、慎重にビデに腰を下ろして、ケースの蓋の下からビスケットの包みを取り出した。

「昼食を食べ損ねたからな」男は口いっぱいにほおばって説明した。かけらが少し胸にこぼれた。

「俺は献身者だ、見てのとおり。あんたは望んでいるか、つまり、何が起きているか知りたいか？」

「知りたいです」

「司祭はいたか？」

「いました」

「ユリの白さは？」

「何ですって？」

「あ、まだか？　よし。まるで八十番のようだな」

男は絶え間なく震える私の足を注意深く見つめながら、何か思いをめぐらす間も嚙みつづけていた。舌先で大きめのかけらが口から逃げるのを防いでいた。

「老人の後だ」ついに結論を下した。「ほら？　太っちょにも会わされただろ？　あのぶくぶくふくれた奴め！　何も言う必要はない。見ればわかる。その胸焼けは、老人の後だ」

男はカメラケースを指でたたいた。

「腹は空いてるか？　欲しいか？」

「ありがとう」

男は聞いてもいなかった。狙いを定めた微妙な動きで座り直し、人生の半分をビデに座って過ごしたかのような熟練ぶりで、後ろから突き出ている蛇口を仙骨部で避けた。

「えーこー」彼は何だか悲しげに言った。「あんたじっくり見たんだろう？　皮膚は蹄《ひづめ》化し、疣は媚《こび》を売り、ふけは分かれ広がり生け垣で、闇って、もくって、ぼやぼやびりびり、ところがあんたは、鳥占官《アウグル》ときたら、情けない状況だ！　茂みで耳の中に、こんちくしょう、話してるのに、あんたはあれやこれや、組み立てちゃあ分解しちまって、何ひとつ理解していない……。まだ試験中なのかね、それとも混乱状態かね？」

「すみません」私は言った。「でも……」

「試験中だな」彼は決めた。「あんたはよからぬことを企んで、それで生きてる！　紅茶で生きてるんだ！　それじゃ生き延びられんぞ！　足はときに、もうどうにもならんほど好きになって、ちくしょう、止まろうとはしない……。寝ている間にピンで刺されたか？」

「いいえ。どうしてあなたは……」

「口を挟むな。紅茶の中に蠅が入ってたか？　作りものの……」

「入ってました！」

男が何を目指しているのかわからなかった——だがしかしここには何か私と緊密に関係した意味があることはわかった。

「その茂みというのは」私はぽつりと言った。「……提督准将のことですか？」

「いや、シュトルーデルのことだ……。老人は俺たちふたりより長く持ちこたえる、賭けるかい？　憶えているが、あいつは同じだったよ、あんたがまだタオルの跡さえ見ていなかったとき、剃刀のために人がどれだけ走りまわったことか……。コーヒーかす……。そのとき彼らはあの衛生なしで執務ってて、かすのために取り、待ち伏せって、全部下から、縫って隠して、〈地下部〉に向かったら、出し抜け《はっとばっと》に、尋問ときた、面《つら》に踵《かかと》で、靴の踵《ぼこぼこにけられ》してさようなら……。いまじゃ銃撃がせいぜいだ……。奴ら撃ってたか？」

「廊下でですか？　ええ！　あれはどういう意味なんです？」

「三重装《トリプレット》さ。三番がバレたんだ。それで間諜たちが入れ替えをしているうちに、ひとりが熱くなりすぎた。やりすぎたんだよ。つまりは」

こいつは熟練したスパイだぞ！――私はすばやく思った。――この隠語だけでもわかる……。それにしても私に何を望んでいるのだろう？　会話のために昼食をあきらめるとは、何と親切な……。いやいや！　しっかり用心しなくては……。

「用心しなくては、かね？」そう言うと男は私の顔つきを見てせせら笑った。「おい、何をそんなに驚いてる？　俺は経験豊富な、熟練者だ……酸いも甘いも嚙み分けた……指示書はふりだよ……あんた自分のだと思ってたのか？　いやはや！　愛しの連続犯……。紅茶の中の蠅と残り全部……。このすべてのうち紅茶だけだよ以前と同じままなのは……」

男は憂鬱そうになり、退屈がその顔に這い出ると急に老け顔になって、己の特異性と疲れから、汚れなき白さで輝くドアを見つめた。

「あの……」私は言った。「もっと普通に人間らしく話せませんか？」

「俺がどう話してるって？」彼は驚いた。

「いったい全体どういう意味なんです？　それに何をあなたは……何のためにあなたはここで私に……」

「まあ、まあ、落ち着け。あんたの推理は不必要なばかりだ。もしかして俺は取り除かれるべき染みなのでは？　ひょっとして諜報員《プラグ》では？　ひと口か？　棒切れか？　モツ煮か？　イハ・ピハか？……。そんなのは価値がない。それでおしまいだ」

「何がおしまいなんです？」

「すべてが。押し詰め――それだけだ。一見これまでどおりさ。あんたがバラの花びらをなめると心臓が鼓動する。バレるかバレないか?!　それにもうネズミはあんたの皮下にいるから、ぴょんぴょんしなけりゃ、ずらからなけりゃ――あんたはもう全身飛んで、すっかり先棒かつぎ……。習慣からだよ、もちろん、だって何が残った？　お飾りたちさ」

「あなたはそれで何を言いたいんです？　お飾りって何の？　ネズミって？　私の足が震えていること？　そのことですか？　それがどうしたって？　それに……いったいあなたはここで何をしてるんです？」

「俺が何をしてるのか知りたいなら……。よく見るんだ……」私の方に身を乗り出すと、自分の顔を指差した。「見事な廃墟じゃないか？　奴らが俺を駄目にしたんだが、せめて何者か知りたければ——ここにいるのはただの引っ掻きチンパンジーたち、マンドリルの間諜たち、小集団、いらぬ心配、それだけだ……」

「カメラは何のためです？」私はいきなり訊いた。もうどうでもよかった。

「カメラ？　何だ、知らないのか？」

「あなたは写真を撮っていた……」

「当然だ」

「金庫の中を……」相手が白状しなければいいのにと思いながら私は声を低めたが、男は冷静にうなずいた。

「もちろん。意味はない。ほら、すっかり耄碌《もうろく》しないようにさ——脳味噌がホコリタケると、シュマイツェルが駄目になって、すると何かがぱしゃっと撮れる、どこかで、ときどきね……」

「また何でそんなこと言うんです?!」私は腹が立ってきた。「あなたは機密文書を撮ってたじゃないですか！　私は見たんだ！　心配しなくてもいい——それを利用する気はさらさらありませんから。私の知ったことじゃない、ただ理解できないのは、なぜあなたがここに居座っているのかってことです」

「俺はここにいちゃいけないのか？　なぜ？」

「だって彼らはあなたの化けの皮を剝がすかもしれないんですよ、どうして逃げないんですか?!」

「どこへ？」そう尋ねる男の果てしない退屈ぶりに、私はぎょっとした。

「あの……あのあちらにですよ……」

私はこの男の手に引き渡されたのだ。おそらくそうだ。退屈が仮面のごとく相手の顔から脱げ落ちるのを期待して心臓が早鐘を打った。私はこの男に逃走を勧めた——おそらく私はどうかしていたのだ、なにしろこいつは挑発者だ……。

「あちら？」彼はつぶやいた。「どこの『あちら』だ？　どうせ同じことさ——こちらだってあちらだって。俺が写真を撮ったのは、ほら、そう、引き延ばしのためで、熟練から抜け出さないようにさ、だがそれも無駄だった……」

「どうして無駄なんです?! はっきり言ってください!!」

「はっきりだろうが曖昧だろうが――結果は同じさ。あんたはまだその場所にいない、つまり理解できる段階じゃないんだ、たとえ十のうち五つ理解したとしても、やっぱり信じないだろう。ほらこいつは――あんたはこう思ってる――挑発者、凶悪犯、我が魂の死刑執行人、ごろつき、悪賢い奴、わざと勝手に退屈して、文句たらたら、不平屋、暴露され、己の貧窮を装って、スパイの放浪生活、ところがそのすべては違ったふうに読めて、目的は別のところにある――そうじゃないか？ 俺の言うとおりじゃないかね？ ほれ見ろ……。そしてなおもあんたはこう思ってる。こいつが自分で挑発者と言ってるのは、『挑発者』と言ってる自分は誠実だと私に思わせるため、私に心からの誠実さだと思い込ませるためだ。心からというのも無論何か別のことを意味していて、俺が自分で『挑発者』だと言ってるのはあんたに誠実だと思わせるためだと、そう俺が言うのを、ついにあんたが耳にするんだから、まあ、俺たちはひとつ屋根の下にいるのさ。サタンだ――客じゃない、だろ?! これでもう俺のことは一切信じられなくなったろう。え？」

　私は黙っていた。

「待てよ、いまにわかるさ――あんたを避けて通るものなどひとつもない。何が何とどうなってるのか知りたいかね？」

　男は間を置いた。

「知りたいです！」私はこいつの言葉をひと言も信じていなかったが、そう言った。

　男は口の両端を歪めて苦笑した。

「信じてないな――だが勝手にするがいいさ！ やってみな……。いいか聞けよ。連中は、パンのために、まず一度、入れ替え工作をした。最後の椅子や便器に至るまで。その後、支払いを続けるときに、それはやめることになっていた、そうじゃなかったかな？ でも死ぬために、やめられなかったのさ。引き抜き・包み上げ、さらにススメ、入れ替え工作？ 差し込み！ そうやって二重装《ドゥブレット》が出かけたが――成果なし、三重装《トリプレット》――成果なし、四重装《クアドルプレット》――うまくいった、いまやもう五重装《クインタプレット》がところどころうろついている。こんなふうになって長いのか？　俺の知ったことか！　病気《ザラザ》だよ！　病気《ザラザ》！　俺は、年寄りの、正直なスパイ、ベテランだ、これはあんたに言っておく！」

男は怒りと絶望のあまり自分の胸を音が響くほどたたいた。

「待てよ《ザラス》」私は言った。「よくわからないんですが。あなたがそれで言わんとしているのは……」

「俺はそれで何も言おうとしてない、ほっといてくれ！　何をぺらぺら吐くもんか？　あんたはどうせ蓄音機の針だが、レコードがすり切れてるから、いまやそれを裏返したり、おだてたり、一語一語逆さまにしたり、社会の窓やポケットをのぞきこんだりしなくちゃいけないし、それに俺のいびき、石鹸、剃刀も付け足さなくちゃいけないし、至るところにほのめかしや、あてこすりや何やらを探さなくちゃいけないんだろ？　好きなようにやればいいさ、ただし剃刀には手を出すな！　あんたには時間がある。そんなふうにすぐに剃刀に飛びつくのは出来すぎだろう。俺はあんたを見たとき、俺から剃刀を取り上げるために派遣されたのかと思ったんだ」

「でもそれは私が上から持ってきたんですよ……あなたの剃刀なんですか？」

「あんたには時間があると言ってるんだ。何よりもまず力をつけないと。規則正しい食事、ビュッフェ、ビスケット、ときにはコンポートが出ることもある、スモモの。コンポートだぞ。おい、何でそんなに見つめるんだ？　俺が『コンポート』と言うのは、指示書をめぐっての〈司令部〉の会議のことだと思ってるのか？　いや、コンポートはコンポート、それだけだ、少なくとも俺の場合は。俺は差し金でも何でもない。ひと眠りして、ひげを剃って、あんたのせいで昼飯を食いはぐれたから、これから出かけるよ。自分で確かめるんだな。俺は何もかもあんたが望んだとおりに話したのに、あんたは俺の言うことを信じない。コンマひとつだって信じやしない。さて、俺は間違っていたかい？　何のために俺は自分の腸《はらわた》をかっさばいて、あんたに例の四重装工作を説明してやらなくちゃいけないんだ、そこからあんたが新たな判じ物を作るためにか？　話は終わり、言っても無駄だ」

男は立ち上がった。

「じゃああなたはスパイじゃないんですか？」

「そうじゃないとだれが言った？　そうだとだれが言った？　ほら、スパイすべきものを何かよこせ、見せてみろ！　うんざりなんだよ、いっつも行ったり来たり――なぜ？　何のため？　だれのためだ？　見込みのない男、がさつ者、個人主義者、忘れられた歌。俺は何だ――玉ねぎか？　もう六人組が現れているという話だ。その疑念が少しおさまったら、ここに来ればいい。俺は明日の昼食後ここにいる。どうだい？」

「来ます」私は言った。

「なら俺もだ。じゃあな。俺はビュッフェに行くよ」

　ドア口で肩越しにさらにこう言った。

「今後は医者、食器セット、ユリの番だ。食器セットが済めば、あんたは精神的に楽になるだろう。その後はさらなる諜報だ。もし俺がいなかったら待っててくれ。必ず来るから。あんたは来るかい？」

「来ます」

　男は背後でドアを閉めた。足音が次第に遠ざかっていき、二つめの錠がカチッという音が聞こえ、静かになった。その静けさの中、私は蓋をした鍋のように、意味がしみ込むまでひとり残っていた。

## X

　つまりこうだ……。私が自分を、苦痛に満ちた世界の臍《へそ》、攻撃の標的、〈庁舎〉が全力を集中する中心だと思っていた間――実は私はだれでもあり、だれでもなく、そこで何度も繰り返された紋切り型バージョンに過ぎず、前任者と同じ場所で震えていただけなのだ、蓄音機の針が通ったレコードの轍《わだち》を感覚や声に加工するように。私のメロドラマ的な反応や紆余曲折、急な方向転換、突飛な行動、危険回避、私にとって驚きや内なるインスピレーションや真実の新たな啓示であったもの――そうしたすべては現在の瞬間ともども、指示書の項目に過ぎなかったし、その指示書は私のものではなく、私向けに作られたものでもなく、実際に使用されていて信頼のおける指示書なのだ……。ではもしこれが試験ではなく、〈任務〉でもなく、カオスでもないなら、私に何が残ったのか？　浴室？　廊下？　ドアからドアへ、ドアからドアへと歩きまわること……。

　しかしなぜあの男はあんなにしゃべったのだろう？　もちろん彼も指示書の一部であって、スコアの中の音符のように、彼の出番になったから現れたのだ。彼はいい音で鳴り、抜け目のない古狸《ふるだぬき》を誠実に演じた！　だがなぜだ？　この一切は何のためだ？

　私はもうとっくに浴槽から床に滑り落ちていた。床の上に横向きに、磁器の便器の曲面にもたれて横たわり、少々身もだえもした。――ぞっとする！――私はひとりで繰り返した――ぞっとする！……。四重装……三重装……どういうつもりで言ったんだろう？　ひょっとして何の意味もなかったのだろうか？　注意をそらす作戦？　だが何から？　入れ替え……諜報員《プラグ》……機密文書……耳の中の茂み……。頭の中がそうしたものでぞわぞわしているところへさらに、奴が目覚めたとき不平を言った、あのコールラビが入り込んだ。あいつは規則正しい生活様式を勧めた！　ビスケット――ビュッフェにはときどきコンポートも出ると、大したものだ！　ひょっとしてこのすべてが狂っていて、あいつもそうで、だから私もそうなれってことだろうか――そしたらすべてつじつまが合う？　全員が狂人なら、だれも狂人ではない……。しかしなぜ……何のために?!

　腕時計を見た。止まっていた。腕時計まで私を裏切った。手首からそれをむしり取ると便器に投げ込んだ。もう要らない。彼らが拾い上げて、〈部〉の若者たちが調べるだろう……。浴室を見まわした。剃刀はなかった。奴が持っていった。私のを盗んだのだ――あの挑発者は。奴は何をそそのかそうとしていたのか？　ああ、もうわかった、わかったぞ！　完璧だ！　あとは思い切ってやるだけ！

　鼻歌をうたいながら部屋を出た。次第に大声で口ずさんだ。通りすがりの将校たちを作り笑いでやり過ごした。エレベーターに乗った。上の階の廊下は人けがなかった。そのほうがいい。そのほうが悪い。私は執務室に入った。

　中は空っぽで、エルムスは影も形もなかった――私は机に駆け寄り、抽斗を抜き取って中身を床や椅子の上にぶちまけはじめると、書類はさらさらいう雲となって私の周りを飛びまわった。ドアが軋んで開く音がして、私はエルムスの顔を、その見開かれた青い目を見た。

「何をするんです？　いったいあなたは何を……」

「この悪党め！」と叫ぶや、相手に飛びかかった。私たちは機密文書の雲の中に倒れた。私は彼の首を絞め、彼は私の首を絞め、私は蹴ったり嚙んだりしたが、それも長くは続かなかった。だれかの足音がばたばた聞こえ、だれかが私の襟を引っ張り、だれかが高く掲げたコップから冷めた紅茶を浴びせかけ、真っ青になって取り乱したエルムスはくしゃくしゃの制服姿で床から書類を拾い集め、他の人たちがそれを手伝っていたが、私は彼の肩章から嚙み取ったラシャの切れ端を吐き出しながら、後ろに立っている人たちの手で押さえつけられていた椅子から、しゃがれ声でこう怒鳴った。

「終わり！　終わり！　終わりにしろ、悪党ども、犯罪者どもめ！　そうさ、私がそそのかしたんだ！　スパイをそそのかした！　そそのかしたんだ！　私が扇動した！　私が裏切った！　白状する！　私を撃ち殺せ！　拷問しろ！　殺せ!!!」

　開いたドアに通り過ぎる人たちのシルエットが現れた――だれひとり私の叫びに注意を向けず、私は空しく金切り声を張り上げたが、とうとう完全に声がかすれ、弱まって、椅子に倒れ込むと、水から投げ出された魚のように息を切らすばかりだった。だれかが私の横に来て、そこに長い白衣が白々と見え、だれかが私の上着の袖を引き上げると、眼鏡越しに月のような顔が見え、肘の内側がちくっとするのを感じ、熱い流れが私の静脈の奥に入り込んだ……。

「ススメ！」私は消え入りそうな声で叫んだ。「ありがとう、殺人者、ありがとう！……」

　ゆっくりと段階的に意識を取り戻した。私は巨大だった。巨人になったという意味ではない――私の体が大きくなったのではなく、こうして話したり考えたりしている私自身が、私を取り巻く空間に匹敵するか、それを超えるような空間になったのである。指一本動かさなかったが、しかし私の内部の広がりは白い迷宮の無数の階を支配し、私は己の存在の暖かな隅に身を寄せ、その強大な壁の間で、無限の寛容さで最近の心配を回想した……。

　私は徐々に小さくなり、隙間がふさがって、どうにか元に戻った。硬くてあまり快適でないベッドに横たわっているのを感じた。指を動かしてみた——指同士くっついていて、紅茶をかけられたことを思い出した——砂糖が入っていたに違いない。私は頭を上げた。それは奇妙に軽く、首の上でいい加減にねじ留めされたみたいにぐらぐらした。額と顔に触れると、しまいに、脳から危険なほど血が引くのを感じて、冷たいタイル張りの壁にもたれて座り込んだ。

　そこは浴室ではなかった。私が半ば腰を下ろしていたのは油布で覆われた、かなり背が高めの長椅子で、細長い部屋の中には、白塗りの椅子がいくつか、隅には衝立があった。その陰から小さな机の端が突き出ていた。長椅子の枕元には薬と注射器が入ったガラス容器があり、コート掛けには白い麻のコートまたは白衣が掛かっていて、その横の——小さな戸棚の中で——外科手術器具が輝いていた。診療室だ——私は思った——するとたちまちエルムスの執務室での場面が目の前に浮かんだ。ああ——彼らは私を閉じこめず、治療しているだけなのか？　これからどうにかなるだろうか？

　なんとなくぼんやりしていて、少しずつ考えたのだが、私の関心を引いたのはたとえば、なぜテーブルの上には瓶が十本しか見えないのか、十九本あるはずなのにということだった——だが同時に、それには意味がないこともわかっていた。

　だれかが衝立の向こうから私をのぞいていて、その頭髪と、眼鏡に反射した光がちらっと見えた——私に注射をした医師だとわかった。

「気分はどうですか？」壁と机の間の通路に姿を見せて、医師は尋ねた。

「いいです」

　白衣を着ていて、小柄で、ふっくらとして、活発で、繊細で、頬に赤みが差していた。知性に輝く黒い目に、分厚いホーンフレームの眼鏡をかけ、顎にくぼみがあって、鼻は丸いボタンのようだった。白衣の襟元にきれいな緑色の水玉模様のネクタイが見えたので、近づいてきたとき、その奥をのぞくと、制服の上衣の縁が見えた。それで私はぞっとした。向こうは何も気づかなかった。小さな腰掛けを持ってきて長椅子の横に置くと、腰を下ろし、私の脈を取ってしばらく数え、それから私の目をのぞき込んだ。

「私は健康です」医師が白衣の上ポケットからのぞく聴診器のピンクのゴムを指でつまんだとき、私は言った。

「いまはもうそうですね」彼は答えた。気持ちのいい滑らかな声だった。「きっと全部憶えているんでしょうね？」

「ええ」

「すばらしい！　大変良い兆《きざ》しです。あなたはいま、複雑で間違いなく困難な時期を経験しています――適応、新たな環境、特殊な労働条件、違いますか？　多くの物事があなたに衝撃を与え、さらに秘密の封印ですからね、私たちの精神はひねくれていて、何か禁止によって守られたものに触れるやいなや、それをくつがえしたい、叫びたい、破壊したいとさえ思うものです――至極自然な反応ですよ、とはいえ規則上は、ふむ、不適切ですがね……。さて、まあ……。私どもはあなたを助けますよ」

「どうやって？」私は尋ねた。ズボンとシャツは着ていたが、編み上げ靴はだれかに脱がされ、上着は壁に掛かっており、靴下をはいただけの足が長椅子の端からぶら下がっているのは幾分決まりが悪かった。

「ああ、あなたは知的で賢明な方だ……」医師は笑顔で言った。左の頬にえくぼがあった。「知性は何を引き起こしますか？　懐疑論――これも自然な反射ですよ。まあ……私どもは全能ではありませんから、ざっくばらんに――もちろんあなたがよろしければですが――個人的に自由に話し合いましょう……。まず体を洗いたいのではありませんか？　入浴しますか？」

「ええ」私は答えた。「あの紅茶で体中べとべとですから……」

「ああ、いまそれについては話さないでおきましょう、ただこれだけは言っておきます、少佐は私に頼んだのですよ、あなたのことは完全に理解していると――そしてもちろん、あれは職務上いかなる結果ももたらさないだろうと……」

「何がです？」私は陰気に尋ねた。医師は目をしばたたいた。

「ほら、何というか、あの、場面ですよ……。あなたはいらだって逆上した――失敗続きのせいで――もちろん私は何のことだか知りませんし、何も訊きませんが――少佐はただ、あなたに励ましの言葉を伝えてくれとだけ私に頼んだのです。少佐は本当にあなたを評価しているのですよ、個人的にも……」

「入浴について何かおっしゃいましたね……」私は相

手の話をさえぎって、浴室の挑発者みたいに振る舞いはじめた。もうすっかり元気だと証明するために長椅子から降りた。麻酔薬を注射されたのだとしても、跡形もなく消えていた。

　医者は私を脇のドアから浴室へ通してくれた。服と下着を高くて幅の狭い半円形のロッカーに吊るすと、ロッカーは自動的に閉じた。全身を洗い、熱いシャワー、それから冷水と温水を浴びてさっぱりし、椅子の上にあったゆったりしたバスローブを着て、服を吊るしたロッカーを開けた。空だった。ぎょっとする前に、優しくノックする音が聞こえた。

「私です」ドアの向こうで医者の声がした。「開けていただけますか？」

　私は彼を入れた。

「服を持っていかれた」私は彼の前に立って言った。

「ああそうだ……先に言っておくのを忘れました……看護師があなたの服の面倒を見ていましたよ……ボタンを縫いつけなくちゃとか、アイロンをかけなくちゃとか、あれこれと……」

「捜査ですか？」私は冷静に言った。彼は身震いした。

「いやとんでもない！　ああ、まだショックの跡が」まるでひとりごとを言うかのように声をひそめた。

「何でもありません。あとで鎮静剤と何か強壮剤を処方しましょう。さていまは、よろしければ、診察したいのですが」

　私は体をトントンたたかれたり聴診されたりするのに任せた。医者は太った子馬のように首を振った。

「すばらしい、申し分ありません」彼は繰り返した。「丈夫な体をお持ちですね。とりあえずそのバスローブを着て、私の執務室にいらっしゃいませんか？　看護師がもうじきあなたの服を持ってくるでしょう。こちらです、こちらへ、どうぞ……」

　金属製の椅子が山と積まれた狭い廊下を通って私たちは、どちらかといえば薄暗い部屋に入った――天井には大きな照明が点いていて、机の上には緑のシェードのついた電気スタンドが立っていたのだが。黒い書棚には、やはり黒い革表紙に金文字タイトルの分厚い本が詰まっており、三方から壁を支えていた。そのうちひとつのそばに、背の低い丸テーブルと二脚の肘掛け椅子があり、テーブルの上には頭蓋骨が載っていた。

　私は腰を下ろした。暗さはガラス戸の向こうの蔵書のせいだった。医者が白衣を脱ぐと、その下はもう制服ではなく、明るい灰色の控えめな民間の服だった。彼はテーブルの反対側の席に着くと、朗らかな集中した表情でしばらく私を見つめていた。

「さてこれから」ようやく、私の顔の検査に満足したかのように言った。「何があなたを興奮させたのか話していただけますか？　この壁に囲まれた、ここなら」彼は目で黒い本の列を示した。「何もかも話せるでしょう」

　医者はしばらく待っていたが、私が黙っていると、再び言った。

「あなたは私を信用していませんね。それはもっともです。あなたの立場なら私も同じ反応をしたでしょう。それでも――どうか私を信じてください――あなたはご自分の利益のために、無理にでも、その黙秘の願望を克服しなくてはなりません。ただやってみてください。いちばん難しいのは最初だけですから」

「そうじゃないんです」私は答えた。「そうする価値があるかどうか、わからないだけで……。それにしてもあなたには驚かされます、先ほどの診療室では違うことをおっしゃってましたよね、何があったかなんて何も知りたくないと」

「申し訳ない」彼はえくぼを浮かべて静かに言った。「しかし私は何よりもまず医師です。先ほどは、あなたが完全にバランスを取り戻したかどうか、まだ十分な確信がなかったので、きわめて不快な回想に不用意に触れてあなたを刺激したくなかったのです。いまは違います。あなたを診察しましたから。自分がそうできるだけでなく、そうすべきだとわかっています。もちろん無理強いはしません、これはあなたの自由意思の問題です。準備ができたら……」

　彼はしまいまで言わなかった。

「よし」私は待ち切れずに言った。「やりましょう。でも長い話ですよ」

「そうでしょうね」彼はうなずいた。「喜んで伺いますとも」

　そうしたところでいったい何が悪いというのか？　私は召喚状を受け取った瞬間から語りはじめ、総司令官との会話、〈任務〉と指示書とその後の混乱の経緯を要約し、老人や将校たちや司祭について、私の疑惑も省かずに話した。ただしエルムスだけは除いた。その後に起こったこと――浴室で眠っている男を発見し、彼と奇妙な会話を交わしたこと――については、もう放心して話した、というのも、エルムスが秘密の図面を模写しているところを覗き見したという重要な要素を省いたせいで、自分の錯乱に、というかむしろエルムスへの攻撃に、病的異常の徴候を与えてしまったと気づいたからで、それで私は青白いスパイとの会話に何らかの詳細を見つけようとし、その詳細を強調し、膨らませれば、自分がやらかした破廉恥な騒動をせめて部分的にでも正当化できるのではないかと思ったのだ――だが私自身にとってもそれはあまり説得力がないように聞こえ、深く掘り下げれば掘り下げるほど冗長になり、自分の説明は何も説明していないように感じ、最後の言葉を発したとき、あきらめにも似た暗い確信の中にいた――まるで担わされた負担がまだ足りないかのように、私は自分に負わされたすべてに、自分の異常性を示す状況証拠を付け足したのだ、と。

　私が話している間、医者は私を見ていなかった。何度か彼は、テーブルの書類の上に文鎮のように載っている頭蓋骨をそっと持ち上げると、横向きにしたり、眼窩《がんか》が私を見るような向きにしたりした――私が話し終えたとき、それはそのままこちらを向いていた。彼は肘掛け椅子の奥へ体をずらすと、両手を組み、その感じのいい声を低めてこう言った。

「私の理解が正しければ、〈任務〉の威信と現実に対するあなたの疑念の結晶化の中心は、あなたが偶然に出会ったかのような裏切り者の数が異常に多いこと……それもごく短期間に。違いますか？」

「そう述べてもかまいません」私は答えた。すでに、自分が彼の手の内にあるという印象からは少し冷めて落ち着いていた――そしてしばし、頭蓋骨の空っぽの眼窩を見つめた。頭蓋骨はきちんとこちらを向き、骨の滑らかさでかすかに光っていた。

「あの老人が裏切り者だったとおっしゃいましたね。あなたご自身でその結論に至ったのですか？」

「いいえ。拳銃自殺したあの将校が私にそう言ったのです」

「そう言った……そして拳銃自殺した。あなたはそれを見ましたか？」

「ええ、はい、つまり――隣の部屋で銃声がして、倒れる物音が聞こえ、隙間から彼の足……靴が見えたのです」

「ははあ。その前に、あなたに同行していた指示士官が逮捕されました。お尋ねしてよければ、逮捕はどんなふうでしたか？」

「二人の将校が私たちに近づいてきて、彼を呼び止め、話していました——内容は知りません。聞こえなかったので。それからひとりが彼と共に去り、もうひとりが私に同行しました」

「それが逮捕だったと、だれかがあなたに言いましたか？」

「いいえ……」

「ならば実際あなたはそうだと誓えないのではありませんか？」

「いやまあ、でも状況が……とりわけその後に起きたことから見て、そう思ったので……」

「ゆっくりいきましょう。老人についてあなたに話したのは将校でしたね。彼もまた裏切り者であるとあなたが確信したのは、銃声と隙間からのぞいた彼の靴の一部のせいですね。前の指示士官についてあなたが知っているのは、呼び出されたということだけ。これらの出来事は少なくとも曖昧で——それ以上のことは言えませんね。あとだれが残っていますか？　そう、あの青白いスパイだ……でもあなたは彼が浴室で寝ているところを見つけたんでしたね？」

「ええ」

「それほど重要な書類を撮影した後、彼はその浴室でいったい何をしていたんでしょう？　だって休憩するのにふつう浴槽には行かないでしょう。ともかくあなたはそこへ入った——ということはドアには錠が掛かっていなかったのですか？」

「本当だ。ええ、掛かっていませんでした」

「そしてあなたはいまでも、その人たち全員が裏切り者だと確信していますか？」

私は黙っていた。

「ほらご覧なさい！　急《せ》いては判断を誤りますよ」

「すみません」私は口を挟んだ。「彼らが裏切り者ではなかったとしましょう、でもそれじゃああの一連の出来事はどう説明できます？　一体何だったのですか？　お芝居？　私の前で演じられた見世物？　何のために？　何が目的で?!」

「はてさて！」彼はえくぼだけで笑いながら言った。「それはもう私にはわかりません。もしかしたら、あなたに裏切りに対する免疫をつけようとして、微量ずつ接種したのかもしれません。なにしろ、強情な者に対しては、エルムスだって、あなたには疑わしく理解できないと思えるようなことができたでしょうから、でもあなたはそれで彼を裏切り者と見なしたりはしないでしょう？　どうです？　いや……もしかしてやはり？」

　彼は私を目ざとく見つめた。その優しげな丸顔にいかに冷ややかな目をしていたことか……。

　彼は私の返事を待たなかった。

「私たちにはまだ齧《かじ》るべき胡桃〈難問〉が残っています、おそらく最も硬いのがね、指示書のことですよ。もちろんそれは暗号化されていた。それにはあなたの運命が最初の瞬間から書かれていたと確信を持って言い切れるほど十分に目を通しましたか？　その後のあらゆる動揺と思考が？」

「いや、まあ」私は歯切れ悪く言った。「それは不可能でした。数行に目を走らせただけです。そこには白い壁や、廊下やドアの列のこと、私をひどく苦しめた喪失感や孤独感について書いてありました。そうした文は——文字通りには憶えていませんが——まるでだれかが私の口から取り出したようでした……」

「あなたが読むことができたのは、それで全部ですか？」

「はい。つまり——私が出会った人たちはときどき、私の経験や思考さえ、当てこすることがありました、たとえば〈暗号部〉長プランドトルです。これについてはすでに話しました」

「しかし彼はあなたに暗号の見本を見せただけでしょう……一種の展示物として、一例として？」

「そんなふうに見えました、でもそれには私が考えた質問への答えが含まれていたんですよ」

「あなたはご存じですか、迷信深い人たちは人生の危機的状況に至ると自分の運命を形作るための手がかりを見つけようとして、あたかも予言のように、あてずっぽうに聖書を開くんですよ？」

「はい、聞いたことがあります……」

「でもあなたはそれが役に立つなんて信じませんよね？」

「信じません。ページは無作為に開きますから」

「でもそれが無作為や偶然ではなかったとしたら？」

「そういう偶然が多すぎました……」私はしぶしぶつぶやいた。

　彼は私を信じていなかった。私は事実の貧弱な要約以外に、事実が帯びていた不気味なオーラ全体を——

無意味さと完璧さが同時にある感覚を、彼に伝えることができなかった。医者は穏やかに微笑んだ。

「あなたがおっしゃったことは」彼は言った。「間違いなく幻でも錯覚でも幻覚でもありません。それは単なる性急さ、短気、すべてを一度に理解したい、何が自分に任され、自分は何を望まれているのか推測したいというせわしない欲求です。思うに、彼らはここであなたの迅速で包括的な観察力、用心深さ、細部に敏感な記憶力、批判的な感覚、穀粒と籾殻《もみがら》を分けるあの知性の篩《ふるい》、そして、これからあなたを待ち受けている物事を実行するのに不可欠な他の多くの資質と特徴を発達させたがっているのでしょう。ですからこれは、あなたが呼んだような試験ではなく、むしろ訓練であって、とりわけ多少骨の折れる訓練は疲労につながる可能性があり、それこそがあなたの場合に起こったことなのです」

　私は頭蓋骨の目を見つめて黙っていた。私はうつろで、もうどうでもよかった。そのうえ彼はあまりにも親しげに微笑んでいた。

「私があらかじめ説明しておかなかった服の件はお詫びいたします」愛想を振りまきながら彼は続けた。「看護師がもうとっくに持ってきているはずだったんですが、もうすぐ来るとは思いますけど……」

　彼はしゃべるのをやめず、私の中では何か曖昧な、言葉にならない考えがますます執拗につきまとうようになったが、それを――私は感じた――自分は決して口に出すことはないだろう。

「ここには……あの……神経症患者のための科はありますか？」私は不意に尋ねた。彼は眼鏡の奥で瞬きした。

「ええ、もちろんありますとも」彼は寛大に答えた。「精神病棟もありますが、ほんの数床だけです……。興味をお持ちですか？　まあ何ですね、狂気を通じて時代精神が語るだとか、これは千年紀の濃縮抽出物だとか言われていますが、それには多くの誇張があります……とはいえ、もしあなたが何か観察や研究をなさるおつもりなら、私は少しも反対しませんよ、だってあなたはここからすぐに出ていく必要はまったくないんですから……」

「私は残ることになってるんですか?!」

「それが望ましいですね、もちろん、しばらくの間です。とはいえ、当然ながら、決して引き止めたりはいたしませんよ」

「あなたは私を疑っているんですね？……」私は静かに切りだした。彼ははっとした。えくぼは跡形もなくなった。

「とんでもない！　そんなことは絶対にありません！　働き過ぎ、過労ですよ!!　その証拠に、あなたを囚われた精神の祭壇《アド・アルタレム・メンテ・カプトルム》へご案内するつもりなのですから。確かに現在、患者はほんのひと握りしかいませんし、問題もむしろ月並みで、ほら、挑発的緊張病《カタトニア・プロヴォカティヴァ》だの、まあ、ああいった残余強迫観念だの、チックだの、強制睨視、諜報員《プラグ》への自我分裂、多諜報員性身震といった、本に載ってる症例ばかりですから、むしろ退屈ですよ」彼はとめどなくまくしたてた。「最近ある興味深い三人症候群がありましてね、稀なケースです、いわゆるフォリ・アン・トロワ――三重結合、つまり外国の学者が言うところのドライアイニガー・ヴァーンズィン、すなわちザ・コンパウンド・マッドネスです――二人が絶えず互いに相手を暴露しあい、三人目はそれに関わらないように自分の手足に嚙みつくんですよ。だから彼は、いうなれば、心裡留保《レゼルヴァティヨ・メンタリス》というわけです、ただし巻き込まれてますが……。そうだ。あと自己迫害狂、すなわち自己尋問狂も、あなたの興味を引くでしょう――患者は自分自身に質問の十字砲火を浴びせ、ときには四十時間もぶっつづけ、そしてついには失神してしまう……。さておしまいにもうひとつ、変わり種として自己隠匿症があります……」

「ほう？」私は無関心に言った。

「患者が自分の体の中に隠れるんですよ」医者は興奮で頰を丸く紅潮させながら説明した。「そして自分の気持ちを縮めていって、自分を槌骨《つちこつ》――耳の中の骨ですよ――だと思い込み、残りの体の部分はすべて、密かに送り込まれてきたと思っている……。いまは、残念ですが、ご案内できません……別の科で回診がありますので……でも看護師が服を持ってくるまでは、お待ちになりたいでしょう。その間、私の蔵書を利用してもかまいませんよ。もうしばらくお待ちください……すみませんが……」

　私は肘掛け椅子の傍らにすっくと立ちながらも、あまりにだぶだぶのバスローブは着心地が悪く、そのふざけた色合いに幾分いらいらさせられた。医者は近づいてくると、温かくて力強い、ふっくらとした手を差し出して、こう言った。

「大丈夫ですよ。先入観は少なめに、率直さと大胆さは多めに——それでうまくいきますよ、まあ見ててご覧なさい」

「ありがとう」私はつぶやいた。

彼は笑顔を再開し、ドア口からもう一度励ましのしるしに手を差し出すと出ていった。私はしばらく立ったまま待っていたが、服を持った看護師はなぜか来なかったので、テーブルに戻り、私の方を向いている頭蓋骨をまじまじと観察した。それは白くて長い歯並びを剝きだして、とりわけ力強く笑っていた。幾分軽率にそれを手に取ると、スプリングで取り付けられた下顎を何度かカタカタさせてみた。両脇のこめかみにフックがねじ留めされていて——均等に鋸《のこぎり》の入った頭頂部全体が蓋みたいに取りはずせるようになっている。私はフックをはずさなかった。というのも、それが完全な球体であるままの方が、なんとなく私にはしっくりきたからだ。細心の注意を払って除肉したに違いない——ごく薄い脂の層で覆われているかのように光っていたが、その光沢は乾いていた。触ればすべすべしているだろう。

ぎざぎざの縁が互いに嚙み合って、正確に頭頂骨の円天井を描いており、とても見事な出来栄えだった。また、逆さまになった頭蓋底はなんとなく月面の光景を思わせた——大小様々な骨のこぶ、亀裂、丘、尖塔が無数にあり、真ん中には土手に囲まれた、クレーターみたいな大きな穴が開いている——脊椎《せきつい》に固定する場所だ。脊椎はどこにあるのだろう、と思いながら、私はテーブルの上に大きく肘を広げて頭蓋骨の前に座った。看護師は依然として来なかった。

私はあれこれ考えた——ある人は、私が聞いたところによると、骸骨病、それも自分自身の骸骨病を患ったという、つまり自分の骸骨をひどく怖がり、それについて口にしないどころか、自分自身にも触らないようにしていた、柔らかい外被の下で解放を待ち受けている硬さを感じ取らないように——そして、骸骨は私たちにとって死の象徴であり、わかりやすい警告であって、それ以上のものではないということも。かつて何世紀も前の解剖学図譜では、骸骨は不自然に強制された直立不動の姿勢ではなく、活気に満ちたポーズで描かれていた。踊っている者もあれば、脛骨《けいこつ》を軽く交差させ、骨の掌にもたれて、肘の尖端で石棺に触れ、熱烈な、あるいは悲しげな眼窩の視線を観察者に向ける者もいたし、私が憶えているある木版画では二体の骸骨が品を作っていて——片方は明らかに恥ずかしがっていた！

だがこの頭蓋骨は完全に現代のものだった——清潔さを発散するほど、完全に衛生的で、洗浄されていたし、頬骨の手すりはほっそりしていて、各眼窩の下に一種の小さなバルコニーを形作っており、鼻の代わりにぽっかり開いた孔には少々気落ちさせられたが、それは単なるひとつの欠陥、未修正の身体障害というだけで、その代わり笑顔——それには唇の不足がまったく感じられなかった、そもそも不足しているものがひとつもなかった——には考えさせられた。それを持ち上げ、両手で揺さぶると、骨は持ち重りがし、曲げた指でたたくと同時にすばやく目を閉じて鼻に当てた。最初の瞬間感じたのは、罪のない、くすぐるような埃だけだったが、その中を何かの痕跡が曲がりくねってさっとよぎった、そこには何かがあった、そこでもっと近づけ、鼻孔が冷たい表面に触れたとき、いきなり空気を吸い込んだ——これ！　これだ！　臭うぞ、ごくかすかだが、もう一度、ああ、これは裏切りだ!!!

空気は違法な出自を示す腐敗を発散していた。私は酔ったように殺人を嗅いだ、それはほっそりした淡黄色の優美さの陰に、骨がむしり取られた血まみれの孔の陰に隠れていた、もう一度嗅いだ。光沢、清潔さ、白さ——すべては欺瞞だったのだ。なんとおぞましい！　もう一度貪欲に嗅ぎ、恐ろしくなって、それをテーブルに放り出すと、唇と鼻と指をバスローブの端でごしごし拭きはじめたが、すぐにまたそれに惹かれる、ああ、なんと惹かれることか……。

看護師がノックもせずに入ってくると、きちんと四角くたたんだ、アイロンをかけて新品同様の背広とシャツを全部、テーブルの頭蓋骨の脇に置いた。私は礼を言った。看護師は固くうなずくと出ていった。

# XI

　浴室で服を着る間もドアを半開きにして、人けのない短い廊下越しに――部屋のドアも開けておいたので――いつでも頭蓋骨を見ることができた。――我が美よ！――と私は思った。何時間でもそれを見つめていられる、至福の嫌悪感とはそういうものだ、自分の発見の後では興奮させられると同時に汚らわしかった。ついに何らかの臆病さが私の周りを飛びまわるようになったが、無論それは頭蓋骨に対してではなく、自分に対してであった、というのも私はその中に何を見つけ出そうとしていたのだろう？　ほら、このしっかり茹で上げられた骨――愛しい。いったい何が楽しくて、私は見つめたり、再び嗅いだりさえするのだろう、次第に嫌悪をつのらせながらも離れられずに？　頭蓋骨を抜き取られたその人の破滅だろうか？　だってその人は自分の死後のペーパーウェイトの装飾品性とは何の関係もなかったし、そもそも私にはどうでもよいことではないか。この件は不明だが、いずれにせよ、かつて大昔にどうしてワインが髑髏《どくろ》杯《はい》で飲まれていたのか、いまはもうよく理解できる。風味が加わるのだ。もっと長いこと考えていてもよかったのだが、短い廊下越しに、メインの廊下に通じる診療室のもう一枚のドアが軋むのが聞こえた。私は浴室のドアを閉め、すばやく最後のボタンをとめると、鏡で顔を確かめてから、ゆっくりと、ためらいながら外をのぞいた。

　部屋にはカラフルなパジャマを着た二人の男がいた。

　ひとりは、染めた髪がところどころ色褪せたような斑《むら》のある赤毛で、私に背を向けて立ったまま、頭を傾けて本の背のタイトルを読んでいた。もうひとりはずんぐりした男で、濃い紅茶色の腫れぼったいまぶたをして、頭蓋骨の載ったテーブルのそばに座り、こう言っていた。

「よせよ。放っとけ。もうそらで憶えてるだろ」

　私は診療室に入っていった。座っている男が私をちらっと見た。浅黒い使い古した顔に反して、首は白くたるんでいた。

「やるかね？」赤紫色《ビーツ》のパジャマのポケットから小さなカップを取り出しながら男が尋ねた。蓋をひねって開けると中からテーブルにダイスがこぼれ出た。

「何のことだかわからない」私はためらった。

「まあ、いつもどおり、星で……。勝った者が名を呼ぶ、いいな？」

彼はもうダイスをがらがらと振っていた。

私は何も言わなかった。男はダイスを転がし、出た目を数えた。十一。

「今度はあんたの番だ」

男は私にカップを手渡した。私はカップを振ってダイスを転がした――二がふたつと四がひとつ出た。

「俺の勝ちだ！」男は満足そうに言った。「それじゃあ……マリンフロルといこう！　ほかの娘《こ》同様いい娘《こ》だ！」

今度は十三を出した。

「おや、ひと目足りなかったな」彼は歪んだ笑顔で言った。私はダイスを振らずに転がした。五がふたつと六がひとつ。

「ヒュー……ヒュー」彼は言った。「伺いましょう……」

「わからない」私はつぶやいた。

「ほら、遠慮なく！」

「提督准将《アドミラディエル》……」

「高いところを狙ってきたな！　よし、今度は俺だ……」

七だった。私の番が来た。五がふたつ出たが、三つ目のダイスはテーブルから転がり落ち、相変わらず背を向けて蔵書を眺めている男の足元まで飛んでいった。

「いくつだい、火葬師？」私の相手はその場から動かずに尋ねた。

「六だ」その男は床をちらっと見て言った。

「あんたついてるな！」座った男は手入れの行き届いていない歯を見せた。「ほら？　さあどうぞ！」

「星」私は言いはじめた。

「いや違う！　十六だ!!　系全体だよ！」

「系？〈金目の老人〉――系」言葉が口をついて出た。

片方のまぶたを蝶のようにぱたぱたさせながら、男は特に私を見ているように思われた。そこへもうひとりの男が近づいてきて言った。

「そいつを隠せ、ドクターが来る、ゲームする意味がない」

発音はややつっかえ気味、年取ったリスの顔に、突き出た門歯、絵筆みたいな赤い口ひげ、無色の目が深い皺の切れめにのぞいていた。

「挨拶がまだでしたね。よろしいですか？」男は手を差し出した。「上級火葬師センプリャクです。センプリャクのクは『Q』と書きます……」

私は自分の名をしぶしぶ答えた。座っていた男が訊いた。

「で、あんたのドクターはどこにいるんだ？」

相変わらずダイスカップを振っていた。

「すぐに来るさ。あなたは外来診療ですか？」

「ええ」私は言った。

「我々もです。仕事場から真っすぐここに来たんですよ、時間を無駄にしないように。その方が便利じゃないですか、絶対に。あなた、鏡をお持ちですか？」

「よせよ」座った男が口を挟んだが、センプリャクは意に介さなかった。

「どこかにあるはずです」私はポケットを探って、光沢ニッケル製の小さな四角い鏡を彼に手渡した。持ち歩いていたため、少し傷がついて黒ずんでいる。男は鏡に映った自分を注意深く眺め、間近で虫歯を剝き出し、次から次へとしかめ面をした、まるで顔の中の最も醜いものを捕らえようとするかのように。

「ふむ……ふむ」彼は満足して言った。「死人だな。もう長い間これほど老けたことはなかった！　死刑執行人にくれてやれ、というご面相だ！」

「あなたはそれで満足なんですか？」私は質問した。

「そう思う！　会おうったって会えないんだから、せめて……」

「だれに会えないんです？」

「そうだ、あなたはご存じないですよね。兄です。私には双子の兄がいましてね、〈任務〉に就いていて、何年も会えないのです、ところが兄はあたう限り私を苦しめた、だからせめて鏡の中で兄の哀れな姿を眺めるのが好きなんです。時の流れは残酷ですよ……」

「よせよ」太った男が今度は明らかに不満の色をにじませて繰り返した。

私はふたりを見つめた。センプリャクは小柄で胸がくぼんでいたが、もうひとりとどこか共通点があった――異なりはするが同じように着古した二着の背広みたいにふたりは互いによく似ていて、同じ机のそばで年取った役人のようだった。一方で干からびて皺々になったものが、もう一方ではだらりと垂れ下がり、だぶだぶと襞が寄ってくちゃくちゃになっていた。センプリャクは明らかに格好つけていた。爪を長く伸ばした小指を立てて赤い口ひげを撫でつけたかと思えば、反射的に襟を直そうとしたりしていたが、手は汚らしい裸の首に沿って滑り落ちた——銀糸で縫った草色のパジャマを着ていたからだ。

「それじゃ、あなたは治療にいらしたんですね？」彼は途切れた会話を続けようとした。「結構、結構……ヘッヘッ……人間が健康のためにやらないことなどありましょうか」

「勝負するかい？」太った男が鼻にかかった声で訊いた。

「へっ！　ダイスでか？」火葬師は口ひげ越しにふっと息を吹いた。「安っぽいな……。何か別のことを考え出せよ」

　だれかが、きちんと閉まっていなかったドアの隙間から部屋をのぞいた。一瞬目が閃いて、それからいなくなった。

「もちろん。バランだ。あいつはいつだって自分流でやらなきゃ気が済まないんだからな」ダイス勝負師がぶつくさ言った。

　ドアが開いた。足を引きずりながら入ってきたのは、並はずれて背が高く、縞模様のパジャマを着た、折れそうなほど痩せた男で、左腕に上着を掛け、右手に持ったふくれた書類鞄からは保温瓶がのぞいていた。鼻は短剣のように曲がって突き出し、角張った喉仏がそれに伴っていた。淡い無色の目は涙にうるみ、少々うわの空で見つめているようだったが、それは彼の活発さとは奇妙に対照的だった——というのも、もうドア口でこう叫んでいたのだ。

「やあこんにちは、諸君！　こんにちは！　ドクターはすぐには来ないよ。ボスに呼び出されたからね、アラリ〔獲物を追いつめた合図の呼び声。フランス語〕！」

「何だ？　発作か？」太った男が無関心に尋ねた。

「あっちで何かあったんだ。思考低下さ、ヘッヘッ。ここで待ってても退屈じゃないか。行こうぜ、準備万全だ！　いいぞ！」

「バランだ。もちろん。飲み会。またしても飲み会」太った男は不承不承つぶやいたが、もう椅子から立ち上がっていた。火葬師は口ひげに触れた。

「我々だけか？」

「我々だけだ。あと士官候補生がひとり――もてなし役で注いでくれる、ヘッヘッ、若いもんは、てきぱき働くぞ！　中隊準備完了！　行こう！」

　私は行きたくなくて、じりじりしていたら、いま来た男が涙目をこちらに向けた。

「仲間か？　新入りか？」口ごもりながらすばやく訊いた。「こいつは楽しくなるぞ！　カンフル剤だ、ヘッヘッ、ちょっとした酒浸しですよ！　どうぞご一緒に！」

　私は断りはじめたが、彼らは耳を貸そうともしなかった。私と火葬師は腕を取られ、赤紫《ビーツ》色と菫《すみれ》色のパジャマに挟まれて、なだめすかされたり、からかわれたりしながら――というのも私は依然として少々抵抗していたから――廊下に出た。ドアが半分外側に開いて道をふさいでいたため、狭い廊下が余計に狭くなっていた。太ったダイス賭博好きが先頭を歩きながら左に右にパンチを繰り出すと、ドアがバタンバタンと閉まり、それによって引き起こされた轟きが階全体に響きわたって、そうでなくとも騒々しい我々の行進の伴奏となった。あるドアの錠が掛からず、勢い余って再び開くと、中のホールが見えたが、ケープやヴェールや長すぎる外套を着た年取った女たちが犇《ひし》めいていた。その前を通り過ぎるとき、女たちの喧嘩腰の入り乱れた声がひとつに合流して私を包んだ。

「あれは何です？」私はびっくりして言った。私たちはもうその先を進んでいた。

「倉庫だ」私の後ろを歩いていた火葬師が言った。「あそこは――おばさん貯蔵庫。こっち、こっち」彼は私の背中を指でつついた。ポマードの下品な香りにインクと石鹼のにおいが混ざっているのを感じた。

　前にいる太っちょが元気づいてきた。もうただ歩くというよりは、悠然と大股で、両手を振りまわし、口笛を吹いており、最後のドアの前で自分のパジャマをまるで燕尾服ででもあるかのように直すと、慇懃《いんぎん》に咳払いをして、ドアの両翼を勢いよくバーンと開けたものだから、ドアレバーが手から飛び出したほどだった。

「どうぞ、大変むさくるしいところですが！」

　だれが最初に入るかで私たちはしばらく譲り合っていた。裸の壁に囲まれて――大きな古めかしい戸棚が近くの隅にあるだけだった――純白のテーブルクロスに覆われた大きな丸いテーブルがあり、天辺がきらきら光る瓶と料理の大皿がいっぱいに並んでいた。向かいの奥には、野外レストランでよく見かける木製の折り畳み椅子が山積みされ、そのそばで、ものすごいもじゃもじゃ頭の、やはりパジャマを着た若者が忙しく立ち働いていた。彼は恐ろしく軋む椅子を広げては、不安定なものを脇にはねていた。太っちょは若者を手伝いに飛んでいったが、この特別な式典の痩せた発起人、名前は、もし間違えてなければバラン、は胸の前で腕を組み、丘の上から戦いを眺める司令官のように、テーブルに載っていた一切合切を見渡した。

「すみません」だれかが横から言った。身をよけると、笑顔の若者が両脇と両手にワインの瓶を抱えていた。重荷を下ろすと、振り向いて自己紹介した。

「クラッペルシュランクです」若者は私の手を丁重に握った。「士官候補生です……昨日から……」と急に赤面して付け加えた。私は彼に向かって微笑んだ。せいぜい二十歳といったところだろう。漆黒の髪が青白い額の上に密生し、耳の前までキーホルダーのような細い巻き毛に覆われている。

「さあ諸君！　席に着いて！」バランが両手をこすり合わせながら言った。

私たちが危なっかしくガタガタする椅子にまだちゃんと座ってもいないのに、彼はもう巧みに酒を注ぎ分け、貪欲なニヤニヤ笑いで顔を左にずらすと、グラスを上げて叫んだ。

「諸君!!　〈庁舎〉に!!」

「しゃあああっ!!」ひとつの胸から発したように叫んだ。私たちはグラスを合わせて飲み干した。私の知らない味のアルコールがゆっくりとした炎となって胸を灼《や》いた。バランが再び全員に注ぐと、グラスを嗅ぎ、舌なめずりをして叫んだ。「ご両人に!!」そして一気に飲み干した。火葬師は椅子にだらしなく座ってオープンサンドを食べ、キュウリの種を巧みに吹き飛ばしては、若者の皿に当てようとしていた。バランは絶えず注いでまわっていた。暑くなってきた。ウォツカは感じなかったが、ただ周囲全体と共に私は明るく震える濃厚な液体に入っていった。グラスが満たされるやいなや、すぐに飲み干さねばならなかった――まるで急かされているかのように、いまにもこの即興の宴会が何かで中断されてしまうかのように。それに、この人たちの並はずれた陽気さも、ほんの数杯では説明がつかず、奇妙に思えた。

「このタルトは何だ？　プロヴァンス製か？」太っちょが口いっぱいに頰張って訊いた。

「ヘッヘッ……挑発《プロヴォーク》製さ」バランが混ぜ返した。火葬師が大笑いし、口から出まかせにべらべらしゃべりまくり、よもやま話や当てこすり、酔っぱらいの決まり文句が宙を飛び交うばかり。

「君の健康《けんこお》に、羊肉《バラニナ》！　君の健康に、死体屋！」太っちょがわめいた。

「タナトフィリアとは死を好むのであって、死者が好きなわけじゃない、無知め！」火葬師が口を挟んだ。

　会話はすぐに不可能になった。叫び声さえ全体の混乱の中で掻き消された。乾杯に次ぐ乾杯、歓呼に次ぐ歓呼、宴会同席者たちの洒落や冗談がこの上なく陳腐に思われ、私は尚更進んで飲んだ、つまり自分の嫌悪感と不快感を忘れようとして飲んだ。バランは騒々しい歌に裏声《ファルセット》をまじえて、テーブルクロスの上を歩く卑猥に曲げた指で酔いしれたカップルのダンスを演じ、火葬師はウォツカをコップであおっては、若者めがけてキュウリを丸ごとぽんぽん投げつけ、若者の方はあまり避けもせず、一方、太っちょは水牛みたいに吠えていた。

「ぱーっとやろうぜ！　へいじぇ、ほら！」

「ぱーっと！」

「へいじぇ、はっ‼」皆が彼に叫び返した。

　あるとき太っちょはいきなり立ち上がると、よろめいて、頭からかつらを引き剝がし、床に投げつけ、突然剝き出しになった禿頭を汗で光らせて、こう述べた。

「どんちゃん騒ぎと言ったら、どんちゃん騒ぎだ！　諸君！　待ち伏せごっこをしよう！」

「待ち伏せ！」

「いや、なぞなぞだ！」

「ひひ！　はは！」互いに大笑いしていた。

「我らの友情のために！　ほらこの幸福の踊りのために‼」手にキスをしながら、こう叫んだのは火葬師。

「じゃあ僕は成功のために……ち……治療の……ドクターのために……親愛なる諸君！　忘れないでくれドク……ターのことを‼」バランが嘆いた。

「女の子がいないのは残念だな……いれば一緒に踊れたのに……」

「ああ！　女の子！　ああ！　罪よ！　甘き差違よ！」

「スパイたちが行進してる、こおしいいんだああ
あ！」だれにも注意を払わず、太っちょがわめき散らしていたが、突然ぷっつりやめ、しゃっくりをひとつして、血走った目で我々を見渡し、幼女みたいな尖った小さな舌を出して、舌なめずりをした。

　私はここで何をしてるんだ？――ぞっとして思った。この下級官吏の、八等官の酒盛りは何と下劣なのだろう……。いかに彼らは無理やり想像力を高めようとして……。

「しょ……くん!!　鍵番のために！　我らが守……衛のために！　火葬師万歳！　どんちゃん騒ぎ万歳!!」だれかが甲高い声でテーブルの下から叫んだ。

「そうとも！　万歳！」

「一息でやれ！」

「一滴一滴で！」

「一筋縄で！」

「一本キュウリで!!」てんでばらばらなコーラスがわめいた。私は若者が気の毒になった――なんと居酒屋みたいに若者を酔いつぶそうとして、のべつまくなし注いでいるではないか！　太っちょの禿げ頭はいまにも破裂しそうにふくれて赤くなっていたが――ただし、ぶよぶよした首だけは不自然に白かった――ガラスを鳴らして、それが役に立たないと見るや、瓶を床に投げつけた。粉々に割れるガラスの音で一瞬静まりかえると、彼は両手をついて立ち上がり、話そうとしたが、沸き立つ笑いで喉がふさがったため、ただ両手をひらひら振って、待つように合図をし、しまいにこう叫んだ。

「どんちゃん騒ぎだ！　ゲームだ！　なぞなぞだ!!!」

「よしきた！」みんながわめいた。「それで行こう！　ほれっ！　だれが最初だ?!」

　　おおい、あそこの平原の……
　　雪の中に小屋があるうう……
　　おおおい、あたしを強く愛してよお……
　　あたしのちっちゃなスパ……イイ！……

　バランが歌いはじめた。

「諸君……親愛なる兄弟よ……」太っちょが負けじと大声を張り上げた。「第一問。指示書を見たのはだれか？」

　答えは一同大爆笑だった。跳びはねる胴体、ぽかん

とした面《つら》を見ながら、私は身震いし、火葬師と若者は泣きじゃくり、若者の方はぴいぴいわめいた。

「ニシンの耳〈ハンナ・オジョゴフスカによるジュブナイル小説のタイトルで、主人公の少年のお気に入りのフレーズ〉！」

そして再びふらふらと持ち上げられたグラスがちんちんと音立てて集まり、テーブルクロスの上で輪になった。顔を輝かせた火葬師はすでに己の掌を情熱的な接吻で覆い、私の隣に座っていたバランはウォッカを喉に流し込んだ——その際、グラスの縁で自分の鼻を突いたが、鼻はまっすぐには戻らず、真ん中がへこんだままだった。彼はそれに気づいてもいなかった。どうやら蠟細工らしい——と私は思ったが、それは私に格別の印象を与えなかった。太っちょはだんだん暑くなってきて、半裸になり、パジャマの上衣を肩にかけ、濃い胸毛に汗を光らせて、おぞましいぶよぶよの体で座っていたが、ついに耳まではずしてしまった。

「だってこれはスパイ活動のお祭りだからな！　スパイ活動祭り！　スパイ活動祭り！」突然バランと若者がふたりで歌いはじめ、若者の青い目はもう完全にうわの空で泳いでいた。キスしていた手から離れて、火葬師が繰り返し《リフレイン》部分でふたりに加わった。

「かくて君はその文書をつかむ！　そしてその文書を読む！　そしてその文書を飲み込む!!!」

「しょくうん……なぞなぞ第二問。夫婦とは何か?!」嫌らしく服を脱いだ脳卒中患者が叫んだ。毛深い女のように見えた。「それは最小のスパイ細胞である」自分で答えたのは、だれも彼の言葉を聞いていなかったからだ。

口々にわめき立てる赤い顔が私の視界の中で揺れていた。バランは聞き耳を立てながら、火葬師に何かいわくありげな合図をしているように見えたが、おそらくそんな気がしただけだろう。ふたりともあまりに酩酊していた。センプリャクが突然、他人《ひと》のグラスをつかんで飲み干し、それを床にたたきつけて立ち上がった。ウォッカが唾液と一緒に赤い口ひげをだらだらと流れ落ちた。

「おまえ立派になったなあ！」声が掛かった。「諸君！　注目！　上級の顔だぞ！　昇進、彼は昇進すべきだ！」

「黙れ!!!」火葬師が真っ青になって金切り声をあげた。ふらついて、バランスを取り戻すことができず、両手を大きく広げてテーブルにもたれると、咳払いをして、リスのような歯を剝き出し、涙で目が見えなくなった顔で、こう唱えはじめた。

「おお！　我が青春よ！　聖なる我が子供時代と君、父方の家よ！　君たちはいまいずこ！　かつての昔の私はいまいずこ……。バラ色のちっちゃな指に愛らしい爪の生えた私のちいさなお手々はいずこに……。いまやひとつも残っていない！　ひとつも……。さらばだ……。回虫よ……いや違った、ミミズよ……」

「やめろ!!」バランが即座に言った。その平べったい巨大な鼻で何かを嗅いだ。そばに座っている若者をちらっと見ると、若者の口に中身の入った瓶の口をあてがいながら、腹立たしげにこう言った。

「おまえは、あいつの言葉に耳を傾けるなよ！」

　バランは若者の頭を押さえた。

　強制された若者はすぐに瓶を空にした。そのごぼごぼという音が、訪れたひっそりとした静寂の中で唯一の音だった。火葬師は目を細めて、液体の水位が下がっていくのを観察し、咳払いをすると、こう始めた。

「そも、我が扱いにくい手の責任は我にありや？　鼻の責任は？　我が指は？　欠けた歯は？　我が老いぼれ《きのこ》ぶりは？　我があさましさ《けだもの》は？　あなたがたの目の前で存在に暴行された私はこうして持ちこたえている……」

　ここで言葉が途切れた、というのも何か奇妙なことが起きたからだ。痩せた男が空になった瓶を自分の腕にぐったりもたれかかっていた若造の口から取ると、しらふの落ち着いた声でこう言ったのである。

「もう十分だ」

「え？」脳卒中患者はつぶやいた。半ば横たわっている男の上に身をかがめ、順番にまぶたを引っ張って、瞳孔をのぞき込んだ。この検査結果に満足したかのように、ぞんざいに体から手を放すと、体はどすんと音立ててテーブルの下に転がり、やがてそこから重たく激しいいびきが聞こえてきた。

　火葬師はその間に腰を下ろし、額と顔をハンカチで丁寧に拭いて、口ひげを直し、ほかの人たちも動きだして、咳払いをしたり、身支度を整えたりしていた……。

　私は自分の目が信じられず、周囲を見まわした。紅おしろいが落ち、彼らは小皿に眉毛やほくろを置いていった。さらに奇妙なことに、彼らの目は明瞭になり、額は賢くなり、顔からは役人の放蕩が消えた。痩せた男（私は依然としてこう呼んでいた。彼の頬はかなり膨らんでいたけれど）が私の方へ椅子ごと近寄ってくると、世慣れた感じで微笑み小声でこう言った。

「どうかこの仮面舞踏会をお許しください。きわめて残念なことですが——不可抗力《ヴィス・マイオル》によって引き起こされたものです。信じていただきたいのですが、私たちのだれひとり軽くは済みますまい。人は堕落したふりをするだけでも、いわばつねに幾分は堕落するものなのです……」

「その後、その堕落から足を洗うんだ！」火葬師がテーブル越しに言った。生々しい嫌悪感で自分の両手を眺めていた。

私は言葉が出なかった。

痩せた男は私の椅子にもたれた。パジャマの下からイブニングシャツの袖がはみ出ていた。

「卑劣に浸ったり、卑劣から這い出したりするのは」彼は言った。「歴史の永遠のリズムであり、深淵の上で揺れるブランコ……」

そして顔を上げた。

「これでようやくあなたは我々のゲストとなるのですよ、もしかしたらあまりにアカデミックな集会かもしれませんが——いわば抽象理論家たちのね……」

「何ですって？」急激な変化に依然として我に返れない私はしどろもどろになった。

「つまり……我々は実は教授でしてね……。こちらはデリュージ〔英語で大洪水の意〕教授」彼は太った男を指差した。太った男はいびきをかいている若者を椅子の下から苦労して引っ張り出すと、壁にもたせかけた。はだけたパジャマから自称士官候補生の将校の制服が見えた。

「デリュージは両侵入学部の学部長なんですよ」

「両？……」

「ええ。スパイ観光学と挑発学のね……。カモフラージュ家としては右に出る者なし……。彼でなければ、いったいだれが銀河の星の半分を入れ替えたりしたでしょう？」

「バラン！　それは職務上の秘密だ！」半ば冗談めかして太った教授は言った。彼は自分の服を整えると、ミネラルウォーターの瓶を手に取り、禿頭にたっぷりと振りかけた。

「秘密？　いまでも？」バランが笑った。

「そいつは本当に意識を失ってるのか？」火葬師が、

ウォッカによる意識朦朧と闘うかのように、顔を両手で覆って訊いた。

「確かに、若造にしては、やけにひどいいびきだ」私は口を挟んだ、というのも、パジャマで変装した将校を、彼らがずっと眠らせようとしていたことが思い出されたからだ。

「だれが若造ですって？　あなたの父親にだってなれるくらいですよ……」太った教授が鼻を鳴らした。彼は禿頭をそっと拭いながら、同時にコップからミネラルウォーターを飲んでいた。

「デリュージは信用できますよ、古株の実践家ですから」バランが私に微笑んだ。そう言いながら床に垂れたテーブルクロスを持ち上げたので、見ると、脳卒中患者の学者の体はテーブルクロスの縁のすぐ向こうでぷっつり途切れている。

「偽足ですよ」私のぎょっとした視線に答えて彼は言った。「実践的なものです、こうした機会にはぴったりだ……」

「つまり、あなたがたは……全員……教授なんですね？」私はもごもごと言った。あいにく私はしらふではなかった。

「火葬師は例外ですけど。でも、彼の専門は学部を超えてるんですよ」朗らかにバランが言った。「死体学研究の責任者および学芸員として——保護管理《クストディア・エイウス》とは火葬のようなもの《クレマツィオニ・シミリス》ですから——学士院に籍を置いています」

「ああ……センプリャクさんはやはり火葬師なんですね？　私はてっきり……」

「変装かと？　いいえ。あの男は」彼はひどいいびきが聞こえてくる方に頭を振った。「なにしろよくわかってますよ。したたかな奴です……」

「文句を言うなよ、バラン、それでも今日はうまくいったじゃないか」太った教授がコップを脇にのけながら言った。「いいですか、私たちは夜中に何度も、ベテラン・スパイについて話さなくてはならない、大昔の諜報機関について、正しい諜報員《プラグ》について、諜報機関の鉤爪について（ここではさらにマニキュアに関する秘歌を学びます）、守衛所や、秘密のずんぐりむっくりや、海外のスパイ活動について、それに対処する前に話す必要があるんですよ。それから、冬はそんな話をするとき暖炉で薪を燃やさないといけない……暗号や暗号覚え歌をみんなで歌うんです……窓から隙間風が吹き込んで、当然私はいつも風邪をひいてしまいますよ……」

　彼は仕方なく肩をすくめた。

「なんとまあ……」火葬師が言った。椅子の上で背筋を伸ばすと、相変わらずリスみたいな顔をしていたが、しかしその顔からは職務上の愚鈍さの影は消えており、嘲るようにその顔をしかめて、こう歌いだした。

「我らはスパイチーム！」

「鍵番、やめろ、そんなの聴いてられん！」デリュージ教授が怖気《おぞけ》を震った。

「鍵番？」私はその言葉を捕らえて訊いた。

「センプリャクを鍵番と呼ぶのが驚きですか？　まあ、私たちは教授ですが、同級生だったときのあだ名もありましてね、大学時代の名残《なごり》ですよ……。デリュージは仲間に取り替え子と名づけられましてね……ところが鍵番あるいは守衛というのは、彼が、ある意味、〈庁舎〉のドアを見張っていることに由来していて、そのドアには――私たちの側を向いた片面しかないんです……」

　自分が理解できたかどうかあやふやだったけれど、あえてそれ以上問いたださなかったので、こう口にしたのはだいぶ経ってからだった。

「教授のご専門をお尋ねしてもよろしいですか？」

「もちろんいいですとも。僕は庁舎研究学の講師ですが、それ以外に脱意味論化《デセマンティゼーション》のセミナーを持ってます、それから、あと少し諜報統計学で諜報機関論と暗号数学をいじってますけど、これはどちらかというと趣味ですね」

「真の徳は称賛を恐れず」デリュージが述べた。「バラン教授はですね、侵入理論の創始者で、その裏切り決疑論と背信語用論には一連の長い三重装《トリプレット》と五重装《クインタプレット》が含まれているんですが、初心者の多くはそんなことは夢にも思わないでしょう……。でもまあ、武器の下へですよ、皆さん、武器の下へ！　いまは飲む時です《ヌンケスト・ビベンドウム》！」

　そう言いながら教授は火葬師がコルクを開けた瓶に手を伸ばした。

「なんと……」私は戸惑って言った。「これから飲むんですか？」

「あなたは飲まないんですか？　残念だな……いったい何のためにここに集まったんです？」

「まあ、いや……でももうさんざ飲んだじゃないですか……。こんなこと言って申し訳ないけれど、でも……」

「いや気にしないでください、気にしないでください。あれは数に入りません。あれは――あれはですね、偽装作戦だったんですよ」太った教授が寛大に説明してくれた。「とにかくいまはもうウォツカはなし。コニャック、マイルドなワイン、アラック、そういったものです。脳神経節がよく滑るよう、すすがなくちゃいけませんから……」

「そうなんでしょうけど……」

瓶がテーブルの周りを回った。うやうやしくちびちび飲まれた高貴な酒は、先ほどの出来事でいささかしおれた気分をすぐに持ち上げた。話をしているうちに知ったのだが、バラン教授はとりわけギリシャ研究に関心があるという。

「そんな、ほかと離れた分野のご研究を？」私は尋ねた。

「ほかと離れた？　何をおっしゃいます！　トロイアの木馬は隠遁馬学の始まりですよ?!　オデュッセウスによるキルケーの正体暴露は?!　セイレーンたちの音楽カモフラージュは?!　歌や踊りによる偵察は、パルカエは、ゼウスの代理人たる白鳥は?!」

「ところで」センプリャクが訊いた。「あなたはオペラ『カダヴェリア・ルスティカーナ（田舎の死体）』をご存じですか？」

「いいえ」

「ギリシャ研究は――我らの宝庫ですよ！」バランが火葬師を無視して続けた。

「確かに……」私は認めた。「教授のお選びになった分野は何を扱っているのか伺ってもよろしいですか？　その……脱意味論化《デセマンティゼーション》とは……すみません、でも寡聞《かぶん》にして存じませんので……」

「謝ることはありませんよ。大切なのは本質じゃないですか……。スパイたちの永遠に続く循環でないとしたら、我々の存在とは何でしょう？〈自然／本質〉を密かに観察すること……。スペキュレイターというのはですね、古代ローマにおいては研究者－学者とも、偵察兵－スパイとも呼ばれていました、なぜなら学者とは、とりわけ《パレクセランス》、強制的《パルフォルス》なスパイであり、〈存在〉の懐《ふところ》における〈人類〉のスパイだからですよ……」

彼は酒を注いだ。私たちはグラスを合わせた。

「驚きましたか？　まあ、それが人間の隠れた本質《クアリタス・オクルタ》ですよ、昔から。中世にはスパイガルニエが知られていましたし、シピエガルニクとも言われますが……。外国語ではシュピク〔ロシア語のスパイ、ポーランド語では骨髄の意〕、エスピオン〔フランス語のスパイ〕、エスピオニズム、芸術方面は、非常に面白いですよ……フレスコ画で長いリボンが飛んでいるのがありますよね、あれはですね、天使たちが密告を書きつけたリボンなんですよ……。またシュピク・コストニ〔骨髄〕はスパイも、真髄も、つまり物事の本質をも意味します、さらに、方言的に通俗化した『回し者《シュピツェル》』――これは斥候《シュピツァ》からですが――自然との戦いにおいて先頭に立ち、また『尖って《フ・シュピッツ》』先鋭化する知性です――さて、いまここにも疑わしき《サスペクトゥス》容疑者がいますが――サスペククランシビリスティックですよ――でも僕は何の話をしてたんでしたっけ？……。コニャックのせいで話の順番がごちゃごちゃだ……。そうだ！　僕の研究テーマでしたね。そこで、いいですか、先ほど『つまり』、『意味する』と繰り返しました――したがって我々は意味のもとにあるのです……意味は慎重に扱わねばなりません！　人間が大昔からやってきたことといえば、ほかでもない、意味を与えることだけです――石に、頭蓋骨に、太陽に、他の人々に、そうやって意味を与えながら、同時に存在を創り出してきたのです――だから、死後の世界、トーテム、崇拝、ありとあらゆる神話、温かくて酸っぱい体気、伝説、祖国愛、虚無がある――と、そんなわけです。与えられた意味が人間の生活を調整し、材料や土台や枠となりましたが、同時に罠や限界ともなったのです！　意味が古くなって廃《すた》れても、次の世代にとっては、非在の神々のために十字架に掛けられたり、賢者の石や女悪魔《ストシガ》や燃 素《フロギストン》が真実だと請け合ったりしていた前の世代の人生が無駄だったとは思えなかったのです……。意味の階層化、成熟、衰退は、自然なプロセス、意味論的進化と考えられていましたが、ついに史上最大の発見がやってきた、この言い方も平凡になってしまいましたね、つまり平価切り下げですよ、いまやどんな新型爆弾だってそう呼ばれてる、でもどうか僕を信じてください――せめてコニャックの助けを借りて……。そんなわけで、乾杯……」

彼は酒を注いだ。私たちは飲み干した。

「それで？」バランが考え込んだ笑顔で言った。彼は鼻を直した。「どこまで行きましたっけ？　脱意味論《デセマンティゼーシ》化《ヨン》！　そうです！　単純なことですよ、あなた、非常に単純です。それは意味を取り去ることです……」

「どうやって？」私は莫迦みたいに尋ね、恥ずかしくなって口をつぐんだ。彼はそれに気づかなかった。

「意味を取り除く必要があります！」バランは決然と説明した。「歴史は、説明や意味や神秘化の厚い殻であらゆるものを覆って、すでに我々をかなり無力にしてしまいました――僕は原子をたたき割ったり、星々から内臓《わた》を抜いたりはせず、だが進歩的に、ゆっくりと、正確かつ包括的に〈意味〉を剝ぎ取っていきます」

「しかしそれは……ある意味……破壊ではありませんか？」

　彼は私を目ざとく見やった。ほかの人たちはひそひそ話をして黙り込んだ。将校は壁際でぐうぐういびきをかいていた。

「あなたとお話しするのは面白いですね……。破壊ですって？　さて、あなたが何かを作り出すとき――ロケットでも新しいフォークでもいいですが――そこから多くの混乱や疑念や紛糾が起こります！　しかしあなたが破壊するとき（私はわざとこの簡略化された定義を用いています。なぜってあなたがそれを使ったからですよ）、それについて我々が何を言おうと、それは単純で確実なのです……」

「それはあなたが……破壊を是認するという意味ですか？」私は自分の唇を歪める愚鈍な笑いとむなしく闘いながら尋ねたが、唇はもうだいぶ前から自分のものではないかのようで、次第に横に広がっていた。

「いや、それは僕じゃなく、コニャックですよ……」彼はなみなみと入った私のグラスを軽くつついて言った。私たちは飲み干した。

「とはいえ我々なんていない」彼は何げなく言葉を挟んだ。

「何ですって？」

「宇宙にある任意の物質が生命プロセスの範囲に引き入れられるチャンスは数学的に計算してどれくらいかご存じですか？　たとえば木の葉でもソーセージでも生き物が飲む水としてでもいいですが。ひと呼吸分の空気としてでも？　一秄《じょ》（10の24乗）分の一ですよ！　宇宙は果てしなく不毛なんです。一秄分の一の粒子だけが生命圏に、誕生のサイクルに入り込んで腐敗することができる――なんと驚くべき希少さでしょう！　さて今度は、食べ物や水や空気としてではなく、胚《はい》として生命に入る可能性はどのくらいでしょう？　宇宙の全物質、死にかけた太陽や、朽ちかけた惑星や、星雲という名のあの塵芥《ちりあくた》、あの巨大な洗濯場、銀河と呼ばれる、あの悪臭を放つガスの肥《こえ》だめ、燃える発酵、そのごみ全体の――我々人類と全生物の体重に対する比率を取って、体重と同じ重さの任意の物質がいつか生きた人間となる可能性を計算してみると――そのチャンスは事実上ゼロとなるんですよ！」

「ゼロ？」私は繰り返した。「どういう意味です？」

「つまり、ここにいる我々は皆、存在するチャンスがほんの少しもなかったということ、故《エルゴ》に――我々はいない……」

「何ですって？」私は辛抱強く瞬きした、というのも何かが私の視界をさえぎっていたのだ。

「我々はいない……」バランはそう繰り返して、仲間と一緒に爆笑した。

　ようやくいまになってわかったが、彼は学術的、数学的に洗練された冗談を言っていたのだ。それで礼儀上、別に楽しくはなかったが――私も笑った。

　空き瓶がテーブルから消え、中身の入った瓶が現れた。

　だんだん訳がわからなくなっていたものの、私は熱心な聞き手として学者たちの会話に耳を傾けていた。すでにすっかり酔っていた。だれか、おそらく火葬師が、立ったまま、断末魔を〈力〉の検査として称賛した。デリュージ教授はバランと痴呆症学と精神食症《サイコファジー》について議論していた――ひょっとしてそんなふうに聞こえただけではないか？――その後、何やら新しい発見や、〈欺瞞神秘化機械《ミスティフィカトリクス・マシン》〉が話題にのぼった。私は精神のバランスを取り戻そうとして、ことさらに真っすぐ座っていたが、頭が絶えず前にがくっと落ちて、しばし無感覚に陥ると、話している人たちから遠ざかり、不意に彼らの声が聞こえなくなった、が、ついに何か切れ切れの文が耳の中で大きく響いた。

「できあがったか？」だれかが突然言った。その人を見ようとして首を回すと、自分がひどく酔っているのがわかった。私はもう何も考えず、いまは何かが私で考えているだけだった。小さなきらめきの雲の中で私はテーブルにつかまり、火照《ほて》った顔を犬のように、その端に載せた。

　すぐ目の前にグラスのあんよ、ガラス製の馬の脚、ほっそりしたふくらはぎがあった。感動のあまり涙を流して私はそれに向かってそっと囁いた——私は警戒すべきだし、これからも警戒するぞと。頭上では相変わらず飲んで議論していた——誠に、学者の頭脳は疲れ知らずだった！

　その後すべてが消えた。私は眠ってしまったに違いない、どのくらいの間かはわからない。目を覚ますと頭はテーブルに載ったままだった。押しつけた頬がひりひり痛み、鼻の先にはテーブルクロスに散らばったパンくずがあった。声が聞こえた。

「宇宙……全宇宙を偽造してしまった……私のせいだ《メア・クルパ》……白状する……」

「よせよ、おやじ……」

「命令された、命じられたんだ……」

「よせよ、悪趣味だ。水を飲め」

「あいつ眠ってないかも」別の声が言った。

「いやあ、寝てるさ……」

　彼らは静かになった。私が動いて目を開けたからだ。皆は前と同じように座っていた。隅の方から鋸を挽くようないびきが聞こえてきた。光とグラスと顔が私の目の中に浮かんでいた。

「静粛に《シレンツィウム》！　諸君！」

「楽しもうじゃないか《ガウデアムス・イジドル》！〈ヨーロッパの学生歌、ガウデアムス・イギトゥルのもじり〉」

「いまは喜びと酒盛りだ《ヌンケスト・ガウディウム・アトゥクェ・ビベンドゥム》！」それは遠い喧噪となって私の周りを漂っていた。

で、何の違いがある？——私は思った。——さっきの連中と同じだ……。ただラテン語でしゃべってるだけで……。

「思い切っていこう、諸君、思い切って！」バランが呼びかけた。「実際は優しく《スアヴィテル・インレ》、ある程度勇敢《フォルティテル・インモード》……。観客は上品で《スペクテイトル・デベテッセ・エレガンス》、洞察力があり《ペネトランス》、両手利きで《エト・ビデ》なくてはなら《クステル》ない……。すべての乙女よ万歳《ヴィーヴァ・オムネス・ヴィルジネス》、諸君!!　庁舎のものは我らのもの！　乾杯!!」

　すべてがぐるぐる回っていた、赤いの、汗まみれの、白いの、痩せたのや、太ったの——最初の状態に似てきた、前は「娘っ子！」と酔って叫び、げらげら笑いながら「いやあ！　色白だね！　おっぱい！　いやあ！」だったのが——いまは「二つの肉体の軽薄さ《フリヴォリータス・イン・ドゥオ・コルポレ》、監督官のヴィーナス《ヴィーヌス・インヴィジラトリクス》」だ——どうしてこういつもいつも同じなのか。私は質問しようとしたが、だれも聞いちゃいなかった。いきなり立ち上がっては乾杯の音頭を取って飲んだり、腰を下ろしたり、歌ったりしていたが、突然だれかが列になって踊るというアイデアを出した。「もうやっただろ！」私は言った――だが皆は無視して私を引っ張り込んだ。「トゥトゥドゥルトゥ！」太った教授が大声で叫ぶと、私たちは蛇のように一列に連なり、ガチョウみたいにどたどたと足を踏み鳴らして部屋を一周すると、脇のドアを抜けて大きなホールに出た。どこか暗い隙間から吹いてくる冷気で私は少し酔いがさめた――私たちはいったいどこに行き着いたのだろう？

まるで講義用の解剖学劇場《テアトルム・アナトミクム》か何かのように、上に向かって広がる漏斗形をしており、底部には――台、演壇、黒板、黒板消し用スポンジ、チョーク、瓶が並んだ棚、近くにドアがあって、テーブルの上には――空っぽの別の瓶が並び、酒精《アルコール》を待っている。私はそれらを知っていた。指揮官の執務室にあったものだ――どうやらここで必要なものを揃えたらしい。何やら黒衣を着た高位の人物が、リズミカルに足を踏み鳴らす私たちの集団に近づいてきた。火葬師は一時停止すると、口からシューッと蒸気を吐く真似をした。私はその列車から離れ、いまはひとりで立って、これから何が起きるのかを待ち受けた。

「おお！　スッペルトン教授！　親愛なる同僚を歓迎いたします！」こだまが響くほどの大声を張り上げたのはデリュージ。他の連中も続いて叫び、足を踏み鳴らしたり飛び跳ねたりするのをやめて、お辞儀や心のこもった握手を交わした。新しく来た人はダブルの長外套姿、白髪に蝶ネクタイで、物わかりよく微笑んだ。

「シュネルスップ教授！　低級な質問で申し訳ありませんが。これは何ですか?!」バランが騒々しく話しかけたが、さらに無作法なことに、彼の足はまるで跳んで踵を《ホウプツェを》打ちつけて踊りだそうとするかのように、その場でちょこまか動いていた。

「これは……脳、断片《メンブラ・ディシエクタ》ですな……」黒衣の老人は述べた。なぜか複数のテーブルの上に、正確に分割され、拡大された脳の部分が台座に載っており、ねじれた腸か抽象彫刻のように白々としていた。教授は羽根ペンでそのひとつの埃を払った。

「脳だって?!」バランはうれしそうに叫んだ。「では、諸君！　我らのこの栄誉を祝して！　へい、脳のために！」彼は瓶を持ち上げた。「でもどうか乾杯の音頭はバッコス風、田園詩風《パストラル》、破格構文でお願いしますよ!!」

　バランはできるかぎり皆に酒を注いでまわると、展示品のラベルを祈禱のように読み上げはじめた。「おお、弓隆回《ジャイルス・フォルニカトゥス》よ！」彼が小声で言うと、他の人たちは後について唱え、涙が出るほど笑いこけた。「おお、灰白隆起《トゥベル・チネルム》よ！　おお、線条体《ストゥリアトゥム》よ！　四丘体よ、これぞ我らが求むるもの！」

「体!!!」皆はうっとりしてわめいた。ダブルの長外套の老人は、だれも目に入らないかのように、相変わらずのろのろと埃を払っていた。

「おお、トルコ椅子〔トルコ鞍のもじり〕よ！　視神経交叉《キアズマ・オプティクム》よ！　おお、脳回《ジャイルス》よ！」バランが唱えた。

「おお、上行性伝導路よ！　おお、橋《きょう》よ！」

「へい、橋《きょう》の上で……」火葬師がわめきだした。

「軟膜よ！　硬膜よ！　クモ膜よ!!!」バランが声を長く伸ばして唱えた。「そして脳回《ジャイルス》よ！　諸君、お願いだ、脳回のことを忘れないでくれたまえ！」

「気をつけて、ホルマリンですよ」シュネルスップ教授だかスッペルトン教授だかが冷静に言った。

「おお、汝ホルマリンよ！」皆が後について唱えた。

　彼らは何でも見境なくつかまえた。列車をつくり、老解剖学者をさらって、彼を駅長に任命し、彼のセーム革を手旗にした。私は近くのベンチにもたれて、そのすべてをあやふやな目で見ていた。ホールは酔っぱらいの叫び声と足踏みのこだまでざわめき、下の方だけかろうじて照らされている——ホールを覆う円天井の凹面は暗く、あたかも巨大な目を剝いて、我々をじっと見つめているようだった。私から三歩離れたところで金属製のスタンドに、目立たない、背中を丸めた高齢の、歯のない骸骨が立っており、そのせいでしかつめらしく見えたが、あきらめたように両腕をだらんと垂らしていた。左手の小指がなかった——ああ！　その指がないことに私はぞっとして、近づいてみた、というのもその胸で何かが光ったからだ。肋骨に片方の蔓《つる》を引っ掛けて金縁眼鏡がぶらぶらしていた……。

　それでここに？　ついにここへ行き着いたのか？　あの実直な老人が展示品になったのか？　学術の助けに？　これは私たちの三度目にして最後の出会いとなるのだろうか？　こんなことのために、すべてはただ、ただこんなことのためだったのか？……。

「おーい」バランがこらえ切れずに大声をあげた。「汝《な》がみ手に、火葬師－学芸員！　こはトロイアのあ《アエク・ロクス・ウビ・》りしところ《トロイア・フイト》！　ちんぷんかんぷん！　スヌッペル・シャッペル・トラッペルトン！　白状しろ、あんたは今日、建設的告発《デヌンティアーツィオ・コンストラクティーヴァ》大綬叔父章をもらったな!!」

「気をつけて……あっ!!」息を切らした解剖学者はひと声うめくと、他の人々を追って駆けていき、ばさばさはためく長外套の裾を力ずくで引っ張られたが——あいにく、遅すぎた。追われた一団が棚にぶつかった——轟音をあげ、ガラスの丸いきらめきと共にすべてが床に吹っ飛び、瓶は破裂して強い酒精《アルコール》の流れとなり、そこから飛び出した怪物たちがからみあった……。

　長年閉じ込められていた死の臭いが円形劇場全体に渦巻いた。飲んで騒いでいた三人は怯えきって一目散に逃げ出し、解剖学者を粉々に砕けた収集物の廃墟に置き去りにした。私も壁際をこっそり通り抜けて三人の後を追った。ドアがバタンと閉まった。

　部屋には新しい瓶が待っていて、まるで何事もなかったかのように、彼らはそれに飛びつき、げらげら笑いながら注ぎはじめた。体の下に救いの椅子を感じ、私はゆっくりと眠りに落ちた、まるで喧噪の中をどこかへ、海へ出航するかのように、思い出の中ではなおも金のワイヤーが、耳の後ろにかけた蔓がきらめいていた、もう耳はないというのに、だから悲嘆、悲嘆ばかり……。

　突然すべてが、青白い、汗で光る、並はずれて長い幻に覆われた。

「なん……て長……い顔してるん……でしょう、きょう……じゅ……」どの音節でもつまずかないように気をつけて私は言った。

　私は頭を枕に載せるみたいにテーブルに載せていた。バランは左の頬の辺りに眠たげで半分意地悪な微笑を浮かべて、こう囁いた。

「寄生虫だけが上手に寄生虫になることができる……」

「なんて顔でしょう……」私はもっと小声で、もっと不安げに繰り返した。

「顔はどうでもよろしい……。僕が何者かご存じでしょう？」

「もちろん……バラン教授……侵入……者……」

「侵入は大したことじゃない……それはデリュージですよ……いいですか……僕は〈主〉に対して訴訟を起こしています……」

　私は立ち上がろうと、せめて背筋を伸ばそうとしたが、うまくいかず、ただこう繰り返しただけだった。

「何？　何ですって？」

「ええ、〈主〉の地位を一時停止する件で」

「私の？」

バランは左頬で微笑んだ——右は悲しげなままだった。

「いいえ、あなたに対してではありません、〈主〉に対してです、例の、六日間……七日目に休んだあの……」

「それは……冗談ですか？」

「冗談なものですか！　我々が調べたんですよ……秘密の隠し場所があるのです……暗い星雲に……彗星の頭をくり抜いて……」

「ああそれなら……知ってます……」私は安心してつぶやいた。「あの……教授……」

「何です？」

「三重装とは……何ですか？」

彼は私を抱きしめ、アルコール臭い息で囁きはじめた。

「教えてやろう。君は若いが、庁舎員だし……僕も庁舎員だ……何を——話さないことがあろうか？　話そう、すべて君に話そう……。こういうことなんだ。たとえば——ある庁舎員がいるとしよう。我々の味方だ。さて、だれかが何者かであるとき、それは何でわかるだろう？」

「それはその……見てわかります」私はもごもごとつぶやいた。

「ほれ見ろ！　完璧だ！　そうだ、目に見えるものは、偽装することができる。本物の庁舎員であるふりをする者とはすなわち、こういうことさ。元々は我々の味方だった——その後彼はあちらに採用され、スパイになり、買収されたが、その後我々に捕まった！——そして元どおり彼を取り戻すことができた。だがあちらに対しては——バレないように——彼は相変わらずここで庁舎員のふりをしている、というふりをしなくてはならない。さてその後、あちらが再び優勢になり、もう一度彼を引き込む——すると彼は我々に対して味方のふりをしている、というふりをあちらに対してしている、というふりを我々に対してしていることになるじゃないか?!　これがまさに三重装だよ!!!」

「それは……難しくないですね」私は言った。「四重装とはつまり——もう一回加わるんでしょう？」

「そうとも！　君は飲み込みが早いな……いますぐスパイにしてほしいか？」

「あなたが？」

「そうだ……」

「あなたが……教授が？」

「教授だからって何だというんだ？　僕は諜報機関機関をやっているんだぞ」

「こちら側――それともあちら側で？」

「それがどうした？」

「あのう……いつも……なぜか……」

「おい、君、君……気をつけたまえ……君を昇進させようと……考えている者がいるかもしれんのだぞ。おたんこなすめ、奴は鼻が利くんだぞ！　ちっ！　ちっ！」父親らしい優しさをこめて私の脇腹を指でつついた。なぜか彼は急に老け込んだが、不眠か何かのせいだろうか。

「くすぐったくもないのかね？」いわくありげに目を細めて彼は続けた。「君は大した奴だ！　銀河プレクシアとは何か、知らないかね？」

「何です？　なぞなぞですか？」

「そうだ。知らないかね？　世界の終わりさ、ハッハッ……」

職員たちはアルコールの影響を受けて教授たちより優位に立ったのだろうか？――そんな考えが忌々しく痛む頭をよぎった。バランは冷たく燃える目で私を見据えた。

だれかがテーブルの下から私の足を引っ掻いた。テーブルクロスの下から赤いブラシ状の火葬師の頭が現れると、彼は不器用に、だが断固として私の膝の上に這い上がりながら、こう繰り返した。

「古くからの友人たちが質問しあうのはなんとすてきなことだろう！　あたかもバラの花びらを舐めるようじゃないですか？　それを……騙す……とは……」

私は彼から逃れようとした。火葬師は私にべったり張りつき、首を抱きかかえて、こう囁いた。

「友よ、気をつけたまえ。実のきょうだいよ。私は君が望めば何だって……私は君のためなら全世界を燃やしてやる……最後のひとかけらまで……ただひとこと言ってくれさえすれば、私は君に……」

「でも放してくださいよ……教授……火葬師さんがまた接吻してます」相手と弱々しくもみ合いながら私は繰り返した。彼は大袋のように私にぶら下がり、ひげが頬をちくちく刺し、だれかに引き離されると、ザリガニみたいに後じさりして、なおも遠くから手に持ったデザート皿を私に示した。

　小皿、小皿とは何だ、小皿に何の関係がある？――私は興奮して考えた。――これについてはすでに何かあったぞ……どこでだったろう？　なんてこった！　食器セットだ！　だれが「食器セット」と言ったのだったか、「食器セット」とは何を意味するのか?!

　大混乱になった。我々の人数が増えたかのように思えたが、全員が席を立っただけだった。中央でテーブルから引いた椅子に太った教授が座っていて、禿頭に濡れたハンカチを載せ、激しいしゃっくりに身を震わせていたが、それは――訪れた静寂の中で――隅にいた意識不明の将校の規則的ないびきのリズムと合わさった。

「びっくりさせろ！　おどかしてやれ!!!」皆が叫んだ。

　ほかの人たちに引っぱられて私は立ち上がった。私たちは太った教授をぐるりと取り囲んだ。私は足がふらふらした。太った男は不安げに私たちを見ると、両手で助けを求めた。なぜなら彼が言いたかった言葉はひどいしゃっくりのせいで口の中で打ち切られたからだ。彼は目の玉を剝き、青ざめて、座っていた椅子が軋むほど、ぶるぶる震えた。

「何か言ってるぞ!!」しゃっくりに聞き入りながら、火葬師が小皿を高く持ち上げ、しっと皆を制した。

「聞こえるか?!」

「いや！　いいや!!」太った男は抗弁しようとしたが、抗議はほかよりも強いしゃっくりに押し殺されてしまった。

「へっ、きょうだい、合図を送っているのかい?!」バランが彼の顔に向かって言った。彼はわなわなと私の手を握っていた。

「ちがうう!!」

「数えろ!!」全員が叫んだ。

　くぐもったコーラスでつぶやきながら、私たちはしゃっくりを数えた。

「十一……十二……十三……」

「裏切り者！」その合間に腹立たしげにこう言ったのは火葬師。

　太った男はますます暗い色調で青ざめていった。汗が豆粒のように大きな雫となって禿頭に吹き出し、まるで彼の全身を震わせている恐怖が、頭蓋骨をレモンのごとく搾《しぼ》っているかのようだった。

「十三……十四……十五……」

　恐ろしい握力で指の感覚を失ったまま、私はじっと待った。太った男はうめき声をあげて拳を口に突っ込んだが、余計に声が大きくなり、押し殺されたしゃっくりが彼を椅子の背もたれに押しつけた。

「十六……」

　太った男はぶるっと身震いし、ぜいぜいして、しばらくの間、息ができなかった。その後、腫れたまぶたが持ち上がり、皺だらけの顔に晴れやかさが訪れた。

「ありがとう……」彼は囁いた。「ありがとう……」

　そして再び何事もなかったかのように私たちはテーブルに戻った。私は酔っていて、そのことを知っていたが、前とはもう違っていた。動きはずっと自由になり、大して苦労せず話せるようになった。ただこれまでのあの用心深い、明らかになっていない私の残りはどこかへ消えていた――が、それが消えたことを私は暢気《のんき》な忘我と共に受け入れていた。

　知らない間に、バランが〈庁舎〉とその庁舎性をめぐる議論に私を巻き込んでいた。まず最初に彼はこんな歌を唄った。

「ああ！　〈庁舎〉！　〈庁舎〉の理《ことわり》とは〈反庁舎〉、〈反庁舎〉の理とは〈庁舎〉！　ああ！」

　それからソドム学とゴモラ学に関する笑い話《アネクドート》をいくつか話した。火葬師が遠くから私の目に光を反射させてくる小皿など、私はもう気にしていなかった。

「知ってるとも！」私は挑戦的に叫んだ。「食器セットだ！　わかってるぞ、わかってるぞ、だからどうした？　だれが私に何をするというんだ？　教授は、味方だ！　でも私は、自由な鳥だ！」

「我が無常勤《フリーランス》の鳥よ……」痩せた男が私に同意して、膝を軽くたたき、私に取り入るように左の頰で微笑んだ。彼はスパイ活動の成功や、〈庁舎〉内での私の気分について訊いてきた。私はあれこれ話しはじめた。

「さて、さて、その先はどうだったのかな？」彼は興味を示した。

　私はもう何もかも洗いざらい打ち明けたが、あちらの連中には秘密にしていた、というのも彼らをまだ完全には信用できなかったからだ。司祭についてバランはフランス語で神父挑発者《アベ・プロヴォカトー》だと言い、金眼の老人の話には簡潔にこうコメントした。

「まあ、棺の中での姿勢が悪かった、間違ってたんだろう。自業自得さ！」

センプリャクはしばらくテーブルを離れ、コップの中身を自分の禿頭にかけている太った男と何か相談しているようだった。

「共謀してますよ」私はバランに目でふたりを示した。

「くだらん！」彼は言った。「さて、それからどうした？ ドクターは君に何と言った？」

彼は終わりまで熱心に私の話に耳を傾け、ため息をつき、だらんと垂れた私の右手を厳《おごそ》かに握りしめると、こう言った。

「心配なんだな？ やめとけ、やめとけ、頼むから！ 僕を見ろ。ひどく酔っている。酔っ……ぱ……らっ……ちゃってる!! しらふのときは別だが、いまは君に何も隠しだてはせん。僕は君の味方、君は僕の味方だ！ 君は自分がだれと関わってるのか知ってるか？ 知らないだろう！」

「もう言いましたよ。講義をしてるって……」

「いや、それはただ……暇なときだけさ。僕は超越的問題のために派遣されてきた。謙虚さの欠如のせいではなく、真実のために君に言おう。庁舎《ラ・メゾン》——それは私《セ・モ・ワ》だ。いいか、よく聴け。三重装《トリプレット》、四重装《クアドルプレット》、五重装《クインタプレット》なんて何でもない、些細なこと。子供だましさ。稚魚、玉ねぎ入りの詰め物だよ。手短に、ひとことで言えばソースだ。〈庁舎〉がある、そうだろ？ そして〈反庁舎〉がある。どちらも大昔からある。何世紀にもわたって!! そして何もかもが——いいかね——そっくり入れ替わっている。〈庁舎〉は、全体が、敵のスパイで構成されており、〈反庁舎〉全体は我々のスパイで構成されているのだ!!」

「冗談でしょう？」私は彼の打ち明け話の衝撃を軽くしようとした。

「愚か者のふりはよせ！ にもかかわらず、いいかね、たとえすべての椅子に、スパイ化した者を代わりに置いたとしても、こちらの連中は我々の味方を装っているだけだし、あちらの連中はあちらの味方を装っているだけで、事の本質はそれによってまったく何も変わってはいないんだ!!」

「何ですって？」

「つまり、〈庁舎〉は己の構造の腱で立派に持ちこたえて立っているのさ！ スパイの入れ替えが何年にもわたって、諜報員《プラグ》ひとりずつ徐々に行われた結果、形式は完全に残った！ 階級、昇進、暴露に対する賞与は手つかずだし、命令、規則、秘密保護法は有効だし、そうやって何世紀も成長してきた、そうした封印でもって、執務、手続き、署名の流れが規制されており、こうした始末の付け方と官僚主義によって、構造そのものに対する、己の骨格に対する〈庁舎〉の忠誠心が骨から骨へと行きわたった、それゆえスパイの名誉は、祖国よ、君にも、そして骨組みにとっても、全力を尽くして、警戒も、完全に中身をくり抜かれてはいるものの——相変わらず機能しているのだ!!」

「あり得ない……」私はおののいた。

「あり得るんだよ、君、あり得るんだ……。いいかい、入れ替え、買収、スパイ化に際して——重要なのは完全機密だ、すでに潜入している諜報員《プラグ》にバレないように、露見しないようにな、したがって、ここで働いているスパイ各人について、知っているのは——あちらでは——職員ひとりだけだし、その逆も同じだ。だから部下や上司について具体的には何も知らずに、各人が己の勤務に就き、命令を実行したり出したり、リストを作成したり、敵の企てを追跡したり、けしかけたり、追求したり、焼き払ったりしなくてはならない。そうやって彼らは〈庁舎〉の利益のために協力しているのだ……たとえその際、彼らが可能なものを盗んだり、複写したり、書き写したり、写真を撮ったりしても、まったく気にしなくていい、なぜならそれは、あちら、〈反庁舎〉に送られ、結局は我々の手に行き着くのだから……」

「そしてその逆も?」私はその巨大なヴィジョンに呆然となって小声で言った。

「そしてその逆も、残念ながら、そうだ。君は飲み込みが早いな!!」

「じゃあ、いったい、あの……銃撃戦は、戦闘は? あの……暴露は?」私は尋ねた、長く歪んだ顔の、黒く輝く、いまや憂鬱そうな瞳を見つめながら、口の左端が何か隠されたもので震えていたけれど。私はそれを気に留めなかった。

「そりゃあ露見することもあるさ。暴露? 何だな、自分の身分を証明する必要があるんだ、基準や計画があってね、三重装《トリプレット》について話しただろう、憶えてないか? とはいえ〈庁舎〉の活動は続いているし、スパイの徴募もスパイ化も同じく、やめるのは不可能だ、だから露見が起こるのは、あるふりをする者が一手ばかり上の仕事をさせられるとき——たとえば二重装が三重装あるいは四重装を暴露するとき――で、残念ながら、ますます難しくなっている、なぜならすでに六重装や、七重装まで、より熱心な者たちから現れているという話だから……」

「あの青白いスパイは、彼は何をしてるんです？」

「わからない、知らんよ――おそらくフリーの狙撃兵だろう、ほら、そんな時代遅れの御仁、年輩のスパイ、自由主義者、時代錯誤愛好家《アナクロニズム》――みずからの手で最高機密の最重要〈文書〉を横取りしようとする手合いだ……。これは不毛な夢想だよ、なぜなら集団でのみ何かを手に入れられるのだから、そして彼自身それをよく知っている、だから自暴自棄なんだ……」

「私は何をすればいいでしょう？」

「何よりもまず活動にコミットすべきだ。どうか現実逃避なんぞはやめてくれ。下位の存在が、強力な剣士たちの刃の間に入ったら気の毒だ、そうじゃないか？」彼は何かを引用して言った。

　火葬師がまた私に小皿を見せた。私はいらだって、追い払うように手を振った。

「でも具体的には？」

「まあ、少し横になって、だれかを嵌めて、ちょっとした秘密をいくつか手に入れりゃ、チェックメイトだ、それでようやく価格が得られる……」

「そう思いますか？　待てよ《ザラス》……ひとつだけわからないことがある……。もしもすべてがそういう秘密に囲まれていて、だれもそれについて知らないなら、どうやって〈庁舎〉について知ることができるんです？　もう放っといてくださいよ！」私は近寄ってきた火葬師の手を払いのけた。「わかってる、わかってますよ、食器セット、受け皿でしょ、どうか邪魔しないでください！　だからそれについてどうやって知ったんです？」

「何についてだって？」バランが尋ねた。

「ほら、あれです、あなたが話してくれたことについてですよ……」

「そんなこと何も話さなかったが」

「何ですって？　双方の諜報機関が互いに内臓《わた》を抜き合って――そこを裏切り者で埋めたため、最後の椅子まで裏切り者ばかりになり、〈庁舎〉は〈反庁舎〉にそっくり入れ替わり、いまや裏切りつつ、明らかになるのは裏切りのみだと。どうやってこれを知ることができるのか伺いたいのですよ」

「どうやって？」彼は膝から何かのくずを払い落としながら言った。「見当もつかない」

「何だって……あんたは？」

「何があんただ?!」彼は私に目を向けた。しばらく前から私たちは大声で話し合っていた。辺りは静かになっていた。並はずれて静かだった。

「あの……あなたは……」

「何があなただ?!」彼はうなった。

「どうやって……どうやってあなたはこれを知るのです？」

「僕が？」嫌らしく顔を歪めて言った。「僕は何も知らない……」

「でも……」私は青ざめて言いかけたが——声は唇の上で凍りついた。壁際に横たわっていた男はだいぶ前からいびきをかくのをやめていたが、いまになって私の意識にのぼってきた——男は目を開けて座ると、こう言った。

「いい子——いい子だ……」

男は立ち上がり、しびれた手足を伸ばし、パジャマを脱ぎ捨て、ベルトを直し、制服をぴんと引っ張って、私たちの方へ近寄ってくると、テーブルから二歩のところで立ち止まった。

「これなる現・常勤職員バラン、別名脱意味論化《デセマンティゼーション》教授、別名〈エキストラ〉、別名〈雑談器《ブラウダートロン》〉は、〈庁舎〉に関する誹謗中傷を述べ、それにより間接的にあなたに主な背信、反服従、非諜報化、脱挑発、脱スパイ化をそそのかし、また、あなたを己の中傷的企《たくら》み、工作、偽造の共犯者たらしめたことを、あなたは証言する用意がありますか？」

私は片方からもう片方に目を走らせた。太った男は白い首を撫でていた。バランは首をすくめて、白い目で私の方をねめつけた。火葬師だけはこちらに背を向けて座り、小皿をじっと見つめていた、まるで起こったことを認めたくないかのように。

「〈庁舎〉に代わってあなたに証言するよう呼びかける！」将校は厳しく言った。「これなるバランの背信についてあなたは何を知っていますか？」

私は弱々しく首を横に振った。将校は一歩前に踏み出すと、私の上に身をかがめ、まるで平静さを失ったかのように、かろうじて聞き取れるほどの声でこう吐き出した。

「莫迦者！ これは君の〈任務〉なのだぞ……。あなたは何か言いたかったのでしょう？　伺います！」前と同じ声でこう言いながら、テーブルに戻った。最後に私はあちらにいる人たちを見た。彼らは目をそらした。バランは震えていた。

「はい！」私はしゃがれ声で言った。

「何が『はい』です？」

「彼は話しましたが、一般的に……」

「背信をそそのかしましたね？」

「そそのかしてなんかいない！　誓って！」バランが悲痛な声で言った。

「静粛に！　発言権はあなたにあります！」

「良心の呵責を振り払うべきだ、というような意味のことは言いました……」

「背信をそそのかしたかどうか、と訊いているのです」

「ある意味ではそうかもしれません、でも……」

「どうか明確に答えてください。そそのかしたのか、そそのかさなかったのか？　どちらです?!」

「はい……」私が囁き声で言うと、一瞬ひっそりした沈黙が訪れた後、大爆笑の嵐になった。卒中患者は腹を抱えて椅子ごと飛び跳ね、バランはげらげら笑い、将校－士官候補生は陽気な発作で両手の拳を振り上げ、喜びにむせびながら、こう叫んだ。

「駄目になった！　クズめ！　裏切りやがった！　駄目になった！」

「クズ、クズ、ククズクズ!!!」彼らは歌いはじめたが、繰り返す爆笑にしょっちゅう邪魔された。

　バランが最初に静かになった。勝ち誇って両腕を組み、口を結んでいた。ただひとり火葬師だけは終始落ち着いており、かすかな皮肉な笑いを唇に貼りつかせて、その場を観察していた。

「もう十分！　もう十分だ!!」バランが言った。「潮時だ、みんな！」

　彼らは立ち上がった。太った男は垂れ下がった、疑わしいほど白い首のボタンをはずし、若い将校はひと仕事終えた後の疲れた表情で、ミネラルウォーターで騒々しく口をゆすいでいた――だれも私の方を見なかった、あたかも私が存在しなくなったかのように。唇が震え、口を開けたり閉じたりしてみても、言葉は見つからなかった。バランは隅から保温瓶が入った自分の書類鞄と上着を取り上げると、それを肩に掛け、卒中患者の腕を取って、大きなこわばった足取りで出ていった。大袈裟に礼儀正しいふたりが気取って、ドア口で先を譲り合っているのが見えた。

　少し遅れていた火葬師は私のそばを通りながら、雄弁であると同時に怒りの仕草でテーブルの端に放り出された小皿を指差した。あたかも「合図してやったじゃないか！　警告したんだぞ！　おまえ自身の責任だからな！」と言うかのように。

　私は黒髪の将校と共に残った。実は彼も出て行こうとしていたのだが、私はゆっくりと椅子から立ち上がって、行く手をふさいだ。私の視線に気圧されて将校は動かなくなった。

「あれは何だったんです？」私は彼の肩をつかんだ。「気晴らし？　見せ物?!　いったい何てことをするんです?!」

「でも、あのですね……」手をふりほどきながら彼は異議を唱えた。私の目を見ると、いささか狼狽したかのように顔をそむけてこう言った。

「あれは『玉ねぎ』だったのです」

「何だって?!」

「それが……用いられた方法の名称です……科学的方法論は厳密であることをやめません、いいですか、たとえそれが冗談を鼓舞するときでも……」

「冗談？　あれが冗談だって?!」

「まあ……あなたはお怒りでしょうが……私だってあんなに長いこと横になっていびきをかいてるのは楽じゃなかった。どうすりゃいいのか――仕事ですよ」彼は下手な言い訳をした。

「あれが何を意味していたのか、それだけでもはっきり教えてくれませんか?!」

「ああ、なんてこった……そう簡単にはいかない……ある意味では……もちろん……冗談、罪のない冗談です、あなたにとっては、もちろん、何の影響もありません――教授は反応を調べる意図が密かにあったかもしれません……」

「私の反応を?!」

「いや違います！　センプリャクさんのです……すみません……本当にすみません……どうか私を引き止めないでください。いずれにせよ、保証します――あれは何でもないんです……何でも……」

　彼は私を見ずに、小学生みたいに足を大きく振って出ていった、というか駆け出していき、途中でドアのそばにあった戸棚を指でこつんとたたいた。

私はひとりになった。周囲のあちこちに放り出された椅子、テーブルには食べ残しや汚れた皿、テーブルクロスにこぼれたワインの染み、吐気を催すような汚らわしい光景のただなかに。静寂の中、穏やかなノックの音がした。部屋を見まわした――だれもいなかった。ノックはしつこく単調に繰り返した。耳を澄ました。隅から聞こえてくる。ゆっくりとそこへ近づいた。一、二、三、四、だれかが指で木をたたいているような音。戸棚だ！

鍵が錠にささっていた。それをひねった。戸は私の助けなしにゆっくりと開いた。中に座っていたのは腰をほぼふたつに折ったオルフィニ司祭で、制服の上に前がはだけた司祭平服《スータン》をはおり、書類の束を膝の上に載せていた。私を見ようともしないのは、相変わらず書きつづけていたからだ。最後にピリオドを打つと、両足を外に出し、戸棚の底に置いた腰掛けから立ち上がって、青ざめた真面目な顔つきでそこから出てきた。

## XII

「署名してください」彼は書類をテーブルの上に置いて言った。

「これは何です？」

私は相変わらず同じ驚きの姿勢で、何かから身を守るかのように、両手を胸にあてていた。書類は染みだらけのテーブルクロスの上に置かれ、そばには火葬師が捨てていった唯一のきれいな受け皿があった。

「調書です」

「いったい何の調書です？　自供ですか？　もう一度私を騙すんですか？」

「いいえ。これは単なる記述と速記された発言であって、それ以上のものではありません。署名してください」

「もし署名しなかったら？」私は彼を見ずに言った。ゆっくりと椅子に座った。頭の中で長く糸引く粘り気のある痛みがぶちぶち切れた。

「単なる手続きにすぎませんよ」

「しません」

「わかりました」

彼はテーブルから書類を取ると、たたんで制服のポケットに入れ、それから司祭平服《スータン》のボタンをはめて、――私の目の前で――ただの司祭になった。そして何かを待ち受けるかのように私を眺めた。

「司祭様はずっとあそこに座っていたのですか？」私は顔を両手で覆って尋ねた。飲んだウォッカが私の中に、口に、のどに、全身に、何やら泥のような澱《おり》を残していた。

「ええ」

「蒸し暑くなかったですか？」私は顔を上げずに言った。

「いいえ」彼は穏やかに答えた。「あそこにはエアコンがありますから」

「それならよかった」

あまりに疲れていたので、彼について思っていることを口に出す気にもならなかった。左足がかすかに震えはじめた。私は顔を両手で覆ったまま、それには干渉しなかった。

「何が起こったのかをお話ししたい」彼は私の頭上で静かに言った。しばらく待っていたが、私が答えず、身じろぎひとつしなかったので――左足だけがぜんまい仕掛けのように不随意に震えていた――彼はこう続けた。

「あの『冗談』は――バランとセンプリャクの闘いの終盤戦でした。あなたがそれに決着をつけることになっていたのです。士官候補生はそこで、バランに割り当てられた役を演じました。デリュージはただの証人となるはずでした。バランは独断で物事を演出し、その闘いにふさわしい人物を探していた。あなたのことはおそらく、彼を治療している医師から聞いて知ったのでしょう。私が知っているのはそれだけです」

「嘘だ」私は合わせた両手ごしに小声で言った。

「ええ、嘘です」彼はこだまのように繰り返した。

「なぜか？　あれはバランひとりの勝手な陰謀でした。しかしデリュージがそれについて〈課〉に通報したのです。バランの知らぬ間に、デリュージ教授の密告のせいで、この陰謀は書類に載り――〈課〉の公式手続きの一部となりました。それを知っていたのは課長と、ここで起きているすべてを調書にするため課長によってここに派遣された私だけでした。概観はこんなところです。ところが士官候補生が予想外の行動をとった――出ていくときに戸棚をたたいたのです。ということは、あそこに私がいるのを知っていたに違いない。ここにいた人たちはだれも私を知りませんでした。課長は士官候補生にそうした命令を出すことはできなかった、部下ではありませんからね。となると、あのノックから見て、士官候補生はもっと上の命令で行動していたわけです。それによって彼は二重の演技をしていた。つまり、自分の上司であるバランに従うふりをしながら、同時にバランの頭越しに、もっと上のだれかと接触していたのです。何が目的で彼はノックするよう命じられたのでしょう？　私は起こったすべてを調書にすることになっていましたから、あのノックも、調書に取りました。課長も私の報告を読めば、バランが企てた陰謀に加担した罪で士官候補生の懲戒処分を行うべきではないとわかるでしょう、なぜなら士官候補生は――戸棚の中の私の存在を知っていることで――自分がバランの専断の共犯者ではなく、公式命令の実行者として、より高位の教示で活動していることを明らかにしたからです。つまり、この戦闘は同時に三つの計画で展開されたわけです。第一はバラン対センプリャクの闘い、第二は課長の個人命令で私を通じて〈課〉が監視したバラン、センプリャク、その他の人々の件、第三はもっと上位の問題で、そこから士官候補生は除外されます、なぜなら彼の背後には〈課〉よりも上、つまり〈部〉のだれかが隠れているからです。

　しかしこれで終わりではありません。なぜ〈部〉は、〈課〉に連絡する代わりに、こんな回り道をしたのでしょう？――戸棚をノックして、この件での自分たちの存在を知らせるなどという。ここでもう一度バランが登場します。おそらく、彼がセンプリャクとデリュージに、自分が独自に準備した方策として示したものは、実際には〈部〉の同意を得ていたのでしょう、そしていわゆる陰謀の目的は、『玉ねぎ』作戦の価値をめぐる論争でセンプリャクを論破するといった学問的なレベルのことではなく、彼と、可能であれば他の『宴会』参加者をも完全に破壊することだったのです

――彼らのうち基本的な忠誠の命令をやぶって、バランの陰謀を密告しない者たちを発見することによって。つまり忠誠心の検査――これがこの件の第四の、まったく新たな側面です。さらに第五の側面があります、なぜなら二つの密告があったはずだからです。デリュージ教授が〈課〉に出したものと、士官候補生が〈部〉に出したものです（でなければ〈部〉は彼にノックの命令など出さなかったでしょう、何も知らなかったのですから）。しかし現時点で私はデリュージ教授の密告の方に興味があります。規則上ここで権限があったのは〈部〉ですし、士官候補生は正しい行動をとって〈部〉に赴きました。しかしほかでもないだれよりも、デリュージ教授は自分がしていることをよくわかっていました。彼が〈部〉ではなく〈課〉に密告した以上、それはそうするよう命じられていたからです。ですから彼は密告したわけではなく、上からの命令を――もちろん〈部〉の命令を実行したのです。何のために〈部〉はこんなことをしたのでしょう？　すでに二人の人物――バランと士官候補生をこの件に引き込んでいたというのに。何のために三人目が必要だったのでしょう？　非公式に提出された密告を〈課〉がどう処理するか、調べるためでしょうか？　しかし〈課〉はどうせそれを〈部〉に回さなければならなかったし、実際そうすると同時に、部下を、つまり私を現場に送ったわけです。いずれにせよ――デリュージもまた〈部〉側の諜報員であることが判明しました。かくて、バランの挑戦に応えて独断で行動した唯一の人間が、センプリャクだったのです。しかし、いいですか、彼はあなたに警告し、あなたにわからせようとしましたね、自分はこの件全体の舞台裏を知っているのだと、あなたがバランの誠実な忠告や告白だと思っているものは、単なる『受け皿《ポッスタフカ》』――入れ替え《ポッスタヴィエニエ》――彼の裏切り行為にすぎないのだと。さて、あなたに警告の合図を送ってあなたの最終決定に影響を与えることは、どんな形であれ、敵が採用した規則によって徹底的に禁じられていました、その規則は私も知っています、デリュージが密告で紹介しましたから。したがってセンプリャクはあなたに受け皿を見せることで、その規則に違反しました。何のために？　勝つためでしょうか？　いいえ――なぜならこんなふうにして得た勝利は、当然無効になりますから。とはいえ、あなたは何も見えずに、自分に送られた合図の重要性を見逃してしまった……。火葬師はいずれにせよ、あなたに警告を発することに関心がなかった、なぜってそんなことをすれば自分の勝つチャンスが即座になくなってしまいますから。にもかかわらず自分の意に反して、いわばあなたに警告を出した。何のためにそうしたのか？　当然これは、バランが〈部〉と組んでこの陰謀全体を計画したことを自分は知っているし、その虚構性を完全に見抜いている、とバランにわからせるためでした。彼がこうした知識を得ることができたのは、ひとえに上役の意向があったからです。ゆえに、ここにいた全員が（私を除いて、でも私は戸棚の中にいました）〈部〉によって送り込まれたことは明らかです……」

「私は違う……」私は言った。

「あなたもです！　紅茶に砂糖が入ってました！」

「何を言ってるんです？」

「あなたがかけられた紅茶には砂糖が入っていました、その結果全身べとべとになったあなたは、入浴に同意せざるを得ず、その間に服を取り上げられ、バスローブに慣れさせられた、バスローブからパジャマへはあと一歩ですからね、とはいえドクターは決してあなたをバランに独断で差し出したりはしなかったでしょう！　ドクターは〈部〉の支配下にありますから、ゆえに《エルゴ》――あなたも、ここにいた他のみんなも〈部〉の人間だったのです。それが何を意味するのか、わかりますか？」

「いいえ……」

「いいえ？　センプリャクが小皿で勝つ可能性を奪われた以上、決闘なんてまったくなかったんです。彼も、あちらの二人も、あなたも――全員が同じ側のポーンだった以上、相手側などそもそも存在しなかった！　バランが仕掛けた残酷な冗談は、実際には〈部〉自体の冗談だったんです!!　私を信じていないようですね……」

「ええ」

「当然ですよ！　こんなことどうやって信じられるでしょう？　何だって――あなたはこう思っている――〈部〉が、強力な〈部〉がこんな悪ふざけの演出に取り組んでいるのか？　こんないたずらに？　そんなのあり得ない――これには何かもっと深い意味が隠されているのだ……と。しかし、あなたを冗談の犠牲者にしようとしたのはバランだけで、〈部〉はそうではなく――〈部〉は全員を嘲笑したんです！　変わった冗談？　すべてはこれをどう見るかによります。通常、私たちは何か手の込んだ完璧なものに意味が見えないと、可笑しくて笑います。それが非常に大きな場合は、話が別です……。たとえば、太陽と巻き毛みたいにのたくったそのプロミネンス、あるいは、銀河とそこをただよっているごみ全体はどうです――不格好なメリーゴーラウンドに似ていませんか？　メタ銀河とそのぼさぼさ髪は？　果たして無限を真面目に取り扱うことなんてできるでしょうか！　星座／状況《コンステレーション》の混乱は!!　とはいえ、あなたはこれまで太陽や銀河の風刺画を見たことがありますか？　ないでしょう、我々はそういうものを嘲ろうとはしません、だってそんなことをすれば、我々が嘲笑するのではなく、我々を嘲笑することになると思い知るでしょうからね……。ですから我々は、宇宙で使われている手段の選り好みのなさについては何も知らないふりをしています――結局、我々はこう言います。現にあるがままのものがあって、それがすべてなのだ、そして、すべてが冗談になることはできない――それは巨大で、想像を絶するほど大きい、つまりそれは――真面目なのだ……と。ああ、巨大さ――我々はいかにそれを崇拝していることか！　糞でさえ、それで頂上が雲に隠れるような山を築いたら、畏敬の念を呼び起こし、軽く膝を折るでしょう。ですから私は、あれが冗談だったと言い張るつもりはまったくありません。あなただって、あれは真面目だった、というほうがいいですよね？　彼らがあなたをついでに拷問するだとか、悪魔じみた笑いを浮かべていても、あなたの苦痛をだれも見つめていないとか、だれひとり実際そんなことを望んでいなかったとか、だれも気にしていないとか――そんな考えはあなたには耐えられないでしょう。おそらく、秘密はより良い解決策です――ナンセンスよりはましだ。秘密の中にはあなたが好きなものを入れておけます――希望を……。そう――これがあなたに言いたかったことです。ただ付け加えておくと、〈部〉の話をしたとき、だいぶ簡略化しました。どの糸もそこへ通じていますが、そこで終わりではありません。その先につながっていて、〈庁舎〉全体に分岐しています。〈庁舎〉こそが『冗談』の作者でした。〈庁舎〉あるいは、こう言ったほうがよければ、だれでもなかった……。これでもうすべておわかりですね」

「あなたが命令されたことを話したということ以外、何もわからない……」

「そうじゃないと言っても、あなたは私を信じないでしょうし、それは正しいでしょう、というのも私自身、自分が真実を言っているのかどうか、わからないのですから……」

「あなたが？　どうしてわからないんです？」

「これだけ話したのですから、もっと察しがよくなってしかるべきですね。それがあなたの言わんとすることなら、私はそのような命令を聞いていません、しかし私の上司がそれを聞かずに私を選んだのかどうか――命令のためにか、その逆ではないのか――私は知りません。いいですか。〈庁舎〉とは何なのか、私は知りません。ひょっとしてバランは嘘をついていなかったのかもしれない。もしかしたら絡み合って身動きが取れなくなった二つの諜報機関が互いに闘争に巻き込まれたのかもしれない。あるいはこれは人々の狂気ではなく、組織の狂気なのかもしれない。それはあまりに大きくなりすぎて、どこか遠くでみずからの腕や脚に出くわし、その中に喰い込み、それらを通って自分の心臓に戻ってくると、いまや自分で自分を蝕《むしば》んで、次第に奥深く侵食しているのです。あるいは、あちらのもうひとつの〈庁舎〉などまったく存在しないのかもしれない……自己侵食の言い訳として以外には……」

「あなたは何者ですか？」

「司祭です、ご存じでしょう」

「司祭？　あなたは私にそう言うんですね？　あなたが私をエルムスに引き渡したんですよ！　何のために司祭平服《スータン》を着てるんです？　制服を隠すためでしょう‼」

「あなたは何のために肉体を着ているのです？　骸骨を隠すためですか？　どうして理解しようとしないのです？　私は何も隠していませんよ。ええ、あなたを引き渡しました……。引き渡しはしましたが、しかしここではすべてが見せかけです、裏切りさえ、犯罪さえも、全知とて――不可能であるばかりか、不要でもあります、なにしろその模造品《イミテーション》で十分なのですから、密告やほのめかし、寝言、肥だめや潜望鏡から釣り上げた断片などで織られた幻影《ファントム》でね……。重要なのは全知ではなく、全知を信じることなのです……」

　ここまで私に話すことは、おそらく望まれていなかっただろう……私はそう思ったが、彼は真っ青になって、憎しみからのようにひそひそと小声で話しつづけた。

「あなたはまだ〈庁舎〉の知恵を信じている!!!　いったいどう言えばいいのか？　総司令官たちを見たでしょう？　鈍い、疣だらけの、耳の遠い動脈硬化の年寄りどもがピラミッドの天辺にいる、それだけですよ……。ご覧なさい！」

彼はポケットから取り出した小石を私に見せた。長い間持ち歩き、指で転がしていたせいか滑らかで光沢があり、片端に卵のような斑点がある。

「見えますか？　つまらない石ころです！　この莫迦げた斑点を見てください……。この穴を……。でもこういう石ころが百万個、百京《けい》個あるとしましょう、すると空間がそれらを取り囲み、風が起きて、それらは星々の光を引きあつめ、そうやって小石の山から這い出してくるのですよ――完全無欠が……。だれが星々に命令を出しましたか？　いったいだれが?!　〈庁舎〉もこれと同じです……」

「〈庁舎〉とは〈自然〉だと言いたいのですか？」

「いいえ！　完璧であることを除けば、そのふたつは互いに何の関係もありません。ああ、あなたは悪の迷路に閉じ込められたと思っている、あなたはこう考えた、ここではすべてに意味があり、計画書を盗むことは儀式である、だから〈庁舎〉はそれを抹消し、破壊しては、さらに多くを作り出す、さらに多くを破壊するために――そしてそれがあなたには悪の知恵のように見えた……。だからあなたはわざと知的な小芝居をしてみせたり、そうするものだと思って踊ってみたり、自分で自分を錠前こじ開け棒に、己の破滅の鉤《かぎ》に、恐怖の方程式を解く記号に合わせようとした、でもそうじゃないんです！　聞いてますか？　計画書も、方程式も、鍵もありません、何もないんです――あるのはただ〈庁舎〉だけ。あるのは、ただ、〈庁舎〉だけです……」

「〈庁舎〉？」私は総毛立ちながら繰り返した。

「〈庁舎〉です」そう答えて彼は私の恐怖を支えた。彼自身、総身を震わせていた。「それは知恵ではありません――単なる盲目の、遍在する完全無欠です、自意識を持って生じたもの、人々の中には存在しません、たとえ人々から――人々の間から出てきたものであっても。聞いてますか？　人間の悪なんてささやかでか弱いものです、ところがここに巨大さが生まれたのです……。汗の山！　尿の海！　断末魔の轟き、百万胸のいびき！　何世紀もの糞は、岩場となる！　ここであなたは人の中で溺れ死ぬかもしれない、人々で窒息するかもしれない、人の砂漠で消え失せるかもしれないのですよ、きょうだい！　ご覧なさい――人々は絶えず紅茶をかきまぜながら、あなたをぞんざいにバラバラに引き裂き、そして、掛け金ガチャリンについて話したり、歯をせせったりしながら、少しずつあなたの死体を丸めて、それで紅茶を淹《い》れるのです、色や香りが出たら……あなたは無毛の、長らく閉じ込められていた人形、ぼろきれ、子供の黄色いガラガラ、汚れた涙の中に捨てられたくずかごと成り果てるでしょう……。このように作用するのが生まれながらの完全無欠なのです、知恵ではありません！　知恵――それはあなた、あなた自身、あるいは――二人の人間にあるものです！　あなたともうひとり、二人の間に目から目へと架かる公正な稲妻の橋です……」

死のように青ざめ、汗まみれで彼が語ったことは、私にはますます馴染みのように思えてきた。似たような話をすでに聞いたことがあった。不意に私は理解した、ほかでもない彼が説教壇から語ったのだ、あそこには窒息の話もあったし、あのときは悪をサタンのせいにしていた……だがペルスヴァーズィ修道士は、この説教は挑発だと、オルフィニ司祭は挑発しているのだと言った……。

「どうしてあなたを信じられます？」私は苦しげに言った。彼は身震いした。

「あなた!!!」彼は小声で叫んだ。「まだわかりませんか、ここではあるレベルにおいて会話や冗談であるものが、別のレベルでは実際の手順となり、さらに別のレベルでは〈部〉同士の争いとなるのです、そしてこの跡をさらにたどっていくと、それはあなたの手の中でばらけて、壁に入り込んでしまう、というのも、ここではどんな跡もあらゆるところにつながっているのですから!!」

「あなたはそれを理解しているのですか？」

「なぜ自分が理解していないのかは理解しています。裏切りは必要ですが、〈庁舎〉があるのは、それを不可能にするためですから、その必要性を不可能にしなくてはなりません。どうやって？　真実を打ち砕くことによってです。真実が嘘の仮面のひとつに変われば、裏切りは無駄になります。それゆえここには、いかなる個人的な物事の余地も、一貫した絶望や、あなたに負担をかけてこれを最後にどん底に引きずり下ろすような、しぶとい善意の犯罪の余地もありません。ねえ！　私と手を結びませんか！　秘密の同盟をつくって陰謀を企てましょう！　そうすれば我々は自由になります!!」

「気でも違ったんですか？」

「いいえ！　私たちが互いに信じあえば――救われます。私はあなたにあなたを返し、あなたは私に私を返す。こうすることによってのみ私たちは自由になれるのです!!」

「彼らに捕まりますよ！」

「それは何でもない、私たちを捕まえることはできる。あまつさえそれが確かなら――なおのことそうしましょう!!　最初の瞬間から負けると信じて、自分自身を取り戻すのです！　私はあなたのために死に、あなたは私のために死ぬ、するとそれが真実となり、それひとつだけは偽造できない、わかりますか?!　あなたは磔《はりつけ》になった悪党の傍らに立つことになる、私がその悪党なのですから！　そう！　私はあなたにこの陰謀をそそのかすよう命じられました……。私は挑発者です……」

「何?!　何て言いました?!」

「つまりまだ、いっこうに理解していないのですか？　私は挑発者です、なぜって司祭ですから！　ここでは司祭は挑発者としてのみ、私があなたに言ったようなことを言えるんです!!　あなたが同意すると確信して私は命じられたのです……」

「正気に戻ってください！　どうして同意なんかできますか?!」

「ほかに選択肢はありません。彼らはそう考えている。そしてそのとおりだ。あなたにはもう力がない。あなたは今日、あなたに好意的だった無実の人を非難しましたね、だってそういう人でしたから――少なくともあなたの確信では――バランは、あなたが彼を差し出したときにはね、したがって、もし今日あなたが同意を表明しなければ明日、もし私にでなければ、だれか別の人に表明することになるでしょう。しかしその場合あなたは〈庁舎〉が押しつけてきた形でしか同意できず、外見上、強制されたゲームを受け入れることになります。そんなことはしないでください！　本当に同意してください、心から受け入れてください、いますぐ、実際に、そのとき〈挑発〉の内部に私たちの〈真実〉が生まれるのです……」

「でもあなたは報告書を提出して、私を、あなたと手を結ぶことに同意した者として引き渡さなければならなくなる！」

「もちろん、あなたを引き渡しますとも！　だが彼らはそれを見せかけの陰謀、強制された陰謀と見なし、あなたは嘘と、私が命令にしたがってあなたの顔に押しつけた道化の仮面に同意したものと見なすでしょう——しかしあなたは、そのすべてを自発的に自分から行い、すべてを見通し最後まで理解しながら、空白を埋めていく、そうすれば〈庁舎〉が〈挑発〉として計画した陰謀が〈肉体〉となるのです。同意しますか？」

　私は黙っていた。

「拒否しますか？」彼は尋ねた。その声は震え、涙が頬を流れ落ちた。彼はそれを怒って振り払った。

「これは気にしないでください」彼は言った。「ただのこういう……慣例ですから……」

　私は絶えず片足を震わせて立っていた、彼を見ず、聞きもせずに、あたかも新たに白い廊下、白いドアの列に囲まれ、私のものであり得たかもしれないすべてを奪われてしまったかのように。そしていまだ迷宮のひっそりした輝きを目に浮かべ、彼の規則正しい足音を耳にしながら、私は言った。

「同意します」

　稲妻が彼の顔を走った。彼は半ば振り向いてハンカチで額と頬を拭った。

「これからあなたは、私が本当にあなたを裏切るのを恐れることでしょう」ようやく彼は言った。「しかしそれはどうしようもありません。いいですか。どんな呪いも誓いも約束もここでは価値がない、ですからこれだけ、今日はもう何もなし。意味ありげな合図も一切なし。どうせ我々を守ってはくれませんから。我々の武器は陰謀の明白性、だれも信じないほどの明白性です。私はいまからあなたを上司に密告します。自然に振る舞ってください——何もかもこれまでどおりやってください……」

「〈通信記録課〉に行くべきでしょうか？」

「行ったほうがいいのですか？」

「いや、たぶん行かないほうが」

「では行かないでください。それよりは休んで、力をつけないといけません……。明日の昼食後、八階の円天井を支えている二体の女人像柱《カリアティード》の間、エレベーターのそばで、〈二番〉があなたを待っています……」

「二番？」

「私のことです。二人ですから。そう呼び合いましょう」

「私が〈一番〉なんですか？」

「ええ。もう行きます。あまり長く一緒にいると疑われますから」

「待って！　明日会うまでに尋問されたら、何と言えばいい？」

「思ったとおりに」

「あなたを引き渡してもいいんですか？」

「もちろん。どうせ陰謀のことは彼らに知られてしまいますが、それは見せかけにすぎません。ただあなたの本心がそうでなければ……」

　彼は急に言いやめた。

「あなたは？」

「私もです。もうたくさんだ。この悪循環を断ち切りましょう。考えてみてください。我々は共に救われ、贖《あがな》われるでしょう、たとえ死ぬとしても。さようなら」

　私はもう何も言わなかった。彼は足早に出ていき、立ち去るときに動かされた空気が、しばらく私の顔を撫でていた。

　——彼はいま、私を裏切りに行くのだ——見せかけの裏切りに。だがそれが単なる見せかけかどうか、どうすればわかる？——そう思ったが、この考えは私にはまったくどうでもよかった。私は立ち上がった。何か言いたかったが、だれもいなかったので言えなかった。わざと大きく咳をした、自分に聞こえるように。部屋には反響がなかった。ドアを少し開けて、隣の部屋をのぞいた。だれもおらず、ただテーブルの上でテープレコーダーの丸いリールがゆっくりと、時計の動きで回っていた。リールをはずし、テープを細かく引き裂いて、ポケットに詰め込むと、私は浴室に向かった。

# XIII

水道管のうなる音で目が覚めた。目を開けて最初に目にしたのは、浴室の天井が漆喰の浅浮き彫りで覆われていることで、白くて、清潔で、天国での生活の一場面を描いている。アダムとエバが木の陰からのぞきあい、蛇は枝の上に潜み、鎌首を女の丸い臀部のすぐ後ろにもたげ、天使は雲の陰で何やら長い密告書を書いていた——バランが話してくれたのと、ほぼ同じだ。バラン！　床の上に座って、たちまち正気に戻った。眠る前に服を全部脱いで、タオルを下に敷いたが、磁器タイルの冷たさは防げなかった。私はかじかんでかちかちに硬くなっていた、まるでもう死後硬直が始まっているかのように。浴槽で熱い湯の流れを浴びて、ようやく生き返った。浴槽から出て、鏡の前に行った。そこに老人の顔が映っても別に驚きはしなかっただろう——というのも前日は何だか時の深淵であったように思え、私の力はすべて汲み尽くされて、まるでもう一生を過ごしたかのようだったからだ、私に残っているのはただ、入浴中にしつこく繰り返された、莫迦げた歌だけ、それは教授の口から聞いたこんな歌だった。

「ああ！　〈庁舎〉！　〈庁舎〉の理《ことわり》とは〈反庁舎〉、〈反庁舎〉の理とは〈庁舎〉！　ああ！」

よく知らないまま、いまもまた口ずさんでいたが、鏡の中の自分の口の動きでそれがわかった。いや、私は全然年取ってはいない、私の状態はおそらく二日酔いだった。酔っていたからこそ、オルフィニ司祭の提案を受け入れることができたのだ。陰謀——なんてこった！　彼と私——二人の共謀者、あるいは単なる〈二人〉だ!!

念のため小声で歌うことにした、浴室には人けがなく、外からも物音は聞こえなかったけれど。もう滅多に食事をとらないことや、とんでもない時間にとることには慣れていたが——昨日の酒宴の後ではちっとも食欲がなかったので——灼けた金属の味がする湯で口をすすいだだけで外に出た。

エレベーターまで来てようやくわかったが――どうやら私は最近の経験からまだ正気に戻っていなかったらしい――どこに行けばいいのか見当もつかない。平穏が欲しかったので、大きめの集団に合流するのが最も賢明だろうと考えた。そうすればどこかの集会か会議に行き当たって、あまり目立たずに、自由に考えることができるだろう、浴室の囚人でいるのではなく――なぜならそこでの孤独は私にとっておぞましいものになったからだ。

あいにく、出会ったのはひとりでいる将校ばかりで、興味を引かずに、それとなくついて行くことはできなかった。そうして六階と、それから七階の大部分をさまよい歩き、最後に九階に上がった、そこでは、記憶に間違いがなければ、ドアの列が主廊下の片側で途切れていて、そののっぺりした壁の向こうに何やら大きなホールが存在しているはずだった。だが今日ここにはまったく人けがなかった。私はその想像上のホールの前をうろうろしていたが、優に十分間だれも現れなかったので、我慢できず中に入った。

まるで大きな博物館の一角にいるかのようだった。薄闇の中、ワックスを塗った床の上に、長いガラス張りのショーケースが一列に並んで光を放っていた。ケースが作る通路はカーブしていたが、暗い壁に当たった光の斑点は、通路がその先に続いていることを示していた。ガラスの向こうに横たわっていたのは手だ、手首で切り取られた手だけが、透明な棚の上に、ほとんど二つずつ置かれている、自然な大きさと色、むしろ自然すぎるかもしれない、なにしろつや消しの皮膚や爪の光沢ばかりか、手の甲の毛まで実によくできていた。想像を絶する様々なポーズで凍りついたそれらは、まるでガラスの向こうでひっそりと芝居を演じているうちにこれを最後に動かなくなった役者のようだ。まずコレクション全体を見てまわってから、特によくできた展示品に戻ることにした。時間はたっぷりあった。私は通り過ぎた、祈りとカード賭博で組んだ手を、怒りに白くなった拳を、絶望的な、勝ち誇った、挑戦の拳を、断固とした拒絶の、年老いた指から流れ出る祝福の、物乞いの手を、恥知らずな申し出をする手を、泥棒の手を――こちらのガラスの向こうではすらりと閉じて信頼しきった、微笑まんばかりの素朴さが花開き、そのそばでは喪失がぱっくり口を開け、あちらでは母親の心配が複数の手首を結びつけていた――明るく輝く箱でできた暗い通路は曲がりくねり、私はそこを歩きに歩き、時折立ち止まっては、何か牧歌的な、ゼスチュアで演じられた場面を味わい、それがあまりに甘ったるいとわかると、先へ進んだ。私の中で鑑定家が目覚めた。もはや一目でそこに表された表情をとらえ、表現の誇張あるいは効果不足を判断し、すぐに離れた——とはいえ立ち止まることも次第に稀になり、いささか疲れて退屈した私は——もっと難しくて謎めいたものを探していた——そして実際気づいたのだが、この展示の製作者たちにも同じような考えが閃いたに違いない、というのも廊下を曲がった次の区画で出会ったのは、次第に控えめで、だんだん細かくなる、数少ないゼスチュアだったからだ——意味は分裂しはじめた……。

　ここにはもう、がさつな脅迫、拳骨、押しつけがましさはなかった——いやらしくほどけた指から策略が吹き出し、バラ色の抱擁はあたかも存在しない蠟燭の炎のように、隠れた拘縮《こうしゅく》で内側からそこへ入ろうとする小指を見せた——それは何かを指していたか？——新たに興味をそそられて、熟練したソムリエのように、私は何か兄弟同様の誠実さを味わったが、そこから横に飛びのいたのが、なぜだかわからないが、薬指で、私の背後のだれかを指すかのように曲がっていた——撫でられ、触れられ、つかまれた空気の中に詐欺が潜んでいて、何かひとつの詳細がガラスケースに閉じ込められたゼスチュアを裏返し、指の森が伸びてガラスに貼りつき、清教徒風に禁欲的に合わさった手の甲の陰では意味ありげな合図が交わされていた、ガラスの向こうから、壁から壁へと……。こちらでは太った親指がふざけ、あちらではすべてが幼稚に丸まっていたが、突然、何も知らない浮かれ騒ぎから、指関節で、爪の先で、指の腹で、中手指節関節で、手から手へと合図を送り合い——指し示し——非難していたのだ——私を!!

　私は次第に足を速め、ほとんど走っていた——無数の手が高く低く持ち上がり、ガラス板の上にずらりと並び、指を宙に突き出して、ねじくれた、死体のように白いそれらが、見る間にぞわぞわと群がってきた。いったいどこだ？——私は思った。——どういうことだ？　なぜこんなにたくさんの手が？　何のために？　何でこうなのか？　だって意味ないじゃないか！　これは詐欺だ！　何やら醜悪な博物館だ！　すべてを自分への当てこすりと受け取ってしまう！　ここから出なくては！　出なくては……。

　不意に暗闇の中から現れ、真っすぐ私に向かって駆けてくる男は、額に、顔に光と影の斑点をはためかせ、ヒステリックに叫ぶように口を開け、目はない、最後の瞬間私は立ち止まることができた、両手を冷たく滑らかな垂直の鏡面にぶつけながら。

　私はその前に立っていた――そして後ろでは暗い、水槽に断片化された深みが待っていた、無音の、完全にひっそりとしたそれは、千の広がり、千の拘縮、千の淫らで汚らわしいゼスチュアとなって凝固していた――それは蠟細工の、充血して筋ばった狂気の手たちだった。私は氷のように冷たい鏡面に額を押しつけ、それらを見ないようにした。

　そのとき鏡面が身震いし、あきらめて私を通した。それはドアの表面だった、押すと開く、ありきたりのドアの。私が立っていたのは、ほぼ物置のような狭い部屋で、節約のためか、二つの薄暗い電球に照らされていた。机の向こうに座っていた縞模様の背広の男、というか小男は、私を見ていなかった、というのも――近視なのか？――指を鼻の先に近づけて、爪を切っていたからだ。両肘を書類の山の上についていた。

「どうぞお掛けください」男は目を上げずに言った。「椅子はあちらに、隅にあります。そのタオルはどうぞはずしてください。まぶしいですか？　何でもありません、すぐに慣れますよ。ちょっとお待ちください」

「急いでるんだ」私はそっけなく言った。「どこから出られる？」

「お急ぎですか？　でも、ひと休みするようお勧めしますよ。何か提出なさいますか？」

「何ですって？」

　男は爪の先に熱心にやすりをかけていた。

「ここに紙とペンがあります。邪魔はいたしませんよ……」

「何も書くつもりはありません。出口はどこです？」

「書くつもりがないですって？」

　男は動作の途中で止まり、うるんだ目で私を見た。この男には以前会ったことがあったが、同時に会ったことはなかった。赤みがかった髪、小さな口ひげ、下顎は引っ込み、頬袋はふくれ、皺が寄っている――まるで中に胡桃を隠しているかのように。

「それなら私が書きましょう……」やすりがけに戻りながら、男は申し出た。「あなたは署名するだけで結構です……」

「でも何に？」

「供述ちゃんにですよ……」

　ここにいやがったのか！――私は歯を食いしばらないよう気をつけながら思った。というのも顎の筋肉が形作る膨らみが私を裏切りかねなかったからだ。

「何の話をされているのか、わかりませんね」私は冷淡に言った。

「おや？　あの酒盛りを憶えていないのですか？」

　私は黙っていた。男は爪を背広の生地にこすりつけ、ちゃんと光っているかどうか確かめたあと、抽斗から小さな分厚い黒表紙の本を取り出すと、それはひとりでにしかるべき箇所が開いて、彼は読みはじめた。

「項……ふむ……ふむ……こうです。『〈反庁舎〉がそれ自体として存在しないことを伝播、流布、宣伝、もしくは他の方法で理解させようとする者は、全面的階級排除《エクソクラシア》の刑に処す』ですよ？」彼は励ますように私を見た。

「私はいかなる噂も広めていない」

「あなたが広めただなんて、だれが言いました？　とんでもない、あなたは何もしなかった。あなたはただコニャックを飲んで聞いていただけ。あるいは、我々には耳を引っ張って覆う垂れ蓋がありますよね？　しかし、残念ながら、その垂れ蓋の欠如は罰せられる可能性があるんです、なぜなら……」

　ここで本をのぞいた。

「『第N－N項、N節に基づく犯罪の実行現場に居合わせ、その実行後N時間以内に供述書を所轄機関に提出しない者は何人《なんぴと》であれ、裁判所がその手続きにおいてn項に基づく情状酌量を認めないかぎり、階級書簡《エピストクラシア》の刑に処す』」

　男は本を脇に置き、水から出したばかりのような、うるんだ魚の目で私を見やり、そうしてしばらく見つめていたが、目に見えない種を吐き出すかのような、かすかな唇の動きでこう提案した。

「供述ちゃんは？」

　私は首を横に振った。

「ほら」彼はひるまず励ました。「ちっちゃな供述ちゃんですよ……」

「供述することなんか何もありません」

「ほんのちょびっとも？」

「ありません。それに、どうかその幼児語はやめてください！」抑え切れない怒りに震えながら私は叫んだ。相手はびっくりした鳥のように、きわめてすばやく目をぱちくりさせた。

「何も？」

「何も」

「ひとことも？」

「ありません」

「手伝いましょうか？　ほら、せめてこういうふうに。『教授らによって実行された酒宴に居合わせた……ここに名前……および……ここにも名前……日……等々……私は偶然、伝播の目撃者となりました……』どうです？」

「供述は一切拒否します」

男は鶏の真ん丸な目で私を見た。

「私は逮捕されたのですか？」私は尋ねた。

「ふざけた奴だ！」彼はそう言って、まぶたをぱちくりさせた。「じゃあ何か別のものはどうです？　ふむ？　ニィニィ？　ティトキ？　しっこシーシー？」

「やめてください！」

「シイイ……」男は赤ん坊相手のように、あり得ないほど媚《こび》を売りつつ繰り返した。「スプシ……名簿《スピス》……スピレチカ……陰謀ちゃん《スピスレク》……」名状しがたいほど甲高い声をあげた。「陰謀加担者さん《スピサンコヴィチ》？……」

私は黙っていた。

「駄目ですか？」

男は私に跳びかからんばかりに、机に全身を乗りだした。

「じゃあ坊っちゃん、これはわかりますよね?!」

その手には、豆のように小さな、黒布のくるみボタンが詰まった丸い箱があった。

「おっ！」思わず口をついて出た。男はそれを並はずれた熱心さで書きとめ、ひとりごとのようにつぶやいた。「オ……オはオルフィニのオ……オ……オ……」

「何も言ってませんよ！」

「お？」彼は瞬きしながら、さらに続けた。「オ、それだけ？　オだけ、裸のオ、何もないオ？　でも、なぜそんな、オ単独なんですか……その先が要るんですよ、その先が。オ……ル……ほら?!　聖職者のおべべとか……。司祭しゃまとか……何かその、一緒に軽率な行為をしたとか……ふむ?!」

「しません」私は言った。

「しません、でもオですよ！」相手は答えた。「オ！　やっぱり——オ！　ずうっとオ！」

　男はますますあからさまに喜んでいた。私は黙っていることにした。

「ねえ歌でも唄いませんか？」彼は示唆した。「お歌ちゃんを。たとえば、『子羊《バランカ》ばあさん持っていた、真っ白の……』とか。どうです？　駄目ですか？　じゃあ別のを。『ああ！〈庁舎〉！』ご存じですか？」

　男はしばらく待っていた。

「強情ですね」ついに彼は持っていたボタンの箱に向かって言った。「強情で生意気で、人を見下している。ピラトをお望みか。おい、我を責苦へと導くがよい！　私は決して白状しないぞ！　この人を見よ《エッケ・ホモ》！　でもここじゃ全然違う、ここにあるのはやすりだけ、せめて十字架でもあれば——いやあ！——でも我々はできない——我々は何も——なあんにも——我々はただ……道中に十字を《まあせいぜいおげんきで》‼」

　私は動かなかった。男は再び爪にやすりをかけ、指を揃えて、想像上の完璧なヴィジョンに合わせては、再びやすりをかけて修正し、ついにうつむいたまま、最初と同じくぶっきらぼうに、こう言った。

「どうか邪魔をしないでください」

「行ってもいいんですか？」私は呆然と尋ねた。

　彼は答えなかった。私は目でドアを探した。部屋の隅にあった、それも半開きだ。なぜこれまで気づかなかったのだろう？　ドアレバーに手を掛けて男を見た。爪磨きに没頭していて、こちらを見てもいなかった。ためらいながら、私は広くて涼しい、白い廊下に出た。すでにだいぶ遠くへ来ていたとき、何か大きくて重たいものが胴体の両側に、水を運ぶ天秤棒のようにぶら下がっているのを感じた。私は立ち止まった。それは私の両手で、湿って脂ぎっているようだった。手の内側を見てみた。線状に——微細な雫が光っていた。それが見る間に大きくなった。おっ——私は思った——こんなに汗をかいている……。おっ！　なぜオなのか？　なぜ私はたとえば、こう言わなかったのだろう。あっ?!　虫？　えっ、虫なんかどうだっていい！　卑劣漢——〈破廉恥漢〉と言ってもいい。汁気の多い、汗が滴り落ちる〈破廉恥漢〉。駆け出しの取るに足りない奴ではなく——堂々たる〈破廉恥漢〉そのものだ！　そして私は自分の中で感じた——導火線、そして硫黄が——火花を散らし、炎を上げて——いまにも爆発しそうなのを！

　ドア。エレベーター。廊下。再びドア。わたしはそれに乗り込んだ。なんて心地よく下に降りていくことか、なんて心地よく、その間も古くからの友人たちは尋問に取りかかっているのだ……。私は深呼吸した。それでもやはり——ほっとする。平穏だ。陰謀なんてひとつもない。

〈破廉恥漢〉——それは私だ！——そう考えようとした。なんとなく口に出す気にはなれなかった。

　何度目かわからないが、エレベーターを降りた。階？　何階だって同じことだ。真っすぐ歩いていった。ドア。ドアレバーを押した。

　赤い部屋に白い付け柱、壁には大きな絵がいくつも掛かっていて、そこでは——レンブラント風の褐色の澱《おり》に、チュールやレースを着た平板な人物が沈んでいる。いちばん大きな黒い額縁の下に美しい少女が座っており、せいぜい十六歳くらいだろう——怖がっていた。何か言うかと待っていたが、少女は黙っていた。恐怖で醜くなってはいなかった。色白の顔、額に垂れた金色がかった前髪、疑り深い子供の憂鬱そうな菫色の目、ふくれた赤い唇、寄宿学校の制服の洗いざらした半袖ワンピース。その布地越しに硬い乳首が突き出ていた。ほっそりした脚も片意地を張って硬く、踵はバラ色で、裸足だ、というのも私を目にしてサンダルが足から滑り落ち、いまは肘掛け椅子の下にあったからだが、最悪なのは小さな手の無力さだった。きれいだ——私は思った——なんて白いのだろう……白い——だれが「白い」と言ったんだっけ？　あっ！　ユリだ……ユリの……ユリの白さだ……。スパイがそう告げたのだ。医者、食器セット、ユリを私に予言したのだ……。

　少女は菫色の目で、震えもせず、私を見ていて、その剝き出しの首は黒い額縁の下でまるで——私は比喩を探した——まるで夜の歌のようだった。まあ許容範囲だろう……。私は少女の方へ一歩踏み出した、破廉恥にもゆっくりと、瞳を少女の目に突き刺したまま、じっと動かない少女の体は私の心にとって何と甘い恐怖であったことか、胸の先端はワンピースの下で、高鳴る心臓の後について、秒読みしていた、言葉もなく、仕草もなく、何もない——ただ〈破廉恥漢〉がいるだけ。

さらに一歩——すると少女の膝に私の膝が触れた。少女は体を傾け、座ったまま頭を後ろにそらし、豊かな金髪が最後の身の隠し場所となったが、それも空しかった。私は少女の上に身をかがめた。唇がかろうじてわかるくらいかすかに震えていたが、両手を持ち上げることさえできなかった。この娘を辱めるべきだ——私は思った——彼女もそれを待ち受けているじゃないか、それにこんな状況で私はほかの行動が取れるだろうか？　とはいえ、ひょっとすると彼女は辱めるべき無垢な乙女などではなく、最終的に私が自供して頭を載せる、いわば使い古しの切り株なのでは？　でなければ——どうして〈庁舎〉にいるのだろう？

まあ——私は自分に言うと同時に、上から少女の金色の睫毛の間を見下ろした——なにしろ私だって無実でここにいるのだ、なぜ彼女もそうでないことがあろうか？　だが私は気づいた、自分がすでに行動様式にはまり、言い訳を探して、自分の無実を証明しようとしていることに、これは間違いなくまずい方針だった——力を分散させ、浪費してしまう。——さてと……私は自分に言った——良心の呵責なし、逡巡なし！もっけの幸いだ——辱めてしまえ!!!

この漠然とした決定は容易に思い浮かんだが、しかしどのように事に取りかかればよかったのか？　もちろん、私は跳びかかって、接吻した、まして少女の伸ばした手が私たちの唇を引き離したりはしないのだから——私たちは息を混ぜ合わせた。接吻は、陵辱のとっかかり、序曲としては、なんとなく違う気がした。たとえ不意を襲った、ずるい、無理強いした接吻にも何か——何と言うか——洗練された趣味のよい、その場にふさわしい何かがあるのだ——おっ！　わかったぞ。接吻とは飾り、装飾、暗示、寓意なのだ。だが私は何のふりもしたくなかった。さっさと己の性欲を満たし、ユリの白さを嫌らしく踏みにじってやりたかったのだ。天使を雌牛のように扱うのでなけりゃ、ほかにいったい何が陵辱になるというのか?!

それで私は接吻から抜け出した。すると私が取っていたポーズは、無垢な乙女の息を吸い込んだことは、もはや欺瞞の臭いを発していた。——彼女をつかんで、抱き上げてやろう！——そう自分に持ちかけながら、後じさりして軽く身を起こすが、そうしてできた距離は、優柔不断な退却にあまりにも酷似していて、私はいささか気落ちした。とはいえ彼女をどこに投げ出せばいいのか?! 肘掛け椅子を除けば使えるのは床しかなかったが、ユリを持ち上げておいて、元の肘掛け椅子に投げ戻すなんて、まったく意味がない、陵辱には意味がなくてはいけないのに、それもれっきとした! 最も悪賢い不実な意味が!

それなら乱暴に恥知らずにつかみかかるまでだ! ——私は決意した。しかし立ったままではそれはできず、肘掛け椅子がとても低いので、ひざまずいた。しまった! それは謙虚のポーズ、召使いが何かを持ってくるポーズ、雪白の指がユリ白の肩からはずした飾り帯を巻きつけられた「存在」のポーズであった。ひざまずいたまま辱めることはできないが、私はそうせざるを得なかった、というのも事態は刻々と悪化していたからだ。そのうえ少女はいまにも泣き出しそうなので、恐怖が私を突き抜けた、ちくしょう!——唇はもう馬蹄形になって悲鳴を上げそうだ、これじゃユリどころか聞き分けのない洟垂らしになってしまう! 急げ、まだ時間があるうちに!!

それじゃあスカートの下か?! しかしもし、これまで実際に試したことのない手を使って、陵辱どころか、くすぐったくなったら——そしたらどうなる?! もちろん、少女はくすくす笑い出すだろうし、息を詰まらせ、足をバタバタさせるかもしれない、処女性のせいではなく、笑いのせいで——そして私が襲いかかり、引き倒し、もみくちゃにしたところで、もはやユリの影も形もなく、くすぐったさがあるだけだ!! 陵辱の代わりに——くすぐりか? くすぐりっこか? こちょこちょか?! なんてこった!!

これはあの調査判事だ——とち狂った頭にさっとよぎった——あいつが少女をここに置いたに違いない——間違いない! 見抜いたぞ、爪を見ればライオン《エクス・ウンゲェ・》とわかる《レオネム》!! つまり駄目だ!!——私は決然と考えた。——スカートの下は駄目だ、忍び寄るのも、ずるがしこく卑怯なこそ泥の真似もなしだ! 目と目を合わせて——接吻する、だがこれはサタンの接吻だ、雷、血、挑戦、乱暴、恐怖の苦痛だ! ぎりぎりと軋む歯と歯! 舞い上がる埃! 情欲!! これでいこう!!! そして私は少女の上に身をかがめたが、何か違う。ふっくらした頬、ふくれた唇、だがその隅に何か白いものが、うへっ! 食べかすだ。そして再び私たちの息が混ざり合った——そして赤ん坊のにおいがした。ミルクのにおいだ! なんてこった!!! その白いかけらは

——チーズだった！　いや！　ただのチーズじゃない！　チーズちゃん《カッテージチーズ》だ!!!

　失敗だ。ゆっくりと、一インチずつ立ち上がりながら、機械的に膝の埃を払った。そう、これで終わりだった。十六歳の、無垢な、軽はずみな、雪のように白い……。雪のように？　カッテージチーズのようにだ!!!

　出ていくとき、ドア口から振り返って見た。少女は落ち着いて咀嚼《そしゃく》を始めた。しかもバターパンのかけらを片手に隠し持ってさえいた。私が近づいたときに隠しただけだったのだ。私が楽にできるようにと、なのに私ときたら……。まったく……。

　せめてもの慰めは、ひとことも言われなかったことだ。私は背後でドアを閉めると、物音を立てないように歩いていった。破廉恥漢……破廉恥漢……。どこかで銃声がした。すぐ近くだった。争い事には関わりたくなかったし、ましてすべてが私の中でぶるぶる震えていたから、もう引き返そうとしたそのとき、あるドアの前に三人の将校がクッションを捧げ持って立っているのに気づいた。クッションの上は空だった。そうか……。

　撃ち合いには二種類あった。通常、朝食後に派手な銃撃、殺された者やとどめを刺された者の悲鳴、跳弾、漆喰の埃——こうした廊下における戦いは大急ぎで行われた。終了を告げるのは、駆けつける救援隊の足音と暗号のうめき声だ。時折、エレベーターのドアが開くと、そこにかごはなく、空っぽの暗いシャフトを、宙返りしながら血まみれの死体が、どこか上の階から落ちてきた——こうして死体を片付けていたのだ。しかしいまの銃撃は一発だけだった。こうした銃撃の前には通常、ちょっとした——三人か、多くは四人の将校による——行列儀式があり、たいていは二人で天鵞絨《ビロード》のクッションを捧げ持ち、その上にリボルバーが載っていた。彼らは部屋の中に入り、リボルバーなしで出てくると、ついに正体を暴露された裏切り者が自分の頭を撃ち抜くまで、ドアの前で待っていた。上級将校の場合——クッションには階級章がついていた。こうしたお片付けは、野次馬がいない昼休みに行われることが多い。

　司祭と待ち合わせた時刻まで、あと十五分だった。なぜまだ行くのか、すべてが踏みにじられ、横領され、終わってしまったというのに?!　私は集中しようとした。陰謀のことは結局知られていたのだ、なにしろ許可され、指示されてさえいたのだから、もちろん見せかけだけの偽物だが。ただ私は彼と共に、見せかけを隠れ蓑に本物の何かを作ろうとしていた。逃げて、会いに行かなければ、まさに——何らかの危険を嗅ぎつけたことを意味するし、彼らに考えさせることになる。行くこと自体は別に危険ではないだろう。

　相変わらずまだ恥ずかしかったが、だいぶましになった。数分間、廊下の静かな脇道の、トイレとトイレの間を散歩した。言い訳を探しているうちに、私はある考えにしがみついた、ひょっとするとあまりに幼稚《ナイーヴ》かもしれないが、魅力的なこんな考えだ。もしかしてこれは夢なのでは——私は自分に言った——とりわけ聞き分けのない、わがままな夢なのでは？　仮にその夢から差し当たり目覚めることがないとしても（というのも、その夢は並はずれて手強いように思われたからだ）、少なくとも、夢だと特定されれば、私から山のような責任を取り除いてくれるだろう。そこで私は白い壁の前で立ち止まり、両側をちらっと見て、だれも近づいてこないのを確かめると、意志を集中させる不動の努力で壁をやわらかくしようとした——ご存じのように夢の中では、きわめて手強い、並はずれた悪夢の中でも、そうしたことはたいていうまくいくものだ。しかし、こっそり目を閉じたり開いたりしても駄目で、壁をそっと撫でてもみたが——びくともしなかった。それならひょっとして私がだれかの夢なのだろうか？　もちろん——夢の所有者は、夢の中で動きまわっている人物や当座しのぎにでっちあげられたエキストラよりも、夢に対して比較にならないほど絶大な権力を持っている……。

　たとえそうだとしても、私はそれを確認していない——そう結論を下した。主な廊下に戻ってエレベーターに乗り、上階の待ち合わせをした柱のところへ行った。何のためにユリ少女がいたのだろう？　おそらく正確を期すため——たとえ破廉恥漢であっても〈庁舎〉に逆らうことはできないと私に理解させるためだ。あの何もかも幼児語にする調査判事が、私の鼻先でおどけて指を振るのが目に見えるようだ。彼の中のユーモア・センスを発展させたのは、おそらく笑いを誘う首吊り死体の痙攣《けいれん》なのだろう……。

　エレベーターはどんどん昇っていき、文字盤に通過する階の数字がパッパッと現れた。スイッチがカチカチと小さな音を立て、乳白色の照明の光がローズウッドの羽目板で震え、エレベーターが上昇しながら次の階を通過したとき、廊下とエレベーターのドアの二重のガラス越しに、突然本当に彼を目にした。あの短い上着を着て立っていた、少し体を曲げて、物思いにふけって、それも喜びにあふれて——私に気づいただろうか？　自分が何をしているのかはっきり自覚せずに、私はエレベーター内に敷いてある小さな絨毯の上に急いでひざまずいた。鍵穴を通して外の、近づいてくる待ち合わせ場所の方へ視線を送った、向こうからこちらは見えないようにして……。

　エレベーターは目的階に近づいて減速していた。私はまず念入りに磨かれた編み上げ靴を、それから黒いエプロンを目にした、いや——ボタンの列だ。それは司祭平服《スータン》だった！　司祭だ！　司祭が廊下のドアの真ん前で私を待ち構えていた！　エレベーターが速度を落とした上昇でまだ震えていたとき、私は指のひと押しで階下に送り返した。私は裏切りを嗅ぎつけたのか？　いや——そもそもどう考えればいいのかわからなかった、だが、エレベーターが規則正しく穏やかに眠気を誘う動きで降りていくいまは、すっかり安全だと感じた。再びスイッチがカチカチいい、乳白色の照明が明るくなり、私の小さな、何とも居心地のよい小部屋は音もなく〈庁舎〉の中を通り抜け降りていった。もうすぐ一階というとき、再びボタンを押して、私は上へ昇りはじめた……。

　外で何が起きているのか、ひざまずいて観察した。階の形、窓のない壁、床、だれかの足、天井が瞬いていき、それからまた、剝き出しの煉瓦のシャフト、また床……そして二度目に縞模様の上着の調査判事がちらっと見えたとき、彼は口角を歪めて、辛抱強くエレベーターを待っていた——この場面は壁の奥に隠れて見えなくなった、あたかも石のカーテンが降ろされたかのように……。私はさらに昇っていった。

　息を凝《こ》らした。九階が近づいた。あまりに近いため、ほんの一部しか司祭が見えなかった。彼もまた待っていた。そこで再び下へ——そして再び調査判事の脇を通る、私は向こうからは見えず、隠れたまま、二人を少しずつ目で捕らえた、まるでサンプルを採取するかのように……。

　二人はそれぞれ別々に所在なく立っていて、意味もなくじりじりしながら、いささかぼんやりし、それぞれが特徴のない、なまぬるい表情をしていた、だが私は、みずからの上昇と降下で〈庁舎〉を階のショートカットで切り刻みつつ、一方の顔からもう一方の顔へと飛び移りながら、青ざめた、というのも二つが合わさったのだ――調査判事の口角と司祭の垂れた唇が。その合計はもはや二つの階に分割されたひとつの笑いだった、それを見て私は身震いした、というのもそれは二人のどちらかがひとりで笑っていたのではなく、二人一緒に、合わせて、〈庁舎〉そのものであるかのように笑っていたからだ。そしてエレベーターが一階に着いたとき、私は駆け出した、ドアを開けたまま、空っぽだが鳴り止まぬブザーでいっぱいのかごを残して、というのも、いまやもう引っ切りなしに、おそらく全階から同時に呼ばれていたからだ。しかし私はもう遠く離れていた。

　したがって司祭は裏切ったのだ。私の予想どおりになった。この結論を、不名誉に始めた陰謀のフェルマータをじっくり考えていたとき、私の意識に届いたのは、自分が一階にいるという事実だった。

　どこか、近くに、伝説に包まれた大きな〈門〉――〈庁舎〉の出口があるはずだった。

　私はずっと歩いていたが、いまは違った――変化は突然だった。私がいたのは廊下ではなく、とても天井が高い、複数の柱に支えられた広大なホールだった。遠くから石に反響する足音が聞こえてきた。それは遠ざかっていった。そのほかに人けはなかった。もっと多くの人や動き、群衆がいたほうが、そこに紛れ込めてよかっただろう。というのも私は出ていくつもりだったからだ。それが最後の可能性だった。どうしてこれまで脱走のことを考えなかったのだろう、〈任務〉も、指示書も、というかその見せかけも、失敗に終わった偽の陰謀も含めた一切合切を振り切る試みをどうして思いつかなかったのか？　それを恐怖だけで説明するのは難しいだろう。もちろん、哨兵が通してくれないのではとか、通行証を求められるのではと恐れてはいたが、少なくとも逃亡を考えることはできたはずだ、なのに私はまったく考えもしなかった。なぜか？　行くべき場所、戻るべき場所がなかったからか？　〈庁舎〉は私がどこにいこうと見つけ出せるからか？　あるいはそれでもやはり、常識と自分が経験した地獄《ゲヘナ》に逆らって、私はこの不幸な三度《みたび》呪われた〈任務〉に対する信頼を完全に失ってはおらず、それは私の中で自己防衛と最後の支えとして、かすかにくすぶっていたのだろうか？

　もう遠くに〈門〉が見えた。わずかに開いていた。だれもそれを――おお、何たることか！――見張っていなかった。巨大な柱に支えられた飾り天井《プラフォン》が教会の身廊のように大きな、ひっそりした空っぽの、反響さえ欠けた玄関ホールを覆っていた――不意に私はその人に気づいた。

　それは私が出会った二人目の兵士だった。そして、だれかの死を監視していた一人目と同じく、無言で背筋を伸ばし、不自然に両足を広げて固まり、白い手袋をはめた両手で短機関銃を持ち、その無感覚な様子で己の存在を否定しつつ、これは自分ではない、こいつをこの場所に据えたのは〈庁舎〉なのだから、と言っているかのようだった。

　兵士は私から二十歩ほど離れた柱の間に立っていた。〈門〉は垂直の、白い光に満ちた隙間を見せて少し開いていた――仮にいま走り出せば、兵士が発砲する前に行き着けるだろう。――たとえもし――私は思った――撃たれたとしても。一時しのぎはもうたくさんだ、恐怖に裏打ちされた忍従は、自己欺瞞の希望は、もうたくさんだ、これだけもう何度も卑劣漢になってはやめてを繰り返してきたのだから！　こんなのはもうたくさんだ！　たくさんだ!!　たくさんだ!!

　歩哨のところまで来た。彼は私を通して宙を見ており、何も訊かなかった、まるで私が見えないかのように――まるで私などそもそも存在しないかのように！

隙間よ！　白い光に満ちた隙間よ!!

　六段の幅広い石段が下へ、〈門〉の方へ続いていた。最後から二段目で私は立ち止まった。

　浴室のあの男が私を待っていた。私は彼に、来ます、と言ったのだ。そうだ――だがあの男はスパイであり、挑発者であり、ユダなのだ、皆と同じように、そしてそれを特に隠そうともしなかった。これはいったい何だ――挑発者を欺く？　裏切り者を裏切る？

　とはいえ彼は私に、医者、受け皿、白ユリのことを教えてくれた――つまり知っていたのだ。したがって、私が逃げることも、彼のもとへ戻らないことも知っていた――ならばどうして私に戻ることを要求し、それを約束するよう要求できたのだろう？　それでもやはり彼は本当にそれを当てにしていたのだろうか？　その確信は何に基づいていたのだろうか？

行こう——私は思った。——これが最後の一歩になる。こうすれば、あとで行う脱走が脱走以上のものになる——〈庁舎〉全体への挑戦になるのだ、なぜなら私は秘密裏に、〈庁舎〉と同様、嘘と策略で行動することもできたのに、まるで慈悲と思いやりと全人類愛の光が自分に降り注いだかのように振る舞おうとするからだ。

じっと動かない哨兵の横を引き返し、階段を昇り、それから廊下を通って、エレベーターに戻った。だれも乗っていなかった。ちいさな小部屋は赤い天鵞絨の微光の中に私を閉じ込め、ボタンを押すと、遠くのかろうじて聞こえる電気モーターの歌が鳴り響き、通過する階のスイッチがカチカチいい、私は〈庁舎〉の中を、その揺るぎない壁の煉瓦と漆喰の断面づたいに浮かび上がっていった。

そして、周知の白い廊下が、輝くドアの照り返しの中、私を長い道のりへと導いた、ファイルを持ったり持たなかったりする、白髪まじりの、ひ弱な、または肩幅の広い、個別の将校たちの間を——いましがたトイレから十数歩のところですれ違ったひとりは、陽気で太っていて鼻息が荒かった、というのも両手で抱えていた書類が重かったのだ……。

私は背後で外側のドアを閉めた。手前の部屋にはだれもいなかったが、そこでは繰り返し金属音が聞こえており、その音は並はずれて執拗かつ明瞭で、あたかも静寂に強められているかのようだった。そんなふうに水が滴っていたのだ。

私はドアレバーを押し、ため息をつき、口ごもり、沈黙した。

彼は水を張った浴槽の中に、裸で、横たわっていた、喉を切り裂かれた雄豚のように。濡れた髪は、白髪のせいで白っぽく見えるこめかみで、ひとつの光る殻となっていた——というのも頭を横にして磁器タイルの方へ向け、顔は水没し、硬く握りしめた手には、いまだ剃刀を持っていたのだ。血はひどい傷から水に流れ出し、水と混じり合っていたが、完全にではなかった——奥の方ではなおも暗い曲線や縞が動いていた。

私は彼と差し向かいになるため、ドアに錠を掛けて、浴槽に近づいた、だがそのときでさえ彼の顔は見えなかったのに、最後の瞬間になって彼は少し顔をそむけた、あたかも剃刀にぎょっとしたかのように、あたかもそれを見たくなかったかのように——あるいは、私に見つかって隠れようとするかのように。

　彼がそうせざるを得なかったことは理解できた。彼が何を言おうと、どんなに誓おうと――私は彼を信じなかっただろう。ただこうすることでしか彼は私に示すことができなかったのだ、自分が私に何も望んでおらず、要求もしていないことを、決して私を脅しも騙しもしていないことを――ただ活動を停止することでのみ、そうなのだと彼は証明した、そしてそれが私のために彼にできたすべてだった。

　私は浴室を見まわした。服は洗面台の下にきちんと四角くたたまれ、血で汚したくなかったのか、浴槽から離して置いてあった。仮に彼が何かのしるし、書いたもの、何らかのメッセージ、遺書、警告、指令などを残していたら――私は再び警戒することになっただろう。彼はそれを知っていたから、この裸の体だけを残した、まるで己の赤裸々な死によって私に納得してもらいたかったかのように、私が必ずしも裏切りだけに取り囲まれているわけではないことを――いかなる措置でももはや変更できない意味を持った、撤回できない最終的なものがあるということを。

　こうして自死することで――私のために――彼はみずからをも救ったのだ。

　私は注意深く浴槽に身をかがめた。なぜ彼は最後の瞬間にそっぽを向いたのだろう？　大きな雫が蛇口の吐水口に集まっては、次第に赤くなっていく水の表面にぶつかり、輪となって広がった――恐ろしい、耳を聾《ろう》する音。私は確信しなくてはならなかった。冷たい肩をつかんで彼を起き上がらせた。彼はまるで木でできているかのように全身をごろんと傾け、顔を水から出すと、涙のように流れ落ちる水が、目に溜まり、両頰のひげの上で震えた。私は確信しなくてはならなかった。剃刀は？　氷のように冷たい掌からそれをもぎ取ることはできなかった。なぜこんなに強く握っていたのだろう？　指の握力は心臓の最後の鼓動と共にむしろ緩むはずではないか？　なぜ剃刀を放そうとしなかったのだろう、私がこんなに指をこじ開けて抜き取ろうとしたのに？　なぜ目に偽の涙をいっぱい溜めていたのだろう？　なぜいい加減に横にならずに、きちんと彫像のように休らっていたのだろう？　なぜ顔を隠したのだろう?!　なぜ水道管が歌ったり、叫んだり、うなったりするように聞こえたのだろう?!　なぜだ??!!

「剃刀を返せ、挑発者め!!!」私はわめいた。「この裏切り者!!　破廉恥漢!!　剃刀を返せ!!!」

クラクフ、一九六〇年

（芝田文乃訳）

# 解説

スタニスワフ・レムの小説『捜査 *Śledztwo*』は、テキスト末尾に記されているように、一九五七年四月から一九五八年一月にかけて執筆された。同年五〜六月に加筆訂正され、八〜十一月に作品の抜粋が週刊誌『プシェクルイ（断面）』に十四回連載された。国家防衛省（ＭＯＮ）出版局から単行本が刊行されたのは、翌一九五九年である。

版元に関して、いささか遠回りの歴史的注釈を付しておきたい。

ポーランドが独立を回復する以前の一九一八年二月に軍季刊誌『ベッローナ *Bellona*』が創刊された。bellona はラテン語の bellum（戦争）の複数形。ポーランド人将校の知的成長を趣旨とする軍事思想誌だった。ポーランドがドイツとソ連の侵攻により世界地図上から姿を消していた第二次世界大戦中には、亡命政府が置かれていたロンドンで刊行が続けられた。

第二次世界大戦後、社会主義国として再生したポーランド国内では、『ベッローナ』の編集・出版は国家防衛省出版局によって行われることになった。同出版局は、防衛、国家安全保障、軍事関連を専門にし、「迷宮 Labirynt」というミステリ文庫も人気を博した。

民主化後の一九八九年、出版社の名称が「ベッローナ」に変わった。現在も「戦史」シリーズなどを刊行している。

『捜査』はその表題・内容はもちろん、版元もそのジャンル的属性（犯罪小説、探偵小説）を暗示していたことになる（ただし、出版は「迷宮」文庫誕生以前）。

この種の小説の執筆は、レムにとって『捜査』が最初でも最後でもなかった。一九四〇年代に書かれた初期短篇（『火星からの来訪者』参照）にもミステリの要素は含まれていたし、一九五五年ごろには最初の長篇が試みられていた。近未来にあたる一九六〇年のニューヨークを舞台にしたレイモンド・チャンドラー風の作品だが、十章の途中（刊本で百二十頁ほど）で執筆は放棄されてしまった。作者の死後発見された分厚いファイルには、「出来損ないの犯罪小説《ミステリ》 *Sknocony kryminał*」と記されていたという。原題が付けられていなかったため、二〇〇九年にファイル名そのままの表題で出版された（未訳）。

一九七六年に刊行された傑作『枯草熱』は、レムの「ミステリ長篇」への（『捜査』を経て）三度目の挑戦だったことになる。

『捜査』の完全版刊行を前に雑誌連載された、総分量にして三分の二ほどの抜粋版では、フェンショー夫妻、アーマー・ブラック、マックキャットなどの登場場面が削られ、警察関係者ばかりが活躍する純粋の警察小説に設えられている。第三章まではほぼ完全版のまま、第四章以後、次第に省略箇所が増えてくるのは、読者の関心をかきたてる宣伝戦略かとも勘繰られる。

連載第一回に添えられた編集部の紹介文は、『捜査』の特徴、『捜査』刊行当時のレムの経歴・嗜好などについて物語っている貴重な文献である。

『捜査』は犯罪小説《ミステリ》です。しかし、明らかになるのは、犯罪事件の謎が哲学的な謎でもあり得るということ。ロンドン警視庁《Scotland Yard》の警部――物語はイギリスで起こります――がここでは、日常的な人間的概念に収まらない問題を解決しなければなりません。

これはスタニスワフ・レムにとって初めての探偵小説です。彼はすでに『プシェクルイ』に空想科学的『マゼラン雲』、そしてグロテスク的『泰平ヨンの旅』など一連の短篇を発表しています。

『捜査』の作者についての情報は次の通りです。

一九二一年にリヴィウで生まれました。

戦争中は自動車工でした。

クラクフで医学部を卒業し（診療は行っていません）、心理学部の助手でした。

クラクフに住み、妻はいますが、子どもはいません。

六冊の本を書きました、すなわち……

**『宇宙飛行士たち（金星応答なし）』**のポーランド内外での発行総部数は五十万部を超えました。

**『マゼラン雲』**は『プシェクルイ』の読者もご存知です。

**『失われし時』**は批評家に評価された分厚い現代小説です。

**『セザム』**と**『航星日誌』**は二冊の未来物短篇集です。

サイバネティックス――電子頭脳の構築などが可能になった科学理論――的展望を持つ哲学的な**『対話』**。

レムの諸作品は、ドイツ語（東ドイツ）、オランダ語、ロシア語、チェコ語、ハンガリー語、セルビア・クロアチア語、ルーマニア語に翻訳されています。

『捜査』の作者は、私たちに言明したところでは、何よりも次のものが好きです――サイバネティックス文献を読むこと、スキー、お伽噺、レイモンド・チャンドラーのミステリ、シネマスコープの映画、ドストエフスキー、ゴンブローヴィッチ、外国旅行、機械仕掛けの玩具、そして不要なものを買うこと。

さて嫌いなのは――

列車、海、歴史小説、アスパラガス、伝統演劇。

これ以上挙げることはできません――なぜなら、自ら断言する通り、自分自身について、自分の嗜好についてはあまり考えないからです」（『プシェクルイ』一九五八年六九八号〈八月二十四日号〉）

＊

『捜査』には深見弾（一九三六〜一九九二）による先行訳がある。深見氏にとって、イェジィ・エディゲイの警察小説『顔に傷のある男』（一九七七）『ペンション殺人事件』（一九七八）に続くポーランド文学の翻訳であり、レム作品最初の訳業だった。新訳に際して、参照した箇所がある。Adele Milch による英訳（*The Investigation*, New York: A Harvest Book, 1974）にも助けられた。両翻訳者に、心よりの敬意と感謝を捧げる。

翻訳の底本——Stanisław Lem, *Dzieła Tom VIII. Śledztwo. Katar*, Warszawa: Biblioteka Gazety Wyborczej, 2008; Stanisław Lem, *Śledztwo*, Kraków, 2019（wydanie drugie poprawione）[e-book].

久山宏一

# すべては暗号だ、暗号を解読せよ――『浴槽で発見された手記』訳者あとがき

『浴槽で発見された手記』の原書 *Pamiętnik znaleziony w wannie* 初版はクラクフの文学出版社《ヴィダヴニットフォ・リテラツキエ》から一九六一年に刊行された。これはスタニスワフ・レムの代表作『星からの帰還』や『ソラリス』と同年である。日本語訳はこれまでに『浴槽で発見された日記』（深見弾訳、集英社、一九八〇年）と『浴槽で発見された手記』（村手義治訳、サンリオSF文庫、一九八三年）の二通りがあり、今回が三度目の新訳となる。およそ四十年前、私はサンリオSF文庫の村手訳で初めて本書に触れた。将来自分がこの本を訳すことになるとは夢にも思わずに……。

まずは、この初読時の印象から書き起こしてみよう。

「浴槽で発見された手記」とも呼ばれる本編『新第三紀人の記録』の由来を説く「まえがき」自体が、壮大な未来史を綴った単独のSF短篇として読める。三千年前、初期軌道探査遠征隊がたまたま持ち帰ったハルツィウス因子が、地球全体でパピル分解疫を引き起こした。当時は記録媒体として主にパピルが使われていたため、これにより地球文明は崩壊し、混沌時代に入る。未来の考古学者は長年の調査の末、化石化した第三ペンタゴンを発見する。この地下建造物の遺跡から出土したのが『新第三紀人の記録』なのだ。

この最終ペンタゴンはアメル＝クのロッキー山脈で発見されたとあるから、アメリカを舞台にしてい

るのかと思いきや、建物内で働く人々は、コーヒーではなく、紅茶をガラスのコップで飲んでいる。これは明らかにアメリカの敵国の習慣ではないか。そのうえ登場人物の名前からは、どこの国が舞台とも判別しがたい（強いて言えば幾分ドイツ語の響きが感じられる）。これは東西冷戦時代の検閲対策でわざとそうしているのだろう。作中では〈庁舎〉と〈反庁舎〉という二大諜報機関が互いにスパイを送り込み合っている。「まえがき」でアメリカや資本主義を批判しているように見せかけておいて、本編では実在の固有名を出さずに（特定の国を名指しせずに）、官僚主義や諜報戦を批判したり揶揄したりしているのだ。ちなみにレムの小説は、英訳よりもロシア語訳とドイツ語訳が先行する場合が多かったが、本作は珍しく英訳版刊行の方が早かった（一九七三年）。ロシア語版の刊行はだいぶ遅れて、ソ連崩壊後の一九九四年である。名指ししてはいないものの、本作がソ連邦を当てこすっていることはさすがに明白だから、かの国では出版できなかったのではないか。ただし、もちろんレムのことだから、通り一遍の政治批判や諷刺では終わらない。

主人公は秘密政府機関のエージェント。司令官から〈特別任務〉を言い渡されるが、官僚主義と事務機構の歯車の中で迷子になり、白いドアが並ぶ廊下を延々さまよい歩く。この〈庁舎〉内では何もかもがあやふやで、見た目どおりの確実なものはひとつもない。出会う人物はことごとく怪しく、だれも信用できない。自分の〈任務〉さえ具体的に何なのかわからない。すべてが混沌に支配され、いっこうに目的にたどり着けない迷宮世界は、フランツ・カフカの『城』を思わせる。また、レム自身が十二歳の頃、授業中ひとり密かに作成していた架空の身分証明書の数々（パスワードや暗号付き）と、それによってうち建てた「身分証明書全能の王国」は、〈庁舎〉のプロトタイプのようでもある。

『浴槽で発見された手記』*Pamiętnik znaleziony w wannie* という書名はヤン・ポトツキの小説『サラゴサ手稿』（原題はフランス語で *Manuscrit trouvé à Saragosse*、ポーランド語タイトルは *Rękopis znaleziony w Saragossie*、直訳すると『サラゴサで発見された手稿』）のもじり。『サラゴサ手稿』は「前書き」で手稿の由来を説明し、本編はシエラ・モレナの山中をさまようワロン人衛兵隊長アルフォンソが書き残した手稿という構成をとっており、『浴槽…』全体の枠組みは『サラゴサ手稿』を踏襲している。また本編のプロットも部分的に『サラゴサ手稿』を下敷きにしている。アルフォンソは謎めいた人物と出会い、美しい姉妹に誘惑されるなど不思議な体験をして、目覚めると絞首台の下に横たわっている。『浴槽…』には美しい姉妹は登場しないが、やはり様々な謎めいた人物と出会った主人公が眠りに戻る場所はつねに浴室なのだ。この類似を踏まえると浴室には死のイメージがつきまとう。また、アルフォンソは庵の隠者に会って話を聞けるが、『浴槽…』の主人公は隠者に会うことすらできない。なお、一九八〇年に出た工藤幸雄訳『サラゴサ手稿』（国書刊行会）は抄訳だったため、日本語読者がこの物語の全貌を知るには、二〇二三年の畑浩一郎による全訳『サラゴサ手稿』（岩波文庫）を待たねばならなかった。この小説は一九六五年にヴォイチェフ・イェジィ・ハス監督によって映画化されている（邦題『サラゴサの写本』）。

レム自身は、文学史家・文芸評論家のスタニスワフ・ベレシとの会話の中で、『サラゴサ手稿』には「あらゆる時局的な政治諷刺を超える概念が含まれており（中略）、意図性の概念の全体化」があると述べ、「偏執的ヴィジョン」として肯定的に評価している。それは「社会政治的な出来事のすぐに消え去る一時的なものではなく、場所から場所へ、ある時から別の時へと移っていき、奥深くまで及ぶ定式として、非常に多様な社会形態の中で多くの異なる現象に到達する」と言う。それゆえレムはこの「偏執的ヴィジョン」を、シエラ・モレナ山中からロッキー山脈へ、十八世紀から未来へと移し替え、時局的ではない普遍的な概念に到達しようと試みたのだろう。

ＳＦ仕立てで時代と場所を偽装し、『サラゴサ手稿』の枠組みと不気味さとユーモアを取り込み、スパイ小説のスタイルで書かれたカフカ的不条理幻想＋政治諷刺小説――初読時にはおおよそこんな認識だったのだが、しかし、それだけでは説明のつかない場面が本書には多数ある。なにしろ登場人物のひとりが「すべては暗号だ」とのたまうのだから。読者は本書を暗号として解読しなくてはならない。〈暗号部〉の誇る暗号解読器はシェイクスピア劇さえ解読してしまう（が、何だかインチキくさい）。ところが、その同じ人物が「答えはないだろう」とも述べる。読者は主人公と同じく何も信じられなくなり途方に暮れる。

また、受け皿《ポツスタフカ》を見せて「入れ替え《ポツスタヴィエニエ》」（敵のスパイと入れ替わっていること）を示唆する場面がある（これはポーランド語の判じ物だから、アメリカでもソ連でも通じない。「入れ替えて読め」というポーランド語読者への合図だ）。『サラゴサ手稿』では異性装や男女の入れ替えといった演出があるが、『浴槽…』の〈庁舎〉には二重装《スパイ》や三重装、五重、六重までいるらしい。こうなるともう、だれが味方でだれが敵なのか、さっぱりわからない。疑心暗鬼でつねに隣人を疑い、互いに密告しあう社会となる。

これ以外にも本書には言葉遊び、造語、パロディなどがてんこ盛りで、ネット検索がなかった四十年前にこれを訳した先輩たちには頭が下がる。たとえば、軍隊の階級では「提督准将《アドミラディエル》」といった非実在の名称が造語されている。文書保管所の老人や医者や教授が語る蘊蓄は、駄洒落を交えた法螺話のようにも聞こえる。そして今回、訳出作業中に気づいて驚いたことがある。なんと、ある駄洒落が一過性に終わらず、別の場面で他の言葉に侵食し、異なる意味やイメージを付与しているではないか。つまりこういうことだ。本文中、「病むもやむなし《ザラス・ザラザ》」と訳した駄洒落は、直訳すれば「すぐに疫病」という意味である。「疫病」と来れば読者には「まえがき」で言及された「パピル分解疫」がまず思い浮かぶ。すると、この文書保管所の老人が図らずも未来を予言したように読める。そればかりか、その後の場面で主人公が「待てよ《ザラス》」と口にするたびに、読者の耳には「疫病《ザラザ》」がこだまのように聞こえてくる。こうして繰り返し「ザラス・ザラザ」を幻聴するうち、本書全体にザラザラとパピル分解疫のハルツィウス因子が振り撒かれている光景が思い浮かぶ。そして、いま手にしているこの本も瞬く間に埃の山に転じてしまうのではないかと。

もうひとつ日本語に訳しにくかったのは、ポーランド語の指小形を駆使した言葉遊びだ。指小形とは、ある単語の語尾を変形して「小ささ」「かわいらしさ」などのニュアンスを付加した形のこと。例を挙げれば tort（ケーキ）の指小形が torcik（小さな／かわいいケーキ）となる。本文中では tortura（拷問）の略語として tort（拷）を使い、それをさらに指小形 torcik（拷モン）に変化させている。指小形が固定した特定の意味を持つに至った例もある。たとえば ser（チーズ）の指小形 serek は単なる小さいチーズではなくカッテージチーズを指す。幼児に話しかけるとき、指小形を使うことが多いため、本文中では「幼児語」と表記した。通常、幼児には使わない「供述」といった難しい単語まで何でも指小形にしてしゃべる調査判事が登場する。そうした言葉遣いの滑稽さが日本語でも伝わるとよいのだが。

　本書後半の酒盛りの場面でインテリ庁舎員たちは、戯れ歌を唄ったり、汽車ごっこを始めたりと、いきなり幼児化してしまう。まるでヴィトルト・ゴンブローヴィチの『フェルディドゥルケ』の若者たちのように。そして結末近くに登場する少女は、ゴンブローヴィチ『コスモス』の主人公が妄想の中で瀆《けが》そうとする少女レナを彷彿させる（『コスモス』は一九六五年刊だから、『浴槽…』の方が四年先んじている）。つまり、少女に対して主人公は己のエロティックな欲望を勝手に投影するが、少女は主人公のことなどどうでもよくて、未だ食欲旺盛な子供にすぎない。ところが、こうしたゴンブローヴィチ的幼児化も混沌の果てに自然発生したわけではないのだ。注意深く読めば、冒頭で指揮官に任務を言い渡された際、「コードネームは〈幼児〉」と明確に告げられている。となれば、幼児化ですら〈庁舎〉の計画の一部ということになる。

　偶然の一致に意味づけしたり、勝手な物語を見出したりする人間の指向をあらわにする点で『コスモス』とレム作品は似ている。言葉による定義（形式）と内容（の空虚さ）のズレ、それによって生じるグロテスク劇を描く『浴槽…』は、レム作品中、最もゴンブローヴィチに接近しているように思われる。ポーランドのエッセイストで翻訳家のヤン・ゴシリツキは、『浴槽…』がゴンブローヴィチの戯曲『結婚 *Ślub*』に似ていると述べる。言葉が現実を作る・相互理解の不可能性・見せかけの世界・空虚な儀式としての人生、といったモチーフが両者に共通していると言うのだ。レム自身は英訳者のマイクル・カンデルに宛てた手紙の中で、この小説は「もちろんカフカだが、これはゴンブローヴィチを通してみたカフカだ」と書いている。これを読んで、自分の読み方は間違っていなかったとようやく答え合わせをした気分になった。

ここまでをまとめると、『サラゴサ手稿』を下敷きに、カフカとゴンブローヴィチを通して描いた東西冷戦期の不条理スパイ小説となるだろうか。だが解読はまだ終わらない。作中で〈暗号部〉長プランドトルは言う。「分解された暗号は、なおも暗号なのです。専門家の目で見れば次から次へと遮蔽物が剝がれていく。無尽蔵です。終わりも底もありません」と。読者は玉ねぎの皮を剝がすように、引き続き解読を進めなくてはならない。さらに深く掘ると、その下の地層が現れる。

ブランデルダシュ中尉が案内してくれた〈収集部〉には、人工耳、橋義歯《ブリッジ》、つけ鼻など、スパイの変装道具が展示されている。これらはレムが幼少期に眺めていた父の蔵書――医学書の補綴学の巻に載っていた図版や、耳鼻咽喉科医であった父が患者の気管や食道から取り出した物体を思い起こさせる。しかし、櫃に入った大量のカフスボタンや山盛りの歯は、博物陳列室というよりはむしろ、アウシュヴィッツ強制収容所の囚人の遺品を想起させる。敵のスパイの毛髪やひげを縫い込んだゴブラン織りまでいくと、もはや悪趣味だ。殺した相手の人体の一部を戦利品《トロフィー》として誇らしげに展示しているのだから。ゴンブローヴィチは身体パーツをフェティッシュとして書いたが、レムにとってそれらは死者を想起させるオブジェである。

また本書には時折、丸い小さな縁なし帽《ヤルムルケ》をかぶった人物や、耳の前に細い巻き毛を垂らした人物が登場する。これはユダヤ教徒の特徴だ。隠者の庵への通路となっている暗いごみ捨て場は、強制収容所に移送される前にユダヤ人が詰め込まれたゲットーを想起させる。このようにしてユダヤ人という言葉を出さずに、レムはホロコーストを暗示し、批判しているのだ。

レム自身はユダヤ教徒ではないが、レム一家はユダヤ系であったため、ナチス・ドイツ占領期に身元が暴露されれば強制収容所送りか、路上で捕まって撃ち殺される可能性もあった。戦後、レムの故郷ルヴフ（現ウクライナ領リヴィウ）はモロトフ・リッベントロップ協定に基づきソヴィエト連邦に引き渡された。ユダヤ系ポーランド人にとってナチス・ドイツが敵なのは言うまでもないが、ソ連型共産主義もまた自国の政治経済状況が悪くなるたびにユダヤ人をスケープゴートとして迫害してきた。ユダヤ人にとっては東西どちらも敵なのだ。

レムは本作で、SFとポトツキとカフカとゴンブローヴィチを隠れ蓑に、東西冷戦と諜報戦、そしてそれに先立つ第二次世界大戦とホロコーストの不条理を静かに糾弾しつづける。それは単に敵を非難するにとどまらず、任務を誠実に遂行しようとする主人公でさえ、圧力をかけられればいとも容易に味方を裏切る様子を示して、我々一般人の精神的弱さを指摘する。周囲のだれも信じられなくなり、味方がひとりもいなくなったとき、我々はいったい何を基準に何を信じて行動するのかという問いを突きつける。レムは『ソラリス』でも『インヴィンシブル』でも、この問いを投げかけつづけている。

二〇二三年十二月

芝田文乃

## 解説　推理と不条理――ＳＦに収まり切らないレム作品の多彩さ

沼野充義

本巻には『捜査』（一九五九年）と『浴槽で発見された手記』（一九六一年）というスタニスワフ・レムの二篇の長篇を収める。どちらも以前に日本語に訳されたことがあるが、今回は久山宏一氏、芝田文乃氏という二人のポーランド語専門家による新訳をお届けできることになった。どちらも六十年以上前の、かなり「古い」作品ではあるが、決して古びないレムの創作の多彩さと現代性を今回の新訳によって伝えることができると思う。

これらの作品は、ちょうどレムが社会主義リアリズムの教義の拘束から解放され、独自の世界を築き上げつつあった時期に書かれたもので（代表作『ソラリス』が出版されるのが一九六一年である）、以下の解説で述べるようにそれぞれ題材も手法も全く異なっているが、強いていえば一つ、大きな共通点がある。それはどちらもシリアスＳＦのメインストリームからはずれた、ジャンル既定の難しい、言わば境界線上の作品だということである。無理を承知であえて私なりに一言で言ってしまえば、『捜査』はメタ推理小説、『浴槽で発見された手記』は疑似ＳＦ的不条理小説といったところだろうか。一九五〇年代末のレムはこういった「風変わり」な作風に手を染めて自分の才能の多面性を幅広く試しながら、『ソラリス』や『インヴィンシブル』に代表されるＳＦ作家としての王道を切り拓いていくことになった。

なお、以下の解説ではどうしても「ネタバレ」を避けることができなかった。二長篇ともそれぞれ「訳がわからない」印象を強く残す作品であり、読書ガイドとして以下の解説が役に立つことを期待したいところだが、「ネタバレ」を好まない読者には解説は後回しにして、まず作品を先に読むことを強くお勧めする。

## 『捜査』

### 奇妙な推理小説？

『捜査』は、独自の雰囲気と魅力を持った推理小説の一種と分類されそうだが、実はジャンルとしての推理小説のコンヴェンションに従わないという点では、「反推理小説」、推理小説の存立条件を問い直すという意味では「メタ推理小説」だとも言えるだろう。例えばアメリカの推理小説家レイモンド・チャンドラーが打ち出した、本格推理小説で守られるべき九つの古典的ルールを見ても「事件の状況や結末には、読者を納得させられる理由を付けなければならない」とか「登場人物や作品の枠組み、雰囲気は現実的にする」「事件は現実的に解決されなければならない」といった項目があるが、レムの疑似推理小説はこれらの基本中の基本というべき規則を思いきり無視している。つまり『捜査』では結末で読者を納得させる解決（謎解き）は結局与えられず読者は言わば宙づりのまま置き去りにされるのだし、作品全体を包む雰囲気は霧深い深夜に展開する怪奇小説といった趣のあるものだ。

『捜査』は冬のイギリスを舞台にした作品で、地名や風物も（レムはイギリスに住んだことがないので、細部では多少の間違いもあるが）リアルなイギリスの設定になっている。時代ははっきりとは指定されていないが、おそらく小説が書かれたのと同じ頃だろう。地方の墓地などの死体安置所で次々に奇妙な事件が起こる。最初はこの先の事件の予告のように、死体が姿勢を変えたり、動いたのではないか、というちょっとした事例なのだが、次に死体が忽然と消えうせるというまったく不可解な出来事が繰り返されるのだ。いずれの場合も、死体消失が起こるのは霧深い深夜から早朝にかけてのことで、「犯人」もその動機もまったくわからない。そして死体消失が起こったときは、なぜか猫か犬が目撃されている（もちろん、常識的には猫や犬の仕業とは考えられないのだが）。

この事件を捜査することになるのは、イギリスを舞台とした犯罪小説ではおなじみのスコットランド・ヤード（ロンドン警視庁）であり、そのグレゴリー警部補が事件の捜査の任務を負って真相の解明に取り組む。しかし、捜査は難航し、さまざまな仮説が立てられるものの、一向に真犯人につながる手がかりも見つからないし、現実味のある動機による説明もできないままである。警察から協力を要請された天才的な統計学者シスは、死体の消失と消失を隔てる距離と時間、それぞれの時点での気温から定数を割り出すことに成功し、次に消失事件が起こる時間と場所を予測するアルゴリズムを導き出す。さらに、彼の統計学的手法は、死体の消失と、その地方での癌の罹患率の間に反比例の関係があるという、驚くべき発見にいたるのである。

シスの統計学的理論は一定の説得力のあるものとはいえ、特定の犯人や犯罪の摘発につながるわけではなく（それどころかグレゴリー警部補はシス自身が一連の死体消失事件に何らかのかかわりを持っているのではないかと疑う）、小説の中では様々な立場の登場人物が真犯人とその動機について仮説を提出する。遺体性愛者《ネクロフィル》や精神異常者による犯行ではないか、という誰でも思いつきそうな「犯行の主体」を考えようとするものから、未知のウイルス、地球外の知性体の仕業である可能性を想定するもの（そうだとしたら小説はＳＦに近づく）、はたまた死者の復活をめぐる宗教的奇跡にいたるまで、次元も蓋然性も異なる解決案が次々に示されては否定されていく。そして最後には、夜中にトラックを運転する大手運送会社の運転手の狂気という、比較的現実的にありそうな説まで暗示されるのだが……。

いずれにせよ、このような仮説の数々を見ればわかるように、『捜査』は古典的な英国推理小説の装いをとりながらも、超自然を扱う怪奇・ホラー小説、ＳＦといった要素も兼ね備えた、ジャンルの決めがたい小説である。アンジェイ・ストッフという批評家は、『捜査』は様々な文学的伝統の混成物であり、それはときに主流文学（純文学）作品の一つと分類されることもあるが、読者はこれがいったいどんなジャンルのものなのか、確信が持てなくなる、と指摘している。

## 本格的ＳＦ作家として活躍を始める一歩手前で

『捜査』執筆の時点でレムは『金星応答なし』（一九五一年）や『マゼラン雲』（一九五六年）などのＳＦ長篇をすでに出版しており、新進のＳＦ作家として注目されていたが、後にＳＦ作家としての代表作となる『エデン』（一九五九年）や、『ソラリス』（一九六一年）、『インヴィンシブル』（一九六四年）などの傑作はまだ書かれておらず、『捜査』はレムが本格的ＳＦ作家として活躍を始める一歩手前の助走段階で書かれた、奇妙な非ＳＦ的作品だった。言わば初期レムと盛期レムの橋渡しをするような位置にある作品だが、注目すべきは、ここでレムは、それ以前のＳＦ小説を縛っていた社会主義リアリズムのイデオロギーからも政治的な重荷からも自由になって、現実とは何か、認識とは何か、そして世界とは何かをめぐる思考実験を行っているということだ。それは必然的に、認識可能な事物の論理的な因果関係から成り立つべき世界を一元的に描くリアリズムから逸脱し、いかなるジャンルにもぴったりとは当てはまらない、一種の不条理小説に近づくことになった。

それは思いがけないことに、二十世紀世界文学の旗手の一人、ヴィトルト・ゴンブローヴィチ（一九〇四―六九）の『コスモス』を先取りするような要素を持っている。『コスモス』はこれまた強い不条理の感覚に満たされた探偵小説仕立ての作品と言うことができるだろう。『コスモス』では、日常生活の中に些細な徴《しるし》がちりばめられ、それが次々に結び合わされて作中にしかけられた大きな謎に関連付けられていくのだが、謎を快刀乱麻のごとく解決できる探偵は存在せず、謎は謎として言わば宙づりのままで終わってしまう。ひょっとしたらレムはゴンブローヴィチの影響を受けたのかも知れないなどと想像したくもなるが、じつは『コスモス』は一九六五年、つまり『捜査』の六年後に出版された作品であり、レムの方がいかに先駆的であったか改めて思い知らされる。

レム自身は『捜査』について、どのように自己評価していたのだろうか？　後にスタニスワフ・ベレシとの対話で彼自身は、このように言っている。

〔『捜査』に〕私は完全には満足していませんが、まったくきちんと書かれていて、相当な緊張を生み出しています。ただ、その結末が〔推理小説という〕ジャンルの守るべきパターンを破って、ことさら困難な課題にチャレンジしているのです。というのも、そこでは物事を相対化して見るような哲学的ひねりが付け加えられ、そうであったかも知れないけれども、それ以外であったかも知れない、ということを示しているからです。『枯草熱』のほうが、信憑性がある分だけ優れています。私自身は信じてもいいと思っています。自然主義と素朴な信憑性の範疇においてさえ、それはよりよい出来栄えになっています。ひょっとしたら、こういうアイデアに私がことのほか愛着を抱くのは、単に偶然とか、偶然の一致、たまたま起こる出来事とか盲目的な運命といったものがなし得ることに対していつも偏執的な態度を取っていたからかも知れません。

ここでレムが『枯草熱』（一九七六年）というもう一つの作品に言及し、『捜査』と比較しているのは偶然ではない。『枯草熱』は『捜査』とともに、レムの全著作の中でも例外的なミステリー（推理小説）仕立ての作品だが、どちらも、通常の推理小説の域を越えて、奇妙な味の存在論・統計／確率論的ミステリーの領域に足を踏み入れているという点で共通しているからだ。

『枯草熱』は、イタリアで続発した原因不明の怪死事件の謎を追うべくアメリカ人の元宇宙飛行士が、偽装作戦を展開するうちに、みずからもとうとう信じがたい異常な事態に巻き込まれ、命の危険に直面する、という物語である。そして、最後には『捜査』の場合とは違って、すべての謎が、信じがたいほどの偶然の連鎖によって説明されるのだが、そこから浮かび上がってくる世界像とは、気が遠くなるほどの偶然の絡み合いの中で、秩序と混沌が作用しあう、とうてい普通の人間の頭脳では把握しがたいものなのだ。普通の意味でのＳＦとは呼びにくい作品であり、世界がどのように組み立てられているかという謎を解き明かそうとしたスペキュラティヴな小説であるという意味で「世界ミステリー小説」と呼んでもいいかも知れない。つまり、『枯草熱』は、『捜査』においてはきちんと解決されないままになっていた謎に対してレム自身が十七年後に与えた一つの回答だったとも言えるだろう。

## 統計と偶然――世界というミステリーとの出会いにむけて

実際、レムは「偶然と秩序の間で――自伝」（邦訳は国書刊行会版〈スタニスワフ・レム・コレクション〉第一期『高い城・文学エッセイ』所収）というエッセイで、「偶然」と「秩序」という、自分を導く二つの相反する力を意識していると告白しているが、『捜査』も『枯草熱』も、奇怪で謎めいて見える世界のカオスに対して秩序付けを与えようとする試みだったと言えるだろう。その試みの中で『捜査』において前面に打ち出されるのは、シス博士によって代表される統計学的な説明である。シス博士の論を受けて、グレゴリー警部補は、この世界の偶然と秩序ないし調和をつかさどる統計について、次のような考察を小説の結末近くで開陳している。

> 私たちはブラウン運動の総和であり、人間とは未完成のスケッチであり、偶然的に描かれた設計図にすぎない。完成、完全、完璧――これは何もかもが異常なほど、想像もできないほどたくさんあるという理由だけで起こる稀な例外にすぎないのです。（……）さて存在するのは統計だけです。理性ある人間とは統計的人間です。（……）もしかしたら統計は、盲滅法に、偶然的に、美や身体の不自由とまったく同じように、ときに誰かの運命と化すのではないか？（……）絶望も美しさも歓喜も醜さも統計のなせる業であり、私たちの認識も統計に裏打ちされている以上、存在するのは、盲滅法の戯れ、偶然的な型を永遠に組み立てつづけることだけです。

この言葉を読むと、レムの自伝的エッセイ「偶然と秩序の間で」の読者は、彼が実際、自分の人生における偶然の作用に対してどれほどの驚異の念を抱いていたか、思い出すことだろう。グレゴリー警部補の言葉はおそらくレム自身の考えに近いと思われるが、率直に言ってかなりわかりにくい。それは、レム自身が模索中の世界観であり、彼もまた確たる結論に達していない（つまり、世界はこのように作られているかも知れないが、そうでないかも知れない、という段階でためらっている）ことの反映ではないだろうか。

『捜査』の主要プロットは言うまでもなく死体消失の謎をめぐるものだが、言わば副次的なエピソードとして主要プロットと絡み合う要素がある。それはグレゴリー警部補が下宿しているフェンショー家で、彼の部屋の隣室から夜な夜な聞こえてくるさまざまな奇怪な音の謎だ。壁を木槌で叩くような音、樽か何かを床に転がすような音、何か湿ったものを手で叩《はた》くような音……。これらの音は常識では説明のつかない不思議なものだが、死体消失の謎とは違って、こちらについてはいちおう常識的に理解できる範囲で最後には説明が与えられる。そうだとしたら、この副次的エピソードは何を意味しているのだろうか？　もちろん、作品のミステリアスな（怪奇的な？）雰囲気を高める役割を果たしていることは間違いない。しかし、これは死体消失の謎と並行的に提示されることによって、原因も仕組みもわからないためにただ奇怪な超常現象のようにしか思えないものが、じつはあっけないほど単純に理解されうる可能性があることを示唆しているのかも知れない。死体消失の謎も同様に解明されるべきなのだが、ただ人間は今のところその謎を解く決定的な鍵を持っていないのだ。

ここまで、奇妙な味の推理小説として、レムの代表的なＳＦ作品とは極めて異質な小説として『捜査』を考えてきた。しかし、それは本当にそれほど異質なのだろうか？　ここで考慮に入れるべきは、小説の中でも言及されている「空飛ぶ円盤」説、つまり「地球外」的な説明の可能性なのかも知れない。つまり、何らかの知性を持った、しかし人間とはかけ離れていて人間にはまったく理解できない生命体が人間をより詳しく知るために一種の調査器具を地球に送ってくる。その調査器具は、何らかの理由で生きた有機体は攻撃せず、死んだ有機体だけに「宛てて」送られるのだとしたら？……その場合、生ずるのは地球の人類と、地球外に由来する現象との「ファースト・コンタクト」（最初の接触）である。

このように考えると、表面的には地球上だけを扱った推理小説のような『捜査』にも、少なくとも可能性としては地球外生命との「ファースト・コンタクト」を扱ったSFとしての要素がまったくないわけでもない。それは、人間の理性では理解できない宇宙の生命や現象との最初の出会いを扱った、『ソラリス』『インヴィンシブル』のような、後の代表的SF作品とも基本的な姿勢において共通しているとも言えるだろう。その意味では、『捜査』はレムの著作の中核をなすSFの世界観とさほど異質ではなく、人間の理性では理解しがたい他者との遭遇を描いているという点では一貫しているのである。

## 『浴槽で発見された手記』

### 「カフカ的不条理小説」

『浴槽で発見された手記』は、レムの全作品の中でも際立って謎めいた作品だと言えるだろう。はるかな未来、アメル＝クのロッキー山脈の溶岩に覆われた最終ペンタゴンという巨大な地下建造物の遺跡から、手記が発見された。それはこの建物の浴室に奇跡的に保存されていたもので、『新第三紀人の記録』として非常に貴重な史料だった。というのも、三千年前に地球を襲った「パピル分解疫」のせいで、すべての紙は分解されてしまい、人類は紙に記録されたほとんどすべての記録も知識も失ってしまったからだ。おおよそこのような事情を記した、それ自体はSF的と言ってよい序文（「まえがき」）の後に、その手記そのものの内容が展開するのだが、この手記の内容は、まるで巨大な迷路の中をさまよい歩く、名前の不明な手記の書き手の経験を記録した悪夢のようなもので、一部が欠損しているらしく、そもそもそこに書かれていることにどのくらい信憑性があるかもわからない。

　手記の書き手とともに、読者も、番号を振られた部屋を無数に持つ、この多層の迷宮のような建造物の中を茫然とさまよわなければならない。ここでは、何が本当で何が嘘かも判然とせず、すべての言葉が本来の意味以外の意味を持ち、すべてのテクストは――シェイクスピアでさえも！――暗号であり、すべてが見せかけであり、出会うすべての人がスパイであるかも知れず（しかも、二重スパイ、三重スパイかも知れないのだ）、すべてが狂っているように思える。語り手は、こんな風に推測するほどだ

――「ひょっとしてこのすべてが狂っていて、あいつもそうで、だから私もそうなれってことだろうか――そしたらすべてつじつまが合う？　全員が狂人なら、だれも狂人ではない……」

また、オルフィニ司祭という人物は、主人公の私にこんなことさえ言う――「ここではあるレベルにおいて会話や冗談であるものが、別のレベルでは実際の手順となり、さらに別のレベルでは〈部〉同士の争いとなるのです、そしてこの跡をさらにたどっていくと、それはあなたの手の中でばらけて、壁に入り込んでしまう、というのも、ここではどんな跡もあらゆるところにつながっているのですから!!」

　手記の無名の書き手は〈庁舎〉と呼ばれる怪物的な官僚的組織からある重要な指令を受け、それを遂行しようと努めているのだが、肝心の指令書をいつまでたっても読むことができず、結局自分の使命が何なのかわからないままである。使命《ミッション》が不明のスパイという、いわば実存的不条理の状況は、ただちにフランツ・カフカの世界を思い起こさせるだろう。カフカの『城』で測量士Kは、いつまで経っても自分を雇った城の中に入ることができずに翻弄されるのだし（『浴槽で発見された手記』の主人公は逆に最後まで建物から外にでることができない）、『訴訟』の主人公ヨーゼフ・Kは、裁判を起こされながら、最後までその理由はわからないままだ。『浴槽で発見された手記』がこれまでほぼ例外なく様々な批評家に「カフカ的不条理小説」とか、「カフカエスク」などと呼ばれてきたゆえんである。

　その他に『浴槽で発見された手記』の世界に親近性がありそうな作家としては、芝田文乃氏の訳者あとがきにも指摘されているので詳しくは繰り返さないが、『サラゴサ手稿』（『サラゴサで発見された手稿』）の作者であるヤン・ポトツキ（一七六一―一八一五）や、二十世紀ポーランド文学の雄ともいうべき、ヴィトルト・ゴンブローヴィチが挙げられるだろう（ゴンブローヴィチを想起させる点は、『捜査』の場合も同様である）。ゴンブローヴィチは一九三九年にアルゼンチンに滞在中に第二次世界大戦が勃発してそのまま亡命者となり、社会主義ポーランドでは作品は初め出版できなかったのだが、雪解け期の一九五七年から五八年にかけて主要作品が本国でも公刊され、再評価された（ただし、この「雪解け」は短命に終わり、ゴンブローヴィチはポーランド国内の一般読者には一九七〇年代半ばまでよく知られない作家に留まった）。レムの『浴槽で発見された手記』が書かれ、出版された一九六〇年から六一年にかけての時期は、ポーランドでゴンブローヴィチ再発見の興奮が冷めやらない時期で、レムがゴンブローヴィチを意識したのも自然なことだろう。実際、ゴンブローヴィチの不条理なユーモア（『フェルディドゥルケ』）や新造語《ネオロギズム》の氾濫（『トランス＝アトランティック』）といった側面は、レムとの共通性を感じさせるものだ。

### 時事的風刺を超えて

しかし、その一方で、レム作品には時代の文脈というものもあり、時事的風刺という側面も無視できない。小説の書かれた時期は東西冷戦の真っ最中であり、また社会主義ポーランドの検閲も——同じ時期のソ連に比べると緩かったとはいえ——決してなかったわけではない。レムのとった戦略は、アメル＝クやペンタゴンといった固有名詞をちりばめながら、『浴槽で発見された手記』の巨大な〈庁舎〉を、アメリカの肥大した官僚主義機構の産物と偽装して、ソ連やポーランドの社会主義体制も含む、より普遍的な国家機構の不条理を暴いていく、というものだった。このやりかたで検閲の目をすり抜けながら、レムは自分の目的を達成したと言えるだろう。

後にスタニスワフ・ベレシとの対話でレムはこの小説には「あらゆる時局的な政治風刺を超えるコンセプトが含まれています」とし、そこには「意図性の概念の全体化」があると言っている。例によってレムの言うことは難解だが、私の理解では、世界のあらゆる現象や兆候が何らかのメッセージを伴うものとして、その世界の中にいる人間に作用するということだろうか。かくして地中の巨大建造物の世界は、主人公に一種偏執狂的なヴィジョンをもたらすことになる。このような世界把握は、レムの考えでは時局的な、つまりその場限りの政治的風刺を超え、一つの場所から別の場所へ、時から時へと移すことも可能なのであって、アメリカの資本主義批判とか、共産主義批判といった、ある特定の時代の問題に限定されるわけではない。

レム研究の第一人者であるイェジイ・ヤジェンプスキもこういったレムの自己評価に沿う形で、『浴槽で発見された手記』を読み解こうとする。彼は、巨大建造物＝世界というメタファーの意味を理解するために、主人公がどのようにメタファーと向き合っているかを考察する。主人公は、自分がなすべき仕事を明確に定め、自分の行動に意味を与えてくれるはずの指令を期待して巨大建造物の中をさまようのだが、巨大建造物は指令を明確にすることを一貫して執拗に拒み続け、それに対して主人公はますます指令を求めようと焦る。巨大建造物で起こることにはすべて隠された意味があるらしい。そこで主人公は巨大建造物が提供する徴《しるし》の「難解な読み方」を学びとろうとするが、すぐにこの読み方に終わりがないこと、つまり隠された意味を読み取るたびに新たな暗号が生まれ、さらに新たな解読の手順が必要になることを知る。こうして巨大建造物は「意味論的な狂気の領域」となっていく――おおよそ、こういった解釈をヤジェンプスキは提示している。

「『浴槽で発見された手記』は」――と、ヤジェンプスキは続ける――「存在や、人間、そして超越性についての哲学論文であって、ごく大雑把にしか小説のような特徴を備えていないのだろうか？　イエスともノーとも言える。我々の世界の正真正銘の現実の風刺的探索は、レムの本をある意味では境界線上の作品にする。それを作家が好んで実践する〈ファンタスティカ・ブッフォ〉（滑稽なファンタジー）の潮流に分類する人たちもいる。」

　実際、『浴槽で発見された手記』はどのようなジャンルに属する作品か、読者は戸惑うことになるだろう。シリアスなSF（例えば同じ時期に書かれた『ソラリス』）と呼ぶには、あまりにどたばた《スラップスティック》風の展開だし、単純に滑稽な喜劇と扱うには、陰惨で不吉な要素が無視できないし、時事的風刺と見なすには、時事性を超えた哲学的な領域に踏み込みすぎており、スパイ小説かと思えば、その崩れたパロディでしかない。まさに「境界線上の作品」と呼ぶしかないものだろう。レム自身もそのことを充分意識していたようだ。彼はこの作品について、こんな風に総括している――「この本においてそのうえ支配的なのは、陰鬱な亡霊性《ホラー》とユーモアの幸せな結びつきです。今日、この陰鬱なユーモアこそは私にとって時代の精神《ゲニウス・テムポリス》であり、時代の徴《シグヌム・テムポリス》なのです。」

## 世界そのもののメタファーとして

ホラーとユーモアの境界線上にあるものとして特に印象的なのは、〈ペンタゴン〉の中の博物館的コレクションの数々である。スパイ活動や拷問などの活動に関連する無数の品物が集められているからだ。訳者の芝田文乃氏の指摘にもあるように、そこにはユダヤ人を大量虐殺したアウシュヴィッツの遺品の集積を思わせるものさえあり、ホロコーストの主題も一瞬仄見える。レム自身は若き日にホロコーストに巻き込まれて命を落とすことなく、生き延びたわけだが、彼がはるか後に書いた小説には、一見ホロコーストとは無関係に思える宇宙を舞台にしたSFでさえも、ホロコーストの痕跡が刻印されているということは、最近のレム批評でよく指摘される。『浴槽で発見された手記』にもそういった要素が巧みに織り込まれていることは、否定できないだろう。

その一方で、こういったコレクションや収集行為には、若いころからのレム自身の個人的偏執も見て取れる。レムはもともと世界のすべてを呑み込み、解釈できるような博物学的知を愛し、自らの想像力によって一つの世界を創り出すことを得意としたからだ。レムが幼少時代を回想した長篇エッセイ『高い城』（レム『高い城・文学エッセイ』所収、芝田文乃訳、国書刊行会）には、中学《ギムナジア》生時代のレム少年が、架空の身分証明書を次々につくるという遊びに打ち込み、空想裡に「身分証明書全能の王国」をうち建てたということが書かれているが、『浴槽で発見された手記』の〈ペンタゴン〉には、こういった幼少期のレムの遊びを極端に肥大させたような趣もある。

例えば、ありとあらゆる奇妙な職種を列挙したところ――「秘密地獄官、第一級暴露官、粉砕官、糞便官、試験監督、濾過官、秘密痴呆者、火葬官、骨食者」。このような列挙は、遊びの軽やかさを超えて、ラブレー的過剰さのグロテスクの域に達している。また〈ペンタゴン〉の中にある「文書保管所」のカード目録には、「奴隷根性学、終末観察、神学、教皇および詐欺師学、応用死体学」といった分類項目が延々と並び（これもラブレーの図書館を思わせる）、レムが既存の学問体系をパロディにしながら、架空の学問体系を作り上げていることがわかる。架空の学問体系を作ってしまうのは、レムのお好みの知的遊びで、『ソラリス』におけるソラリス学がその鮮やかな例だが、ソラリス学にはあくまでも実在する学問体系の装いがあったとすれば、『浴槽で発見された手記』のほうは支離滅裂に崩れて、本当らしさの装いを失ったグロテスクである。もっと大づかみにとらえるならば、同じ年に刊行された『ソラリス』と『浴槽で発見された手記』はレムという一人の多才な作家の対照的な二つの両面を示すものだとも言えるだろう。『ソラリス』が表だとすれば、『浴槽で発見された手記』は裏だということになるだろうか。

『浴槽で発見された手記』のこういった側面をテクストの次元で支えているのは、新造語《ネオロギズム》の渦である。新造語に対する偏愛もレムの際立った特徴の一つで、それは彼のSFのすべてに共通しているといってもよいが、『浴槽で発見された手記』における新造語の勢いはそれこそ爆発的であり、翻訳者は新造語の珍奇さ（可笑しさ）を保ちながら、その意味を真面目に伝えるという、二律背反した難題に取り組まなければならない。今回の芝田氏の新訳は、従来の訳よりもはるかにポーランド語の原文に密着して――それゆえ、一層困難になった――難題に挑戦した苦心の成果である。

さて、こういった様々な鮮烈な特徴を備えた『浴槽で発見された手記』は、結局どのように読まれるべき作品なのだろうか。英語圏では英訳に対する批評の中に、「もしもジョージ・オーウェルが机に向かって『一九八四年』を書き始める前に、幻覚剤を服用したなら、結局『浴槽で発見された手記』のようなものを書いていたかも知れない」という、なかなかうがった評言も見つかるが、はたしてそのように――つまり、全体主義の怪物的官僚機構の風刺プラス幻想的ドタバタとして読めばいいのだろうか。ちなみにサギト・シャヒコフというバシキール（ロシア連邦）の研究者は、もう少し深刻に、『浴槽で発見された手記』を「社会の非人間化の鏡」として読み解くことができると主張している。

私自身はこういった風刺ないし社会批判の要素があることは十分に理解しつつも、レムはやはり「時局的」な風刺の次元を超えて、自分なりの世界を構築するという楽しくも恐ろしい課題に取り組んだという側面を重視したいと思う。結局のところ〈ペンタゴン〉という巨大建造物は、あらゆるテクストも知識の体系も呑み込んだ「バベルの図書館」のようなものであり、不条理な状況に投げ込まれた人間の行為のすべてを見守る世界そのもののメタファーではなかっただろうか？

沼野充義（ぬまの　みつよし）……1954年、東京都生まれ。東京大学卒、ハーバード大学スラヴ語学文学科博士課程に学ぶ。ワルシャワ大学講師、東京大学教授を経て、現在名古屋外国語大学教授、東京大学名誉教授。著書に『徹夜の塊』三部作（『亡命文学論』『ユートピア文学論』『世界文学論』、作品社）、『W文学の世紀へ』（五柳書院）、『チェーホフ　七分の絶望と三分の希望』（講談社）、編著書に『東欧怪談集』『ロシア怪談集』（河出文庫）、『世界は文学でできている　対話で学ぶ〈世界文学〉連続講義』全5巻（光文社）、訳書にスタニスワフ・レム『ソラリス』（国書刊行会およびハヤカワ文庫SF）、ヴィスワヴァ・シンボルスカ『終わりと始まり』（未知谷）、クラシツキ『ミコワイ・ドシフャトチンスキの冒険』（岩波書店）、ウラジーミル・ナボコフ『賜物』（新潮社）、『新訳　チェーホフ短篇集』（集英社）などがある。

スタニスワフ・レム……1921年、旧ポーランド領ルヴフ（現在ウクライナ領リヴィウ）に生まれる。クラクフのヤギェロン大学で医学を学び、在学中から雑誌に詩や小説を発表し始める。地球外生命体とのコンタクトを描いた三大長篇『エデン』『ソラリス』『インヴィンシブル』のほか、『金星応答なし』『泰平ヨンの航星日記』『宇宙創世記ロボットの旅』など、多くのSF作品を発表し、SF作家として高い評価を得る。同時に、サイバネティックスをテーマとした『対話』や、人類の科学技術の未来を論じた『技術大全』、自然科学の理論を適用した経験論的文学論『偶然の哲学』といった理論的大著を発表し、70年には現代SFの全2冊の研究書『SFと未来学』を完成。70年代以降は『完全な真空』『虚数』『挑発』といったメタフィクショナルな作品や文学評論のほか、『泰平ヨンの未来学会議』『泰平ヨンの現場検証』『大失敗』などを発表。小説から離れた最晩年も、独自の視点から科学・文明を分析する批評で健筆をふるい、中欧の小都市からめったに外に出ることなく人類と宇宙の未来を考察し続ける「クラクフの賢人」として知られた。2006年に死去。

*

久山宏一（くやま　こういち）……1958年、埼玉県生まれ。東京外国語大学卒、早稲田大学大学院博士後期課程中退。アダム・ミツキェーヴィチ大学（ポーランド、ポズナン市）にて文学博士号取得。東京外国語大学など非常勤講師。ポーランド語翻訳・通訳。専門はロシア・ポーランド文学研究。著書に『ミツキェーヴィチのソネットとロマン主義期のロシア・ソネット』（ポーランド語）、訳書にスタニスワフ・レム『大失敗』（国書刊行会）、アンジェイ・ムラルチク『カティンの森』（集英社文庫、共訳）、アダム・ミツキェーヴィチ『ソネット集』『コンラット・ヴァレンロット』（以上未知谷）、オルガ・トカルチュク『優しい語り手』（岩波書店、共訳）などがある。

芝田文乃（しばた　あやの）……1964年、神奈川県生まれ。筑波大学芸術専門学群卒業。ポーランド語翻訳者、写真家。訳書にスワヴォーミル・ムロージェク『所長』『鰐の涙』（以上未知谷）、スタニスワフ・レム『地球の平和』、ステファン・グラビンスキ『動きの悪魔』『狂気の巡礼』『火の書』『不気味な物語』（以上国書刊行会）、ヴィトルト・シャブウォフスキ『踊る熊たち』『独裁者の料理人』（以上白水社）、共訳書にスタニスワフ・レム『高い城・文学エッセイ』『短篇ベスト10』『火星からの来訪者』、レシェク・コワコフスキ『ライロニア国物語』（以上国書刊行会）などがある。

スタニスワフ・レム・コレクション

# 捜《そう》査《さ》・浴《よく》槽《そう》で発《はっ》見《けん》された手《しゅ》記《き》
# Śledztwo
# Pamiętnik znaleziony w wannie

2024年2月26日初版第1刷発行

Lem
Dzieła
wybrane
Stanisława
Lem

著者　スタニスワフ・レム
訳者　久山宏一・芝田文乃

装訂　水戸部功

発行者　佐藤今朝夫
発行所　株式会社 国書刊行会
東京都板橋区志村1-13-15　郵便番号＝174-0056
電話＝03-5970-7421　ファクシミリ＝03-5970-7427
URL : https://www.kokusho.co.jp
E-mail : info@kokusho.co.jp

印刷・製本所　中央精版印刷株式会社
ISBN978-4-336-07133-0